노스탈지아

nostalgia

세계문학전집 480

노스탈지아

nostalgia

미르체아 커르터레스쿠

한성숙 옮김

민음사

일러두기

1 이 책은 *nostalgia*(HUMANITAS, 2004)를 저본으로 삼아 우리말로 옮겼다.
2 본문의 각주는 모두 옮긴이 주다.

차례

프롤로그

책을 펼치면 책이 신음 소리를 내고,
세월을 찾으려 하지만 세월은 없도다.
── 투도르 아르게지*

* 투도르 아르게지(Tudor Arghezi, 1880~1967). 투도르 아르게지는 미하이 에미네스쿠 이후에, 루마니아의 시 문학을 근본적으로 혁신한 인물이다. 그는 낭만주의적 숭고함을 고수하는 대신에, 일상적이고 육체적이며 추한 욕설마저 시 언어로 받아들였다. 그래서 그는 루마니아 모더니즘 시의 개척자이자 '언어의 연금술사'로 평가받고 있다.

룰렛 승부사

주여, 이스라엘에게 평화를 주소서.

여든 살에 이르렀지만 이 땅에서 미래가 없는 그에게.[1]

나는 여기에 엘리엇의 이 구절을 기록합니다.(무엇을 위해?) 어쨌든 나는 두 번 다시 아무런 글도 쓰지 않을 것이기 때문에 위의 글귀가 내 책들 중 한 권의 표어가 될 리는 없습니다. 그럼에도 내가 아직 이 글을 쓰는 까닭은 나는 이것들을 조금도 문학으로 생각하지 않기 때문입니다. 나는 충분히 많은 문학 작품을 썼습니다. 약 육십 년 동안 나는 글 쓰는 일 외에는 아무것도 하지 않았습니다. 그러나 이제 마지막의 마지막에 이르러 명료한 순간을 스스로에게 허용하려 합니다. 서른 살 이후에 내가 쓴 것은 모두 부끄러운 사기에 불과했습니다. 나

---

1) T. S. 엘리엇(T. S. Eliot, 1888~1965)의 「시므온을 위한 노래(A Song for Simon)」 중 한 구절이다.

자신을 넘어설 수 있다는 희망, 내 그림자를 뛰어넘을 수 있다는 희망 없이 글을 쓰는 일에는 진절머리가 납니다. 어느 순간까지는 작가가 유일하게 취할 수 있는 방식으로 스스로에게 솔직했음은 사실입니다. 즉 나 자신에 대한 모든 것, 철저하게 모든 것을 말하고자 했습니다. 그러나 그럴수록 환상은 더욱 씁쓸하기만 했습니다. 문학은 자신에 대해 어느 정도 실제적인 것을 말하는 데에 적합한 방식이 아니기 때문입니다. 책장에 첫 줄을 적는 순간부터 펜을 쥔 손에, 마치 장갑을 낀 것처럼 어떤 낯설고 조롱하는 듯한 손이 포개집니다. 사실 단순히 자신에 대해 이야기하고 싶었을 뿐인데, 그 순간 책장이라는 거울에 비친 자신의 이미지는 수은처럼 모든 방향으로 달아납니다. 마치 그 변형된 알갱이들로부터 거미, 벌레, 거세된 자, 유니콘 또는 신(神)이 덩어리처럼 엉기듯이 말입니다. 문학은 기형학입니다.

최근 몇 년 동안 나는 잠을 뒤척이면서 외로움에 미쳐 가는 어떤 노인에 관한 꿈을 꾸었습니다. 오직 꿈만이 나를 더욱 현실에 투영해 줍니다. 낮에는 내 곁에 아직 살아 있는 친구들과 어울리며 기분이 좋을지라도 꿈에서 깨어날 때는 외로움 때문에 웁니다. 나는 더 이상 내 삶을 견딜 수 없으며, 오늘이나 내일, 내가 끝없는 죽음에 이르리라는 사실이 나로 하여금 애써 생각하도록 합니다. 미로에 내던져진 사람은 똥이 묻은 벽 사이에서, 쥐구멍을 통해서라도 출구를 찾아야 합니다. 이와 마찬가지로 나는 생각해야 한다는 바로 그 이유 때문에 이토록 글을 더욱더 적어 내려가는 것입니다. 신이 존재함을 (나 자신에게) 정확히 증명하기 위해 그러는 것은 아닙니다. 불행하게도 나는 모든 노력에도 불구하고 결코 신앙인이 되지 못했고, 의심이나 부정 탓에 위기를 겪은 적도 없었습니다. 글쓰기에는 드라마가 필요하고, 드라마는 희망과 절망 사이의 고통스러운 투쟁에서 태어납니다. 그 과정에서 믿음이 필수적인 역할을 한다고 생각합니다. 그러므로 내게 믿음이 없음은 오히려 잘된 일인지도 모릅니다. 내가 젊을 때 작가들 중 절반은 개종했고, 나머지 절반은 신앙을 잃었습니다. 이는 그들의 문학에 거의 동일한 영향을 미쳤습니다. 그들은 예술가로서 따뜻한 들통 안에 머물며 편안하게 살아갈 수 있었습니다. 그들의 악마가 그 들통을 따뜻하게 덥히려고 때는 불 때문에 내가 그들을 얼마나 부러워했는지 모릅니다. 그리고 여기 지금 내 작은 보금자리에는 누더기와 연골 한 덩어리가 있을 뿐입니다. 어느 누구도 그 정신이나 마음이나 믿음에 내기를 걸지 않을 것입니다. 나에게는 더 이상 앗아 갈 것이 없기 때문이지요.

무한히 층을 이룬 타르같이 단단한 밤 그리고 도시들, 집들, 거리들, 얼굴들을 서서히 잠식해 가는 검은 안개를 제외하면 저 바깥에는 아무것도 없는 것 같습니다. 나이가 들수록 이런 생각에 겁을 먹습니다. 그래서 나는 여기, 안락의자에 누워 있습니다. 램프의 전구만이 우주의 유일한 태양으로 남은 것 같습니다. 그리고 그 전구가 비추는 것은 무화과같이 주름살이 깊이 팬 노인의 얼굴뿐인 듯합니다.

내가 죽은 뒤에도 내 보금자리, 내 무덤은 영원히 짙은 검은 안개 속을 떠돌며, 이 종잇장들을 아무도 읽을 수 없도록 어딘가로 가져갈 것입니다. 그러나 결국 그 종잇장들 속에 모든 것이 들어 있습니다. 먼지와 분진이기는 하지만 나는 수천 쪽의 문학을 썼습니다. 능숙하게 엮인 줄거리들, 감전된 듯한 쓴웃음을 짓는 꼭두각시들, 하지만 이 거대한 예술의 관습 속에서 무슨 수를 써야 조금이라도 말할 수 있을까요? 독자의 마음을 뒤흔들고 싶은가요? 그러면 무엇을 해야 할까요? 당신이 독자의 손에 쥐여 준 책이 아무리 좋더라도 그는 3시에 당신의 책을 다 읽고 4시에 또 다른 책을 읽기 시작할 것입니다. 그러나 이 열에서 열다섯 장 정도의 종이는 그런 것들과 다르며, 또 다른 게임입니다. 내 독자는 이제 다른 누구도 아닌 죽음입니다. 어린 소녀의 눈처럼 주의 깊게, 한 줄 한 줄 채워 나가며 글을 읽는 그의 촉촉한 검은 눈을 나는 봅니다. 이 종잇장들은 내 불멸의 계획을 아우릅니다.

나는 말합니다. 계획, 모든 것, 이것이 나의 승리이자 희망이고 진실입니다. 너무나 이상합니다. 내 책을 채운 대부분의 등장인물은 창작되었음에도 모든 사람들에게 현실의 복제품으로 받아들여졌습니다. 오랫동안 내 곁에 존재해 왔지만, 나의 관점으로든 또 독자의 시각으로든, 전혀 있을 법하게 느껴지지 않는, 실존했던 한 남자에 대해 이제야 글을 쓸 용기가 생겼습니다.

오늘날에는 이제 아무도 믿지 않거나 비합리적이라고 인식되는 질서를 실용적인 수학으로 증명하는 삶을 살았던 어떤 사람이 있다고 하면, 독자들 중 어느 누구도 그 사람이 우리 세계에서 같은 전차를 타고 몸을 부대끼고 동일한 공기를 마시며 살아간다는 사실을 받아들이려 하지 않을 것입니다. 하지만 어쩝니까? 그 룰렛 승부사는 꿈도, 굳어 버린 뇌의 환각도, 어떠한 알리바이도 아닙니다. 이제 그 사람을 생각하면 릴케가 글로 쓴, 회전하는 세계의 중심인 그 다리〔橋〕 끝에 있던 거지를 내가 알고 있었구나, 하는 생각조차 듭니다.

어쨌든 아무도 관심 없었지만, 룰렛 승부사는 존재했습니다. 그리고 룰렛도 존재했습니다. 당신은 그것에 대해 들어 본 적이 없겠지만, 아가르타에 대해서 무엇을 들었는지 얘기해 주세요. 나는 있을 법하지 않은, 경이로운 룰렛의 시대를 살았습니다. 화약 먼지의 야수 같은 빛 속에서 나는 파산과 횡재를 목격하기도 했습니다. 나 역시 지하의 나직한 방들에서 울부짖기도 했고, 어떤 남자가 터진 뇌를 흘리며 밖으로 끌려 나갔을 때 기뻐서 울기도 했습니다. 나는 종종 룰렛에 터무니없이 엄청난 금액을 거는 거물 실업가, 기업가, 대지주, 은행가들을 만나서 안면을 텄습니다. 십 년이 넘도록 룰렛은 우리의 청명한 지옥에서 보내온 양식이자 서커스였습니다. 지난 사십 년 동안 이러한 것을 속삭이는 소리가 들리지 않았습니까? 그리스의 신비한 깨달음 이후로 몇천 년이 흘렀는지 생각해 보셨습니까? 그 동굴에서 실제로 무슨 일이 일어났는지 아는 사람이 오늘날에도 있습니까? 피에 관한 이야기가 나오면 사람들은 침묵합니다. 모두가 침묵했거나, 일부 선각자들은 이와 같이 쓸모없는 종잇장들을 죽은 뒤에 남겼을 수도 있습니다. 뼈만 남은 손가락으로 쓴, 죽음만이 뒤따르는 종잇장들을 말입니다. 개인들의 개별적인 죽음 그리고 그와 동시에 태어난 검은 쌍둥이.

　내가 여기에서 설명하는 그 남자에게는 이름이 있었지만 이내 사람들에게서 잊혔습니다. 왜냐하면 그는 머지않아 룰렛 승부사라고 불렸기 때문입니다. 룰렛 승부사가 꽤 많았음에도 "룰렛 승부사"라고 말하면 바로 그 사람 말고는 다른 이를 거론할 수 없습니다. 나는 그를 어렵지 않게 기억해 낼 수 있습니다. 그는 비쩍 마르고 우울한 모습이었고, 길고 노랗고 가는 목에 세모진 얼굴, 건조한 피부, 거의 검붉은색에 가까운 머리카락을 가지고 있었습니다. 균형이 잡히지 않은 그의 눈은 양쪽의 크기가 달라 보였고, 마치 슬픈 원숭이의 눈과 같았습니다. 어쩐지 더럽고 불결한 느낌을 주었습니다. 그는 언젠가 턱시도를 입었음에도 마치 농장에서 일할 때 입는 낡은 작업복 차림인 듯 보였습니다. 오, 신이시여, 저는 왜 그의 얼굴에 무한한 빛을 비추고 그의 눈에 불을 붙여서 그를 성인전의 주인공으로 만들고 싶은 유혹을 뿌리칠 수 없을까요? 턱을 꽉 다물고 이 가련한 떨림을 삼키려 합니다. 룰렛 승부사는, 제 나름대로 풍요로운 농부의 그을린 얼굴을 하고 있었고, 치아의 절반은 쇳덩이 같고 나머지 절반은 석탄과 같았습니다. 내가 그를 알게 된 때부터 그가 죽을 때까지(리볼버로 죽었지만 총알 때문에 죽지는 않았습니다.) 그는 항상 변함없었습니다. 그럼에도 그는 무한한 확률을 거느린 수학적 신을 바라볼 수 있고, 그 신과 몸을 섞고 씨름할 수 있는 권한을 부여받은 유일한 사람이었습니다.

나는 그를 알고 그에 대해 글을 쓸 수 있음에 어떠한 공치사도 바라지 않습니다. 나는 단지 눈앞에서 그의 모습을 보기만 해도 엄청나게 거대한 구조의 건물 뼈대를 세울 수 있었습니다. 그것은 종이로 만든 바벨탑이자 천 쪽에 달하는 교양 소설이 되었습니다. 그 안에서 나, 겸손한 제레누스 차이트블롬은 점차 악마화하는 새로운 아드리안을 숨 가쁘게 뒤따라가 보겠습니다.[2] 그런 다음에는? 지난 육십 년 동안 이루지 못한 것을, 터무니없게도 단 한 차례의 시도로 걸작을 이루어 낸다면 과연 뭐가 좋을지 자문해 보건대……. 나의 궁극적인 목표를 위해, 나의 큰 지분을 위해(세상의 모든 걸작은 모래시계 속의 티끌이자 민들레 솜털이라는 사실과 더불어) 나는 정신 병자의 변태 과정을 세 단계로 열거하는 데 이르렀습니다. 곤충을 여러 조각으로 잘라 버리고, 지저귀는 새들을 돌로 쳐 죽이고, 유리구슬을 가지고 놀고, 말굽을 나무 기둥에 던지는 짓에 열광하는, 검은 얼굴의 거친 아이(나는 그가 항상 돈, 구슬, 공, 단추를 잃고 절망에 빠져 고군분투하던 모습을 기억합니다.), 발작적 분노의 순간들을 겪으며 성적 욕망이 왕성한 청소년, 강간과 강도로 유죄 판결을 받은 죄수. 내 생각에 그 사람의 인생 중 이 뒤틀린 단계에서 유일하게 '가까이' 지낸 사람은 나였습니다. 아마도 우리는 어린 시절부터 함께 있었고, 우리 부모님들끼리 이웃이었기 때문일지도 모릅니다. 어쨌든 그는 한 번도 나를 때린 적이 없으며 다른 누구보다도 나를 덜 의심스럽게

---

2) 토마스 만의 소설 『파우스트 박사』의 등장인물들이다.

바라보았습니다. 내가 감옥으로 그를 면회하러 갈 때마다, 그곳에서 그는 녹색 냉기를 흘리며 얘기하곤 했습니다. 생생하게 기억합니다. 그는 추잡한 욕설을 뱉으면서 자신이 포커에서 겪은 불운에 대해 계속 불평을 늘어놓았습니다. 그러고는 돈을 요구했습니다. 그는 남의 돈을 얻기 위해 노름한 수천 번의 도박에서 단 한 번도 돈을 손에 쥔 적이 없으며, 항상 빈털터리가 되고 마는 굴욕감 때문에 거의 울먹였습니다. 거기 초록색 널빤지 위에는 결막염으로 눈이 벌게진 사람의 손이 놓여 있었습니다.

아니요, 그에 대해 현실적으로 이야기하기란 나로서는 불가능합니다. 생생한 우화를 어떻게 현실적으로 묘사할 수 있을까요? 약간이라도 산문을 지어내는 데에 동원되는 어떤 계책, 왜곡 또는 자동화된 문체가 감지되면, 나는 낙담하고 역겨움을 느낍니다. 그는 감옥에서 나온 뒤 술을 마시기 시작했고, 기껏해야 일 년도 안 되는 사이에 끔찍한 나락에 빠지고 말았습니다. 그 사람은 직업도 가지지 않았습니다. 허름한 술집 몇 군데에서 언제든 그를 찾아볼 수 있었습니다. 그는 그 술집들에서 숙식마저 해결했을 겁니다. 확실히 만취한 옷매무새로 그가 한 테이블에서 다른 테이블로 걸어가는 모습을 종종 보았습니다. 맨살에 옷을 걸치고, 바지를 길바닥에 질질 끌고 다니면서 그는 맥주 한 잔을 요구하곤 했습니다. 나는 종종 선술집의 단골손님들이 그에게 행하는, 험악한 장난을 자주 목격했습니다. 내가 보기에 그 장난은 고통스럽게 느껴졌지만 동시에 재미있기도 했습니다. 그 손님들은 그를 테이블로 불러, 주먹에 쥔 성냥 두 개비 중에서 더 긴 것을 뽑으면 맥주를 가져다주겠다고 했습니다. 그리고 그가 항상 짧은 성냥 개비를 뽑으면 그들은 자지러지게 웃어 댔습니다. 나는 그가 저러한 내기로 결코 맥주를 얻어 낸 적이 없으리라고 확신합니다.

그 무렵, 나의 첫 이야기들이 잡지에 실렸고, 얼마 뒤에 첫 책이 출간되었습니다. 나는 아직도 그것이 내가 한 일들 중에서 제일 잘한 일이라고 생각합니다. 당시 나는 내가 쓴 글 하나하나에 행복해했고, 내 경쟁자들은 동시대 작가들이 아니라 전 세계의 위대한 작가들이라고 느꼈습니다. 나는 천천히 문학계로 들어서며, 대중의 의식 속으로도 발을 들였습니다. 칭찬을 받는 경우와 폭력적으로 거부당하는 경우의 비율은 거의 반반이었습니다. 처음으로 결혼을 하고 드디어 살아 있다는 기분이 들었습니다. 그러나 이것은 나에게 치명적인 변화였습니다. 왜냐하면 글쓰기는 보편적으로 풍요나 행복과 조화를 이루지 못하기 때문입니다. 당연하게도 나는 내 친구에 대해 거의 잊어버렸습니다. 하지만 몇 년 만에 그 친구를 그에게 전혀 어울리지 않는 장소에서 다시 만났습니다. 무지갯빛 프리즘이 달린 샹들리에가 희미하고 환각적인 광채를 뿜어내는, 시내 중심가의 레스토랑에서 말입니다. 아내와 조용히 이야기를 나누며 레스토랑 안을 이리저리 둘러보는데, 돌연 호화롭게 차려진 테이블을 차지한 한 무리의 사업가들이 내 눈길을 끌었습니다. 그 사람들 가운데, 반짝이는 옷을 입고, 길고 야윈 몸매에 눈이 퀭해서 여전히 부랑아처럼 보이는 그가 유독 눈에 띄었습니다. 다른 사람들이 조금은 저속해 보이지만 어느 정도 유쾌하게 수다를 떨고 있는 동안, 그 친구는 삶에 지친 듯이 의자에 눕다시피 앉아 있었습니다. 그런 부류의 사람들이 주목받기 위해 입는 꼴사나운 장의사 복장과, 그들의 번들거리는 뺨에 나는 늘 혐오감을 느꼈습니다. 한편 나는 내 친구의 경제적 상황이 예상치 못할 만큼 나아졌다는 사실에, 처음엔 물론 당황했습니다. 나는 그들의 테이블로 다가가서 손을 내밀었습니다. 그는 속을 알 수 없는 사람이므로, 이때 그가 나를 만나서 기뻐했는지는 모르겠습니다. 하지만 그가 우리에게 합석하자고 제안했습니다. 저녁 시간이 점점 깊은 밤으로 무르익어 가는 동안, 수많은 진부하고 어리석은 대화가 뒤따르는 가운데, 사업가들은 바로크풍으로 과도하게 차려진 테이블에 둘러앉아 애매모호하고 수수께끼 같은 표현들로 언쟁을 벌이기 시작했습니다. 나는 이 상황에 어찌 반응해야 할지를 몰랐습니다. 그 뒤로 몇 주 동안, 나는 내가 사는 부르주아 세계와는 전혀 다른, 비록 당시에 유행하던 예술적 겉치레에 약간 물들기는 했지만, 낯선 차원의 전망을 힐끗 엿보았다는 사실만으로도 잠재의식에서조차 공포를 느꼈습니다. 게다가 나는 거리에서, 심지어 사무실에서도 실체가 불분명한 어떤 사법 기관이 나를 감시하며 견제하고 있다는 느낌을 자주 받았습니다. 그것은 황혼의 연기처럼 공중에서 분해되어, 내 주변을 둥둥 떠다녔습니다. 나는 지하 세계의 룰렛으로 입문하라는 제안을 받았기 때문에, 실제로 철저하게 감시당하고 있었음을 이제야 확실히 깨달았습니다.

때때로 나는 어쩌면 신이 없을지도 모른다는 생각에 몹시 행복감을 느낍니다. 몇 년 전에는 나에게 피비린내 나는 낙원으로 보였던 것(그 이후로 내 삶은 만테냐의 그리스도처럼 초록빛이 도는 단축법으로 나타나고 있습니다.)이 이제는 망각으로 포장된 지옥처럼 보입니다. 그럼에도 신이 있을 가능성은 여전히 존재하므로 끔찍합니다. 그들은 내가 처음으로 지하에 내려갔을 때, 첫판만 조금 견디기 어려울 뿐, 그다음부터는 룰렛의 "해부학적" 양상에 더 이상 역겨움을 느끼지 않게 되리라고, 심지어 진실로 이 게임의 달콤한 매력을 발견하게 되리라고, 나를 격려해 주었습니다. 그들은 이 게임이 핏속으로 스며들면 누구든지 그것에, 가령 포도주와 여자에 빠지듯 반드시 중독되리라고 덧붙였습니다. 첫날 밤에 그들은 내 눈을 가린 뒤, 이 차에서 저 차로 나를 옮겨 태우면서, 도시의 거리들을 가로질러 나를 마구 끌고 다녔습니다. 내가 어디에 있는지는 고사하고 내가 누구인지조차 더는 분간할 수 없는 지경에 이를 때까지, 그들은 그렇게 나를 데리고 돌아다녔습니다. 그런 다음 그들은 나를 이리 휘고 저리 휜 복도로 밀쳐 넣었습니다. 나는 젖은 돌 냄새와 고양이 똥 냄새를 맡으면서 계단을 내려갔습니다. 위쪽에서는 이따금 트램이 덜컹거리는 소리도 들려왔습니다. 그들은 촛불 몇 개로 희미하게 밝힌 지하실에서, 내 눈을 가린 천 조각을 벗겨 주었습니다. 그곳의 아치형 궁륭 아래에는 정어리 깡통 몇 개가 탁자 형태로 놓여 있고, 의자 대신 나무줄기에서 잘라 낸 두꺼운 원통형 원목과 작은 상자 따위가 자리해 있었습니다. 모든 것이 최대한 소박하게 보이도록 억지로 꾸며 놓은 와인 저장고 같았습니다. 주석으로 만든 주전자와 맥주잔도 있었기에 이런 인상은 더욱 강해졌습니다. 그 안에는 열에서 열다섯 명 정도의 매우 쾌활하고 옷을 잘 차려입은 사람들이 탁자처럼 놓인 깡통 주위에 앉아 나를 바라보며 술을 들이켜거나 서로 이야기를 나누고 있었습니다. 흙바닥 위로는 부엌에서 나오는 커다란 바퀴벌레들이 스멀스멀 기어다니고 있었습니다. 어떤 바퀴벌레들은 발뒤꿈치에 밟혀서 절반이 으스러진 채로, 여전히 몇 개의 다리와 더듬이를 흔들어 대고 있었습니다. 나는 불그스레한 얼굴의 친구가 앉아 있는 테이블에 합석했습니다. 베팅은 이미 진행되고 있었습니다. 작고 검은 칠판에 분필로 내기 참여자의 이름이 이미 적혀 있었기 때문에, 일단 나는 당분간 관중일 뿐이라고 짐작했습니다. 내기 판돈은, 내가 이제껏 본 어떠한 도박에 걸린 금액보다 컸습니다. 이 게임에 돈을 건 사람들(주주라고 불린다는 사실을 어쩌다 알게 되었습니다.)의 흥분은, 별안간 다소 누그러졌습니다. 주전자와 머그잔에 잊힌 채로 남아 있던 음료 — 증류주와 맛을 잃은 맥주의 시큼한 냄새가 갈색 공기를 천천히 채웠습니다. 지하실에 모인 사람들의 시선은 점점 더 자주, 저 낮은 문 쪽으로 쏠렸습니다. 이윽고 문이 열리더니 내 소꿉친구와 너무나 닮은 사람이 홀 안으로 들어왔습니다. 그는 내 어린 시절 그리고 그가 가장 타락했던 시절부터 친구였던 바로 그 사람이었습니다. 그의 웃옷 주머니는 찢어져 있었고, 바지는 포장용 노끈으로 묶여 있었습니다. 사방으로 늘어뜨린 머리카락 아래로 흐트러진 그의 얼굴은 술고래의 얼굴이라고밖에 설명할 수 없었습니다. 그 사람은 후견인(룰렛 승부사의 고용주를 가리키는 별칭입니다.)에게 떠밀려 들어왔습니다. 바텐더처럼 생긴 그 후견인은, 반질반질한 나무 상자를 겨드랑이에 끼고 돌아다녔습니다. 술고래 친구는 내가 여태까지 눈치채지 못한 전나무 상자 위로 올라가서, 기괴하게 희화화된 올림픽 우승자의 자세로 구부정하게 서 있었습니다. 도박꾼들은 그를 바라보면서 안절부절못했습니다. 그들은 상자 위에 서 있는 사람의 모습을 세세히 뜯어보며 서로 연신 지적했습니다. 나는 뜻하지 않게 조심스레 성호를 긋는 어떤 사람을 보았습니다. 다른 사람은 손톱 옆의 거스러미를 화난 듯이 물어뜯고 있었습니다. 또 다른 사람은 후견인에게 뭐라고 소리쳤습니다. 하지만 후견인이 작은 나무 상자를 열자 소음은 딱 끊기듯 멈췄습니다. 거기에 있던 모든 사람이 다이아몬드처럼 반짝이는, 작고 검은 물체를 향해 최면에 걸린 듯 목을 길게 뺐습니다. 그것은 잘 기름칠된 여섯 발짜리 리볼버였습니다. 후견인은 마술사가 기적을 행하기 전에 자신의 빈 손바닥을 보여 주는 것과 비슷한, 느릿하고 거의 의례적인 몸짓으로 그 리볼버를 조수에게 쓱 보여 주고는 리볼버 탄창에 손바닥을 대고 빙글 돌렸습니다. 그러자 난쟁이 요정의 웃음소리 같은, 얇고 끼르륵거리는 실린더 소리가 새어 나왔습니다. 그는 리볼버를 내려놓고 골판지 상자에서 황동 케이스에 든 반짝이는 탄환을 꺼내, 가장 가까운 곳에 있는 내기 참여자 중 한 명에게 건네주었습니다. 그 사람은 탄환의 모든 부분을 세심하게 골똘히 검사해 본 뒤, 별다른 이상을 발견하지 못한 것이 불만스러운 듯 짧게 고개를 끄덕였습니다. 그러고는 이내 옆 사람에게 건넸습니다. 탄환이 방 안을 한 바퀴 돌았고, 그 것을 만진 모든 손가락에 기름 자국이 남았습니다. 나 역시 그것을 잠깐 만졌습니다. 왜인지는 몰라도 얼음처럼 차갑거나 어쩌면 뜨거우리라고 예상했는데, 의외로 그저 따뜻했습니다. 탄환이 다시 후견인에게 돌아왔고, 그는 거창하고 노골적인 몸짓으로, 탄창의 여섯 개 구멍 중 하나에 그것을 삽입했습니다. 그러고는 다시 리볼버 실린더에 손바닥을 대고 돌렸습니다. 탄창은 전과 마찬가지로 날카롭고 삐걱거리는 소리를 내며, 몇 초간 거침없이 빙그르르 회전했습니다. 마침내 그는 묘한 방식으로 경례를 하더니, 그 불꽃이 튀는 무기를 상자 위에 서 있는 남자에게 건네주었습니다. 지금도 기억나는, 뼈를 가루로 만들어 버릴 듯한 침묵 속에서 거대한 바퀴벌레들이 윙윙거리는 소리와 그들의 더듬이가 맞닿는 희미한 소리만이 들리는 가운데, 그 남자는 권총을 자신의 관자놀이 쪽으로 들어 올렸습니다. 희미한 빛 때문에 지독히 집중하느라 내 눈은 곧 피곤해지기 시작했습니다. 느닷없이 관자놀이에 총을 대고 서 있는 저 걸인의 윤곽이 몇 개의 노란색과 초록색 인광 얼룩으로 흩어져 버릴 정도였습니다. 그 사람 뒤에 있는, 흰 회반죽 벽이 더욱 두드러졌습니다. 노인의 얼굴 살갗처럼 두껍고 푸르스름하게 얼룩진 벽, 그 벽의 온갖 갈라진 틈과 석회 알갱이를 나는 볼 수 있었습니다. 갑자기 지하실에서 사향과 땀 냄새가 풍겼습니다. 상자 위에 선 남자는 마치 끔찍한 맛을 느낀 듯 눈을 가늘게 뜨고 입을 삐죽거리며 격렬하게 방아쇠를 당겼습니다.

그다음에 그는 멍하니 순진하게 웃었습니다. 방아쇠를 딸깍하고 당기는 작은 소리만이 들렸습니다. 그는 모든 기력을 소진한 듯 상자에서 내려와 그 위에 걸터앉았습니다. 후견인은 그에게 달려가서, 거의 뭉개 버릴 정도로 거세게 그를 안아주었습니다. 그리고 지하실에 있던 다른 사람들은 정신이 나간 듯 비명을 지르며 살벌한 욕설을 퍼붓기 시작했습니다. 후견인과 그의 룰렛 승부사가 야트막한 문을 통해 바깥으로 나갈 때, 사람들은 권투 시합 말고는 그 어디서도 듣기 힘든 거친 야유를 쏟아부었습니다.

우연하게도 내가 본 최초의 룰렛 승부사는, 그 후로도 계속 목숨을 건지며 노름판에서 벗어났습니다. 나는 수년에 걸쳐 수백 번의 룰렛 게임에 참석하면서, 감히 설명할 수 없는 광경을 여러 차례 목격했습니다. 유일하며 진실로 신성한 본질이자 만물이 깃든 연금술의 금, 즉 인간의 뇌가 두개골 파편과 섞여 벽과 바닥에 흩어지는 장면 말입니다. 투우나 검투사를 생각해 보십시오. 그러면 왜 이 게임이 곧 내 핏속에 스며들어 내 인생을 바꿔 놓았는지 이해하게 될 것입니다. 룰렛은 기본적으로 거미줄과 같은 기하학적 단순성과 힘을 갖추고 있습니다. 한 명의 룰렛 승부사, 한 명의 후견인 그리고 일부 내기 참여자들이 드라마의 주요 등장인물이고, 지하실의 주인, 주변을 순찰하는 경찰관, 시체를 치우기 위해 고용된 짐꾼은 보조 역할로서 출연합니다. 룰렛 게임이 그들에게 가져다주는 상대적으로 미미한 금액은 그들의 관점에서 보자면 진정한 재산이었습니다. 당연히 룰렛 승부사는 룰렛 게임의 인기 배우이자 존재 이유입니다. 일반적으로 룰렛 승부사들은 주정뱅이들, 최근에 석방된 죄수들, 이른바 떠돌이 개처럼 항상 빵을 찾아 헤메는 불행한 사람들로 이루어진 공고한 사회 계층에서 모집합니다. 누구든지 살아 있고 아주 많은 돈을 위해 자신의 목숨을 걸 수 있다면(그러나 이러한 조건에서 돈이 무슨 의미가 있겠습니까?) 룰렛 승부사가 될 수 있었습니다. 또한 가능한 한 가족, 직장 동료, 친한 친구 등 어떤 종류의 사회적 관계도 가지지 않은 사람일수록 더욱 선호되었습니다. 룰렛 승부사에겐 살아서 나갈 수 있는 기회가 여섯 번 중 다섯 번 있는 셈입니다. 그는 보통 후견인이 얻는 수입의 약 10분의 1을 받습니다. 후견인은 자신이 관리하는 룰렛 승부사가 죽으면 그에게 돈을 건 모든 내기 참여자들에게 배당금을 지불해야 하기 때문에 상당한 자금을 보유하고 있어야 합니다. 내기 참여자들은 여섯 번 중에 단 한 번만 승리할 기회를 가지지만, 룰렛 승부사가 사망할 경우, 후견인과 사전에 합의한 대로 도박에 건 금액의 열 배, 심지어 스무 배나 청구할 수 있습니다. 그러나 룰렛 승부사는 생존할 기회를, 여섯 번 중 다섯 번 살아남을 기회를 그나마 첫판에서만 가질 수 있습니다. 통계적으로 이야기하자면, 그가 한 번 더 관자놀이에 총을 댈수록 살아서 나갈 기회는 더더욱 줄어듭니다. 가령 여섯 번째 시도에서 그가 생존할 기회는 0이니까요. 사실 내 오랜 친구가 룰렛의 세계에 입문하여 고유 명사가 될 만큼 독보적인 룰렛 승부사가 되기 전까지 네 판 이후에도 생존한 사례는 전혀 없었습니다. 물론, 대부분의 룰렛 승부사는 일회성으로 도전한 이들이었고, 애당초 그들은 이 세상에서 아무것도 아닌 것을 얻기 위해 이런 끔찍한 짓을 반복하려 하지 않았습니다. 단지 몇몇에 불과했지만 돈을 벌 수 있다는 전망에 매력을 느낀 사람들도 물론 있었습니다. 일반적으로 그런 이들은 자신을 위한 룰렛 승부사를 직접 고용할 수 있는 후견인이 되고자 했습니다. 두 번째 게임 이후에 그런 일이 일어날 수도 있었습니다.

아니, 여기에서 게임에 대해 계속 설명해 봤자 아무 의미가 없습니다. 룰렛은 어떤 게임보다도 어리석지만 매력적인데, 왜냐하면 그 게임엔 우리의 야비함을 즐겁게 해 주는 피의 얼룩이 있기 때문입니다. 그 게임을 거의 완벽하게 해내서 몰락한 사람의 이야기로 다시 돌아가겠습니다. 전설(당시 도시의 모든 선술집들에서 그 이야기를 들을 수 있었습니다.)에 따르면, 그는 어떤 후견인도 얻지 못했지만, 스스로 룰렛에 대해 알아낸 뒤 홀로 자신을 팔러 갔다고 합니다. 그를 고용한 후견인은 뛰어난 룰렛 승부사를 그토록 간단하게 얻게 되었으니, 매우 기뻐했으리라고 나는 생각합니다. 보통 목숨을 경매로 내놓는 사람들과는 고생스러운 흥정을 해야 하고, 길고 짜증 나는 절차를 밟아야 했기 때문입니다. 처음에는 모든 부랑아들이 하늘에서 달을 따다 달라고 요구했을 것이기에, 그들의 생명과 피가 온 우주의 가치에 상당하지 않음을, 단지 시장의 수요에 따라 달라지는 특정 액수의 지폐에 불과하다는 사실을 납득시키기란 몹시 힘들었을 것입니다. 그러므로 후견인은 충분한 기량을 꼭 갖추고 있어야 했습니다. 실제로 상대가 아무것도 아닌 하찮은 사람임을 증명하기 위해 경찰을 불러 위협할 필요도 없는 룰렛 승부사, 특히 후견인이 반쯤 기어드는 목소리와 엉큼한 시선으로 제안한 첫 번째 금액을 언쟁 없이 받아들이는 룰렛 승부사는 후견인에겐 뜻밖의 행운이었습니다. 내 친구가 처음으로 몇 차례 참여했던 룰렛에 대해서는 자세히 알 수 없었습니다. 그가 처음과 두 번째 판에서 생존했을 때, 심지어 세 번째 판에서 살아남았을 때조차 내기 참여자들은 그의 존재를 거의 알아차리지 못했을 것입니다. 기껏해야 그는 운 좋은 룰렛 승부사 정도로 간주되었습니다. 그러나 네 번째와 다섯 번째 룰렛에서도 살아남자 그는 이미 이 게임의 요주 인물이 되었고, 진정한 신화가 되었습니다. 정녕 앞으로 몇 년 동안 터무니없도록 웅장해질 신화 말입니다. 레스토랑에서 우리가 다시 만나기 전까지 룰렛 승부사는 지난 이 년 동안 우리 도시의 토대 아래, 그 더러운 미로 속의 다양한 지하 창고들 안에서 여덟 번이나 자기 관자놀이에 리볼버를 가져다 댔습니다. 매번 나는 이런 말을 들었습니다.(나중에 직접 확인할 수 있었습니다.) 이마가 거의 보이지 않을 만큼 고통스러운 그의 얼굴에는 차마 바라보기 힘든 압도적인 공포, 동물적 두려움이 담겨 있었다는 소문 말입니다. 바로 그러한 그의 두려움이 항상 운명을 자기 쪽으로 이끌어 살아남는 데에 도움이 된 것 같았습니다. 그가 갑자기 눈을 가늘게 뜨고 헤죽헤죽 웃으며 방아쇠를 당기는 순간, 그의 감정적 긴장감은 최고조에 이르렀습니다. 작은 딸깍 소리와 함께, 뼈가 굵은 그의 몸뚱이는 힘없이 바닥에 쓰러집니다. 그는 기절했지만 아무런 피해도 입지 않았습니다. 며칠 동안 그는 기운이 다 빠진 채 침대에 누워 있었지만, 이내 회복하여 카바레와 집창촌을 오가는 생활을 다시 시작했습니다. 그는 돈을 쓰려고 아무리 노력해도 상상력이 부족한 탓에 벌어들인 만큼 쓸 수가 없었으므로, 점점 더 부자가 되었습니다. 그는 이미 후견인과의 계약을 중단하고 직접 자신의 후견인이 되었습니다. 그가 왜 끝끝내 위험을 감수했는지는 수수께끼입니다. 사람들은 한 가지 설명만을 떠올릴 것입니다. 즉, 그가 무슨 시합에서든 스스로를 능가하려고 애쓰는 운동선수처럼, 뭔지 모를 어떤 영광을 위해 그 일을 했다는 것 말입니다. 하지만 그 말속에 얼마나 많은 진실이 있을지는 오직 하느님만이 아십니다. 만약 앞서의 설명과 같았다면 항상 돈만을 추구하던 룰렛은 전혀 새로운 경지로 나아갔을 것입니다. 과연 누가 생존이 걸린 게임에서 세계 최고가 되겠다고 생각이나 하겠습니까? 룰렛 승부사의 유일한 경쟁자인 죽음만이 그 미친 속도를 유지한 채 여태 함께 달리고 있었습니다. 그리고 이 은밀한 경주가 단조로움에 빠진 듯한 순간에(내 친구의 룰렛을 보러 온 사람들은 내기를 위해서가 아니라, 그의 최후를 보러 온 것입니다. 그들은 악마를 상대로 내기를 걸고 있다는 느낌 탓에 승패에 대해선 점점 더 체념하게 되었습니다.) 룰렛 승부사는 우리의 열악한 조건을 넘어서는 모든 것과 자신 사이의 경쟁을 제외한 모든 가능성을 없애버림으로써 처음으로 반항의 몸짓을 드러냈습니다. 그것은 사실상 룰렛을 파괴하는 일이었습니다. 그해 겨울, 그는 말로 표현할 수 없을 만큼 빠르고 정확한 룰렛 노름판의 정보통을 통해 크리스마스 밤에 특별한 룰렛 게임을 주최하리라고 발표했습니다. 리볼버 탄창에는, 심지어 탄환이 하나도 아닌 두 개가 장전되리라고도 했습니다.

생존할 확률은 이제 3분의 1에 불과했으며, 게임이 여러 차례 반복될수록 차츰 희박해지는 생존 가능성은 더 이상 계산할 필요조차 없었습니다. 많은 전문가들은 룰렛 승부사가 죽은 뒤에도 여전히, 이때의 크리스마스 룰렛은 그의 천재적인 일격이었다고 평가했습니다. 그 이후의 모든 일들은 비록 더 화려할지언정 단지 그 행동의 부산물에 지나지 않았습니다. 나는 그 크리스마스 룰렛에 참석했습니다. 그 지하실은 고약한 화학 약품 냄새가 진동하는 코냑 공장의 작업장이었습니다. 그 공간은 내가 본 다른 어떤 방들보다 거대했지만, 그 날 밤엔 손님들을 돌려보내야 할 정도로 가득 붐비고 있었습니다. 어디를 바라보든 유명한 장교들, 화가들, 수염을 기른 몇 명의 성직자들, 기업가들, 사교계 여성들을 쉽게 마주칠 수 있었습니다. 그들은 모두 룰렛 게임에 도입된, 예상치 못한 새로운 규칙에 흥분해 있었습니다. 셔츠를 입은 두 젊은이가 칠판에 적어 놓은 내기 배당금 목록은 얼마나 커다랗던지 룰렛 승부사가 자리해야 할 상자 뒤의 벽면을 다 차지할 정도였습니다. 이윽고 그날의 주인공이 지하 작업장 안에서 피어오르는 짙푸른 연기 사이로 겨우 흐릿하게 모습을 드러냈습니다. 리볼버의 총신을 거의 관능적으로 애무하는 즐거움을 거부할 사람은 아무도 없었으므로 평소보다 더 오랫동안 무기와 탄약통을 의례적이고 세심하게 점검한 뒤, 마침내 그가 상자 위로 올라갔습니다. 그리고 권총을 가져다가 탄창의 빈 약실 구멍에 탄환 두 알을 무작위로 삽입했고, 장전한 뒤에는 손바닥을 대고 탄창을 돌렸습니다. 지하실의 적막 속에서 들쭉날쭉한 웃음소리가 다시금 희미하게 들려왔습니다. 하지만 늘 그랬듯이 어떤 폭발음에도 침묵은 깨지지 않았습니다. 하얀 회반죽을 칠한 벽에는 피의 꽃이 단 한 송이도 피어나지 않았습니다. 곧이어 룰렛 승부사가 상자로 만든 무대를 에워싸고 있는 첫 번째 대열에 있던 사람들의 품으로 쓰러졌습니다. 임시로 만든 탁자 위의 잔들은 엎어졌고, 동전 뭉치 역시 바닥에 굴러떨어졌습니다. 그때 나는 감동과 절망을 동시에 느끼며, 어린아이처럼 울었습니다. 왜냐하면 내 수준에서는 엄청나게 큰 액수의 돈을 그 내기에 걸었고, 결국 잃었기 때문입니다. 사람들은 룰렛 승부사가 괴물 같은 운에 의존하고 있음을 확신할수록 더욱 강한 결단력을 발휘했고, 이 점은 누구에게나 다 마찬가지였습니다. 우리는 언제나 그랬듯이 작게 무리 지어, 꾸불꾸불한 통로를 따라 소굴을 빠져나갔습니다. 바깥은 변두리 동네의 완전한 어둠과 적막에 잠겨 있음에도 불구하고, 나는 집으로 돌아가는 내내 주변의 모든 것들 속에 녹아들어 있는 어떤 시선에 감시받고 있는 것 같았습니다. 온 사방에 쌓인 눈이 만들어 내는 눈부시게 찬란한 형광 속에서도, 리본과 은색 종이로 만든 별들로 쇼윈도를 장식한 상점 안에서도, 선물 꾸러미를 들고 지나가는 몇 안 되는 행인들 그리고 입과 코를 목도리로 따뜻하게 감싼 아이들에게서도 그런 시선이 느껴졌습니다. 습한 추위에 얼굴이 붉어진, 모피 코트를 입고 몸을 움츠린 여자들이 저마다 자신의 남자 친구나 남편을 붙들고, 부츠와 스카프를 진열한 가게의 창문 앞으로 끌고 갔습니다. 가게의 조명이 그 여자들의 얼굴에 청록색, 하늘색, 보라색 그림자를 드리웠습니다. 집으로 가는 길에 어린이 공원을 지나갔는데, 레모네이드와 달콤한 빵을 파는 가판대 앞에, 여기저기 캐러멜 자국이 묻은 한 무리의 아이들이 멍하니 멈춰 서 있었습니다. 얼음 위로 어린 딸이 탄 썰매를 끌고 가는, 두꺼운 옷을 껴입은 한 아버지가 나에게 윙크했습니다. 그 사람은 다른 룰렛 게임에서 만난 적 있는 후견인이었습니다. 나는 갑자기 소름이 끼쳤습니다.

물론, 나는 늘 룰렛의 세계에서 벗어나겠다고 다짐하곤 했습니다. 당시 나는 일 년에 두세 권의 책을 출판했지만, 그것은 거대한 침묵이 앞서고 망각이 뒤따르는 성공일 뿐이었습니다. 새 책을 펴낼 때마다, 나는 지난 룰렛에서 잃은 돈을 만회하고자 다시 그 지하실로 이끌려 들어갔습니다. 아직 살아 있음을 실감하게 하는, 살과 뼈에 대한 예감이 우리를 그 지하실로 유혹하는 듯했습니다. 지금 새삼 나를 가장 놀라게 하는 점은, 그 무렵에 쓴 책들에 깃들어 있는 '이상주의적'이고 '예민한' 내용, 이른바 내가 탐닉했던 역겨운 단눈치오주의[3]입니다. 고상한 생각, 왕족 같은 행동, 비단 레이스, 반짝이고 재치 있는 이야기, 실체 없는 서사로 수천 가지의 섬세한 사기를 만들어 내는 현명하고 전지적인 이야기꾼. 나는 다시 한 번 룰렛의

---

3) 이탈리아의 작가 가브리엘레 단눈치오(Gabriele D'Annunzio, 1863~1938)를 가리킨다. 데카당 문학을 대표하는 인물로, 관능적 이단주의를 선보였다.

음모에 빠져들었습니다. 남다른 성품의 룰렛 승부사가 게임의 규칙을, 암묵적으로 새롭게 규정했다는 소식을 듣자, 나는 더욱 열렬하고 열광적으로, 성난 파도처럼 즉시 룰렛 노름판에 뛰어들지 않을 수 없었습니다. 두 개의 탄환을 넣은 룰렛을 두 차례 더 반복한 뒤, 그 남자는 그야말로 대단한 부자가 되었습니다. 이를테면 그는 수십 개의 국가 산업과 밀접하게 얽혀 있는 데다 지분도 가지고 있었으므로, 그의 존재나 부의 원천이 이토록 저속한 룰렛 노름판에 속해 있다는 사실이 터무니없게 여겨질 정도였습니다. 그런데 그의 배당금은, 집요하게 그와 대결하여 스스로를 망치는 광신도들의 투기에도 불구하고 점차 줄어들었습니다. 바야흐로 룰렛 승부사의 신호 하나에 게임 전체가 무너져 내린 것이었습니다. 불쌍한 부랑자가 관자놀이에 총을 겨누는 룰렛 게임은, 이제 어리석은 취향이 되었습니다. 후견인과 내기 투자자는 더 이상 몰려들지 않았고, 룰렛 승부사만이 그 게임의 주최자로 남았습니다. 그러나 모든 것이 변화하기 시작했습니다. 도박은 판돈 대신에 입장권을 지불하는 공연으로 바뀌었고, 이따금 원형 경기장의 검투사처럼 공연자가 홀로 운명에 직면하는 멋진 볼거리가 되었습니다. 그런 공연을 위해 임대한 방의 규모는 점점 커졌습니다. 쥐구멍, 피와 똥 냄새, 렘브란트의 그림 같던 지난날의 전통은 완전히 버려졌습니다. 이제 지하실에는 기름진 광택이 도는 묵직한 비단들, 네덜란드식 물결 레이스가 달린 식탁보를 덮어 놓은 테이블 위의 화려한 크리스털 잔, 꽃무늬가 상감된 가구, 수백 개의 프리즘과 고드름 모양의 석영이 달린 샹들리에가 자리해 있었습니다. 또 서민적인 맥주 대신에 기묘한 모양의 병에 담긴 정갈한 음료수가 제공되었습니다. 테이블로 안내된 이브닝드레스를 차려입은 여성들은 한동안 오케스트라가 연주하는 무대를 호기심 어린 눈길로 바라보았습니다. 그 무대에서는 트럼펫의 황금색 깔때기, 색소폰의 굽은 목, 트롬본의 우아한 관이 모든 방향에서 끊임없이 나타났습니다. 내가 기억하기로는, 룰렛 승부사가 처음으로 리볼버에 탄환 세 개를 장전한 채 등장한 방의 모습이 바로 그랬던 것 같습니다. 이제 그가 살아남을 확률과, 이 정신 나간 게임에 종지부를 찍을 확률은 정확히 반반으로 똑같았습니다. 돌연한 분위기, 벌레를 감싼 누에고치에 불과한 룰렛이 환기하는 끔찍하고 과시적인 사치는, 죽음의 냄새에 이끌린 관객들의 흥분감을 증폭시킬 뿐이었습니다. 불가능해 보이지만 모든 것은 여전히 사실이었습니다. 룰렛 승부사가 머리에 기름을 바르고 그 시대에 유행하던 턱시도와 통이 넓은 바지를 입었다는 것, 그럼에도 리볼버는 물론 탄환 역시 진짜였다는 것 또한 사실이었습니다. 게다가 그토록 오랫동안 기다려 온 "사고"의 확률은 그 어느 때보다 높았습니다. 무기가 다시 모든 사람들의 손을 거쳐 전달되었고, 모든 이들의 손가락에 미세한 기름 냄새를 남겼습니다. 홀 안에서 가장 연약한 여인조차 눈을 가리지 않았습니다. 그 보라색 눈동자의 반짝임 속에는, 룰렛에 대해 말로만 전해 들은 바를 직접 보고자 하는, 비뚤어진 욕망이 깃들어 있었습니다. 요컨대, 달걀 껍데기처럼 깨지는 두개골과, 그들의 드레스 옷자락 위로 내리 떨어질 뇌라는 모호한 액체를 보고자 하는 욕망 말입니다. 덧붙여 나는, 죽음 곁에 있고자 하는 여성들의 욕구와, 거의 형이상학적인 화약 냄새를 풍기는 남성에게 매력을 발산하고자 하는 여성들의 태도에 항상 전율하곤 했습니다. 때때로 자신의 삶을 담보로 번식 투쟁에 임하는 어리석고 나약한 침팬지가 암컷들에게 거두는 믿지 못할 성공은, 아마 여기에서 기인했지도 모릅니다. 그 여자들이 만약 그의 죽음을 목격했더라면, 그녀들은 곧장 각자의 연인과 함께 집에 돌아가서, 잿빛 분비물과 안구에서 흘러나온 체액으로 얼룩진, 피로 물든 붕대 같은 드레스를 아래로 벗어 던진 뒤 이제껏 그 어느 때보다 더 열정적으로 사랑을 나눴으리라고 나는 믿습니다. 룰렛 승부사는 빨간 공단을 덮은 상자 위로 올라가서 관자놀이에 권총을 대고, 그 특유의 발작적인 공포를 얼굴에 띤 채 방아쇠를 당겼습니다. 그러고는 몇 초 동안 모든 것을 정지시키는 침묵 속에서, 오로지 그의 몸이 바닥에 부딪치는 굉음만이 들렸습니다. 그 뒤로, 룰렛 승부사는 병원에서 며칠간 정신 착란에 시달린 끝에, 다시 정상적인 생활로 돌아왔습니다. 얼굴을 하늘로 향한 채, 상자 밑에 깔린 부하라[4]산 양탄자 위에 누워 고통스러워하던 그 남자의 모습을 나는 잊을 수 없습니다. 예전엔 생존한 룰렛 승부사들이 야유를 받거나 판돈을 잃은 내기 투자자들에게 구타를 당하기도 했습니다. 그러나 내 친구는, 마치 인기 높은 영화배우처럼 박수를 받았고, 의식 불

---

4) 우즈베키스탄에 자리한 고대 도시. 비단길과 이슬람 문화의 중심지이자, 희귀한 직물과 카펫의 원산지로 자주 언급된다.

명에 빠진 그의 육신은 융숭하게 존경받았습니다. 젊은 여성들은 히스테릭하게 울면서 그 곁에 모여들었고, 그를 만질 수 있기만 해도 기뻐했습니다.

탄창에 기름칠한 탄환 세 개가 들어가는 룰렛 게임에 관한 내 기억은, 그 뒤에 이어진 다른 게임들과 뒤섞여서 혼란합니다. 이후의 일들은 마치 룰렛 승부사의 사악한 오만함이, 그로 하여금 점점 더 운명의 신들을 모욕하도록 부추기는 듯 보였습니다. 얼마 지나지 않아서 그는 여섯 개의 탄창 구멍 중 네 군데에 탄환을 넣고 돌리는 룰렛 게임을 발표했습니다. 그 다음에는 다섯 개의 탄환을 꽂은 채 룰렛 게임을 시도했습니다. 여섯 개의 구멍 중 단 하나의 구멍만이 비어 있는 것입니다. 이를테면, 살아남을 기회가 여섯 번 중에 단 한 번뿐이라는 사실! 이제 게임은 더 이상 게임이 아니게 되었습니다. 당시 벨벳 안락의자에 앉아 있던 사람들 중에서 가장 경박한 사람조차 뇌나 심장으로가 아니라, 오직 뼈와 연골과 신경으로 룰렛 게임이 이룩한 신학적 위대함을 느꼈습니다. 룰렛 승부사가 리볼버를 장전하고 탄창을 돌리자 잘 기름칠된 검은색 금속은 다시 급격하고 불규칙한 마찰음을 나직이 일으키면서 돌아갔습니다. 탄환들로 무거워진 그 육각형의 부속품은 유일한 빈자리를 총열 바로 앞으로 맞추더니 멈췄습니다. 메마르게 울린 방아쇠를 당기는 딸각 소리와 룰렛 승부사가 쓰러지는 소리가 신성한 침묵에 휩싸였습니다.

나는 담요를 덮고서 책상에 앉아 글을 쓰고 있음에도 지독하게 춥습니다. 이 행들을 써 내려가는 동안 내 방, 내 무덤은 바깥의 검은 안개 속을 현기증이 날 만큼 빠르게 여행했습니다. 뼈다귀를 담은, 땀으로 뒤범벅된 무기력한 자루에 불과한 나는, 밤새도록 침대 위에서 이리저리 뒤척였습니다. 바깥에는 이제 더는 아무것도, 영원히 아무것도 없습니다. 어느 방향으로든 아무리 멀리 가더라도 타르 덩어리같이 단단하고 검고 짙은 이 안개만이 무한히 자욱할 뿐입니다. 룰렛 승부사는 나의 판돈은 물론이고, 이 세상의 양식(糧食)을 다시 풍성히 부풀어 오르게 하는 발효종이어야 합니다. 그렇지 않으면 세상의 모든 것은 납작한 빵처럼 밋밋하게 될 테죠, 만약 모든 것이라는 게 있다면 말입니다. 하지만 그가 존재했더라면, 아니 그는 실제로 존재했습니다. 그런 까닭에 세상도 존재했고, 그 점에 대해서라면 돈내기를 할 수도 있습니다. 그러면 나는 이렇게, 뼈에 오그라 붙은 피부와 피범벅이 된 모피 같은 살덩이를 짊어진 채, 영원히 앞으로 나아가기 위해 억지로 눈을 감지 않아도 되었을 것입니다. 나는 이 이야기에서 가장 비천한 수족관을 만들어 봅니다. 왜냐하면 나는 장식하는 데에 관심이 없기 때문입니다. 그 수족관 안에서 나와 그 사람은 각자 상대방의 현실을 보장해 주고, 고동치는 심장이 들여다보이는 두 마리의 반투명한 물고기처럼 가느다란 배설물 가닥을 질질 끌면서 생존하고자 애를 씁니다. 나는 이 수족관에 생긴 균열을 간과할지 모른다는 생각만으로도 두렵습니다. 척추에 더 이상 아무 감각이 없더라도 노력하려 합니다. 신이시여, 정신을 차려야 합니다…….

수년 동안 룰렛 승부사는 옷자락에 천사를 매달고 다녔습니다. 하지만 그는 그 천사의 멱살을 잡고, 어떻게든 떨쳐 내려고 사방으로 발버둥질을 했습니다. 언젠가 저녁 무렵에, 그 사람은 온 힘을 다해 천사의 목덜미를 꽉 움켜쥐고 그 눈을 깊게 들여다보았습니다. 아침에 신께서 그를 불구로 만들고, 그에게 새로운 이름을 주었으니……. 룰렛을 하는 마지막 날 저녁, 실질적으로 이 도시에서 가장 고명한 사람들 모두가 도축장 지하에 있는 거대한 냉장실에 모였습니다. 그 냉장실의 풍경은 벼락출세한 자들의 과시적 사치로 장식되어 있던 예전 장소에 익숙한 사람들에게는 몹시 이상하게 보였을 것입니다. 향수를 불러일으키는 혼성 양식, 이처럼 난잡함과 세련미가 뒤섞인 다소 비뚤어진 혼성 양식을 만들어 낸 것이 과연 누군가의 직관인지, 아니면 『거꾸로』[5] 향하는 회상인지는 잘 모르겠습니다. 그러나 불과 몇 달 전의 허세 섞인 화려함보다 훨씬 강력한 효과를 발휘했습니다. 언뜻 둘러보면, 이 공간의 크기를 제외하고, 마치 '선사 시대'에나 있었을 법한 낡고 지저분한 움집에 와 있는 듯한 인상을 받을 것입니다. 벽면엔 외설스러운 엉터리 그림들, 긁어서 새긴 문구들, 목탄으로 투박하게 칠한 선들이 가득했습니다. 그러나 어느 정도 안목을 갖춘 사람이라면, 단번에 위대한 예술가가 창조해 낸 이 심미적 세련

---

5) 프랑스 소설가 조리스칼 위스망스(Joris-Karl Huysmans, 1848~1907)의 대표작. 그가 쓴 『거꾸로』(1884)는 퇴폐주의 문학의 정수로 손꼽히며, 해당 작품의 주인공 데제생트(Jean Floressas des Esseintes)는 퇴폐주의 사상의 화신으로 평가받는다.

미와 일관되고 감성적인 시각 예술을 알아챘을 테죠. 그 예술가의 이름은, 나름의 이유가 있으므로 굳이 언급하지 않겠습니다. 값비싼 나무의 심재로 만들고 금박으로 치장한 작은 탁자들은, 한때 내기꾼들이 둘러앉았던 정어리 통을 흉내 낸 것입니다. 그리고 인공적으로 금을 낸 크리스털 머그는 미묘한 녹색을 띤 싸구려 유리 머그의 야만적인 외관을 모방하고 있었습니다. 칙칙한 빛깔의 색유리는 마치 양초 불빛 같은 음산한 기운을 퍼뜨렸고, 수지 횃불의 연약한 빛은 이제 사향을 풍기는, 한때 시가에서 피어오르던 푸르스름한 연기와 뒤섞이며 은은한 향수를 불러일으키는 섬세한 감정을 일깨워 주었습니다. 홀 앞의 무대 위에는 항구에서 가져온, 어느 아랍 회사의 이름이 가득 적힌, 진짜 오렌지 상자 하나가 놓여 있었습니다. 그리고 그곳에는 그날 저녁의 환상적인 판돈에 매료된 수많은 사람들이 있었습니다. 흰색 버누스[6]를 걸친 여러 석유 재벌들, 유명한 영화배우들, 인기 있는 가수들, 폭이 넓은 빳빳한 넥타이를 매고 단춧구멍에는 카네이션을 꽂은 기업가들도 눈에 띄었습니다. 각각의 사람들은, 입구에서 홀에 입장하기까지 비단 목도리로 눈을 가려야 하는 규칙을 잘 따랐습니다. 내가 혐오스러울 정도로 방자해 보일 수도 있지만, 이 말만큼은 해야겠습니다. 그날 저녁, 나는 내 주변의 온갖 사람들과 인생에 지친 사람들의 관심을 끈, 일종의 저명인사였습니

---

6) 북아프리카 베르베르인의 전통 외투. 후드가 달린 헐렁한 망토 형태로, 양모로 만든다.

다. 점점 더 두꺼워진 내 책들은 사람들의 취향에 더욱 잘 맞아떨어졌고, 나는 그 어느 때보다 유명해졌습니다. 책들은 고귀했습니다. 그렇습니다, 특히 고귀했습니다. 또한 관대했습니다. 특히 관대했습니다. 심사 위원단이 나에게 국가 차원의 상을 수여한 까닭은 바로 이러합니다. "그의 책에 담긴 고귀하고 관대한 인류애, 표현력이 풍부한 언어를 능숙하게 구사하다."

룰렛 승부사가 누더기를 세련되게 모방한, 기괴한 천 조각을 걸치고 홀에 나타났을 때, 그곳 책임자 역시 후견인 행세를 하며 입장했습니다. 그는 두 팔에 껴안고 가져온 상자를 열고, 숨 막힐 정도로 아름다운 상앗빛 손잡이와 반짝이는 총열을 지닌 최고의 윈체스터 리볼버(현재는 개인 소장품이 된)를 청중에게 보여 주었습니다. 나는 앞으로 일어날 일이 실현되리라는 사실을 믿을 수 없었습니다. 몇 주 전에 룰렛 승부사가, 다음 룰렛 게임에서는 리볼버에 총알 여섯 개를 모두 장전한 채 게임에 임하겠다고 발표했기 때문입니다! 탄환이 하나에서 다섯 개로 늘어나는 과정도 감히 믿을 수 없었지만, 어쨌든 한 번의 기회는 남아 있었습니다. 그런데 지금의 광기는 단 한 번의 기회조차 없는 벼랑 끝일 뿐이었습니다. 룰렛 승부사가 그동안의 시도에서 간직해 온 인간성의 작은 물방울은, 이제 확실성이라는 100만 개의 태양 아래서 모조리 증발해 버렸습니다. 탄환들과 리볼버를 확인하는 데에만 몇 시간이 걸렸습니다. 마침내 탄환들과 리볼버가 룰렛 승부사의 수중으로 돌아왔을 때, 그는 오렌지 상자 위에 올라가서 모아 쥔 양 주먹에 탄환들을 담고, 마치 몇 개의 주사위로 짤짤이 노름을 하듯 잠시 덜컥덜컥 흔들어 댔습니다. 그러고는 그 탄환들을 여섯 개의 탄창 구멍에 차례대로 하나씩 삽입했습니다. 끝으로 그는 손바닥을 격렬하게 움직이며 탄창을 드르륵 굴렀습니다. "소용없어." 누군가가 내 옆에서 속삭이던 순간이 기억납니다. 무시무시한 적막 속에서 탄창이 회전할 때, 나는 톱니바퀴가 걸리는 작은 소음을 너털웃음처럼 선명하게 들었습니다. 몸을 떨고, 오만상을 찌푸리며, 고통에 빠진 사람들에게서만 찾아볼 수 있는 공포로 가득 찬 눈동자로, 그는 관자놀이에 리볼버를 꽂았습니다. 그러자 사람들이 자리에서 일어났습니다.

나는 관자놀이의 정맥이 부풀어 오르고 있음을 느낄 정도로 한껏 긴장한 채 그를 바라보았습니다. 그리고 리볼버의 탄창 밸브가 진동하며 천천히 올라가는 광경을 똑똑히 볼 수 있었습니다. 돌연 그 진동이 홀 안에 넓게 퍼져 나가는 듯했고, 나는 발밑에서 땅이 달아나고 있음을 느꼈습니다. 리볼버가 끔찍한 종말의 소음을 내며 발사되는 순간, 나는 룰렛 승부사가 상자 위에서 바닥으로 쓰러지는 모습을 보았습니다. 이미 공간은 여자들의 찢어지는 비명 소리, 병들이 엎어지고 깨지는 날카로운 소리 따위와 함께, 둔탁한 소음으로 가득 찼습니다. 갑작스레 폐소 공포증에 압도당한 우리는 더 빠르게 바깥으로 뛰쳐나가고자 서로를 짓밟아 댈 정도였습니다. 무지막지한 흔들림이 족히 몇 분 동안 지속되었고, 온 거리가 돌과 쇠붙이의 잔해 더미로 변해 버렸습니다. 출구로 나오자, 바로 앞에는 탈선한 트램 한 대가 가구점의 창문을 박살 내고 내부로 돌진해 있었습니다. 한 시간 뒤에 지진이 다시 시작되었는데,

처음의 진동보다는 다소 약했습니다. 그날 밤, 과연 누가 집에 들어갈 용기를 냈을까요? 아침 안개가 지평선을 하얗게 물들이고, 붕괴한 건물들이 뱉어 낸 먼지가 포장도로에 쌓일 때까지 나는 거리를 배회했습니다. 그제야 나는 룰렛 승부사가 아마도 지하 창고에 버려져 있으리라는 사실을 겨우 깨닫고, 그가 아직 살아 있는지 알아보기 위해 그곳으로 돌아갔습니다. 바닥에 쓰러진 그는 벌써 몇몇 사람들에게 보살핌을 받고 있었습니다. 한쪽 대퇴골이 탈구된 그는 고통으로 신음했습니다. 그 옆에는 아직 화약 냄새가 가시지 않은 리볼버가 놓여 있었는데, 탄창에는 탄환 다섯 개만이 남아 있었습니다. 여섯 번째이자 발사된 총알은, 천장 근처의 벽에 거무스레한 구멍을 뚫어 놓았습니다. 나는 도로에서 아무 차를 불러 세운 뒤, 그 오랜 친구를 병원으로 데려갔습니다. 그는 빨리 회복했지만, 아직 살아 있던 나머지 일 년 동안 계속 절뚝거렸습니다. 우리가 스스로 완벽하게 이룩한 무언가를 대개 망각해 버리듯이, 그 역시 그 사건이 일어난 날의 저녁과, 모두의 마음속에서 지워진 룰렛 게임을 묻어 버렸습니다. 전쟁 이후에 태어난 젊은 세대는 이러한 '신비로운 흔적'을 더는 찾아내지 못했습니다. 오직 나만이 조금 더 증언할 따름입니다. 하지만 당신을 위해서는 아무도, 당신을 위해서는 아무것도.

지진이 발생한 저녁 이후에, 룰렛 승부사는 평소와 마찬가지로 대충 얼버무린 일련의 스캔들을 남긴 채, 이 도시에서 가장 악명 높은 지역으로 숨어들었습니다. 분명히 그는 두 번 다시 룰렛을 생각하지 않았던 것 같습니다.

이제는 하루에 한 페이지조차 글을 쓸 수 없습니다. 다리와 척추에 지속되는 통증 그리고 손가락과 귀, 얼굴 피부의 통증 탓에 괴롭습니다. 이제 나에게 무슨 일이 일어날까요, 죽음 이후에는 무엇이 나를 기다리고 있을까요? 나는 내가 바라는 대로 믿고 싶었습니다. 저 너머에서 새로운 삶이 열릴 것이고, 지금 여기에서는 한 마리의 애벌레처럼 그 삶을 기다리고 있을 뿐이라고. 아무튼 자아는 존재하기 때문에 스스로의 영속성을 보장해 줄 방법을 마땅히 발견했으리라고. 나는 단지 더 복잡하고 다른 무한한 것으로 변모해 가고 있을 따름이라고. 만약 그렇지 않다면 불합리한 일이므로, 나는 우주의 계획 속에 그러한 부조리가 들어설 자리는 없다고 생각합니다. 수십 억 개의 은하들, 감지할 수 없는 차원들 그리고 요컨대 내 두개골을 후광처럼 둘러싼 이 세계는, 내가 그것을 완전히 소유하고 인식하고 그 자체가 되도록 명령하지 않았다면 존재할 수 없었을 것입니다. 어젯밤 침대에 누워 이불 밑에 몸을 웅크린 채 나는 일종의 환상을 보았습니다. 나는 나를 요상하게 회전시키는, 길게 늘어지고 피투성이이며, 형언할 수 없을 만큼 음란한 배에서 막 태어난 참이었습니다. 나는 무한의 속도로 나선을 그리며 밤 속으로 흘러들었고, 내 뒤에는 눈물과 림프액, 피의 자국만이 남아 있었습니다. 그리고 갑자기 밤의 끝자락에서, 내 감각과 이해력으로는 도저히 감당할 수 없을 만큼 장엄한 빛의 신이 눈앞에 나타났습니다. 나는 그의 거대한 가슴을 향해 나아갔습니다. 그러자 그의 단호한 표정이 솟아올랐고, 내 시야의 가장자리에 빽빽이 펼쳐졌습니다. 곧이어 그의 가슴에서 커다랗게 타오르는 노란빛만이 보였고, 이내 나는 그 빛을 뚫고 들어가서는 그의 불타는 몸속을 끝없이 항해했으며, 마침내 그의 등을 통해 바깥으로 빠져나왔습니다. 허공을 날아가면서 뒤를 돌아보니 거대한 여호와가 머리를 숙인 채 왼쪽으로 쓰러지는 모습이 보였습니다. 그는 서서히, 천천히 작아지더니 사라졌고, 그 끝없는 밤 속에서 나는 다시 혼자가 되었습니다. 도무지 가늠할 수 없는 얼마간의 시간(나는 그것을 영원이라 부르고자 합니다.)이 흐른 뒤, 첫 번째 신과 거의 동일한 규모의 거대한 신이 또다시 내 시야의 가장자리에 나타났습니다. 나는 그를 뚫고 들어갔고, 허공 속으로 솟구쳐 올랐습니다. 그렇게 또 다른 영원이 지나고 또 다른 신이 나타났습니다. 다시 바라보니 줄지어 선 신들이 점점 더 많아졌습니다. 그들은 수백, 수천이나 되었고, 마치 화염으로 이루어진 거대한 지퍼가 열리듯이 각자 머리를 아래로 향한 채 한 번은 왼쪽으로, 다음번에는 오른쪽으로 번갈아 쓰러져 갔습니다. 그리고 나는 그렇게 지퍼를 풀어 헤치듯이 하늘을 날면서 이 세상 무엇보다도 장엄한 지름길을, 참된 신의 가슴을 벗겼습니다. 나는 그 빛에 숯처럼 새카맣게 그을었고, 연신 빙글빙글 돌다가 그분보다 더 위로, 아득히 높은 곳까지 올라갔고, 마침내 그분의 전체 모습을 볼 수 있었습니다. 형언할 수 없을 정도로 아름다웠습니다. 황소처럼 털이 수북한 그분의 가슴은 여성의 유방을 닮아 있었습니다. 그분의 얼굴은 젊었으며, 수천 가닥으로 길게 땋아 내린 불꽃의 왕관을 쓰고 있었습니다. 강력한 남근을 품은 넓은 골반도 지녔습니다. 정수리부터 발끝에 이르기까지 모두 다 빛 그 자체였습니다. 그분은 무아지경에 빠진 듯한 슬픈 미소를 띤 채 눈을 반쯤 뜨고 있었습니다. 심장이 있는 왼쪽 가슴 아래에는 끔찍한 상처가 나 있었고, 감히 설명할 수 없을 만큼 우아한 몸짓으로, 오른손 손가락 사이에 붉은 장미 한 송이를 쥐고 있었습니다. 그리고 그분은 자신을 포용하려 했으나, 도리어 자기에게 집어삼켜지고 압도당한 그 공간에 누워서 유영하고 있었습니다……. 나는 내 골방의 차가운 가구들 사이에서 늙어 가는 존재의 마른 울음을 터뜨리며 깨어났습니다. 나는 이토록 무의미하게 모아 온 이 책장들을 여기에 버리고 싶었습니다. 하지만 평생 글만 써 온 사람이 무엇을 할 수 있겠습니까? 문체의 올가미에서 어떻게 벗어날 수 있겠습니까? 어떻게, 무슨 수를 써야 예술적 관습의 감옥에서 벗어나, 순수한 증언을 종이에 적어 내려갈 수 있습니까? 나는 인정할 용기를 내기 위해 집중해 보지만 아무런 방도가 없습니다. 나는 처음부터 이 점을 알았음에도 마치 궁지에 몰린 짐승이 꾀를 부리듯 나의 게임, 나의 판돈, 나의 내기를 당신의 시야에서 숨기고자 노력했습니다. 결국 나는 문학에 모든 것을 걸었기 때문입니다. 나는 마조히스트나 파스칼 추종자들과 비슷한 나의 성찰 방식을 통해 나에게 대항하는 듯 보이는 모든 것들을 이용했습니다. 이 '이야기'를 끝까지 전달하게 하는 나의 모든 성찰은 다음과 같습니다.(어떤 노력을 기울였는지는 나만 알겠지요.) 나는 룰렛 승부사를 알았습니다. 비록 그와 같은 사람이 실제로 존재했을 리 없을지라도 그는 틀림없이 존재했습니다. 나는 그 점을 의심하지 않습니다. 그러나 세상에는 불가능이 가능한 곳이 딱 한 군데 있는데, 바로 소설 속, 문학입니다. 그 속에서는 통계의 법칙이 깨질 수도 있으며, 한 사람이 예정된 운명보다 더욱 강력할 수도 있습니다. 룰렛 승부사는 이 세상에 실존할 수 없었습니다. 이 말은 곧 그가 산 세상이 허구이고 문학이라는 뜻과 같습니다. 나는 룰렛 승부사가 문학 속 인물이라는 사실을 의심하지 않습니다. 그렇다면 나 역시 문학 속 인물이므로, 이 환희를 억누를 수 없습니다. 요컨대, 문학 속 인물은 결코 죽지 않고, 누군가가 자신의 세계를 '읽을' 때마다 몇 번이든 다시 삶을 살아갑니다. 그리스 항아리에 그려진 목동은 사랑하는 연인에게 영원히 입맞춤할 수 없을지라도 최소한 그녀를 영원히 바라볼 수는 있음을 나는 압니다. 자, 여기에 나의 내기와 희망에 대한 신념이 있습니다. 나는 온 마음을 다해, 확고한 근거를 가지고 희망하는 것입니다. 룰렛 승부사. 나는 이야기 속 인물이므로 벌써 여든이 되었더라도 결코 죽지 않을 것입니다. 왜냐하면 나는 사실 단 한 번도 살아 본 적이 없기 때문입니다. 어쩌면 나는 가치 있는 이야기 속에서 살지 않았거나 단지 보조 배역에 불과할지도 모릅니다. 그러나 이 같은 관점조차 인생의 최후에 도달한 사람에게는 자신이 영원히 사라진다는 사실보다 바람직하게 다가올 것입니다.

룰렛 승부사가 보여 준 환상적인 행운에 대해 수천 가지 추측이 제기되었습니다. 대부분의 다른 추측들보다 더 현실적이지는 않을지라도 최소한 조금 더 일관성 있는 가설을 덧붙이는 것뿐입니다. 달리 제가 무엇을 할 수 있겠습니까? 나는 어릴 때부터 룰렛 승부사를 알고 지냈기 때문에, 그가 실제로 행운이 아니라 오히려 가장 어두운 불운, 심지어 초자연적 불운이라고 할 수 있는 무언가에 시달렸음을 기억하고 있습니다. 나는 그것이 그 사람의 영원한 특성이었다고, 말하고 싶습니다. 그는 가장 단순한 운에 의해 승패가 좌우되는 게임에서조차 승리의 기쁨을 누려 본 적이 한 번도 없었습니다. 구슬치기에서 경마, 말굽 던지기에서 포커에 이르기까지 운명은 항상 그를 어릿광대처럼 마음대로 부려 먹는 듯했고, 늘 비꼬는 눈초리로 그를 쳐다보는 것 같았습니다. 룰렛 게임은 어리숙하고 순진한 그 사람에겐 큰 기회였습니다. 그런 그가 운명의 갑옷 어딘가에 도사린 유일한 약점을 전갈처럼 찾아내서 꿰뚫고, 영원한 조롱을 불멸의 승리로 바꿀 수 있을 만큼 교활했다는 사실은 참으로 놀랍습니다. 어떻게 그런 일이 일어났을까요? 지금 생각해 보니 그것은 간결하고 원시적이며, 천재적으로 단순한 일이었습니다. 룰렛 승부사는 자신에게 불리한 쪽에 내기를 건 것입니다. 그가 관자놀이에 리볼버를 꽂을 때마다 그는 두 사람으로 분열했습니다. 그의 의지는 그를 배반하며 자기 스스로에게 사형을 선고했습니다. 그때마다 그는 온몸으로, 자신이 죽으리라고 확신했습니다. 그러므로 그의 얼굴에 무한한 공포가 나타났다고, 나는 믿습니다. 그러나 그의 불운은 총체적이었으므로 자살하려는 그의 바람 역시 매번 실패할 수밖에 없었던 것입니다. 이런 설명이 말도 안 되게 우둔해 보일 수도 있지만, 이것 말고 다른 타당한 설명을 찾아내기란 내 능력으로는 불가능합니다. 게다가 이제 이 모든 것은 더 이상 중요하지 않습니다…….

피곤합니다. 나는 한 페이지를 더 쓰기 위해 온 힘을 다하고 있습니다. 주사위가 던져지고 수족관은 준비되었으므로, 이제 나는 끊임없이 물이 새어 나가는 마지막 틈새를 막아 버리려 합니다. 그러고는 그 옆에서 침묵한 채 가만있을 것입니다. 단지 물고기들의 지느러미와 꼬리만이 때때로 우리의 심장을 계속 고동치게 합니다. 나는 룰렛 승부사의 이야기를 마무리 짓는 순간을, 너무나 흥분된 마음으로 고대하고 있습니다. 그의 최후는 끔찍하게도, 그가 여섯 개 탄환을 전부 장전했던 룰렛 게임에서 살아남은 직후에 찾아왔습니다. 그 뒤로 약 일 년이 지나기 전, 어느 우윳빛 아침에, 그는 도박장에서 집으로 돌아가던 중, 평소 발을 질질 끌고 다니던 난잡한 거리를 걷다가 난데없이 어떤 낯선 골목으로 끌려갔습니다. 겨우 열일곱 살도 안 된 소년이 그의 관자놀이에 총을 겨누고 룰렛 승부사에게 돈을 요구했습니다. 몇 시간 뒤, 그는 죽은 채 발견되었습니다. 그 옆에는 불행한 소년이 지문도 채 닦지 못하고 버려둔 리볼버 한 자루가 남겨져 있었습니다. 시신에는 어떠한 부상의 흔적도 없었고, 부검 결과 사인은 심장 마비로 확인되었습니다. 심지어 격발된 적 없는 그 리볼버에서는 단 하나의 탄환도 발견되지 않았습니다. 소년은 그날 친구들과 함께 숨어 있다가 발각되었고, 모든 전말이 분명해졌습니다. 그는 단지 강도 짓으로 돈을 얻으려 했을 뿐입니다. 권총은 장전되지 않았으며 단지 위협하기 위해 겨누었던 것입니다. 술에 취한 룰렛 승부사는 습격당한 뒤 끔찍한 공포에 사로잡혔고, 땅바닥에 퍽 쓰러졌습니다. 그러자 소년은 판단력을 잃고 리볼버를 버린 채 달아났습니다. 룰렛 승부사에게는 친척도 없었고, 그를 아는 사람도 전혀 없는 것 같았으므로(나는 이 모든 일이 끝날 때까지 며칠 동안 숨어 지냈습니다.) 사람들은 장례 없이 그를 묻고, 그 무덤에 간단한 나무 십자가를 세워 주었습니다.

나는 나의 십자가와 내 언어의 수의를 이렇게 마무리하겠습니다. 독자 여러분, 나는 여러분의 강하고 또렷한 목소리가 들려올 때, 나사로처럼 다시 살아날 수 있도록 저 아래에서 기다리고 있겠습니다. 나는 내가 몹시 좋아하는 엘리엇의 시를 비문에 새기고, 마치 원이 닫히듯 이것을 마무리하고자 합니다.

주여, 이스라엘에게 평화를 주소서.
여든 살에 이르렀지만 이 땅에서 미래가 없는 그에게.

노스탈지아

삶의 과거로부터 한 가락 노래를 뽑아내어
오, 영혼이여, 다시 한 번 전율하게 하고 싶지만
내 손은 헛되이 리라의 현(絃) 위로 미끄러질 뿐

젊음의 지평선 속으로 모든 것이 사라지고
다른 시절의 달콤한 입술은 이제 침묵하네
시간은 내 뒤에서 점점 쌓여만 가고…… 어둠이 오는구나!
— 미하이 에미네스쿠*

* 미하이 에미네스쿠(Mihai Eminescu, 1850~1889). 미하이 에미네스쿠는 이른바 '루마니아의 국민 시인'으로, 낭만주의 시 문학의 정점에 서 있는 인물이다. 독일 철학의 영향을 강하게 받은 그는 우주적 사유, 세월의 무상함, 사랑의 상실, 형이상학적 고독을 깊이 있고 음악적인 시 언어로 조형해 냈으며, 루마니아어만의 독특한 시적 운율을 확립했다.

말라깽이 꼬마

나는 광기에 물들어 거대한 꿈을 꾸고, 현실에서 시도하지 못한 감각들을 꿈속에서 느낍니다. 지난 십 년 동안 나는 수백 개의 꿈을 기록했는데, 그 꿈들 중 일부는 발작처럼 반복되며 매번 나를 수치심, 증오, 외로움이라는 지독한 굴욕으로 몰아넣었습니다. 물론, 작가는 꿈을 이야기할 때마다 독자를 한 명씩 잃는다고 합니다. 왜냐하면 이야기에서 꿈이란 단지 정신의 심연에 빠지는 편리하고 구태의연한 방법일 뿐 아니라, 심지어 지루하기 때문입니다. 확실히 어떤 꿈이 다른 사람에게 의미 있는 경우는 매우 드뭅니다. 게다가 저술가들은 종종 꿈을 위조해서 사용하기도 합니다. 가령 이야기의 모호한 현실을 필요에 따라 정리하고 반영하기 위해 꿈을 적정한 요구 수준에 맞게 조립하는 것 말입니다. 그것은 마치 광학적 왜상

(歪像)이 있는 낙서 중앙에 만년필 뚜껑을 덮어 놓으면, 그 속으로 벌거벗은 여자가 비쳐 보이는 것과 같습니다. 나는 이 이야기를 꿈으로 시작할 작정이므로, 이때 작가에게 따라붙을 게으르고 순진하다는 비난으로부터 어떻게든 스스로를 변호하고자 합니다. 여러분도 아시다시피 나는 가끔씩 산문을 쓰는 사람입니다. 나는 여러분과 내 친구들 그리고 나를 위해서만 글을 씁니다. 나의 실제 직업은 고루하지만, 나는 그 일을 좋아하고 그 일의 요령을 아주 잘 압니다. 반면에 글쓰기의 요령은 나를 냉정하게 합니다. 여러분의 일요일 모임에 참석한 뒤로, 지난 일 년여 동안 나는 이야기를 마무리하는 기술을 엄청나게 많이 배울 수 있었습니다.

그러나 어찌 되었든 할 말이 별로 없을 것 같다는 사실이 두려웠습니다. 사실 여러분에게 말하고 싶은 꿈을 꾸던 날 밤, 그 전까지만 해도 나는 내 인생에 타인에게 고백할 만한 무언가가 단 한 가지도 없다고 확신했습니다. 그런 까닭에 나는 심연으로 곧장 들어가기보다는 단지 제대로 시작하고 싶을 뿐입니다. 왜냐하면 소설뿐 아니라 인생에서도 시작이 전반적인 분위기를 결정한다고 확신하기 때문입니다. 광기 속에서도 마찬가지입니다. 내 옛 친구가 어떻게 목적 없이 방황하게 되었는지, 나는 기억합니다.

어느 날 저녁, 그는 매우 들뜬 상태로 내 원룸 아파트에 찾아왔습니다. 그러고는 한 시간 전에 자신이 경험한 일을 이상하리만큼 일관되게 늘어놓았습니다. "나는 아는 사람의 집에 가려고 전차를 탔어. 바깥이 추워서 창문엔 뿌옇게 김이 서렸지. 내 앞 좌석에는 더러운 갈색 코트를 입고 녹색 스카프를 두른 촌스러운 여자가 한 명 앉아 있었어. 나는 그녀가 투박한 손모아장갑을 낀 손으로 김이 서린 창문 한구석을 닦을 때까지만 해도 전혀 알아채지 못했지. 방금 전에 장갑으로 닦은 투명한 자국을 통해 바깥을 내다보는데, 전차가 지하도로 들어섰어. 그러자 투명한 자국이 타르같이 새카맣게 변하더니 유리창의 나머지 희뿌연 영역과 대조를 이루더군. 그래, 그랬지. 그런데 그 자국이 저 유명한 중국 그림자극의 그림자처럼 괴테의 옆모습을 완벽하게 재현해 내는 거야. 그의 모든 것이 거기에 있었어. 비스듬한 이마에서 시작되는 곧은 코, 끝부분이 꼬리처럼 말려 올라간 가발, 도톰한 입술, 동그란 턱……."

이제 더는 길게 끌지 않고, 내가 언급했던 꿈에 대한 이야기를 시작하겠습니다. 두 달 전쯤에, 간단히 말하자면, 나는 어떤 유리병에 갇혀 있는 꿈을 꾸었습니다. 그것은 마치 수정 덩어리를 잘라 만든 듯 보였습니다. 나는 때때로 무지갯빛을 띠는 그 유리병 속을 빙빙 돌았고, 그 유리벽을 통해 깜빡깜빡 너울거리듯 흘러가는 세상 풍경을 아주 만족스럽게 바라보았습니다. 새 한 마리가 노를 젓듯 날개를 펄럭이며 먼 산에서 날아왔고, 내게 다가올수록 점점 더 커지며 왜곡된 유리벽 위에 아치 형태를 그렸습니다. 그 새가 아주 가까이 다가왔을 때, 나는 새의 거대한 아몬드 모양의 눈을 들여다보았는데, 돌연 그 눈이 마치 돋보기처럼 넓게 퍼져 나가더니 나를 사방에서 둘러쌌습니다. 나는 지독한 수치심과 엄청난 쾌감에 겨워 얼굴을 가렸습니다. 다시 시선을 들었을 때, 나는 미친 듯이 반짝이는 유리병 벽면에 문의 얇은 윤곽이 나타나고 있음을 발견했습니다. 나는 그 문이 열려 있을지도 모른다는 생각에 두려워하며 그쪽으로 달려갔습니다. 그런데 문에는 고기처럼 부드럽고, 큼직한 자물쇠가 걸려 있었으므로 나는 안도의 한숨을 내쉬었습니다. 먼 산에서 이어진 오솔길을 따라 어린 소녀가 다가오더니, 내 유리병의 문 앞에 멈춰 섰습니다. 입술이 촉촉하고, 양 갈래로 땋은 머리 끝부분에 큰 리본을 단 소녀가 이곳 문을 향해 걸어오는 모습을 보고 있노라니, 품위 있게 잘 성장한 아이 같았습니다. 유리병의 벽면은 석영 결정처럼 균일하게 맑아졌고, 나는 갑자기 여태껏 경험해 볼 엄두조차 못 낼 정도로 비합리적인 두려움을 느꼈습니다. 어린 소녀는 문 앞에 도착해서 진주같이 작은 주먹으로 두꺼운 수정을 두드리기 시작했습니다. 나는 겁에 질려 땅바닥에 쓰러진 채 몸부림을 치는 와중에도 그녀에게서 눈을 떼지 않았습니다. 그녀가 자물쇠를 잡았을 때, 나는 내 속이 찢어지고 심장이 터지는 고통을 느꼈습니다. 그녀가 자물쇠를 부수고 피 묻은 손으로 묵직한 석영 문을 밀었습니다. 그녀는 문턱에 얼어붙은 채 서 있었습니다. 그 소녀가 보여 준 몸가짐을 여러분에게 설명할 수 없습니다. 왜냐하면 그것을 묘사할 수 있는 언어가 존재하지 않기 때문입니다. 그리고 먼 산으로 이어지는 오솔길을 더는 신경 쓰지 않게 됐을 무렵에, 나는 문득 어린 소녀의 뒤쪽 너머로 바로 그 장면을 보았습니다. 유리나 얼음, 수정으로 만들어진 병(瓶)의 표면을 타고 점점 더 커지는 그 장면이 내 시선을 사로잡았습니다. 그 유리병은 결코 단순한 유리병이 아니라 거대한 성이었고, 회반죽을 바른 처마, 고르고네스[7]처럼 늘어진 지붕 추녀, 채광창, 발코니, 총안을 뚫어 놓은 흉벽, 전망대, 해자 등 모든 것이 오직 차갑고 투명한 물질로 이루어진 투박한 건축물이기도 했습니다. 나는 얇고 투명한 벽이 있는 수천 개의 방 한가운데에 널브러져 있었고, 어린 소녀는 활짝 열린 문 안쪽에 서 있었습니다. 그리고 소녀 뒤에 자리한 성의 입구에서 중앙 홀에 이르기까지, 피 묻은 자물쇠가 달린 수백 개의 문이 벽을 향해 늘어서 있었습니다.

나는 머리가 멍한 상태로 일어났고, 그 느낌 때문에 오전 내내 짜증이 났습니다. 나는 점심 식사 전까지 그 꿈을 기억해 내지 못했습니다. 처음에는 신경얼기의 순수한 감각으로 생겨나는 약간의 순간적 자각으로 다가왔고, 그다음에는 학교에서 학생들의 이야기를 듣는 와중에 느닷없이 고통스러운 순차적 자극으로 떠올랐을 따름입니다. 다음 날이 된 뒤에야, 내가 여기에서 이야기한 모든 것을 재구성할 수 있었습니다. 사실 이유는 모르겠지만, 애당초 지금보다 더 많은 것을 기억하고 있었는데 시간이 흐르면서 나머지 부분을 잊어버린 것은 아닌가, 하는 의심이 듭니다. 네, 그렇습니다. 방금 글을 쓰는 도중에 꿈속의 어린 소녀가 어떤 몸짓을 했고, 어떤 말을 했는지, 알 수 있을 것 같다는 생각이 반짝 스쳤습니다. 그렇지만 그것들에 전혀 집중할 수가 없습니다. 이 이야기를 늘어

---

7) 그리스 신화에 등장하는 세 자매 괴물. 스테노, 에우리알레, 메두사는 자신들을 바라보는 자를 돌로 만드는 눈을 가지고 있다. 셋 중에 메두사만이 필멸의 존재로, 페르세우스에게 참수당한다.

놓는 사이에라도 기억이 떠오르기를 바랍니다.

평소처럼 꿈을 기록한 뒤에 나는 잊어버린 기억을 떠올리려 애썼습니다. 나는 꿈의 특정 시퀀스에 연결된 세부 사항을 다시 기억해 낼 수 있기를 바랐고, 마침내 우연하게 그 기회를 얻었습니다. 커피잔 앞에서 약 두 시간 동안의 몽상을 마친 뒤, 나는 그 잔에 그려진 데칼코마니 무늬에 시선을 고정하였습니다. 그 문양은 마치 양쪽 날개에 거대한 파란 눈동자 같은 두 개의 반점이 있고, 금색 테두리를 두른 매끄럽고 역겨운 벌레의 몸을 가진, 진홍색 나비처럼 보였습니다. 그러다가 저절로 떠오른 다음과 같은 글귀를 나는 일기장에 적었습니다. "내가 꿈을 꾸고 있을 때, 어떤 어린 소녀가 침대에서 뛰어내려 창가로 다가가더니 유리창에 뺨을 대고 장미색과 노르스름하게 빛나는 집들 위로 저물어 가는 태양을 바라보았습니다. 그 소녀는 핏빛 침실을 향해 몸을 돌렸고, 다시금 젖은 시트 밑으로 몸을 웅크렸습니다. 꿈을 꿀 때, 무언가가 나의 마비된 몸에 다가와서 내 머리를 두 손바닥으로 잡고, 반투명한 과일을 먹듯이 베어 뭅니다. 눈을 뜨지만 감히 움직일 수 없습니다. 나는 돌연 침대에서 뛰어내려 창가로 다가갑니다. 바깥을 내다봅니다. 하늘은 온통 별들로 가득합니다." 나는 마치 신성한 주문을 외운 것처럼 조금씩 기억을 회복했습니다. 몇 가지 것들은 잊어버렸지만, 유리병에 관한 이야기만큼은 헤어진 여자 친구와 나눈 전화 통화에서 비롯되었음을 문득 깨달았습니다. 그녀는 이런저런 이야기를 하다가, 햄스터 한 쌍을 사서 톱밥을 간 유리병 속에 넣어 두었다고 말했습니다. 때마침 나의 가장 오래된 기억이 떠올랐습니다. 나는 고작 두 살이었고, 부모님은 실리스트라에 살았습니다. 카타나라는 이름의 집주인이 나에게 작은 종을 하나 선물해 줬습니다. 나는 어쩌다 부츠를 신은 채, 집 마당에 있던 뿌연 흙탕물 웅덩이에 빠졌는지를, 지금껏 아주 선명하게 기억합니다. 나는 그 흙탕물에 선물받은 종을 빠뜨렸는데, 깊이가 고작 몇 센티미터에 불과한 웅덩이였음에도, 그 바닥을 몇 분 동안이나 필사적으로 계속 더듬어 보았습니다. 그러나 결국 종을 다시 찾을 수 없었습니다. 나는 그 일 때문에 얼마나 놀랐는지 기억합니다. 나는 이 기억을 통해, 훨씬 더 깊은 과거에서 꿈을 전개해야 한다는 사실을 깨달았습니다. 땋은 머리카락 끝에 빳빳한 흰색 천으로 만든 거대한 리본을 달고 있던 그 소녀에게 나는 집중했습니다. 나는 그 소녀가 네덜란드 대가들이 그린 그림 속에 자리한, 커다랗고 풍성한 레이스 보닛을 쓴 시골 여성들과 비슷해 보인다고 생각했습니다. 그때 앵그르의 그림 속 굴곡진 몸매의 벌거벗은 여자들이 깔고 누워 있던 네덜란드산 홑이불이 떠올랐고, 갑자기 그 소녀의 이름이 이올란다임을 불현듯이 깨달았습니다. 그리고 그토록 열기 힘든 1번 공동 현관의 유리문, 듬보비차의 물레방앗간, 강렬하고 고통스럽게 채색된 장난감 시계들, 테라스 너머로 펼쳐진, 빨간색과 초록색의 광고판들이 명멸하기를 반복하던 수도 부쿠레슈티의 밤을 눈앞에서 볼 수 있었습니다. 좀처럼 설명하기 어려운 기쁨 속에서 나는 단 몇 분 만에, 내가 더는 아무것도 모른다고 확신했던 몇 가지 사실들을 기억의 저편에서 끄집어냈습니다. 더욱이 나는 그 시절이, 나에게 독창적이고 어쩌면 특이하다고 할 만한 모든 것을 무르익게 한 시기임을 깨달았습니다. 이왕 태어났기 때문에 살아가는, 지친 미혼의 교사인 나의 삶, 잿빛 껍데기 사이에 갇혀 버린 이 완벽한 진주알 같은 인생을 지금까지 어떻게 견뎌 냈는지 도통 알 수 없습니다. 하지만 내가 직접 경험한 흥미로운 일들을 이야기로 들려줄 수 있다는 사실에 나는 매우 기뻤습니다. 나는 꾸며 낸 이야기를 쓸 생각이 없습니다. 내 인생에서 가장 이상한(사실 유일한) 시기에 대한 일종의 보고서나, 사소하지만 정직한 연대기를 기록할 작정입니다. 그리고 이 연대기의 영웅은, 비록 "사건이 일어나던 당시엔" 겨우 일곱 살이었지만, 언급해 둘 가치가 있다고 생각합니다. 왜냐하면 그 아이가, 나는 물론이고 과거에 내가 살았던 슈테판 첼 마레 거리의 아파트 단지 뒷마당에서 함께 놀았던 모든 아이들의 운명에, 잠재의식 속에라도 언제까지나 영향을 미칠, 어떤 흔적을 남겨 놓았다고 확신하기 때문입니다.

단지엔 8층 높이의 아파트가 들어서 있고, 그 뒤편에는 주차 공간이 있는데, 올겨울의 혹독한 서리를 맞은 자동차들이 나란히 주차되어 있습니다. 이십일 년 전, 우리가 이곳으로 이사했을 때 어머니는 여동생을 낳고 산부인과 병동에서 막 퇴원한 참이었습니다. 커튼도 없는 창문과 복도를 통해 빛이 들어오는 완전히 텅 빈 하얀 방 한가운데서 어머니가 의자에 앉아 눈부시게 새하얀 봄 햇살을 받으며 갓난아이에게 젖을 물리고 있던 모습을, 나는 여전히 기억합니다. 당시에 내 키는 정확히 부엌 싱크대 높이에 머리가 닿을 수 있는 정도였습니다.

세월이 흐름에 따라 싱크대 바닥의 법랑(琺瑯)이 부서지며 얼룩을 남겼는데, 마치 사막과 강이 자리한 아프리카의 윤곽을 명확하게 재현한 듯 보였습니다.

당시 아파트 단지는 공사의 막바지 단계에 있었습니다. 단지의 한쪽 끝은, 내가 키리코의 그림에서 새삼 발견한 무한한 원근법을 가진, 총안이 있는 흉벽들과 작은 탑들 때문에 항상 나를 불안하게 하던 어떤 건물과 연결되어 있었습니다. 그리고 단지의 뒤편을 따라 방앗간(불길한 검붉은색을 띤 또 다른 중세 건물) 쪽에는 녹슨 건축용 뼈대들이 여태 남아 있었습니다. 단지 바로 뒤쪽에는 깊이가 족히 이 미터나 되는 하수구 도랑이 있어서, 땅바닥 여기저기가 들쭉날쭉 파헤쳐져 있었습니다. 그곳은 콘크리트 울타리를 두른 방앗간 마당과 분리되어 있었으므로, 자연스레 우리들의 놀이터가 되었습니다. 그곳은 숨겨진 것들, 더러운 것들, 이상한 것들로 가득 채워진 전혀 새로운 세계였습니다. 우리는 다섯 살에서 열두 살 사이의 사내아이 일고여덟 명이 뭉친 무리였습니다. 우리 무리는 항상 휘발유 냄새가 풍기는, 구시가지의 오보르 거리에 위치한 '빨간 두건 소녀'라는 장난감 가게에서 이 레이[8]를 주고 구입한 파란색과 분홍색의 물총으로 무장한 채, 매일 아침 그 세계를 정복하고 탐험했습니다.

우리는 누가 누구를 이길 수 있는지를 잣대로 삼는, 신체적 힘의 원칙에 따라 엄격하게 서열화되어 있었습니다. 나는

---

8) lei. 루마니아의 화폐 단위.

그 무리에 있던 일부를 기억합니다. 보바, 나중에 똑같은 이름의 보드카를 알고 매우 당황스러웠던 파울 스미르노프, 미미, 이름이 정확히 기억나지 않는 룸퍼와 루처 그리고 3번 출입구 쪽에 살던 단, 이 년 전쯤에 커피숍 종업원과 결혼한, 한때 중국인이라 불렸던 루치, 마리안-마르치아누-마르차가누-차가누-차쿠, 그의 형제 마르코니, 아파트 7층에 살던 제안, 내 옆집 이웃인 산두, 다른 출입구 쪽에 살던 니쿠쇼르 등이 바로 그들입니다. 지금 생각해 보니, 각자 자기만의 흥미로운 특징을 가지고 있었던 것 같습니다. 파울은 꿀을 맛본다면서 타르를 먹거나 나비들의 배를 빨곤 했습니다. 그의 형인 보바는 예의 바르고 수줍음이 많았지만, 누구에게든 타이타닉호에 대해 이야기할 때면 늘 열광했습니다. 그는 타이타닉호가 이곳의 아파트 단지 세 개를 나란히 늘어놓은 것보다 크고, 프로펠러는 수천 개였다고 열변을 토했습니다. 미미는 고슴도치를 키웠고, 얇은 플라스틱으로 만들어진 외국 담배 상자들을 모았습니다. 그는 우리 중에 가장 덩치가 컸고, 우리 중 누구든 마음대로 두들겨 팰 수 있었습니다. 그래서 그는 약간 집시 같았음에도 골목대장 노릇을 했습니다. 동생인 룸퍼도 미미만큼 덩치가 컸지만, 실상은 연약했습니다. 까무잡잡하고 코흘리개에 걸핏하면 질질 짜는 찌질이였고, 갑자기 칭얼거리기도 했는데, 사람들은 그 소리를 C장조의 장송곡이라 불렀습니다. 그 아이는 아마 네 살 정도의 지능을 가졌던 것 같고, 아닌 게 아니라 지적 장애마저 있어서 세 마디 정도의 말도 중얼거리지 못했습니다. 사람들에게 내가 미르치오수라고 불렸듯이 루치오수라고 불리던 루치는 나의 가장 친한 친구였습니다. 나는 오로지 그 아이가 들려주던 경주마에 관한 이야기를 들으며 그와 함께 돌아다녔습니다. 그는 말굽에 꽃무늬가 그려진 캐시미어 신발을 신고, 비단으로 뒤덮인 경기장을 질주하는 경주마에 대한 이야기를 늘어놓았습니다. 그리고 루처는 약간 섬뜩했습니다. 사실 그의 형은 고등학교를 졸업한 뒤, 테라스에서 아스팔트 위로 투신했습니다. 그때 나는 내 방에서 종이로 양념통을 만들고 있었는데, 마침 그의 커다란 몸이 대뜸 퍼덕거리며 떨어지는 모습을 창문을 통해 정면으로 목격하고 말았습니다. 나는 쿵 하는 굉음을 듣고 창밖을 내다보았습니다. 그는 아스팔트 위에, 소련제 포베다 자동차 옆에, 예전에 다니던 고등학교의 교복을 입고 누워 있었습니다. 그의 고귀한 옆모습이, 천천히 퍼져 나가는 창백하고 행복한 진홍색 피를 배경으로 윤곽을 드러냈습니다.

물론, 우리 무리에는 덜 중요하거나 내가 제대로 기억하지 못하는 다른 아이들도 있었습니다. 6번 출입구 쪽의 아파트에 소아마비를 앓던 소년이 살았다는 것을 기억합니다. 그 아이는 한쪽 다리에, 루마니아의 국민 시인 에미네스쿠의 여동생인 하리에타가 사용했던 것과 같은, 복잡한 금속 장치를 달고 있었습니다. 그 아이의 할머니는 그를 아파트 단지 뒤쪽으로 데려와서, 우리가 '뾰족 마녀 놀이'9)를 하는 광경을 지켜보

---

9) 작품 속 동네 아이들이 새로 고안해 낸 놀이로, 자신들 멋대로 이름을 가져다 붙인 듯하다.

곤 했습니다. 그러나 그 아이는 마치 없는 듯이 그곳에 있었습니다. 그리고 미미가 괴상한 별명을 붙여 준, 미치광이 단도 잊으면 안 될 것입니다. 지금까지도 나는 그 별명이 어디서 왔는지, 어떻게 그 단어가 미미의 아둔한 머릿속에서 떠올랐는지, 설명할 수 없습니다. 다만, 미미는 그 아이를 '말라깽이'[10]라고 불렀습니다. 단은 종종 테라스를 둘러싼 난간을 타고 8층 높이까지 올라가서, 아래에 있는 우리에게 소리를 지르고 손짓을 하며 넘어지는 척 연기하곤 했습니다. 나머지 우리는 난간에 올라가기는커녕 난간에 가까이 다가갈 수조차 없었습니다.

우리 또래의 여자아이들은, 물론 우리 무리의 일원이 아니었습니다. 그들은 파란색, 노란색, 시클라멘꽃 색깔의 분필, 심지어 빨간 벽돌을 사용해서 아스팔트 바닥에 끝없는 풍경을 그리거나 두건을 가지고 말을 탄 왕자, 뽀뽀, 오디-오디-오다(Odi-odi-oda) 그리고 '세상에서 둘도 없이 귀중한 보석' 등으로 불리는 자신들만의 놀이를 즐겼습니다. 여기에는 몇 명만을 언급하겠습니다. 청각 장애인 가족의 딸인 비오리카는 가족 중 유일하게 음성으로 말할 수 있었지만 여전히 그들만의 방식으로 부모와 의사소통을 했습니다. 단의 여동생이자 그와 마찬가지로 정신 질환자이며, 증오로 반짝이는 노란색 눈동자를 가진 모나는 우리의 '뾰족 마녀 놀이'에 낄 수 있는 유

---

10) Mendebilul. 영어의 'man'과 루마니아어의 'debil(병약한, 왜소한, 불구의)'의 합성어로, 직역하면 '왜소한 사람' 정도의 뜻이다. 작품 속 아이들의 표현 속엔 '멍청이'나 '얼간이' 같은 멸칭의 뉘앙스도 담겨 있으나, 우리말로는 '말라깽이' 또는 '말라깽이 꼬마'로 옮긴다.

일한 여자아이였습니다. 그리고 피오르달리스는, 조르존이라는 그리스 사람들의 딸이었습니다. 잔이 "금발, 금발, 금발, 굴착기처럼 키가 큰"이라는 가사의 노래에서 선율을 가져와, "마리나, 마리나, 마리나"라고 개사한 노래를 흥얼거리던 마리넬리도 있습니다. 그리고 마지막으로 내 꿈속에서 나타난 이올란다입니다.

나는 이 모든 인물들에 대해 더는 말하고 싶지 않습니다. 이 모든 다채롭고 향기로운 구름 같은 이야기는 배경일 뿐이며, 이처럼 지루한 배경을 설명하는 것으로 여러분의 시간을 낭비하고 싶지는 않습니다. 배경, 우리에게 찾아와서 우리 안의 무언가를 변화시켜 놓았거나 적어도 우리에게 어떤 해명할 수 없는 영향을 끼친 사람, 가장 나약한 룸퍼한테조차 맥을 못 추었지만 가장 힘센 미미가 한동안 말을 듣고 따랐던 사람, 우리는 그를 위해 모두 함께 귀를 기울였습니다. 지금까지 내가 여기에서 여러분에게 이런 것들을 하나하나 소개한 까닭은, 오직 이 이야기를 들려주기 위해서입니다. 모든 글쓰기에는 서론(행위를 하는 인물, 시간, 장소 등이 소개됩니다.)과 본론(내용) 그리고 결론이 있어야 한다고, 기회가 있을 때마다 거듭 강조하는 루마니아어 교사로서 이렇게 긴 소개문을 애써 늘어놓는 데에도 나름의 가치가 있다고 생각합니다. 서론이 좀 길어졌습니다만 본론은 아직입니다. 이 이야기의 '주인공'이 우리 아파트 단지에 등장하기 전까지, 우리가 무슨 오락을 즐기며 놀았는지, 여러분에게 먼저 설명할 필요가 있으니까요.

우리들 대부분은 실제로 아파트 단지 안에 자리한 뒷마당

구역을 벗어난 적이 없었습니다. 피오니에룰 빵 공장 바로 옆에는 마치 건물에서 튀어나온 듯 보이는 늙고 상처 많은 밤나무가 서 있었습니다. 그 나무줄기 가운데에 난 구멍은 시멘트로 메워져 있었고, 개미 떼가 우글거리는 나무껍질에는 거대하고 녹슨 갈고리가 비스듬히 박혀 있었습니다. 산두와 루치 그리고 나는 이 갈고리에 발을 얹고 나무 위에 오르곤 했습니다. 그 꼭대기에서 우리는 '트루먼 커포티의 소설 『풀잎 하프』에 등장하는 노인들'[11]이 느꼈을 법한 편안함에 빠져들곤 했습니다. 그 꼭대기, 가지들이 뻗어 나온 곳에는 움푹 팬 구멍이 또 하나 있었고, 나는 그 안에 발을 넣고 서 있었습니다. 여름이 시작될 무렵에, 우리는 그 나무 구멍 속에서 숨이 막힐 정도로 다양한 파스텔 빛깔의 중국산 플라스틱 연필깎이를 무더기로 발견했습니다. 모든 종류의 유순한 동물들, 이를테면 풍성한 꼬리가 둥글게 말린 다람쥐, 흰 토끼, 흔들 목마, 디즈니의 사슴, 파란 눈의 개구리가 그려진 연필깎이가 쉰 개도 넘게 있었습니다. 빨간색과 초록색의 로켓, 투명한 분홍색의 거북이와 목이 길고 꼬리가 늘어진 기린도 있었습니다. 전날 저녁만 해도 거기엔 아무것도 없었고, 그것들을 발견한 당일에도 우리는 아주 이른 아침에 막 올라온 참이었습니다. 그 뒤로 그 밤나무에는 우리 말고 어느 누구도 찾아온 적이 없었습니다. 우리는 간단명료하게 이 같은 결론을 내렸습니다. 선

---

11) 트루먼 커포티(Truman Capote, 1924~1984)의 소설 『풀잎 하프』는, 미국 남부의 소도시를 배경으로, 나무 위 오두막집에 모인 세 사람의 노인이 사회 규범에 저항하며 자유를 찾는 이야기를 담고 있다.

인장이나 대나무가 한 세기에 한 번씩 꽃을 피우듯이, 그 밤나무에도 경이로운 꽃이 피어났고 거기서 연필깎이가 자라났다고 말입니다. 우리는 그 물건들을 집으로 가져갔습니다. 가장 온순한 토끼나 어린 사슴의 그림 아래에도 단단하고 무자비한 강철 칼날이 숨어 있었습니다. 그 밤나무에서 우리는 연로한 아메리카 원주민들처럼 회의를 열었습니다. 루치가 자신의 이야기 속 경주마를 너무 많은 금실과 루비와 두꺼운 비단 따위로 치장해 놓은 까닭에(그는 실제로 어느 시골에 그런 말이 있다고 주장했습니다.) 더는 무슨 말로 경주마를 꾸며야 할지 몰라서 그런 이야기를 늘어놓는 데에 질렸을 무렵에, 수학자가 될 가망조차 없던 산두가 숫자 대신 덧셈, 뺄셈, 곱셈, 나눗셈이라는 문자로 이루어진 '산술책'을 발견했다는 터무니없는 말로 우리를 짜증 나게 했습니다. 이어서 나는 유령을 본 적이 있노라고 맹세했습니다. 그런 말을 주고받은 뒤에야 우리는 비로소 진지한 이야기로 넘어갈 수 있었습니다. 콘크리트 담벼락에 쓰여 있거나 하수관에 쌓인 타르 위에 긁어 놓은 아주 짧은 단어, 우리가 발견한 이런 단어가 모든 어른들의 그렇고 그런 뭔가를 의미하리라고 생각했습니다. 그리고 우리가 그토록 즐겁게 따라 부르던 모든 노래들, "셀레네-에네-에, 할망구가 잠옷을 입고 도망친다네,/ 셀레네-에네-에, 할아범이 그 뒤를 쫓아간다네." 이런 것들도 전부 그처럼 외설스러운 뭔가를 언급하지 않았던가? 그때 루치가 맞다면서, 심지어 자기 부모도 그런 짓을 한다며 냉소적으로 덧붙였습니다. 그러고는 자신의 상상을 나열하기 시작했습니다. 루치가 말하길, 그들은 그것을 해야 할 때면 일종의 병원에 간다는 것이었습니다. 그곳에 간 그들은 열쇠 구멍을 탈지면으로 막고, 창문 하나 없는 방으로 안내된다고 합니다. 그 방 중앙에는 여성이 얼굴을 위로 향한 채 앉을 수 있는 일종의 수술대가 있다고도 얘기해 주었습니다. 그리고 여자 위에는 남자가 사다리를 타고 올라가서 얼굴을 아래쪽으로 기울인 채 엎드려 누울 수 있는 해먹이 있다고 말입니다. 그런 다음, 기계 장치를 이용해 그 해먹을 수술대 쪽으로 더 가까이 가져가면, 미미의 농담에서처럼, 엄마나 아빠 중 한 사람이 상대방의 위에 드러누운 채 잠에서 깨어난다고 합니다. 이 모든 일은 여자가 책을 읽는 동안에 이루어지는데, 제법 오랜 시간이 걸리고 그것을 마친 다음에야 집으로 돌아올 수 있다고 합니다. 내가 루치에게 "그걸 어떻게 아는데?" 하고 묻자, 결국 우리는 학술적 언쟁에 휘말리게 되었습니다. 우리는 그 짧은 단어를 어느 정도 이해할 수 있었지만, 듣는 사람마다 제각기 해석할 수 있는 다른 욕설들에 대해서는 어떤 방식으로든 합의할 수 없었습니다. 심지어 그 특정 단어에 대해서조차 나는 의심을 품었습니다. 나의 부모님은 비록 병원에서라도 그것을 하기에는 너무 진지한 분들로 여겨졌기 때문입니다.

억지로 잠을 청해야 했던 몇 차례의 고통스러운 기나긴 오후에, 이런 생각들이 내 마음속을 스쳐 지나갔습니다. 황금색을 띤 붉은빛이 천천히 침실을 가득 물들이고, 그 빛은 촉촉이 생기로운 옷장 문에 반사되어 내 뺨 위로 떨어졌습니다. 나는 눈을 뜨고 침대에 누운 채, 창을 통해 변덕스럽게 굴러가는 찬란한 여름 하늘의 멋진 구름을 바라보았습니다. 이따금 나는 하얀 유리처럼 날카롭지만 종이처럼 가벼운, 풀을 먹인 빳빳한 이불을 젖히고 몰래 일어나서 창가로 다가갔습니다. 거기에서 구름 아래 꼼짝 않고 자리한 부쿠레슈티의 전경을 내다보곤 했습니다. 한쪽엔 토광과 환기구와 채광창과 육중한 참나무 문이 있는 오래된 집들이 모여 있었고, 조금 더 너머에는 창문이 많은 커다란 회색 건물들과 옥상 위에 파란색 지구본처럼 서 있는 갈루스 광고탑 그리고 빅토리아 백화점이, 또 그 왼쪽으로는 소방서 탑과 굴곡진 슈테판 첼 마레 거리의 곡선을 따라 조성된 아파트 건물들이 보였습니다. 그리고 아주 먼 곳엔, 잡초 줄기 같은 증기를 하늘로 뿜어 대는, 거대한 굴뚝이 우뚝 선 화력 발전소가 있었습니다. 이 모든 풍경은 우듬지가 연두색이거나 에메랄드 빛깔 또는 짙은 녹색을 띠는 서어나무와 포플러나무의 요동치는 잎사귀들 사이, 그 수많은 건물들 사이에서 어른거렸습니다. 그때 나는 결코 졸리지 않았습니다. 나는 나직하게 삐걱대는 소음에도 서둘러 침대로 달려들곤 했습니다. 머리에 나일론 스타킹을 뒤집어쓴 채, 내가 잠들었는지를 확인하러 오는 사람이 아버지라는 사실을 알았기 때문입니다.

우리의 놀이는 때때로 잔인하고 야만적이었습니다. 나는 아직도 루처가 큰 돌덩이를 한번 휘둘러, 잠든 고양이의 가슴에 못을 박던 장면을 기업합니다. 아마도 못은 연약한 갈비뼈를 질러 심장을 관통했을 것입니다. 고양이는 몇 차례 뒷발을 바둥거리다가 경련을 일으키더니 움츠러들었고, 이내 움직임 없이 드러누운 채 뻣뻣하게 굳어 버렸습니다. 아무리 고양이가 열 개의 생명을 가졌더라도 이렇게 되었습니다. 그다음에 우리는 화살촉에 고양이 피를 묻힌 뒤, 하늘을 향해 쏘았습니다. 미미의 화살은 아파트 건물의 높이를 훨씬 넘어설 만큼 멀리 날아갔습니다. 또 다른 날에 산두와 나는 깃털이 거의 다 자란, 제법 큰 참새 새끼 한 마리를 발견했습니다. 우리는 그 새를 도랑까지 쫓아가서 기어코 붙잡았습니다. 그리고 우리는 그 새가 몸살을 앓을 때까지 가지고 놀았습니다. 우리의 놀이는 몇 시간 동안이나 지속되었고, 그러는 내내 우리는 온갖 종류의 쓰레기, 독주, 아몬드 기름, 소변 따위를 그 새의 목구멍에 쏟아부었습니다. 그 새가 더는 꿈틀거리지 않자, 우리는 그것을 마치 공처럼 두꺼운 플라스틱 팔레트로 서로 주고받으며 가지고 놀기 시작했습니다. 마침내 우리는 그것을 토닉 상자에 담아 산 채로 매장한 다음, 그 위에 흙을 붓고 열심히 밟아 댔습니다.

그런 일은 우리들 사이에서도 똑같이 일어났습니다. 하루 종일 우리는 서로를 붙잡으려고 미로 같은 하수구 도랑 사이를 바삐 돌아다녔습니다. 우리는 타르가 잔뜩 묻은 파이프를 밟고 거대한 밸브를 지나, 어떤 장소를 경유해 그곳으로 내려가곤 했습니다. 그러면 흙, 지렁이와 애벌레, 역청, 갓 바른 퍼티 등의 냄새가 우리의 콧구멍과 핏속까지 스며들었습니다. 당시에 우리는 미친 것 같았습니다. 가구 창고에서 가져온 골판지에 사납게 드러난 송곳니, 매섭게 노려보는 눈, 크게 벌어진 콧구멍 등을 최대한 무시무시하게 그린 가면을 만들어 쓰고, 저마다 물총으로 무장한 채 구불구불한 도랑 사이를 뛰어다녔습니다. 우리는 머리 위로, 시간이 지날수록 점차 어둑해지는 한 조각의 하늘만을 올려다볼 수 있었습니다. 모퉁이를 돌다가 적과 코를 맞댈 때면, 서로 진을 치고 할퀴고 고함을 지르면서 은회색 속옷이나 그림이 날염된 윗옷을 찢기도 했습니다. 우리가 '뾰족 마녀'라고 부르던 게임을 누가 처음 고안해 냈는지는 모르겠습니다. 우리는 몇 년 동안 질리지도 않고, 심지어 8학년이 되어서도 여전히 그 게임을 즐겼습니다. 원래는 술래잡기, 얼음땡, 사방치기 같은, 좀 더 무해한 놀이를 조합한 게임이었습니다. 처음에는 사람 수를 세서 한 명만을 뾰족 마녀로 선정했습니다. 이때 뾰족 마녀가 된 사람만이 가면을 쓰고 껍데기를 벗긴 나무 막대를 들 수 있었습니다. 이를테면, 술래가 된 뾰족 마녀는 벽에 얼굴을 대고 숫자를 얼마큼 헤아린 뒤에 희생자를 잡으러 하수구 도랑을 달음박질했습니다. 하수구 구역을 벗어나는 것은 무방했으나, 아파트 건물 내부의 계단에 몸을 숨기거나 울타리를 뛰어넘어 방앗간 마당으로 도망치는 것은 용납되지 않았습니다. 뾰족 마녀는 악취가 진동하는 구덩이 사이로 우리를 쫓아다녔고, 우리 중 하나를 나무 막대로 건드릴 때마다 끔찍한 포효를 내질렀습니다. 술래에게 붙잡힌 희생자는 움직임 없이 그 자리에 서 있어야 했습니다. 뾰족 마녀는 그 희생자를 손으로 틀어잡고 둥지까지 끌고 가서 정해진 횟수만큼 머리에 '딱밤'을 때리고, 곧흑화 의식을 거행했습니다. 이런 식으로 흑화한 사람 역시 뾰족 마녀가 되어 가면을 뒤집어쓴 채 나머지 사람들을 계속 추격했습니다. 저녁 무렵, 우뚝 솟은 방앗간 탑 위로 펼쳐진, 아직 푸른 하늘에 첫 별들이 반짝이기 시작할 때, 보통 생존자는 한 사람 정도 남게 됩니다. 마지막까지 살아남은 아이는 험악하게 울부짖는 뾰족 마녀 무리에게 쫓기며 힘껏 도망칩니다. 아파트 단지의 주민들은 발코니에 서서 이 순간을 두려운 마음으로 기다리다가 우리에게 감자나 당근을 던지기도 했습니다. 심지어 청소하는 아주머니들은 빗자루를 들고 달려 나와서 아이들을 향해 휘두르기도 했지만 놀이를 끝내기엔 완전히 역부족이었습니다. 점점 격해지는 장난에 심각한 위협을 느끼며 겁에 질린 채 도망 다니는 마지막 아이가 붙잡히기 전까지 이 놀이는 결코 진정되지 않았습니다. 어둑한 밤에 가면을 쓴 뾰족 마녀 하나를 마주 대하기도 버거운데, 모든 마녀가 떼를 지어 몰려들면 그 공포란 이루 말할 수가 없었습니다. 마지막에 붙잡힌 사람은 가장 가까운 아파트의 공동 현관 계단으로 끌려갔고, 마녀들은 얼굴을 찡그린 채 그 아이를 먹어 치우는 시늉을 했습니다. 이런 짓에 분개한 어머니들이 쫓아와서 우리를 각자의 집으로 데려가기 전까지 식인은 계속되었습니다.

우리는 '뾰족 마녀 놀이'를 하고 싶지 않을 때나 여자아이들이 비명을 지르며 집으로 달려가는 소리를 듣고 싶을 때, 얇게 닳아 빠진 테니스 신발의 밑창으로 여자아이들이 아스팔트 바닥에 그린 파란 집들, 노란 나무들, 초록색 엄마들을 비벼 지울 기분이 아닐 때, 무리를 이루어 아직 일렬로 정돈되지 않은 인도 옆 연석 더미에 앉아 갖가지 이야기를 늘어놓거나 영화 제목을 가지고 끝말잇기를 하곤 했습니다. 그중 나는 차가누가 방앗간 마당에서 경험한 황당한 일에 대해 이야기하던 것이 기억납니다. "내가 해골바가지를 머리에 쓰고 울타리를 뛰어넘었어. 그리고 방앗간에 도착했지. 방앗간의 일꾼 한 명이 나를 봤어. 다른 일꾼들도 왔지. 내가 도망치자, 그들은 나에게 돌을 던져 댔어. 당연히 나는 피했지. 그들이 돌을 다 던지고 나자 권총을 꺼내 들지 뭐야. 그들은 이번에도 나를 맞히지 못했어. 그러자 이번에는 기관총을 쏘아 대더군. 위쪽으로 쏘기에 나는 밑으로 기었지. 내 다리 쪽을 쏘면 나는 껑충 뛰어서 피했어. 그러자 이번에는 대포를 가져오더군. 하지만 나는 더 멀리 도망쳤어. 급기야 그들이 탱크를 몰고 쫓아왔지만 나는 또 도망쳤지. 마침내 비행기를 보내고 폭탄까지 떨어뜨렸지만 나는 울타리에 다다랐고, 여기 문 근처의 담을 뛰어넘었어." 그는 우리가 거의 매료될 만큼 진지하게 말했습니다. 가끔 소심하게 "개뻥이네."라고 말하는 소리가 겨우 들려오곤 했습니다.

우리가 영화 제목으로 끝말잇기[12]를 할 때면, 알파벳 문자로 시작하는 각 영화 제목은 누구라도 알 만한 것이어야 했습니다. 누군가가 「A fost cândva hoț(그 사람은 한때 도둑이었다)」를 말한다면 그 뒤에는 「A fost prietenul meu(그 사람은 내 친구였어)」, 세 번째는 「Agatha, lasă-te de crime(아가사, 범죄를

---

12) Fazan. 루마니아어로는 '꿩'을 의미하지만, 특정한 놀이를 가리키기도 한다. 여기에서는 우리에게 익숙한 '끝말잇기'라고 표기했으나, 사실상 영화 제목의 첫 알파벳 글자로 답을 이어 가는 '첫말잇기'라 할 수 있다.

멈춰라)」로 이어져야 했습니다. B로 시작하는 경우엔 어쩔 수 없이 「Bahette pleacă la război(바헤트 전쟁에 나간다)」를 첫 영화 제목으로 제시할 수밖에 없었습니다. 우리 중 누군가가 무슨 대답을 해야 할지 몰라서 우물거리면, 다른 아이들은 일부러 「Corabia de fier(무쇠로 만든 돛단배)」라고 잘못된 제목을 은밀히 속삭이곤 했습니다. 결국 그 아이가 진짜로 「Corabia de fier」라고 대답하면, 다른 아이들은 그를 향해 그런 영화 따윈 없다고 조롱했습니다.

어느 날, 한 어머니와 사내아이가 우리 아파트 3번 공동 현관의 1층으로 이사해 왔습니다. 그 당시 나는 막 일곱 살이 되었고, 가을부터 학교에 다닐 예정이었습니다.(이때 보바 스미르노프는 이미 3학년이었고, 미미는 일 년을 낙제해서 4학년에 남게 되었습니다.) 새로 온 소년은 내 또래였고, 처음에는 내 관심을 전혀 끌지 못했습니다. 그런데 그 아이의 어머니는 하루 종일 빨래하고 청소하던 우리 어머니들과는 완전히 다른, 특별한 분이었습니다. 그 부인은, 얼굴의 이목구비를 푸르스름한 새벽녘으로 사라져 가듯이 어렴풋하게, 그야말로 간신히 살펴볼 수 있을 만큼 키가 큰 여자였습니다. 키가 크고, 가냘프고, 몽유병자 같은 분위기를 풍기는 그 부인은, 계단 홀에 놓인 가구들 사이로 바쁘게 움직이며 삼베 동아줄을 이리저리 끌고 다니는 화물 운반자들에게 몸소 지시를 내렸습니다. 나는 그녀가 보라색 말고 다른 색깔의 옷을 입은 모습을 본 적이 없습니다. 집 안에서도 그 부인은 붉은색 공단 가운을 입었습니다. 그녀의 머리카락은 칠흑같이 새카맸고, 옅은 장미색 자개 같은 푸른 그림자가 항상 얼굴을 감싸고 있는 듯 보였습니다. 그 부인의 아이는 낡은 안락의자에 무표정하게 앉아 있었는데, 크고 화려한 의자 때문에 더욱 깡마르게 보였습니다. 그는 정말 앙상하고 섬세했으며, 확고하고 사려 깊고 우울한 눈빛을 가지고 있었습니다. 우리는 잠시 평소에 놀던 하수구 도랑을 떠나, 그 아이에게 다가갔습니다. 우리는 그 아이에게 우리 동네로 이사 왔느냐고, 저 끝없이 키 큰 여자분이 어머니이느냐고 물었습니다. 그런데 그의 아버지는 어디에 있을까? "내 아버지는 목수야." 그 아이는 그 말이 우리가 건넨 질문의 답인 것처럼 대꾸했습니다. 결국 우리는 그 아이를 그냥 내버려 두기로 했습니다. 그 아이는 그저 우리를 오랫동안 지켜보며 어느 질문에든 짧게 대답할 뿐이었기 때문입니다. 또 그 아이는 우리에게 자신의 이름을 알려 주었는데, 우리는 즉시 잊어버렸습니다. 이온이나 바실레 같은, 완전히 진부한 이름이었던 것 같습니다. 우리는 악마처럼 다시 웅덩이로 뛰어 들어가서 '뾰족 마녀 놀이'를 처음부터 되풀이했습니다.

그 아이는, 다음 날 우리에게 나타났습니다. 매우 말끔했습니다. 그는 나의 어머니가 '스필호제이(놀이 바지)'[13]라고 부르던 긴 멜빵이 달린 노란색의 헐렁한 옷을 입고 있었습니다. 그 아이는 아무 말도 하지 않았습니다. 우리는 하수구 도랑에서 함께 놀자고 불렀지만 그는 들어오고 싶어 하지 않았습니다.

---

13) spilhozei. 독일어 'Spielhose(놀이용 바지)'를 루마니아어로 잘못 발음한 듯하다.

그는 우리 위에서 단지 지켜볼 뿐이었습니다. 관중이 있다고 생각하니 우리도 말 그대로 놀고 싶은 욕구를 잃었습니다. 그 아이는 여자아이들에게도 똑같이 관심을 기울였으므로, 우리는 그 아이를 경멸하게 되었습니다. 게다가 그 아이는 모나 (왜 하필 그 여자아이에게!)에게 보라색 분필을 달라고 했습니다. 무슨 상황인지 몰랐던 모나는 베이지색 바지를 입은 자신의 엉덩이를 그 아이 쪽으로 쑥 내밀더니 손바닥으로 때리며 이렇게 말했습니다. "이런 건 원하지 않아?" 그 아이는 여자아이를 무관심하게 바라보다가 자리를 떠났습니다. 그 뒤로 약 일주일 동안, 나는 그 아이가 소아마비에 걸린 아이와 매일 이야기하는 모습을 보았습니다. 그는 집에서 가져온 분필로 아스팔트 바닥에 그림을 그리거나 내가 지금은 의례적이라고 부르는 온갖 몸짓을 섞어 가며 모든 종류의 일들을 소아마비에 걸린 아이에게 설명했습니다. 종종 마치 보이지 않는 거미줄을 자신의 몸에서 떼어 내는 것 같았습니다. 이따금 그는 손가락으로 하늘을 가리키며 영문 모를 미소를 지었습니다. 어느덧 은연중에 커피 빛깔로 물들고 보라색 안개에 뒤덮인 저녁에, 첫 번째 소년이 착용한 정형외과 기계 장치의 금속성 반짝임과 두 번째 아이의 예언자 같은 몸짓이, 골판지 가면을 보호막처럼 뒤집어쓰고 도랑 안에서 놀던 우리 눈에 들어왔습니다. 무언가 이상하고 수수께끼 같으며, 좀처럼 이해할 수 없는 분위기가 감돌았습니다. 그 아이들은 항상 우리보다 먼저 집으로 돌아갔는데, 그들이 떠난 푸른색 아스팔트 바닥에는 삐뚤빼뚤한 동그라미와 여러 도형들이 그려져 있었고, 우리는 증오심에 차서 그것들을 닦아 내곤 했습니다.

그 아이는 "당당하게 행동"하고 과시했습니다. 이것이 우리 패거리가 내린 결론이었습니다. 조직적이었는지 자발적이었지는 기억나지 않지만, 우리는 그 아이가 우리를 우호적으로 대하도록 강요할 작정이었습니다. 그가 우리의 친구가 된다면 좋은 일이었습니다. 아니, 그러지 않았다면 더 좋았을지도 모릅니다. 당시 우리는 진짜 적이 필요하다고 느끼고 있었으니 말입니다. 얼마 전에 우리는 영웅적인 일을 도모했지만 다소 비참하게 실패한 참이었습니다. 우리 패거리는 모두 아파트 단지 뒷마당에 모여, 텔레비전 포장 상자를 태우는, 사프란처럼 노랗고 생생하게 이글거리는 불 곁에서, 가구 창고에서 가져온 긴 각목으로 무장했습니다. 이제 우리는 꽃집이 있는 알레아 치르쿨루이[14]의 오른편 단지에 사는 아이들을 공격하기 위해 아주 은밀하게 떼를 지어 출발했습니다. 우리는 가면을 쓰고 매복해 있다가 순식간에 소리를 지르며 덮쳤고, 발로 테니스공을 치거나 벽에 줄무늬 공을 튕기며 놀던 아이들을 습격했습니다. 어린 여자아이들은 참을 수 없는 비명을 지르며 아파트 내부의 계단으로 뛰어 들어갔습니다. 우리는 룸퍼와 비슷한 체격의 아이 한 명을 포로로 잡았습니다. 미치광이 단과 파울이 그 아이에게 막 지렁이를 먹이려고 할 때, 내복 차림의 아버지들 셋이 아파트 건물에서 뛰쳐나왔고, 성인 남자들의 가슴과 팔에 무성하게 자라난 털을 보고 우리는 모든 것

---

14) Alea Circului. '서커스 거리'라는 뜻이다.

을 포기한 뒤 각자 거리로 흩어졌습니다. 새로 이사한 아이에게는 저런 아버지가 없었으므로(적어도 아직까지는 아버지의 모습을 보여 주지 않았습니다.) 우리에게 딱 맞는 적으로 보였습니다. 그래서 어느 날 아침, 우리는 고대 로마의 원로원 사람들이 카이사르를 범했던 것처럼, 그 아이를 붙잡아서 신중하게 둘러싼 뒤 도랑으로 끌고 들어갔습니다. 우리는 그 아이를 뾰족 마녀의 희생자로 만들고 싶었습니다. 그 아이는 발뒤꿈치에 힘을 주고 버티면서 격렬하게 몸부림쳤습니다. 그 아이의 얼굴을 가까이서 살펴보니 내가 이전에 보았던 여느 아이들의 얼굴과는 전혀 달랐습니다. 그 아이의 머리카락은 갈색에, 약간 곱슬했습니다. 그 고수머리의 구부러진 가닥가닥은 태양을 반사하며 사방으로 황금빛을 뿜어냈습니다. 정수리 근처의 머리카락은 약간 들떠서 마치 붉은색 거미줄을 쳐 놓은 것 같았습니다. 이마로 내려온 앞머리 아래에는 깊은 눈두덩 속에 자리한 반쯤 감긴 두 눈 위로 얇은 눈썹이 곡선을 그리고 있었습니다. 검은 테두리에 둘러싸인, 속눈썹 없는 눈꺼풀 사이로 홍채의 보랏빛 원반이 절반쯤 보였습니다. 눈구멍은 섬세한 구리색 뺨보다 더 어두워 보였습니다. 코는 길고 가늘지만 조화롭게 생겼고, 콧구멍 아래의 인중은 정확히 대칭을 이루고 있을 뿐 아니라 유난히 또렷했습니다. 평소에는 입술을 꽉 다문 채 치아를 거의 드러내지 않았고, 가끔 촉촉한 입술로 미소 지을 따름이었습니다. 그 얼굴은 교활함과 빈정거림, 단순함과 선량함을 오가는, 묘한 표정을 띠고 있었습니다. 그런데 지금 그 아이는, 우리가 구덩이로 데려가는 동안에 극도로 집중한 듯 보였고, 그런 얼굴을 보는 것만으로도 피곤할 정도였습니다. 나는 그 아이의 왼팔을 잡고 있었는데, 도랑 끝에 이르자 갑자기 그 아이의 꿈틀거림에서 여태 경험해 본 적 없는 강한 완력을 느꼈습니다. 그 아이는 마치 조그만 가슴을 셔츠 바깥으로 끄집어내려는 듯 앞으로 내밀기 시작했고, 어깨엔 힘이 들어가서 딱딱하게 긴장되어 있었습니다. 우리는 그 아이의 이런 행동에 몹시 놀라서 일단 놓아주었고, 두려운 나머지 그 아이로부터 둥글게 원을 그리며 물러설 수밖에 없었습니다. 그 아이는 잠시 서서 안절부절못하다가, 허리를 부러뜨릴 듯이 구부리더니 서둘러 땅바닥에 엎드려 큰 소리로 흐느꼈습니다. 그 아이는 신음하며 엄청나게 눈물을 흘렸습니다. 우리 모두는 아파트의 3번 공동 현관 계단으로 달려가서 곧장 테라스로 올라갔습니다. 그곳에서 우리는 그 아이의 어머니가 진홍색 주름 장식과 프릴로 치장한 옷차림을 하고, 건물의 통로 바깥으로 달려 나가는 모습을 두려움에 젖어 지켜보았습니다. 어머니는 아이를 품에 안은 채 다시 달려왔고, 건물의 통로 내부로 사라졌습니다.

　나는 집으로 돌아가서 식사를 한 뒤, 항상 그러듯이, 잠이 오지 않는데도 잠을 자야 하는 오후 수면이라는 고문을 또다시 당했습니다. 건조한 여름 더위 속에서 침대에 누워 있기란 정말 괴로웠고, 게다가 끔찍하게도 시계가 없었기 때문에 억지로 잠을 자야 하는 두 시간이 언제 끝나는지조차 알 수 없었습니다. 창밖에서는 미루나무 꼭대기에 휩쓸린, 파랗고 반짝이는 구름이 끝없이 맴돌고 있었습니다. 저녁 식사를 한 뒤에, 다시 아파트 건물 뒤편으로 내려가니 우리 패거리가 모두 모여 있었습니다. 사내아이들은 입을 쩍 벌린 채, 건물 구석에 가려 나는 미처 볼 수 없었던 무언가를, 어떤 놀라운 무언가를 올려다보고 있었습니다. 누군가가 "이리 와 봐, 미르치오수!"라고 나에게 소리쳤습니다. "이리 와서 좀 봐 보라고, 말라깽이 2세[15]를 말이야, 쟤는 우리가 아는 말라깽이보다 더 미쳤다고!" 나이가 많아서 좀처럼 놀라지 않던 미미와 보바조차 그 광경에 넋을 잃은 듯 보였습니다. 속눈썹이 없고 까무잡잡한 피부의 루처도 그들과 합류했습니다. 존 레논 같은 안경을 쓰고 귀족처럼 차려입은, 통통한 니쿠쇼르도 이중 턱을 쭉 빼고 근시 특유의 자세로, 당황스러운 표정을 짓고 있었습니다. 그들 가까이에 다가갔을 때, 나는 놀라서 그만 몸이 굳어 버렸습니다.

콘크리트 울타리 너머, 주홍빛 벽면의 듬보비차 방앗간 옆에는 피오니에룰 빵 공장이 있었습니다. 그곳은 지그재그로 배치된 지붕과, 둥근 창문이 밀가루를 하얗게 뒤집어쓴 이상한 홈통들과 이어져 있는 오래된 공장이었습니다. 룸퍼는 하루 종일 울타리에 올라앉아 있었습니다. 그곳 일꾼들이 그에게 신문이나 담배를 사 오라고, 심부름을 시켰기 때문입니다. 그들은 그 대가로 룸퍼에게 바삭한 빵이나 따뜻한 롤케이크를 주었는데, 이가 빠진 그 접시 녀석은 한 시간 내내 공장의

---

15) 동네 아이들은 소아마비에 걸린 친구를 '말라깽이 1세'로 칭하는 듯 보인다.

빵 덩어리를 씹어 대곤 했습니다. 빵 공장 건물에는 우리 아파트보다 더 높은 붉은색 벽돌 굴뚝이, 타원형을 이룬 아카시아 잎사귀들 사이에서 구름을 뚫을 듯 솟아나 있었습니다. 그 굴뚝을 가까이에서 살핀 적은 없지만, 마치 연필로 그린 듯 세밀한, 그 모세관 같은 고리들에 감싸인 화재 비상용 계단이 굴뚝 꼭대기까지 길게 뻗어 있는 광경을 어렴풋이 본 적은 있었습니다. 그날 오후에 나는 굴뚝 높이의 4분의 3 지점, 즉 우리 아파트 건물의 6층 높이에 해당하는 부분에서 노랗게 빛나는 점 하나를 발견했습니다. 그 노란색 점은 새로 이사한 아이가 입은 스필호제이였는데, 천천히, 조심스럽게 굴뚝 꼭대기를 향해 올라가고 있었습니다. 반소매 꽃무늬 상의를 입은 그의 몸통은, 벽돌로 쌓은 굴뚝탑 두께의 4분의 1도 채 되지 않았습니다. 동네 주민들은 모두 놀란 채로, 채소를 절여 놓은 유리병이 가득한 발코니로 나와서, 그 아이에게 내려오라고 고함을 쳤습니다. 하지만 말라깽이(결국 우리 모두는 그 아이를 이렇게 부르게 되었습니다. 그 덕분에 단은 미치광이라는 별명을 계속 유지할 수 있었습니다.)는 한 계단씩 쉼 없이, 굴뚝 꼭대기로 올라갔습니다. 마침내 정상에 다다른 아이는 굴뚝 구멍을 손으로 짚고 몸을 일으켰습니다. 그러고는 한동안 기마 자세를 취하고 있었습니다. 발코니의 여성들이 겁에 질려 울부짖는 소리가 점점 더 커졌고, 흰색 가운과 앞치마를 걸친 두어 명의 인부가 마당을 가로질러 굴뚝탑 밑으로 냅다 달려갔습니다. 관중에게 반항하듯 말라깽이는 망설이며 주춤거리다가, 이내 똑바로 일어섰습니다. 그는 아찔한 높이의 굴뚝 위에, 마치 못처럼 가늘고 곧게 서 있었습니다. 그는 위를 쳐다보면서 땅을 향해 손을 흔들었는데, 아마도 우리에게 그러는 것 같았습니다. 이윽고 그는 금속 계단을 통해 아래로 내려왔고, 화재 비상용 계단의 모든 고리를 통과한 끝에 아카시아 잎사귀 속으로 사라져 버렸습니다. 잠시 후, 우리가 모여 있는, 콘크리트 울타리의 마름모꼴 구멍 사이로 그가 뛰어오는 모습이 보였습니다. 그는 어렵사리 울타리를 뛰어넘어, 정확하게 우리 앞에 멈춰 섰습니다. 광대뼈 부분은 빨갛게 달아올랐지만 나머지 얼굴은 노랗게 질려 있었습니다. 그 아이가 미미를 똑바로 쳐다보더니, "난 뾰족 마녀 놀이가 싫어."라고 말했습니다.

나의 동료, 산문 작가 여러분을 위해 나는 며칠 동안 이 이야기를 쓰려고 고군분투했습니다. 아마 몇몇 분들은 이 이야기에 전혀 관심이 없을지도 모릅니다. 어쩌면 여러분은 내가 어떤 이념이나 고귀한 대의를 위해 자신을 희생하는 영웅담의 광맥에 빠진 어린아이처럼 보일 것입니다. 내가 알던 말라깽이는, 실제로 그러한 원형을 품고 있었습니다. 하지만 제가 근본적으로 밝히고자 하는 바에 따르면, 그 아이는 헝가리의 작가 몰나르 페렌츠의 소설 『팔 거리의 아이들』에 등장하는 네메체크나 붉은 셔츠단[16]의 인물과는 크게 달랐습니다. 이십 년이 훨

______

16) 『팔 거리의 아이들』은 헝가리의 작가 몰나르 페렌츠(Molnár Ferenc, 1878~1952)의 대표작이다. 부다페스트를 배경으로, 소년들로 이루어진 팔 거리(Pál utcai) 패거리와 붉은 셔츠 패거리의 영역 다툼을 그린 성장 소설이다. 헝가리 문학에서 희생과 순수한 용기의 상징이 된 네메체크(팔 거리

씬 넘도록 여전히 무의식의 다채로운 안개 속에 잠겨 있고, 지금 생각해도 의심스러울 정도로 선명하게 기억나는 그의 행동과 말은 유치하다기보다 더욱더 강렬하게 우리를 사로잡는, 무척 매력적인 환상으로 다가옵니다. 또한 나는 어젯밤 꿈속에서 그 아이의 얼굴을 선명하게 보았기 때문에, 앞서와 같이 그의 작은 초상을 아주 정확하게 묘사할 수 있었다고, 여기에서 감히 언급하고자 합니다. 물론, 말라깽이가 정말 꿈에서 본 모습 그대로인지 자문해 보기는 했지만 말입니다. 눈동자에 테두리를 두른 듯 두 눈을 감싸고 있던 검은 피부, 단호하면서도 다정한 그의 모호한 인상에 어쨌든 나는 집착하고 있습니다.

바로 다음 날부터 우리는 말라깽이의 매력에 푹 빠져들었습니다. 아침이면 흙냄새가 향수를 불러일으켰지만 우리는 도랑으로 내려가는 대신에 그 소년을 둘러싸고 모여 앉아 그의 이야기를 들었습니다. 그 아이는 우리에게 샤를마뉴와 아서가 등장하는 원탁의 전설, 끔찍한 이교도와 독특한 이름을 가진 어떤 검에 대해 들려주었는데, 나는 이제야 그게 무슨 이야기였는지를 깨닫게 되었습니다. 그 뒤로 그 아이는 호랑이 가죽을 입은 용감한 전사에 관한 이야기를 들려주었는데, 마침 그러던 도중에 갑자기, 이곳은 이야기를 하기에 적합하지 않다면서 말을 딱 끊었습니다. 그는 더러운 도랑, 흙더미, 땜질한 파이프들 때문에 도무지 집중할 수 없다고 호소했습

패거리 중에서 가장 키가 작고 병약하지만 누구보다 용감하고 대담하다.)의 죽음이 특히 유명하다.

니다. "내가 더 좋은 장소를 알아." 그 아이가 미소를 짓더니, 우리를 그곳으로 데려갔습니다. 바로 아파트의 1번 공동 현관이었습니다.

거의 붙어 있다시피 한 우리 아파트와 어떤 연구소 사이에는 매우 좁고 어두운 복도가 있었는데, 그 길은 1번 공동 현관 쪽으로 이어져 있었습니다. 우리는 이사한 지 거의 두 달이 지날 무렵까지, 그 음침한 통로를 탐험할 엄두조차 못 냈습니다. 우리는 말라깽이를 따라 이십여 미터에 달하는 좁은 통로를 벽을 더듬거나 긁어 대면서, 마치 아메리카 원주민들처럼 줄지어 통과했습니다. 마침내 방앗간의 반쪽짜리 안뜰로 빠져나왔는데, 그곳은 세 면이 아파트와 연구소에 둘러싸여 있었고, 네 번째 면은 작은 구멍들 사이로 아카시아가 자라난 콘크리트 울타리에 가로막혀 있었습니다. 그곳은 아스팔트로 포장된 작은 마당이었는데, 아파트 뒤편의 공터에 비하면 매우 깨끗했습니다. 한쪽으로는 1번 공동 현관의 유리문이 열려 있었고, 다른 쪽으로는 지붕을 설치한, 돌로 지은 높은 계단이 있었는데, 그곳 위에는 연구소로 이어지는, 벽에 둘러싸인 문이 있었습니다. 우리는 이 돌계단을 '다리'라고 불렀습니다. 울타리에는 윗면이 일종의 금속으로 우묵하게 마감된, 콘크리트 정육면체가 부착되어 있었습니다. 우리는 그것의 용도를 전혀 몰랐으므로, 일단 '왕좌'라고 불렀습니다. 마지막으로, 1번 공동 현관의 또 다른 '특이점'은 표면을 콘크리트로 감싸고, 굽은 파이프가 연결되어 있는 대형 변압기의 존재였습니다. 말라깽이가 그 위에 여러 가지 색깔로 커다랗게 글씨를 써 두었던 것으로 기억합니다. 그 변압기는 오랫동안 거기에 방치되어 있었으므로, 아마도 고장 나 있었을 것입니다.

이곳은 약 한 달 동안 우리의 놀이터였습니다. 하루, 또 하루 기다리며 말라깽이의 이야기가 끊임없이 이어지리라는 생각만이 우리의 마음속을 가득 채웠습니다. 우리는 그 아이가 이야기를 하고 싶어 하지 않을 때는 발로 테니스를 치거나 농담을 하고, 축구에 대해 떠들어 댔습니다. 그 아이는 이러한 대화에 거의 참여하지 않았으나, 우리는 그런 태도가 그의 당연한 천성이니 괜찮다고 생각했습니다. 우리는 얼마 지나지 않아서, 우리 무리의 여느 아이들보다 키가 작은 그 아이가 여태껏 우리가 미처 생각하지도 못한 여러 영역에서 우리를 훨씬 능가한다는 사실을 깨달았습니다. 우리는 집에서, 말라깽이가 이렇게 했고, 저렇게 했고, 그래서 어쨌고 뭐가 어떻고…… 하고 말을 늘어놓으며 부모를 미치게 했습니다. 시간이 흐르고, 그 아이는 콘크리트와 금속으로 된 왕좌에 앉아서 마치 꿈을 꾸는 듯, 기사들과 검의 전설이 아닌, 다른 이야기를 풀어놓기 시작했습니다. 그 아이는 때때로 이야기를 하다가 돌연 중단하더니, 아주 단호하고 강직한 목소리로 반박할 수 없는 말을 꺼내기도 했습니다. 우리가 그 말을 알아들을 수 있도록 몇 문장을 애써 다듬기도 했지만 다 허사였습니다.

이것이 바로 내가 바라던 도착지입니다. 당시엔 알아들을 수조차 없었고, 듣자마자 잊어버렸다고 생각한 몇몇 단어들을 내가 지금껏 기억한다는 것이, 과연 어떻게 가능한 일인지를 두려움에 떨며 자문해 보았습니다. 그가 들려준 기괴한 '이론' 중 일부는, 부모가 우리에게 알려 준 이야기들이나 '대중 과학' 프로그램(라디오의 「나침반」과 텔레비전의 「전파 백과사전」) 에서 일반적으로 들어 온 내용과 완전히 모순되었습니다. 말라깽이의 말 자체가 다른 세계의 무엇인가를 담고 있다는 점을 제쳐 두더라도, 그 아이가 어떻게 단순히 자신의 존재감과 목소리와 몸짓만으로 그 말들을 의미와 매력으로 가득 채울 수 있었는지, 도통 모르겠습니다. 나는 내가 읽은 모든 것들 중에서 단 하나의 파편만을, 당시 그 아이가 우리에게 들려 준 말과 정신적으로 비교할 수 있다고 생각합니다. 그것은 플라톤의 『파이돈』에 나오는, 행복한 자들의 세상[17]에 관한 설명입니다. 여러분이 편히 생각할 수 있도록, 나는 아직 기억하고 있는 그 아이의 몇 가지 이론을 번호순으로 나열해 보겠습니다. 이것들은 말라깽이가 저녁놀에 불꽃처럼 타오르던 붉은 저녁이나 푸른 아침에, 1번 공동 현관의 밝은 노란색 벽 앞에서 했던 말들입니다.

1 내 머릿속, 둥그런 두개골 아래에 나와 완전히 똑같이 생긴 조그만 사람이 존재한다. 그 사람은 나와 외모가 똑같을 뿐 아니라 똑같은 옷을 입는다. 그 사람이 하는 일이라면 나도 하는데, 가령 그 사람이 먹으면 나도 먹고, 그 사람이 잠들어 꿈을 꾸면 나 역시 잠들어 그와 정확히 동일한 꿈을 꾼다.

---

17) 『파이돈』에서 소크라테스는 영혼의 불멸성을 논하며, '행복한 자들의 세상(섬)'이란 철학적 삶을 통해 영혼을 정화해 낸 고결한 자들만이 죽음 이후에 이르게 되는 장소라고 언급한다.

그가 오른손을 움직이면 나도 오른손을 움직인다. 왜냐하면 그 사람은 '나'라는 꼭두각시의 조종사이기 때문이다.

한편 하늘의 궁륭은 나와 똑같이 생긴 거대한 아이의 두개골에 불과하다. 그 아이는 나와 이목구비는 물론이고, 옷차림새도 똑같다. 내가 하면 그 아이도 한다. 내가 먹으면 그 아이도 먹는다. 내가 잠들어 꿈을 꾸면 그 아이도 잠들어 동일한 꿈을 꾼다. 그 아이가 오른손을 움직이게 하려면 내가 오른손을 움직이기만 해도 충분하다. 왜냐하면 내가 꼭두각시인 그 아이의 조종사이기 때문이다.

우리를 둘러싼 세상은 그 아이와 나에게 모두 똑같다. 내 꼭두각시 조종사와 나의 꼭두각시는, 루처, 룸퍼, 미미 그리고 다른 모든 아이들과 똑같이 생긴 너희 각자만의 꼭두각시 조종사와 꼭두각시에 둘러싸여 있다. 땅바닥에 떨어져 있는 이 사소한 맥주병 뚜껑은 내 꼭두각시 조종사의 아주아주 작은 세상 속에도 존재하고, 마찬가지로 내 꼭두각시의 아주아주 큰 세계에도 존재한다. 모든 것이 동일하기 때문이다.

그런데 내 꼭두각시 조종사 안에는 그의 두개골 속에 사는 나와 똑같이 생긴 더 작은 다른 꼭두각시 조종사가 있고, 그 작은 조종사 안에는 더욱더 작은 다른 조종사가 또 존재한다. 이렇게 무한대로 이어지는 것이다. 내 꼭두각시는 더 큰 꼭두각시의 두개골 속에 살면서 그 커다란 꼭두각시를 조종하고, 그 큰 꼭두각시는 또다시 더더욱 거대한 꼭두각시를 조종한다. 역시 이런 식으로 끝없이 계속되는 것이다. 그들의 세계는 우리의 세계와 똑같다.

이 무한한 행렬에서 내가 어디에 있는지는 나 자신도 모른다. 내가 이 말을 하는 동안에도 모든 꼭두각시들과 꼭두각시 조종사들은 끝없이 이어지는 행렬 속에서 각자 자신들의 세계에 있는 아이들에게 나와 똑같은 단어를 사용해 이야기하고 있다.

2 지구는 사고력과 의지를 가진 동물이다. 그러나 그는 그 자신에게 들러붙어 사는 우리보다 훨씬 큰 의지를 가지고 있으며, 새들과 나비들도 더 강한 의지를 가지고 있다. 그래서 하늘을 날 수 있는 것이다. 우리 자신도 의지를 다잡으면 공기처럼 가벼워진다.(말라깽이는 이 이론을 실제로 시연해 보이기도 했습니다. 1번 공동 현관 홀에서, 그는 웅크리고 앉더니 무릎을 두 팔로 감싼 채 머리를 등 쪽으로 젖혔습니다. 그러고는 눈꺼풀을 조이고 뭔가를 떠올리며 전력을 다해 긴장하기 시작했는데, 우리가 잔뜩 겁먹을 정도로 매우 심각했습니다. 그 순간, 그의 얼굴에선 인간미를 전혀 느낄 수 없었습니다. 굳게 다문 입술과, 말 그대로 피가 한껏 쏠려 붉어진 양 뺨이 떨리고 있었습니다. 그 아이의 뺨은 푸른 정맥들 때문에 마치 주름진 자루 같았습니다. 일 분 정도 지난 뒤, 보바와 마르치가누가 각자 손가락을 하나씩 말라깽이의 몸에 댔고, 그를 천장까지 들어 올렸습니다. 우리는 태아 자세를 취한 채 풍선처럼 가벼워진, 그 살아 있는 둥근 덩어리를 이쪽에서 저쪽으로 굴리면서, 한 십오 분 동안 재미있게 놀았습니다.)

3 여자들은 남자들과 절대 짝짓지 않는다. 여자들의 뱃속에는 세포가 하나 있다. 여자들은 적절한 나이가 되면 아이를 낳고 싶어 한다. 마침내 출산의 각 단계들을 풀어놓는다. 이를

테면, 세포에서 벼룩이 나온다. 벼룩에서 바퀴벌레가 나온다. 바퀴벌레에서 개구리가 나온다. 개구리에서 생쥐가 나온다. 생쥐에서 고슴도치가, 고슴도치에서 토끼가, 토끼에서 고양이가, 고양이에서 개가, 개에서 원숭이가, 원숭이에서 사람이 나온다. 여성은 이 중 어느 단계에서든 멈출 수 있다. 어떤 여성들은 개구리를 낳고, 다른 여성들은 고양이를 낳는다. 하지만 대다수의 여성들은 사람의 아이를 낳기를 원한다. 여성들은 사람의 아이보다 훨씬 경이로운 존재를 낳을 수도 있다. 왜냐하면 출산의 단계는 사람에서 끝나지 않기 때문이다.(그리고 말라깽이는 "나는 그런 존재를 본 적이 있어."라는 말로 결론을 내렸습니다.)

4 사람은 모두 동일한 종류의 존재가 아니다. 태어나지 않은 사람, 살아 있는 사람, 죽은 사람, 태어나지도 살아 있지도 죽지도 않은 사람, 이렇게 네 종류의 사람이 있다. 마지막에 해당하는 사람들이 바로 별이다.(이 아주 짧은 연설은 말라깽이가 타락하기 전, 최후에 남긴 연설 중 하나였습니다. 실제로 내 눈앞에 그 장면이 펼쳐집니다. 그때는 아마 저녁 9시쯤이었고, 우리는 이제나저제나 부모님이 발코니에서 우리를 부르는 소리를 들으리라 예상하고 있었습니다. 저녁 어스름 속에서 우리는 간신히 눈의 반짝임을 볼 수 있었습니다. 방앗간 위에 자리한 하늘은 짙은 남색이었던 것 같습니다. 저 멀리에서 붉은 별이 빛났습니다. 그것은 '불꽃의 집'[18] 꼭대기에 달려 있는 별이었습니다. 말라깽이는 뭔가를 감지한

---

18) Casa Scânteii. 공산주의 시대에 출판물을 검열하던 기관이 자리해 있

듯했습니다. 그가 갑자기 손을 들어 방앗간 굴뚝 위에 펼쳐진, 별이 총총한 하늘을 가리켰습니다. 그때만큼 그의 목소리에 수많은 고통과 그리움과 향수가 담겨 있던 적은 없었습니다.)

5 (말라깽이는, 막 행진을 마친 빨간색의 색종이 깃발과, 파랑과 노랑과 빨강으로 이뤄진 루마니아의 삼색기 색종이 깃발을 몇 개 가지고 아파트에서 걸어 나오던 파울과 니쿠쇼르가 말싸움하는 모습을 목격한 뒤에, 이 다섯 번째 연설을 시작했습니다. "아빠가 시위에 나갔다가 내게 깃발 열 개를 가져다주셨어."라고 파울이 말했습니다. 이에 니쿠쇼르는 "아빠가 나한테는 쉰 개를 가져다주셨지."라고 대답했습니다. 그러자 파울은 "아니지, 아빠는 나에게 깃발을 오백 개나 가져다주셨어."라고 정정했습니다. 그러자 다시 니쿠쇼르가 "아니야, 행진을 마친 아빠는 나한테 100만 개의 깃발을 가져다주셨어."라고 주장했습니다. 또 파울은 "아빠가 내게는 10억 개의 깃발을 가져다주셨다니까."라고 대꾸했습니다. "아빠가 나를 위해 가져다주신 깃발은 말이지, 1000조 개라고." 니쿠쇼르도 지지 않았습니다. 파울도 물러서지 않고 "아빠가 가져다주신 깃발은 1000조 개의 5억 배나 돼."라고 맞섰습니다. "아빠가 내게는 무한대의 깃발을 가져다주셨다니까."라고 니쿠쇼르가 맞받아치자, 파울은 "아빠가 무한대의 100만 배나 되는 깃발을 내게 가져다주셨어."라고 말했습니다. "그건 불가능해. 아빠가 가장 큰 수는 무한대라고 알려 주셨다고. 무한대보다 더 큰 수는 없어."라고 마침내 니쿠쇼르가 마무리를 지었습니다.) 아니, 단지 하나의 무한대가 있는 것은 아니다. 무

었던 거대한 건물을 가리킨다. 현재는 '자유 출판의 집'이라고 불린다.

한히 많은 무한대가 있다. 이 십 센티미터 길이의 선에는 무한대의 점이 있다. 그러므로 일 미터 길이의 선에는 그보다 훨씬 더 많은 무한대의 점이 있어야 한다. 나는 어떠한 무한함을 황소자리라고 부른다. 내 목에는 황소를 수놓은 작은 가방이 걸려 있고, 그 가방 속에는 우리와 같은 세계가 무수히 존재하는 모든 우주, 즉 무한대가 있다고 상상하기 때문이다. 그런데 무수히 많은 점들로 이루어진 나 자신에 비하면 이 작은 가방은 무엇이라는 말인가? 나보다 약간 더 작은 무한대에 불과할 따름이다. 그리고 여기, 이 아파트 건물은 나보다 무한히 더 크다. 온 세상에는 더 크거나 더 작은 무한대만이 있을 뿐이다. 의자도 무한이고, 카네이션도 무한이며, 이 분필도 무한이다. 무한대는 서로가 서로의 자리를 차지하려고 다투다가, 결국 서로가 서로를 잡아먹는다. 그러나 다른 모든 무한성을 포괄하는 단 하나의 무한성이 있다. 나는 그것을 무한히 헤아릴 수 없는 황소 떼로 상상한다.

6 죽음 이후에 사람들은 더 높은 곳으로 계속 올라가는, 아주 긴 여행을 떠날 것이다. 걷고 또 걷고, 천천히 또 천천히 사람들의 특성이 변해 간다. 코와 귀는 조개의 발처럼 얼굴 살 속으로 파고들어 간다. 손가락은 손바닥 속으로 들어가고, 손은 어깨 속으로 다시 흡수된다. 같은 방식으로 다리가 엉덩이 쪽으로 빨려 들고, 더는 걸을 수 없게 되어 붉은 벽돌로 된 긴 벽을 따라 떠다니게 된다. 그 벽에는 길쭉한 원반 같은 그림자가 남을 것이다. 사람들은 너무 둥글어지고 반투명해져서 동시에 모든 방향을 보기 시작한다. 우리는 살아 있는 동안에

우체통의 구멍 같은 틈새로만 세상을 볼 수 있지만, 죽은 뒤에는 피부 전체로 모든 것을 볼 수 있다. 점점 가까워지는, 마치 벽돌담 같은 붉은 살덩이를 바라보며 둥둥 떠가다가 어떤 둥근 곳에 도달한다. 거기 중앙엔 세포가 있다. 우리는 어머니의 자궁 속에 있기 때문이다. 우리는 그 세포 속에 들어가, 출산의 단계를 거치며 벼룩, 바퀴벌레, 개구리, 생쥐, 고슴도치, 토끼, 고양이, 개, 원숭이, 사람 등 모든 존재들의 눈으로 세상을 보게 된다. 그리고 약간 운이 좋으면 사람을 넘어서는 단계에 있는, 경이로운 존재의 눈을 통해 세상을 볼 수도 있다. 어떤 죽은 사람이 내 눈을 통해 너희를 바라보고 있다.

7 (사실 일곱 번째 이야기의 요점은 '이론'이 아닙니다. 이것은 말라깽이가 내부 안뜰에 있는 변압기의 매끄럽고 약간 경사진 표면, 그 시멘트 위에 다양한 색상의 분필로 크게 갈겨쓴 몇 줄입니다. 그 아이는 아마도, 어느 날 아침 일찍 일어나서 그것들을 기록했을 것입니다. 왜냐하면 말라깽이가 우리 동네로 이사한 지 약 석 주 뒤, 한여름에 느닷없이 그것이 우리 곁에 나타났기 때문입니다. 그는 우리에게 이 영웅적인 행동을 전혀 언급하지 않았습니다. 그는 우리들 모두가 그 글귀를 읽었다고 확신한 뒤에야 자신의 금속 왕좌에 올라서더니, 전날 밤에 중단하고 남겨 둔 '아시아 민족들의 이야기'를 계속 이어 나갔습니다.)

우리는 룸퍼를 놀리지 말아야 한다.

우리는 동물을 고문하지 말아야 한다.

우리는 여자아이들을 괴롭히지 말아야 한다.

우리는 뾰족 마녀 놀이를 하지 말아야 한다.

우리는 더러워지지 말아야 한다.

우리는 더러운 말을 하지 말아야 한다.

우리는 서로 거짓말을 하지 말아야 한다.

우리는 서로 불평하지 말아야 한다.

우리는 서로 다투지 말아야 한다.

우리는 서로 치고받으며 싸우지 말아야 한다.

(우리는 그 글귀들을 본 순간부터 그것들을 마음속에 새겨야 한다고 느꼈습니다. 그리고 실제로 우리 안에 그 글귀들을 외면하지 못하도록 강요하는 무언가가 있음을 느꼈습니다. 두세 주 동안 우리 모두는 저 금지된 일을 감히 단 한 가지라도 범할 생각조차 머릿속에 떠올리지 않았습니다.)

나는 그러한 '이론' 외에 다른 것들은 잘 기억나지 않습니다. 달리 뭐라고 불러야 할지 모르기 때문에 그냥 '이론'이라고 말하는 것입니다. 그러나 거의 모든 이야기들이, 앞서 소개한 정신을 담고 있었습니다. 그 이야기는 어린아이와 같은 물질에서 비롯한 것이기에 우리를 매료했습니다. 사람들이 그의 말을 들을 수 있었다면, 무엇보다도 그의 몸짓을 볼 수 있었다면, 그날 저녁의 마력과 공포와 우울을 느낄 수 있었다면 아마 내 말을 이해할 것입니다. 그 분위기는 마치 커피 같은 갈색에서 잿빛 회색, 방앗간 담장의 붉은 석류색, 아카시아 잎사귀의 초록빛이 감도는 검은색에 이르기까지, 빛바랜 색상의 기묘한 영화를 보는 듯한 느낌이었습니다. 그는 아랍인과 카라반에 대한 이야기를 중단하더니, 허구의 혹독한 향기에 휩싸인 우리가 깨달음을 얻을 수 있도록 놓아두었습니다. 이에 대해선 더 이상 언급하지 않겠습니다.

그렇게 우리는 여름 한 달 내내 말라깽이 주변에 모여 시간을 보냈습니다. 우리는 그에게 먼저 묻지 않고는 아무것도 할 수 없었습니다. 부모님들은 한동안 우리의 쫄바지와 날염한 상의가 얼마나 깨끗한지를 보고 놀랐습니다. 한편, 우리가 그 아이에게 의존하는 것이 차츰 금단 현상으로 변해 가는 상황을 탐탁하지 않게 여겼습니다.

"아가야, 저 아이가 너희에게 무슨 짓을 했기에 너희들 모두 정신이 쏙 빠진 거니?" 그러나 우리는 말라깽이가 들려주는 호랑이 가죽을 입은 전사 루슬란과 루드밀라, 트리스탄과 다른 영웅들에 대한 이야기 말고는 전혀 아는 바가 없었습니다. 여자아이들조차 파란색 다리를 가진 녹색 여인들과 주황색 집들이 등장하는 혼란스러운 그림들과 그런 것을 그리며 놀던 돌다리를 뒤로하고, 콘크리트와 철로 된 왕좌 주위로 모여들었습니다. 그 아이의 이야기가 슬프게 끝나자 다들 한숨을 쉬었습니다. 모나 역시 더는 말라깽이에게 등을 돌리지 않았고, 심지어 평소 다른 사람들을 증오에 가득 차서 바라보던 그녀의 좁은 틈새 같은 녹색 눈마저 그에게는 제법 다정했습니다. 이올란다는 그 아이와 가장 가깝게 지내는 사이였으므로, 두 사람이 함께 이야기하는 모습을 꽤 자주 볼 수 있었습니다. 땋은 머리에 큰 리본을 단 그녀는 모든 사람, 급기야 인형과 고양이까지 "내 사랑"이라고 불렀습니다. 한번은 그녀가 두 나무 사이에 매달린 거미줄 한가운데에서 꼼짝 않고 있는 거대한 거미에게 구스베리를 던지며 즐거운 시간을 보낸 적이 있었습니다. 그녀는 그 빨간 열매를 거미에게 겨냥했고, 이에 발과 갈고리가 달린, 작은 검은 실타래 같은 몸뚱이가 거미줄 가장자리로 달아나 버리자 거미한테 이렇게 소리쳤습니다. "잠깐만, 내 사랑아, 어디로 가는 거야?" 말라깽이는 여자아이들과 이따금 교류했으나 일정한 선을 넘진 않았습니다. 하지만 여자아이들과 단 한 마디 말도 섞지 않았던 우리에 비하면 사실상 제법 어울린 편이었습니다. 물론 우리는 여전히 축구를 했고, 체스판이나 단추로 시합하는 테이블축구판을 가져와서 놀곤 했습니다. 그러나 이러한 것들은 더 이상 우리의 주요한 관심사가 아니었습니다. 그 무렵, 말라깽이는 장애가 있는 소년을 찾아가서 기나긴 대화를 나눴습니다.

지금으로부터 대여섯 달 전, 아마 2월이었던 것 같은데, 교사 안식일에 나는 시내를 산책하러 외출한 적이 있습니다. 사도베아누 서점을 막 나와 치클롭 주차 건물 옆을 지날 때, 갑자기 뱃속에서 보라색 불꽃이 번쩍이더니 도저히 참을 수 없는 그리움이 밀려왔습니다. 나는 길을 걸으면서, 타르 냄새가 진동하는 치클롭 주차 건물의 진입로 오른쪽에 있는 작은 가게의 진열창 안을, 거기에 잔뜩 전시되어 있는 각종 라이터와 플라스틱 군용 장식물을 바라보았습니다. 가스를 다 쓰면 내다 버리는, 평범한 일회용 라이터를 보자 그 압도적인 그리움이 밀려들었습니다. 그 라이터의 색깔은, 마치 프루스트의 마들렌처럼 이 이야기가 들려줄 당시의 추억을 강제로 불러일으켰습니다. 그 라이터는 연보라색에 가까운 특이한 분홍색이었는데, 약간 찌그러진 플라스틱 몸체엔 부드럽고 살진 노란색 반달 모양의 물길이 나 있었습니다. 그것은 내가 슈테판 첼 마레 거리에 있는 아파트 건물에서 구입한, 스물한 해의 생애 중 그곳으로 이사한 첫해 여름에 오십 바니[19]를 주고 산 작은 시계의 색깔과 정확히 일치했습니다.

나는 빨간색 체크무늬 셔츠를 입은 그 사람이, 1번 공동 현관의 입구와 나머지 아파트 건물을 연결하는 복도를 지나갔던 그날 오후를 또렷이 기억합니다. 그 사람은 지렁이처럼 두 건물 사이로 기어들었고, 그러다 가스 계량기에 끼어 자칫 갇힐 뻔했습니다. 마침내 방죽으로 빠져나간 그는 힘겨운 등반을 마친 듯 숨을 고르면서, 회반죽으로 얼룩진 팔꿈치를 닦아 냈습니다. 그는 우리를 부르더니 주머니 속에서 무언가를 꺼내기 시작했습니다. 이제는 아무리 노력하더라도 그 사람의 생김새를 도무지 묘사할 수 없습니다. 지금 눈앞에는 하얀 풍선만이 떠오를 뿐입니다. 하지만 그의 손바닥 위에 놓여 있던 모든 것들은 세세히 구분할 수 있습니다. 작은 부조가 새겨진 포장 상자에 들어 있던 노란색 알약들, 셀로판지로 포장된 크림색 껌, 다양한 색상의 플라스틱 끈이 달린 도금된 손목시계들, 회전하는 양날 프로펠러에 장착된 두 개의 꼬인 줄이 옆으로 미끄러지듯 돌아가며 하늘로 날아오르던 파스텔 색상의 바람개비들. 우리 모두는 그의 주위에 몰려서서 각각의 물건이 얼마인지 물었습니다. 그러고는 돈을 받아 오려고 각자 자

____

19) bani. 루마니아의 화폐 단위로, 우리나라의 전에 해당한다.

기가 사는 아파트의 공동 현관으로 흩어졌습니다. 나는 오십 바니로 아까 언급한, 연보라색에 가까운 분홍빛 줄이 달린 작은 시계를 샀습니다. 말라깽이는 알록달록한 바람개비를 하나 샀습니다. 그 남자가 떠난 뒤, 말라깽이는 복도 틈새로 기어 들어가는 그의 모습을 한동안 지켜보았습니다. 그러고는 꿈꾸는 사람처럼 눈꺼풀을 내리더니, 서로 뒤틀린 두 개의 철사 코일 아랫부분에 달린, 바람개비의 프로펠러 쪽으로 눈을 돌렸습니다. 그는 판지로 된 프로펠러의 두 날개를 딱히 주의를 기울이지 않고 바라보았는데, 그 순간 그 날개들이 스스로 회전하기 시작했습니다. 점점 빠르게 돌아갔고, 마침내 철사 코일의 끝까지 미끄러져 올라가더니, 이내 하늘로 날아올랐습니다. 바람개비는 땅에서 일 미터쯤 떠오른 채 몇 분 동안 회전했습니다. 그 사내아이는 바람개비를 지켜보고 있었지만, 분명 마음은 다른 곳에 쏠려 있는 듯했습니다.

빨간 체크무늬 셔츠를 입은 남자는 자리를 떠나기 전에 우리에게 한 가지를 더 보여 줬습니다. 그는 그 물건을 아주 조심스럽게 손에 쥐고 가끔씩 쓰다듬었습니다. 우리는 그 사람 주위로 더 가까이 모여들었고, 그것이 검은색 만년필임을 알아보았습니다. 만년필 몸통 한쪽엔 직사각형 창이 있고, 그 틀 안쪽으로 검은색 원피스 수영복을 입은 여성의 모습이 보였습니다. 펜촉이 위로 향하도록 만년필을 들어 올리면, 검은색 원피스 수영복처럼 보이던 액체가 점차 흘러내렸습니다. 먼저 여자의 가슴이 드러났고, 이어서 발가벗은 온몸이 완전히 노출되었습니다. 나는 그때까지 그런 것을 본 적이 없었고, 심지어 여자의 알몸을 상상해 본 적도 없었습니다. "이건 이십오 레이짜리란다.[20] 너희 같은 코흘리개들이 넘볼 물건이 아니긴 하지." 그 남자는 그렇게 말하고 웃어 댔습니다.

거의 모든 아이들이 집으로 돌아간 뒤, 저녁 9시가 지난 무렵에 나와 루치는 아파트 단지 뒤로 가서, 연필깎이를 발견한 구멍이 있는 오래된 밤나무 위로 올라갔습니다. 우리는 방앗간 마당에서 새어 나오는 창백한 네온 불빛을 받으며, 금빛으로 반짝이는 금속 시계를 내내 바라보았습니다. 그러고는 약 십오 분 동안, 낮에 잡다한 물건을 팔러 온 그 상인을 둘러싼 사건에 대해 논의했습니다. 루치가 또 다른 이야기, 금실로 수놓은 옷을 입은 말에 관한 이야기를 막 시작했을 때, 나는 말라깽이가 천천히, 소심한 동작으로 아파트의 공동 현관에서 나와 하수구를 향해 걸어가는 모습을 보았습니다. 우리는 그가 손쉽게 하수구 통로로 내려가는 모습을 보고, 좀체 믿을 수 없었습니다. 그때 우리는 너무 긴장한 나머지 나무에서 떨어질 뻔했습니다. 그 말라깽이가 더러운 미로를 이리저리 돌아다니면서 뾰족 마녀 놀이를 떠오르게 하는, 이상한 몸짓을 했기 때문입니다. 어느 순간, 그는 통이 넓은 멜빵바지의 가슴 주머니에서 무언가를 꺼냈습니다. 그가 이쪽으로 차츰 가까이 다가오자, 우리는 그가 수채 물감으로 색칠한 무시무시한 가면을 뒤집어쓰고 있다는 사실을 알아챘습니다. 그것은 우리가 뾰족 마녀 놀이에 쓰려고 생각해 낸 그 어떤 가면보다 훨

---

20) 1레이는 100바니에 상당한다.

씬 원시적이고, 훨씬 음흉하고, 훨씬 위협적이었습니다. 그는 밤 10시가 되어서야 하수구 도랑에서 기어나와, 아파트의 공동 현관 계단으로 사라졌습니다.

(여기서 이야기를 잠시 중단해야겠습니다. 나는 이따금 이야기의 표면으로 올라가서 잠시 한숨을 돌려야겠다고 생각했습니다만, 지금처럼 절실하게 그러기를 바란 적은 없었습니다. 아마도 나는 그 여름에, 그 젤라틴같이 끈적이는 물속에, 머리카락이 미역처럼 출렁이도록 너무 오랫동안 머리를 처박은 채 버티려고 애쓴 것 같습니다. 게다가 이제 내 눈은 몹시도 찬란한 금빛과 형형한 광채 탓에 따끔거립니다. 그런데 어쩌면 나는 더 근원적이고, 차마 말 못 할 이유 탓에 헐떡거리는지도 모릅니다. 그러니까 내 말은, 이 글을 과연 우리 문학 동호회 사람들이 계속 읽고 싶어 할지, 잘 모르겠습니다. 이것은 문학이라 하기엔 너무 부족하고 점점 다른 뭔가가 되어 가고 있습니다. 두 주가 넘도록 글을 쓰다 보니, 전에 언급한 '연대기'와는 아무런 관련이 없는 것들마저 적어야 할 필요성을 느끼고 있습니다. 간단히 말해서, 나는 글쓰기 행위가 어떻게 내 안의 무언가를 변화시키기 시작했는지, 살피고 있습니다. 글을 쓰지 않을 때, 학교에 있을 때나 여가 시간에, 나는 마치 끊임없는 환각에 빠진 사람처럼 느끼고 행동합니다. 나는 이번 주에 학생들의 논문 교정을 끝내지 못했습니다. 돌연 뇌 속에서 창백한 이미지가 솟아올랐기 때문입니다. 학생들의 말을 들을 때조차 그 이미지가 나를 괴롭힙니다. 나는 이 기간에, 감히 말할 수 없을 만큼 끔찍한 꿈을 꾸었다는 이야기는 더 이상 하지 않겠습니다. 그리고 그 모든 일은 어젯밤에, 강렬하고 갑작스러운 소음 탓에 잠에서 깨어났을 때 정점에 달했습니다. 그것이

진정한 정점이기를 바랍니다. 어둠 속에서, 침대 다리 옆의 책상 위에 놓인 타자기가 저절로 자판을 두드려 대고 있었습니다. 나는 기계적으로 일어나서 불을 켜고, 자판을 두드리는 소리와 종소리를 울리며 종이를 앞뒤로 미는 원통형 롤러의 움직임을 바라보면서 그 종이 위에 무엇이 쓰여 있는지 몸을 숙여 살펴보았습니다. 그리고 그 글을 읽었습니다. 눈에 보이지 않는 손가락들이 내 이야기를 처음부터 다시 쓰고 있었습니다. 마침내 그 손가락들은 거대한 유리병에 관한 꿈 이야기에 도달했고, 이런 문장을 적고 있었습니다. "다시 시선을 들었을 때, 나는 미친 듯이 반짝이는 유리병의 벽면에 문의 얇은 윤곽이 나타나고 있음을 발견했습니다." 그 글을 읽으면서, 나는 예언이 성취되었다는 거룩한 공포에 사로잡혔습니다. 그리고 관자놀이 속에서 참을 수 없이 샛노란 황금빛의 찍찍거림이 들려오기 시작했을 때, 돌연 이 공포는 무한을 향해 뻗어 나갔습니다. 나는 내 두개골이 공포의 불길 속에서 녹아내리는 듯 느꼈습니다. 그제야 나는 정말로 깨어났습니다. 그러나 아침이 다가오는 살짝 푸르스름한 미명(未明)에, 혹시 또 다른 꿈에 빠져들지는 않았는지 한동안 확신할 수 없었습니다. 그러므로 내가 지금 계속 글을 쓴다면 그것은 전적으로 내적 충동에 의한 행동이며, 나는 단지 자신을 위해서만 글을 쓸 것입니다.)

그 장난감 행상인이 방문한 직후에, 우리 패거리의 단합은 조금씩 토요일의 강물[21] 속으로 사라졌습니다. 미미, 룸퍼, 루처, 마르차가눌은 여전히 말라깽이의 이야기를 들어주었지만

____

21) apa sâmbetei. '저승으로 향하는 강'을 의미한다.

그저 한쪽 귀로 듣고 흘릴 뿐이었습니다. 말라깽이 역시 청중을 무시하기 시작했다는 점을 나는 이내 알아차릴 수 있었습니다. 그는 여전히 콘크리트 왕좌에 앉아 있었지만, 우리에게 새로운 이야기를 들려주는 대신, '원탁의 기사들' 이야기를 처음부터 되풀이했습니다. 그는 여러 번이나 한 단어를 기억해 내기 위해 몇 분 동안 말을 멈추기도 했습니다. 그럴 때면 말라깽이는 아파트 건물의 방화벽에 멍한 시선을 고정했고, 어색해서 견디기 힘든 침묵이 흐르는 가운데, 저 너머 방앗간 마당에서 밀을 내리는 기계가 덜거덕거리는 소리만이 들려올 따름이었습니다. 무언가 이상한 일이 벌어지고 있음을 그나마 감지할 수 있었던 사람은 나와 루치뿐이었던 듯합니다. 그리고 매일 오후, 고문 같은 그 시간이면, 침대 안에 꼼짝 않고 누운 채 반짝거리는 구름을 바라보며, 그날 밤에 본 것만을 떠올리곤 했습니다. 말라깽이가 판지로 만든 가면을, 그 순수한 얼굴에 덮어쓰고, 악취가 풍기는 꾸불꾸불한 하수구 도랑의 오물 속을 주문을 외우며 헤매던……

여름이 끝나 갔고, 어쩌면 어느새 9월의 첫날에 이르렀는지도 모르겠습니다.(부모님은 벌써 1학년에 입학할 때 필요한 책가방과 학용품을 내게 사 주려고 안절부절못했습니다.)[22] 말라깽이는 저녁 내내 루슬란과 루드밀라 이야기를 우리에게 다시금 들려준 뒤, 나에게 너무나 소중하게 남아 있는, 이 같은 말을 했습니다. "사람에는 네 종류가 있어. 태어나지 않은 사람, 살아 있

---

22) 루마니아에서는 1학기가 10월 1일에 시작한다.

는 사람, 죽은 사람, 태어나지도 살아 있지도 죽지도 않은 사람. 마지막 종류의 사람들이 바로 별들이지." 그리고 그는 방앗간 탑 위에 총총한 별들을 향해, 마치 끌어당기는 듯한 몸짓을 했습니다. 집으로 향하는 좁은 터널에서, 나는 그에게 왜 그런 말을 했는지 물어보았습니다. 그는 우리가 아파트 단지 뒤편에 도착할 때까지 침묵을 지켰고, 거기에서 하수구 도랑을 바라보며 자신도 왜 그랬는지 모르겠다고 말했습니다. 그는 나에게 다음 날 자기 집에 오라고 초대했습니다. 그의 어머니는 아이가 학교에 다니려면 어떤 물건을 사야 하는지 몰랐기 때문에, 내 부모님이 무엇을 샀는지 물어보고 싶다고 했습니다.

아침 9시쯤에, 그의 집으로 갔습니다. 그의 어머니는 자주색 실내복을 입고 있었는데, 올려다보면 어지러울 정도로 키가 컸습니다. 하지만 그분은 우리 어머니 그리고 다른 모든 어머니들과 똑같은 방식으로 말했습니다. 그분은 우리에게 사과 파이 한 접시를 가져다주었고, 우리더러 말라깽이의 방에 가서 '놀라고' 했는데, 그때 이오넬의 방이라 했는지, 바실리커의 방이라 했는지, 혹은 제오르제의 방이라 했는지 잘 모르겠습니다. 그 방에는 놀랄 만큼 많은 장난감이 있었지만 대부분 분해되어 있었습니다. 망가지지 않은 장난감 자동차는 단한 대도 찾아볼 수 없었습니다. 구급차는 본체만이 온전하게 남아 있고, 톱니바퀴가 달린 작은 모터와 운전대는 방의 다른 구석에서 굴러다니고 있었습니다. 주석으로 만든 개구리는 두 부분으로 갈라져 있었고, 울대는 마치 창자처럼 지지대 틈새에서 튀어나온 채 반짝이고 있었습니다. 분홍색 등받이가 달린 작은 의자 아래에는 방아쇠 없는 소총이 놓여 있었습니다. 선반에는 책들이 있었지만 내가 예상했던 만큼 많지 않았고, 거의 다 커다란 글자들로 채워진, 아주 어린아이들을 위한 얇은 책들이었습니다. 우리가 무슨 이야기를 나눴는지 정확히 기억나지는 않지만, 서둘러 요점을 말씀드리겠습니다. 말라깽이가 잠시 방을 비웠을 때, 나는 작은 책장에서 책을 몇 권 꺼냈는데, 합판 선반에서 무언가가 아래로 굴러떨어졌습니다. 하수구에서 말라깽이를 목격했을 때도 이번처럼 큰 충격을 받지는 않았던 것 같습니다. 그 책 뒤쪽에, 옷을 입었다 벗었다 하는 여자가 그려진 검은색 만년필이 숨겨져 있었기 때문입니다. 나는 그것을 다시 제자리에 놓았고, 그 아이가 방에 들어서자마자 서둘러 이제 돌아가야겠다고 말했습니다. 그 아이의 어머니가 집 안에 들어올 때는 신발을 벗으라고 부탁해서 벗어 두었던 샌들의 버클을 복도에서 채우고 있을 때, 나는 다시 한 번 문간 너머의 어머니와 아들을 바라보았습니다. 아이는 뒤에서 어머니의 허리를 다정하게 붙잡고 있었고, 붉은색 새틴 가운을 입은, 거대하고 흐릿하게 어른거리는 어머니는 아이의 어깨 위에 한 손을 얹고 있었습니다. 두 사람은 똑같은 미소를 짓고 있었는데, 그 미소 속에는 교활함부터 아이러니, 말 그대로 온유함에 이르기까지 참으로 많은 의미가 담겨 있는 것 같았습니다. 두 사람은 모두 눈꺼풀이 미세한 검은 테두리에 둘러싸여 있었고, 속눈썹은 없었습니다. 나는 매우 불안한 마음으로 그곳을 떠났습니다. 그다음에 나는 바깥에서 만난 루치에게 내가 본 것을 말했습니다. 나는 말라깽이가 과연 어느 틈에 그 포르노 만년필을 구입했는지, 도무지 이해할 수 없었습니다. 그 장난감 행상인은 처음 본 지 사나흘이 지나도록 다시 우리 동네에 나타나지 않았습니다. 아니, 지금도 나는 말라깽이가 어떻게 그 만년필을 손에 넣었는지, 도무지 모르겠습니다.

성모이시여, 아직도 제 기억 속에 생생하게 남아 있는, 그 괴로운 순간을 글로 옮길 수 있다면 얼마나 좋을까요! 그럴 수만 있다면, 그 기억에서 벗어날 수 있을지도 모르겠습니다. 그런데 아무리 괴로울지언정 내가 정말 그것에서 벗어나길 원하고 있을까요? 아니면 단지 그 광경을 더욱더 또렷하게 보고 싶어서, 내 인생의 매 순간 그 모습을 보고 또 보고 싶어서 이러는 걸까요? 나는 이제야 가까스로 이 '연대기'의 핵심에 이르렀지만, 과연 준비가 되어 있는지는 모르겠습니다. 나는 진실성이 부족한 듯 보이더라도 그리 상관하지 않겠습니다. 나는 스스로를 위해서만 글을 쓰므로, 내가 본 것은 사실이었습니다. 그 광경을 떠올리면 여전히 소름이 돋는데, 아마 그것은 이십일 년 전부터 나도 모르게 품고 있던 반투명한 달걀이 아닐까, 합니다. 그 알로부터 어떤 괴물 같은 병아리가 나올지는 짐작할 수 없습니다. 하지만 더는 그것에 대해 걱정하고 싶지 않습니다. 지금 내가 원하는 것은, 거의 불가능한 소망처럼 보이지만, 이 장면을 '현실적으로' 생생하게 묘사할 능력을 가지는 것입니다.

말라깽이는 미친 것 같았습니다. 적어도 그것은 우리 패거리들 대부분이 가진 의견이었고, 우리는 1번 공동 현관 입구의 더러운 벽을 따라 노란색 멜빵바지를 입은 사내아이가 방향 감각을 잃은 채 방황하는, 불편하고 어처구니없는 상황이 연신 이어지는 이유를 설명할 수 없었습니다. 그 아이는 간신히 시작한 「나무 컵과 진흙 컵」이나 「병 속의 지니」와 같은 동방의 이야기를 끝맺지 않은 채 남겨 두곤 했습니다. 또 여자아이들이 그린 기묘한 그림을 한 시간씩 골똘히 바라보거나 심지어 여자아이들의 대화에 끼어들기도 했습니다. 니켈로 도금한 정형외과용 교정 신발을 신은 장애인 소년이 맡은, 말라깽이의 '친밀한 조언자'이자 '고해 신부'(우리는 그러하리라고 의심했습니다.) 역할은 이제 큰 리본을 머리에 매단 이올란다가 이어받았습니다. 말라깽이는 표현력이 풍부한 팔로 허공에 묘한 곡선을 그리며 그녀와 자주 이야기를 나누었습니다. 그가 확실하게 몰락하는 날, 바로 그 전날 저녁에 그 아이는 이올란다를 자기 발치에 두고, 우리 모두에게 둘러싸인 채 우리가 여태 들어 본 것 중 가장 아름다운 이야기를 들려주었습니다. 서로의 얼굴이 보이지 않을 만큼 어둑한 저녁 10시까지, 세상의 모든 것들이 사라진 뒤에도 여전할 은하수의 별 가루가 흩뿌려진 짙푸른 사각형의 하늘만이 우리 머리 위에 남을 때까지, 우리는 거기에 앉아서 그 아이의 이야기에 귀를 기울였습니다. 마치 집단 최면에 걸린 것 같았습니다. 그 이야기는 「열한 마리의 백조」라는 동화였는데, 오르락내리락하고 빙글빙글 도는 그 아이의 목소리가 우리를 슬픔으로 미치게 했습니다. 백조로 변한 왕자와 그 형제들을 위해 쐐기풀로 옷을 짜는 벙어리 소녀, 부글부글 끓어오르는 초록빛 바다 위로 날아가는 그들의 모습, 아직 한쪽 팔이 백조의 날개로 남은 채 떠나는 소년, 이 모든 것들은 아주 오랫동안 우리 안에 잠들어 있었고, 말라깽이는 단지 그것들을 우리에게 일깨워 줬을 뿐이었습니다. 그가 이야기를 마쳤을 때, 밤의 고요함 속에서 슈테판 첼 마레 거리를 지나가는 전차의 우렁찬 소리가 들려왔습니다.

그다음 날이 마지막 날이었습니다. 서늘한 아침에 나는 친구 루치와 산두를 만나 밤나무 위로 올라갔습니다. 그 나무에는 가시가 많은 큼직한 열매들이 맺혀 있었습니다. 우리는 아침 내내 반짝거리는 밤의 껍질을 깠습니다. 이윽고 산두가 가시로 가득한 녹색 껍질 아래에서 찬란하게 빛나는, 커다랗고 무거운 수정을 발견했습니다. 그때 그가 놀라서 소리치던 모습을 생생하게 기억합니다. 그것은 뒤틀린 빛을 뿜어내는 유리 달걀처럼 보였습니다. 그 당시 나는 밤나무에 이상한 열매가 맺히는 건 틀림없이 나쁜 징조이리라고 생각했습니다.

정오 무렵에도 아직 말라깽이는 1번 공동 현관에 나타나지 않았습니다. 모든 것이 침체된 듯 느껴졌습니다. 우리는 뾰족마녀 놀이를 하기 전부터 즐기던 '탐험가'라는 오래된 놀이를 새삼 기억해 냈습니다. 건물 중간쯤에 리벳이 박히고 회색으로 색칠된 판금 문이 있었습니다. 그 문은 지하실 내부로 들어가는 입구였습니다. 우리는 삐걱거리는 소리가 나지 않도록 조심스럽게 문을 연 뒤, 전기 패널로 가득 찬, 기름칠이 된 벽을 건드리지 않고 차근히 나선형의 금속 계단을 내려가기 시작했습니다. 계단을 내려갈수록 점점 어두워졌습니다. 우리는 퍼티와 녹물에 젖은 동아줄 냄새가 풍기는 기다랗고 좁은 방에 도착했는데, 거기에는 벽에서 튀어나오거나 모퉁이 뒤로 굽은 다양한 크기의 파이프가 엉켜 있었습니다. 그리고 온갖 수도꼭지와 압력계로 빽빽했습니다. 우리 아래에 있는 축축한 시멘트 바닥은, 천장 근처의 매우 높은 곳에 있는 작은 격자창을 통해 새어 들어오는 창백한 빛을 받으며 소리 없이 너울거렸습니다. 우리는 수많은 파이프에 매료되어 한동안 바라보았습니다. 어떤 것들은 우리 몸보다 두꺼웠고, 어떤 것들은 손가락만큼 얇고 한없이 길게 뻗어 있었습니다. 우리는 말없이 파이프실(室)을 지나 보일러실로 이어지는 또 다른 판금 문을 열었습니다. 주먹 크기의 리벳에 둘러싸인 수십 개의 파이프가 벽을 뚫고 들어온, 진홍색의 거대한 금속 자궁 속으로 빠져들어 갔습니다. 맞머리못들은 마치 시멘트 받침대 위에 누워 있는 금속 돼지들처럼 보였습니다. 여기저기에서 초록빛이 도는 유리에 덮인, 검은색 숫자가 기입돼 있는 압력계들이 위협적으로 번쩍였습니다. 우리는 강력하고 불가해한 신들의 성전에 있는 듯 느꼈습니다. 우리는 자궁 같은 괴물들을 가로질러 건물의 뱃속 가장 깊숙한 곳에 숨겨진 마지막 방, 즉 화부(火夫)의 방으로 점점 더 가까이, 까치발을 하고 살금살금 다가갔습니다. 보일러실과 화부의 방 사이의 문도 판금으로 만들어졌는데, 그 문에는 작은 구멍이 있어서 발끝으로 뛰어오르면 그 안을 들여다볼 수 있었습니다. 우리는 얼어붙어 버렸습니다.

격자창을 통해 아주 높은 곳에서 들어오는 넓은 광선이 그 방을 대각선으로 가로지르고 있었습니다. 광선이 방 안 주변에 빛나는 수증기를 흩뿌린 까닭에, 우리는 결코 보고 싶지 않았던 것을 목격하게 되었습니다. 아무리 넓게 잡아도 가로 세로 3제곱미터가 넘지 않는 텅 빈 방 안에, 두 아이가 완전히 발가벗은 채 서로 마주 보고 서 있었습니다. 사내아이의 머리 카락을 통과한 광선이 시멘트 바닥 위에 놓인 여자아이의 발목과 발바닥에 섬세한 윤곽을 그려 냈습니다. 그 두 아이는 어느 누구와도 비교할 수 없을 만큼 아름다웠습니다. 황금빛 광선이 그들을 금발처럼 보이게 했습니다. 남자아이의 머리카락은 황금색과 붉은색으로 타올랐고, 검은 테두리에 감싸인 두 눈이 그의 얼굴을 한결 찬란하게 해 주는 것 같았습니다. 콧구멍 아래의 인중은 그 어느 때보다 더 깊게 파여 있었습니다. 좀체 설명할 수 없는 야릇한 미소를 지으며 오므린 입술에는 생기가 넘쳤습니다. 노란색 선으로 간신히 두드러져 보이는 근육들, 선명하게 눈에 띄는 가냘픈 갈비뼈, 가늘고 탄탄한 다리를 가진 그 아이의 가냘픈 육체는 섬세하지만 불안정한 스케치처럼 보였습니다. 그 사내아이보다 키가 작은 이올란다는 땋은 머리카락을 흰색 새틴으로 만든 리본으로 묶었고, 이마 위로 내려온 앞머리는 구불대고 있었습니다. 이올란다는 어리둥절한 미소를 지으며 사내아이의 눈을 똑바로 바라보았습니다. 그 어리둥절한 미소는, 내가 훗날 모든 벌거벗은 여성에게서 본 바로 그 미소였습니다. 글을 쓰는 지금도 마치 그 여자아이의 몸을 실제로 마주하고 있는 듯 내 눈앞에 선합니다. 그 여자아이의 몸은 고운 흰색이었고, 가슴은 작은 구리 동전 같았으며, 성기는 허벅지 사이에 한 줄로 난 작은 윤곽선에 불과했습니다. 두 어린아이의 몸엔 차이점이 거의 없었습니다. 그들 아래의 시멘트 바닥에는 그들의 옷가지가 이상한 순서로 놓여 있었습니다. 나는 그들이 정의 내릴 수 있는 어떠한 감정도 없이, 서로를 그저 바라보고 있는 모습을 지켜보았습니다. 그들의 얼굴은 비인간적이었고, 그래서 마치 조각상 같았지만…… 조각상의 표정은 아니었습니다. 여자아이가 팔을 들어 손끝으로 사내아이의 어깨를 만지자 산두는 창문에서 몸을 떼고 보일러실로 달려갔습니다. 나와 루치도 겁에 질려 도망쳤습니다. 나는 지금도 그 화부의 방에서 본 장면을 떠올리면 몸이 떨리고 숨이 가빠집니다. 나는 여태 귀가 찢어지는 비명 소리를 듣습니다. 우리의 발자국 소리에 겁에 질린 이올란다가 내지른 비명 소리였습니다. 그 비명 소리는 보일러와 파이프를 타고 울려 퍼지며, 바깥쪽까지 우리를 쫓아왔습니다.

그 시간까지 인적이 없던 1번 공동 현관에 도착할 때까지 우리는 멈추지 않았습니다. 우리는 서로를 바라볼 수도, 아니 아무것도 할 수 없었습니다. 루치는 미친 듯이 몸을 떨었고, 심지어 다음 날에는 열까지 났습니다. 점심시간이 되어 우리는 집으로 돌아갔고, 나는 오후의 낮잠 시간부터 이불 밑에 머리를 파묻고 제정신이 아닌 채로 저녁까지 있었습니다. 아무도 없는 화부의 방에서 서로를 마주하고 있던 연약한 두 몸뚱이만이 내 눈앞에 어른거렸습니다. 나는 아무것도 이해하지 못했습니다. 말라깽이는 그 하찮은 장난감 행상인이 다녀간 뒤로, 어째서 그토록 갑자기, 왜 그렇게 완전히 변해 버렸을까요? 이제 더는 나 자신에게 어떤 질문을 해야 할지조차 알 수 없었습니다. 그러나 산두는 다르게 반응했습니다. 그는 분개하고, 잔뜩 화를 냈습니다. 저녁에, 우리의 옛 패거리 모두가 1번 공동 현관 앞에 모였을 때, 산두는 자기 나름대로 이런저런 이야기를 덧붙이며 모든 것을 우리에게 말했습니다. 말라깽이가 괴이한 사탕발림으로 우리 모두를 속였고, 마침내 본색을 고스란히 드러냈다고 말입니다. 보바와 그의 형제는 당장 변압기로 달려가서, 말라깽이가 먼저 색분필로 쓰고 이어서 우리가 한 번씩 덧칠해 놓은 여러 문장들을 맨손으로 지웠습니다. 미미는 말라깽이가 누리던 영광을 차지했습니다. 배가 불룩하고 거무스름한 그는 말라깽이의 왕좌로 기어올랐고, 거기에서 이제 말라깽이를 어떻게 처벌해야 할지에 대해 논의를 주도했습니다. 물론 미미는 "그를 두들겨 패자."보다 더 상상력이 풍부한 방법을 생각해 내지 못했습니다. 마르차가눌은 그 아이를 어떻게 처리할지 결정될 때까지, 한동안 하지 않았던 뾰족 마녀 놀이를 하자고 제안했습니다. 그래서 우리는 건물 뒤로 달려가 더러운 도랑으로 내려갔고, 또다시 친근한 흙냄새, 지렁이 냄새, 유백색의 애벌레 냄새와 더불어 특히나 예민한 공포의 냄새를 들이마셨습니다. 우리는 다시 판지 가면으로 얼굴을 가리고 각자 악마, 괴물, 거인, 용, 야만인으로 변장한 채, 구불구불한 하수구 도랑에서 서로를 쫓아다니기 시작했습니다.

저녁 8시 무렵에 말라깽이가 나타났습니다. 그가 도랑 가장

자리로 다가오는 모습을 보고 우리는 눈을 의심할 수밖에 없었습니다. 우리는 그가 최소한 일주일 동안 자신의 아파트에 숨어 있으리라고 확신했기 때문입니다. 그런데 그가 위험을 무릅쓰고, 감히 우리와 대면하려 한다는 사실이 너무 터무니없고 뻔뻔스럽게 여겨졌습니다. 우리는 잠시 놀이를 뒷전으로 미루고, 저 아래의 하수구 도랑에서 말라깽이가 웃는 모습을 지켜보았습니다. 그는 우리에게 무슨 말을 하고 싶어 했지만, 파울은 흙덩어리를 들어 올려 그에게 던졌습니다. 그는 날아든 흙덩어리에 다리를 세게 맞았습니다. 제안도 파울을 따라 똑같이 행동했고, 말라깽이는 쏟아지는 흙덩어리들을 피해 1번 공동 현관 쪽으로 도망쳤습니다. 우리는 얼굴에 가면을 쓴 채 함성을 지르며 그를 따라 달려갔습니다. 우리는 저마다 주머니를 흙덩어리로 채웠습니다. 우리는 좁은 복도를 빠져나가, 안뜰 한가운데에 멈춰 섰습니다. 그곳에는 말라깽이가 탈출할 만한 길이 더는 없었습니다. 처음에는 그 아이를 발견하지 못했지만, 마침내 우리는 다리 난간 뒤, 즉 벽으로 둘러싸인 문으로 이어지는 작은 층계참 위에 숨어 있는 그를 찾아냈습니다. 그는 어둠 속에서 웅크리고 있었습니다. 우리는 고함을 지르며 다시 그에게 흙덩어리를 던지기 시작했습니다. 그러자 말라깽이는 우리들보다 더 크게 비명을 지르면서 악마처럼 싸웠습니다. 방앗간 마당의 네온 불빛 아래에 선 그는 수채 물감으로 색칠한 끔찍한 가면을 쓰고 있었습니다. 그는 사방에서 자신을 때리는 흙덩어리를 다시 집어서 우리에게 되돌려 주었습니다. 그는 더 높은 곳에 있었고, 두 개의 난간 덕분에 잘 방어

할 수 있었지만 우리는 훤히 드러난 공간에서 싸워야 했습니다. 그는 흙덩어리에 머리를 제대로 얻어맞을 때까지 한 시간 내내 스스로를 지킬 수 있었습니다. 이윽고 우리는, 천천히 땅에 쓰러진 그가 어슴푸레한 빛 속에서 목덜미와 발뒤꿈치를 아치형으로 굽히며 무서운 힘으로 몸부림치는 광경을 보게 되었습니다. 우리가 그에게 다가갔지만 그는 우리를 보지 못하는 듯했습니다. 말 그대로, 그의 눈에선 눈물이 뚝뚝 떨어지고 있었습니다. 그는 간간이 도저히 불가능한 자세로 몸을 일그러뜨린 채 경련을 반복하며, 이따금 한 번씩 신음하고 으르렁거렸습니다. 우리는 몹시 겁이 났고, 결국 루처가 3번 공동 현관으로 달려가서 말라깽이네의 초인종을 눌렀습니다. 1번 공동 현관에 숨어 있던 우리는 빨간 옷을 입은 여자가 달려와서 경련으로 괴로워하는 아이를 품에 안는 모습을 보았습니다. 그 여자는 그를 껴안은 채 다른 현관으로 이어지는 좁은 복도를 겨우 비집고 나왔습니다.

그렇게 모든 것이 거의 끝났습니다. 말라깽이는 그의 어머니에 의해 조부모님 댁 혹은 기숙 학교, 아니면 어떤 다른 곳으로 보내졌습니다. 우리는 그를 다시 볼 수 없었습니다. 다음 날 비가 살짝 내렸고, 살얼음이 된 이슬비 탓에 건물 뒤편은 온통 진흙탕으로 변해 버려서 더는 놀 수 없게 되었습니다. 일주일쯤 지나자 학기가 시작되었고, 그다음 여름이 올 때까지 우리 패거리 역시 대충 와해되었습니다. 이십 년이 넘는, 익명의 세월이 이어졌습니다. 나는 고등학교, 군대, 대학교를 거쳐 이젠 생원 행세를 하는 사람이 되었습니다. 하지만 유리병

안의 햄스터가 된 꿈을 꾼 뒤로, 즉 석 달 전부터 나는 완전히 다른 사람이 되었습니다. 더 이상 아무것도 할 수 없습니다. 나는 꿈을 적는 공책에 감히 기록할 수 없을 정도로 끔찍한 악몽에 밤마다 시달리고 있습니다. 무언가가 다가오고 있음을 느낍니다. 피부의 모공을 소름 끼치게 하는, 독이 든 얼음 냄새가 납니다. 때때로 오후에 나는 자멸이 임박했음을 느끼고, 눈물도 없이 초조하게 웁니다. 어제는 보일러실 건너에 자리한, '화부의 방'에서 보았던 장면을 묘사한 뒤 절망감에 빠져 심하게 울었습니다. 내 기억 속에서 기적적으로 다시 떠오른 이 이야기가 끝났으니, 이제 무슨 일이 일어날까요? 목적 없이 거리를 싸돌아다녀야 할까요, 레스토랑과 상점에 들러야 할까요, 말라깽이의 이야기를 큰 소리로 떠들어 대며 영화관의 고요를 깨뜨려 보면 어떨까요? 내가 다 말하지 못했다고 느껴서, 오직 나만이 이 진실을 간직할 수 없어서, 더 이상 어찌할 수 없어서, 이 큰 고통을 주체할 수 없어서, 할 수 없어서…….
예, 나는 이것을 문학 동호회에서 읽지 않을 것입니다. 왜냐하면 이 종잇장들은 문학이 아니고 끔찍한 예언이기 때문입니다. 이 글을 눈보라 속에서, 거리에서, 상점 창문의 빛 아래에서, 전차 안에서 읽을 것입니다. 나는 나를 이해하고 따를 사람들을 얻을 것이며, 온 도시를 샅샅이 뒤져 마침내 말라깽이를 찾아낼 것입니다. 그리고 우리는 그의 존재를 알게 될 것이고, 그를 이해할 것이며, 울고 노래할 것입니다. 광휘의 털옷을 입은 그는 푸른 번개를 던지며 두 팔을 들고 승천하여 도시를 낮처럼 비추고 별들과 그 너머에까지 광명을 내리고, 우리는 더 순수하고 더 순결하게 정화되어 하얀 재로 남을 것입니다……. 아, 더는 그럴 수 없습니다…….

* * *

오늘 아침, 어떤 책의 표지를 붙이려고 셀로판테이프를 찾다가 타자기로 쓴 종이를 발견했는데, 겉보기에 이 년은 족히 넘은 듯 보였습니다. 그것들은 서랍장 위에, 판지를 붙여 둔 사진 아래에 있었습니다. 나는 그것들을 읽었고, 이어서 이 글을 쓰지 않을 수 없을 정도로 크게 놀랐습니다. 의심의 여지 없이 그것은 나의 '에리카'에게 쓴 글이며, 나의 어린 시절을 담고 있더군요. 나는 이 '연대기'의 일부 사항들을 확실히 잘 알고 있습니다. 나는 실제로 슈테판 첼 마레 거리에 있는 아파트 단지에서 살았습니다. 방앗간, 1번 공동 현관 등 모든 전경은 실제로 존재하지만, 아파트 건물의 지하실에 난방 보일러가 있었던 적은 없었습니다. 그 아이들은 진짜이고, 심지어 그들의 이름을 나는 여전히 기억하며, 요즘도 그들 중 몇 명을 가끔 보곤 하지만, 말라깽이에 관한 이야기는 내가 생각하기에 전부 터무니없는 것 같습니다. 우리 단지에는 그렇게 학문적인 소양을 갖춘 아이가 없었습니다. 이제 보바 스미르노프는 기능공이고, 룸퍼는 아테네 팰리스 호텔에서 웨이터 보조로 일하고 있습니다. 나는 그곳에서 항상 그를 마주칩니다. 마르차가눌도 여기 가까운 곳에서 무슨 일인가를 하고 있습니다. 산두도 기능공이 되었고, 니쿠쇼르는 내 친구 니콜라에 일리에스쿠입니다. 그런데 그 말라깽이는 어디에 있을까요? 도대체 이 이야기는 뜬금없이 어디서 나왔을까요? 본문을 다시 읽고 싶지만 그러기가 두렵다는 사실을 고백합니다. 그 글 속에는 무언가 불길한 것이 있습니다. 이 글로 무엇을 해야 할지, 결정하기가 매우 어렵습니다. 정말 버리고 싶지 않지만 다시 만나고 싶지도 않습니다. 나는 그것들을 영원히 숨길 수 있는 좋은 장소를 찾아서 잘 보관하려고 합니다. 혹여 신문이나 다른 쓰레기와 함께 버려질 위험이 없는 곳에 말입니다. 왜냐하면 내 아내는 버리는 데에 전문가이기 때문입니다.

쌍둥이자리

면도하는 데에 예상보다 시간이 더 걸렸습니다. 그는 언젠가 겨드랑이를 면도했고, 그 이후로 지난 두 주 동안 수염도 여러 번 면도했지만 지금은 달랐습니다. 그는 이제 무슨 일이 있어도 면도날에 베이지 않겠다고 다짐했습니다. 그래서 그가 상아처럼 희고 노리끼리한 손잡이가 달린 질레트 면도기를 서투르지만 꼼꼼하게 잡고, 지나치게 비누칠을 한 뺨 위로 면도날을 미끄러뜨리자 약간 붉어진 피부의 부드러운 경사면에서 뿌리부터 잘려 나간, 그리 많지 않은 털 가닥들이 연녹색을 띤 작은 점들로 빛났습니다. 그 경사면은 젖은 머리카락에서 떨어지는 물방울에 금세 젖었습니다. 욕실에 놓인 습기가 가득 찬 거울을 바라보니 어떤 변덕스러운 취향으로 도색했는지 알 수 없는, 유광의 짙은 남색 벽면에 피어난 곰팡이가 보였습니다. 부서진 한 부분을 석고로 거칠게 때워 놓은 변기도 볼 수 있었습니다. 그는 거울 아래 더러운 유리 선반에 놓인 두세 개의 여러 색 통 중에서 헝가리제 분무식 깡통에 든 푸른빛의 향긋한 연고를 면도 크림으로 사용했습니다. 그 유리 선반에는 작은 물웅덩이가 있었는데, 거기엔 이미 사용한 면도날 몇 개가 녹슬고 서로 달라붙은 채 버려져 있었습니다. 면도 크림으로 탁해진, 얼음처럼 차가운 물이 턱 위에 머물렀다가 목을 타고 가슴으로 흘러내렸습니다. 그는 거울에 비친 자신의 가슴을 즐겁게 바라보았습니다. 지금 누군가가 집에 찾아왔다면, 그는 청바지 차림에 맨가슴을 내놓은 모습 그대로, 아무런 부끄러움 없이 그 혹은 그녀를 반갑게 맞이할 수 있었을 것입니다. 그러나 예전에는……. 그는 긴 턱뼈를 감싼 모든 피부 위로 면도칼을 중단 없이 천천히, 극도로 조심스럽게 움직이며, 예전이라면 어떤 일이 일어났을지 잠시 동안 생각하면서 즐거워했습니다. 그러고는 턱 아래를 둘러 울대뼈까지 크림을 가만가만 바르기 시작했습니다. 얼굴에는 털의 가장 미세한 흔적조차 남아 있어서는 안 되었습니다. 전등 탓에 눈이 피로해졌는지, 거울의 윤곽을 통해 가끔 보라색 혹은 반짝이는 라일락색 줄무늬가 겹쳐 보이기도 했습니다. 그는 소름 돋은 가슴과 배의 물기를 수건으로 닦아 냈습니다. 습기로 인해 부풀어 오르고 검게 변색된 문 위에는, 과하게 풍성한 머리카락을 여러 갈래로 늘어뜨린 어떤 여성의 장밋빛 옆모습이 그려진 스티커가 붙어 있었습니다. 그 핏빛을 띤 머리카락은 점차 옅은 붉은색으로 그러데이션을 이루었는데, 마치 아크릴

물감으로 그린 것 같았습니다. 여자의 굽은 가슴 바로 아래에는, 얇은 글씨로 '크리샨 샴푸'라고 적혀 있었습니다. 이제 턱수염 문제는 해결됐습니다. 하지만 좀 더 복잡한 문제인 콧수염은 여전히 얼굴 위에 남아 있었습니다. 털 가닥이 약 이 센티미터 정도로 길기도 하고, 꽤 촘촘하게 나 있었기 때문입니다. 그는 스스로 재수 없는 콧수염을 가졌다고 쓸쓸하게 생각했습니다. 그러고는 "제 어미 같기는!"이라고 콧수염에 욕을 내뱉으며 씩씩거렸습니다. 그에게 부족한 것은 바로 그것이었습니다! 그는 다시 분무식 깡통의 뚜껑을 눌러, 왼손 손가락에 걸쭉하고 향기로운 거품을 가득 짜낸 뒤 윗입술에 충분히 발랐습니다. 그는 물속에 있는 거미의 다리처럼 수염이 부드러워지고 있음을 느낄 수 있었습니다. 사실 별로 어렵지 않았습니다. 세면대의 구부러진 수도관을 타고 흘러나오는 매끄러운 물기둥에 면도기를 휘저으며 더 자주 헹구기만 하면 됐습니다. 물은 몹시 조용하고 안정적으로 흘러나왔기 때문에 마치 흐르지 않는, 거품과 털로 뒤범벅된 채 수도꼭지와 세면대 바닥 사이에서 굳어 버린 유리 기둥 같다고 생각했습니다. 그는 콧수염을 반쯤 남긴 뒤, 거울에 비친 자기 모습을 바라보았습니다. 그리고 웃기 시작했습니다. 그러다가 그는 돌연 차가운 세면대 가장자리에 이마를 기대고, 히스테릭한 너털웃음을 터뜨리며 격렬하게 울었습니다. 눈물을 글썽이며 나머지 콧수염도 마저 면도한 다음에, 오랫동안 얼굴 전체를 씻어 냈습니다. 아쉽게도 온수가 더 이상 나오지 않았습니다. 그는 거친 주황색 수건으로 얼굴을 잘 문질러 닦은 뒤에 다시 한 번

거울을 보았습니다. 오, 신이시여, 이걸 어떻게 해결해야 할까요? 면도하고 나니 길쭉한 얼굴은 한결 남성스럽게 보였고, 더욱 감당하기가 어려웠습니다. 그는 면도기를 세척하기 전에, 가슴뼈를 따라, '물기 없는' 면도기로 털을 몇 차례 밀었습니다. 가슴뼈에 둥지를 튼 부드러운 거미줄 같던 털이 희생당했습니다. 그러자 칼날이 항의하듯 찌르륵거리며 끔찍하게 울어 댔습니다. 그는 몸을 떨었습니다. 그가 애프터셰이브의 가벼운 거품을 얼굴에 펴 바른 뒤, 면도기 끝에 달린 작은 원통형의 금속 손잡이를 돌리자 면도기의 양 날개가 도개교처럼 열리더니, 마침내 반짝이는 면도날이 드러났습니다. 그는 "칼날을 닦지 마십시오."라는 지침을 준수하면서, 칼날과 면도기 장치를 매우 철저하게 씻었습니다. 그러고는 잠시 면도날을 바라보았습니다. 이 물건은 바로 얼마 전까지만 해도 그에겐 너무나 낯선 것이었습니다. 그는 손가락 사이로 면도날을 살짝 구부려 보았습니다. 거기에는 '런던 브리지'라고 적혀 있었는데, 그 자체로 매우 강렬한 생명력을 가진 것 같았습니다. 그가 불가해한 충동에 사로잡혀 면도날에 입을 맞추고, 뺨에 그것을 가져다 대자 또다시 눈에 눈물이 고였습니다. 그는 면도날을 다시 면도기에 끼워 넣은 뒤에 욕실을 나왔습니다.

아파트에는 아무도 없었습니다. 벽에 난 문들은 불길한 기운을 풍기는 방과 복도 쪽으로 열려 있었습니다. 침실에는 침대가 정돈되지 않은 채 방치되어 있었고, 엉켜 있는 담요와 누런 이불 아래로 드러난 소파의 꽃무늬 융단 장식이 음란하게 느껴졌습니다. 거리를 향한 앞방의 벽 전체를 차지하는 거대한 창문을 통해, 불타는 구름 조각들로 짜인 여름 하늘을 볼 수 있었습니다. 그런데 그 구름들은 마치 르네상스 시대의 그림에서 튀어나온 듯이 난잡하면서도 천편일률적인 형태를 띠고 있었습니다. 누구든 세 개의 커다란 투명 패널 중 하나를 열고 창밖으로 머리를 내밀었다면, 이십 미터 아래의 슈테판첼 마레 대로가 붉은 오렌지빛으로 물들어 있는 광경을 볼 수 있었을 것입니다. 그 정제된 색조는 다소 과장되고 변형되어 있었으나 역시 세밀한 사실주의 작품 같은, 미국 잡지의 삽화처럼 여겨질 정도였습니다. 대로는 왼쪽의 미하이 브라부 거리로 이어지며 뻗어 있었고, 그 거리는 다시 비탄 구역을 향해 휘어 있었습니다. 그런 반면에, 오른쪽 도로는 화살 모양으로 가늘어지며 지평선에서 불과 이삼 센티미터 높이에 걸린 커다란 태양과 직접 맞닿아 있었습니다. 방 자체가 마치 환각을 일으키는 입방체 형태의 기생충처럼, 바깥 풍경의 피를 실내 벽면의 넓은 줄무늬 속으로 빨아들이고 있습니다.

그는 방으로 들어갔습니다. 도대체 그는 어쩌다 청바지를 그토록 엉망으로 젖게 했을까요? 청바지는 그의 발목에 그저 착 달라붙어 있었습니다. 그는 바지를 벗고 팬티만을 입은 채 화장대 거울 앞 의자에 앉았습니다. 그는 화장대 서랍 속에 무엇이 들어 있는지 자세히 알았고, 자신에게 누나가 있다는 점이 믿기지 않을 정도로 큰 행운임을 깨달았습니다. 그가 미소 지으며 첫 번째 서랍을 열자 파우더와 크림 냄새가 방 안 전체에 퍼졌습니다. 일단 그는 중국산 화장품 세트를 꺼냈는데, 그 납작한 상자 안에는 푸르스름하고 검붉게 얼룩진 스

편지가 덮여 있었고, 그것 아래로 다양한 색조의 립스틱이 기둥같이 겹겹이 쌓여 있었습니다. 그중 일부는 거의 다 사용한 듯 보였고, 일부는 아예 손대지 않은 상태로, 타원형 아이섀도 통과 대칭으로 배열되어 있었습니다. 한쪽 끝부분에 연한 녹색으로 물든 스펀지 조각이 달린 플라스틱 막대, 장미색 가루가 담긴 큰 타원형 상자, 검고 기름진 마스카라 브러시 등도 있었는데, 원래 화장품 세트에 포함된 물건들이 아니라서 상자를 제대로 닫기 힘들었습니다. 값싼 아이라이너 연필과 어디에 쓰는지 알 수 없는, 밀봉된 고무 조각들도 들어 있었습니다. 그는 원뿔 모양의 매니큐어를 두 개 더 꺼냈는데, 하나엔 점성이 있는 진홍빛 액체가 들어 있었고, 다른 하나에는 진주처럼 반짝이는 흰색 액체가 들어 있었습니다. 그는 그것들을 화장대 위의 마크라메 레이스로 짠 받침대 위에 올려놓았습니다. 그는 또 눈썹용 핀셋도 발견했습니다. 두 번째 서랍에는 희끄무레한 액체 속에 작은 금색 구슬이 들어 있는 매니큐어병(그는 뭐 이런 집시같이 촌스러운 물건이 다 있느냐고 생각했습니다.)과 두세 개 남짓한 또 다른 립스틱이 있었는데, 그중 하나는 고급스러운 디올 제품이었습니다. 그는 본능적으로 그 립스틱의 색조가 자신에게 어울린다고 생각하면서, 그것을 즉시 눈여겨보았습니다. 그러나 그는 곧장 그 생각이 터무니없음을 깨달았습니다. 그는 또 서랍 밑바닥에서 물결치는 황금색 줄무늬와 함께, 장미 몇 송이가 새겨진, 플라스틱으로 만든, 매력적인 프랑스산 파우더 케이스를 발견했습니다. 그는 그 통을 열면서, 그것이 국내에서 유통되는 제품임을 알아보았습니다. 그는 분통 내부의 거울을 바라보면서 얼굴을 찡그렸습니다. 아무래도 그는 이러는 데에 익숙하지 않았습니다! 상자 속은 두 개의 작은 정사각형 칸막이로 나뉘어 있었는데, 하나는 무광택의 연한 녹색이고, 다른 하나는 연한 분홍색을 띠고 있어서 더욱 흥미로웠습니다. 그렇지만 젠장, 양이 너무 적었습니다. 그는 이 잡동사니로, 어떻게든, 즉석에서 그럴싸한 화장을 해내야 했습니다. 그는 화장대 옆에 달린 문 하나를 열었습니다. 그는 작은 합판으로 만든 칸에 빽빽이 들어차 있는, 각기 다른 일고여덟 개의, 이곳 물건같이 보이는 싸구려(적어도 불가리아산은 아니었습니다……) 향수병에서 풍기는 달큰한 냄새를 도무지 견딜 수 없었습니다. 그중 금빛 금속을 휘감은 향수병은 그야말로 천박하기 짝이 없었습니다. 또 다른 하나는 위쪽이 펑퍼짐한, 파나리오테스풍[23]의 모자와 비슷하게 생긴 뚜껑이 달려 있었는데, 병에 비해 훨씬 컸습니다. 그러나 그런 것들 중엔, 무슨 기적인지는 모르겠습니다만(누가 누나에게 선물해 주었는지도 모릅니다.) 마치 망명 중인 여왕처럼 보이는, 최상급의 이모션 향수병도 있었습니다. 그는 그것을 천한 동료들로부터 끄집어낸 뒤에, 사랑스럽게 손으로 받쳐 들고, 뚜껑을 열고, 스프레이 버튼을 눌러 왼쪽 손등에 뿌렸습니다. 그러고는 기품을 갖춘 자기 피부의 냄새를 즐겁게 들이마셨습니다. '그래, 바로 이거야!'라고 생각하며 심지어 큰 소리로 외치

---

23) Fanariot. 본래는 오스만 제국에 충성하던 그리스인들을 가리키는 말로, 이들은 1710년 무렵부터 1820년경에 이르기까지, 루마니아의 남부 지역을 대리 통치했다.

기까지 했습니다. "오케이." 그는 고귀한 향수병을 화장대에 놓고, 다른 향수들이 들어 있는 칸의 문을 쾅 닫아 버렸습니다. 오른쪽 문 뒤에는 아그파 카세트테이프가 층층이 쌓여 있었고, 그 주위엔 코드 선이 꼬인 마이크가 있었습니다. 그랬습니다. 특별히 만족할 이유도, 절망할 이유도 없었습니다. 앞으로 옷을 입는 과정이 더 복잡할 테니 말입니다.

우선 그는 과감하게 눈썹부터 뽑기 시작했습니다. 하나하나 눈썹을 뽑아내는 고통이 그에게 향수(鄕愁)를 불러일으키는 기쁨을 가져다주었습니다. 그는 개의 꼬리(그는 그렇게 생각했습니다.) 같은 눈썹이 한 쌍의 가늘고 완벽한 아치를 이룰 때까지, 남성적인 얼굴에 어릿광대 할리퀸[24]의 억누를 수 없는 슬픔이 남을 때까지, 삼십 분 동안 눈썹의 잔털을 쉬지 않고 뽑았습니다. 그는 눈꺼풀에 연분홍빛 아이섀도를 바르는 듯 마는 듯 살짝 칠하고, 색조의 대비를 맞추기 위해 마스카라로 속눈썹을 물들였는데, 다행스럽게도 그는 남자치고 속눈썹이 유난히 길었습니다. 그런 다음, 그는 거울에 비친 자신의 모습을 바라보았습니다. 나쁘지 않았습니다! 그는 디올 립스틱의 몸통을 능숙하게 돌려 꽤 창백한 입술에 바르고는, 살짝 알코올 맛이 나는 향긋한 립스틱이 고르게 퍼질 때까지 입술을 비볐습니다. 그는 이번 기회에 입가의 씁쓸한 표정을 바로잡고자 노력했습니다. 그러나 여전히 남아 있는 그 씁쓸한 표정은,

---

24) Harlequin. 이탈리아 코메디아 델라르테를 대표하는 인물. 마름모무늬가 들어간 형형색색의 의상과 검은 가면을 쓴 익살맞은 하인 캐릭터로, 할리퀸은 아를레키노(Arlecchino)의 영어식 표기다.

그의 얼굴 특징을 넘어서는 어딘가에서 맴돌고 있었습니다. 그의 뺨은 이제 시체처럼 보였고, 길고 반짝이는 검은 눈매는 얼굴 전체를 뒤덮은 듯했으며, 아랫입술에는 다소 부적절한 불손함과 관능적인 식상한 냉소가 어려 있었습니다. 이 같은 인상을 지우기 위해 그는 움푹 들어간 볼에 파우더를 정성껏 두드렸습니다. 피부에 미처 기초 화장을 하지 않아서 후회스러웠지만 어쩔 수 없는 일이었습니다. 그는 거울 앞에서 안절부절못하며, 애매한 머리 모양을 계속 쳐다보았습니다. 어느덧 방 안의 공기가 커피색으로 변했기에 그는 불을 밝혔습니다. 그는 그 모든 반짝거림 속에서 이제 자신을 화려하게 장식한 색채를 꼼꼼하게 살펴볼 수 있었습니다. 얼굴은 더욱 아름다워졌고, 더 나아가 남자나 여자의 얼굴에서 결코 기대할 수 없는 낯선 아름다움을 띠게 되었습니다. 파우더 케이스의 작은 거울로 커다란 거울을 들여다보며 옆모습도 살펴보았습니다. '비밀 병기'는 옷을 다 차려입은 뒤에 사용하려 했건만, 그는 참을 수가 없었습니다. 그는 옷장 문을 열고 낡은 핸드백 속에서 클립처럼 귀에 부착할 수 있는, 두 가지 색상의 매우 세련된 마름모꼴 귀걸이 한 쌍을 꺼냈습니다. 그는 그것들을 착용했는데, 사실 이것들은 비밀 병기가 아니었습니다. 이미 며칠 전에 옷장에서 발견한 물건인 데다, 오늘 저녁에 착용하기로 위대한 결정을 내린 물건들 중 하나에 불과했습니다. 그리고 이제 그는 감사의 한숨을 내쉬며 더욱 멋진 물건을 끄집어냈습니다. 그것은 그의 어깨뼈 사이에까지 당당하고 자연스럽게 내려오는, 유난히 풍성하게 고불거리는 금색 가발이었습니다. 안쪽에는 부드럽고 탄력 있는 안감이 있어서, 착용한 지 십오 분 정도 지나면 더는 가발이 아니라 꼭 자기 머리카락처럼 느껴질 정도였습니다. 그는 가발을 쓰고, 거울 앞에서 꼼꼼하게 빗질했습니다. 빨간색 빗이 머리카락 사이로 미끄러질 때마다, 곱슬머리는 잠시 곧게 펴졌다가 곧 우아하고 차분하고 탄력 있게 찰랑거리며 원래 모양으로 돌아왔습니다. 빗이 머리카락에 닿을 때마다 정전기 때문에 딱딱거리는 소리가 났으므로, 그는 불을 꺼야겠다고 생각했습니다. 방 안을 가득 채운 거의 완전한 어둠 속에서, 상상할 수 없을 정도로 가느다란 청록색 불꽃이 아주 일시적으로, 마치 그물망처럼 그의 머리카락을 덮었다가 주변 곳곳으로 일 미터 넘게 흩뿌려졌습니다. 깜빡이는 빛의 잔상 속에서 소년 같은 어깨, 판판한 가슴, 튀어나온 쇄골을 가진 여인이, 그 믿기지 않는 모습이 거울에 나타났습니다.

다시 불을 켰음에도 그 매혹적인 모습은 사라지지 않았고, 도리어 현기증이 일었습니다. 그는 양손으로 귀와 가발, 뺨을 꽉 누르고 있다가 손을 떼고, 귀걸이가 그의 손바닥에 남긴 마름모꼴의 창백한 자국을 오랫동안 응시했습니다. 그는 자신의 흉강을 채우고 있는, 모든 살아 있는 물질을 느꼈습니다. 흉골의 골수, 폐, 심장이 갑자기 희미해지더니, 그 빈자리에 벽돌색과 장미색과 강렬한 주홍빛을 띠는, 형언할 수 없이 고통스러운, 모세관과 섬유질 형태의 젤라틴 같은, 감정의 그물망이 차올랐습니다. 그는 의자에서 일어나, 문 옆의 벽에 서 있는 커다란 서랍장을 뒤지기 시작했습니다. 그러고는 여성복을 모조리 끄집어냈습니다. 또다시 그는 자신에게 누나가 있어서 얼마나 다행인지 경탄했고, 그녀의 키가 자신과 같다는 점을 깨닫고 두 배의 행운을 느꼈습니다. 누나의 옷은 그에게 제법 어울렸습니다. 처음에 그는 흥미롭게 보이는 팬티 여러 장을 발견했습니다. 팬티가 아주 작지는 않았지만, 그렇다고 그가 입을 만큼 크지도 않았습니다. 그 흰색 팬티 일곱 벌은 꽤 예쁜 편이었습니다. 각 팬티의 앞부분에는 나뭇가지에 앉은 새 몇 마리가 인쇄되어 있었고, 그 아래쪽엔 월요일, 화요일, 수요일, 목요일, 금요일, 토요일, 일요일이라는 뜻의 프랑스어 단어가, 녹색의 아름다운 손 글씨체로 수놓여 있었습니다. 그는 자신의 속옷을 벗고, 그중 마음에 드는, 일요일의 팬티를 입었습니다. 그러고는 다소 눈이 작은 검은색 망사 스타킹을 신었는데, 마침 제모할 만한 도구를 찾지 못해서 본능적으로 느끼고 있던 당혹감을 어느 정도 덜어 주었습니다. 뒤이어 브래지어를 착용할지 말지, 오랫동안 고민했습니다. 일단 여태껏 한 번도 입어 본 적이 없어서, 그리고 다른 한편으로는 브래지어 컵에 솜이나 양말 같은 것들을 욱여넣은, 삼류 영화의 등장인물처럼 저속하게 여장하는 것이 기괴하게 느껴졌기 때문에, 결국 그는 브래지어를 포기하기로 했습니다. 가슴이 납작해도 몹시 매력적으로 보이는 여성들은 꽤 많았습니다.

　이제 가장 중요한 순간이 다가왔습니다. 그에겐 무엇을 입어야 할지, 선택의 여지가 많지 않았습니다. 여성스럽지 않게 좁고 뼈가 굵은 골반과 탄탄한 엉덩이에 전혀 어울리지 않는 청바지나 줄무늬 바지는 애당초 배제해야 했습니다. 그는 낭만적이고 어렴풋한 무언가가 필요했고, 로레알 광고에 나오는 꿈속의 금발 아가씨처럼 모든 사람이 동경하는 여성처럼 보여야 했습니다. 우선 그는 등 쪽에 두 개의 아름다운 자개 단추가 달려 있고, 소매가 헐렁한 진홍색 캐시미어 블라우스를 입어 보았습니다. 하필 청바지에 잘 어울리는 데다, 디스코 스타일의 복장이어서 입지 않기로 했습니다. 그는 또한 부드러운 노란색 옷감으로 재단한, 사각형의 레이스 목깃이 붙어 있고, 옷자락에 금빛 라메 끈과 허리께에 크고 창백한 꽃이 달린 좀 더 화려한 드레스를 발견했습니다. 아마도 폰둘 플라스틱[25]에서 구입한 것 같았습니다. 그는 그 드레스를 입고, 거울 앞에 서서 몸을 이리저리 돌려 본 뒤에, 침대 위로 쓰러져 경직된 자세로 누워 있다가, 다시 고개를 들고 한 번 더 그 모습을 바라보았습니다. 별로 어울리지 않았습니다. 더 달콤하고 관능적인 동시에, 순결해 보이는 무언가가 필요했습니다. 그는 일어나 앉아서, 화장과 곱슬곱슬한 머리카락이 발산하는 모호한 아름다움을 곰곰이 생각해 보았습니다. 그는 이상하게 웃으며 머리를 살짝 앞으로 기울이고 한쪽 어깨를 살짝 내민 채, 어떤 이유에서 그랬는지는 모르겠습니다만 손가락으로 거울에 비친 자신의 모습을 똑바로 가리켰습니다. 그는 한동안 그런 자세를 유지한 채, 손가락으로 자신의 신기루 같은 가슴을 가리켰습니다. 그렇게 침대에서 일어나, 거울 속의 손

---

25) Fondul Plastic. 각종 장식물과 예술 작품을 위한 재료나 완제품을 판매하는 상점.

가락과 맞닿을 때까지 계속 손가락을 뻗었습니다. 그는 서둘러 드레스를 벗어 양탄자 위에 내던졌습니다. 그는 옷 더미 속에서 옅은 라일락 색조에, 꽃무늬가 무성한 여름 드레스를 발견했습니다. 단순하게 재단되어 있었고, 어깨 부분에 두 개의 얇은 끈이 달린, 그 위에 얇은 민소매 조끼가 덮힌 옷이었습니다. 그 옷은 몸에 썩 잘 어울렸지만, 그가 화장으로 만들어 낸 당당한 여성의 모습과는 별로 어울리지 않았습니다. 그는 모든 옷을 입어 보고 싶은 유혹에 끊임없이 시달렸고, 혹시나 본래 목적을 망각할까 봐 두려워했습니다. 그래서 좀 더 세련된 드레스를 찾아보았습니다. 그는 옷걸이에 걸린 다른 이브닝드레스를 발견했는데, 은색 실이 섞여 있고, 목선이 깊게 파인 데다, 높은 허리선 아래로 낭만적인 주름 장식으로 달려 있었습니다. 값싼 소재로 만들었지만 재단 수준은 매우 훌륭했습니다. 내게 잘 어울리는 것 같은데…… 그런데 가슴 부분이……. 결국 그 옷도 좀 더 두고 봐야 했습니다. 그러다 마침내, 그는 그 드레스를 입기로 결심했습니다. 스타킹과 잘 어울리는 드레스를 입었으니, 이제 단정한 검은색 구두가 필요했습니다. 그는 늘 신발에 열정이 있었습니다. 그는 초등학교 시절부터 대로변의 신발 가게들을 매일같이 드나들 정도였습니다. 가죽 조각으로 만든 작은 발목 부츠는, 굽이 너무 높아서 거의 수직으로 발을 세워, 발가락 끝으로만 간신히 서 있어야 했습니다. 그래서 신을지 말지, 고민되었습니다. 집에 구두가 아무리 많아도 그는 여전히 더 많은 구두를 원했습니다. 그러나 지금 그는 누나가 신는, 우아하지만 거룻배처럼 커다란 구두에 어쩔 수 없이 만족해야 했습니다. 그런데 그럴 수 없을지도 모르겠습니다. 누나가 혹시 그 검은색 구두를 신고 시골에 갔다면? 그는 그런 생각에 얼어붙었습니다. 당연히 터무니없는 걱정이었습니다. 누나는 아주 특별한 날이 아니면 그 구두를 신발장에서 꺼내지조차 않았기 때문입니다. 그는 옷장의 세 번째 문으로 달려들었습니다. 그 안의 주름진 토끼 가죽 위에 구두가 놓여 있었습니다. 발은 구두 길이에 맞았지만, 그 너비는 다소 좁았습니다. 하지만 그것을 신고 걸어 다닐 일은 없으므로 괜찮았습니다. 어쨌든 제법 발에 맞았습니다. 굽은 칠 센티미터 정도였는데, 그가 평소에 신던 구두 굽에 비하면 별것도 아니었습니다. 그는 유행에 따라 십삼 센티미터나 십사 센티미터, 그뿐만 아니라 온갖 종류의 하이힐을 신어 본 적이 있었습니다.

"좋았어." 그는 거울 앞으로 몇 걸음 다가서며 큰 소리로 말했습니다. 그는 화룡점정으로 목에 작은 금빛 판과 오돌토돌한 바로크 진주가 달린 금목걸이를 걸고, 마지막으로 고급스러운 이모션 향수병의 황금색 마개를 눌러 신선하고 관능적인 연무를 스스로에게 뿌렸습니다. 오, 신이시여, 갑자기 그는 손톱을 정리하지 않았다는 사실을 깨달았습니다. 심지어 그는 아직 어깨에 파우더를 바르지 않은 상태였습니다. 그는 전혀 운동선수 체형이 아니었음에도, 상체 근육의 힘줄 탓에 여전히 남성다운 분위기를 풍겼습니다. 이것을 가리기 위해 그는 탄력 있고 향기로운 작은 쿠션으로 목과 어깨에 파우더를 두드린 다음, 손톱을 손질하기 시작했습니다. 다행스럽게도 그는 집에서 보낸 지난 며칠 동안, 손톱을 꽤 잘 관리했습니다. 하지만 아무리 큐티클을 정리해도(그는 때때로 손톱 가장자리의 큐티클을 피가 날 때까지 긁어 내곤 했습니다.), 게다가 손이 작고 가늘었음에도 여자의 손처럼 보이지는 않았습니다. 손톱은 길쭉하기보다 넓적했습니다. 그는 자개처럼 반짝이는 색깔을 선택해, 손톱을 물들이기로 했습니다. 줄무늬가 있는 긴 뚜껑을 열고, 아주 친숙한 에탄올 냄새를 풍기는 끈적한 액체에 흠뻑 젖은 작은 붓을 꺼냈습니다. 그는 처음엔 왼손, 그다음엔 오른손 손톱 하나하나에 그 끈적한 액체를 조심스럽게 발랐습니다. 그러고는 연극적인 몸짓으로 손가락을 부채처럼 펼치더니, 마치 나비가 날갯짓을 하듯 앞뒤로 펄럭거렸습니다. 그는 이 일을 마쳤을 때, 척추를 타고 흐르는 약간의 피로감을 느꼈습니다. 그는 일어서서 기지개를 켰습니다. 가슴은 어떻게 하면 좋을지, 아직도 성가신 문제였습니다. 그는 일단 탈지면을 닥치는 대로 활용해 보기로 했습니다.(그는 새 탈지면이 든 봉지와 내용물이 절반 정도 남은 다른 봉지를 옷장 선반 위, 개켜 놓은 셔츠들 뒤쪽에서 찾아냈습니다) 그러고는 사과 정도 크기의 덩어리를 두 개 뭉쳐서, 가슴에 채워 넣었습니다. 목이 깊게 파인 드레스 윗부분의 리본 밴드가 피부에 팽팽하게 밀착되어 있어서, 의외로 모든 것이 썩 잘 어울렸습니다. 여장 남자가 나오는 저속한 삼류 영화 속에도 제법 쓸모 있는 내용이 있구나, 하고 그는 혼잣말을 하며 웃었습니다. 거울 속의 소녀는 이제 사랑에 빠질 만큼 작고 부드러운 가슴을 가지게 되었습니다.

그는 침대에 앉아 울고 싶었지만 화장을 망칠까 봐 감히 울지 못했습니다. 그는 아무것도 생각하지 않았습니다. 그는 방을 정리하기 시작했습니다. 모든 물건이 제자리에 있고, 깨끗하고 완벽하게 정돈되어야 했습니다. 그는 침대를 정리하고, 옷은 옷장에 다시 걸고, 화장품과 나머지 것들은 화장대 서랍에 집어넣고, 테이블 위의 책과 꽃병을 깔끔하게 치우고, 커튼을 당겨 주름진 부분을 골고루 펴고, 더욱 신경 써서 커튼 덮개를 정리했습니다. 그는 거실에서 조각된 나무 상자 몇 개, 놋쇠 촛대 두 개, 화려한 방석 몇 개를 가져와, 즉흥적으로 내실을 우아하게 장식했습니다. 그는 또 확실히 모조품으로 보이는, 천박한 중국산 장신구를 몇 개 들고 와서, 벽의 절반을 차지하는 책장 선반에 늘어놓았습니다.

그는 화장실에 들어갔습니다. 이제 밤이 깊어지자, 짙은 파란색 벽은 더욱 환상적으로 보였습니다. 노란색 전구는 거울 위에, 한결 라일락색으로 비치는 환상적인 줄무늬를 만들어 냈습니다. 그는 욕조 맞은편 벽에 걸린 약장을 열고, 메프로바메이트[26] 통을 가져왔습니다. 그러고는 뚜껑을 열고, 그 속의 탈지면을 꺼낸 다음, 약통의 내용물을 손바닥에 털어 냈습니다. 거기에는 그에게 꼭 필요한 만큼의, 스무 개 정도의 알약이 있었습니다. 실패하지 않으려면 약의 용량이 최소한 십 그램은 되어야 한다는 사실을 알았습니다. 여기엔 십오 그램 정도가 있는데, 아마 그 이상이었을지도 모릅니다. 매우 작은 알약이

---

26) meprobamate. 정신 안정, 근육 이완, 진정 작용이 있는 약물로, 불안이나 긴장을 완화하는 데 쓰인다.

었고, 그는 그것들을 복용하는 데 두려움을 느끼지 않았습니다. 그는 항상 약을 삼킬 때마다 어려움을 겪곤 했습니다만 이번엔 수월할 것이었습니다. 그는 유리 선반에 거꾸로 놓여 있던 컵을 헹구고 물을 채웠습니다. 투명하고 견고한 컵의 표면에는 황도 십이궁 중 쌍둥이자리의 상징인, 두 아이가 손을 맞잡고 있는 모습이 녹색으로 인쇄되어 있었습니다. 그 아래에는 커다란 글자로, "제메니(GEMENI)"²⁷⁾와 "날짜: 5월 22일부터 6월 21일까지"라는 문구가 적혀 있습니다. 그는 한 무더기의 알약들을 세 덩어리로 나누어 차례로 삼켰습니다. 그는 침실로 돌아가서, 비단 베개로 아름답게 장식해 놓은 침대 위에 몸을 쭉 뻗었습니다. 그리고 눈을 감았습니다. 다음 날 점심시간 무렵, 시골에서 돌아온 사람들은 거리를 향한 침실에 누워 있는, 숨이 멎고 심장이 차갑게 식은, 아주 아름답고 창백한 여인을 발견합니다.

"어느 날 밤에 불안하게 잠에서 깨어난 끔찍한 곤충 한 마리가 이 글의 작가로 변신했습니다." 만약 내가 이 이야기를 출판하고자 한다면, 나는 이렇듯 카프카의 『변신』의 첫 문장을 거꾸로 뒤집어 글을 시작했을 것입니다. 내가 정말로 이 곤충이었음을 고려한다면, 저 문장은 진실성을 배제하지 않은, 효과적인 도입부라 할 수 있습니다. 그리고 그 곤충이, 그레고르 잠자보다 호프만, 네르발 또는 노발리스였을 가능성이 훨

---

27) 쌍둥이자리.

씬 더 많다고 가정해 보겠습니다. 나는 이 모든 낭만주의자들처럼 이야기를 구성하기 위해 글을 쓰는 것이 아니라 집착을 몰아내기 위해, 카프카처럼 추악함을 통해서가 아니라 아름다움을 통해 무서운 괴물로부터 내 불쌍한 영혼을 지켜 내고자 글을 쓸 것입니다. 나는 또한 릴케의 도저히 참을 수 없을 만큼 아름다운 천사를 생각하며, 그의 첫 비가에서 뭔가를 인용하고 싶지만 차마 그럴 수가 없습니다. 여기에 온 뒤로, 내 기억의 원동력이 어두워졌거나 하다못해 조금은 흐려진 듯하기 때문입니다. (두렵습니다. 방금 전의 나는 소파에 앉아, 유리판 위에 밝은 빨간색과 하늘색으로 그려진 모든 성상들, 누렇게 반짝이는 피아노의 건반들 그리고 나무 문이 달린, 약간 부서진 집필용 책상을 멍하니 바라보고 있었습니다. 그 책상에는 여러 겹을 이룬 파란색의 넉넉한, 고대 로마 시대의 토가를 입고, 손엔 싹튼 가지를 든, 비잔틴풍의 까무잡잡한 얼굴을 가진 슬픈 인물이 그려져 있었습니다. 그 사람 뒤로 내다보이는 보라색 지평선은 차츰 어두워지고, 붉은 구름은 편백나무 사이로 침울하게 미끄러지고 있었습니다. 그 아래에는 "사랑은 모든 것을 이긴다.(AMOR OMNIA VINCIT.)"라는 라틴어 문구가 금색 글자로 새겨져 있었습니다. 나는 창문을 뒤덮은 풍성한 휘장으로 가늠해 볼 수 있는, 그 무한히 높은 공간을 바라보며, 조각된 가구와 망치로 두들긴 놋쇠 장식품이 가득한 이 방에서 흘러나오는 그녀의 과거가, 브뤼헐의 「묵시록」에 나오는 손가락뼈만 남은 군대처럼 내 기억에 맞서 무기를 겨눌지, 아니면 그녀의 피가 나의 대뇌엽으로 흐르는 수천 개의 모세 혈관을 타고 내 안으로 조금씩 자신의 존재를 옮겨 올지 자문했습니다.

일주일 전에 두 번 다시 거울을 보지 않기로 결심했던 때와 마찬가지로, 그 생각은 나를 벌떡 일으켜 세웠습니다. 그때 거울의 수면을 감싸기 위해 거친 삼베 덮개를 꿰맨 것처럼, 이제 나는 글쓰기를 통해 이 페이지를 다른 천, 다른 덮개로 만들어, 그녀의 몸이 아닌 그녀의 정신, 그녀의 슬픔, 그녀의 광기, 그녀의 행복, 그녀의 어리석음, 그녀의 이상주의, 그녀의 저속함 그리고 그녀의 화려한 탐욕으로부터 나를 보호하기로 결심했습니다.) 뭔가를 읽고 싶은데, 책은 과연 어디에 있을까요? 제대로 교육받지 못한 그녀가 서재라고 부르는, 서너 개의 작은 벽걸이 선반 위에 놓인 책들은 내가 그녀에게 준 것들, 예컨대 하위징아[28]의 훌륭한 저서, 발트루샤이티스[29]가 쓴 『고딕 미술』 따위가 전부였습니다. 나머지는 사전, 민간 전승을 다룬 책, 도무지 읽을 수 없는 형편없는 소설뿐이었습니다. 그러나 이것은 그녀의 모순 중 하나일 따름이며, 그녀는 시를 읽거나 심지어 직접 쓰기도 했습니다. 그녀에게는 또한 일기장이 있었는데, 거기에 가령 천국의 정원들, 동화 속의 황홀한 풍경들 같은, 정신 분석이 불가능한, 이상하고 다채로운 자신의 꿈들을 기록했습니다. 그녀의 꿈에 나타난 풍부한 색채와 빛은 그녀가 눈을 크게 뜬 채 잠을 잤다는

28) Johan Huizinga, 1872~1945. 네덜란드의 역사가. 저서 『중세의 가을』 (1919)과 『호모 루덴스』(1938)로 유명하다. 특히 그는 『호모 루덴스』에서, 놀이를 인간 문화의 근본으로 규정했다.
29) Jurgis Baltrusaitis, 1903~1988. 리투아니아 태생의 프랑스 미술사가. 중세 미술, 환상적 이미지와 왜상(anamorphosis) 등을 연구했으며, 저서 『환상의 중세』(1955)가 유명하다.

사실에서 비롯한다고, 나는 생각합니다. 나는 지금껏 그렇게 잠자는 사람을 본 적이 없습니다. 그녀가 잠든 모습을 바라보면, 마치 시체를 지켜보는 듯 무서울 것입니다. 나는 여기에서 내가 왜 그녀를 사랑했는지, 굳이 설명하지 않겠습니다. 사랑이란 모든 자연적인 것과 마찬가지로 설명할 수 없기 때문입니다. 열흘(열하루? 열이틀?) 전에 우리에게 무슨 일이 일어났는지는 아예 언급하고 싶지도 않습니다. 나는 단지 나의 과거를 기억하거나 개조하거나 형성하거나 발명하거나 아니, 그 모든 것을 동시에 하고 싶다고 생각합니다. 왜냐하면 지금 나의 관심사는 현재의 혼돈을 대체할 일련의 이미지, 혹은 그것이 되어 줄 어떤 과거를 얻는 것뿐이기 때문입니다.

이제 그 가련하고 경박한 노인들은 내게서 무언가 이상한 점(거울을 가리는 일과 관련한 모든 이야기 그리고 다른 일들)을 발견한 뒤로, 또 내가 그들에게 히스테릭하게 소리 지르며 나의 새로운 성대를 시험해 본 뒤로, 나를 여기, 탑처럼 높은 방에 편히 누울 수 있도록 홀로 내버려두었습니다. 향수를 불러일으키는 평범한 황금빛 오후에는 햇빛을 받은 나뭇잎들의 바스락거리는 소리와 베네레이 거리의 황량한 보도에서 혼자 노는 어떤 소녀가 숫자를 세는 소리 말고는 아무 소리도 들리지 않습니다. 예전과 마찬가지로 나는 외로움과 설렘 탓에 혼란스러워하며 침대에 누워 있고, 아주 먼 어린 시절의 가슴 찢길 듯 아픈 추억의 편린들이 머릿속에 떠오릅니다. 베개에 머리를 기댄 채 반대쪽 벽에 드리운 두꺼운 황금색 줄무늬를 바라볼 때 느끼는 바늘땀 같은 영감들로부터, 이 보랏빛 섬광들로부터, 나는 무엇인가를 기록하겠노라 생각합니다. 하지만 프루스트의 방식은, 내가 원하는 것에 비해 너무 심미적입니다. 그런데 프루스트의 방식은, 내가 원하든 원하지 않든, 심지어 프루스트가 누구인지 전혀 모를 때부터 이미 내게 친근했습니다. 이상한 점은, 내가 아직 청소년일 때, 몇몇 작가들처럼 독특하고 되풀이할 수 없는, 아주 명백한 글쓰기를 이미 모두 경험해 보았다는 사실입니다. 나는 프루스트의 마들렌 효과를 압니다. 고유한 원반 모양에 분홍색을 띠고 스펀지 같은 질감의 향이 강한 사탕이나, 지나가는 사람의 가슴에 붙은 배지의 반짝임 따위를 마주할 때면, 나는 종종 어떤 장소 혹은 어떤 분위기를 재건하는 듯한, 강렬하고 감동적인 추억을 느끼곤 합니다. 나는 루마니아 아방가르드의 중요한 작가인 블레처30)를 괴롭힌, 황량한 곳에서 실신하는 기분을 압니다. 게다가 나는 잘못된 인식, 미시감의 경험, 요컨대 전형적인 카프카적 현상의 모든 것들을 체험하기도 했습니다. 또한 나는 어느 문학에서도 접해 본 적 없는, 정말 독특한 자기만의 감각을 가졌지만, 지금 그것을 언급하진 않겠습니다. 나는 기억하고 싶습니다. 그리고 내 마음에 떠오를 모든 기억이 곧장 재앙으로 치닫는 길에 있다는 점을 압니다. 나는 키메라31)나 집착에 얽

<hr>

30) Max Blecher, 1909~1938. 루마니아의 유대계 작가. 척추 카리에스(골괴저)로 대부분의 생애를 요양원에서 보냈다. 대표작으로는 『흉터 입은 심장』(1937) 등이 있으며, 카프카나 브르통과 비견되는 초현실주의 작가로 평가받는다.

31) '망상' 혹은 '뒤섞임'을 의미한다.

매이지 않는 어떤 우연한 것에 대해서는 한마디도 쓸 수 없을 것 같습니다.

내가 글을 쓰기 시작한 뒤로, 그 작은 노파는 문에 두세 번 머리를 들이밀고 나를 걱정스러운 눈빛으로 바라보았습니다. 그때마다 나는 화를 내며, 제발 나를 내버려두라고 손짓을 했습니다. 그들이 의사를 부를까 봐 두렵습니다. 그들에게 내가 평범하다는 사실을 알리기 위해 억지로 희극 같은 연기를 펼쳐야 할 것 같기 때문입니다. 나는 이제 만년필을 쥔 손을 봅니다. 손톱에 바른 매니큐어는 거의 다 벗겨졌습니다. 내 글씨는 이전과 다소 다르지만, 아직 잘 제어하고 있습니다.

몇 가지 화려한 기억이 먼저 떠오르는데, 아마도 두세 살 무렵의 일 같습니다. 나는 도시 변두리의 어느 거리 모퉁이에서 흰 셔츠를 입은 남자 셋이 불꽃처럼 붉은 하늘을 배경으로 담배를 피우며 조용히 이야기하던 모습이 눈에 선합니다. 저 멀리 매연에 그을은 검은 창문이 달린, 버려진 작업장의 거대한 붉은 벽돌 벽이 당시의 모습 그대로 남아 있습니다. 나는 오보르 기차역 근처의 어딘가에서 살았기 때문에, 붉은 하늘을 반사하는 철로도 보았습니다. 이 불가사의한 장면엔 소리도, 냄새도 없습니다. 나는 그 세 남자들에게 다가가서 고개를 뒤로 젖힌 채 그들을 바라보았습니다. 내 키는 그들의 무릎 높이보다 약간 더 컸을 뿐이므로, 내게 그 남자들은 몹시 거대해 보였습니다. 그들은 나를 향해 몸을 굽혔습니다. 그들의 괴물 같은 얼굴엔 살과 피만이 그득했습니다. 그들은 조용히 웃었고, 그들 중 한 사람이 내 겨드랑이 밑을 잡더니 공중으로 던졌다가 다시 받아 냈습니다. 나는 비명을 질렀지만 역시 아무 소리도 나지 않았고, 그들은 이내 나를 땅바닥에 내려놓았습니다. 나는 돌아서서 대문 입구까지 달려갔고, 거기엔 파란색 블라우스를 입은, 탑처럼 키가 큰 어머니가 서 있었습니다. 어머니에게 달려든 나의 눈물과 침 때문에 블라우스의 가슴께와 옷깃은 한순간에 흠뻑 젖었습니다.

또 한번은 우리 세 식구가 영화관에 갔다가 돌아오는 길이었습니다. 우리는 여름 정원에 가서 영화 「베니스, 달 그리고 당신」을 보았습니다. 나는 마법 같은 분위기를 풍기던 이 제목을 여태 완벽하게 기억하고 있습니다. 나는 수백 개의 영화 제목을 잊어버렸음에도, 이것만큼은 결코 잊지 못할 것입니다. 물론, 나는 영화의 내용까지는 기억하지 못합니다. 이것은 마치 내가 초등학교 저학년 시절에 읽었지만 어디에서도 찾을 수 없고, 무슨 내용인지 더는 기억나지 않는, 『파란 저녁들』이라는 작은 책의 제목이 나에게 예민한 향수를 불러일으키는 것과 같습니다. 나는 어머니와 아버지 가운데에 서서, 그들의 손을 잡고 어두운 거리를 걸었습니다. 나는 작은 발코니가 딸린 소박한 집들과 상점들이 즐비한 그 거리의 바닥이 우리 발걸음 아래에서 크게 울리던 일을 또렷이 기억합니다. 우리 앞에서는 내가 그때껏 본 어느 달보다 더 크고 노란 보름달이 걸어가고 있었습니다. 그 보름달엔 주황색과 갈색의 점들이 군데군데 박혀 있었지만 여전히 빛났습니다. 내가 달더러 '걸어가고 있었다'라고 말한 이유는, 내가 목구두를 신고 보라색 돌을 밟을 때마다 실제로 달이 내 발걸음을 따라 위아래로 흔들거리며 앞으로 나아가고 있는 듯 보였기 때문입니다. 키가 엄청나게 큰 부모님은 내 머리 위에서 서로 속삭이고 있었습니다. 나는 달을 따라잡을 수 없고, 달이 항상 우리보다 앞서 나아간다는 사실에 경이와 매혹을 느끼며 달을 바라보았습니다. 어느 순간 나는, 끔찍한 시멘트 구조물에 둘러싸인 지하 통로로 끌려 들어가고 있음을 자각했습니다. 나는 아주 밝고 큰 방에 도착할 때까지, 지하 통로의 아치 아래를 걸어갔습니다. 나는 낯선 사람들의 집에 도착했고, 그들은 나의 부모님을 기쁘게 맞이했습니다. 립스틱을 짙게 바르고, 녹색 눈동자를 가진 뚱뚱한 여자가 나에게 뽀뽀했습니다. 그 여자는 탁구공 크기의 초록색 구슬이 달린 목걸이를 걸고 있었습니다. 벽에는 천으로 만든 흉측한 가면과, 악기처럼 보이는 검(劍)이 걸려 있었던 것 같은데……. 덜거덕거리는 전구가 달린 더러운 유리 샹들리에가 우리 머리 위에서 빛나고 있었습니다. 테이블에는 음식과 과자가 가득했고, 나는 그중 파이 한 조각을 베어 먹은 뒤, 좀 더 작은 방으로 떠밀리듯 들어갔습니다. 거기에선 여섯 살 남짓한 여자아이와 여덟 살쯤 되어 보이는 남자아이가 나에게 갖가지 장난감을 보여 주었습니다. 스스로 돌아가는 회전목마, 여러 색깔의 양철판 위에 철사로 매달아 놓은 비행기들, 긴 양철 쟁반에 파인 도랑을 따라 달리는 열차, 노란색 오토바이와 두 마리의 새 등 모든 것들이 오직 철판으로 만들어져 있었는데, 그것들은 광택이 나는 원목 마룻바닥 위에서 회전하며 무질서하게 움직이고 있었습니다. 테이블 가장자리에 다다르면 스스로 방향을 바꿔 회전하는 장난감 자동차도 있었습니다. 우리가 얼마간 함께 노는 동안, 그들은 나로선 감히 탐낼 생각조차 못 했던 여러 장난감을 꺼내 보여 주었고, 마침내 숨이 막힐 정도로 멋들어진 장난감을 선뵈기에 이르렀습니다. 그들은 중국 인형 하나를 보여 주었는데, 그 인형은 복부에 두 손을 얹은, 옛 중국의 고관대작을 흉내 낸 만다린 인형이었습니다. 그것은 플라스틱으로 만들어졌고, 배 부분은 큰 공 모양, 머리 부분은 작은 공 모양을 하고 있었습니다. 이렇게 구성된 인형의 머리 부분엔, 온화하면서도 잔인한, 동양적인 얼굴이 그려져 있었습니다. 그 인형은 매우 무거웠고, 바닥 부분이 납으로 제작된 까닭에 마치 오뚝이처럼 끝없이 앞뒤로 흔들렸습니다. 그러나 내게 가장 경이로웠던 점은, 그 만다린 인형이 흔들리는 내내 마치 수십 개의 조그마한 놋쇠 징들이 연주를 하는 듯 가늘고 섬세한 선율을 만들어 냈다는 사실이었습니다. 그 소리는, 인형 내부의 캠(cam)과 축이 기계적으로 회전하는 시계 장치에서 흘러나오는 듯했습니다. 이슬람 사원의 미너렛 탑에서 울려 퍼지는 음악을 닮은 선율과, 인형의 반복적인 흔들림은, 뭐랄까 최면을 거는 듯 느껴졌습니다. 그래서 내가 언제 그곳을 떠났는지, 당최 기억나지 않습니다. 나는 나중에, 부모님에게 이 일에 대해 여러 차례 여쭤보았지만, 그들 역시 그날 밤에 우리가 누구의 집을 방문했는지 전혀 기억하지 못했습니다. 또 「베니스, 달 그리고 당신」이라는 영화가 실제로 우리 도시에서 상영되었음에도 그들은 그 사실마저 기억해 내지 못했습니다. 그 덩치 큰 여자는 누구였는지, 퉁퉁 부은 얼굴과 느릿느릿한 몸짓을 가진, 끔찍할 정도로 집요하게 상대를 응시하던 사내아이는 또 누구였는지, 살짝 붉은 머리카락에 몹시 우아하고 사랑스러웠던 여자아이는 과연 누구였는지? 한여름임에도 우리를 문까지 배웅해 주고, 내 주머니 속에 응접실에 있던 사탕과 금화 모양의 초콜릿을 가득 채워 준 유령 같은 남자는 도대체 누구였는지? 그런데 이십 년이 지난 뒤에 나는 그녀의 집에서, 그 작은 방에 있던 것과 똑같은 인형을 보았습니다. 그것은, 여기에 지금 글을 쓰는 동안에도, 내 곁에 있습니다. 내가 그것을 흔들자, 그것은 책상(그녀는 항상 책상을 '챙샥'이라고 발음했습니다.) 위에서 졸린 듯 흔들립니다. 그리하여 만다린 인형은 금속성의 무지갯빛 선율을 웅얼거렸습니다.

이 년 전쯤에, 나는 어떤 서류를 찾기 위해 찬장을 뒤지고 있었습니다. 나의 부모님은 어머니가 아직 젊었을 적부터, 그러니까 돈카 시모 방직 공장에서 일할 때부터 가지고 다니던 낡은, 진홍색의 견고한 핸드백 속에 온갖 종류의 영수증과 증명서, 수첩 등을 보관했습니다. 찬장 칸막이 중 하나에, 전기 퓨즈와 코일 스프링 몇 개가 있는 옆에, 신문지로 포장된 무언가가 놓여 있었습니다. 그런데 왜인지는 모르겠지만 그것에 손이 갔고, 만져 보니 매우 부드럽기에 관심이 동했습니다. 나는 포장을 풀었고, 그 안엔 십오 센티미터쯤 되는, 금발의 땋은 머릿단 두 개가 들어 있었습니다. 잘린 끝부분은 고무줄로 묶여 있었고, 머리카락 다발이 점점 가늘어지는 반대쪽 부분엔 파란색 새틴 리본이 달려 있었습니다. 그 옆엔 모서리가 구겨지고 다소 누렇게 빛바랜, 그럼에도 매우 선명한 사진 한 장이 놓여 있었습니다. 그 사진 속엔 앞머리가 고불거리고, 노리끼리한 잿빛 머리카락을 꼬리같이 양쪽으로 땋아 어깨 아래까지 늘어뜨린, 어떤 정원에 발가벗은 채 서 있는, 두세 살쯤 되어 보이는 어린 사내아이가 있었습니다. 그 아이는 꽉 부르쥔 주먹을 눈 옆에 대고 있었는데, 표정에서 두려움을 읽어 낼 수 있었습니다. 입술을 삐죽이는 아이의 얼굴을 보니, 당장이라도 눈물을 터뜨릴 것 같았습니다. 그때 돌연, 내 기억에 아주 생생하고, 태곳적처럼 다채로운 이미지가 떠올랐습니다. 거대한 튤립 화단, 쓰디쓴 벚나무 잎사귀 사이로 종말이 온 듯 쏟아지는 햇빛, 마치 돋보기를 통해 보는 듯 유난히 크게 덩어리진 검은 흙, 거미줄 중앙에 자리한 주먹만 한 녹색 거미, 썩은 나무판자들, 불길 같은 태양에 휩싸인 치마를 입고 다가오는 어떤 여자 그리고 가무잡잡한 남자는 나를 향해 반짝이는 기계를 겨누고 있습니다. 물론, 주사를 놓아 준 의사라고 착각했던 그 사진사도 기억납니다. 두 개의 땋은 머릿단은 내 것이었습니다. 당시에 어머니는 나에게 여자아이처럼 흰색 앞치마만을 입혔기 때문에, 도시 변두리의 이웃들은 나를 안드류사 또는 안드레아라고 부르면서, 내가 거의 질식할 때까지 뽀뽀하고 껴안아 주었다고 거듭 말하곤 했습니다. 나는 내가 아름다운 아이였다는 사실로 스스로를 위로할 수 있습니다. 삼 년 뒤, 나는 살이 빠지기 시작했고, 덩달아 내 모습도 화려한 색채의 초상화가 아닌, 목탄 스케치로 바뀌었습니다. 그리고 이 같은 아이러니를 매듭짓고자, 나는 지난 두 주 동안 예전의 아름다움을 되찾았다고, 실제로는 그때의 아름다움을 뛰어넘었다고, 여기에 쓰겠습니다. 누군가에게 그토록 아름다움이 넘쳐 난다는 사실은, 재앙과 죽음을 의미할 따름입니다. 가증 스러운 것은, 거울과 부성애가 아니라 아름다움입니다.

어느 날 밤, 나는 마르첼라가 나오는 꿈을 꾸었습니다. 그 꿈의 내용은, 오랜 시간이 흐른 뒤, 공상에 잠겨 있던 어느 날 오후에야 떠올랐습니다. 나는 세 살하고 몇 개월쯤이 되었을 무렵에, 우리가 이사한 4층짜리 아파트 건물에서 만나 친구가 되었던 그 아이에 관한 꿈을 꾸었습니다. 그리고 그해 여름에 나는 딱 네 살이 되었습니다. 내 꿈에 나타난 마르첼라의 모습 은 내가 생각하던 모습 그대로였습니다. 그녀는 선머슴 같았 고, 나보다 약간 더 컸으며, 치아가 심하게 부러지고, 옷은 정 말 지저분하게, 대개 노란색 반바지와 살구즙에 물든 꽃무늬 내의를 입고 다녔습니다. 그녀는 악마한테 홀린 사람처럼 시 종일관 웃어 댔지만, 늘 발랄하게 굴었으므로 사람들에게 호 감을 주었을지도 모릅니다. 그녀는 죄수들처럼 머리를 짧게 잘랐고, 귀에는 루비라고 하기엔 너무 천박하게 반짝이는 붉 은 돌이 박힌, 작은 금귀걸이를 달고 있었습니다. 나는 마르첼 라와 함께 온종일 싸돌아다니기를 즐겼습니다. 아직 아침인데 도, 그녀는 이미 더러워진 행색으로 우리 집 문을 두드리곤 했 습니다. 어머니가 문을 열어 주면, 그녀는 판에 박힌 듯이 "아 줌마, 갓난아기는 어때요?"라고 물었습니다.(당시에 내 남동생은 태어난 지 고작 몇 달밖에 안 됐기 때문입니다. 그런데 그 아기는 그 로부터 몇 달 뒤, 양측성 소아 폐렴으로 사망할 처지였습니다.) 나 는 그녀와 함께 밖으로 나와, 모래밭으로 일광욕을 하러 가곤 했습니다. 나는 그곳에서 팔수록 더욱 습해지는 모래를 파다가 거대한 옴두꺼비들을 발견했습니다. 모래를 뒤집어쓴 그것들은 마치 움직이는 쿠키처럼 보였는데, 사람의 눈같이 크고 맑은 눈을 가지고 있었습니다. 또 우리는 급기야 모래가 입과 코와 귀에 들어갈 때까지, 서로의 발을 붙잡고 한 번은 내 등으로, 한 번은 그녀의 등으로 바퀴처럼 굴러다니며 모래밭에 웅덩이를 만들기도 했습니다. 저녁이 되면 우리는 그 지역을 탐험했습니다. 플로레아스카에 있는 우리 아파트 건물 옆에는 '우울한 전망대'라고 불리던, 일종의 창고가 있었습니다. 그 정면에는 화재 탈출구의 녹슨 잔해가 누더기처럼 걸려 있었습니다. 커다란 꺾쇠는 벽돌 위에 날카로운 그림자를 드리웠고, 저녁이면 더욱 붉게 물들었습니다. 그녀가 먼저, 널빤지가 떨어져 나간 옆문 틈새로 비집고 들어갔습니다. 우리는 고양이들만이 드나들 수 있는 그 좁은 틈새를 쉽게 통과했습니다. 특히 마르첼라는 팔다리가 회초리처럼 가늘어서, 단 한 번의 동작으로도 바로 들어갈 수 있었습니다. 그 안에는 따뜻한 적갈색의 어둠이 깔려 있었고, 건물의 균열과 못의 구멍을 통해 강렬하게 반짝이는 붉은빛이 내부로 흘러들었습니다. 우리는 이름 없는 기계들, 육중한 금속 골조에 묶여 있는 시커먼 기름을 뒤집어쓴 사슬, 철판을 간 작업대에 달린, 우리보다 키가 큰 톱니바퀴들 사이를 걸어갔습니다. 마르첼라는 모든 것을 만지며 느끼고 싶어 했습니다. 온몸이 더러워질 때까지 연료와 벌써 불타 버린 기름을 쉼 없이 만지작거렸고, 녹슨 금속 체인을 목에 걸어 보았으며, 복잡한 철제 변속 장치에 올라가는 일마저 마다하지 않았습니다. 바닥에는 내 팔뚝만 한 거대한 못들과, 녹에 촘촘하게 뒤덮인 베어링들이 있었고, 쇠톱, 드라이버, 줄, 끌 그리고 헝겊에 싸인 온갖 두께의 철사가 가득 담긴 나무 상자들이 흩어져 있었습니다. 이윽고 완전히 어두워지면 우리는 두려움에 휩싸였습니다. 어느 날 저녁, 마르첼라는 내의를 벗어 창문 한쪽을 둥글게 닦아 냈는데, 우리는 그 깨끗해진 유리창 너머로 별이 총총한 깊고 푸른 하늘을 내다볼 수 있었습니다. 그러한 탐험을 마치고 나면, 우리는 항상 두들겨 맞곤 했습니다. 다음 날, 마르첼라는 잔뜩 멍이 든 채로 우리 집을 찾아오기도 했습니다. 그럼에도 그녀는 언제나처럼 행복한 모습으로, 모든 것을 다시금 새로이 시작할 준비가 되어 있었습니다.

그녀는 나에게 병원놀이를 가르쳐 주었습니다. 우리 아파트 건물에는 몇 계단만 내려가면 반지하실이 있었습니다. 아파트 현관으로 꺾이기 직전에 위치한 그 반지하실엔 장의자가 있는 오목한 벽감이 있었습니다. 그곳은 우리 두 사람의 놀이터였고, 우리가 하는 놀이에 대해선 아무도 알면 안 되었습니다. 나는 그 놀이 덕분에 마르첼라와 내가 같지 않다는 사실을, 단지 옷차림에 그치지 않고 모든 여자아이와 모든 남자아이 사이엔 기이한 차이가 존재한다는 사실을 깨닫고 혼란에 빠졌습니다. 나는 이 명백한 사실을 받아들이기가 극도로 힘들었음을 기억합니다. 우리는 수십 번이나 그 장의자의 어두컴컴한 자리로 물러나서 슬픔에 잠긴 채로 서로를 응시했습니다. 나에겐 어떤 경멸의 맹아가 스며들었고, 그녀에게는 어떤 겸손과 존경의 싹이 자라나기 시작했습니다.

그해 가을에, 우리는 슈테판 첼 마레 거리에 있는 다른 아파트 건물로 이사했고, 그로부터 몇 년 뒤에 나는 초등학교를 다녔습니다. 나는 학교생활의 첫 사 년 동안에 있었던 일을 거의 기억하지 못합니다. 초등학교 3학년과 4학년 사이, 여름 수련회에서 있었던 일은 기억납니다. 우리들은 서른 명의 어린이를 수용할 수 있는, 침대가 마련된 긴 별채에 묵었습니다. 수련회장은 숲 한가운데에 있었습니다. 끝없는 초목이 무심하게 펼쳐져 있고, 수천 가지 모양의 나무줄기들, 뿌리들, 썩은 나무와 둥근 아치형의 희귀한 나뭇잎, 투명한 잎새들 사이로 줄무늬 빛이 여울지던 그 마법의 숲은, 내가 여태껏 방문해 본 가장 매력적인 장소들 중 하나입니다. 우리는 온종일 숲속을 돌아다니며, 가문비나무 껍질로 작은 배를 만들고, 서로 씨름을 하고, 축구를 뛰기도 했습니다. 우리 무리는 나이에 따라 한쪽은 남학생, 다른 한쪽은 여학생으로 나뉘었습니다. 여자아이들은 초롱꽃과 다른 야생화를 수집하거나 데이지꽃으로 화환을 엮고, 햇볕 가득한 풀밭에서 산딸기를 땄습니다. 우리 소년들은 밤중에 유난히 넓은 창틀 앞에 모여, 휘장 뒤에 있던 대리석 판 위에 앉아 서로 무서운 이야기를 들려주었습니다. 어느 몽유병 환자 — 그는 밤에 눈을 감고 집 주변을 배회하는데, 누군가가 그를 깨우면 바로 그 자리에서 죽어 버리고, 깨운 사람은 미쳐 버리게 한답니다. — 에 대해 이야기하고 있었습니다. 우리 중엔 눈에 띄게 성숙한 외모와 어른스러운 어휘력을 갖춘 소년이 하나 있었습니다. 그는 그 나이에 벌써 에

드거 앨런 포의 「갈까마귀」를 줄줄 외울 정도였습니다. 그 소년의 이름은 트라이안입니다. 그가 누구였는지, 어떤 사람이 되었는지, 왜 그 기괴한 질병에 걸렸는지, 나는 아직도 알지 못합니다. 매일 밤, 그는 독서를 하듯이 헝가리의 유명한 소설 『팔 거리의 아이들』의 한 장을 낭독해 주곤 했습니다. 그는 또한 유리병에 거대한 땅강아지를 키우고 있었는데, 약 십 센티미터 남짓한 몸길이에, 루비같이 맑고 둥근 눈을 가졌고, 솜처럼 푹신하고 양털 같은 거죽에 덮여 있었습니다. 저녁 식사를 마치고 숙소로 돌아올 때면, 우리는 침대에서 먼저 잠옷을 꺼내 입기 위해 서로 밀치며 침실로 달려갔습니다. 우리 중 몇몇은 커다란 휘장을 끌어 치고 그 뒤에서 옷을 갈아입었는데, 그때 벌어진 휘장 틈새로 녹아내린 태양의 구체가, 기다랗고 흰 방 안으로 스며들었습니다. 트라이안은 창틀에 유리병을 올려놓은 뒤, 벌거벗거나 물방울무늬 잠옷을 반쯤 걸친 소년들 사이에서 여전히 평상복을 입은 채, 마치 거대한 곤충한테 최면을 걸고 싶은 듯이 몽환적인 시선으로 병 속을 뚫어지게 응시했습니다. 그러자 땅강아지가 이제 저물어 가는 햇빛에 붉게 물든 유리병에 앞발을 대고 일어서더니 한동안 그대로 있었습니다. 이들의 말 없는 대화는 몇 분 동안이나 이어졌고, 매번 전날 저녁보다 조금 더 길어지는 것 같았습니다. 트라이안은, 벌레의 머릿속으로 들어가 유리병 안에서 우리를 바라볼 수 있을 정도로 그 생명체한테 집중하려 했다고 말했습니다. 어쩌면 땅강아지의 정신이 자기 머릿속에 들어갔을지도 모른다고 덧붙였습니다. 만약 이런 일이 실제로 일어났다면, 우리는 우리 목을 물지도 모를 그 아이를 피해 도망쳐야 했을 것입니다. 이러한 일들이 우리를 공포에 질리게 했습니다. 어느 날 밤, 우리는 지쳐 쓰러질 때까지 베개 싸움을 벌인 뒤에, 두세 사람을 골라서 그 땅강아지를 죽이기로 결정했습니다. 트라이안은 항상 침대 안에 자물쇠로 잠가 둔 유리병을 숨겨 놓고, 그 열쇠를 끈으로 묶어서 목에 걸고 다녔습니다. 하지만 우리에겐 그 자물쇠에 딱 맞는 여분의 열쇠가 있었고, 바로 손전등 불빛 아래에서 유리병을 더듬어 찾았습니다. 그 러자 그것이 유리병 속에서 꿈틀거리며 진동하기 시작했습니다. 우리는 유리병을 세면실로 가져갔고, 밝은 전구 아래에서 그 안에 도사린 괴물 같은 곤충을 오랫동안 쳐다보았습니다. 그 곤충은 비스듬히 일어서서 삽처럼 생긴 커다란 발을 유리 벽에 기댄 채 몸을 지탱하고 있었습니다. 우리는 그 유리병을 어떻게 처리해야 할지 막막했습니다. 우리는 트라이안이 못으 로 숨구멍을 뚫어 놓은 그 플라스틱 뚜껑을 열기가 너무나 무 서웠습니다. 마침내 우리는 세면실 위쪽 창문을 통해 우리가 머무는 별채 뒤의 덤불 속으로 그 유리병을 던져 버렸습니다. 우리는 다시 침대로 돌아왔고, 간신히 선잠이 들었을 때, 누군 가가 나를 흔드는 것을 느꼈습니다. 침실은 한바탕 난리가 난 상태였습니다.

서너 개의 손전등이 머뭇거리며 사방으로 빛을 비추었고, 나는 모든 소년들이 잠에서 깨어나 조용히 침실 문을 통해 서 둘러 바깥으로 나가는 모습을 보았습니다. "그 아이를 깨우 지 마! 그를 깨우면 안 돼!" 그들은 모두 두려움에 젖어, 눈을 크게 뜨고 속삭였습니다. 내 옆 침대를 쓰던, 타타르 사람같이 생긴 왜소한 아이는, 트라이안더러 몽유병 환자라고 말했습니다. 우리에게 그것은 스트리고이[32]나 그와 비슷한 뭔가를 의미했습니다. 나 역시 다른 소년들과 함께 복도로 나갔고, 우리보다 이십 미터 정도 앞선 곳에서 금발의 덩치 큰 소년이 현관문을 향해 천천히 움직이고 있었습니다. 그 아이의 맨발이, 벽을 따라 가지런히 늘어선 우리들의 운동화와 샌들, 형형색색의 양말이 꽂힌 수많은 신발들을 어지럽게 흩어 놓았습니다. 그는 문을 열고 밤 속으로 사라졌습니다. 우리도 서둘러 따라 나갔습니다. 우리 중 일부는 그 아이를 앞서가서, 그의 굳은 얼굴과 하늘의 반짝이는 별들을 한가득 반사하는 그의 눈동자를 들여다보았습니다. 우리 머리 위에 자리한 짙푸른 하늘은, 동틀 녘의 여명에 희석되어 하얀색 줄무늬만을 남긴 채 지평선에 가닿았습니다. 저 위에선 날카로이 빛나는 노란색 별들이 타오르고 있었고, 그 별들 사이엔 커다란 빈 공간이 있었으며, 아득한 별들은 차츰 촘촘히 모여들더니 동틀 녘의 하얀 안개와 뒤섞였습니다. 트라이안은 그런 별빛 융단 아래에서 별채 뒤편으로 연신 걸어 나갔습니다. 그다음엔 배수관 옆의 잡초를 통과하고, 마침내 안뜰을 뒤덮은 덤불 속에 몸을 허리춤까지 파묻은 채 철조망에 도달했습니다. 우리가 더는 그 모습을 분간할 수 없을 정도로, 그 아이는 밤 속으

---

32) strigoi. 루마니아의 민담과 신화에 등장하는 악령으로, 산 사람이나 죽은 자의 몸에 들어가서 그 육신을 조종한다고 전해진다.

로 멀어져 갔습니다. 우리의 손전등은 연기가 자욱한 파란색 공기를 비췄습니다. 소년은 완고하게 직진했고, 가시덤불에 완전히 뒤얽혀 버렸습니다. 그는 잠시 머뭇거리다가, 땅강아지가 담긴 은처럼 찬란한 유리병을 손에 들고 돌아섰습니다. 그는 걸어간 길을 되돌아와서 다시 별채로 들어갔고, 우리에게 전혀 주의를 기울이지 않은 채, 복도를 가로질러, 침대 밑 서랍의 잠금장치를 푼 뒤에, 그 속에 유리병을 넣고 바로 잠갔습니다. 그러고는 침대 머리맡의 뼈대에 앉아, 한동안 멍하니 허공을 쳐다보았습니다. 그가 자기 자리에 누워 잠들었다는 사실을 확신하기 전까지, 우리 중 어느 누구도 감히 침대로 돌아갈 수 없었습니다. 우리는 달빛을 피하기 위해, 저마다 침대 머리맡의 철제 난간 위에 담요를 덮어 두었습니다. 당연히 그날 밤에는 아무도 잠들지 못했습니다. 그리고 다음 날 밤부터 우리는 트라이안이 또 무슨 짓을 하는지 알아보기 위해 번갈아가며 감시했습니다. 그러나 그 사건 말고는 더 이상 아무 일도 일어나지 않았습니다.

또 트라이안은 응시하는 것만으로도 종이나 성냥개비를 움직일 수 있다고 주장했으며, 매일 애벌레와 지렁이를 먹여야 하는 땅강아지를 돌보지 않을 때는 천장의 금속 막대기 끝부분에 매달린 희뿌연 유리 구체들을 뚫어져라 쳐다보곤 했습니다. 우리도 그 아이처럼 눈이 아플 때까지 금속 막대기를 바라보았고, 때때로 그 구체가 약간 흔들리는 듯 느껴지기도 했습니다. 오직 트라이안만이 그 구체들을 오륙 센티미터 정도 흔들리게 할 수 있었습니다. 그는 자주 두통을 호소했습니다. 한번은 평소처럼 "그를 잠들게" 하려 했을 때, 다시 말해 그를 팔로 안아 그의 머리를 우리 가슴에 품고 그의 목동맥을 눌렀을 때, 우리는 그를 거의 다시 깨우지 못할 뻔했습니다. 사람들이 와서 그 아이를 의무실로 데려갈 때까지, 약 반 시간 정도 기절해 있었습니다. 나중에, 내가 열여섯 살 때, 나는 로젤로르 거리에 있는 10번 종합 병원의 내부 약국에서 그를 본 적이 있습니다. 나는 그때, 무슨 약인지는 기억나지 않지만, 약을 사려고 줄 서 있다가 그가 들어오는 모습을 목격했습니다. 나는 그 순간보다 더 강렬히 매혹된 적이 없었습니다. 트라이안은 믿을 수 없을 만큼 깡말라 있었고, 키는 일 미터 팔십 센티미터쯤 되어 보였습니다. 그는 불타는 듯한 새빨간 운동복에, 셔츠와 바지를 입고 농구화까지 신었지만, 그의 전반적인 외모는 그런 활동적인 의상과 대조를 이루었습니다. 얼굴과 손엔 주름이 가득했고, 비틀거리는 걸음걸이는 마치 노인 같았습니다. 그의 투명한 눈동자를 보고 나서야, 나는 그 아이임을 알아볼 수 있었습니다. 사실상 그는 폐허였습니다. 나뿐만 아니라 두 개의 약국 창구에 줄을 선 사람들이나, 소파에 앉아 독감과 성병 예방에 관한 안내서를 무심코 뒤적이는 사람들이나, 작은 테이블에 늘 놓여 있는 식수병을 멍하니 쳐다보던 사람들마저, 그야말로 모든 이들이 트라이안에게 연민과 공포의 시선을 던졌습니다. 어쨌든 그 방학 수련회를 다녀온 지 약 칠 년의 세월이 흘렀지만, 나는 그에게 말 붙일 용기가 나지 않았습니다. 나는 약을 받자마자 서둘러 거리로 나왔습니다.

그러나 나는 다른 관점에서 트라이안에게 관심이 있습니다. "설명할 수 없는 것을 기록"하려 노력하고, 그 어떤 지도나 그 어떤 기억에서도 찾을 수 없는 길을 다시 만들어 내려고 시도하는 이 페이지를 위해서 말입니다. 왜냐하면 적어도 트라이안은 당시 우리에게 밤의 얼굴만큼이나 이상해 보이던 낮의 얼굴도 가지고 있었기 때문입니다. 트라이안은 소녀들에게 관심이 있었고, 그녀들만을 생각했으며, 사랑이 어떤 의미인지, 처음으로 우리들에게 설명해 주었습니다. 그가 그런 이야기를 들려주면 우리는 눈살을 찌푸렸고, 우리가 아는 저속한 것들만이 연이어 떠올랐습니다. 그러나 그는 사랑이란 저속한 게 아니며, 여자 친구를 만들고, 그녀만을 생각하고, 그녀를 따라가고, 그녀를 위해 데이지꽃을 엮어 목걸이를 만들고, 그녀의 손을 잡고 숲속을 하염없이 배회하는 것이라고 주장했습니다. 그렇게 스스로를 변호하는 트라이안에게 "그런데 거기는 말이야……" 우리는 조롱하듯 더 크게 웃으며 덧붙였습니다. 왜냐하면 우리는 소녀들이 어떻게 여자가 되고, 그녀들과 무엇을 할 수 있는지에 대해서만 이미 몇 차례나 밤새도록 이야기를 나누었기 때문입니다. "아니야. 아니야." 트라이안은 여자를 사랑하는 것이 매우 아름다운 일이 될 수 있다고 말했습니다. "그녀에 대해 시를 쓸 수도 있고, 구내식당에서 그녀와 마주 앉을 수도 있고……" 그의 열정적인 주장에 우리의 허세는 조금 누그러졌지만, 그럴수록 우리는 트라이안의 생각에 더욱더 거센 반감을 품고 조롱해 댔습니다. 우리에게 소녀와 소년은 서로 다른 두 종(種)으로 여겨졌습니다. 우리는 작은 나뭇가지로 바닥 먼지 위에 원을 그리고, 그 안에 대각선이나 선을 하나 긋고, 그 양옆에 각기 다른 두 개의 원을 그려서 소녀 집단과 소년 집단이 엄연히 다름을, 상징적으로 표현했습니다. 당연하게도 트라이안은 곧 여자 친구를 만들었습니다. 그 아이의 이름은 리비아 안테였고, 우리보다 나이가 많은 5학년이었습니다. 리비아는 "그릇을 사용해서" 머리카락을 둥글게 잘랐는데, 몇 년 뒤에 프랑스 여자 가수 미레유 마티외[33]가 그런 스타일을 유행시켰습니다. 그녀의 적갈색 머리카락은 수영을 마치고 나면 붉은빛을 띠었습니다. 그녀는 날씬하고 매우 우아하며 예의가 발랐습니다. 그녀 스스로가 가장 좋아하는, 너무 눈에 거슬리지 않는, 터키옥색의 드레스를 입으면 마치 작은 마님처럼 보였습니다. 트라이안은 하루 종일 그녀 주위를 맴돌았습니다. 다른 멋진 소년들도 괜한 경쟁심에, 리비아랑 어울리는 여자아이들 중에서 각각 자신들의 여자 친구를 만들었습니다. 자유 시간을 보내는 동안, 그들 무리는 숲에 고립되었고, 결국 오솔길을 따라, 쓰러진 통나무에 가로막힌 아주 먼 곳까지 갔습니다. 나무들이 만든 아치 아래로 여기저기 한 줄기 빛이 점점이 쏟아졌고, 황금빛 고요 속에선 날카롭게 떨리는 음(音)과 수천 마리의 파리 떼가 웅웅거리는 소리가 들려왔습니다. 소년들은 머리에 전나무 가지로 만든 왕관을 쓰고, 저마다 단단한 막대기로 무장했습니다. 그들

---

33) Mireille Mathieu. 1946년에 태어난 프랑스 샹송 가수로, 에디트 피아프의 후계자라고 불리는 프랑스의 국민 가수다.

은 나무껍질로 허리띠를 만들어 두르고, 소리를 지르며, 그늘진 숲속을 뛰어다녔습니다. 또 그들은 이따금, 아예 썩어 문드러져서 쉽게 들어 올릴 수 있는, 쓰러진 나무의 껍질을 쪼개, 그 길고 좁은 공간 안에서 몸부림치는 나무 벌레들을 쳐다보았습니다. 그리고 그들은 버섯 둥지를 발로 짓밟았고, 새알을 찾기 위해 나무 틈새에 손을 집어넣기도 했습니다. 그중 한 무리는 개울을 건너 가장 아름다운 숲속으로 뛰어들었고, 초롱꽃과 애기수영이 흐드러진 아담한 초원에 이르렀습니다. 그들은 그곳에 둥글게 모여 앉았습니다. 그들이 무엇을 했는지, 서로 무슨 말을 나눴는지, 그것을 알고 싶었습니다. 그것(폭로되지 않은 것)이야말로 내가 온몸으로 원한 것이었지만, 나는 이러한 신비들로부터 스스로를 배제시켰습니다. 나는 트라이안의 무리에 속한 소년들과 소녀들의 우정을 범죄 행위로 여기며, 심지어 그들을 적대하고 경멸하는 다른 무리를 조직했습니다. 우리는 그들을 감시하는 일종의 순찰대를 만들었는데, 나무 뒤에 숨어 있다가 돌연 구부러진 막대기를 휘두르며 고함을 지르고, 그들 사이로 돌진해서 소년들과 싸움박질을 하거나 도망치는 소녀들을 뒤쫓았습니다. 그런 뒤에 우리는 몇 미터나 되어 보이는 데이지꽃 사슬을 발로 짓뭉갰고, 전리품으로 차지한 다채로운 야생화 꽃다발을 부숴 버렸습니다. 우리의 증오심이 얼마나 컸던지, 그들이 비밀 모임을 위해 미리 준비해 둔 산딸기 더미를 보고도 먹기는커녕 오히려 발뒤꿈치로 짓밟았습니다. 그들 대신 나무껍질 허리띠를 두르고, 잎사귀로 만든 왕관을 쓴 우리는 바로 그 자리에 앉아, 그들 야영지에 고스란히 남아 있는, 소년들과 소녀들이 유대감을 나눈 흔적을 지우기 위해 무엇을 해야 할지 고민했습니다. 소녀들과 함께 배구를 하거나, 심지어 그들과 이야기를 나눈 소년이라면 누구든 우리들의 적이 되었을 것입니다. 그리하여 우리는 꽃을 모으거나 새알을 찾는 소년들을 때리기도 했는데, 그런 짓은 여자아이들이나 하는 일이라고 여겼기 때문입니다. 한번은 호두보다 크지 않은 얼룩덜룩한 알을 움켜쥐고 있는 소년 하나를 붙잡았습니다. 우리는 그 알을 빼앗아 땅에 내던졌습니다. 껍데기가 산산조각 나고, 풀밭에는 작은 피 웅덩이가 번져 갔습니다. 거의 완전한 형체를 갖춘 병아리가 흐물거리는 몸을 움츠리고 있었습니다. 이젠 피에 뒤덮인, 털이 없는 작은 날개가 잠깐 팔딱이는 것을 보았다고 생각했습니다. 나는 저녁 내내 메스꺼웠습니다.

그러나 트라이안 일행은 이에 굴복하지 않고 박해에 용감히 맞서 싸웠습니다. 트라이안은 온갖 종류의 낭만적인 방어술을 고안해 냈습니다. 그는 소녀들과 소년들이 비밀 쪽지와 암호를 끊임없이 주고받을 수 있는, 일종의 통신망을 조직했습니다. 때때로 우리는, 예컨대 “다람쥐야, 말에게 성으로 가라고 전해.”라는 쪽지를 발견했습니다. 그리하여 우리는 말이 누구이고 다람쥐는 또 누구인지 그리고 성이 어디에 있는지, 알아내기 위해 몇 시간이고 골몰했습니다. 그러다가 우리는, 우리 주머니 속이나 베개 밑에서 큰 글씨로 “복수”라고 적힌 쪽지를 점점 자주 발견하게 되었습니다. 나는 지금도 아래쪽에 빨간색 화살표가 그려진, 그 이상한 마름모꼴 글자들이 눈에

선합니다. 이따금 우리 무리 중 한 사람이 '다른 아이들'에게
잡힐 때도 있었습니다. 포로가 된 아이의 이마에는, 젖은 종이
에 여러 색깔의 유색 마커펜으로 공들여 그린 그림이 붙어 있
었는데, 거기엔 보통 당나귀가 그려져 있거나 "바보"라고 쓰여
있었습니다. 종이를 떼어 내도 이마에 '문신'이 남아, 이삼일
동안은 지워지지 않았습니다.

반대로 우리는 트라이안한테 조롱을 퍼붓고자 온갖 방법을
동원했습니다. 마침내 우리는 본능적으로 그를 상처 입힐 수
있는 가장 확실한 방법을 찾아냈습니다. 바로 그의 여자 친구,
리비아 안테와 엮이는 것이었습니다. 우리는 매점에서 발견한
여섯 개의 빈 퐁당(FONDANTE) 사탕 상자의 덮개 부분을 잘
라, '안테(ANTE)'라는 글자만을 남겨 두었습니다. 그리고 그
아래에는 검은색, 녹색, 보라색의 펠트펜으로 '트라이안'이라
고 적어 놓았습니다. 저녁 식사를 마치고, 우리는 숲이 시작되
는 구내식당 뒤편으로 가서 여섯 그루의 나무줄기에 이 사탕
상자 쪼가리를 못으로 박아 걸었습니다. 결과는 끔찍했습니
다. 분개한 수련회 감독관들은 아이들을 네모지게 둘러 세운
뒤, 그중 몇 명을 가운데로 끌어냈습니다. 다행히 우리 무리의
아이들은 지목받지 않았고, 그간 수련회에서 벌어지던 소소
한 말썽의 주모자들만이 무작위로 불려 나갔습니다. 리비아
는 거의 퇴소당할 뻔했고, 완전히 정신이 나간 트라이안은 누
구와도 싸울 준비가 되어 있었습니다.

모든 종류의 연애 관계에 대한 나의 비자발적 증오심은 끝
내 사그라지지 않은 채, 여름 수련회가 끝났습니다. 그런데 마

지막 이삼일 동안, 나는 몹시 고통스러운 경이를 경험했습니다. 그때는 8월 초순이었습니다. 세밀하게 층층이 쌓인 흰 구름들과 푸른 하늘의 찬란함, 햇살 가득한 숲의 우울함, 애기수영의 시큼한 맛, 길 위에 죽어 있는 고슴도치가 풍기는 악취 등 온갖 것들이 뒤섞이며 어떤 이상한 감정을 만들어 냈고, 곧 내 마음을 짓누르기 시작했습니다. 나는 몇 번이나 리비아를 흘낏 쳐다보는 스스로에게 놀랐습니다. 다른 소녀들과는 확연히 다른 그녀의 붉은 머리카락, 그녀를 쳐다보기 전에 곁눈질로 슬쩍 훑어본 드레스의 터키옥색 반점, 그녀의 걸음걸이, 이 모든 것들이 나를 매혹하고, 더 나아가 그녀를 계속 주시하게끔 했습니다. 나는 그 모든 것이 공포스럽게 여겨졌습니다. 캠프파이어 때에는, 전나무로 지핀 모닥불의 백열 사이로 시시각각 변하는 불꽃에 물든 그녀의 얼굴을, 사프란 같은 노란색, 보랏빛 같은 붉은색을 띤 그녀의 옆모습을 이따금 바라보았습니다. 높다란 장작더미에서 뿜어져 나오는 열기, 예술 공연을 하는 무용수들의 옷에 달린 반짝이는 장식 조각과 나비 날개, 기타 줄을 뜯는 소리, 이 모든 것들이 내 망막에, 내 마음속에, 내 피부에 겹겹이 쌓여 갔지만, 정작 나에게 중요한 것은 오직 그녀를 바라보는 일뿐이었습니다. 나는 몹시 부끄러웠지만, 그것은 달콤하고 순결한 수치였습니다. 몇 시간 동안이나 기차를 타고 집에 돌아오니, 부쿠레슈티는 칙칙하고 황량해 보였습니다. 우리 아파트 역시 음침하고 비좁아 보일 뿐이었습니다. 식사를 하던 도중에, 나는 부모님 앞에서 울기 시작했습니다.

그로부터 몇 년 뒤에, 중학교 2학년이 되면서 나는 끔찍할 정도로 소심한 아이가 되었습니다. 나는 여자와 단 두 마디 말조차 못 나눌 지경이었습니다. 나는 서커스장 근처의 공원 길에서 함께 노는 소년, 소녀 들을 절망적으로 애타게 바라볼 뿐이었습니다. 어떤 소녀든지 나에게 농담을 하려고 하면, 나는 한결같이 "나를 내버려둬!"라고 대답하거나 아주 간결히 그녀를 등진 채 떠나곤 했습니다. 누군가가 나더러 혹시 사랑에 빠졌을지도 모른다고 생각하는 것만큼 나를 오그라들게 하는 일은 없었습니다. 결코 참을 수 없는 일이었습니다. 당시만 해도 나는 꽤 잘생긴 아이였습니다. 한번은 쉬는 시간에, 우리 반의 여자 학생들이, 모든 남자 학생들을 잘생긴 순서대로 등수를 매긴 적이 있습니다. 나는 그 내용이 적힌 종이를 수백 조각으로 찢어 버렸습니다만, 일부 소년들은 쓰레기통에서 그 종잇조각들을 모조리 찾아내 기를 쓰고 외모 순위를 다시 맞춰 보았습니다. 나는 전부 열일곱 명의 남자 학생들 중에서 4위였던 것으로 기억합니다. 그 결과는 나를 놀라게 했지만, 그 당시 내가 공부를 잘했다는 사실이 외모를 판단하는 데에 큰 영향을 미쳤다는 점도 고려해야 합니다. 하지만 나는 내 행동을 바꾸지 않았습니다. 나는 여자아이들의 눈을 똑바로 쳐다보지 못했고, 급기야 남자아이들의 눈마저 똑바로 쳐다볼 수 없게 되었습니다. 나는 혹시나 눈을 마주치면, 나의 숨은 감정이 드러나거나 적어도 내가 상대방에게 그런 감정을 품었다고 의심받을까 봐 무의식적으로 두려워했던 것 같습니다.

그 이후로, 학교 창문 높이까지 눈이 쌓이고, 학교 마당의 밤나무와 그 옆의 정겨운 벽돌 창고 위로 붉은 잿빛의 황혼이 물결처럼 내려앉던 그 혹독한 겨울날이 기억납니다. 공기는 커피색으로 변해 갔고, 진눈깨비가 내리는 하교 시간에 맞춰, 젖은 장갑을 낀 손에 눈덩이를 쥐고 그곳을 지나갈 여자 학생들을 기다리던 남자 학생들의 눈, 마치 새의 눈처럼 보랏빛으로 반짝이던 눈이 떠오릅니다. 우리가 6시에 불을 밝힌 교실 안에서 기괴한 화학 공식들, 아보가드로수의 기묘한 비율, 우리 공간에서 기하학적 왜곡을 보이는 결정체의 명칭 따위가 적힌 칠판을 멍하니 바라보는 동안, 바깥의 강렬한 대기 속에선 첫 별들이 떠오르고 있었습니다. 그리고 미친 듯이 눈이 내리던 어느 날, 우리는 루마니아어 수업 시간에 창밖을 내다보았고, 갑자기 교실 전체가 우주선처럼 초고속으로 비스듬히 솟구치는 느낌을 받았습니다. 일반적으로 외부의 무한한 어둠과 대비되는 교실의 밝은 빛은 초기 인류가 동굴의 불더미 주위에서 느꼈을 법한, 야생적 친밀감과 안식감을 우리에게 제공해 주었습니다. 세상이 작아지고 삶은 쉬워졌습니다. 나는 그 시절의 어느 날 저녁에, 유일한 환각을 경험했던 것으로 기억합니다. 그 일에 대해서는 별로 할 말이 없고, 별다른 설명도 덧붙일 수 없습니다. 우리는 쉬는 시간에 축구나 다른 것들에 관해 이야기를 나누고 있었습니다. 좀 더 학구적인 소녀들은 칠판 주변에 모여, 유럽 지도의 여러 곳곳을 찾고 있었습니다. 그녀들 중 대다수는 이미 소년들보다 키가 컸고, 민소매 드레스 아래의 가슴은 이미 둥글고 매혹적으로 부풀어 올라 있었습니다. 쥐, 매머드, 돼지, 오리 등 토템 같은 이상한 별명을 가진 소년들은 여자아이들 주위를 맴돌며 그녀들을 귀찮게 했습니다. 교실의 흩어지는 소음 속에서, 갖가지 실루엣과 낯익은 얼굴들로 너덜너덜해진 노란 공기 속에서, 도저히 설명할 수 없는 그 사건이 일어났습니다. 마치 누군가가 나를 부르기라도 한 듯이 문득 고개를 들어 보니, 내 머리보다 약간 앞쪽, 일 미터쯤 위에 파란색 구체가 자리해 있었습니다. 직경이 약 육십 센티미터 남짓한 그것은, 강렬하고 심지어 인광을 발하는 최면적인 파란색을 띠고 있었습니다. 그것은 젤라틴같이 안정된 형태를 가진 거대한 비눗방울 같았고, 공중에서 굳은 채 멈춰 있었습니다. 그 순간에 내가 생각한 모든 것은, 예컨대 치명적인 위험에 처하거나 빠른 결정을 내려야 할 때 '생각'하는 것과 같은, 의식의 문턱 아래에 도사린 잠재의식이었습니다. 처음엔 그 구체가 내 망막에 있는 점, 즉 포스핀(PH_3)의 일종이라고 생각했습니다. 그러나 다른 곳을 쳐다보면 보이지 않고 다시 그것을 주시할 때에만 보였기 때문에, 나는 그것을 실재하지만 해명할 수 없는 실체이거나, 내 시각이 아닌 마음의 산물이라고 판단할 수밖에 없었습니다. 거대한 푸른 구체는 아마도 삼십 분 동안 내 머리 위에 머물러 있었고, 그사이 나는 그 매력에 사로잡힌 채 줄곧 그것을 바라보았습니다. 아무도 그것을 보지 못했다는 점은 분명 이상한 일이었습니다. 그리고 그 삼십 분 동안, 내가 멍하니 얼어붙은 채 서 있었다는 사실을 아무도 눈치채지 못했다는 점 역시 이상한 일이 아닐 수 없었습니다. 그 구체는 돌연 사라졌습니다. 잠시 그것에서 눈을 떼었다가 다시 시선을 들어 올렸을 때, 나는 더 이상 아무것도 볼 수 없었습니다. 나는 그때, 심지어 전혀 겁이 나지 않았음에도, 한참 뒤에야 정신을 차렸습니다.

그 무렵, 나는 릴리를 사랑했습니다. 그 일은 나에게 재앙이나 마찬가지였습니다. 여름 수련회에서 일어날 수도 있었던 일이 지금 일어나고 있었고, 이제 내겐 헤어날 기회가 없었습니다. 나에겐 지금도 아름다워 보이는(그녀가 함께 있는 단체 사진을 나는 여태 가지고 있습니다.) 그 소녀를, 당시에 나는 매일 보았습니다. 그녀는 머리를 뒤로 묶은 까닭에, 둥글게 튀어나온 이마가 더욱 입체적으로 보였습니다. 뺨엔 보조개가 있었고, 도톰한 입술은 항상 은근한 웃음을 머금었으며, 약간 돌출한 검은 눈의 시선은 매우 따뜻했음에도 어딘가 모르게 역설적인 분위기를 풍겼습니다. 하지만 사실 나는 그녀의 얼굴을 똑바로 쳐다본 적이 없었고, 되도록이면 그녀를 피했습니다. 그러나 나는 물리학이나 화학 수업 시간에, 실험실 창문 혹은 진열장에 비친 그녀의 얼굴을 이따금 몰래 바라보았습니다. 릴리는 항상 주변에 불안한 기운을 퍼뜨렸습니다. 가끔 릴리는 친한 여자아이들의 낯을 붉히게 하는 이야기를 늘어놓곤 했습니다. 그녀는 다양한 종류의 책들을 학교에 가져왔는데, 그것들을 주의 깊게 살펴보면 모호하지만 에로틱한 내용이 담긴 구절들을 여럿 발견할 수 있었습니다. 그녀처럼 더 대담한 소녀들은 함께 모여서 그 같은 책들을 읽었습니다. 소년들이 그런 책을 읽었더라면 당연히 낄낄거렸을 텐데, 그 소녀들은 그러지 않았고, 다만 얼굴을 붉힌 채 참다못해 겨우 미소를 내비치며 책을 읽었습니다. 사실 그해, 가장 당혹스러운 수업은, 생식(生殖)을 논하는 생물학 과목이었습니다. 어떤 선생님들은 언제라도 크게 웃을 준비가 되어 있는 서른 명의 히죽대는 아이들을 감당하지 못할 것 같았는지, 그 수업을 건너뛰기도 했습니다. 하지만 우리의 생물학 선생님은 그리 쉽게 수줍어하지 않는, 무척 성실한 노부인이었습니다. 그런데 그녀가 '토끼의 개체 증식'이라고 하는, 불가피한 교과 주제를 다루면서부터 문제가 발생했습니다. 그리고 상황은 더욱 나빠졌습니다. 왜냐하면 같은 주제가 인간으로 옮겨 갔고, 이 내용은 저마다의 가족들이 수년간 높이 쌓아 올린, 우리의 정신적 제방을 걷잡을 수 없이 무너뜨렸기 때문입니다. 우리는 집에서 배운 대로 그러한 주제를 입에 올리는 것이 수치스럽다는 사실을 알고 있었습니다. 하지만 진지한 여자 선생님이 교탁에 서서, 우리 내면의 장벽을 무너뜨리는 바로 '그 주제'에 관해 이야기를 하고 있으니, 급기야 우리의 수치심은 결코 견딜 수 없는 긴장감을 불러일으켰습니다. 그러자 뜻 모를 웃음이 새어나오기 시작했습니다. 해당 수업을 진행하기 위해 세 학생이 뽑혔는데, 죽을 때까지 공부할 생각은 없지만 그렇다고 완전히 학업을 포기한 것도 아닌 릴리가 그중 한 명이었습니다. 나머지 두 학생은 딱 부러지게, 그것에 대해 얘기하느니 차라리 나쁜 성적을 받고 말겠다고, 대꾸했습니다. 그러나 릴리는 마치 신경계나 소화기 계통에 관해 설명하듯이, 태연히 무엇 하나 빼먹거나 쓸데없이 우스꽝스러운 소리를 끼워 넣지도 않고, 처음부터 끝까지 그 교과 주제를 냉정하고 성실하게 다루었습니다. 그 당시, 우리의 상처받은 영혼이 왜 반응하지 않았는지 모르겠습니다. 오히려 우리는 영웅을 우러르듯 그런 그녀의 모습을 감탄의 눈빛으로 바라보았습니다.

릴리는 학교 바깥에 진지한 관계의 남자 친구가 있더라도, 우리 학급에서 같이 어울릴 남자 친구를 원했습니다. 릴리의 남자 친구는, 키가 크고 얼굴이 붉었으므로, '콜로라도'라는 별명으로 불렸습니다. 그는 매일 저녁, 그녀를 집까지 데려다 주었고 수업 중에 쪽지를 보냈으며, 평소 자신의 잠재적 경쟁자들로부터 그녀를 지켜 내고자 심혈을 기울였습니다. 저녁 늦게, 우리는 벌칙 놀이[34]를 했는데(사실 나는 그 놀이에 한 번도 참여한 적이 없었고, 그저 무관심하게, 울음에 가까운 거짓 웃음으로 호응할 뿐이었습니다.), 그때 릴리와 콜로라도가 한 쌍으로 선택되었습니다. 그들은 '벌칙'으로, 교실 중앙의 책상에 올라가서, 창밖의 묵직한 황혼을 배경으로 커피색의 윤곽을 그리며, 서로 끌어안고 키스를 했습니다. 그 입맞춤의 순간, 그녀는 상냥하고 나른하게 상대에게 밀착했습니다. 그 모습은 마치 졸린 소녀가 엄마를 껴안는 몸짓과 몹시 흡사했고, 내겐 현실 속에 존재할 수 없는 태도로 비쳤습니다. 황홀경과 긴장감과 진통으로 무겁게 짓눌린 황금빛 세계, 그 세계에선 단 한 순간도 숨을 쉴 수 없을 것 같았습니다. 그럼에도 그때 나는 개처럼 괴로워했는데, 철저하게 배제당하고 홀로 버림받은 느낌이었습니다. 이를테면, 끔찍하면서도 눈부시게 아름다운 경험을 향해 다가가는 것을 제지당한 느낌이었습니다. 나는 그녀

---

34) gajuri. 루마니아의 젊은이들이 흔히 즐기는, 일종의 '왕 게임'이다.

의 시선을 견딜 수 없었고, 그녀가 내게 몇 마디 말이라도 건네면 분명 어쩔 줄 몰라 했을 것입니다. 아마 그녀는 이런 사실을 어렵지 않게 눈치챘을 테죠. 당연하게도 그녀는 가장 먼저 이 점을 알아차렸고, 또 그 같은 사실을 즐겼으므로, 그녀는 점점 더 많은 시간을 나와 함께하기 시작했습니다. 당시 우리 교실엔 여러 종류의 '오라클', 즉 사랑과 관련한 질문에 "예."나 "아니오." 또는 "아마도."라고 대답해야 하는 일종의 신탁(神託) 놀이가 유행했습니다. '사랑하는 사람'에 대한 질문은, 눈동자나 머리카락 색깔, 키, 같은 반의 친구인지, 어떤 유형의 배우나 가수를 좋아하는지, '서로 키스한 적이 있는지' 등 약 백여 개에 달했습니다. 답변은 특정한 방식으로 취합되었고, '오라클' 역할을 맡은 사람은 이 결과를 바탕으로, 어떤 누군가가 당신에게 어떠한 감정을 가지고 있는지, 알려 줄 수 있었습니다. 예컨대, 그 신탁이란 이러했습니다. "그/그녀는 당신을 사랑합니다." 또는 "그/그녀는 당신을 좋아할 뿐 사랑하지는 않습니다." 또는 "그/그녀는 당신을 존경합니다." 또는 "그/그녀는 당신을 질색합니다." 누군가가 오라클에게 뭔가를 물어볼 때마다, 우리 대다수는 그 아이의 책상 주변에 모여서, 누가 누구를 사랑할지 추측하며 농담을 주고받곤 했습니다. 신탁의 모든 세부적인 내용에 대해서는 언제나 갑론을박이 이어졌습니다. "어머나! 그 사람은 테디베어를 사랑한대……." "아니야, 사슈카겠지. 그 사람은 눈동자가 파랗다고!" "그런데 뭐, 사슈카는 키가 작잖아?" 같은 얘기들 말입니다. 물론, 소녀들은 오라클이 던지는 질문에 대답할 때, 반드시 정말 좋아하는 남자아이들만을 떠올리진 않았습니다. 이따금 그녀들은 '신탁 놀이의 구경꾼'들을 즐겁게 해 주고자, 일부러 낙제생들이나 찌질이들 사이에서 '의뢰 대상자'를 찾기도 했습니다. 어쨌든 이 신탁 놀이에는 마치 벌칙 놀이처럼 사람을 긴장하게 하는, 암시적이고 교묘하게 뒤틀린 뭔가가 있었습니다. 8학년 끝자락의 기나긴 하루 중 어느 날, 피부색이 검고 매우 활기찬 소녀, 페트루차가 오라클을 맡았습니다. 평소 그녀는 일종의 시녀 역할을 자처했는데, 설령 자신에게 남자 친구가 없더라도 곧잘 다른 사람들의 만남을 주선해 주곤 했습니다. 나를(나는 그때 페트루차를 생각하고 있었는데, "당신은 그녀에게 호감을 주지만, 그녀가 당신을 사랑하는 것은 아닙니다."라는 결과가 나왔습니다.) 포함해, 여러 아이들이 대답한 끝에, 이제 릴리가 '오라클'을 맡을 차례였습니다. 그녀는 붉은빛 윤기가 도는 아주 도톰한 입술로 매혹적인 미소를 지었습니다. 그녀의 크고 검은, 가끔 보랏빛으로 반짝이는 눈동자는 견딜 수 없을 만큼 강렬했습니다. 나는 그녀를 이 년 동안 사랑했습니다. 관자놀이 위로 곧게 넘긴 머리카락, 아름답게 둥근 가슴, 튼튼한 복숭아뼈 등 그녀의 모든 세세한 윤곽조차 내겐 너무나 익숙했습니다. 릴리는 웃으며 질문에 답했습니다. 관심 있는 남자아이의 키가 어떤지 질문을 받았을 때, 그녀는 내게 시선을 던지면서 "중간 키"라고 대답했습니다. 나는 막 떠오른 어떤 예감에 몸서리를 쳤습니다. 나머지 질문은 마치 꿈을 꾸는 듯 들려왔습니다. 그녀는 나를 생각하고 있었고, 또 그녀가 틀림없이 나에 관해 이야기하고 있음을 내 예민해진 본능으로 알아챘습니다. 나는 모든 사람들이 이 사실을 눈치챘고, 내 속내가 만천하에 폭로되었다고 느꼈습니다. 이제 모두가 나와, 나의 우스꽝스러운 고뇌를 조롱할 터였습니다. 나는 그 현장에서 뛰쳐나가고 싶었지만, 되레 그러면 내 속마음이 더 드러날지도 모른다고 생각했습니다. 그래서 나는 끝까지 모든 것을 참아 냈습니다. 소년들과 어울려 놀던 콜로라도는 나를 지켜보며 즐거워하고 있었습니다. 마침내 질문이 다 끝나자, '오라클'은 한 가지 신탁을 내놓았는데, 그 내용이 나를 당혹스럽게 했습니다. "그녀는 당신을 사랑하지만 그 마음을 숨기고 있습니다." 그 순간, 릴리가 갑자기 웃음을 터뜨리며 나를 지목하더니, 몇 초간 그러고 있었습니다. 다들 즐거워하며 농지거리를 하기에, 나 역시 따라 웃으려고 노력했습니다. 이윽고 아이들의 놀이는 다른 것으로 바뀌었고, 몇 분 뒤에 나는 아무도 모르게 화장실로 물러갔습니다. 부끄러움으로 달아오른 얼굴을 시원한 물로 씻어 내고 싶었지만, 거기서 담배를 피우려는 아이들과 마주치기 싫었으므로 그냥 다 그만두었습니다.

그날 이후로, 릴리에 대한 나의 사랑은 더욱 커졌습니다. 그녀는 기회가 생길 때마다 나와 대화하려고 시도했지만, 나는 짧게 대답한 뒤에 휘청거리며 그녀에게서 도망치곤 했습니다. 밤이면 나는 발작하듯 숨이 막혔고, 그녀를 향한 생각 때문에 침대에서 몸을 뒤척이며 창가의 차가운 유리창에 이마를 가져다 대곤 했습니다. 나는 릴리가 바르부 버커레스쿠 거리에서 살고 있음을 알았으므로, 그 방향을 향해 돌아서서 그녀에게 말을 걸기도 했습니다. 어느 순간, 나는 그녀가 내게 대답하는 소리를 분명히 들었습니다. 그녀가 내 이름을 불렀고, 그녀의 목소리가 내 오른쪽 귓전에서 울렸습니다. 그것은 어떤 종류의 환각도 아니었습니다. 나는 여전히 우리가 여러 날 동안, 저녁마다, 연거푸 의사소통을 했다고 확신합니다. 중요한 점은, 당시 달이 빛나고 있었고, 내가 그녀의 집 쪽을 계속 주시했다는 사실입니다. 그러다가 똑똑히 들었습니다. "안드레이, 너야?" 그리고 우리는 약 삼십 분 동안, 사소한 이야기를 나누었습니다. 학교생활은 차츰 시들해졌고, 바야흐로 학기 말에 이르렀습니다. 학생들은 물론이고, 선생님들마저 지치다 못해 심심해하는 지경이었습니다. 그리스계 아이인 신딜리가 '자기 테이프 녹음기'를 가져왔고, 우리는 교실 뒤쪽의 구석에 모여 잡담을 나누었습니다. 종업식을 마친 다음 날, 영원할 것 같은 학교 행사, 상장 수여식, 그 모든 불합리한 의례를 다 치른 뒤에, 우리 학교가 해마다 주립 서커스장을 임대해서 벌이는, 진정한 축하 행사가 열렸습니다. 원형 공연장의 궁륭엔 니켈로 도금한 온갖 종류의 공중그네와 밧줄과 그물이 매달려 있었고, 그 넓은 공간 안에 가파르게 배치된 좌석들은 부모들과 아이들로 가득 찼습니다. 초등학생 꼬마들은 여기저기 우왕좌왕하면서, 녹색과 노란색과 빨간색의 금속 반사판이 회전하는, 강력한 조명등 근처를 돌아다녔습니다. 고학년의 아이들은 각기 학년별로 뭉쳐서 끝없이 이야기를 나누었습니다. 졸업한 우리들은 저마다 말끔한 셔츠와 신사복 바지를 입고 있었는데, 요컨대 학교의 허락 아래, '사복 차림으로' 행사에 참석할 수 있었습니다. 소녀들은 어머니의 나일론 스타킹을 신고, 몸에 안 맞는 치마를 걸치고, 구멍 난 흰색 브래지어가 다 비쳐 보이는 투명한 블라우스를 입고 있었습니다. 그녀들은 될 수 있는 한 화려하고 요상하게 옷을 차려입은 모습이었습니다. 그리고 처절한 상상력을 발휘해 머리카락을 땋기도 했습니다. 행색은 비록 파파루데[35] 같았지만, 얼굴이 싱그러운 덕분에 그럭저럭 잘 어울렸습니다. 몇몇 소녀들은 손톱에 매니큐어를 발랐고, 또 두어 명은 교장 선생님에 의해 귀가 조치를 받았는데, 앵무새처럼 너무 진하게 화장했기 때문입니다. 몹시 격앙된 그녀들은 마치 진짜 숙녀가 된 듯 느끼고 있었습니다. 그녀들에게 자신들이 고작 열네 살이라는 사실은 굴욕적인 일이었을 테고, 심지어 그녀들은 한 남자의 마음을 이리저리 흔들 수 있을 만큼 성숙했다고 느꼈을 것입니다. 그런 그녀들이, 여전히 자동차 브랜드나 싸움질을 해 대는 영화에만 정신이 팔려 있는 우리들, 미숙한 남자아이들을 얼마나 얕잡아 보았을지…….

내가 애타는 마음으로 기다리던 릴리는 프로그램이 시작된 지 한참 지난 뒤에야 나타났습니다. 「경이로운 숲」[36]을 각색한 일종의 뮤지컬 공연이었는데, 남자아이들은 리주카 역할을 맡은, 몸에 착 달라붙는 발레복만을 입고 무대에 등장

---

35) paparude. 루마니아에서 가뭄이 들면 기우제를 올리는 여자들로, 보통 긴 머리카락을 늘어뜨리고, 나뭇잎이나 지푸라기 등으로 치렁치렁하게 치장한다.

36) 루마니아의 소설가, 미하일 사도베아누(Mihail Sadoveanu, 1880~1961)가 쓴 동화를 가리킨다.

한, 몸매가 날씬하고 몹시 아름다운 7학년 여자 학생에게 일제히 주목했습니다. 그녀 옆에선, 리주카의 강아지 파트로클레로 분장한 키 작은 소년이 재롱을 피우고 있었습니다. 무대는 나비와 꽃 그리고 다른 여러 가지 것들로 분장한 아이들로 가득 차 있었습니다. 원래는 감미로운 동요였을 소리가 낡은 확성기 탓에 쾅쾅거리는 소음으로 변조된 채 계속 울려 퍼졌습니다. 아마도 그때, 릴리를 처음 목격한 사람은 나였을 것입니다. 그녀는 가슴이 깊게 파인 민소매의 흰색 블라우스와 무릎 위까지 올라오는 검은색 치마를 입고 있었습니다. 단순한 옷차림이었지만, 만약 프로그램이 시작하기 전에 도착했더라면, 그 허벅지를 드러낸 치마 때문에 쫓겨났을 것입니다. 그녀의 손엔 연분홍빛 장미 한 송이가 들려 있었습니다. 그녀는 자기만의 우아한 자태를 뽐내며, 줄지어 늘어선 고급 의자들 사이를 비집고 지나갔습니다. 그녀는 우리들에게서 멀리 떨어진 곳에 혼자 앉았고, 때때로 장미 냄새를 맡았습니다. 그러다가 그녀는 마음을 바꾸었는지, 우리 쪽으로 다가와서 내 자리보다 두 줄 정도 위쪽에 자리를 잡고 앉았습니다. 나는 계속 그녀를 몰래 지켜보았습니다. 나는 학급 친구에게 무슨 말을 거는 척하며 뒤를 돌아 그녀를 보았는데, 정말 내 눈을 믿을 수 없었습니다. 릴리는 한쪽 다리에 다른 쪽 다리를 포개고 있었는데, 그녀가 매력적이지 않았더라면 무척 꼴사납고 음란하게 보였을 것입니다. 피부가 하얗고 보송보송한 그녀의 다리는 저 깊숙한 곳에 이르기까지 다 보였는데, 문득 그녀가 나를 뚫어지게 쳐다보고 있음을 깨달았습니다. 그녀가 언제, 내 옆에 왔는지조차 모르겠습니다. 그녀는 강렬한 향수 냄새를 풍기며, 미소 지은 눈길로 나를 힐끔거렸습니다. 이에 나는 흔들림 없이, 팬터마임 연극이 진행되는 무대만을 연신 바라보았습니다. 갑자기 그녀가 내 손을 잡았습니다. 나는 놀라서 그녀를 향해 고개를 돌렸다가, 재빨리 붙잡힌 손을 빼냈습니다. "안드레이, 너 왜 나를 피하는 거야?" 그녀가 다시 내 손을 잡으며 물었습니다. "나를 그냥 좀 내버려둬, 친구들이 우릴 보면 어쩌려고." 나는 이렇게 대꾸했지만, 그녀에게서 다시 손을 빼낼 수가 없었습니다. 나는 앞을 바라보며 떨기 시작했습니다. 서커스장 안에는 오케스트라 근처라서 몹시 소란스러운 자리나, 객석 높이 탓에 무대가 도통 보이지 않아서 아무도 앉지 않는 구역이 있었습니다. 결국 릴리가 그런 으슥한 곳으로 나를 끌고 갔습니다. 우리는 옆에 나란히 앉았고, 릴리가 장미를 가지고 노는 동안, 나는 넋이 나간 채 땀에 흠뻑 젖었습니다. 그녀는 자신의 존재 자체와 짙은 향수가 나를 불안에 떨도록 하기에 충분하다는 사실을 알았기에, 사실상 더는 나에게 관심을 기울이지조차 않았습니다. 우리 학급의 모든 친구들이 우리를 바라보며, 마치 뭔가를 이해했다는 듯 음흉한 미소를 지어 보였습니다. 나는 더 이상 참을 수 없었고, 그냥 자리에서 일어나 가장 가까운 출구를 통해 바깥으로 뛰쳐나갔습니다. 나는 등 뒤에서, 그녀의 부드럽고 비꼬는 듯한 음성이 천천히 나를 부르는 소리를 들었습니다. 이를 달그락거리면서, 떨리는 어깨를 꽉 조인 채 집까지 달려갔습니다. 나는 침대에 쓰러졌고, 좀처럼 움직일 수 없었습니다. 나는 열이 났고, 체온계를 확인한 뒤 겁에 질린 어머니는 나에게 약을 가져다주었고, 곧 의사를 불렀습니다. 방학이 시작되고 며칠 동안, 나는 아파서 거의 잠을 이루지 못했고 환각적인 꿈마저 꾸었습니다. 나는 헤아릴 수 없을 만큼 여러 차례, 축축한 이불 속에서 몸을 뒤척였습니다. 그러고는 눈을 크게 뜨고, 달빛으로 빛바랜 내 방의 푸른 공기 너머, 침대 옆에 놓인 안락의자를 바라보았습니다. 나는 그 자리에서, 교복 조끼를 입고 머리를 묶은 채 윤기 나는 입술로 비아냥거리듯 미소 짓고 있는 릴리의 모습을 분명히 볼 수 있었습니다. 그러면 나는 침대에서 일어나 그녀의 머리카락과 어깨를 만져 보았고, 그제야 그녀가 완전히 실재하고 있음을 스스로 확신할 수 있었습니다. 그때 나는 가슴에서 손가락 끝까지 따뜻한 액체가 흘러나오고 있음을 느꼈고, 내 손은 마치 이제 무엇을 해야 하는지 잘 아는 듯, 그녀의 옷을 벗기려 했습니다. 하지만 그녀의 몸은 옷과 하나가 된, 완전한 한 덩어리였습니다. 그녀는 살아 있었고, 움직일 수도 있었지만, 단단한 유리 조각상과 다를 바 없었습니다. 그녀의 옷은 벗길 수 있는 게 아니었습니다.

한순간 나는 내 앞에서 끊임없이 늘어나는 페이지로부터 눈을 들어, 반사적으로 거울 속의 스스로를 바라보았습니다. 천으로 된 또 다른 텍스트, 거울 덮개에 시선이 가로막히자 나는 충격을 받았습니다. 그것은 신비주의적이고 암호화된 텍스트이므로, 당최 그 무엇으로도 꿰뚫을 수 없었습니다. 내가 해야 할 일은, 진실의 광선이 나를 압도하고 파괴하도록 그것을 찢어 내는 것뿐이었습니다. 틀림없이 빛이 있을 텐데, 그러나 그 빛이 누구에게 소용 있을지는 모르겠습니다. 그 빛은 불꽃이 되어 나를 태워 버릴 것입니다. 그럼에도 나는 이제 거울 속을, 단 한 번만이라도, 감히 바라보고 싶습니다. 하지만 나를 짓누르는 이 이야기를 마칠 때까지 나는 그러지 않을 작정입니다. 내가 글을 쓰고 또 쓰는 동안, 종종 노인들은 어항의 물고기들한테 먹이를 주거나 각종 구슬과 머리핀이 들어 있는 상자를 가지러 왔다는 핑계로 다리를 절뚝거리며 방에 들어와서는, 고풍스러운 가구와 포도가 풍성하게 열린 나뭇가지가 그리스도의 옆구리에서 자라난 모습의 성상을 깨끗이 닦았습니다. 그러다 그들은 마침내 내게 가까이 다가오더니, 걱정스러운 마음을 가까스로 숨긴 채, 나의 긴 머리카락을 쓰다듬어 주었습니다. 나는 처음보다 부드러운 어조로 그들에게, 나에겐 아무 문제가 없고 단지 이야기를 쓰고 싶을 뿐이며, 이 글을 끝내면 백 명의 의사라도 부르겠노라 차분히 이야기하자, 노부인은 진심을 다해 눈물을 흘렸습니다. 나는 일주일 안에 확실히 마무리되리라고, 그들에게 약속했습니다. 그들은 결국 체념하고 현재의 상황을 받아들였지만, 오후 내내 다른 노인들과 함께 거실에 모여 앉아, 몇 시간이고 계속 소곤거리곤 했습니다. 의심의 여지 없이 그들의 사랑스러운 아이에겐 어떤 변화가 일어났고, 그 같은 변화가 그들을 몹시 두렵게 했습니다. 나는 거실에서 식사하기를 거부했습니다. 왜냐하면 그곳엔 커다란 베네치안 거울이 있었고, 그것까지 덮어 달라고 요청할 수는 없었기 때문입니다. 그리하여 그들은 음식을 여기, 바로 내 책상 위에까지 가져다주었고, 이야기의 실마리

를 이어 나가고자 분투하며 급하게 식사하는 내 모습을 지켜
보곤 했습니다.

　나는 괴상하고 불합리한 사상을 가진, 까다로운 십 대 소
년이 되어 갑니다. 내 중학교 시절의 마지막 학년 때, 만약 그
녀가 '내 삶'에 들어오지 않았다면, 나는 현실 세계와 완전히
단절되었으리라고 확신합니다. 나는 하루 종일, 특히 대부분
의 밤 동안에 책을 읽으면서, 문단의 모든 시인들을 점점 가깝
게 알아 갔고(나는 주로 시를 읽었기 때문입니다.), 정기 출입증
을 발급받은 네 군데의 도서관에서 빌려 온 온갖 책들을 가
지고 몸소 시인들을 탐구했습니다. 나는 좋아하는 모든 것들
을 아주 쉽게 외웠고, 쉬는 시간에 친구들이 책상에서 탁구
를 치는 동안, 나는 베를렌이나 엘뤼아르의 시구들로 칠판을
채웠습니다. 나는 프랑스어와 라틴어로 기괴한 연습 문장을
만들어 보기도 했습니다. 문장에서 동사를 꼭 활용해야 한다
면, 예컨대 "검은 꽃은 투명한 여우를 보았다." 또는 "나는 복
숭아 소를 가지고 녹색을 쳤다." 따위의 글을 써 본 뒤에, 형식
적으로 연습 문장이 문법에 맞는지 조심스레 확인해 보곤 했
습니다. 물론, 불쌍한 선생님들은 이런 문장을 보면 말문이 막
혀 어쩔 줄 몰라 했습니다. 하지만 나는 공부를 아주 잘했고,
'창작 공모전'에서 상도 몇 번이나 받았기 때문에 다들 나를
그냥 내버려두었습니다. 나는 스스로를 단죄받은 존재라 생각
했고, 학급 친구들을 마음속 깊이 경멸했습니다. 그리고 나는
공책에 시를 쓰다가 일기를 기록하기 시작했는데, 그 글을 어
찌나 많이 읽었던지, 거의 줄줄 외울 정도였습니다. 각각의 새

로운 독서는 나에게 새로운 삶이었습니다. 나는 차례대로, 카뮈, 사르트르, 셀린, 바코비아, 보론카, 랭보 그리고 발레리와 영혼을 함께 나눴습니다. 나는 내 주변에서 무슨 일이 일어나는지, 거의 눈치채지 못했습니다. 우리 반의 친구들은 가끔 학교에 음반을 가져오곤 했는데, 대개 음반 표지에 투명 접착테이프가 수직이나 수평 방향으로 덕지덕지 붙어 있을 만큼 상태가 매우 엉망이었습니다. 광택이 나는 표지엔 수염을 기르고 괴상하게 옷을 입은 남자들이 거칠고 기괴한 자세를 취하고 있었고, 거대한 굴뚝들 위로 날개 달린 돼지가 날아다니는, 우울한 분위기의 공장 풍경이 그려져 있기도 했습니다. 내가 무심코 참여한 대화 속에선 「In-A-Gadda-Da-Vida」, 레드 제플린, 「Samba Pa Ti」, 「Imagine」과 같은, 신비한 어휘들이 스쳐 지나갔습니다. 아이들은 마치 최면에 걸린 듯 노래의 후렴을 중얼거렸는데, 그 거친 노랫말은 대략 이러했습니다. "나는 히틀러를 믿지 않습니다/ 나는 짐머만을 믿지 않습니다/ 나는 비틀스를 믿지 않습니다/ 나는 나만 믿습니다/ 요코와 나/ 그리고 그게 현실이야/ 꿈은 끝났어." 그들은 릴투릴 테이프 리코더를 교실로 가져와서 확성기에 연결하고는, 내가 채 오 분도 들을 수 없을 정도로 몹시 날카로운 기타 변주를 틀어 대곤 했습니다. 나는 또래 아이들이 좋아하는 모든 것들을 무시했습니다. 이러한 고비가 지속된 이 년 동안, 나는 너무 광기에 가까워졌고, 그래서 지금도 그 얼어붙은 숨결이 내 두개골을 감싸고 있음을 느낄 수 있습니다. 뱀이 탈피할 때 비늘 덮인 피부와 본체가 서서히 분리되듯이, 나의 세계도 바야흐로 현실과 분리되어 꿈의 일관성을 지닌, 평행 세계의 영화로 변해 갔습니다. 하지만 온종일 책을 읽을 수는 없었습니다. 신선한 공기를 마시지 않으면 호흡하기가 곤란한 데다 악몽을 꾸었기 때문에, 매일 해가 저물기 전에 산책을 나갔습니다. 나는 갈라치와 돔니차 룩산드라 거리를 따라 걷다가 갈라치 광장에 이르렀습니다. 그러고는 토암네이 거리 너머의 조용한 황금빛 골목길에 나를 맡긴 채 칼레아 모실로르까지 걸어가곤 했습니다. 나는 벌집 모양의 발코니가 거리 위로 위험하게 돌출돼 있는 오래된 주택들과, 아케이드 아래의 치장 벽토, 처마 장식, 벽면 부조, 곰팡이가 낀 석고 지도 등을 바라보곤 했습니다. 마침내 태양이 지평선 너머로 저물자, 황금빛으로 물든 건물 정면은 처음엔 호박색으로, 그다음엔 진홍색으로 변해 갔습니다. 건물 지붕 옆에 매달린 고르곤 조각상의 코와 광대뼈가 집의 벽면 전체에 날카로운 그림자를 드리웠고, 창문은 피로 가득 찼으며, 파란색 드레스를 입은 어린 소녀는 장창(長槍)으로 장식된 자기 집의 철제 대문 앞에 멈춰 서 있었습니다. 이 모든 것들이 오래된 기억들을, 너무 오래된 나머지 세상에 태어나기 전부터 가지고 있었던 것 같은 기억들을 뒤죽박죽 뒤섞었습니다. 나는 베네레이 거리도 여러 차례 가 봤는데, 그 거리에 있던, 상점같이 거대한 저택들 중 흰색과 분홍색으로 장식된 어떤 집에, 장차 내 인생에서 가장 괴물 같고 아름다운 여자가 될 누군가가 살고 있으리라고는 짐작조차 못 했습니다. 나는 이 거리를 따라 늘어선 여러 작업장과 공장의 풍경, 그 나병에 걸린 듯한 모습에 매료되었습니다. 그 건물들의 표면 전체를 칠한 아크릴 페인트는 수년에 걸쳐 벗겨져 나갔고, 이젠 본래의 노랗게 도색된 외벽이 큼지막하게 드러나 있었습니다. 커다랗고 예리한 파란색 페인트 조각들은 마치 떨어져 나간 껍질처럼 여전히 건물 곳곳에 매달려 있었습니다. 그 거리를 따라 조금 더 멀리 나아가면 마당에 말이 있는 오두막집 몇 채와, 포도나무 덩굴이 아치를 이룬 아양스러운 시골집들이 보였고, 그중 한 곳의 현관 앞 테라스에선 은퇴한 사람들이 바다 풍경이나 라일락이 있는 정물화가 그려진 판지에 광택제를 칠하고 있었습니다. 베네레이 거리에 황혼이 내려앉자 실베스트루 학교 옆 길가에 버려진, 비와 이슬에 녹슨 냉장고 껍데기가 비현실적인 무광택의 분홍색으로 물들었고, 급기야 풍경 전체가 인위적으로 보였습니다. 나는 슬픔을 가득 안고 집으로 돌아왔습니다.

나의 에로티시즘은 공격적인 억제 단계에 들어섰습니다. 모든 것이 역설적이고 해결 불가능했습니다. 나는 에로틱한 문장과 나체를 찾아 책이나 화집을 뒤졌지만, 한편으로는 내 안의 무언가가 이러한 충동에 저항했습니다. 나는 나 자신이 다른 사람들과 완전히 다르다고 느꼈고, 사랑과 관련한 모든 것은 나를 위한 것이 아니며, 평범한 인간 조건을 아득히 넘어서는 곳으로 향하고 있다고 생각했습니다. 사실 나는, 당시에 뼈저리게 경험한 이 같은 일반화의 경향을 통해, 사람들로 하여금 스스로를 실현하지 못하게 하는 것은 바로 에로티시즘 그 자체고, 사랑, 즉 여성이야말로 통속화와 실패의 원인이라고 믿게 되었습니다. 나는 내가 설명하려고 시도한 소외 상태에 이 년 동안 머무르면서, 이 관점과 관련해 나 자신을 위한 괴물 같은 사상 체계를 만들어 냈습니다. 내겐 성취해야 할 더 높은 사명이 있기 때문에 어떤 여자든 만날 권리가 없다고, 결정했습니다. 나는 어떤 의미에서 불멸이란, 다름 아닌 순결에 달려 있으며, 사랑하거나 성적 관계를 맺는 순간, 영원히 스스로를 더럽히게 되리라고 확신했습니다. 사실 그것은 명료한 이성적 추론이라기보다, 내가 결코 피할 수 없었던 충동에 관한 변명이었습니다. 물론, 자학이었지만 달리 뭔가를 할 방도가 없었습니다.

여자는 나에게 괴물처럼 보였습니다. 나는 실제로 여자의 내면에서 변형되고 불구가 된, 어떤 남자를 목격했습니다. 가슴, 몸속에 다른 방식으로 쌓인 지방, 넙데데한 엉덩이, 여느 남자와는 다른 머리카락이 내겐 수치스러운 허약함의 기호로 보였습니다. 여성적 행동, 우아한 몸짓, 독특한 심리 등을 나는 곧장 가식이라 여겼습니다. 나는 몹시 세련되게 옷을 차려입고, 스스로를 더욱 아름답게 가꾸고, 남자들에게 애교를 부리는 몇몇 소녀들을 증오스러운 눈길로 바라보았습니다. 나에게 그런 행동은, 단지 여자들이 스스로의 에로틱한 욕망을 표출하는 수단으로 보일 뿐이었습니다. 짝짓기를 하던 도중에 암컷 거미가 수컷 거미를 잡아먹는다는 글을 어딘가에서 읽은 뒤로, 나는 만약 인간 세계에서도 성적 결합을 마친 여자가 남자를 죽인다면 어떤 일이 벌어질지 상상해 보았고, 그런 환상을 이야기로 쓰기 시작했습니다. 나는 남자들이 두 가지 근본적인 본능 사이에 끼인 채, 딜레마에 빠져 있으리라고 상상했습니다. 여자가 자신을 파멸시키리라는 사실을 알면서도 여전히 그녀의 매력에서 헤어나지 못하는 남자, 또는 성교하는 동안 마치 유럽사마귀[37]처럼 불륜 남성을 갉아 먹는 이상한 수녀에 대해 생각했습니다. 그리고 교미하는 중, 바로 그 몇 초 사이에 수컷의 유일한 약점, 즉 키틴질의 등딱지에 자리한 균열을 귀신같이 찾아내, 독이 있는 자신의 꼬리를 결국 찔러 넣고야 마는 암컷 전갈에 대해……

예컨대, 내가 만약 마게루의 가로수 길이나 로마너 광장에 위치한 건물들 구석에서 끈적끈적하고 거대한 거미줄을 본 적이 있다면, 그리고 그 한가운데에 집게 같은 모양의 가슴을 가진 나체의 여자들이 꼼짝도 않고 다음 희생자를 기다리며 숨어 있는 모습을 본 적이 있다면 아마 나는 현실보다 그 광경을 더 자연스럽게 받아들였을 것입니다. 현실에서 여자들은 우리와 다르지 않은 평범한 인간, 즉 '우리의 어머니들, 아내들, 연인들, 딸들'처럼 보일지 모르지만, 실상은 그저 몸짓과 미소와 연민으로 그물 같은 덫을 펼친 채 우리를 유인하는 존재일 따름입니다. 섬망이 심각해질수록 나는 이 주제에 대해 더 많이 자문해 보았고, 온갖 사변에 더 깊이 빠져들었습니다. 가령, 인간의 여성성을 구별 짓는 특징은 과연 무엇인지, 스스로에게 물어보았습니다. 신생아의 경우, 성별은 해부학적 기준을 통해서만 엄격히 식별할 수 있습니다. 두세 살 무렵까지 아

---

37) 학명은 'Mantis religiosa'로, '종교적 혹은 경건한 사마귀'라는 뜻을 가지고 있다. 이것은 유럽사마귀가 마치 기도를 하듯 다리를 포개고 있기 때문에 붙은 이름이다.

이들은 성별에 따라 각기 다른 색상의 옷을 입는데, 대개 남자아이들은 파란색, 여자아이들은 빨간색이나 분홍색의 옷을 입습니다. 그리고 아이들이 친구들 사이에서 남자와 여자를 구분하는 방법을 배우는 동안, 정의하기란 거의 불가능하지만 육안으로 점점 더 명확하게 파악할 수 있는 특징들이 그들의 뺨에 나타납니다. 인위적인 차이(여자아이의 긴 머리카락, 치마나 드레스 같은 특정한 의상, 귀걸이를 비롯한 여성 독점적 장신구)와 청소년기의 이차 성징 외에도, 수수께끼 같은 심리적 표상들이 존재합니다. 바로 그러한 심리적 표상이야말로 열정을 불러일으키는 까닭에 성별을 구분 짓는 가장 강력한 변별점이라고, 나는 믿어 의심하지 않습니다. 우리는 단지 완벽한 몸매 때문에 여자를 사랑하는 것이 아닙니다. 요컨대, 여자의 깊고 섬세한, 에로틱한 개성을 가늠할 수 있는 눈매나 입맵시(언제 생겨났을까요? 왜 그렇게 형성되었을까요?) 때문에 사랑하는 것입니다. 사랑하는 여자가 한쪽 눈썹을 치켜뜨며 다른 누군가에게 미소 짓는다거나, 다른 사람 앞에서 자기 입술이나 뺨에 야릇하고 부드러운 주름을 드리우는 것보다, 차라리 그녀가 우리를 배신했다고 생각하는 편이 훨씬 참을 만합니다. 왜냐하면, 우리는 우리 자신의 영향력 때문에 사랑하는 여자가 그렇게 행동한다고, 따라서 다른 사람에게 그러한 행동을 되풀이할 수 없다고 믿기 때문입니다. 화장하지 않은 여자의 눈은, 여느 남자의 눈과 구별하기가 무척 어렵습니다. 물론, 여자들의 속눈썹이 남자들의 것보다 더 길고 촘촘하며, 눈매 역시 더 갸름할 수 있습니다. 하지만 우리는 어떤 여자를 사랑할 때, 그 여자의 눈을 더 크게, 짙은 보랏빛으로 타오르고 있다고 여기기도 합니다. 한편, 더는 그녀를 사랑하지 않게 되면, 예전과 똑같은 눈인데도, 그냥 평범하게 보일 뿐입니다. 이 같은 조화의 이유를 누가 설명할 수 있겠습니까? 여자의 입과 남자의 입은 눈보다 더 쉽게 구별되는 듯 보이는데, 과연 무엇 때문입니까? 우리는 특별히 더 여성스러운 입과 입술을 확실히 알아볼 수 있지만, 그 차이점이 무엇인지, 이성적인 어법으로 설명하기란 쉽지 않습니다. 이렇듯 우리는 필연적으로 성별에서 벗어날 수 없기 때문에, 남자 혹은 여자의 시선으로 이 모든 미미한 특성을 인식합니다.

나는 눈에 띄게 변했습니다. 내 모습은 마치 수행자 같았고, 내 눈에선 기묘한 괴로움의 빛이 언뜻 번쩍였습니다. 입은 여전히 육감적이었지만, 내면의 강박으로 인해 고통받고 있었습니다. 길쭉하고 매우 가느다란 콧구멍 아래에 콧수염이 돋아나기 시작했고, 얼굴의 모든 윤곽선마저 길게 늘어졌습니다. 나는 고독 속에 안주했고, 온 힘을 다해 장차 일어날 일들로부터 스스로를 방어했습니다. 어느 날 저녁, 베네레이 거리를 지나다가 희미하게 울려 퍼지는 기계적인 노랫소리를 들었습니다. 그 순간 갑자기, 어린 시절의 그 장면, 그 낯선 집, 수백 개의 장난감을 가지고 있던 아이들이 생각났습니다. 그것은 셀룰로이드로 만든 만다린 인형이 덜거덕거리며 동양적 음계로 자아낸 선율이었습니다. 그 소리는 다양한 색상의 유리창이 달린 집의 차양 너머, 어느 모퉁이에 위치한, 열린 창문에서 들려왔습니다. 황혼의 희미한 빛 속에서, 나는 황금색과 주황색의 점박이 고양이가 차양 위에 웅크린 채, 겁에 질린 얼굴로 방 안을 들여다보는 모습을 보았습니다. 만다린 인형의 음악이 끝나자, 그 방 안에서 소녀의 앙칼진 목소리가 터져 나왔습니다. "쯧! 이 뻔뻔한 놈아, 저리 꺼지지 못해!" 고양이는 담벼락을 따라 살금살금 기어가더니, 건물 근처의 커다란 버드나무 위로 폴짝 뛰어올랐습니다. 빨간색 모직 커튼에 둘러싸인 창문 바깥으로, 유난히 작고 연약해 보이는 소녀가 나타났습니다. 그녀는 참나무색, 어쩌면 옅은 밤색의 길고 곱슬곱슬한 머리카락을 가지고 있었습니다. 아름답게 동글한 턱 때문인지 얼굴 전체가 동그랗게 보였고, 두 눈은 노리끼리했습니다. 나는 창가 주변을 지나가면서, 그 귀족적인 얼굴을 내 기억 속에 어렴풋이 간직한 채 밤이 깊을 때까지 계속 걸었습니다. 그 뒤로 그곳을 지나갈 때마다, 나는 차양 너머의 창문을 바라보았습니다. 그러나 지난 반년 동안, 나이 지긋한 노부인을 몇 번 목격했을 뿐 그 소녀는 끝내 나타나지 않았습니다. 그 거리에 나 있는 훨씬 큰 다른 창문을 통해, 나는 지구본과 매우 사치스러운 가구들 그리고 고드름 같은 수정들과 구릿빛 광택이 흐르는 촛대가 달린 거대한 샹들리에를 볼 수 있었습니다. 시의 구절들, 강의 필기들, 이상한 꿈들, 희소한 사건들을 거의 다 기록해 놓은 일기장에, 나는 유독 이 '만남'에 대해서만큼은 아무것도 쓰지 않았습니다. 그날 내가 일기장 내지에 적은 것이라고는, 네르발의 『오렐리아』를 읽기 시작했다는 내용뿐이었습니다.

나는 곧 12학년이 되었고, 머지않아 열여덟 살이 될 참이었습니다. 나는 내 미래를 생각할수록 점점 가슴이 옥죄이는 느낌을 받았습니다. 불과 일 년 전에 나는 삶에 관한 모든 것, 즉 '살아 있음의 기쁨'을 미련 없이, 과감히 포기하기로 결심했습니다. 나는 자신들의 소소한 삶에 만족해하는 사람들이 역겨웠습니다. 나는 스스로를 우주가 될 준비를 마친 보편적 존재라고 느꼈습니다. 그러나 곧 이러한 생활 방식을 견디기가, 특히 육체적으로는 더욱 견디기가 불가능하다는 사실을 차츰 깨달았습니다. 서서히, 은밀하게, 나는 내가 더는 천재가 아니라고, 그저 비참한 실패자에 불과하다고 느끼게 되었습니다. 이러한 변화는 외로움의 압박 때문에 일어났습니다. 어떤 때는, 홀로 몇 주 동안 집 안에 틀어박혀, 눈이 침침해서 더는 읽을 수 없을 때까지 독서하기만 해도 몹시 즐거웠습니다. 나는 전화를 받아야 할 때마다 머릿속으로 욕을 해 댔습니다. 고등학교의 첫 이 년 동안, 또래 친구들은 나를 다과회나 생일 파티, 고등학교 강당에서 열리는 디스코 파티 등에 초대했지만, 나는 단 한 번도 참석하지 않았습니다. 결국 그들은 나를 아예 포기해 버렸습니다. 그들은 나를 마치 번데기처럼 대했는데, 가령 고치에서 나비가 나온다면 마지못해 감탄할 준비가 되어 있는 한편, 그 벌레가 이제껏 본 적 없는 소름 끼치는 해충으로 변할지 모른다는 공포심도 함께 느꼈던 것입니다. 나를 옹호해 주던 친구들조차 ── 아직 나에 대한 온갖 소문이 무성했으므로 ── 나와 개인적 관계를 맺을 수 있으리라고는 생각하지 않았습니다. 내가 열일곱 번째 생일을 맞이했을 때, 친구들은 나를 위해 종이와 리본으로 예쁘게 포장한 선물을 준비했지만, 그중 어느 누구도 그것을 직접 건네줄 용기를 내진 못했습니다. 그들은 그냥 내 책상 위에 선물을 놓아두었습니다. 그들은 마치 외계의 존재에게 선물을 준 것처럼 조금은 겁을 먹은 채 난처해하고 있었습니다. 나는 그 상자에 손도 대지 않고 그대로 놓아두었으므로, 여전히 그 안에 무엇이 들어 있었는지 모릅니다. 나는 인간성의 모든 흔적을 잃어버렸고, 그 사실을 인지했습니다. 하지만 그러는 것만이 초인을 향해 나아가는 길이라고 여겼습니다. 11학년과 12학년 사이의 방학 동안, 나는 이토록 외로운 삶에 너무나 깊이 빠져들었고, 스스로 정신 상태를 걱정하기에 이르렀습니다. 석 달 내내, 나는 추상적인 사랑, 어느 누구를 위한 사랑도 아닌 사랑으로 인해 마음이 계속 무거웠습니다. 나는 잠시도 집에 머물 수 없었고, 당장 바깥으로 나가서 노랗게 투명한 부쿠레슈티를 방황했습니다. 혹시나 아는 사람을 만날 수 있길 늘 기다렸습니다. 나는 팔짱을 끼고 걷는 연인들, 한창 유행하는 옷을 차려입은 여자들, 옆구리에 영원히 기억될 음반들을 끼고 무지카 상점 앞에서 물물 교환을 하려고 서성이는 내 또래의 젊은이들을 부러워하는 눈길로 지켜보곤 했습니다. 그들은 「스티키 핑거스」 음반에 오십 레이를 더 얹어 「딥 퍼플 인 락」 음반과 바꾸고, 또 산타나의 「카라반세라이」 앨범과 더 후의 싱글 앨범 「마이 제너레이션」을 핑크 플로이드의 「움마굼마」 음반 한 장과 교환했습니다. 나는 몸이 피곤해질 즈음에 집으로 돌아왔습니다만, 오후가 되면 처음부터 다시 산책을 시작하곤 했습니다.

나는 개학하기를 간절히 기다렸는데, 여태껏 그런 적은 단한 번도 없었습니다. 나는 이미 추락했거나, 하다못해 추락할 위험에 처한 천사처럼 매우 외로웠기 때문입니다. 그러나 천사로 계속 남아 있겠다는 것은, 내 안에서 고군분투하던 뭔가를, 아마도 사악한 그 무엇인가를, 이를테면 나를 점점 더 강하게 짓누르는 어떤 힘을, 더욱더 철저히 부인해야 한다는 의미임을 잘 알았습니다. 나는 외로움 탓에 울며 잠에서 깬 적이 많았습니다. 드디어 12학년이 되면서 낯익은 얼굴들을 다시 보게 되었는데, 처음으로 반가움을 느꼈습니다. 나는 우연히 첫 수업 시간, 생물학 실험실에서 넓고 온화한 얼굴과 항상 반쯤 감긴 녹색 눈을 가진 사이클링 선수, 붐박을 처음 보았습니다. 그는 생물학 여자 선생님이 우리를 "어린아이들"이라고 부를 때마다 공책에 그 횟수를 기록했습니다. 그가 기록한 내용은 어마어마했고(그는 공책에 작은 줄로 이백 번 넘도록 표시해 두었습니다.), 선생님은 그 아이에게 질문을 하고자 이름을 불렀습니다. 붐박은 완전히 복종한 듯한, 몹시 순진한 얼굴로 짚신벌레(파라메치)에 대해 충분히 정확하게 대답했습니다만, 정작 '짚신벌레'라는 명칭을 제대로 발음하지 못했습니다. 선생님은 몇 번이고 반복해서 그 명칭을 교정해 주었는데, 끝내 '파라메치'를 '파리매치'라고 잘못 발음하는 바람에, 10점 만점에 3점밖에 못 받았습니다. 그리고 키가 193센티미터에 달하는 달루라는 아이도 있었는데, 그 애는 칼루[38] 또는 히포히

------

38) calu. 루마니아어로 '말'이라는 뜻이다.

푸스라는 별명으로 불렸습니다. 이 단어는 예전에 우리가 생물학 시간에 배운, 말의 조상을 가리키는 이름이었습니다. 이 수업에 관한 이야기를 마치면서, 몇 명을 더 소개하겠습니다. 나는 메라라는 아이가 어떤 책상에 앉아 있는 모습을 보았습니다. 그 친구는 치아가 안쪽으로 밀려 들어가고 멍청한 표정을 짓던 금발의 아이였는데, 말라르메[39]에 대해선 잘 알고 있었습니다. 어느 날, 선생님은 그 아이에게, 실험실에 있는 실물 크기의 인간 골격을 1층 교실로 가져오라고 지시했습니다. 그러나 메라는 넓은 계단에 발이 걸려 해골과 함께 쓰러져 버렸고, 결국 철사로 연결돼 있던 각각의 뼈들은 교무실 곳곳으로 흩어지게 되었습니다. 그중 일부는 교장 선생님, 잠빌러 씨의 시선 아래에서 나뒹굴었습니다. 또 다른 책상엔, 기껏해야 8학년 정도의 키에, 믿을 수 없을 만큼 창백한 소년, 모르툴[40]이 앉아 있었습니다. 그 아이는 딱 한 번, 자신이 직접 쓴 서사시 때문에 주목받은 적이 있습니다. 언젠가 수학 시간에(그녀에 관해서라면 서사시를 쓸 수 있을 만큼 유명한 드른가 선생님은, 그때 우리에게 자신의 사랑스러운 반려견, 페키니즈 이야기를 들려주고 있었습니다.) 모르툴은 자신도 모르게 쓴, 단 두 줄로 구성된 시 덕분에 유명해졌습니다. "등불 그늘 아래/ 수염을 기른 키 큰 남자 두 명이 있다." 그리 눈에 띄지 않았던 쌍둥이 형제, 그리고리셔와 네그루셔도 있었습니다. 그리고 항상 같이

---

39) 스테판 말라르메(Stéphane Mallarmé, 1842~1898). 프랑스의 상징주의 시인. 언어의 음악성과 순수시를 추구했으며, 난해한 문체로 유명하다.
40) '죽은 사람'이라는 뜻으로, 여기에서는 별명으로 쓰이고 있다.

붙어 다니는 또 다른 한 쌍은, 키가 148센티미터에 불과해서 굽이 칠 센티미터나 되는 구두를 신고 다니던 그레코로만 레슬링 선수 미할라케와, 태어날 때 분만 집게에 잡혀 머리가 조금 눌려 있고 세상에서 오로지 전기 기관차 장난감에만 관심을 쏟던 거인 네아구였습니다. 마지막으로 어떤 수련회의 가장무도회에서 여자처럼 화장을 하고 옷을 입었던, 일종의 저속한 어릿광대 같은 룰루도 있었습니다. 당시에 나는 그런 그 아이를 보기가 너무 역겨워서 현기증이 일었고, 결국 벽에 기대설 수밖에 없었습니다. 나에게 우리 반의 소녀들은 거의 구별할 수 없는, 모호한 집단이었습니다. 그런 와중에도 기억나는 소녀들이 있는데, 그중 하나는 패션 잡지에 푹 빠져 있던, 하녀 같은 용모의 퍼르카슈였습니다. 그리고 다른 한 명은, 도대체 왜 그랬는지 모르겠습니다만, 자신을 남자 이름인 '바실레'로 불러 달라고 요구하던 소녀였습니다. 또 한 사람 더 기억나는 소녀가 있습니다. 너무나 수상하고 순진하면서도 퇴폐적 면모와 도시 변두리의 촌스러운 미모를 지닌, 일종의 '검은 백조' 같았던 디알리사라는 아이입니다. 그녀는 11학년에 임신을 하더니 고등학교를 그만뒀습니다. 물론, 아주 착하고 열심히 공부하던 소녀들도 있었고, 예쁘면서 지저분한 소문이 나돌지 않을 만큼 충분히 바르게 자란 소녀들도 많았습니다. 하지만 나는 대개 그 소녀들에겐 별로 관심이 없었기 때문에, 오늘날 그녀들을 기억해 내려면 실제로 엄청난 노력을 해야만 합니다. 새로운 친구 둘이 더 떠오릅니다. 한 명은 금발에 말총머리를 하고 있었는데, '우아한' 이름인 플레코이우라고 불렸습니다. 다른 한 명은 이율리아 하슈데우 고등학교에서 전학해 온 아이였는데, 워낙에 작고 깡말라서 쉬는 시간이면 누군가가 '미니어처 디바'라는 별명으로 부르곤 했습니다. 노리끼리한 눈과 '마나님' 같은 얼굴을 가진 그녀의 외모, 딱딱하고 약간 부서진 듯 들리는, 그 오리 같은 목소리가 내게는 막연하게나마 익숙하게 느껴졌습니다. 학기의 첫 삼분기에 해당하는 약 한 달 동안, 쉬는 시간 내내 늘 복도에서 친구들과 끊임없이 수다를 떨던 그녀의 모습을, 나는 아무런 의도 없이, 그냥 보이기에 보았습니다. 그녀는 매우 우아했고 보석이 박힌 반지를 꼈으며, 아마도 귀를 뚫지 않았는지 클립으로 된 귀걸이를 자주 바꿔 달곤 했습니다. 물론, 양복과 넥타이를 놀라울 정도로 자주 바꿔 입던 영어 선생님 톰과 같은, 아주 관대한 선생님이 아니라면, 그녀 역시 수업 중엔 반지를 뺐습니다. 그 소녀의 이름은 제오르지나 베르굴레스쿠였는데, 그 아이의 여자 친구들은 그녀를 지나 또는 지누차라고 불렀습니다. 아마 집에서도 그렇게 불렀을 것입니다. 이러한 지소형(指小形) 애칭은 뭔가 작고 귀여운 데다 애정이 느껴지므로 친숙한 사이에서 호칭되곤 하지만, 그녀에겐 결코 그런 의미로 쓰이지 않았습니다. 왜냐하면, 다른 여자아이들은 이 새로운 친구를 전혀 사랑하지 않았고, 오히려 그녀를 단지 속물적이고 버릇없는 아이라고 여기면서 애칭을 빙자해 애써 깔보려고 한다는 사실을 어렵지 않게 눈치챌 수 있었기 때문입니다. 그녀가 학교 바깥에서 사용하거나 가지고 다니는 옷, 화장품, 향수, 비누 등 모든 여성용품들은, 다른 여자아이들의 물건을 훨씬 능가했습니다. 그녀는 두세 단어마다 록 음악에 열광하는 소년들이 내뱉는 소리 같은, 내가 좀체 알아들을 수 없는 공허한 어휘들을 사용했습니다. 예컨대, 그녀가 자주 쓰던 부르다, 샤넬, 미스 디올, 헬레나 루빈스타인, 엘라, 오하오, 랑콤, 럭스, 렉소나 같은 단어는 당시까지 들어 본 적이 없었습니다. 나는 쌉싸름한 향수와 달콤한 향수의 차이도 몰랐고, 데오드란트와 샴푸도 어떤 브랜드나 다 똑같은 줄 알았습니다. 나는 신발 한 켤레를 사기 위해 반나절을 걷는 일은 무가치하다고 생각했습니다. 보석은 말할 것도 없고, 청바지나 고급 옷감으로 만든 옷들마저 필멸하게 마련인 평범한 인간들을 위해 만들어진 게 아니라고 믿었습니다. 대부분의 또래 여자아이들은 이런 점에 대해선 나만큼이나 무지했는데, 지나와 이야기할 때면 혹시나 그녀에게 책잡히지 않으려고, 나와 문학을 논할 때와 마찬가지로, 조심스러운 태도를 취했습니다. 그러나 또래 여자아이들은 지나가 사는 환상적인 세계와, 그녀가 소유한 세련된 생활용품들 때문에 본능적으로 그녀를 미워했습니다. 종이 울리고 쉬는 시간이 끝나면, 그 전학생 여자아이는 굽이 높은 구두를 신고, 걷는 법을 잘 익힌, 활기 넘치는 여자의 매우 성급하고 '오만한' 발걸음으로, 가장 먼저 교실에 들어서곤 했습니다. 여성용 구두 중 가장 작은 크기의 구두를 신었던 그녀의 발걸음은 항상 특유의 쩍쩍거리는 소음을 일으켰습니다. 그 뒤로 나는 흰색과 빨간색의 모자이크 문양이 있는 복도 끝에서 미처 그녀를 발견하기도 전에, 그녀가 다가오고 있다는 사실을 바로 알아차릴 수 있었습니다.

우리가 언제 처음 이야기를 나눴는지, 나 자신에게 물어봅니다. 예전에 우리는 내용 없는 말을 여러 차례 서로 주고받았던 것 같습니다. 그녀는 문학에 관심이 있었으므로 나에게 어느 정도 끌렸던 것 같습니다. 더 구체적으로 말하자면, 일부 학생들이 나를 "매우 공부 잘하는 학생"이라고 높이 평가해 준 덕분에, 그 같은 후광이 그녀를 더욱 매료했던 것 같습니다. 나는 언젠가 문학 신문 《루체아퍼룰》[41]을 구입한 적이 있는데, 길을 걷던 중에 내린, 크게 방울진 가을비에 약간 젖어 버렸습니다. 나는 교실의 회색빛 속에서, 책상 위에 침대보만 한 신문을 펼쳐 놓고, 샌드버그[42]의 번역본을 읽는 데 푹 빠져 있었습니다. 그때 그녀가 내 옆으로 고양이처럼 진지하게 다가와서(내 짝꿍은 바깥에서 축구를 하고 있었습니다.) 그 시들을 읽기 시작했습니다. 그러고는 "난 이거 맘에 안 들어. 이건 시가 아니야, 이런 건 아무나 쓸 수 있어."라고 말했습니다. 이에 나는 교수 같은 태도를 취하고 샌드버그가 얼마나 위대한 시인인지 설명하기 시작했는데, 지나는 격분하며 계속 내 주장을 부인했습니다. 다른 날에, 나는 그녀를 집으로 바래다주면서 타라스 세우첸코 거리의 끝자락에 이르렀습니다. 잎사귀가 거의 다 떨어진 밤나무에서 윤기 있는 열매가 간간이 떨

---

41) 본래 '샛별'이라는 뜻으로, 루마니아의 국민 시인, 미하이 에미네스쿠의 유명한 시에서 따온 것이다.
42) 칼 샌드버그(Carl Sandburg, 1878~1967). 미국의 시인이자 전기 작가. 시카고를 노래한 시집 『시카고 시편』(1916)으로 유명하며, 노동자와 민중의 삶을 자유시 형식으로 집필했다.

어졌고, 잿빛 집들의 담벼락은 축축하게 젖어 있었습니다. 무쇠 울타리를 두른 안뜰에서 강렬한 향수를 불러일으키는 연기 냄새가 퍼져 나왔습니다. 그녀는 반짝이는 담황색 비옷을 입고, 신발 끝으로 낙엽 더미를 흩뿌리며 즐거이 시간을 보냈습니다. 그녀는 그 뒤로 몇 달 동안, 나에게 악몽이 되어 버린 "대학교 수학과에 다니는 남자 친구", 즉 실비우에 관해 절반은 유치하고, 절반은 감동 어린 표정으로 나에게 이야기해 주었습니다. 그러나 그날 오후, 나는 멍하니 미소를 지었고 내 생각은 벌써 다른 곳에 가 있었습니다. 응석받이 참새 같은 정신 상태, 교양 있는 척하는 가식, 기품을 연기하는 몸짓 등, 나는 그녀의 결점을 아주 훤히 볼 수 있었습니다. 그녀의 웃음은 나 역시 웃게 했습니다. 그녀는 매우 독특한 모양 — 윗입술 한가운데에 작은 수직 '능선'이 있었고, 그것을 중심으로 양쪽이 하나 되며 개성적이고 도드라진 아치를 그려 냈습니다. — 의 아름다운 두 입술 사이로, 마치 악의적인 박쥐의 이빨 같은, 삐뚤어진 작은 치아를 드러냈기 때문입니다. 그녀의 입은 결코 수동적이거나 '전형적인' 여성성, 즉 온유함이나 친절함을 표현하지 않았습니다. 오히려 신경질적이고 새침한 면모, 아이러니와 유치함을 품고 있었습니다. 그뿐만 아니라, 아직 완전히 동화되진 않았지만 성숙한 여성의 세련미도 발산하고 있었습니다. 코끝이 살짝 납작한 그녀의 작은 코는 고집센 인상을 풍겼습니다. 오직 노랗고 밝게 빛나는 눈만이 인습적인 아름다움을 지니고 있었습니다. 나는 아직 지나를 좋아하지 않았지만, 그녀는 처음부터 내가 알던 다른 모든 소녀들과 달랐습니다. 내 우산 아래로 들어온 그녀는, 내가 모르는 사람들 — 그들의 이름만을 간단히 언급할 따름이었습니다. — 을 주인공으로 하는 온갖 이야기들을 들려주었습니다. 마리쿠와 타니쿠는 누구이며, 페넬로파가 누구인지 나는 알 수 없었습니다. 그녀는 자신의 어머니를 말할 때만 항상 부드러운 목소리로 "내 어머니"라고 지칭했습니다. 그녀는 유치원의 엘세 부인과, 자기가 사는 거리의 아이들 패거리에 관해 이야기하면서, 포포와 미슐린의 사랑, 일리에슈와 시미나의 관계 따위를 늘어놓았습니다. 베네레이 거리에 위치해 있고, 안뜰에 차양과 버드나무가 있는 그 커다란 저택, 바로 그녀의 집 앞에 도착하고 나서야, 나는 어느 날 저녁에, 차양 너머의 커튼을 드리운 창문을 통해 딱 한 번 보았던 그 소녀와 지나를 연관 짓게 되었습니다. 내가 지나에게 그때의 일을 들려주자, 그녀는 분노한 표정으로, 그 빌어먹을 고양이들이 차양 위의 스테인드글라스 바로 앞까지 와서 오줌을 누곤 했다고 불평했습니다. 그녀는 그 고양이들과 끊임없이 전쟁을 벌여야 했습니다. 그리고 그녀는 나에게 "우리가 몸을 조금 녹일 수 있도록" 함께 커피를 마시자고 제안했고, 나는 그 말에 놀랐습니다. 그럼에도 나는 덩굴나무와 작은 잎사귀 모양으로 장식된, 거대한 연철 손잡이가 달린 육중한 문 안으로 들어섰습니다. 이제는 모두 잊어버리고 싶은 너무나 많은 추억들이 고스란히 연결되어 있는 그 작고 어두운 대리석 홀을 지나, 몇 계단을 올라간 끝에 우리는 저택 문 앞에 도착했습니다. 그 집은 나에게 미로처럼 느껴졌습니다. 나는 집의 실제 이미지보다, 이 뜻밖의 방문에 대해 일기장에 기록한 내용을 여전히 더 생생하게 기억하고 있습니다. 나는 빨간색 플라스틱 겉표지에 감싸인 일기장을 열어, 그 날짜의 모든 행을 읽습니다. "197……년 10월 9일, 인생에서 점점 더 멀어진다. 더욱 수척하고 목재같이 거칠고 피곤한 얼굴, 갈대의 소용돌이 속으로 가라앉는 듯한 눈, 수수한 기둥과 박공벽이 있는 검은 목소리, 무언가 르네상스적이고 부서지고 먼지투성이인 젊음.

천장이 높고 연기로 그은 방들(각각의 방에는 시에나 양식의 벽난로가 있었습니다.), 다양한 색상의 이상하고 경이로운 성상들이 그려진 유리판들과 다른 금속 성상들, 갖가지 십자가상들로 덮인 벽면들, 청동 장식을 붙인 오래된 가구 따위가 있는 크고 오래된 집에 나는 왔다. 그 집에서는 밀랍 인형들이 움직이고 있었다. 그 밀랍 인형들은 외모가 모두 똑같은 노파 몇 개와 완전히 백발이 된 노인 하나로 이루어져 있었다. 모든 것이 두껍게 채색되고 일그러져 있었으며 부자연스러웠다. 침묵에 흠뻑 젖은 오래된 집.(심지어 음악의 시럽 같은 달콤한 침묵. 만약 폴란드의 영화감독 안제이 바이다가 거기에 갔다면, 치장 벽토가 떨어져서 갈라진 벽, 나무와 석고로 만든, 말을 탄 성인들의 얼굴, 수척해진 그리스도 성상들의 모습, 값비싼 상감 기법으로 장식한 피아노 건반, 매듭지어 제작한 고급 직물들, 코 주위에 윤기가 돌고 눈은 촉촉한, 녹색과 분홍색의 비단옷을 입은 노파 인형들의 뻣뻣한 몸통들 위로 카메라 렌즈를 옮겼을지도 모릅니다. 또한, 부드럽고 무게를 거의 느낄 수 없는 리본처럼, 조밀하고 차분한 바흐의 푸가 중 한 곡이 방 안을 가득 채웠을 것입니다.) 나는 침묵했고, 검게 썩은 액자 속의 성화들을 바라보면서, 침침한 색조와 그림자의 향기가 풍기는, 이토록 잘 분할된 공간에서 살아 움직이는 열일곱 살 소녀가 얼마나 괴물일지 생각해 보았습니다.(그녀의 걸걸한 목소리, 뼈가 드러난 깡마른 몸, 박쥐 이빨 같은 치아 등을 보면서 그녀가 늙은이스러운 외모를 지녔다는 사실을, 나는 이미 오래전에 발견했습니다. 그럼에도 이 어린 소녀는 외설적이고 실없는 이야기를 즐겼습니다. 그녀에게는 순진하고 감상적이며 여성스러운 면이 전혀 없었습니다. 그녀는 '남자 친구'가 자신을 평범하고 진부하며 그와 비슷한 뭔가로 여겨서 펑펑 울었다고 말했지만, 나로선 당최 우는 모습을 상상하기 어려울 정도로 그녀는 너무 메말라 있었습니다.) 각 방의 천장에 하나씩 달려 있는 촛대형 샹들리에의 유리 광택이 먼지에 흐려지지 않도록 바닥에 깔린 양탄자들은 벌써 치워져 있었습니다. 잔혹한 죽은 삶.

여기에 인용해야 할 구절이 있습니다. 토마스 만의 『대공 전하』 중의 한 구절. '다른 선택의 여지가 없었다고 고백하고 싶습니다. 나는 항상 어떠한 인간 활동도 전혀 할 수 없다고 느꼈습니다. 다른 어떤 것에 대한 의심의 여지가 없는, 무조건적 무능력은 시(詩)라는 소명의 유일한 증거이자 시금석이며, 사실 시는 직업이 아니라 바로 이러한 무능력의 표현이자 피난처로 보아야 한다고, 나는 생각합니다.' 자, 여기에 마지막으로 어느 정도의 희망을 줄 만한 무언가가 있습니다."

물론 지금은, 당시에 내가 글을 쓸 때면 아주 하찮은 일에도 사용하곤 했던, 이런 예술지상주의적 방식을 비웃고 싶습니다. 지나와, 그녀의 환경이 지닌 특징은 이 일기에서 두 번

왜곡되어 나타납니다. 그렇게 된 까닭은, 학구적 매너리즘과 익히 알려진 심리적 이유, 즉 모든 소녀에 대한 혐오감과, 에로 틱한 위협으로부터 스스로를 보호하고자 하는 나의 개인적 필요 때문입니다. 지나는 실제로 노인들 사이에서 자란 소녀 였고, 그런고로 노인들에게서 비롯한 여러 가지 버릇과 희한 한 습관을 많이 지니고 있었습니다. 그러나 이런 이유로 그녀 를 '늙은이스럽다'라고 표현한 것은, 내 생각에 너무 우스꽝스 러운 과장인 듯합니다. 그녀가 불과 일 년 사이에, 예상 밖으 로 더 성숙해져서 진정한 여자가 되었음은 사실입니다. 그런 데 다시 생각해 보니, 처음에 그녀를 너무 날씬하게 여겼던 것 역시 이상합니다. 지금 글을 쓰면서 그녀의 모습을 떠올리려 고 집중하면(단 몇 초 만에 그 얼굴을, 실제로 내 눈앞에 떠올리기 는 너무나 쉽습니다.), 나는 그녀가 지난여름 바다에서 찍은 컬 러 슬라이드 필름에 촬영돼 있는 모습 그대로 그녀를 보게 됩 니다. 거기에 있는 그녀의 모습은 경이로울 정도로 아름답습 니다. 그녀는 체크무늬가 있는 얇은 남성용 셔츠를 입었으며, 약간 고불거리는 참나무색 긴 생머리는 한쪽으로 가르마를 타서 빗어 넘겼습니다. 그 뒤로 배경에는 거품이 인 파도와 초 록색 바다가 보이고, 그 앞쪽에선 슬프고 애타는 듯한 지나의 얼굴이 필름을 바라보는 사람을 돌아봅니다. 크게 뜬 눈, 입가 의 쓴웃음이 만들어 낸 주름은 감정을 또렷이 드러냅니다. 나 는 또한 그녀가 아직 성장하던 시절의 다른 사진도 보았습니 다. 마치 빨갛게 달구어진 쇠에 억지로 손을 대야 하는 상황처 럼, 그 모든 사진은 나에게 도저히 견딜 수 없게끔 다가왔습니다. 그녀는 그 사진을 찍을 당시에 내가 존재한다는 사실조차 몰랐습니다. 따라서 내가 그녀의 인생에서 그토록 소중한 순간을 함께하지 못했다는 사실, 그녀가 내가 아닌 다른 사람을 위해, 심지어 어느 누군가를 위해서가 아니었더라도, 그토록 많은 감정을 낭비했다는 사실을 이해할 수도, 참을 수도 없었습니다.

내가 처음으로 그녀의 집에 동행했을 때, 그녀는 자신의 방에서 잠깐 나를 기다리게 했습니다. 그 방이 바로 지금 내가 글을 쓰고 있는 방입니다. 나는 내 주변의 사물, 특히 유명한 성상들을 열렬히 살펴보았습니다. 그녀는 커피 두 잔을 가지고 돌아왔고, 이어 레코드플레이어로 음반을 틀었습니다. 그 기계는 1950년대에나 구입할 수 있었던, 회색 비닐에 덮인 아주 형편없는 기계였으므로 음질이 영 별로였습니다. 내 앞에서 지나는 몇 가지 탱고 동작을 간단히 흉내 내다가, 이내 내 옆에 앉아 문학에 관해 대화를 시작했습니다. 왜냐하면 그 주제 말고는, 딱히 나와 이야기할 만한 내용이 없었기 때문입니다. 약 삼십 분 뒤에, 나는 그 방을 떠났습니다. 그날 오후엔, 다음 날을 대비해 예습하기가 싫었습니다. 나는 소파의 침구 보관용 상자에 앉아, 차가운 라디에이터에 발을 얹고 몇 시간 동안 창밖을 내다보았습니다. 나는 운명이 미리 결정되어 있음을, 그때부터 내가 이미 그녀에게 사로잡혀 있음을, 이 작은 소녀-여자가 내 내면의 모든 체계를 해체하게 되리라는 사실을 알았습니다. 그 뒤로 며칠 동안, 나는 다시 그녀를 집에 데려다주었고, 우리 두 사람은 함께 다닌 이 길에 점차 익숙해졌습니다. 나는 그녀를 진지하게 받아들이지 않으려고 애썼습니다. 끊임없이 그녀를 가혹하게 대했으며, 항상 비꼬듯이 대꾸했습니다. 그럼에도 나는, 그녀가 일요일에 "카나스타 게임[43]을 하러" 또는 토요일 저녁에 "차를 마시기 위해" 다른 친구들을 만나리라고 암시할 때마다 그것이 내게 얼마나 고통스러운 일인지를 금방 깨달았습니다. 나는 온갖 종류의 고백을 겸손하고 모순적인 미소로 참아 내야 했습니다. 나는 그녀와 실비우 사이의 깊은 사랑을 눈치챘는데, 지나는 그 점에 있어선 믿을 수 없을 정도로 잔인했습니다. 수업 중에 그녀는 모든 공책의 가장자리 여백에, 대문자 정자체로 '실비우'라고 썼습니다. 어느 날, 그녀는 어떤 방의 내부를 그리기 시작했습니다. 그런데 그녀는 침대 위에 배치하려 한 액자 속의 사진을 굵은 선으로 죽죽 지워 버렸습니다. 그녀는 때때로 울면서 학교에 왔고, 어느 날엔 2교시를 마치자마자 조퇴했습니다. 지나는 고통받고 있었고, 그녀의 사랑은 이루어지지 않았으며, 그녀의 불행을 가장 먼저 견뎌 내야 했던 사람은 바로 나였습니다. 어느 날 저녁(벌써 진눈깨비가 추적거리고 바깥은 일찍 어두워졌으므로 아마 11월 중순쯤이었던 것 같습니다.), 그녀가 내 손을 잡았습니다. 우리는 길 한가운데에 멈춰 섰습니다. 그녀는 불행으로 인해 변해 버렸습니다. 그러나 그녀는, 나중에 여러 차례 그러했듯이, 자신의 모든 절망을 자아도취에 빠진 간결한 연설

---

43) canasta. 카드에 그려진 숫자나 모양을 맞춰 점수를 내는 게임으로, 마작과 비슷하다.

로 바꾸었고, 그러다 내게 얼마나 깊은 애착을 가졌는지, 거의 고함을 치듯이 크게 말했습니다. 그녀는 항상 내 옆에 머물면서, 자기를 도와 달라고 요청했습니다. 그녀가 나를 열정적으로 껴안았을 때 나도 그녀의 어깨에 팔을 둘렀고, 우리는 그렇게 꼭 붙은 채로 길을 걸으며 그녀의 집에 도착했습니다. 우리는 갈색 공기가 충만한 그 집의 현관에 멈춰 서서, 입이 아닌 볼과 눈에 어색하게, 억지로 키스했습니다. 그녀의 얼굴은 눈물로 젖어 있었고, 나는 연신 그녀의 이름을 부르면서 그녀를 품에 안은 채 외투 사이로 그녀의 목과 가슴을 어루만졌습니다. 그러나 내 마음속에 저절로 생겨난 사랑의 말들을 끄집어 내지 않고자, 가능하다면 나중으로 미루기 위해, 필사적으로 감정을 억눌렀습니다. 약 일주일 동안 그녀는 여전히 사랑스러웠지만, 그녀 얼굴에 나타난 검은 슬픔과 그녀의 완고한 침묵이, 지난번 그 집 현관에서 누렸던 행복한 순간보다 오히려 나를 더욱 괴롭게 했습니다. 나는 더 이상 시를 쓸 수 없었고, 집 안의 소란이 잦아들면 이불을 덮고 잠들기만을 기다렸습니다. 그러나 꿈속에서 나는 가슴 미어지는 고독을 느꼈습니다. 나는 어느 공원에서 무한히 교차하는 길을 헤매는 꿈을 여러 차례 꾸었습니다. 희미하게 빛나는 안개처럼 분홍빛이 감도는 보라색 저녁이었습니다. 이 황혼의 땅에서는 사물엔 무게가 없고, 오직 감정만이 엄청난 밀도를 가지고 있었습니다. 그 모든 자갯빛 공기와 자욱한 증기가, 고통스러울 만큼 내 안에 응집되어 있었습니다. 나는 공간이 무한하고, 그곳에 희망이 없다는 사실을 깨달았습니다. 갑자기 높은 첨탑들과 부서진 조각상들이 하늘의 일몰을 향해 빙빙 돌며 아찔한 높이까지 날아 올라갔고, 구릿빛 궁륭 아래로 반쯤 폐허가 되고 이끼에 뒤덮인, 이빨을 드러낸 키메라들이 고딕 양식의 박공벽과 아치형 벽면에 깊이 아로새겨진 거대한 기념물이 드넓은 광장에서 우뚝 솟아났습니다. 이 건물에는 인간적 비율을 지닌 것이 하나도 없었습니다. 나는 끝없이 이어지는 나선형 계단을 통해 돔 안으로 올라갔습니다. 그 거대한 돔 아래에 선 사람의 감정을 정의할 만한 단어는, 꿈속에서든 이 세상 어디에서든 결코 찾을 수 없습니다. 백 미터가 넘는 돔 중앙엔 창문이 하나 열려 있었는데, 그곳을 통해 바닥의 마름모꼴 석판에 비친, 불타는 황혼 속에서 유유히 떠다니는 구름의 모습을 볼 수 있었습니다. 그 광대한 공간의 나머지 부분은, 나를 한낱 하찮은 벌레처럼 느껴지게 하는, 다양한 색조의 어둠과 구릿빛을 띤 푸른색으로 가득 차 있었습니다. 그러다 돌연 내가 크게 부풀더니, 마치 잎맥처럼 퍼져 나가는 선들과 광선들로 그 주름진 기하학적 공간을 채우기 시작했습니다. 나는 팽창하면서 벽 곡면에 있는 창백한 프레스코 그림을 바라볼 수 있었고, 바깥의 어두워진 공기는 채광창의 타원형 눈을 통해 스며들었습니다. 그리고 보랏빛으로 물든 채광창의 타원형 윤곽 위로 이따금 비둘기가 내려앉곤 했습니다. 나는 곧 그 거대한 궁륭을 완전히 채울 정도로 부풀었기 때문에 몸을 구부리고, 바닥을 기고, 무릎을 입에 댄 채 팔과 다리를 꼬아야 했습니다. 이 꿈에서 나는 항상 내 인생이 끝났다고 느꼈고, 외로움으로 현기증을 느끼며 깨어나곤 했습니다.

지나와 내가 고등학교 건물 바깥으로 나오니, 하늘은 벌써 어두워지고 눈이 내리기 시작했습니다. 우리는 손을 잡고 걸었는데, 그녀는 내 손을 놓아주지 않았습니다. 가끔 내 코트 주머니 속으로, 꼭 잡은 손을 넣기도 했습니다. 그녀는 변덕이 심해서 때로는 명랑하고, 때로는 넋이 나가 있거나 내가 도저히 견딜 수 없을 만큼 슬퍼하기도 했습니다. 우리가 상점 쇼윈도의 불빛을 받으며 얇게 쌓인 눈 위를 천천히 걷는 동안, 나는 행복한 동시에 아무런 희망도 느낄 수 없었습니다. 우리 관계가 발전할수록 나는 우리 둘이 서로 다른 두 세계에서 왔음을 더욱 분명하게 깨달았습니다. 그 두 세계 사이엔 일방적 감정의 비이성적인 다리, 어느 누구에게도 도움이 되지 않는, 건널 수 없는 다리만이 놓여 있을 뿐이었습니다. 그녀가 작년에 레닌그라드를 여행했던 이야기, 우윳빛 새벽녘에 강둑을 따라 걷다가 네바강 다리를 건넜던 이야기를 나에게 들려주었을 때 나는 절망에 빠졌습니다. 나는 그녀가 혼자 꿈꾸듯이 물가 바람에 머리카락을 휘날리며 단철로 주조한 가로등 아래나 석조 사자상 곁을 산책하는 모습을, 가을과 황혼에 파묻힌 공원의 벤치에 앉아 있는 모습을 상상했습니다. 그리고 그녀는 바닷물에 반사된 햇빛을 받으며 어떻게 수영했는지, 나에게 말했습니다. 또 그녀는 유복한 집안의 딸로 자라던 어린 시절의 장면을 끊임없이 되풀이했습니다. 그리고 그녀의 집과 가까운 거리에 있는, 창살 모양의 울타리에 둘러싸인 꽤 넓은 마당을 나에게 보여 주었습니다. 그 마당에선 파란색 코트와 녹색 모피옷을 입은 몇몇 아이들이 눈을 가지고 장난치고 있었는데, 그녀도 유치원 시절에 그곳에서 수없이 뛰어놀았다고 말했습니다. 그녀는 내가 눈을 돌릴 수밖에 없는 표정을 지은 채, 울타리 창살 사이로 그 너머의 풍경을 오랫동안 바라보았습니다. 우리는 더 이상 실비우에 대해 이야기하지 않았지만, 그녀가 들려주는 모든 것에서, 그녀의 말투에서, 그녀의 기분에서, 심지어 그녀의 입맞춤에서 — 그녀가 느닷없이 눈 내리는 거리의 호젓한 곳에 멈춰 서서, 어느 건물 기둥에 몸을 기댄 채 "키스해 줘!"라고 말할 때 — 조차, 나는 실비우가 그녀의 이 같은 변덕과 연관되어 있다는 사실을 눈치챘습니다. 나는 지나가 스스로를 방어하고, 자신의 불행을 쉽게 하며, 혼자가 되지 않기 위해, 사랑의 고통에 직면할 때 손잡아 줄 누군가를 곁에 남겨 두기 위해 나를 이용하고 있음을 알았습니다. 나는 과연 누구였어야 그녀의 남자 친구가 될 수 있었을지, 자문합니다. 문학의 문턱에 들어선 것 외에는 아무것도 모르고, 인생 경험도 전무하며, 조현병 직전의 추악하고 기괴한 아이였던 나는 몸에 맞는 옷이라면 되는대로 입었고, 여행을 해본 적도, 친구도 하나 없었습니다. 그녀를 잃을지도 모른다는 맹목적 공포에 벌벌 떠는 것 말고는 달리 저항할 방법이 없었습니다. 나에게 지나는 한 사람의 여자 친구 이상이었고, 차마 견딜 수 없는 존재였으며, 효과가 너무 강력해서 결코 끊을 수 없는 약물과도 같았습니다. 나는 조만간 모든 것이 실패하고, 지나 역시 나를 떠나게 되리라는 사실을 알았습니다. 그러나 그녀의 집 현관, 얼굴의 윤곽조차 알아볼 수 없는 어둠 속에서 나누던 사랑의 몸짓은, 아예 금기가 풀린 듯이 점점 자유로워지고 더욱 대담해졌습니다. 내가 더 대담하게 애무할수록 오그라들던 지나의 작고 마른 몸은 차차 긴장하지 않는 법을 배워 나갔습니다. 나는 여자를 품에 안는 법과, 애무를 즐기는 법 그리고 그녀의 부드러운 입과 입술과 치아와 혀의 밋밋한 맛을 음미하는 법, 그녀의 머리카락에서 풍기는 샴푸 냄새와 그녀 속눈썹의 향기에 현기증을 느끼는 법마저 배웠습니다. 그리고 나는 그녀의 블라우스 아래에 자리한, 그녀의 가슴 모양도 알게 되었습니다. 그녀를 집에 남겨 둔 채, 나는 얼어붙은 눈송이를 헤치며 전차 정류장 몇 곳을 지나쳐 걸어갔습니다. 겨울 공기가 나를 상쾌하게 해 주었습니다. 내 손바닥에는 밤에 잠들 때까지 그녀의 살냄새가 오롯이 남아 있었습니다.

그녀의 집으로 향하는 길에, 우리에게 이상한 일들이 적잖이 일어났습니다. 수정처럼 맑은 어느 날 밤, 갈라치 광장을 지나갈 때, 우리는 40번 전차 정류장 위로 솟아올라, 선로를 금빛으로 밝게 물들이는 보름달을 함께 바라보았습니다. 우리는 달에 대해 이야기를 나눴는데, 그녀가 친구들과 함께 산으로 여행을 갔을 때, 너무나 외로워서, 문자 그대로 달을 먹고 싶었다고 말했습니다. "어떻게 그러는지 알아? 말 그대로야!" 물론, 나는 질투심에 사로잡혀 몸이 떨리고 있음을 느끼며, 어떻게든 그 상황을 모면하고자 달을 쳐다보던 중, 문득 달이 더는 완벽하게 둥글지 않다는 사실을, 한쪽이 이지러졌음을 깨달았습니다. 지구의 그림자일 수밖에 없는 어둠이 천천히, 그러나 눈에 띄게 달의 표면을 점점 더 넓게 뒤덮는 광경을 목격하고 그 경이로움에 입을 다물 수 없었습니다. 우리는 멈춰 서서 책가방을 내려놓고 서로를 껴안은 채, 감격에 젖어 지붕 위에서 벌어지는 그 광경을 지켜보았습니다. 곧이어 호박(琥珀) 같은 구체의 빛은 절반만이 남았고, 그림자가 넓게 퍼지자 가장자리에 남은 뿔 모양의 광채는 점점 얇아지며 겨우 반짝이고 있었습니다. 그러는 동안, 여러 대의 택시와 버스가 갈라치 광장을 지나갔고, 행인들도 여럿 오갔지만, 우리와 함께 그 달을 올려다보는 사람은 아무도 없었습니다. 달은 곧 다시 원래 모습을 찾아갔고, 약 십오 분 만에 이전과 같은 완벽한 구체로 돌아왔습니다. 훗날, 이 모든 일은 우리 둘 모두에게 좀처럼 설명할 수 없는 꿈같이 느껴졌습니다.

일요일에는 지나가 만나고 싶어 하지 않았습니다. 내가 전화를 걸었지만 그녀는 집에 없었습니다. 평소와 마찬가지로 그녀의 할머니가 전화를 받았고, 할머니는 지나가 시내로 놀러 나갔다고 말했습니다. 그녀는 일요일 밤에 무엇을 했을까요? 내가 집까지 바래다주지 않은 그 저녁 시간에 그녀는 무엇을 했을까요? 나는 가장 있음 직하지 않은 장면들을 상상해 보았습니다. 그런데 한동안 그녀의 말투에는 오만함, 즉 스스로를 우월하다고 느끼거나 자기가 상황을 통제하고 있다고 여길 때 항상 사용하던, 저속하게 빈정대는 듯한 미묘한 어조가 섞여 있었습니다. 그리고 그녀는 냉소적이면서도 죄책감을 느끼는 듯한, 도무지 종잡을 수 없는 표정을 지어 보이며 나를 미치도록 화나게 했습니다. 그녀의 말에는 성적 암시와 용어가 가득 들어찼고, 그녀는 무슨 이야기를 하든 상관없이 그 같은 내용을 대화 속에 강박적으로 끼워 넣었습니다. 나에게 자랑하고 싶은 것, 전하고 싶은 뭔가가 그녀에게 있다는 생각이 들었습니다. 그리고 나에게 상처 주지 않으려는 마음보다, 자신의 바람을 이루고자 하는 욕망이 더 크다는 인상을 받았습니다. "사랑을 나누기에 정말 좋은 곳이네!" 한번은 우리가 어떤 작은 탑이 있는 집을 지나갈 때, 그녀가 이렇게 말했습니다. 아마도 그날 저녁에, 그녀는 벌거벗은 남자가 어떻게 생겼는지 잘 안다고, 나에게 밝혔던 것 같습니다. 물론, 나는 그녀의 말에 웃어 주면서 대화 주제를 다른 터무니없는 이야기로 돌렸지만, 그녀가 내게 준 충격은 하나하나 빠짐없이 비수처럼 박혔습니다. 그러나 그 일은 어떤 면에서 내가 그런 절박한 상황을 (환상에 불과하더라도) 통제하는 데 도움이 되었습니다. 왜냐하면, 나는 긴장할수록 유난히 언변이 능수능란했기 때문입니다. 나는 이따금 그녀를 진정시킨 뒤에, 엄청난 상상력을 발휘해서 그녀를 사로잡곤 했습니다. 하지만 그녀는 자신의 기쁨과 성과를, 내가 고스란히 느끼길 바랐습니다. 결국 며칠 뒤에, 그녀는 실비우의 집에 가서 그가 자신의 옷을 벗기도록 내버려두었다고 말하며, 당연히 "아무 일도 일어나지 않았어."라고 덧붙였습니다. 그녀는 현관의 그늘진 대리석 계단에 앉아, 전형적이고 여성적인 몽환극을 설명하듯이 미사여구를 사용해 가며, 그동안 일어난 일을 모두 나에게 털어놓았습니다. 먼저 실비우는 지나와 함께 베를린 레스토랑에 가서 친자노[44]를 함께 마셨

206

고, 그러고는 그녀에게 노란 장미를 사 주었으며, 기어이 택시를 타고 그의 집으로 향했습니다. 그 남자에겐 일요일마다 같이 타고 다닐 오토바이가 있었는데……. 나는 그녀에게 이야기를 멈추라고 소리를 지르며 거리로 달려 나갔습니다. 그러고는 크게 흐느껴 울었는데, 마침 주위가 어두워서 다행이었습니다. 나는 스키복이 진열된 창문 옆을 지나고, 텔레비전 수리점 옆을 지나고, 신발 가게의 청록색 조명을 통과해 걸으면서도 계속 울었습니다. 나는 그녀를 잃었다는 사실을 알았지만, 그 상황까지 이해할 수는 없었습니다. 마치 누군가가 나에게 나 또는 지나가 죽었다고 얘기해 준 것만 같았습니다. 나는 그녀를 학교에서 항상 볼 테지만, 그럼에도 그녀가 더는 존재하지 않게 된 나날을 과연 어떻게 버텨 낼 수 있을지, 도무지 상상할 수 없었습니다. 그녀의 겉치레와 위로와 냉소를 더는 참지 않아도 되게끔 차라리 함께 귀가하는 일을 그만두면 어떨지, 생각했습니다. 나는 길 위에 쌓인 눈 위에 긴 발자국을 남겼고, 마침내 나는 완전히 소진되었습니다.

그날 저녁, 나는 두 번 다시 그녀와 어떤 일이든 함께하지 않기로 결심했습니다. 그리고 일기장에 썼습니다. "지나는 원하지 않는다. 서로를 이해해 주려고 하지 않는다. 이토록 삐뚤어진 아이가 어떻게 그런 괴물 같고 어리석은 행동마저 저지르는지 이해할 수 없다. 나는 물속의 설탕 조각처럼, 우리라는 건물의 기둥 하나하나, 계단 하나하나, 벽 하나하나가 녹아내

로, 유럽에서 가장 오래된 주류 브랜드 중 하나다.

리고 있음을 느낀다. 어쨌든 더는 할 수 있는 일이란 없고, 그녀의 동물적 부조리에 맞서 싸울 수도 없다. 나는 내가 누구인지 기억해야 하고, 그것이 무엇이든 예전의 삶을 다시 시작해야 한다. 나는 글을 쓰는 사람이다. 나는 인간 이하의 음험한 존재나 불행 때문에 나 자신을 잃을 수 없다." 그리고 나는 지나를 인간의 비참함과 천박함의 화신으로 여기는 정신 착란 속에서 이런 식으로 약 세 쪽의 글을 이어 나갔습니다. 아마 그녀의 얼굴, 그녀의 목소리에 대한 끊임없는 집착보다 나를 더 괴롭힌 것은 내 열정의 순수한 생리학적 측면, 가령 심장의 격렬한 박동, 내 가슴과 뼈에서 느껴지는 무지근하고 뜨거운 통증, 끝없이 쓰라린 독백을 반복해야 했던 불면증의 나날이었을 것입니다. 다음 날, 학교에서 마주친 그녀의 실루엣이 단번에 내 눈을 사로잡았습니다. 평소처럼 그녀는 우리 학급의 여자아이들 한가운데에서 친구들이 자신의 얘기를 듣든 말든 상관하지 않고, 상대방의 대꾸도 전혀 신경 쓰지 않은 채 혼자 수다를 떨어 댔습니다. 그녀는 주변 친구들에게 프랑스어와 독일어를 무작위로 남발하면서 이야기를 수사적으로 과장하고, 미사여구로 꾸미고 있는 듯 보였습니다. 이른바 그것은 귀부인의 교태 섞이고, 우아한 티를 과시하는 말투였으나, 매우 우스꽝스럽고 개성 있는 까닭에, 어릿광대짓과 가식을 경멸하는 나에게조차 매력적으로 다가왔습니다. 때때로 나는 '진주'라는 단어가, 지금 지나가 이야기하는 맥락에서 얼마나 적절한지, 또 그것이 마력과 피상성이라는 그녀의 특징을 얼마나 잘 표현해 주는지, 생각하며 즐거워했습니다. 그날,

나는 그녀를 쳐다보지 않으려고 노력했습니다. 나는 남자아이들과 함께 시간을 보냈습니다. 쉬는 시간마다 우리는 벤치에 앉아 축구에 대해 토론했고, 믹 재거[45]와 로버트 플랜트[46]의 악곡 해석에 어떠한 차이가 있는지 의견을 나누었습니다. 그럼에도 나는 마치 지나가 어디에 있든 그 위치를 찾아낼 수 있는 레이더를 몸속에 품고 있는 듯했습니다. 나는 그녀를 등지고 앉아 있을 때도, 눈 내린 학교 운동장으로 나갈 때조차 그녀를 '보았습니다.' 나는 그녀가 아무리 멀리 있어도 목소리를 들을 수 있었고, 그녀가 무슨 얘기를 하는지, 그녀가 어디에서나 자제력 없이 자신의 사랑을 소문내고 있음을 알았습니다. 그녀의 여자 친구들은 "수학과에 다니는 지나의 남자 친구"가 일요일에 그녀를 오토바이에 태우고 데이트하리라는 사실을 이미 알고 있었습니다. 그런데 가장 마음 아팠던 점은, 그녀가 나를 피하지 않았고, 쉬는 시간에 내가 책을 읽고 있을 때 몇 차례 내 곁에 다가와서 내 공책에 재빨리 네 장의 꽃잎을 가진 작은 꽃을 그려 주고는, 그 옆에 지나라고 써 주었다는 사실입니다. 그녀의 움직임에는 범상하지 않은 생동감이 있었습니다. 발걸음의 리듬, 손의 율동, 그녀가 글을 쓰는 속도는 항상 나를 놀라게 했습니다. 그녀가 나를 단순한 친구로 여겼다는 사실, 나를 대하는 그녀의 행동에 아무런 변화도

---

45) Mick Jagger. 1943년에 태어난 영국의 록 뮤지션으로, 롤링 스톤스(The Rolling Stones)의 보컬리스트이자, 키스 리처즈와 함께 밴드의 핵심 멤버다.
46) Robert Plant. 1948년에 태어난 영국의 록 뮤지션. 레드 제플린(Led Zeppelin)의 보컬리스트로, 강렬하고 폭넓은 음역의 목소리로 유명하다.

없었다는 사실은 내게 굴욕감을 주었고 증오의 파도를 불러
일으켰습니다. 그녀는 여러 번 나에게 말을 걸었지만, 나는 거
칠게 거부했습니다. 그럼에도 그녀는 무관심한 태도를 유지한
채 조롱 섞인 미소를 지었는데, 그 일을 생각하면 지금도 화가
납니다. 나는 사랑, 증오, 경멸, 존경, 동경, 맹목적 추종, 혐오
등이 뒤섞인 명백한 성적 충동 증후군에 시달리고 있었습니
다. 매일 저녁, 나는 자동차 헤드라이트 사이로 떨어지는 부드
러운 눈꽃을 헤치며, 늦겨울 황혼의 기이하고 고요한 소란을
뚫고, 매번 영원히 밤이 지속될 것만 같은 느낌을 품은 채 혼
자 집으로 걸어갔습니다.

　내가 작아지는 동안, 그녀는 커졌습니다. 노인들 사이에서
자란, 기괴하고 잘난 체하는 어린 소녀였던 지나는 이제 신권
적이며 점차 거대한 존재가 되어 갔습니다. 지나는 모든 것이
되었습니다. 나는 일요일에 집에서 가만있을 수 없었습니다.
나는 양가죽 외투를 걸치고 목도리를 두른 뒤, 시내 중심가
로 향했습니다. 아침은 눈부셨습니다. 대로변의 인도, 지하도
에스컬레이터의 고무 난간, 국립 대학교와 건축학 연구소의
작은 탑들 위에 쌓인 새하얀 눈이 내게 활기를 불어넣었습니
다. 반짝이며 얼어붙은 공기는 유리처럼 투명한 내 내면의 감
각들을 마비시켰고, 내 두개골 벽에 끈질기게 달라붙으려 하
는 그 이미지 — 주황색 헬멧을 쓰고 오토바이에 올라탄 그
와 그녀의 모습 그리고 어깨 위로 늘어진 지나의 밤색 머리카
락 — 를 지워 주었습니다. 나는 두너레아 거리에 있는 제과
점에 들어가서 긴 휴식을 취하며 천천히 조각 케이크를 먹었

습니다. 그러는 동안, 누리끼리한 진열창을 통해 바깥을 내다보았습니다. 흰색 모피 외투나 화려한 코트를 차려입은 아름다운 여성들이 지나갔고, 캐나다 코트의 큰 모피 목깃을 세운 외국인, 흑인, 아랍인도 지나갔습니다. 나는 스스로를 객관화하고, 나 자신에게서 벗어나고, 내 사랑의 광기와 싸우려고 애썼지만 전부 헛수고였습니다. 내 내면 이미지가 바깥에서 어른거리는 풍경을 압도했습니다.

지나는 월요일에 학교에 나오지 않았습니다. 그다음 날, 그녀는 1교시에, 선생님이 교실에 들어온 뒤에야 학교에 나타났습니다. 그녀는 학교 수업이 모두 끝날 때까지 침묵한 채 고립되어 있었습니다. 나는 종종 곁눈질로 그녀의 상태를 엿볼 수 있었지만, 이날만큼은 그녀의 얼굴이 피곤한지 슬픈지 알아낼 수 없었습니다. 마지막 수업 시간 전의 휴식을 마치고 책상으로 돌아왔을 때, 책상 위에 놓여 있던 공책 한구석에 내가 너무나 잘 아는, 꽃잎 네 장이 달린 꽃이 그려져 있었습니다. 그리고 그 옆에, 정자체로 쓰인 ‘지나’라는 이름이 눈에 띄었습니다. 나는 그녀를 보았지만, 그녀는 나에게 관심을 기울이지 않았고, 다만 칠판에 적혀 있는 영어의 불규칙 동사 목록을 받아쓰고 있었습니다. 그녀의 가장 사소한 몸짓 하나만으로도 내 기분이 완전히 바뀔 수 있으니, 참으로 이상하기 그지없었습니다. 마치 강력한 진통제를 맞으면 치통이 한순간에 사라지는 듯, 붉은 잉크로 재빠르게 스케치한 이 작은 꽃하나가 더 바랄 나위 없는 평온함을 내 온몸에 심어 주었습니다. 너무 강렬하게 이완됐는지, 한순간 나는 비물질적 존재가 된 것 같았습니다. 저녁에, 그녀가 나에게 전화를 걸었습니다. 그녀는 지금 집에 사람이 없고, 어둠 속에 홀로 있다고 말했습니다. 나는 어둠 속에서 무섭게 보일 만한 육중한 가구들이 가득 들어찬 그 집 안에 우두커니 있을, 그녀의 작고 진주 같은 모습을 상상했습니다. 그녀는 자신과 '그' 사이의 모든 것이 끝났다고 말하며, 나에게 용서해 달라고 간청했습니다.(그러나 그녀는 '그'의 정확한 이름을 애써 회피하며, 단지 '그'라는 인칭 대명사를 그토록 의미 있게 사용했으므로, 실상 둘의 관계가 끝나지 않았음을 증명하는 셈이었습니다. 같은 방식으로 나에게 '그녀'는 오직 한 명뿐이었습니다.) 그러고는 자신의 고통과 향수를 비인칭 주어로 표현하는, 평소에 나를 분통 터지게 하던 감정적 연설을 다시금 시작했습니다. 비록 그 넋두리는 그녀 자신의 불행에 대한 검열된 분출에 불과했을지도 모릅니다. 그러나 가볍게 은폐된 사랑의 선언으로 들리기도 했습니다. 그녀는 그 어느 때보다 외롭고, 우리 사이의 관계가 소원해졌음을 후회한다면서, 마치 술에 취한 듯이 그녀 자신을 질식시켰을지도 모르는 정욕적 환상을 나에게 투사했습니다. 그녀는 마음속으로 나를 아끼고 있으며, 다시는 헤어지고 싶지 않다고 눈물을 흘리며 황급히 호소했습니다. 전화를 끊은 뒤, 나는 잠시 고민에 빠졌습니다. 모든 것이 사실일지도 모른다는 일말의 가능성이 나를 눈멀게 했고, 지나가 나의 여자일 수도 있다고 믿고 싶었으며, 나는 여태껏 수백 번이고 반추한, 결코 극복할 수 없을 것 같았던 우리 사이의 모든 차이점마저 갑자기 다 잊어버리고 싶었습니다. 나에게는 선택의 여지가 없었습니다. 나는 그녀의 모든 말이 사실이라고, 나의 존재 전체로 믿어야 했습니다. 하지만 내 마음속, 지하수가 흐르는 깊은 곳 어딘가에는 재앙이 일어나리라는 확신과, 지나는 결코 나를 사랑하지 않으리라는 신념이 아직 남아 있었습니다. 나는 이러한 확신과 비합리적 희망 사이에서 갈등하느라, 급기야 내적 균형이 완전히 붕괴하고 말았습니다. 사랑과 증오, 희망과 절망, 존경과 경멸 사이를 끊임없는 오가는 진자 운동 탓에 내 정신은 폐허가 되어 갔습니다. 그러나 일단은 지나와 실비우의 관계가 끝났음을 기꺼이 믿을 수 있어서 행복했고, 나와 그녀 사이의 유일한 장애물이라 할 수 있었던 그 문제가 해결된 듯해서 잠시나마 해방감을 느꼈습니다. 다음 날, 나는 눈보라 속에서 그녀를 다시 집으로 바래다주었습니다. 겨울 방학이 다가오고, 새해를 맞이하기가 두려웠습니다. 나는 새해를 그녀와 함께 맞이할 수 있을지 걱정됐습니다. 그럴 가능성이 거의 없다고, 나는 생각했습니다. 우리는 얼굴 위로, 심지어 목덜미로도 얼음 바늘이 파고드는 폭설 속에서 몸을 웅크린 채 터벅터벅 걸어갔습니다. 빛이 잦아든, 주황색으로 뒤엉킨 거리가 온통 눈보라에 휩쓸려, 어떤 곳에선 포장도로의 검은 돌들이 드러났고, 좀 더 은밀한 곳에선 푸른 그림자와 함께 눈이 파도치고 있었습니다. 그녀가 장갑을 벗고, 모피 안감이 있는 내 주머니 속에 손을 넣었습니다. 나는 그녀의 작고 뻣뻣한 손가락을 꼭 쥐었는데, 이따금 간신히 감지할 수 있을 정도로 미세한 경련이 느껴질 뿐이었습니다. 우리는 키스하려고 여러 차례 멈춰 섰지만, 바람이 너무 강해서 거의 넘어질 뻔했습니다. 우리는 각자 모피 모자를 눌러쓰고, 두꺼운 외투 위로 서로를 품고자 노력했습니다. 속눈썹에 별 같은 얼음 결정이 맺히는 그 어두운 추위 속에서 서로의 눈을 바라보았습니다. 지나는 눈에 뒤덮였고, 골판지로 만든 썰매를 타는 아이들, 형형색색의 전구들과 구슬들, 금박과 은박으로 장식한 상점 쇼윈도에서 새어 나오는 광채로 반짝였습니다. 여우 털모자의 섬세한 모피 아래에 자리한 그녀의 머리카락과 얼굴은, 음료수 병과 통조림 사이에 놓인, 면으로 만든 수염을 덮고 알루미늄 재질의 진홍색 옷을 입은 산타클로스 모형에 반사된 빛 때문에 갑자기 붉어졌습니다. 집 현관에서 그녀를 내 품에 안았을 때, 그녀는 나에게 잠시 자기 방에서 함께 있겠느냐고 물었습니다. 우리는 함께 집 안으로 들어갔습니다. 거실엔 당시 루마니아에서 판매되던 흑백 텔레비전 중 하나인 '템프6 TV'가 켜져 있었습니다. 지나의 숙모님과 조부모님들은 함께 담요를 덮은 채, 깜박깜박 명멸하는 텔레비전의 마법 같은 빛을 받으며 그 화면을 들여다보고 있었습니다. 나는 그들에게 저녁 인사를 하고, 지나에게 이끌려 그녀의 방으로 들어갔습니다. 나는 그 방을 무척 뚜렷하게 기억하고 있습니다. 소형 피아노가 있고, 르네상스풍으로 마감한 서랍장이 있고, 온 벽면에 유리 성상이 있고, 구운 점토로 만든 아름다운 파란색의 난로가 있고, 세월이 흐르며 빛바래서 검붉은 색이 도는 공단 커튼이 있고, 천장이 아주 높은 그 방을 여러 차례 꿈꾸었습니다. 우리는 외투를 벗은 채 이불이 깔리고, 고급스러운 만듦새의 베개들이 놓인 좁은 침상에 앉았습니다. 그녀는 몇 분 동안 사라졌다가 청바지와 얇은 노란색 티셔츠를 입고 돌아왔는데, 그 옷은 그 아래에 자리한 그녀의 너무 크지 않은, 그러나 둥글고 예쁜 가슴을 돋보이게 했고, 더욱 봉긋하게 강조해 주었습니다. 그녀는 나에게 설익은 호두로 만든 약간의 잼과, 이상한 모양의 크리스털 잔에 담긴 무화과 와인을 가져다주었습니다. 천장 램프의 원뿔 모양 크리스털을 통해 굴절된 빛이 우리에게 칙칙하고 불그스레한 기운을 드리웠습니다. 우리는 와인을 다 마실 때까지 온갖 종류의 쓸데없는 이야기를 나누었고, 그다음엔 어색하게 침을 삼키며 서로를 마주한 채 침묵을 지켰습니다. 이내 우리 사이에선 더 이상 참을 수 없을 정도의 긴장감이 점점 고조되었습니다. 이 같은 긴장감에 먼저 굴복한 그녀는 벨벳으로 만든 베개 사이에 등을 대고 기댔습니다. 나는 술에 취해 그녀를 껴안고, 그녀의 티셔츠를 겨드랑이까지 들어 올린 다음, 작은 구리 구슬 같은 젖꼭지가 달린 그녀의 맨가슴에 뺨을 가져다 댔습니다. 내가 그녀 청바지의 금속 단추를 풀고 지퍼를 당겨 내릴 때까지, 우리는 오랫동안 애무했습니다. 그때, 우리는 지퍼 소리에 정신을 차렸습니다. 우리는 꽤 멀리까지 갔습니다. 그녀의 조부모님은 지척에 있었고, 그나마 유리문이 불투명해서 다행이었습니다. 지나는 지퍼를 다시 올리더니 돌연 어두워진 얼굴로 가만있었습니다. 그녀의 눈엔 눈물이 고였고 곧 큰 소리로 울기 시작했습니다. 나는 그녀의 흐느낌을 달래고자 그녀를 내 품에 꽉 끌어안았고, 그녀가 왜 우는지 알 것도 같았습니다. 지나는 눈물을 닦아 내고, 두 손으로 내 뺨을 감싸 쥐었습니다. 그녀가 고통스러운 표정으로 내 눈을 바라보며 거의 소리치듯 말했습니다. "나는 더 이상 실비우를 사랑하지 않아. 알겠어? 나는 이제 그를 전혀 사랑하지 않아. 개한테 질렸어. 그 아이를 웃음거리로 만들까, 너도 그러고 싶지?" 그러더니 그녀는 갑자기 티셔츠를 벗고, 다시 바지 단추를 풀어 내렸습니다. 자그마한 팬티의 가장자리로 몇 가닥 삐져나온 윤기 나는 털이 보였습니다. 우리는 다시 포옹했습니다. 그런데 그녀는 모든 것을 잊어버리기 위해 스스로를 타락시키려고 안달했습니다. 그녀가 나를 강하게 껴안았지만, 나는 단호히 일어나서 옷을 챙겨 입었습니다. 나는 거울을 보면서 흐트러진 옷매무새를 정리했습니다. 내 젖은 머리카락은 몇 갈래로 덩어리져 있었습니다. 나는 머리를 몇 차례 빗질했습니다. 지나도 자리에서 일어나 티셔츠를 입고, 헝클어진 곱슬머리를 내 어깨에 기댔습니다. 우리는 빛을 머금은 거울 속에서 서로를 바라봤습니다. 내 눈은 날카로운 광대뼈 위에서 보라색으로 반짝였고, 그녀의 호박색 눈동자는 적갈색 공기 속에서 더욱 밝게 보였습니다. 나는 황홀한 가면을 뒤집어쓴 듯 보이던, 우리의 무표정하고 축소된 얼굴이 거울 위에 나란히 나타나던 순간을 아직도 기억합니다. 우리는 한동안 꼼짝도 않고, 말없이 서로를 바라보았습니다. 그녀는 그녀 특유의 몽롱하면서도 씁쓸한 미소를 지은 채 검지로 거울을 가리켰습니다. 하지만 거울 속 이미지는 그녀의 이 같은 몸짓을 따라 하지 않았습니다. 거울 속 지나의 손은 내 어깨 위에 얹어져 있었지만, 손톱에 투명하고 반짝거리는 매니큐어를 칠한 진짜 손은 차가운 유리에 비친 내 이마를 어루만지고 있었습니다. 그 손길은 콧날을 따라 아래로 내려갔고, 한동안 입술에 머물렀다가 목의 능선을 타고 천천히 움직이더니, 마침내 가슴에서 멈추었습니다. 이제 한 줄기의 가벼운 증기가 내 모습을 반으로 갈랐고, 그 작은 물방울들은 붉은빛을 내뿜으며 떨리고 있었습니다. 그 유령 같고도 실재적인 손은 거울 속에 있는 지나의 이마를 향해 나아갔고, 손가락으로 미간을 겨냥한 채 멈추어 있었습니다. 그러다가 마치 모든 것을 안다는 듯이 연신 이상하게 웃고 있는 입술 쪽으로 내려갔습니다. 손가락은 지나의 가슴 사이에서 멈추었다가, 여전히 증기가 만들어 낸 선이 남아 있는 유리 표면에서 멀어져 갔습니다. 뒤이어 손이 높이 올라가더니, 손바닥을 쫙 펴고, 거울 속에 있는 우리의 머리가 그 표면에 닿도록 꾹 눌렀습니다. 그 자리엔 붉은빛 증기에 녹아내린 손자국이 남았습니다. 곧 지나의 손이 내 어깨 위로 내려왔고, 거울에 반사된 이미지는 다시 실재와 동일해졌습니다. 현실 속 우리와 거울 속 우리 사이엔 더 이상 아무런 차이도 없었습니다. 그녀는 머뭇거리는 발걸음으로 소파로 돌아가더니, 술 장식이 달린 비단 베개에 머리를 눕혔습니다. 그러고는 이윽고 잠이 들었습니다. 내가 아는 한, 그녀는 눈을 뜨고 잠자는 유일한 존재입니다. 고르게 숨을 쉬는 가슴의 움직임과 대조되는 그녀의 고정된 시선은, 그녀를 마치 혼수상태에 빠진 사람처럼, 자신의 죽음을 보고 듣고 느끼는 영혼처럼 보이게 했습니다. 나는 지나의 몸 위로 내 몸을 구부리고, 그녀의 눈에 비친 내 모습을 바라보았습니다. 그녀의 동공은 엄청나게 확장되어 있었고, 그 주위엔 꿀 같은 빛을 띤, 아주 얇은 고리만이 둘려 있었습니다. 하지만 나는 어두운 눈동자 속에서 '나의' 얼굴을 보는 대신에 '그녀의' 얼굴을 보았습니다.

미처 만년필을 가져오지 못해, 여기에서는 볼펜을 달라고 요청해야 했습니다. 그리고 그들은 글이 써지기보다 종이만 더러워지는, 엉터리 빨간색 볼펜을 나에게 주었습니다. 내 손은 더 이상 엉망이 될 수 없을 만큼 엉망이 되었습니다. 그럼에도 불구하고 여기에서 계속 글을 쓸 수 있다는 것은 특권이며, 아마 그들은 내가 항상 지니고 다니는 이 원고들을 읽고 어떤 결론을 도출해 낼 수 있기를 바랄 것입니다. 물론, 그들은 어딘가에 나를 그라포마니아[47]라고 기록해 두었을 테고, 그것으로 이익을 얻고자 분주할 것입니다. 사실 나는 그들에게 원고를 주는 데 거부감이 없습니다. 결국 누군가는 그것을 읽어야 하고, 만약 이해할 수 있다면 아마 다른 사람들보다 그들이 더 잘 이해할 것이기 때문입니다. 나는 글쓰기를 중단한 지 얼마나 되었는지, 자문합니다. 화요일인지 수요일인지, 8월인지 9월인지, 도통 모르겠습니다. 그런데 병실의 창밖을 보니, 이제 가을이 소심하게 시작되고 있었습니다. 나는 매일 안뜰을 산책하며 낙엽을 한 번 이상 줍기도 했습니다. 하얀 건물들 사이로 거미줄이 물결처럼 떠다니고, 여자 환자들은 그것을 털어 내고자 머리카락을 맹렬하게 흔들어 댑니다. 그러

------

47) graphomania. 글을 쓰려고 하는 병적인 강박 혹은 충동을 가리킨다.

나 나는 그 거미줄을 곱슬머리에 달라붙은 채로 남겨 두었다가, 반짝거리는 저녁의 주홍빛이 병실 벽에 흩뿌려지는 동안에 빗으로 걷어 냅니다. 그렇다면 9월 중순쯤이었을 것입니다. 하늘은 깊고 푸르렀고, 아직 온 사방에 노란빛이 어려 있음에도 날씨는 선선합니다.

나는 양철 침대 옆에 놓인 흰색 협탁 위에서 글을 씁니다. 옆 침대에는 금발에, 약간 지저분한 엘리사베타가 있습니다. 그리고 이제 그녀는 침대 시트 위에 놀이용 카드를 펼쳐 놓습니다. 아마 그것이 곧 그녀를 미치게 할 것입니다. 그녀는 또 나를 위해 카드를 펼쳤고 아무도 그녀를 피할 수 없습니다. 그녀의 말에 따르면, 자기 카드는 오래된 물건인 데다 오스트리아에서 온 것이라고 하며, 거기에 그려진 모든 인물의 눈이 바늘에 찔려 있는 까닭에 점괘가 틀릴 리 없다고 합니다. 그녀는 먼저 카드 몇 장을 부채꼴로 펼친 다음, 일렬로 배열했다가 네모지게 늘어놓았습니다. 그러고는 그 카드 중 하나를 손가락으로 가리키며 "그게 바로 당신입니다."라고 말하더니, 곧 몸이 마비되었습니다. 나는 그녀의 눈속임을 주의 깊게 관찰하지 않았습니다. 엘리사베타가 눈을 부릅뜬 채 나에게 가리키는 카드를 눈여겨보았을 따름입니다. 바로 잭 카드였는데, 그 밑면엔 뒤집힌 잭이 아니라 손가락 사이에 재스민 꽃을 든 클로버 퀸에 그려져 있었습니다. 나는 재빨리 카드들을 뒤섞어 버렸고, 그러자 엘리사베타가 꿈틀거리기 시작했습니다. 그녀의 마비가 풀린 뒤, 우리는 팩에 들어 있던 모든 카드를 샅샅이 살펴보았지만, 그같이 모호한 그림이 그려진 카드는 도무지 찾을 수 없었습니다. 엘리사베타는 나에게 매우 상냥하고, 내 곁에 붙어 있으려 했으며, 내가 어떤 변덕을 부리더라도 그것을 다 만족시켜 줄 준비가 되어 있다고, 감히 말할 수 있을 정도였습니다. 하지만 그녀는 너무 지저분했고, 간질 발작을 한 뒤에 주사를 맞은 그녀의 눈은 나를 겁나게 했습니다. 그녀는 며칠 전 밤에, 우리 침대를 하나로 합치자고 제안했습니다. 나는 그녀에게, 그만 진정하라고 타일렀습니다. 나는 우리가 미라와 알타미라처럼 함께 잠자며 밤새도록 서로를 어루만져 주는 사이가 되긴 싫다고 말했습니다. 미라는 손가락과 발가락이 사방으로 마구 뒤틀려 잔을 쥐기조차 힘들었지만, 알타미라(사실 파울라가 그녀를 그렇게 불렀고, 그녀의 진짜 이름은 슈테파니아였습니다.)는 솔직히 한 가지 점 — 어느 날 저녁부터 열엿새 내내 잠자다가 돌연 아무 일도 없었다는 듯 스스로 깨어나곤 했습니다. — 만을 제외하면 평범한 소녀였습니다. 그래도 그 두 사람은 상당히 낭만적이었습니다. 의사는 매일 아침 우리를 방문했는데, 그는 열 개의 병상을 하나씩 확인하고 이따금 멈춰 서서 우리와 이야기를 나누었습니다. 의사는 내 침대의 가장자리에 앉아 내 눈을 바라봅니다. 종종 나는 무심코 가슴을 가리지 않은 채 그를 맞이했는데, 그는 그 점을 놓치지 않고 지적했습니다. 그런 다음, 그는 내 침대 옆 협탁 위에 쌓여 있는 원고 더미를 살펴봅니다. 그는 내가 글을 끝마칠 때까지 이것들을 빼앗아 가지 않겠노라고, 약속했습니다. 이런 부분을 제외하면, 확실히 나는 그 사람이든 다른 사람이든 딱히 논의할 게 없었습니다. 게다가 병동에서 글을 쓰는 사람은 나뿐만이 아닙니다. 창가엔 라비니아(그녀 스스로, 자신을 라비차라고 칭했습니다.)의 침대가 있는데, 그녀는 하루 여덟 시간 동안, 도루라고 하는 누군가에게 열성적으로 사랑의 편지를 휘갈겼습니다. 문장들은 분홍색, 주황색, 파란색 또는 보라색의 종이를 넉넉하게 차지하고 있었고, 그림을 그릴 공간 또한 충분했습니다. 라비차는 어린아이처럼 혀를 길게 내민 채, 색연필로 꽃들과 큰 눈을 가진 공주와 두 개의 검은 점을 찍어 묘사한 코, 비둘기, 하트 모양 따위를 그려 내곤 했습니다. 그녀의 편지가 담길 봉투조차 팝아트 예술가가 그린 자동차처럼 보입니다. 또 라비차는 침대를 새로 바꾸자마자 그 침대보를 도루에게 보내는 큰 편지지로 변신시키기도 했습니다. 그녀는 리넨 위에 갈색 색연필로, 높이가 십 센티미터 정도 되게끔 몇 가지 글자를 쓰고, 유치해 보이는 다채로운 그림으로 여백을 채웁니다. 그녀의 침대는 괴상하고 그림 같았습니다. 심지어 그녀는 마치 거대한 편지지를 덮고 자는 듯 보였습니다. 그녀의 바로 옆 침대에는, 낮엔 꽤 상식을 갖춘 괜찮은 소녀이지만 밤만 되면 우리의 잠을 방해하기 때문에 모두의 미움을 받는 파울라가 있었습니다. 파울라는 밤마다 잠을 자면서 자기 어머니와 이야기를 나눕니다. 그녀는 비명을 지르거나 부들부들 떨면서, 어린 시절에 엄마가 자신에게 어떻게 행동했는지를 기억합니다. 그 모녀는, 남편 없는 여자와 어린 소녀 두 사람은 반지하실에서 살았고, 어린 소녀는 어머니의 모든 히스테리를 견뎌 내야 했으며, 급기야 어머니가 면도칼로 동맥을 자르는 것을 몇 번이나 막아야 했습니다. 그리고 어젯밤, 파울라는 정신이 나간 상태였습니다. 미라와 알타미라의 침대는 밤새도록 삐걱거리는 소리를 냈고, 병동 간호사들이 병실 문을 계속 열어 두어서 복도의 불빛에 눈이 부셨습니다. 잠 못 이루는 밤은 이제 나에게 일종의 광란을 불러일으키고, 글을 쓰고 싶은 충동에 사로잡히게 합니다. 독서를 하거나 손톱을 정리하거나 낮잠을 자는 병실 동료들의 휴식 시간을 이용해서 나는 다시 원고를 쓰기 시작합니다.

며칠 전, 눈을 뜬 채 잠든 지나가 내 얼굴 대신에 자기 얼굴이 자신의 동공에 비쳤다고 이야기한 뒤로, 줄곧 그 얼어붙은 공포의 순간을 느끼며 살았습니다. 나는 그것을 다시 보고, 다시 경험하고, 끝내는 이해하지 않아도 되었습니다. 나는 책상에서 일어나, 필사적으로 거울의 천 덮개를 벗겨 냈습니다. 나는 보았습니다. 그러고는 비명을 질렀습니다. 나는 책상에 놓인 셀룰로이드 만다린 인형을 집어 들어 바닥에 내던져 버렸습니다. 노인들이 방에 들어왔을 때(마리쿠와 타니쿠, 페넬로페파는 공포에 질려, 턱에 침을 흘리며 창백한 표정을 짓고 있었습니다.) 그들은 내가 바닥을 구르고, 모든 양탄자를 질질 끌며 창문에서 뜯어 낸 보라색 커튼을 휘감고 있는 모습을 발견했습니다. 바닥에는 책장에서 끄집어낸 책들과, 피아노 위에 있던 장신구들이 어지럽게 흩어져 있었습니다. 나는 진정할 수 없었습니다. 그들이 나를 다독이고 진정시키려 할수록 나는 더욱 동요했고, 눈물이 내 얼굴을 적시며 바닥으로 떨어져 내렸습니다. 내 의식은 이미 아득해졌고, 하얀 옷을 입은 두 남자가 나를 안아 들고 거리에 서 있는 구급차까지 데려갔는데,

마치 꿈속에서 일어나는 일 같았습니다. 구급차를 타고 병원으로 향하는 십 분 정도의 시간이 왜인지는 모르겠지만 매우 긴 시간처럼 여겨졌습니다. 그녀의 노인들은 거짓된 기쁨의 미소를 지으며 매일 이곳으로 나를 찾아와서, 우유와 계피를 섞은 죽이 담긴 유리병과, 오렌지와 레몬주스를 가져다주었습니다. 그녀의 어머니와 아버지도 여기를 다녀갔습니다. 그녀의 어머니는 그녀와 가장 세부적인 부분까지 닮았지만, 조금 더 경박스러운 수다쟁이였습니다. 가령 항상 재미있는 사실들을 이야기할 준비가 되어 있는, 참새 같은 마음을 가지고 있었습니다. 나를 여자 병실로 데려갔기에 처음엔 적잖이 불안했지만, 나는 꽤 빨리 그곳에 익숙해졌습니다. 이 상황을 받아들이기 시작한 수동성이 조금 두려웠습니다. 그런데 이 두려움조차, 내가 실제로 느끼는 그 두려운 감정보다 더 철저하게 느껴야 합니다.(정말 눈물을 흘리며 웃고 싶은 충동을 느낍니다. 왜냐하면 나에게는 모든 것이 카니발이나 익살극처럼 보이니까요.) 그들은 나를 여기, 엘리사베타와 성격이 거칠고 안면이 마비된 나이 든 여인 사이에 자리를 마련해 주었습니다. 그 라우라 아주머니는 입술 한쪽 끝이 턱 밑까지 처져 있고, 한쪽 눈만을 깜박일 수 있었습니다. 그녀는 잠자고 싶을 때면, 손가락으로 다른 쪽 눈을 억지로 감겼습니다. 그녀의 처진 입술 끝에서는 끊임없이 침이 실처럼, 조금씩 흘러내렸습니다. 게다가 그녀는 너무 과장되고 부자연스럽게 화장을 하곤 했습니다. 그 요염한 할망구는 누구와도 말을 하지 않고, 늘 침상에 걸터앉아서 손거울을 들여다보며, 입술 반쪽만으로 미소 짓고 있었습니다. 그녀의 연보라색 머리카락은 마치 투명한 거미줄처럼 베개 위에 펼쳐져 있습니다. 처음에 나를 완전히 주눅 들게 한 이 환경에 익숙해지는 데엔 며칠이 걸렸습니다. 나는 그들이 나를 신경과로 데려왔다는 사실을 곧 깨달았습니다. 이곳의 소녀들에게는 온갖 종류의 신경증, 마비, 히스테리가 있었습니다. 나는 우리가 여기, 저 바깥에 감도는 가을의 황금빛으로 투명해질 만큼 찬연한, 일종의 림보[48]에 있다고 스스로에게 말했습니다.

나는 어지러워서 아무 생각도 하지 못하고 지나의 방을 나왔습니다. 아파트 현관은 어두웠고, 그녀의 조부모님들은 이미 잠자리에 든 지 오래였으며, 구석에 있는 텔레비전은 희미한 어스름에 휩싸였습니다. 오직 작은 테이블에 놓인 커다란 황동 쟁반의 가장자리에서 렘브란트의 그림 같은 윤기가 흐르는 금속성의 반짝임만이 새어 나올 뿐이었습니다. 나는 거리로 나갔고, 밤 12시가 가까워졌음에도 제설기의 금속 날개가 쓸어 낸 눈 무더기 옆으로, 세상에 종말이 찾아온 듯한 눈길을 뚫으며 집으로 걸어갔습니다. 눈부신 푸른 헤드라이트 불빛들 속에서 눈은 언젠가 온 세상을 뒤덮을 듯이 여전히 내리고 또 내렸습니다. 내 장갑은 흠뻑 젖었고, 부드러이 얼어붙은 눈 덩어리들이 신발 안쪽으로 밀려들었습니다. 최신 유행의 캐나다 코트와 스웨터를 차려입고 스키 타는 자세를 취한

---

48) limbus. 그리스도가 이 세상에 오기 전에 신앙의 기회 없이 작고한 의로운 자들과, 세례받지 못한 채 죽은 어린아이들의 영혼이 안식하고 있으리라고 여겨지는 장소로, 고성소라고도 한다.

마네킹들이 놓인, 빨강과 초록의 형광등을 밝힌 진열창 앞을
지나갈 때, 멀리서 서로를 껴안은 채 나를 향해 걸어오는 커
플이 보였습니다. 손에 든 책가방을 보니 그들은 고등학생이
었습니다. 그들이 가까워졌을 때, 나는 그 소녀가 지나와 닮았
다는 사실에 놀랐습니다. 똑같이 깡총거리는 걸음걸이, 똑같
이 끝도 없이 높이 올라선 발뒤꿈치, 심지어 똑같은 모피 코트
를 입고 있었습니다. 그 소녀가 머리에 쓴 붉은빛이 도는 여우
털모자도 지나의 것과 비슷했습니다. 지나가 어떤 소년과 함
께, 그의 주머니 속에 손을 찔러 넣은 채, 큰 소리로 웃으며 나
를 향해 걸어오고 있다는 사실을 깨달았을 때, 나는 평정심을
잃을 것 같았습니다. 우리가 거의 얼굴을 마주쳤을 때, 나 역
시 그의 얼굴을 쳐다보았습니다. 그는 얼굴이 길고 창백했으
며, 눈두덩이 안으로 깊숙이 들어간 눈, 기다란 콧구멍 아래에
는 갈색 그림자 같은 콧수염이 이제 막 돋아나고 있었습니다.
우리는 잠시 서로의 눈을 바라보았고, 두 사람은 계속, 지나가
사는 거리를 향해 나아갔습니다. 그녀 옆에 있는 소년은 바로
나였습니다.

그 뒤로 나는 한동안, 실비우에 대해 완전히 잊어버린 듯
보이는 지나의 집을 여러 차례 방문했습니다. 그녀의 방에 감
도는 광기 속에서 그 겨울이 우리에게서 떠나갔습니다. 나는
그녀를 애무할 때마다 점점 더 멀리 나아가면서, 매번, 여태
껏 경험한 것과는 전혀 다른 감정적 뉘앙스를 깨우칠 수 있
었습니다. 어느 날 저녁, 그녀는 할머니와 증조할머니가 남긴,
비단 술을 늘어뜨린 숄, 금실로 수놓은 허리띠가 달린, 사프

란처럼 노란빛을 띠는, 스무 벌 정도의 오래된 드레스를 다른 방에서 가져왔습니다. 그녀는 다이아몬드 귀걸이를 착용하고, 내가 오렌지가 든 아바나 클럽 칵테일을 마시는 동안, 내 앞에 펼쳐 놓은 모든 드레스를 하나씩 입어 보면서 팽이처럼 빙빙 돌아 댔습니다. 무거운 드레스를 몸에 걸치고, 머리엔 어깨까지 늘어지는 러시아식 두건을 두른 그녀의 모습은, 마치 안쪽에 또 다른 작은 인형이 들어 있는 마트료시카처럼 보였습니다. 또는 느닷없이 내 머릿속에, 마치 『카라마조프가의 형제들』 속의 그루셴카 같다는 인상이 떠오르기도 했습니다. 턱 아래로 연한 파란색 리본을 묶는 챙 넓은 모자를 쓰고, 가슴 바로 밑으로 허리 라인이 매우 높이 잡힌, 목부분이 눈에 띄게 깊게 파인, 다른 예쁜 드레스를 입은 지나의 모습은, 마치 가라베트 이브러일레아누[49]의 소설 속 여자 주인공, 아델라를 연상시켰습니다. 그러나 그녀는 교활한 미소와 단맛이 없는 달콤한 눈, 이를테면 거의 이성적인 달콤함을 지닌 눈을 가지고 있었으므로, 러시아식 복장이 가장 잘 어울렸습니다. 그녀는 자신의 어머니가 "파리에서 가져오신" 짧은 시스 드레스를 입기 위해 옷장 문 뒤로 들어갔습니다. 그때 우리는 이미 술기운이 제법 올라서 상당히 어지러웠습니다. 그녀가 나에게 자신을 보라고 허락했을 때, 나는 그 광경을 좀체 믿을 수 없었습니다. 시스 드레스는 검은색이었고, 윤기가 났으며,

---

49) Garabet Ibrăileanu, 1871~1936. 루마니아의 문학 비평가, 소설가. 알렉산드루 이오안 쿠자 대학교의 교수이자 문예지 《비아차 로마네아스커》의 편집장으로 활동하며, 루마니아 문학 비평의 기초를 닦은 인물로 평가받는다.

검정 레이스가 달려 있었습니다. 그녀의 허벅지 위로 올라온 그 옷 사이로, 역시 검은색 비단으로 만든 끈 팬티가 보였습니다. 이 관능적인 의상은, 지나의 청순하고 얌전하며 어린아이 같은 얼굴과 대조를 이뤘습니다. 나는 그녀를 팔로 감싸안고 양탄자 위에 눕혔습니다. 우리는 일종의 절망적인 분노에 사로잡힌 채 서로를 어루만졌습니다. 그녀는 온 힘을 다해 내 어깨를 움켜쥐고 숨을 헐떡이며, 내 귀에 대고 흐느껴 울었습니다. "안드레이, 지금은 불가능하지만 맹세할게, 안드레이, 네 여자가 될 거라고 맹세할게……." 나는 완전히 정신을 잃었습니다. 아마도 그녀보다 내가 더 두려워했을 것입니다. 에로틱한 행위는 내게 너무나 먼 의례처럼 느껴졌고, 언젠가 나도 그 의례에 도달하게 되리라고는 도무지 믿을 수 없었습니다. 나는 본능만으로는 충분하지 않아서, 무엇을 해야 할지, 어떻게 해야 할지를 궁리해야 할까 봐, 그런데 아무것도 모를까 봐 두려웠습니다. 경험이 부족하다는 열등감이 증폭되는 느낌이었습니다. 그 순간, '알았어야' 하는 사람이 '나'였어야 한다는 사실을 깨달았습니다. 이것은 내게서 지나를 분리시키는 또 다른 장애물처럼 보였습니다. 그 순간 내게 약간의 경험이 있었더라면 지나는 그때도 내 사람이었을 테고, 아마(어쩌면!) 영원히 내 사람으로 남아 있었으리라고, 훗날 나는 생각했습니다. 그러나 그때 우리는 유리로 만든 성상으로 가득 찬 방 안에서, 두려움이 빚어낸 짜증스러운 만남으로 시간을 허비하고 있었습니다.

학교에서 우리는 좋은 친구였고, 항상 함께 있었습니다. 우

리는 같은 책상으로 자리를 옮겨 짝꿍이 되었고, 우리의 관계
는 공공연해졌습니다. 아마도 틀림없이 우리 사이에 관한 험담
이 오갔을 텐데, 본능적으로 지나의 여자 친구들은 모두 그녀
를 미워했습니다. 그리고 아이들은 나를 존중하면서도, 스스
로를 망칠 사악한 손아귀에 사로잡힌 불쌍한 작은 괴물이라
고 여겼을 것입니다. 그렇습니다. 그들은 마치 "당장 정신 차려
라, 이 가엾은 놈아!"라고 말하는 듯이 동정심과 공포를 가지
고 나를 바라보았습니다. 민소매 드레스를 입은, 아담한 '지나'
는 고등학교 복도에서 내 팔에 다정하게 매달린 채, 대리석 사
원 곳곳에서 날개를 펄럭이며 날아다니는 형형색색의 나비들
이 나오는 꿈을, 그 미로 같은 꿈에 대해 이야기를 들려주었습
니다. 또는 프레첼을 사 달라고, 아양을 떨면서 졸라 대곤 했
습니다. 나는 희미한 어둠 속에 있는 그녀의 반투명한 눈동자
에서 너무나 많은 슬픔을 보았기 때문에 슬펐습니다. 그녀와
함께한 내 인생 전체가 모래 위에 세워져 있으며, 우리를 연결
해 주던 모든 것이 환상은 아닐까, 하는 느낌을 받았습니다.
그러다가 나는 온종일 아무 말도 하지 않곤 했습니다. 그러면
그녀는 낄낄거리며 나를 끌어당기더니 "이리 와, 안드레이…….
어서, 그러지 마……."라고 말해 주었고, 나를 웃게 하고자 애
썼습니다. 아니면, 그녀는 재빨리 내 공책에 꽃을 그리거나 그
그림 밑에 감쪽같이 '지나'라고 쓰곤 했습니다. 나는 우리의 관
계가 지속될 수 없고, 나중에 훨씬 나빠질 수도 있다고 생각했
습니다. 그래서 그때, 차라리 헤어져야 한다고 줄곧 다짐했음
에도 우리의 이야기는 여전히 계속되었습니다. 그녀가 점점 지

루해하고 의욕을 잃은 듯한 모습을 보일 때마다, 또 내가 저녁에 그녀의 집 앞에 도착했는데도 그녀가 나를 그냥 돌려보낼 때마다 나는 모든 것이 끝났다고, 그녀가 다른 남자 친구를 찾았다고, 그녀가 나에게서 벗어나려 한다고 느꼈습니다. 그러나 그녀는, 내가 자주 거칠게 그녀를 대했음에도, 항상 내게로 돌아왔습니다.(나는 그녀가 눈물 가득한 눈으로 나에게 다가올 때까지, 아무 이유 없이, 하루 종일 그녀와 말을 하지 않은 적도 많았습니다. 때로는 우리 관계를 더 빨리 끝장내고자 하는 자멸적 충동 때문에, 직접적으로, 나를 가만히 내버려두라고 경고하기도 했습니다.) 그리고 학기가 끝나는 그 기간 동안에도, 그녀가 나를 정말 아꼈던 것 같다고, 여전히 생각하고 있습니다.

하지만 우리는 방학이 시작되고 처음 며칠 동안은 서로 만나지 못했습니다. 겨울 추위가 잠시 누그러지고, 밝고 반짝이는 푸른 하늘 아래서 고드름이 녹아내렸습니다. 잔뜩 쌓여 있던 눈도 며칠 만에 사라지고, 흙과 뒤섞여 탁하게 더러워진 눈길 아래로 슈테판 첼 마레 거리의 포장도로가 나타나기 시작했습니다. 나는 오후 내내, 창가의 라디에이터 옆에 앉아 부쿠레슈티를 바라다보며 그녀에 대해 생각하곤 했습니다. 그녀는 전화로, 지금 자신이 아프고 독감에 걸렸다고 말했습니다. 그 다음 며칠 동안은 할머니가 전화를 받았고, 그녀는 지나가 앓아누워 있다거나 목욕을 하고 있어서 전화를 받을 수 없다고 했습니다. 그러고는 한 시간 뒤에 지나가 나에게 전화할 것이라면서, 할머니는 그녀를 바꿔 주지 않았습니다. 하지만 저녁이 지나도 지나는 전화를 걸어 오지 않았습니다. 내가 당시에 그녀를 의심하지 않았다는 점이 지금으로서는 이상하게 다가옵니다. 나는 그녀가 나에게 솔직하다는 사실에 너무 익숙해져 있었습니다. 나를 더욱 고통스럽게 한 것은, 우리를 초대해 준 몇몇 친구들의 집에서 그녀와 함께 새해를 맞이할 기회가 차츰 줄어든다는 점이었습니다. 나는 그녀가 깜박이는 촛불 사이에서, 나와 샴페인 잔을 부딪치며, 자정에 내게 키스하는 모습을 여러 번 상상해 보았습니다. 나는 남몰래 처음으로 양복과 조끼를 맞췄고, 그 옷을 입은 내 모습이 자랑스러웠습니다. 나는 춤을 추는 법을 몰랐지만, 누나가 몇 가지 스텝을 가르쳐 주었습니다. 그래서 신나는 순간이 찾아오면 무엇이든 어느 정도껏 해낼 수 있으리라고 생각했습니다. 나는 다른 사람이 되려 했고, 더는 도서관의 쥐새끼가 아닌, '인생의 소년'이 될 수 있을 만큼 스스로가 변했다는 사실을 그녀에게 알려 주기 위해 열심히 준비했습니다.

왜냐하면, 그 기간 동안에 나는 지나의 영향으로 새로이 눈을 뜨고, 주변 세상을 좀 더 주의 깊게 바라보기 시작했으며, 내가 얼마나 퇴색하고 시대착오적 삶을 살고 있는지 점점 더 확실히 깨닫게 되었기 때문입니다. 나는 그녀의 집에서, 우아한 여성의 이미지로 가득한, 두껍고 광택이 도는 대형 패션 잡지 《넥커만》과 《부르데》를 몇 시간이고 들여다보곤 했습니다. 그러면서 과연 그 여자들의 입술과 몸매를 즐기는 남자들이 존재하기나 할까, 그러한 커플들이 J&B 위스키를 홀짝이며 사랑을 나누는, 벨벳과 호두나무로 실내를 장식한 공간이 과연 실재하기나 할지, 반문해 보기도 했습니다. 나는 실비우와 마찬가지로, 오토바이를 가지고 싶어졌습니다. 그리고 또 어떤 친구의 집에서 본 것과 같은, 둥근 금속 스피커가 달린 아카이 오디오 콤비네이션도 가지고 싶어졌습니다. 나는 지나가 준비하는 삶이 어떤 삶인지를 예감하고 있었으므로, 어쩌면 그녀처럼 아름답고 여유로운 삶을 살고 싶었는지도 모릅니다. 나는 돈이 없어서 지나를 시내 중심가에 있는 고급 술집에 데려갈 수 없었고, 그녀와 함께 산에 놀러 갈 수도 없었습니다. 바로 그 같은 사실 때문에 나는 내 모습이 초라하게 느껴졌고, 점차 괴로워지기 시작했습니다. 그러나 나는 다른 무엇보다도 내가 원하는 삶을 살 수 없게 하는, 나의 엉성한 몽상가적 사고방식을 가장 혐오했습니다. 지나가 겨울에 스키를 타러 가는 일이나 항상 즐기는 카나스타 게임에 관해 이야기할 때마다 내 마음은 자꾸 쪼그라들었습니다.(최근에 그녀는 브리지 게임을 배웠고, 급기야 브리지 클럽에서 밤을 지새우기도 했습니다. 적어도 전화를 받은 그녀의 할머니가 그렇게 말해 주었습니다.) 나는 이 속물적인 오락의 신기루가 그녀를 내게서 돌이킬 수 없을 정도로 멀어지게 한다는 사실을 깨달았습니다. 당시에 나는 책의 등장인물들을, 나 그리고 그녀와 동일시하지 않고는 글을 읽을 수 없었습니다. 예컨대, 그 무렵엔 카밀 페트레스쿠의 『사랑의 마지막 밤, 전쟁의 첫 번째 밤』, 안톤 홀반의 『다니아의 놀이들』을 읽고 있었습니다. 그 두 권의 책은 모두 그녀와 내가 결코 함께하지 못하리라는 사실을, 또 그녀가 차츰 자기 삶에 이끌려 만들어 낸 이 이야깃거리들과 또 한때 내가 차지하고 있던 이 자리를, 기껏해야 어린 시절의 재미있는 추억 정도로 남겨 두게 되리라는 사실을 거의 수학적으로 증명해 주었습니다.(몇 년이 지난 뒤에, 우리가 다시 만났을 때, 그녀가 나를 보고 "야, 너 정말 짜증 나는 사람이었어!"라고 말하는 소리를 벌써 들은 것 같았습니다.) 나는 끝내 그런 '삶의 방식'대로 살지 못하더라도, 최소한 그것을 흉내 내고는 싶었습니다. 왜냐하면, 그 같은 삶을 잃을지도 모른다는 두려움이, 내 습관과 성격을 보존하고자 하는 욕구보다 훨씬 더 강했기 때문입니다. 나는 온 마음을 다해 그녀에게 적응하고 싶었습니다. 그녀가 나를 원하는 모양대로 만들 수 있게끔 하고 싶었습니다. 그녀가 '나에게 손을 대도록' 허락하고, 나를 '인생의 소년'으로 여기게끔 하고 싶었습니다. 그런 이유로, 나는 새해의 시작을 그녀가 원하는 남자가 되기 위한 여정의 출발점으로 삼았습니다. 그리고 이 결심을 나 자신과 그녀에게 증명하고 싶었습니다.

12월 29일, 매일 저녁에 그랬던 것처럼, 나는 지나에게 다시 전화를 걸었습니다. 그때 전화를 받은 그녀의 할아버지가, 그녀는 친척들과 함께 새해 첫날을 보내기 위해 부쿠레슈티를 떠났다고 말했습니다. 노인은 약간 겸연쩍어하는 듯했지만, 결코 일부러 거짓말을 하는 것 같지는 않았습니다. 나는 그녀에게 지방에 사는 친척이 없다는 사실을 알았기에, 아마 그냥 교외에 머물거나 산으로 휴양을 하러 갔으리라고 생각했습니다. 중요한 것은, 어쨌거나 그녀가 '누군가'와 함께 새해맞이를 했으리라는 점입니다. 지나는 흔들리는 촛불 속에서 샴페인 잔을 부딪치고, 다른 사람에게 입맞춤을 하곤 했습니다. 따라서 그 전화 통화를 한 뒤에도 나는 할아버지의 말을 곧이 믿을 수 없었고, 그녀가 친척들과 지내고 있으리라 고는 상상할 수조차 없었습니다. 나는 새해에 집에 머물렀습 니다. 부모님은 일 리터의 포도주 말고는 별다른 것을 준비하 지 않았습니다. 저녁 9시부터 그들은 텔레비전 앞에 앉아 움 직이지 않았습니다. 친구들에게 초대받은 누나는 이미 외출 하고 없었습니다. 비록 항상 작은 우리 집이지만 그 어느 때 보다 휑하니 싸늘하게 느껴졌습니다. 우리는 자정에 불을 끄 고, 텔레비전 화면의 빛 때문에 파랗게 물든 몰골로 서로의 볼에 뽀뽀한 뒤에, 국영 식료품 상점에서 사 온 싸구려 포도 주를 나눠 마셨습니다. 그런 다음에 나는 바람을 쐬려고 옷 을 챙겨 입고 바깥으로 나갔습니다. 나는 지난해의 마지막 순 간부터 그녀를 생각하지 않으려고 애썼지만 억제할 수 없었 습니다. 주황색 가로등이 다 꺼져서 어두워진, 심지어 지옥의 통로같이 얼어붙은 슈테판 첼 마레 거리를 홀로 걷는 내내 오 직 그녀만을 생각했습니다. 아파트 단지 모퉁이에서 나는 알 레아 치르쿨루이 골목으로 향했습니다. 가랑눈이 아주 조금 씩 내리고 있었는데, 땅에는 이미 눈이 무릎까지 쌓여서 마 치 걷는 게 아니라 수영하는 것 같았습니다. 골목 모퉁이에 있는 측백나무와 전나무 교목들은 눈에 짓눌려 가지가 휜 채 간신히 버티고 서 있었습니다. 안개가 자욱한 서커스 건물까 지 줄지어 늘어선 4층짜리 아파트의 창문들로부터 새어 나오 는 수백 개의 빛은, 저마다 길 가장자리에서 형형색색의 직사 각형을 이루고 있었습니다. 안개 속에서 그 빛이 흔들리며 깜박이지 않았더라면, 그곳은 마치 시베리아같이 보였을 것입니다. 서머너토리즘[50] 소설에 등장하는 가난한 아이처럼 나는 그 창문 안을 들여다보며, 너풀거리는 다양한 색깔의 작은 별들과, 금박 또는 은박을 입힌 구슬들과, 장난감들과 고급스러운 사탕들이 가득 매달린 전나무의 그 위풍당당한 모습에 감탄했습니다. 나는 음향을 증폭하는 장치에 연결된 오르간에서 뿜어져 나오는 조명이 초록색과 빨간색으로 깜박이는 광경도 볼 수 있었습니다. 나는 아직 불이 붙어 있는 담배꽁초가 이따금 어두운 발코니에서 떨어지는 장면도 볼 수 있었습니다. 나는 눈물을 흘리며, 예전에 릴리에게 이야기했던 것처럼, 그녀가 내 말을 들어주길 바라면서 끊임없이 그녀한테 말을 걸었습니다. 나는 얼음 냄새가 감도는 공기 속으로 수증기를 내뿜으면서 큰 소리로 이야기하기까지 했습니다. 나는 눈덮인 전나무 사이를 지나고 얽히고설킨 골목을 빠져나가, 호수로 내려가는 비탈길에 이르렀습니다. 이 계곡에 이르자 안개는 한결 짙어졌습니다. 그러나 여기저기서 빛나는 네온 전구 하나하나가 이곳의 압도적인 존재감을 깨뜨렸습니다. 습하고 추웠지만 상관없었습니다. 곧 나는 타원형의 얼어붙은 호수를 둘러싸고 있는 버드나무들을 분간하게 되었습니다. 거기가 끝이었습니다. 나는 부드러운 눈에 뒤덮인 얼음 위로 한 발짝 내디뎠습니다. 안개가 너무 짙어서 내가 뻗은 손이 더는

---

50) sămănătorism. 20세기 초에 일어난 루마니아의 민족주의적 문학, 문화 운동을 가리킨다. 당대의 사회 문제와 토착 농민의 전통, 민족 정체성을 강조하며, 외래 문화의 영향을 배격했다.

234

보이지 않을 지경이었습니다. 나는 호수의 얼음 위를, 작은 발걸음으로 멀리까지 나아가다가, 갑자기 밀려드는 고통의 파도에 휩쓸려, 그 자리에 웅크리고 앉아 버렸습니다. 그러고는 장갑을 낀 손으로 얼음 위에 쌓인 눈을 걷어 냈습니다. 눈 아래의 얼음은 매끈매끈하고 검었습니다. 죽은 행성 같은 침묵이 흘렀습니다. 고작 이 미터 정도 떨어진 곳조차 보이지 않았습니다. 얼어붙은 세상 한가운데에 나는 혼자였습니다. 나는 그 새롭고 기이한 세계에 매료되어, 지나와 그 밖의 모든 것들을 잊어버렸습니다. 그리고 얼음 밑의 깊은 곳을 들여다보니, 해캄에 얽혀 있는 익사한 아이의 모습이 보였습니다. 그는 금발이었고, 얼굴은 에메랄드 같은 녹색이었습니다. 느닷없이 짧고 고르지 못한 소음이 들려왔으므로, 나는 그 아이를 오랫동안 관찰할 수 없었습니다. 나는 땀을 흘리기 시작했고, 심장이 가슴안에서 녹아내리고 있음을 느꼈습니다. 나는 온몸이 굳은 채, 소리가 나는 방향으로 시선을 돌렸습니다. 그것은 수정 같은 얼음 위에서, 하이힐을 신은 숙녀의 발뒤꿈치가 달그락거리는 소리였습니다. 서커스 건물에서 이쪽으로 스케이트를 타러 오는 사람들이 얼음을 지치려고 쌓인 눈을 미리 치워 놓았기 때문에, 지금 나를 향해 다가오는 사람 역시 그쪽에서 걸어왔으리라고, 나는 생각했습니다. 잠시 후, 딸까닥거리는 소리가 멈추고, 그 대신 거의 들리지 않을 정도로 먹먹한 소리가 간신히 울렸습니다. 한곳에서는 안개가 갈색을 띠기 시작했는데, 처음엔 옅었지만 차츰 더욱 짙어졌습니다. 실제로 몇 미터 떨어진 곳에서 정체 모를 어떤 사람의 움직임을 식별할 수 있었습니다. 그 존재도 나를 보자 잠시 멈춰 머뭇거리다가, 안개 속에서 점점 더 자신의 모습을 드러내며 나를 향해 다가왔습니다. 그 존재가 한 발짝 거리로 다가섰음에도 그의 몸 주위에는 여전히 연기와 짙은 안개의 수증기가 소용돌이치고 있었습니다. 그 사람은 짙게 화장한 눈에 기름진 검은색 아이라이너를 길게 그은, 삼십 대의 갈색 머리카락을 가진 여성이었습니다. 그녀는 후드가 달린 모피 코트에 회색 부츠를 신고 있었습니다. 우리는 각자 다른 세상에 속한 존재처럼 서로를 바라봤습니다. 사람을 남자와 여자로 나누는 일이 그때보다 더 이상하게 느껴진 적은 없었습니다. 그 사람은 여자였고, 마치 죽음을 가져오는 괴물처럼 보였습니다. 그 여자는 나처럼 창조되지 않았습니다. 마치 우리는 서로 다른 물질로 만들어졌고, 또 서로 다른 가스 혼합물을 호흡하는 존재인 양 우리 사이에선 어떠한 의사소통도 불가능했습니다. 그 여자는 마치 내가 알지 못하는 전혀 새로운 감정을 내게 표현하려는 듯이 도저히 이해할 수 없는 표정으로 나를 바라보았습니다. 그 여자가 나에게 뭔가 말하고 싶어 한다는 사실을 알았지만, 그 침묵 속에서 말이란 무례함을 넘어서는 부도덕이었을 것입니다. 돌연 그 여자가 어린아이처럼 추악하게 울기 시작했습니다. 울부짖고, 한숨을 쉬고, 다시 흐느꼈습니다. 그 여자는 눈물을 흘리고 몸을 들썩이면서 내 어깨에 몸을 맡겼습니다. 나는 난처해하면서, 그녀의 얼굴을 내 쪽으로 돌려 살펴보았습니다. 그 여자의 얼굴은 완전히 일그러져 있었고, 마스카라는 눈과 볼, 심지어 입술에까지 문지른 듯 온통 번져 있었습니다. 나는 손수건으로 그 여자의 얼굴을 닦아 주었고, 그녀는 온 힘을 다해 내 팔을 붙잡은 채 흐느끼며 신음했습니다. 내가 그 여자를 호수 가장자리로 데려가는데, 갑자기 그 여자가 멈춰 서더니 강제로 내 얼굴을 자신 쪽으로 돌렸습니다. 그러고는 내 눈을 뚫어지게 바라보았습니다. 나는 그 여자가 집중하는 모습을 볼 수 있었는데, 마치 내 뇌 속으로 들어와서 자신의 끔찍한 메시지를 남기고 싶어 하는 것 같았습니다. 그러나 나는 아무것도 전해 받지 못했습니다. 어쩌면 그 여자도 나처럼 버려진 사람이라서, 겨울에 홀로 집 밖으로 나왔을지 모른다는 점만을 이해했습니다. 나는 그 여자를 알레아 치르쿨루이 골목에 남겨 두고, 마비될 정도로 꽁꽁 얼어붙은 몸을 이끌고 집으로 돌아왔습니다.

석 주 동안의 방학 동안, 나는 지나가 어떻게 지내는지 짐작해 볼 수 있을 법한 약간의 실마리조차 전혀 찾아내지 못했습니다. 나는 그녀에게 더 이상 전화를 걸지 않았습니다. 자존심 때문에 내가 먼저 첫걸음을 뗄 수도 없었습니다. 저녁이면 개처럼 괴로워했지만, 아침엔 기분이 그다지 나쁘지 않았습니다. 시내를 돌아다니기도 하고, 몇몇 친구들과 함께 스투덴체스크 학생 회관에 방문하거나, 탁구장에 놀러 가거나, 도시 중심가를 활보하거나, 전시회장을 찾아가기도 했습니다. 나는 하루에 예닐곱 시간씩 책을 주야장천 읽었고, 시와 독후감을 기록한 메모 사이에, 지나에 관한 꿈의 단편들과 짧은 문구를 끼워 넣으며, 그야말로 미치광이 같은 문장으로 일기를 채워 갔습니다. 나는 거의 매일 밤, 그녀에 대한 꿈을 꾸었습니다. 그녀에 대한 나의 침묵에는 (그런데도) 뭔가 사람을 미치게 하는 것이 있었습니다. 그녀가 나에게 다시 돌아오지 않으리라는 사실을 믿을 수 없었습니다. 내 생각으로는 아마도, 1월 10일에, 나는 다음과 같이 썼습니다.

"외향적인 삶. 나 자신을 향한, 즉 나를 중심으로 인도하는 길만을 힘겹게 다시 찾을 수 있다. 분산된 주의력, 무관심이라는 바탕에서 촉발된 감정적 위기, 나태함, 무능력한 감각으로 두 배나 격렬하게 비산하는 한 편의 산문. 나는 이온 비베리의 『타나토스』와 리비우 포포비치우의 『꿈』을 읽는다. 버지니아 울프의 『올랜도』는 이미 다 읽었다.

때때로 지나를 추억한다. 그녀는 떠났고, 앞으로 우리 사이에 어떤 일이 일어날지는 알 수 없다. 어쩌면 내일이라도 당장 무슨 일이 생기거나, 어쩌면 결코 아무 일도 벌어지지 않을 것이다. 그녀를 향한 나의 감정은 사랑이기를 중단했고, 원한으로 무늬를 새긴 부드러운 동정심에 가까워졌다. 나는 일찍이 간직하고 있었던 건강한 결론에 도달했다. 나는 그녀를 마주 대할 수 없으며, 만약 어떤 터무니없는 방식으로 우리가 사랑을 다시 시작한다면 그 사랑 역시 지금과 같은 방식으로 끝날 것이다. 나는 그녀의 이미지가 미학적이고 무해하게 나타나는 시, 꿈, 추억 속에서만 그녀 곁에 있기를 선호한다. 그녀가 나를 사랑할 가능성이 아직 남아 있다면 위험을 감수할지도 모르겠지만, 터무니없는 일이다. 그러나 그녀 없는 내가 아무것도 아니라는 점만큼은 여전히 사실이다.

어젯밤에 그녀의 꿈을 꾸었다. 나는 그녀의 집, 모든 방이 이어지는 큰 현관에 있었다. 다른 사람은 없었던 것 같고, 방 안에는 검붉은 공기가 감돌았으며, 슬픔이 녹아내리는 저녁이었다. 벽에는 높이가 적어도 오 미터 이상이고, 세월이 느껴지는 주홍빛을 띤, 거대하게 부풀어 오른 문이 있었다. 나는 창턱에 앉아 느지막이 귀가하는 지나가 혹시나 지금쯤이면 오지 않을까, 바라며 거리의 위쪽을 바라보았다. 바깥은 역시나 슬펐다. 전차가 통과하는 붉은 공기는 안개 속에 자리해 있는 것 같았다. 부서진 문이 내 머릿속에서 사라지지 않았다. 지나가 더는 이곳에 오지 않는다는 사실을 알았을 때, 나는 집으로 돌아갔다. 나는 집에 도착해서 자물쇠를 열고 놀랐다. 나는 여전히 그 현관에 있었고, 내 앞의 벽에는 나무가 벗겨진, 똑같은 모양의 거대한 진홍색 문이 나타나 있었다."

나는 내 감정을 주의 깊게 따랐습니다. 지나에 대한 열정이 줄어들고 있음을 눈치챘을 때, 나는 행복한 동시에 고통스러웠습니다. 아침이 밝자, 나는 그녀의 지난 행동 따윈 잊어버리고, 우리가 좋았을 때의 그녀만을 내 가슴속에 남겨 둔 채 계속 사랑하고 싶었습니다. 그러나 저녁이 되면, 심장이 미칠 듯이 고동치는 생리적 통증의 압박감과, 의식을 옥죄는 극심한 고통으로 인해 차라리 그녀를 아예 만나지 않았더라면 더 좋았으리라고, 생각하곤 했습니다. 나는 그녀가 죽기를 원했고, 내 머릿속에서 확실히 사라지기를 바랐습니다. 하지만 이러한 의식조차 나를 고통스럽게 했습니다. 그녀를 생각하지 않는 내가 과연 어떻게 살아남을 수 있을지, 상상할 수조차 없었습니다. 나는 개학과 불가피한 재회를 기다리며, 그녀가 어떤 사람이 되었을지 궁금해했습니다. 밤에 잠이 오지 않을 때는, 창가의 커튼 뒤로 가서 맑은 하늘에 떠 있는 달을 바라보며, 우리의 재회를 끝없이 상상하곤 했습니다.

2학기[51]의 첫날은 나에게 몹시 극적인 하루였습니다. 지나는 1교시 수업에 들어오지 않았고, 아마도 아예 등교하지 않으리라고, 나는 생각했습니다. 나는 긴장하고 있었지만, 아무렇지도 않은 척하며 농담을 주고받고 끊임없이 음반에 대해 떠들어 대는 소년 무리에 섞여 있었습니다. 지폐 한 장과 동전 한 닢만 주면, 어떠한 인도 음반이라도 살 수 있었습니다. 악어 같은 치아 탓에 못생겼지만 옷차림이 단정한 메라는, 롤링스톤스 음반 두 장과 산타나 음반 한 장을 팔았습니다. 붐박은 해리슨의 음반이 세 장 들어 있는, 겉에 '킹 사이즈'라고 표기된 상자를 가지고 왔습니다. 그 음반 표지엔 아마도 가슴까지 내려오는 긴 턱수염을 기른 해리슨이 괴물 같은 난쟁이들에게 둘러싸여 있는 모습이 인쇄되어 있었을 것입니다. 그는 '트리플'이라고 불리는 이 음반들을 파는 대가로 지폐 네 장을 요구했습니다. 그는 누군가에게 이 같은 거래 조건을 제시할 때, 첫 번째 음반에 모든 사람들의 눈을 빛나게 하는 마법의 단어, 즉 「My Sweet Lord」라는 노래가 포함되어 있다는 사실을 기필코 언급했습니다. 그러나 여태 가장 경이로운 감동은, 유명한 코르넬리우 바바[52]의 그림 속 인물처럼 아르메니아

---

51) 루마니아의 교육 기관은 3학기제로 운영되며, 10월 초~12월 말이 1학기, 1월 말~4월 말이 2학기, 5월 초~7월 초가 3학기에 해당한다.
52) Corneliu Baba, 1906~1997. 루마니아의 현대 미술을 대표하는 거장. 어

인의 얼굴에 두꺼운 눈썹을 가진 우리의 친구이자 '음악인' 잡지에 열심히 참여한, 음악 감정가 중 한 사람인 라두 제(G.)가 안겨 주었습니다. 그는 반짝이도록 유광 칠을 한, 빨간색의 앨범을 가져왔습니다. 그 앨범 표지에는, 수백 명의 인물들이 마치 군집성 용종처럼 무리 지어 있고, 그들 앞에는 온갖 장식을 매단, 일종의 낡은 유니폼을 입은 네 명의 청년들이 부각된 사진이 인쇄되어 있었습니다. 모두가 그 앨범을 보고 외쳤습니다. "와, 귀한 거다. 「Sgt. Pepper's」[53]라니!" 이제 학급 친구들은 마치 미친 사람처럼 그 밴드를 흉내 내기 시작했습니다. 어떤 친구들은 다리를 한껏 벌린 채 무릎을 구부리고 등을 뒤로 젖히더니 오른손 손가락으로 상상의 기타 줄을 어루만지면서 코드 잡는 시늉을 했습니다. 왼손으로는 역시 상상의 기타 피크를 잡고 흔들면서, 입으로 징징 울리는 기타 소리를 모방한, 요상한 소리를 내기도 했습니다. 다른 학생들은 리듬에 맞춰 책상을 두들겼고, 정말 고막이 터질 듯한 소음이 터져 나왔습니다. 그 순간, 모두가 무아지경에 빠진 듯했고, 그들은 앨범의 모든 악곡을 음표 하나하나까지 줄줄이 암기하고 있었기 때문에, 자신이 지금 무슨 노래를 연주하는지 잘 알고 있었습니다. 한 사람이 어떤 노래의 몇 음절을 시작하면, 다른 아이들은 몹시 즐거워하면서 즉시 나머지 부분을 따라 불렀습니다. 이 일

두운 색조와 두꺼운 마티에르로 인물의 내면을 깊이 있게 표현했으며, 렘브란트의 영향을 받은 것으로 평가된다.

53) 비틀즈(The Beatles)의 여덟 번째 정규 앨범. 록 음악 역사상 가장 영향력 있는 앨범으로 손꼽히며, '콘셉트 앨범'의 효시로 평가된다.

이 있고 얼마 뒤에 나는 「욕망」54)이라는 영화를 봤는데, 그 영화의 마지막 장면, 즉 가상의 테니스 경기를 흉내 내는 장면은, 내 친구들이 록 밴드를 흉내 낸 집단적 몸짓보다 덜 성공적인 것 같았습니다. 아무튼 라두 제와 메라는 일렉트릭 기타를 가지고 있었고, 진짜로 록 밴드를 결성하려고 준비하고 있었습니다. 그리고 지금 쉬는 시간에, 그들은 라두 제의 솔로 기타에 적용하고 싶은 '오아오아' 베이스 변음기에 관해 이야기하고 있었습니다. 이때 화학 선생님이 우리의 토론을 중단시켰습니다. 나는 그 토론을 들으며 내가 아무짝에도 쓸모없고, 인생에 대해선 아무것도 이해하지 못한다는 감정과 질투심에 새삼 사로잡혔습니다. 지나는 선생님과 거의 동시에, 입이 귀까지 찢어지도록 미소 지으며, 쥐새끼처럼 교실 안으로 몰래 들어왔습니다. 그녀는 자신의 고르지 않은 치아 하나가 입술 사이로 튀어나올 만큼, 마치 장난스럽고 예쁜 마녀처럼 보일 정도로 무척 즐거워했습니다. 남색의 민소매 드레스를 입은 그녀의 파란색 블라우스 목깃 사이로 섬세한 금색 목걸이가 드러났습니다. 어쩐지 그녀는 거의 참새만큼 더욱 작아진 듯했습니다. 그녀는 우리 둘의 책상에 들이닥치더니, 나에게 "봉주르!"라고 인사를 건네고는 가방에서 책을 꺼냈습니다. 나는 그녀에게 아무 대답도 못 했고, 수업 시간 내내 칠판에 무슨 내용이 적히고 있는지조차 따라갈 수 없었습니다. 나는 곁눈질로 그녀

---

54) 영화감독 미켈란젤로 안토니오니(Michelangelo Antonioni, 1912~2007)의 대표작으로, 실재와 허상, 지각의 불확실성을 탐구한 모더니즘 영화의 걸작으로 평가받는다.

를 지켜보았습니다. 그녀는 의도적으로 똑바로 앉아 한껏 여성스러운 분위기를 풍기며, 자신이 무언가를 잘못했다는 사실을 아는 버릇없는 아이처럼 실실 웃었습니다. 그녀는 마치 우리 사이에 아무 일도 없었던 것처럼, 그리고 우리가 단지 평범한 동료일 뿐인 것처럼 '정상적으로' 행동하면서 나를 펄쩍 뛰게 했습니다. 쉬는 시간에, 그녀는 나에게 다음 수업이 무엇인지 물었고, 이내 라디에이터 옆에 모인 소녀들과 어울려 즐겁게 수다를 떨었습니다. 곧이어 옷매무새와 패션 트렌드에 대해 떠들어 대는 그녀의 새된 목소리가, 마치 귀머거리 노인들에게 이야기하듯이 크게 들려왔습니다.

방과 후에 메라가 오늘 부모님이 집에 없다고, 나와 다른 친구들 몇 명을 자기 집에 초대했습니다. 나 말고도 웨이터의 아들인 다소 버릇없는 마네아도 초대받았습니다. 그는 빨간 오렌지색 머리카락과 고양잇과 짐승 같은 행동 때문에, 영어 선생님이 '작은 호랑이'라는 별명을 붙여 주었습니다. 라두 제도 있었습니다. 메라의 그냥 아는 여자 친구 중 하나인 멀리나도 있었는데, 모두 그녀를 보고 크리던스가 부른 노래의 후렴구 "Molina, where you're going to?"[55]를 불러 댔습니다. 그녀 이름과 가사 속 이름의 발음이 비슷했기 때문입니다. 또 그중엔 모르툴과 그의 여자 친구인 산다도 있었는데, 그녀는 유공충의 이름을 따서 '칼세올라 산달리나'[56]라고 불렸습니다. 그

---

55) 크리던스 클리어워터 리바이벌(CCR)이 부른 「Molina」의 한 대목으로, 본래 가사인 "Molina, where you goin' to?"의 오기로 보인다.
56) Calceola sandalina. 산호 화석.

런데 산다(산다는 그녀의 이름이 아니라 성입니다.)는 지나와 친한 친구였기 때문에, 사실 초대받지 않은 지나마저 우리를 따라왔습니다. 어쨌든 우리 패거리는 나와 지나 사이가 정상적이지 않다는 사실을 감지하고 있었기 때문에, 무언가 화끈한 장면을 목격할지도 모른다는 기대감에 들떠 있었습니다. 나는 가능한 한 그녀와 멀리 떨어져 있었고, 남자 친구들과 활기차게 대화하려고 최선을 다했습니다. 특히 영화에 관해 이야기할 때는 내가 잘 아는 분야였기 때문에 대화에 끼기가 한결 쉬웠습니다. 나는 극장에서 안토니오니 감독의 「태양은 외로워」를 관람한 적이 있었고, 특히 모니카 비티와 알랭 들롱이 유리창을 사이에 두고 키스하는 장면을 매우 인상 깊게 보았습니다. 이제 대로로 접어든 우리 패거리는 먼저 가게에 들러서 보드카 두 병을 샀습니다. 여자 친구들은 왜 그러는지 알 수 없었지만, 괜히 큰 소리로 웃거나 날카롭게 소리를 질러 대서 계산원을 짜증 나게 했습니다. 그녀들은 모두 유쾌하게 흥분돼 있었고, 치아와 잇몸을 드러내거나 혀를 내밀고 바보처럼 굴기를 즐겼습니다. 우리는 길 양쪽에 차들이 주차된 좁은 도로의 옆길을 따라, 마침내 메라의 집에 도착했습니다. 그는 목재와 알루미늄 가구, 광택이 없는 노란색 유리 샹들리에가 있는 현대적인 아파트에서 살았습니다. 책장이 벽 전체를 덮었고, 특별히 마련된 선반 위에는 원통 가장자리에 금속판을 두른, 모든 종류의 니켈 도금 전위차계와 제어 램프도 갖춘 멋진 일본제 턴테이블 레코드플레이어가 놓여 있었습니다. 우리는 탁자나 찬장에 비치된 섬세한 꽃병과 은제 사진판, 렌즈 위에 다른 렌즈를 덮을 수 있도록 회전시킬 수 있는 외눈 안경, 몇 개의 러시아 인형 등 희귀한 물건들을 떨어뜨리지 않게 조심하면서 각자 적당한 자리에 앉았습니다. 남자아이들은 음반들이 놓인 책장 선반으로 달려들었는데, 거기엔 크고 우아한 케이스에 담긴 클래식 음악뿐 아니라, 온통 노란색 테이프로 기운 낡은 록 음반들이 적어도 이백 장 넘게 있는 듯 보였습니다. 메라는 막대기 모양의 과자를 가져온 뒤에, 어느 폭력적인 음악을 더는 참을 수 없을 정도로 최대한 크게 틀어 놓았습니다. 우리는 보드카를 마시기 시작했습니다. 우리는 서로 말을 주고받으려면 거의 소리를 질러 대야 했습니다. 그러나 나는 때때로 지나가 방 반대편 구석에서 말하는 소리를 들을 수 있었습니다. 지나와 산달리나는 웃으며 여전히 들뜬 상태로 한쪽에 물러나 있었습니다. 지나는 꾸준히 요부 같은 분위기를 풍기면서, 산달리나에게 자신의 송년회에 대해 이야기했습니다. 지나는 그날, 송년회가 있던 날 밤에 두 집을 방문했고, 길에서 만나는 사람마다 뽀뽀를 했으며, 바닥에 지쳐 쓰러질 때까지 미친 듯이 춤을 추었다고 했습니다. 그녀의 모든 이야기가 나를 상처 입혔지만, 나는 더 많이 듣기 위해 노력했습니다. 그러다 더는 참기가 힘들어졌고, 그 자리에 마냥 남아 있을 수 없다고 느꼈습니다. 나는 술잔에 계속 보드카를 따랐습니다. 어느 순간부터 나는 더 이상 스스로를 주체할 수 없게 되었고, 몇몇 사람들이 일어나서 춤을 추는 동안, 나를 무시하는 척 행동하는 지나를 점점 더 집요하게 쳐다보기 시작했습니다. 나는 미친 사람처럼 그녀를 바라보았던 것 같습니다. 내가 정신을 완전히 잃기 직전에 보았던 겁에 질린 산다의 표정을 기억합니다. 그 순간, 기절한 이후의 내가 간직하고 있는 것은 기억보다 감각입니다. 나중에 친구들은, 내가 비틀거리며 보드카를 쏟고, 지나가 나를 어떻게 대하는지 소년들에게 불평을 늘어놓고, 온갖 방식으로 그녀의 이름을 부르다가 기어이 그녀에게 다가가서는 그녀의 손을 잡고 십오 분 남짓 그녀를 얼마나 사랑하는지 격앙된 상태로 떠들어 댔다고 말했습니다. "너 정말 미친 사람처럼 끊임없이 반복하더라. '너는 나의 전부야…… 너는 나의 전부라니까.' 하면서 말이야. 너는 마치 시체처럼 창백했어. 우리는 더 이상 네 행동을 이해할 수 없었어. 네 꼴이 참 불쌍했지, 못 봐 줄 정도로 불쌍했다고. 그러다가 빌어먹을, 네가 지나한테 달려들었고, 지나는 너에게 뭐라고 부드럽게 말하려고 했지만, 너는 아무것도 듣지 않았어. 너에게 오직 중요한 것은, 가능한 한 지나 앞에서 비굴하게 구는 일뿐인 것 같더군. 그러더니 어느 순간, 너는 지나의 무릎에 뺨을 비비고 있더라……." "야, 너 정말 끔찍했어. 우린 너에게 아무것도 해 줄 수 없었지. 그때 네가 제정신이었다면 설명이라도 해 줬을 텐데, 아무 말도 안 통했어." "지나가 떠난 뒤에, 사실 너는 그녀가 떠나는 걸 눈치채지 못했고, 어쩔 줄 모른 채 그녀를 바라보고 있었지. 그런 네 모습이 매력적으로 보일 정도였어. 어쨌든 다른 친구들도 모두 떠난 뒤에, 너는 거의 감긴 눈으로 쟁반에 커피 한 잔을 들고 와서 나와 함께 부엌에 앉아 있었어. 네가 아직 쓰러지지 않았다는 게 놀라울 정도였지. 나는 네게 외투를 입혀 줬어. 너는 조금 정신을 차린 것 같더라고. 그렇지 않았다면 그냥 네가 가도록 내버려두지 않았을 거야." 나는 어떻게 1월의 얼어붙은 공기 속으로 나갔는지, 어떻게 정류장에서 무궤도 전차를 기다렸는지, 그리고 정차한 전차에 올라타려고 전차 출입구의 가로 손잡이를 잡으려다가 어떻게 눈 더미 속으로 넘어졌는지 전부 기억합니다. 다행히 집에는 아무도 없었습니다. 나는 교복을 입은 채 침대에 쓰러져 그대로 잠이 들었습니다. 나는 어둠 속에서 깨어났고 처음에는 무서웠습니다. 그러다 지나가 생각났습니다. 약 한 시간 동안의 몽상 속에서 멍하니 슈테판 첼 마레 거리의 전차 소음을 들으며, 나는 거의 숨이 막힐 정도로 지나의 새해 전야를 세세하게 상상해 보았습니다. 나는 세수를 한 뒤에 창밖을 바라보며, 어떤 상황에서도 다시는 이런 짓을 하지 않으리라고, 스스로에게 다짐했습니다. 난 그렇게 누군가 때문에 나 자신을 파괴할 수 없었습니다. 나는 일기장을 집어 들고 많은 내용을 지워 가면서 비뚤어진 글씨로 글을 썼습니다. "우리가 함께 존재할 수 없다는 사실로 인해 나는 지나에게 실망했다. 그녀는 그러기를 원하지 않고, 모든 감정을 냉각시키고, 그 관계를 단순한 애정으로 대체한다. 그녀는 열등한 존재이기 때문에 무책임하고 이기적이며, 따라서 지긋지긋한 요부로서의 습성을 극복하라고 감히 요구할 수도 없다. 나는 경멸과 증오가 상호적인 것이라고 생각한다. 이것은 정글이다." 나는 그녀가 나에게 전화할 것이라고 기대했습니다. 하지만 그녀는 나를 가슴 미어지게 슬픈 상태로 내버려두었고, 그날 저녁엔 아무도 나에게 전화하지 않았습니다. 다음 날 아침, 나는 어떻게 학교에 갈 수 있을지, 메라의 얼굴, 작은 호랑이의 빈정거림, 산다의 암시적인 눈빛을 어떻게 마주해야 할지 두려웠습니다. 이제 나는 그녀에 대해 생각하고 싶지도 않았습니다. 그러나 내 친구들은, 메라의 집에서 일어난 난처한 사건을 곳곳에 소문내기는 했지만, 나에게 절대적으로 무던하게 행동했습니다. 그들은 나를 조롱하지 않았습니다. 오히려 나에게 더 많은 관심을 기울이고 나를 더욱 배려하며 바라보기 시작했습니다. 특히 나에 대한 소녀들(그들 모두는 어떻게든 지나와 관련되어 있었습니다.)의 연민은 그 어느 때보다 커졌습니다. 내 친구이자 아마도 반에서 가장 영리한 소녀인 로레타 베디기안은 그 일이 있고 며칠 뒤에 고등학교 입구에서 나와 함께 주번을 서게 되었습니다. 그때 복도에서 여러 가지 이야기를 나누었습니다. 그녀는 지나가 하는 모든 행동은 단지 남에게 보여 주기 위한 공연일 뿐이며, 또 지나는 어디에 있든 주인공이 되어 모두에게 주목받고 싶어 한다고, 말했습니다. 모두가 그녀를 이렇게 경솔하게 판단하다니, 참 이상한 일입니다. 지금도 나는, 심지어 지나에게 확실히 등을 돌렸을 때조차, 그녀의 명예를 훼손하는 그 같은 말에 동의하지 않았다고, 자신합니다. 나는 그녀가 때때로 얼마나 매력적이고 친절하며 현명할 수 있는지 알고 있었습니다. 또 수많은 어리석은 말들 속에서 놀랍도록 슬기로운 대답을 내놓을 수 있다는 점도 알고 있었습니다. 그리고 그녀가, 특히 죽음과 노화에 얼마나 집착하는지 잘 알고 있었습니다. 물론, 나는 그녀가 다른 사람의 여자이기 때문에 고통받고 미워했지만(그녀가 여전히 실비우와 함께 있는지, 아니면 다른 남자와 함께 있는지 궁금했습니다.), 바로 그러한 까닭에 그녀는 나에게 더욱 복잡한 존재로 다가왔습니다. 그녀에게서 멀어질수록 더욱 바람직한 일이라고, 나는 느꼈습니다. 나는 교실 자리를 옮겼고, 앞으로 그녀와는 절대로 얽히지 않겠다고 결심했습니다. 하지만 그때에도 아직 우리의 관계는 끊기지 않았습니다. 며칠 뒤에 지나가 나에게 다시 전화를 걸어 왔습니다. 죄책감과 웃음기가 뒤섞인 그녀의 목소리를 들었을 때, 나는 내 귀를 믿을 수 없었습니다. 나는 그녀의 전화를 끊어 버렸습니다. 그럼에도 그다음 날, 그녀는 쉬는 시간마다 나에게 접근해 왔습니다. 지나는 뭉툭하고 작은 코와, 박쥐 같은 주둥이를 가지고 빌어먹을 미소를 짓고 있었습니다. 참나무 색깔의 약간 곱슬한 머리카락과 어우러진 얼굴은, 제기랄, 아름다웠습니다. 그녀는 아무 말도 없이 내 앞에 서서 나를 바라보기만 하다가 돌연 겁에 질린 척하며 수줍어하는 표정으로 내 손가락 하나, 내 머리카락 한 가닥에 손을 대곤 했습니다. 나는 곧장 다른 곳으로 떠나려 했으나, 그녀가 다가오는 모습을 보면서 나도 모르게 미소 지을 수밖에 없었습니다. "나는 정말 못된 년이야." 그녀가 이따금 나에게 속삭였습니다. 일주일 정도 지나고, 우리는 다시 이야기를 나눴지만 친밀해질 수 있는 순간은 피했습니다. 나는 그녀를 다시 집에 바래다주고, 그녀의 방에서 몇 시간 동안 머무르고, 가끔 키스를 하기도 했습니다. 하지만 그냥 즐기는 것일 뿐, 결코 감정을 공유하지는 않았습니다. 그녀는 나에게 어린 시절의 사진이 담긴 앨범을 보여 주곤 했습니다. 사진이 노랗게 변색한 탓인지, 그녀는 어딘지 모르게 복고풍인 유난히 사랑스러운 소녀로 보였습니다. 또 그녀는 자신의 모든 컬러 슬라이드를 환등기로 벽에 투사해 보여 주기도 했습니다. 그런데 왜 모든 사진들 속에서 그녀가 그토록 슬퍼 보였는지, 궁금합니다. 진심으로 웃고 있을 때에도, 진심으로 행복하고 즐거울 때에도, 그녀는 슬픔을 발산하고 있었습니다. 아닙니다. 지나는 내가 일기에 쓴 것처럼 그저 단순한 '요부'가 아니었습니다. 나는 요부를 사랑할 수 없었을 것입니다. 그녀는 버릇없이 자랐고 원하는 것을 다 가졌지만 여전히 불안한 존재로 남아 있었습니다. 겉으로 드러나 보이는 것 이상으로, 고통과 불만감에 빠지기 쉬운 존재였습니다. 그녀가 어두운 방의 벽면에 투사한 슬라이드 중 하나는, 민속학을 연구한 할아버지 덕분에 자주 방문했던 '야외 민속 마을 박물관' 안뜰에 있는 모습이었습니다. 그 슬라이드를 보고 있을 때, 나는 어스름 속에서 그녀의 볼에 뺨을 대고 있었습니다. 연두색 투피스와 에메랄드빛 클립 귀걸이를 착용한, 마치 미국 사람같이 차려입은 모습이 담긴 슬라이드를 보여 줄 때, 지나는 우리를 정직하게 바라보고 있었습니다. 아마도 보랏빛의 유리 성상들이 늘어선 첫 번째 줄 아래에 있는 벽에 투영된 그녀의 이미지가 실제의 그녀와 같은 크기였기 때문에 그랬던 것 같습니다. 나는 그 광경에 영감을 받아 뜻밖의 행동을 했습니다. 나는 소파에서 일어나 그 벽 옆에 앉았습니다. 환등기에서 나온 지나의 이미지가 이제 내 얼굴 위에 투영되었고, 우리의 얼굴은 한데 뒤섞였습니다. 지나는 환등기의 밝은 조명 옆, 어둠 속에서 눈을 반짝이며, 이것이 우리 아기의 모습일 것이라고, 재미있게 말했습니다. 그러고는 그녀가 환등기에서 슬라이드를 꺼냈습니다. 강렬하고 텅 빈 직사각형의 빛 한가운데에 있으니, 나는 눈이 멀 정도로 눈이 부셨습니다.

나는 그녀에게 사랑한다고 여러 차례 말했는데, 그럴 때마다 그녀가 흡족해하지 않는 듯 보였으므로, 끝내 그 같은 용기를 내지 못했습니다. 내가 이전에 만약에라도 주도권을 가졌다면, 이젠 그러한 주도권을 완전히 잃었습니다. 나는 지나가 원하는 것을 조건 없이 해 줘야 했습니다. 그녀는 연극표를 샀고, 영화를 보러 가자고 제안했으며, 우리가 커피숍에 가거나 봄이 되어 맥줏집에 갔을 때도 내가 혼자 비용을 지불하는 것을 절대 허락하지 않았습니다. 그녀는 내가 우리 둘에게 바라는 것이라면 무엇이든, 심지어 가장 평범한 일마저 항상 거부했습니다. 이제 우리는 가끔 일요일에 만나곤 했습니다, 그나마 그녀가 원할 때에만 말입니다. 내가 다음 일요일에 무언가를 하자고 제안하면, 그녀는 일단 동의했습니다. 하지만 나는 언젠가부터 토요일 저녁이면, 그녀가 약속을 취소하려고 전화를 걸어 오리라는 사실을 확신할 수 있었습니다. 물론, 때때로 나는 그녀가 나에게 강요하는 이러한 의존성을 더는 견딜 수 없어서 폭력적인 행동을 하기도 했습니다. 가령 길 한복판에 그녀를 남겨 둔 채 혼자 돌아오거나, 우리 사이에 계속 쌓여 가는 이 비참한 상황을 단번에 끝내기 위해 그녀에게 가장 모욕적인 말을 내뱉기도 했습니다. 하지만 그런 상황에 이르면, 그때까지 차갑고 경멸적이던 그녀가 울기 시작했고, 자신은 헤어지고 싶지 않으며, 누구보다 나를 아낀다고 말했습니다. 나는 이러한 감정적 압박을 이기지 못하고 항상 죄책감을 느끼며 굴복했습니다. 그러나 이러한 상태에 다다르면 악순환이 되풀이되었고, 그녀가 나에게 보이는 경멸, 무관심, 지루함이 다시 우리 관계의 기본 요소로 자리 잡았습니다. 지옥 같은 겨울이 지나고 소생하는 봄을 기다리던 나에게는 모든 것이 더욱 황폐해졌습니다. 우리는 두꺼운 코트를 벗었고, 신선한 냄새가 소용돌이치는 녹녹하고 찬란한 태양 아래에서는 베네레이 거리의 더러운 작업장과, 실베스트루 학교 화장실의 노란색 풍경조차 완전히 새롭고 깨끗하고 매력적인 세계로 다가왔습니다. 안뜰에서는 말발굽 소리가 들리고, 광택 있는 화강암으로 포장된 도로는 하늘의 푸른빛을 구불구불 반사했습니다. 겨우내, 지나를 집에 바래다줄 때마다 깔려 있던 짙은 어둠 대신에, 이제 우리는 오래된 석회암과 풀 냄새가 풍기고, 진홍빛 창문과 푸른색 처마 장식이 늘어선 길을 물들이는 황혼을 통과해 걸어가고 있었습니다. 요즘 지나는 일요일마다 파스텔 색상의 블라우스와 줄무늬 보석이 달린 커다란 안전핀으로 고정한 스코틀랜드식 체크무늬 치마를 입었는데, 압도적인 여성미를 발산했습니다. 피타르 모슈 대로나 코스모나우칠로르 광장 등 우리가 자주 다니던 장소들을 산책할 때, 그리고 내가 모든 것을 잊고 처음부터 다시 시작할 수 있는 힘을 키워 가고 있을 때, 지나는 점차 내게 더 차갑고 마치 모르는 사람인 양 행동했습니다. 그녀가 내게 하는 일은 그저 일상적인 일과일 뿐이었고, 이 판에 박힌 그녀의 습관은 점점 더 거리낌 없어졌습니다. 단지 술을 마신 뒤에야 그녀는 내게 약간 다정하게 굴었고, 그런 모습이 내 마음을 더욱 상하게 했습니다. 나는 4월에 다음과 같이 썼습니다. "나는 글로 쓸 가치가 있는 것들을 점점 더 찾아내지 못하고 있다. 어젯밤에 비가 내리는 가운데, 짜증이 난 지나는 나에게 착 달라붙은 채, 내가 익히 아는 요염한 요부의 가면을 쓰고, 사람들로 붐비는 술집들을 돌아다녔다.(그녀는 자신이 잘 아는 우니온에 가자, 캅샤에 가자, 스페인 살롱에 가 보자……라고 했던가?) 우리는 콘티넨털에서 음식을 주문하지 않으면 다른 것도 주문할 수 없다는 말을 듣기까지, 삼십 분을 기다려야 했다.(지나가 양념통을 쏟았고, 나는 그녀에게 지겹도록 잔소리를 늘어놓았다.) 그러고는 문테니아에서 진하고 달콤한 흑맥주를 마시며 음악을 들었다. 나는 점점 더 신이 나서 모든 것에 대해 수다를 떨었고, 그녀는 얼굴을 찌푸린 채 유리잔, 병, 라이터 등으로 가득 찬 테이블에서 담배를 들고 구부정하게 앉아 있는 사람들을 향해 눈을 움직였다. 그러다가 다시 비를 뚫고 길을 나선 우산 아래에서는 좀 얌전해졌다. 그녀는 두 손으로 내 팔에 매달려 어루만지다가 현관(네 사랑을 절대 바꾸지 마.) 계단의 맨 아래층에 함께 나란히 앉아, 사랑에 대해 예리하고 진지하게 토론을 했다. 그러다가 나는 예상치 못하게 정신적 충격을 받았다. '알다시피 나는 사랑에 빠졌어……'라는 그녀의 말을, 처음에 나는 믿기 힘들었다. 아무리 믿기 어려운 말이라도 그 사랑이 나이기를 의심 없이 믿고 바랐건만, 잠시 후 그녀는 '오늘 나는 우리의 이혼을 기념하기 위해 술을 마셨어, 알겠어? 나는 미래의 상대가 누구인지 알아…….'라고 말했다. 나는 그녀가 진지하게 얘기하고 있음을 알면서도 모든 것을 농담으로 받아들이려고 노력했다. 나는 그녀의 얼굴을 두 손으로 감싸 쥐었다. 그녀는 졸린 듯 교활한 분위기를 풍겼다. 나는 상관없어.(je m'en fiche.) 나는 그녀의 눈을 바라보며, 예전과 전혀 다른 방식으로 집중했다. 나는 그녀에게 몇 분 동안 그렇게 있어 주기를 강요했다."

대재앙이 일어나기 전까지 내가 기억하는 것은, 봄 방학 때, 우리가 다시 한 번 만났던 한 장면뿐입니다. 우리는 아침에 이코아네이 정원에서 만나기로 했습니다. 공기는 차갑고 아직 벌거벗은 나무들 사이로 하늘은 매우 파랬습니다. 그녀는 신발 윗부분을 덮는 청바지에, 화려한 색상의 양털 판초를 입고 왔습니다. 우리는 픽토르 베로나 거리와 공원을 분리하는 도로 경계석 옆 벤치에 앉았습니다. 공원에는 아무도 없었고, 다만 저 멀리에서 조끼를 입은 노부인이 갈색 개와 함께 산책하고 있었습니다. 나는 지나의 어깨에 팔을 두르고 앉아 있었는데, 얌전하고 예민한 그녀는 이것이 궁극적으로 우리 관계의 아름다운 마지막 순간임을 알았고, 그 결말의 우울함을 음미하고 있었습니다. 나는 침착하게 말했습니다. 그녀를 포기할 수 없으며 그녀를 매우 사랑한다고, 다시 한 번 강조했습니다. 그녀는 우리가 친구로 남을 수 있으며, 우정이 사랑보다 더 아름다운 감정이라는 등의 말을 했습니다. 그녀는 행복하지 않고, 자신이 심각한 위험에 처해 있는 듯하다고 얘기했습니다. "내 생각에 그 사람은 사실 나와 단지 좀 즐기려고 만나는 것 같아. 그 사람은 여자들을 좋아해." 그리고 나는 정말로 공황 상태에 빠져 이 말을 하는 그녀의 모습을 바라보며, 그녀가 진정으로 공포를 느끼고 있음을 알 수 있었습니다. 그녀가 나에게 키스해 달라고 요구하기 전까지, 나는 불란드라 극장의 포스터들과 검은 나무들 사이로 이리저리 뛰어다니는 개를 멍하니 쳐다볼 뿐이었습니다. 립스틱 때문에 그녀의 입술에서는 향수 냄새가 풍겼습니다. 나는 그녀에게, 이제 실비우 얘기는 하지 말라면서 위로해 주었습니다. 그러자 그녀는 말을 멈추더니, 눈물을 흘리며 웃기 시작했습니다. "실비우라고? 너는 요즘 정세에 조금 뒤처져 있구나. 내 남자 친구의 이름은 셰르반이야……. 자, 있어 봐, 그 사람 보여 줄게." 그러고는 조심스럽게 행동해야 한다는 사실조차 잊은 듯이 즐거워하며, 나에게서 물러났습니다. 그녀는 블라우스 아래에서 로켓(locket)이 달린 금목걸이를 끄집어내더니, 그것을 손톱으로 열어, 작은 흑백 사진을, 금발을 짧게 자른 날씬한 청년의 얼굴을 보여 주었습니다. 그녀에게 다른 남자 친구가 있다는 명백한 증거를 맞닥뜨린 것은 이번이 처음이었습니다. 여태껏 나는 이 사실을 이성적으로 알고 있었음에도, 그녀가 나의 질투심을 자극하려고 과장한 소리이기를 바랐습니다. 그제야 나는, 내가 그녀의 세계에서 소외되고 하찮아졌음을 깨달았고, 나의 반항과 굴욕, 고통을 감출 수 없었습니다. 나는 가능한 한 그녀를 모욕하고 그녀의 감정을 상하게 하려고 노력했지만, 결국 우리 둘은 자리에서 일어나 아무 말 없이 각자의 방향으로 떠날 수밖에 없었습니다. 교회 앞에 있는 무궤도 전차 정류장에서 나는 나를 바라보는 사람들을 신경 쓰지 않고 눈물을 터뜨렸습니다. 나는 무궤도 전차 안에서 외투가 눈물에 흠뻑 젖을 정도로 말없이 울었고, 집에 돌아와서는 어머니 앞에서 엄청난 히스테리 발작을 일으켰습니다. 나는 절망적으로 분노한 채 현관 바닥에 쓰러져, 바닥 깔개로 몸을 휘감으며 어린아이처럼 울어 댔습니다. 어머니는 "내 아들을 이렇게 만들다니, 지나, 이 재수 없는 년……."이라고 욕하며 나를 진정시키려고 했습니다. 삼십 분쯤 지나서야 나는 조용히 의자에 앉을 수 있었습니다. 그러나 아무것도 먹을 수 없었습니다. 나는 나 자신을 파괴하고, 더는 존재하지 않아야 할 것 같았습니다. 나는 겨우 숨을 쉴 수 있었습니다. 한 시간쯤 흐른 뒤, 그녀가 나에게 전화했습니다. 그리고 그녀가 사과하자, 갑자기 기분이 좋아졌습니다. 하지만 이번에는 아무것도 바라지 않았고, 오히려 그녀를 절대적으로 잊어야 함을, 그녀를 잊지 못하면 살아남지 못하리라는 사실을 깨달았습니다. 나는 그날 밤 수증기가 자욱하고, 어두컴컴한 골목길들이 지평선에 이를 데까지 교차하고, 고대 벽돌로 만든, 이 세상 그 무엇보다 거대한 기념물이 있는, 무한한 공원에 관한 꿈을 다시 꾸었던 것 같습니다. 나는 다시금 부서진 나선형 계단을 통해 궁륭 안으로 올라갔고, 이어 대리석 바닥을 밟았고, 마침내 메아리와 그림자가 가득한 반구의 천장 아래로 들어갔습니다. 나는 밀가루 반죽 같은 내 몸이 괴물처럼 부푸는 가운데 끝없는 외로움을 느꼈고, 둥근 천장의 꼭대기에서 점점 가까이 다가오는 자홍색 태양 같은 원형 창문을 보았습니다. 나는 웅크린 채 팔꿈치, 엉덩이, 정수리가 아치형 천장의 부드럽고 탄력 있는 벽에 닿을 때까지 계속 커졌습니다. 그러다 돌연 엄청난 긴장감이 느껴졌고, 찢어발기는 듯한 비명 소리가 울렸습니다. 나는 이내 아치형 천장의 창문 밖으로 머리를 내밀고 정신을 차렸습니다. 나는 별들이 반사되는 얼음의 표면을, 무한한 거울의 표면을, 세상이라는 유리의 가장자리 위를 전진하고 있었습니다. 서리는 처음에 내 주위를 윙윙 맴돌다가 곧이어 별을 향해 소용돌이치더니, 마침내 얼음 껍데기와 바늘 같은 고드름을 형성했습니다. 하지만 추위보다 외로움이 더 강하게 나를 파고들었습니다. 그 안개 속에서 어떤 형상의 윤곽이 나타나더니, 그 맨발로 거울의 반짝임을 밟으며 나를 향해 다가왔습니다. 그 형상은 여자였지만, 발아래 거울에 비친 모습은 남자였습니다. 그는 나에게 다가와서 내 얼굴을 손바닥으로 감싸 잡았습니다. 그녀는 마치 이제 나에게 하려는 말에 자신의 생명이 달린 것처럼 내 눈을 깊이 바라보았습니다. 나 또한 그녀를 도우려고 노력했습니다. 그녀를 이해하려고 애썼고, 그녀가 들어올 수 있도록 내 머릿속을 비웠습니다. 하지만 그녀는 여자이고, 따라서 나는 그녀를 결코 이해할 수 없기 때문에 아무것도 바랄 수 없다는 사실을 잘 알고 있었습니다.

날씨가 나빴습니다. 어젯밤에는 번개와 천둥소리 때문에 잠을 이루지 못했습니다. 그런데 창문엔 커튼마저 달려 있지 않았습니다. 방 전체가 번쩍이는 푸른색 전류로 가득 찼고, 뼛속까지 오싹해지는 소음이 뒤따르자 모든 소녀들은 격하게 비명을 지르기 시작했습니다. 마침내 담당 간호사가 왔고, 우리와 함께 앉아 이야기를 들려주었습니다. 마치 영화 「사운드 오브 뮤직」에서처럼 노래를 불러 주기도 했습니다. 미라와 알타미라는 새끼 원숭이처럼 볼을 맞댄 채 꼭 끌어안고, 겁에 질린 눈으로 주위를 둘러보았습니다. 라비차는 알록달록한 침대에 누워, 침대 시트를 머리 위까지 끌어올린 채 하이에나처럼 울부짖었습니다. 그녀는 심지어 이불 위에, 야외 민속 마을 박물관의 전통적 목조 교회를 그려 넣었고, 규칙적인 톱니 모양으로 테두리를 둘러 약 0.5미터 길이의 우표 같은 형상을 묘사해 놓기도 했습니다. 한편, 상태가 점점 더 악화하는 듯 보이던 엘리사베타는 이 상황을 놓치지 않고 또다시 입에 거품을 물고 쓰러졌습니다. 마치 누군가에게 붙잡힌 듯 몸을 심하게 떨었고, 간호사는 병실의 불을 밝히고, 그녀의 머리 밑에 베개를 받쳐 주고, 발작이 가라앉을 때까지 약 삼십 초 동안 입과 코를 손으로 누르고 있었습니다. 그리고 오늘 아침, 간호사가 약이 담긴 수레를 끌고 들어오자, 엘리사베타는 멍한 눈으로 진정제를 삼키고 다시 베개 사이에 몸을 기댔습니다. 병원 측에서 그녀에게 아침 식사를 주지 않았으므로, 우리는 불길한 조짐을 느꼈습니다. 게다가 의사와 간호사 두 명(그중 한 명은 니켈 도금한 금속 상자를 들고 있었습니다.)이 병실에 함께 들어왔을 때, 우리는 그들이 엘리사베타에게 오직 말로만 듣던 '요추 천자'라는 그 끔찍한 시술을 하려 한다는 사실을 알아챘습니다. 그 '요추 천자'라는 말만큼 소녀들을 겁먹게 하는 것은 없었습니다. 가장 오래 입원해 있던 파울라와, 나이가 오십 대 정도 되어 보이고 야뇨증과 몽유병 환자인 마이아는 자신들이 목격한, 척추 안의 척수가 눌려 하반신이 마비된 어떤 환자에 대해 이야기해 주었습니다. 그리고 뇌파 검사를 할 때 뇌 속에 공기를 불어 넣는데, 그 공기가 다 흡수될 때까지 머리를 어깨 위에 달고 있는 것이 유감스러울 정도로 극심한 두통에 시달려야 한다고 말해 주었습니다. 그러므로 우리는 약에 마취되어 지금 무슨 일이 일어나는지 전혀 모르는 듯 보이는 엘리사베타의 고난을, 절반의 공포와 절반의 매혹을 가지고 지켜보았습니다. 간호사가 엘리사베타의 환자복을 벗기자 맨가슴이 훤히 드러났습니다. 그러고는 흰색으로 칠한 금속 침대에 앉혀 놓은 채, 그녀의 턱이 가슴에 닿도록 어깨와 목을 계속 짓누르며 등이 활처럼 휘어지게 했습니다. 윤기 나는 피부에 도드라진 매듭 같은 등골뼈와, 누르스름한 피부 아래로 길게 늘어진 갈비뼈가 눈에 띄었습니다. 그녀의 등은 마치 남자의 등을 연상하게 했고, 그래서 왠지 보기 흉했습니다. 시술 부위는 허리의 절반께보다 조금 아래쪽에 있었고, 의사가 그곳을 빠르게 문지르자 간호사는 아이오딘을 묻힌 솜으로 그곳을 닦아 냈습니다. 그러고는 멸균된 상자 안에 있는 거즈 조각 속에서 피스톤이 최대한 안쪽으로 밀어 넣어져 있고, 뜨개바늘만큼 길고 두껍고 끝부분이 비스듬히 잘린 바늘이 달려 있는, 길고 얇은 주사기를 꺼냈습니다. 비인간적으로 냉담하게 누군가를 괴롭힐 준비를 하고 있음에도, 그 고통을 가하는 자들의 얼굴에선 가학성의 흔적을 전혀 찾아볼 수 없었습니다. 나에게는 그 점이 이상하게 여겨졌습니다. 박해받는 자들과 순교자들을 표현한 모든 그림 속엔, 몸에 가득 화살이 꽂힌 모습, 잘린 가슴이 금쟁반 위에 놓여 있는 모습, 참수당한 목을 겨드랑이에 끼고 있는 모습, 뱃속에서 바깥으로 튀어나온 창자가 거대한 실꾸리처럼 말려 있는 모습, 톱으로 정수리에서 허리까지 곧게 잘려 있는 처녀들의 모습 등 빠짝 마르고 혐오스럽게 생긴 사형 집행인들이 고통받는 상대의 모습을 보면서 히죽히죽 웃고 즐기는 장면이 그려져 있습니다. 그들은 종기가 났거나 나병에 걸렸거나 사팔뜨기이거나 손톱이 떨어져 나간 자들이므로, 누가 어느 쪽에 속하는지는 즉시 알아차릴 수 있습니다. 그러나 여기엔 못생기고 간질을 앓으며 도통 씻지 않는 엘리사베타가, 공황과 고통을 유발하는 악마의 도구를 휘두르는, 흰 가운을 입은, 섬세하고 교육받은 사람들의 손아귀에 있습니다. 나는 치과 의사, 외과 의사 혹은 그들과 같은 부류의 다른 사람들이, 우리가 더 나아지도록 우리를 고통스럽게 한다는 사실을 결코 믿을 수 없습니다. 육체적 또는 도덕적 고통, 불쾌, 굴욕을 유발하는 것은 전부 악입니다. 마치 슈미즈를 입은 듯이 흰색 가운 아래로 녹색 그림자가 어른거리는 통통한 간호사가 주사기를 들고, 누군가가 침을 뱉은 것같이 아이오딘으로 번들거리는 척추뼈 사이로 바늘을 겨눈 채 끙끙거리며 피부 속으로 밀어 넣었습니다. 그녀는 잠시 멈췄다가 나직한 균열 소리가 들릴 때까지 다시 주사기를 눌렀습니다. 엘리사베타는 기묘하고, 거의 관능적으로 신음하다가 한숨을 쉬었습니다. 간호사는 반짝거리는 깨끗한 시험관에 채취해야 할, 금빛

방울 같은 뇌척수액이 주사기 통을 다 채우고 끝부분으로 넘쳐 나기 직전에 주사기의 바늘을 재빨리 뽑아냈습니다. 엘리사베타는 점점 더 크게 숨을 헐떡이며 신음했고, 바늘이 뽑히자 비로소 힘겹게 목쉰 비명을 질렀습니다. 간호사는 그녀에게 몇 분 동안 구부린 자세를 유지하게 했고, 젖은 솜뭉치를 주삿바늘이 꽂혔던 부위에 대고 눌렀으며, 그러고는 다시 천천히 눕히더니 잠옷을 입혀 주었습니다. 그녀는 적어도 스물네 시간 동안 머리를 움직여서는 안 되었습니다. 대부분의 환자는 이 상황을 똑바로 쳐다보지 못했고, 라비차는 이불에 얼굴을 파묻은 채 울부짖었으며, 파울라는 벽을 바라보고 조용히 앉아 있었습니다. 단지 나와 안면 마비가 있는 노파만이 이 모든 광경을 지켜보았는데, 나는 매우 초조하게 손가락으로 머리카락을 비비 꼬았고, 그녀는 할리퀸 같은 표정(얼굴 반쪽은 웃고 다른 반쪽은 울고)으로 한쪽 눈을 깜박였습니다. 이것들이 그날 밤 내내, 그리고 그다음 날 아침 내내, 나의 마음을 사로잡았습니다.

의사가 방금 내 침대 옆을 지나가다가 글을 다 썼는지 물었습니다. 오, 신이시여, 아직은 아니었습니다. 나는, 내가 침대 옆 탁자와 시트 위에 늘어놓은 원고에 무엇이 적혀 있는지, 과연 나의 작품인지 아니면 그녀의 작품인지, 또 그녀의 것은 무엇이고 나의 것은 무엇인지, 분간할 수 없었습니다. 아니, 분간할 수 있을지조차 알 수 없었습니다. 나는 다시 두려움을 느낍니다. 나는 그녀의 뇌리(腦裏) 풍경 속에서 길을 잃은 채 안전하지 않은 땅을 밟으며 분홍색과 자갯빛으로 물든 지역을 지나 나아갔습니다. 그러다 그녀 뇌 표면의 주름 사이 계곡들과 그녀 전정 기관[57]의 협곡 밑바닥까지 내려갔습니다. 그녀의 후뇌,[58] 그 어두운 숲속의 깊고 좁은 길에서 그녀 송과선의 물속에 비친 내 모습(그러나 그것이 누구를 보여 주는지 확신할 수 없습니다.)을 거울을 들여다보듯 바라보다가, 들끓는 역청 속에서 추억들이 울부짖는 지옥의 불을 지나, 송이송이 비처럼 쏟아지는 불꽃 아래에서 몸부림을 쳤습니다. 그렇게 정화된 끝에, 파충류와 이빨이 날카로운 새들이 가득한 중뇌로 올라가서, 나무같이 생긴 양치식물들 사이에서 결국 길을 잃고 말았습니다. 거기서 위로 올라가, 반구 위의 태아처럼 변형된 지나가 아로새겨진, 신피질의 황홀한 여섯 겹의 층들을 차례로 탐색합니다. 그녀는 특이하게도 납작한 이마, 두꺼운 입술과 거대한 혀가 있는 입, 작은 몸체, 몸만큼이나 긴 손가락과 기괴하게 벌어진 손을 가지고 있었습니다. 그리고 모든 곳에서 애벌레, 곤충, 파충류, 포유류가 다 모인 콘클라베가 열리고 있었습니다. 라마피테쿠스, 오스트랄로피테쿠스, 피테칸트로푸스 에렉투스, 크로마뇽인, 로마인, 켈트인, 다치아인,[59] 슬라브인, 타타르인, 증조부모와 조부모(마리쿠와 타니쿠)와 부

---

57) 내이(속귀)에 위치한 평형 감각을 담당하는 기관으로, 몸의 기울기와 회전, 가속도를 감지한다.

58) 뇌의 가장 아래쪽에 위치해 있으며, 연수와 교뇌, 소뇌로 구성되어 있다. 호흡과 심박, 평형 감각 등 기본적인 생명 유지 기능을 관장한다. 또한, 계통 발생적으로 뇌의 가장 오래된 부분이다.

59) 고대 루마니아 지역(다치아)에서 살았던 트라키아계 민족. 오늘날 루마니아인의 조상으로 여겨진다.

모, 친척들, 친구들의 축제도 열렸습니다. 나는 그녀의 두뇌 속에서 나 자신을 만나고 있었지만, 어떤 베르길리우스도, 어떤 베아트리체도, 어떤 구원도, 별에 다다르는 일조차 없었습니다. 나는 그녀 마음속의 미로를 헤매며, 그녀의 눈을 이리저리 돌아가게 하는 레버를 당기고, 그녀의 무릎을 움직이게 하는 페달을 밟습니다. 나는 벌써 손톱의 매니큐어가 벗겨진, 작고 부드러운 나의 손가락을 바라봅니다. 나는 그 손가락들로 볼펜을 쥐었습니다. 그렇다면 과연 누가 글을 썼는지, 자문해 봅니다.

나에게는 더 이상 남은 것이 없습니다. 며칠이면 끝날 것입니다. 그리고 나는 라비차보다 수치심이 덜하기 때문에, 이 원고 더미를 침대 옆 탁자에 남겨 두도록 하겠습니다. 누구든지 읽을 수 있고, 누구라도 무엇이든 상상할 수 있을 것입니다. 누구나 이 거울을 덮는 이 문장(text), 이 질감(textură), 이 직물(textil)에 대해, 자신에게 적합한 어떠한 동기나 어떠한 해석이든 마음껏 찾을 수 있을 것입니다. 이 누더기를 덮었을 때 아무것도 보이지 않는다면 성공한 것입니다. 나는 이 천을 끝없이 짜고 싶지 않습니다. 낮에 짠 것을 밤에 풀고 싶지도 않습니다. 오히려 이제 나는 더 나아가서 용의 동굴이나 카프카의 벌레가 숨어든 은신처, 릴케의 무시무시한 천사가 깃든 곳으로 들어가려고 합니다.(물론, 그것은 어떠한 식으로든 나를 소유하게 될 것입니다.) 하지만 마지막으로 지나와 이별한 뒤, 이코아네이 정원에서 있었던 그 추악한 장면 이후로 우리는 적어도 석 주, 어쩌면 한 달 내내 말을 하지 않았다고 적겠습니다. 그 당시는 나에게 어두운 시기였고, 지금도 어떻게 그 시기를 빠져나왔는지 모르겠습니다. 고등학교 졸업 시험과 그 뒤로 이어지는 대학 입학시험이 다가오는데도 나는 더 이상 책을 읽거나 공부를 할 수 없었습니다. 나는 스스로의 존재를 잃어버렸고, 어떻게 살아남아야 할지 전혀 짐작할 수 없었습니다. 나는 외로움을 달래기 위해, 예전에 그랬듯이, 도시의 거리를 혼자 걸을 수도, 탁구를 치거나 영화를 볼 수도 없었습니다. 친한 '동급생'(우리 사이엔 우정이 전혀 없었기 때문에 '친구'라고 할 수 없습니다.) 몇 명은 나에게 도움이 필요하다고 느꼈는지, 내가 이러한 성적 충동 장애로부터 벗어날 수 있도록 신경 써 주었습니다. 지나는 나를 마치 속을 알 수 없는 진주조개의 껍데기를 보듯 대했고, 태도 역시 불투명해졌습니다. 그녀는 학교에서 나에게 조금도 관심을 기울이지 않았습니다. 3학기의 첫 주가 지나고, 나는 그녀와 함께 쓰던 책상에서 다른 책상으로 자리를 옮겼습니다. 그럼에도 그녀는 아무런 반응을 보이지 않았습니다. 그녀는 마치 몇 년은 성숙해진 것처럼 매우 많이 변해 있었습니다. 그녀는 자신의 태도에서 일종의 자부심과 반항심을 얻었습니다. 이제 그녀는 더 이상 주저하지 않았고, 마침내 자신이 무엇을 원하는지 알게 되었으며, 성숙하고 강해졌습니다. 그녀는 소녀들과 이야기할 때 이제 더는 자신을 꾸며 내지 않는 듯 보였고, 자신이 말하는 모든 것에 어느 정도 충분한 표현력, 즉 경험의 증거가 스며 있다고 스스로 여기는 듯했습니다. 그녀는 여자였고, 자기 성찰과 명상의 시간이 없었다는 점을 그녀 스스로 '알았습니다.' 그녀가 채택한 이러한 '고급스러운 행동 방식' 때문에, 아마도 그녀는 이제 더 이상 나를 쳐다보지 않았을 것입니다. 그녀는 그렇게 도약하여 강자(强者)가 되었지만, 나는 사춘기라는 정체된 물속에서 턱에 경련이 일 정도로 하품하고 있었을 뿐입니다. 당시에 내가 조금 더 참을성을 발휘했다면, 고등학교를 졸업한 뒤에 그녀를 못 보게 되더라도 그녀를 잊을 수 있었을 테지만, 그때는 지나 없는 세상을 감히 상상할 수조차 없었습니다. 그렇기는 지금도 마찬가지입니다. 불행하게도 나는 가만히 앉아 있을 수 없었고, 어느 날 저녁에 그녀에게 편지를 쓰기 시작했습니다. 나는 그녀에게 열여섯 장의 편지를 썼고, 그녀 아파트 복도에 있는 우편함에 직접 편지를 넣으러 갔습니다. 나는 흰 돌계단이 있는, 그 현관에 들어가지 않은 지 제법 오래되었습니다. 우리가 다니던 길은, 지저분한 작업장을 철거하기 시작한 베네레이, 그와 비슷한 작업이 진행되고 있는 모실로르, 그리고 겨울에 지나를 집까지 바래다주러 갔다가 혼자 주머니에 손을 집어넣은 채 집으로 돌아왔던 에미네스쿠, 토암네이, 비토르 거리들이었습니다. 그곳은 부쿠레슈티의 거미줄 같은 익명의 길들과 다르게 생생히 살아 있는 정신적 영역처럼 느껴졌습니다. 왜냐하면, 그곳엔 거미가 몸을 숨기고 있었고, 거미줄에는 털 많은 거미 다리가 만들어 낸 진동과 거미의 창백하고 둥근 배에서 전해지는 따뜻함이 여전히 남아 있었기 때문입니다. 나는 그녀에게 편지를 쓰는 것이 어리석은 짓임을 알았지만, 그것은 잠재의식에서 작동하는 강력한 정서적 논리로부터 비롯한 몸짓이었습니다. 나는 그 상황에서 내가 해야 할 일을 했을 뿐입니다. 그 편지는 눈물을 자극하는 내용의 편지가 아니었고, 어조는 슬프지만 건조하고 절제되어 있었습니다. 그리고 간간이 약간은 냉소적이었습니다. 한 줄도 기억나지 않지만, 전반적으로 나는 우리가 함께 지낼 수 없어서 얼마나 유감스러운지, 내가 그녀의 뇌 속으로, 그녀의 신경 속으로, 그녀의 혈관 속으로, 그녀 몸의 모든 세포 속으로 들어가서 그녀가 누구인지 단번에 이해하고, 그녀와 완전히 소통할 수 있기를 얼마나 원했는지 보여 주고자 했습니다. 그녀는 이틀 뒤 저녁 늦게, 매우 흥분해서 나에게 전화를 걸어 왔습니다. 그녀는 ‘사랑의 편지’를 잘 읽었다고 했습니다. “네가 나를 얻을 수 있는 방법을 알았더라면, 나와 밀고 당기는 방법을 알았더라면 좋았을 텐데……. 나는 너를 매우 아끼고 좋아했어. 하지만 우리 사이는 어쩔 수 없었지. 넌 아무것도 이해하지 못했거든……. 그럼에도 이제 나는 너를 위해 무엇이든 할 거야. 네가 요구하는 것이라면 무, 엇, 이, 든, 지…….” 나는 그녀에게 더는 아무것도 요구하고 싶지 않다고, 그 편지는 그녀와 아무 상관 없고, 단지 나 자신을 돌아보기 위해 쓴 것이라고, 그녀가 그것을 읽든 말든 관심조차 없었다고 말했습니다. 나는 통화하는 동안 몸이 떨렸지만 이제 그녀를 알았으므로 침착함을 유지할 수 있었습니다.

그리고 다음 날(날짜가 언제인지 기억하고 싶지도 않고, 아무 의미도 없습니다. 그때부터 더는 시간에 관해 이야기하는 것이 터무니없게 느껴졌기 때문입니다.), 모든 일이 일어났습니다. 지금 집중해서 생각해 보니, 그날 아침에 도저히 참을 수 없는 태양이 나를 깨웠을 때, 이미 무언가가 잘못되었음을 뼈저리게 깨달았던 순간을 기억합니다. 어머니가 세탁하기 위해 내 방의 파노라마식 삼중 창문에 걸려 있던 커튼과 장막을 걷어 냈고, 그리하여 밝은 일출이 뿜어내는 물줄기 같은 신성한 빛이 방 안 사방으로 꿰뚫고 들어왔습니다. 나는 그토록 많은 빛을 받은 첫 순간엔 눈을 뜰 수조차 없었습니다. 끈끈이주걱들과 늪지의 가스와 물기를 가득 머금은 석탄이 있는 곳, 동틀 무렵의 뒤엉킨 꿈속 계곡에 몇 분 늦게 도착했습니다. 나는 투명하고, 파란색 돌기가 있고, 붉은 점액에 뒤덮인 축축한 미끄럼틀을 한동안 타고 내려갔습니다. 손가락, 어깨뼈, 척추, 입술, 두개골, 팔뚝의 정맥 및 동맥, 림프계, 신장의 조직 곳곳은 황금색으로 부풀어 올랐고, 눈부시게 불꽃을 일으키며 응결되었다가 즉시 용해되었습니다. 나는 그 젤라틴 같은 걸쭉한 액체 속에서 돌고래 같은 몸짓으로 수영했습니다. 귓바퀴, 눈 밑의 둥근 근육, 네 개의 뾰족한 뿌리가 있는 어금니, 마치 심판의 날인 것처럼 필사적으로 울부짖는 일그러진 얼굴. 나는 그 유령 같은 액체 위를 떠다니다 미끄러운 복도를 지나, 먼 곳으로, 탁 트인 공간으로 헤엄쳐 나갔습니다. 젤라틴의 액체가 가득한 넓은 방의 한가운데에서, 마치 피 묻은 달걀노른자같이 생긴, 거대하고 어두운 태양이 천천히 회전하는 광경을 보았습니다. 나는 머리부터 몸을 던져 그 막을 뚫고, 장엄하고 형언할 수 없는 빛 속으로 빠져들었습니다.

학교에서, 오후에, 지나가 다시 나에게 왔습니다. 그녀가 말했듯이 우리는 '대화'를 안 한 지 너무 오래되었기 때문에, 나는 나의 신화 속에 등장하는 엄청난 여성, 즉 정확한 윤곽도 없고 객관적이지도 않으므로, 오히려 나의 내면세계를 정돈하게 해 주는 힘의 장(場)이 되는 그 여성과, 실제 열여덟 살의 소녀인 지나를 더는 연관 지을 수 없었습니다. 단지 지나는 고등학교 3학년 여자 학생들 사이에서 해맑게 웃고 즐거워하는 한 명의 평범한 소녀일 뿐이라고, 어떤 의미에서 보자면, 나는 어떤 생각도, 말도 없이 홀로 지나를 잊었다고 할 수 있었습니다. 우리는 쉬는 시간마다 사소한 이야기를 나누었고, 2교시 이후엔 다시 같은 책상에 앉았습니다.

역사 수업 시간에, 우리는 좋게 지내던 예전처럼 '너 한 구절, 나 한 구절'로 시를 쓰기 시작했습니다. 급기야 우리는 교실에서 쫓겨날 정도로 너무나 즐겁게 떠들어 댔습니다. 그러나 그것은 휴전이었고, 나는 어떠한 환상도 품지 않았으며, 단지 키르케고르처럼 과연 이렇게 사건이 반복될 수 있는지 확인하고 싶었습니다. 그리고 나의 레기네 올센[60]은, 물론 게임의 재미 때문이었겠지만, 나로 하여금 그런 일이 가능하다고 믿도록 했습니다. 저녁 무렵에(이제 저녁이 되었음에도 대기는 대낮처럼 여전히 환했고, 움직이지 않는 하늘의 푸르름은 자갯빛 구름 속에 한 방울의 분홍색조차 굴절시키지 않았습니다.) 나는 점점 더 무거워지는 마음을 품은 채, 우리가 걸어가는 경로에 있는, 어떨 때는 조용하고 어떨 때는 시끄러운 거리들을 따라

---

60) Regine Olsen, 1822~1904. 덴마크의 철학자 쇠렌 키르케고르(Søren Kierkegaard, 1813~1855)의 약혼녀로, 키르케고르가 일방적으로 파혼했다. 이 관계는 키르케고르의 사상과 저술에 깊은 영향을 미쳤다.

그녀를 집까지 바래다주었습니다. 중앙에 꽃밭이나 작은 교회가 있는, 아담하고 둥글고 텅 빈 광장[61] 곳곳이 다시금 눈에 띄었습니다. 파란색 드레스를 입은 어린 소녀들은 다채로운 색깔의 줄무늬가 있는 공을 차례로 벽에 던져 대다가, 가끔 멈춰 서서 연철 말뚝 울타리를 지나가는 우리의 모습을 지켜보았습니다. 나는 유리 성상이 사방에 두 줄로 늘어서 있고, 그을은 피아노와 그림으로 장식한 서랍장이 있으며, 천장까지 좁고 높게 이어진 창문에 윤기 나는 진홍색 휘장이 달려 있는 그녀의 방에 다시는 들어가고 싶지 않았습니다. 여름이 다가오고, 타일로 된 난로가 차게 식었음에도, 어쩐지 그 난로 곁에 있으면 언제나 숨 막힐 정도로 덥게 느껴졌습니다. 또 그 방은 탄성을 지니고 있는 듯 나와 그녀를 에워싸고 수축했습니다. 때때로 우리는 마치 애초부터 탄생을 거부당한 쌍둥이이자, 오색찬란하게 환각적이고 출구 없는 자궁 속에서 서로 옹기종기 붙어 있는 쌍둥이인 양 느끼곤 했습니다. 사실 지나와 나는 둘 다, 쌍둥이자리인 6월에 태어났으며, 심지어 생일마저 불과 며칠밖에 차이 나지 않았습니다. 나는 완전히 저속한 것부터 과학적인 주장이 담긴 것에 이르기까지, 정말 헤아릴 수 없을 만큼 다양한 별자리 운세를 보았는데, 모두 한 가지 의견에 동의하고 있었습니다. 쌍둥이자리의 사람들은 스스로에게 몰입하고 만족하기 때문에 쌍둥이자리를 가지고 태어난 두 사람 사이엔 사랑의 유대 관계가 지속될 수

---

61) 교차로 중앙에 위치한 작은 공간을 가리킨다.

없다는 것, 그래서 쌍둥이자리의 사람들은 매우 강력한 별자리인 황소자리나 전갈자리의 사람을 만나야 비로소 자신들의 나르시시즘에서 벗어나게 된다는 점 말입니다. 하지만 그날 나는, 지나와 나의 관계가 점성술적으로 어떠한 의미를 가지는지, 전혀 생각하지 않았습니다. 그녀는 다시 소파의 내 옆자리에 앉아 접시에 담긴 녹색 호두잼을 작은 은수저로 떠먹으며 평소처럼 크리스털 잔에 담긴, 계피 향기가 풍기는 가벼운 와인을 마시라고 내게 권했습니다. 예전과 같은 일이 반복될 뻔했습니다. 지나는 노란색 눈동자와 빛나는 피부, 순수한 기쁨 외에는 아무것도 읽을 수 없는 입술을 가진, 여태 내가 알던 그 응석받이 어린 소녀로 되돌아왔습니다. 우리는 날이 어두워질 때까지 이야기를 나누었고, 내 손가락에 그녀의 머리카락을 감았으며, 그녀는 웃거나 이야기하면서 내 왼손의 손가락을 가지고 놀았습니다. 지난가을부터 지금까지 이 방에 있는 나의 모든 존재가, 마치 래커로 두껍고 울긋불긋하게, 연속적으로 겹겹이 칠해지고 쌓여 있는 듯했습니다. 우리의 세계는, 적어도 나에게는, 실재적 환각을 초월하는 현실이 될 때까지 점점 더 실제가 되어 갔습니다. 그녀와 함께한 각각의 순간들은 그녀와 함께한 '전체의' 순간들이었고, 내가 본 각각의 것들은 그것에 대한 나의 '전체' 기억들에 포개졌습니다. 마침내 나는 수십 개의 중첩된 대상들과 실제의 대상을 더는 식별할 수 없게 되었습니다. 그녀의 목소리는 지난번 목소리에, 지난번 목소리는 더 예전 목소리에, 그리고 그 목소리 역시 더더욱 예전 목소리에 겹쳐졌습니다. 이제 나는 지금이 가을인지 봄인지, 그녀의 방에 두 번째 왔는지 스무 번째 왔는지, 도무지 알 수 없었습니다. 나는 그녀를 화려한 쿠션이 있는 소파에 몇 차례나 눕혔는지, 그녀의 가슴을 몇 번이나 어루만졌는지, 거의 눈에 띄지 않는 어깨뼈와 그 아래쪽 등 위로, 그 따뜻하고 건조하고 미끄러운 피부 위로 손을 몇 번이나 얹었는지, 그녀의 티셔츠를 걷어 올리고 체크무늬 치마를 가운데로 주름지게 밀어 올린 뒤에 그 아래에 있는 그녀의 탄력 있는 지방층을 몇 번이나 느꼈는지 알 수 없었습니다. 그녀의 팬티 윗부분 고무줄 아래로 오른손의 손가락을 밀어 넣어, 그 거칠고 고불거리는 털에 닿았을 때…… 그러나 그녀는 허리를 펴고 똑바로 앉아서, 손바닥으로 내 뺨을 감싸 쥐고는, 긴장되고 강압적인 표정으로, 나를 위해 모든 것을 해 주고 싶다고 말했습니다. "이번에는 나도 원해, 알겠니? 그런데 여기서는 아니야. 자, 나를 따라와 봐, 뭔가 보여 줄 게 있어." 우리는 일어서서 서로를 껴안았습니다. 지나가 옷장과 작은 피아노 사이에 있는, 연철 손잡이가 달린 진홍빛 문을 보여 주었는데, 그 문은 지금껏 내가 전혀 눈치채지 못한 것이었습니다. 지나가 그 문을 열었고, 우리 두 사람은 불규칙한 형태의 젖은 돌담이 있는, 동굴처럼 좁다란 복도 안으로 들어갔습니다. 문을 닫은 뒤에도, 비록 광원이라고 할 게 없었지만, 그 내부는 완전히 어두워지지 않았습니다. 형태와 색상을 뚜렷하게 구분할 수 있었고, 적어도 나보다 두 걸음 앞서 걸어가는 지나의 윤곽만큼은 한낮의 빛을 받은 듯이 또렷하게 보였습니다. 그녀의 머리카락은 한 올 한 올 황금빛 광채를 발

산했습니다. 그녀는 내가 그녀의 집게손가락을 잡을 수 있도
록 등 뒤로 손을 내밀었고, 우리는 그렇게 비좁은 공간을 계
속 나아갔습니다. 나는 그 복도가 어디로 이어지는지 한순간
도 궁금해하지 않았고, 그 공간의 묘한 매력에 푹 빠져들었
습니다. 이따금 우리는 축축한 돌이 거칠게 잘려 나간 몇 개
의 층계참을 내려갔습니다. 그 지하실의 서늘함은 마치 우리
의 머리카락을 헝클어뜨리고 팔에 닭살을 돋게 하는 '외풍'[62]
처럼 느껴졌습니다. 차츰 발아래의 땅이 질척질척해졌고, 웅
덩이들 사이사이로 얼어붙은 플라스틱 컵, 찢어진 성냥갑, 소
시지 껍질이 붙어 있는 번들거리는 종이, 더러운 탈지면 조각
등 온갖 종류의 잔해가 보였습니다. 또 나는 복도 모퉁이에서
어린 소녀들이 머리를 묶는 데에 사용하는 고무줄이 달린 빨
간 구슬 두 개를 보았습니다. 복도가 더욱 구불구불해질수록
벽에서는 굵은 물줄기가 흘러나왔고, 창백한 이끼꽃과 그을
은 균류를 촉촉이 적셨습니다. 우리가 그곳을 지나갈 때, 몇
몇 종류의 진드기가 이끼 사이로 도망갔고, 알록달록한 양모
가닥들, 여러 조각으로 찢긴 사진, 전차표, 헝겊 인형의 팔, 몇
미터나 되는 축축하게 젖은 화장지 등 잔해가 잔뜩 늘어났습
니다. 한쪽 면에는 칠면조의 꼬리가 그려져 있고, 다른 면에
는 소의 젖이 그려져 있는 장난감 큐브도 있었습니다. 녹슬고
해진 기타 줄도 보였습니다. 지나는 관능적이고 가식적인 미

---

62) curent. '통과하는 바람'을 가리키며, 루마니아 사람들은 한쪽 통로에서
다른 쪽 통로로 지나가는 바람을 질병을 일으키는 나쁜 바람으로 여긴다.

소를 지으며, 이따금 나를 향해 돌아섰습니다. 공기는 더욱 무거워졌고, 이제 우리 발목까지 차오른 웅덩이들 속에서는 피부가 투명하고 인간처럼 작은 팔을 가진, 눈먼 동굴 도마뱀들이 헤엄쳐 다녔습니다. 우리의 머리 위에서 들려오는 거리의 소음, 굉음을 내며 멀리 지나가는 전차의 소리, 엔진을 회전하는 자동차의 소리 따위를 명확하게 들을 수 있었습니다. 부쿠레슈티의 기초 뼈대는 지금 우리가 지나는 지하 복도로 연장되었고, 꼬인 철사 끝이 바깥으로 돌출한 콘크리트 주형틀도 듬성듬성 보였습니다. 종종 복도가 두 갈래로 갈라졌는데, 그럴 때마다 지나는 당황한 듯 멈춰 서더니 고개를 돌려 어쩔 줄 모르겠다는 눈빛을 내게 던졌습니다. 그러고는 잠시 후, 그녀는 의기양양한 미소를 지으며 몇 미터 떨어진 곳에 있는, 똑같이 생긴 두 갈래의 복도 중 한 곳을 가리켰습니다. 그곳엔 곰팡이 솜털에 뒤덮인 분홍색의 작은 껌 덩어리나 치즈가 들어간 파이 반쪽이 있었습니다. 우리는 그곳을 향해 걸어갔고, 우리들 머리 위에서 구름처럼 떠다니는 듯 느껴지던 도시의 아래로 더 깊이 가라앉았습니다. 무릎까지 물이 차올랐고, 발에 달라붙는 애벌레들로 가득 찬 물속을 한동안 걸었습니다. 이윽고 몇 계단을 오르니 복도가 더욱 곧고 건조해졌습니다. 나는, 아주 어릴 적에 기차놀이를 하면서 마르첼라의 치마를 붙잡았던 것처럼, 지나의 손가락을 꼭 잡은 채 완만한 비탈길을 올라가는 복도의 마지막 부분을 지났습니다. 그러자 그 끄트머리에서, 지나의 방에 있던 문보다 더 거대한 주홍빛 문이 나타났습니다. 지나는 그 문을 열기 전에 멈춰 서더니 젖은 나무에 등을 기댔습니다. 나는 그녀를 껴안았고, 우리는 거의 넘어질 듯이, 어둠이 가득한 문 너머의 공간으로 들어섰습니다.

어둠 속에서 커다란 유리 표면이 희미하게 초록빛을 띠고 있었습니다. 마치 그 뒤에 어둠이 불분명한 형태로 응고되어 있는 듯 보였습니다. 지나가 문을 닫고, 전기 스위치가 있는 오른쪽 벽면을 더듬었습니다. 그녀가 포크 모양의 작은 레버를 올리자, (여기에서도 광원이 어디에 있는지 찾을 수 없었지만) 주변이 점점 더 환해지기 시작했습니다. 요컨대, 우리가 볼 수 있는 모든 것들이 차츰 저절로 모양과 색상을 띠게 되었고, 마치 공간의 각 지점이 광원인 듯 점점 더 선명한 색상과 더욱 정확한 모양을 갖추어 갔습니다. 잠시 후, 진열장이 늘어선 모든 방들이 마치 강렬한 네온 불빛에 휩싸인 듯 보였습니다. 나는 이곳을 익히 알고 있었습니다! 내가 어릴 적에, 그리고 그 뒤로 수십여 차례나 방문했던 곳, 그곳은 항상 가장 매혹적인 장소이자 세상의 수수께끼가 응집되어 있는 중심 같았습니다. 확실히 나는 지하 전시실에 지나치게 오래 머물지 않았고, 동물과 새, 거대한 해골과 박쥐로 가득 찬 동굴이 있는, 위층 전시실로 급히 달려갔습니다. 포르말린에 잠긴 병 속의 창백한 시체들, 유리 안구와 바느질 자국이 역력한 박제된 존재들, 내게 이 안티파 박물관[63]이라는 공동묘지는 우주의 진부한 핵심 속에 깃들어 있는 한 덩어리의 꿈이었습니다. 그

---

63) 루마니아 부쿠레슈티에 위치한 자연사 박물관.

순간, 지나의 방과 안티파 박물관이 소통하고 있다는 사실이 매우 정상적인 일처럼 느껴졌습니다. 그러나 사실, 나에겐 이 같은 경이가 불러일으킨 환희가 너무나 압도적이어서, 지나의 손가락을 계속 붙잡은 채 그녀에게 미소 짓고 있음에도, 그녀의 존재를 거의 잊어버릴 정도였습니다. 이 박물관 전체에 우리 단둘뿐이므로, 여태껏 누구도 본 적이 없는 것을 볼 수 있었습니다! 그녀가 약간 초조하게 나를 자신의 뒤로 끌어당겼지만, 나는 박물관을 온통 헤매고 다니며 전시물을 열성적으로 구경하는 일이 몹시 즐거워서 도저히 멈출 수 없었습니다. 첫 번째 전시실의 검은 진열장 선반이나 유리로 보호막을 씌운 테이블 위에서 고형물, 광석 덩어리, 광물 판 조각 따위가 형형색색으로 번쩍였습니다. 나는 실바나이트, 적색 황화수은, 방연광이 섞인 아연광, 오목한 조약돌 속에 운모가 섞여 있는 아연광, 창연, 누군가가 오줌을 싼 각설탕 조각 같은 노란 유황, 줄무늬가 있는 편마암, 사암 등을 살펴보았습니다. 특별히 마련된 장소엔 광택이 있거나 광택이 없거나 또는 물처럼 투명한 준보석들이 전시되어 있었습니다. 거기엔 피리 레이스[64]가 그린 지도의 황해 색깔과 같은 반투명한 녹색 모조 유리 사금석, 유리 같은 갈색에서 유리 같은 빨간색까지, 유리 같은 파란색에서 유리 같은 오렌지색까지 수천 가지 색상으로 빛을 발하는 마노, 하늘색 옥수, 누구든 보면 그해 안에

---

64) Piri Reis, 1470?~1553. 오스만 제국의 해군 제독이자 지도 제작자. 1513년 제작한 세계 지도로 유명한데, 바로 이 지도에 남극 대륙으로 추정되는 해안선이 그려져 있어서 논란과 신비의 대상이 되었다.

죽게 된다는 호안석 석영, 이름 붙일 수 없는 색상의 이끼마노, 붉은줄 마노, 벽옥으로도 불리는 새빨간 혈석, 독이 들은 듯 보이는 공작석, 사문석 및 녹색 오팔 등이 우울하고 외롭게 나란히 앉아 있었습니다. 수천 배나 더 큰(누구를 위해서?) 지하의 거대한 거품 속에서 형성된 석영 정동석과 보라색 고슴도치 같은 자수정 정동석은 두꺼운 유리판 위에 놓여 있었습니다. 잘 연마되고 품위 있게 위조된 보석들은, 아타나시우스 키르허[65]의 학식을 모아 놓은 저서 『지하 세계』에 등장하는 것과 같이, 신성함과 함께 문명화되어 악의를 상실한 개인들처럼 무미건조하게 보였습니다. 그레이트 모굴, 큰 코이누르와 작은 코이누르, 스튜어트 다이아몬드라고도 불리는 매혹적인 '월장석', 테니스공보다 더 커다란 '남쪽의 돌', 즉 거대한 컬리넌 다이아몬드 등 이름 있는 보석들을 모조한 오팔, 사파이어, 터키옥, 에메랄드, 전기석 등은 값싸게 위조한 유리 다이아몬드와 경쟁하려 드는 것 같았습니다. 나는 모든 진열장 유리에 지나의 얼굴이 비치는 모습을 볼 수 있었습니다. 그녀도 이 놀이에 참여했고, 우리는 가장 독특한 뭔가를 찾아내려고 노력했습니다. 나는 그녀의 허리를 안고, 때때로 그녀의 귓불에 가볍게 입맞춤을 했습니다. 그러나 그녀는 되레 나를 분류학의 천국으로 점점 더 깊이 끌어당길 뿐이었습니다. 우리는 캄브리아기, 실루리아기, 데본기, (회오리 형태로 꼬이지

---

65) Athanasius Kircher, 1602~1680. 독일의 예수회 학자. 이집트학, 음악, 지질학 등 방대한 분야를 섭렵한 17세기 최고의 박식가 중 한 사람으로 꼽힌다.

않은 원추형 껍데기와 주둥이에 촉수가 있는 일종의 연체동물, 그리고 얇은 꽃자루로 바다 바닥에 붙어 있는, 비자연적인 노란 옥수수 속대의 일종 같은, 좀체 식별하기 어려운 일부 수중 생물들이 있었습니다.) 석탄기, 페름기, 트라이아스기, 쥐라기, 우스꽝스러운 파충류가 있는 백악기, (지나는 키가 약 십오 센티미터에 불과한, '거대한' 티라노사우루스 렉스를 보고 비웃었습니다.) 중신세, 선신세, 제4기(남극 대륙의 풍경은 아이들 장난에 그칠 정도로 황량한 종말론적 세계가 펼쳐진 눈 속에 파묻힌 매머드가 보였습니다.)의 생물들을 삼차원 모형으로 주조하여 조잡하게 색칠해 놓은 전시물이 있는 방으로 들어갔습니다. 그러고는 그 전시장 창문이 열려 있는 어두운 복도를 재빠르게 가로질러 갔습니다. 지나는 화석들이 전시된 복도를 얌전히 지나치지 못했습니다. 그녀는 뼈대에 노란색 곰팡이가 끼고 회반죽 같은 뿔이 두드러져 보이는 거대한 사슴의 무릎을 고정하고 있던 너트를 풀거나 석화된 등딱지가 붙어 있는 포유류의 등으로 기어 올라가서, 어딘가 타조처럼 생긴 자이언트 모아의 화석 앞에 있는 진열장의 문을 열려고 했습니다. 그 새의 발톱 옆 모래 속엔 화석화한 알 두 개가 있었습니다. 진열장의 유리문이 옆으로 미끄러지자, 지나는 간신히 잡을 수 있는 럭비공 크기의 새알을 위로 들어 올렸습니다. 나는 서둘러 그것을 빼앗아 다시 제자리에 가져다 놓으려 했지만, 그녀는 등을 돌린 채 생쥐처럼 비명을 질렀습니다. 그래서 내가 손을 빼자, 그 새알은 쿵쾅거리는 돌소리를 내며 시멘트 타일 위로 떨어졌습니다. 새알은 깨져 버렸고, 그것을 다시 모래 위에 올려놓을 때

나는 그 균열로부터 가느다랗고 어두운 피가 흘러나오는 광경을 보았습니다. 우리는 유리문을 닫고 그곳에서 도망쳤습니다. 우리는 장작불 주위에 모여 있는, 거무죽죽하고 여위고 벌거벗은 원시인들의 삼차원 모형을 쳐다보면서 킥킥거리다가, 다시 정신을 차렸습니다. 네안데르탈인이나 크로마뇽인은 벌거벗었음에도 남성적 상징을 거의 찾아볼 수 없었는데, 한편 여성들은 말랐음에도 상당한 크기의 아름다운 유방을 자랑하고 있었습니다. 모계 사회를 이해하기란 어렵지 않았습니다. 지하실 끝에는 밀랍으로 섬세하게 만든 인공 동굴이 있었고, 그 벽에는 미라화된 박쥐들이 걸려 있었습니다. 우리는 모퉁이를 돌기 전에 멈춰 서서 키스를 했습니다. 잔향이 가득한 맑은 호수 위에 매달린, 금속 파이프가 내장된 종유석 모형에서는 물방울이 똑똑 떨어졌습니다. 우리는 계단을 타고 1층으로 올라갔습니다. 공간 전체가 환했습니다. 밤엔 입구의 좁은 창문을 통해 무궤도 전차가 튀기는 푸른 불꽃들이 보였습니다. 나는 박물관 내부의 빛이 모든 창문을 통해 외부에도 비치리라 생각했습니다. 그럼에도 지나는, 마땅히 지켜야 하는 경로와 일정이 있는 것처럼, 나를 더 멀리 데려갔습니다.

　우리는 무척추동물의 엄청난 광기 속으로 빠져들었습니다. 괴물들이 가득 들어찬 진열장이 있는 거대한 방. 창백한 고깃덩어리가 된 악마들과 천사들은 포르말린이 담긴 병 속에 보존되어 있었습니다. 앙리 미쇼[66]의 시 제목, 「다가오는 것은 메

---

66) Henri Michaux, 1899~1984. 벨기에 태생의 프랑스 시인이자 화가. 내

스꺼움인가 아니면 죽음인가?」가 생각났습니다. 지나는 몸을 떨었습니다. 사실 첫 번째 진열장에는, 그나마 우아한 표본이 전시되어 있었습니다. 그것들은 리본처럼 생긴 흰색의 원통 모양이거나 흔들리는 해조류의 잎사귀를 닮았거나 꽃받침 형태에 가까운 물잔처럼 생긴 해면류, 또는 오십 센티미터 정도의 긴 다리가 달린, 성배처럼 생긴 해면동물이었습니다. 자포동물로는 푸른색 베일 위에 분홍색 베일을 쓰고, 그 위에 또 녹색 베일을 드리운 것 같은, 환각적인 생물들과 말미잘처럼 보이는 해파리류, 구부러진 나무같이 자라난 산호, 플라스틱처럼 빛나는 돌로 형성된 산호, 피로 가득한 가지가 축 늘어진 듯하고 푸른색이 감도는 산호충, 동그란 소금 덩어리처럼 보이는 흰색 돌산호 등이 각각 납작한 병 속에 진열되어 있었습니다. 우리가 애벌레 전시실을 지나갈 때, 지나는 토하는 시늉을 했지만, 보라색이나 호박색을 띠는, 또 헤아릴 수 없이 많은 주름과 물결 모양을 가진 일부 애벌레들은 무척 아름다웠습니다. 연체동물은 창백하고 구역질 나게 생긴 문어를 주인공으로 삼아, 하수관만큼 굵은 병 속에 전시되어 있었습니다. 그 옆에는 촉수 다발이 눈에서 뻗어 나오고, 주황색 껍데기에 검은색 줄무늬가 있는 앵무조개가 있었습니다. 그리고 우리는 마치 외계행성에서 온 기이한 동물군을 조사하는 양 갖가지 감탄사를 연발하며, 수많은 곤충들이 전시된 장소를 지나갔습니다. 어

면의 환상과 불안을 독특한 언어와 이미지로 표현했으며, 환각제 체험을 바탕으로 하는 실험적 저술을 선보이기도 했다.

떻게 그토록 다양하게, 끔찍한 형태의 물질이 생겨날 수 있었는지 모르겠습니다. 먼저 일 미터 남짓한 굵기의 공 형태를 이룬 둥지에서 우글거리는 흰개미, 그다음엔 손가락만큼 긴 검은색 말벌, 황금빛을 띠는 유럽 말벌, 못생긴 쇠파리 같은 매미 그리고 수컷을 잡아먹는 사마귀가 있었습니다. 지나는 신이 난 기색으로, 꿈속에서 자주 나타나는 이국적인 나비들(그뒤로 나는 여러 차례, 거대하고 다양한 색깔의 나비가 나오는 꿈을 꾸었습니다.) 앞에 멈춰 섰습니다. 전깃빛 하늘색 또는 비단같이 창백한 노란색을 띤, 날개가 손바닥보다 더 크고 그 끝부분이 제비 꼬리나 코브라 머리같이 생긴 나비 표본 몇 개를 나에게 보여 주었습니다. 그런데 그것들은 아직 날개가 잠들어 있는 애벌레들이었습니다. 그것들 중 일부는 벨벳처럼 푹신해 보였고, 또 다른 일부는 유리처럼 반투명했습니다. 그때, 지나가 곤충 진열장을 열고 바늘에 꽂힌 가장 커다란 나비 표본을 꺼내서 가슴에 붙였습니다. 내 기억에 그녀는 그 나비를 폴리페모스라고 불렀던 것 같습니다. 그런 다음, 그녀는 내가 감탄할 수 있도록 나를 향해 돌아섰습니다. 그녀의 왼쪽 가슴을 완전히 덮고 있던 나비가 돌연 날개를 가볍게 퍼덕이기 시작했고, 자신을 속박한 바늘에서 벗어나기 위해 그녀의 티셔츠 가슴께를 다리로 밀어내고 있었습니다. 씨앗처럼 생겼지만 무게가 이백오십 그램에 달하고, 온갖 종류의 뿔과 아래턱을 가진 거대한 딱정벌레들은 우리의 관심을 끌지 못했지만, 그 대신 커다란 진열장에 전시되어 있던, 다리를 쭉 뻗고 누워 있는 괴물 같은 거미들은 우리의 눈을 사로잡고 쉬이 놓아주지 않았습니다. 이토록 공포스러운 거미의 얼굴이 성 안토니우스의 유혹, 지옥의 입구나 지옥의 중심에 있는 악마의 화신 따위를 묘사한 중세의 그림 속에 한 번도 등장하지 않았음은 이상한 일입니다. 거미의 모습에 비하면, 뿔과 발굽이 달린 악마의 모습은 우스꽝스러울 따름입니다. 그리고 그들의 이름이 무엇이고, 어떻게 이 유리병 속에 줄지어 담기게 되었는지는 모르겠으나, 그들의 학명은 모두 지진이나 공포 등을 암시했습니다. 어떤 거미들은 토실토실하고 강인한 몸통에 짧은 다리와 발톱을 가지고 있었습니다. 또 어떤 거미들은 피에 젖은 듯 보이는 시뻘건 갈고리를 펼치고 있었습니다. 일부는 타란툴라보다 얇고 건조해 보였고, 배 부분에는 검거나 창백한 빛깔을 띠는 불길한 십자가 자국, 혹은 주사기를 맞은 뒤에 나타나는 멍 같은 보라색 반점이 있었습니다. 다른 거미들은 공처럼 생긴 몸통에 몸길이의 열 배나 되는 실같이 가느다란 다리를 달고 있었습니다. 그중에서도 큰 개구리만큼이나 거대하고, 검고 털이 무성한 생식기같이 생긴 새잡이거미는 공포 그 자체였습니다. 지나는 몸통과 똑같이 털이 수북한 발이 앞으로 튀어나온 그 거미의 모습에서 쉽게 눈을 떼지 못했습니다. 그녀는 왼손의 손가락을 펴서 진열장의 차가운 유리에 붙이고 거미의 다리 위에 겹쳐 놓았습니다. 유리 위에는 그녀 손의 온기가 만들어 낸 수증기의 윤곽이 남았습니다. 전갈들을 보는 일은 한결 견딜 만했습니다. 그것들은 황제다운 거대한 크기부터 성냥갑에 들어갈 만큼 자그마한 크기에 이르기까지 모두 동일하게 생겼습니다. 호박색의 반투명한 오팔 같은 껍데기 위로 검은 녹색의 줄

무늬가 보였는데, 그것은 꼬리의 반원을 가로질러 끝부분의 독
침에 이르는 독의 경로였습니다. 전갈의 큰 집게발은 공포스럽
지 않았으며, 가재의 집게발처럼 그다지 해로워 보이지 않았습
니다. 거미들과 하염없이 시간을 보내다가 이제 늦었다는 듯,
우리는 갑각류(갈색 토끼만 한 랍스터, 유리병에 담긴 붉은 크릴새
우), 노래기, 다족류를 빠르게 지나쳤고, 팔이 길고 구불구불
한 거미불가사리류, 지금은 창백한 죽음을 품고 있는, 마치 산
호처럼 보이는 오각형의 불가사리 등 극피동물들을 잠시 감
상했습니다. 나는 녹색 창문에 굴절되어 비치는 지나의 모습
에 더 많은 관심을 기울였습니다. 그녀의 모습은 점점 더 기이
해지고, 더욱 변모했습니다. 그녀의 미소는 한층 진부해지고,
내가 완전히 해독할 수 없는 무언가를 약속하는 암시처럼 보
였습니다. 그녀는 내 손가락 하나를 잡고서 나를 끌어당겼습
니다. 이따금 내가 지나치게 머뭇거리는 순간이면, 그녀는 내
어깨에 꼭 달라붙어 내가 움직일 때까지 당기거나 밀기를 반
복하기도 했습니다. 우리는 껍질을 벗겼거나 인공적으로 염색
한 물고기들이 전시된 방도 즐겁게 헤매고 다녔습니다. 상어
와, 유니콘 전설을 만들어 낸 이빨이 이 미터에 달하는 일각돌
고래도 있었고, 검은 피부에 연을 닮은 마름모꼴의 대왕 가오
리는 대각선 길이가 사 미터나 되어서 진열장 안에 넣을 수 없
었으므로 그 위에 올려놓았습니다. 그리고 푸른빛이 도는 액
체가 든 수십 개의 유리 원통 속에서는 눈이 부풀어 오른 파
리한 물고기들이 썩어 가고 있었고, 그들 중에는 복어, 가시복
어, 개복치 그리고 새처럼 날개가 있고 불그스름한 주황색 줄

무늬가 있는 등불성대도 있었습니다. 도롱뇽과 개구리, 인간의 눈을 가진 유럽 청개구리부터 두꺼비, 무게가 일 킬로그램에 달하는 크고 검은 티티카카 왕개구리, 투아타라, 왕도마뱀, 카멜레온(그러나 색이 바랜)에 이르기까지 차마 다 헤아릴 수 없이 많은 파충류가 있었습니다. 그것들은 마치 『마녀를 심판하는 망치』라는 악마학 저서에서 막 튀어나온 듯 보였습니다. 이 악몽 같은 생물들 속에서는 독이 끓어오르고 있었습니다. 지나는 나무줄기를 감고 있는 비단뱀과 아나콘다가 기다리는 진열장을 향해 재빨리 달려갔습니다. 그녀는 그 안으로 들어가서 거대한 뱀의 두껍고 비늘로 덮인 몸에 뺨을 가져다 대는 등 나를 놀라게 하는 행동을 했습니다. 그녀는 아나콘다의 삼각형 머리를 손에 들고, 집중해서 마주 바라보기도 했습니다. 유리로 만든 의안(義眼)임에도 파충류의 붉고 투명한 눈은 매혹적이었습니다. 급기야 나는 바닥에 누워 있는 배가 부드럽고 납작하게 생긴 악어들과, 독사들 사이에서 지나를 끌어내 다른 곳으로 데려가야 했습니다. 길고 가늘며 톱니가 나 있는 인도 악어 가비알의 주둥이는, 마치 오리의 그것과 닮아 있었습니다. 산호처럼 붉고, 넓고 검은 고리가 있는 살모사는 창가에 똬리를 틀고 있었고, 그 옆엔 굶주린 코브라와 뿔이 있거나 없는 독사들이 여럿 있었습니다. 물론, 파충류 전시장 출구에 있는 거북이들은 그 지옥에서 가장 '소개할 만한' 존재들이었습니다. 바다거북, 코끼리거북, 매부리바다거북은 모두 저마다 노년의 우울함에 젖어 있어서 우리를 조금 즐겁게 해 주었습니다. 그러나 지나는 좁은 도랑에 앉아 있는 그들의 등에 올라탈 수 없어서 얼굴을 찡그리며 화를 냈습니다.

1층에는 파충류 전시관의 통로를 확장해서 조성해 놓은 작은 전시실들이 있었습니다. 그곳엔 원시 포유류들 몇 종류가 있었는데, 구두약을 칠해 놓은 듯 반짝이는 검은 피부와 발톱이 달린 어깻죽지랑 이어진 날개를 가진 자바 사냥개박쥐는 유압식 지지대에 의지하고 있었습니다. 생각보다 작고 잘린 원뿔같이 생긴 캥거루, 태즈메이니아 주머니늑대 등과 같은 유대류는 물론, 오스트레일리아에 서식하는 다른 기묘한 동물들도 있었습니다. 발을 모으면 발바닥에 프리메이슨 문장이 생길 것 같은, 히죽 웃는 비버와, 달리[67] 없이 혼자 있는 개미핥기(살바도르 달리는 개미를 무서워해서 개미핥기를 반려동물로 키웠다고 합니다.), 가시돼지로 불리지만 돼지의 특징보다는 가시가 부각된 호저 따위가, 인위적으로 손질된 관절과 바느질 자국을 내보이며 진열장 왼쪽에 몰려 있었습니다. 그들 오른쪽에는 주로 지렁이와 우윳빛 번데기를 잡아먹는 두더지, 검은담비, 소경쥐, 고슴도치로 이루어진 원통 형태의 동물들이 있었습니다. 조상이 다소 불분명한 동물들을 모아 놓은 방을 지나면, 진정한 포유류들을 만나 볼 수 있는 거대한 전시실에 들어갈 수 있었습니다. 그곳은 유리 상자 같은 여러 개의 짐승 우리 안에 동물들을 분류하고 배치해 놓았는데(마치 노아의 방주에서처럼 쌍으로), 그것들은 전시실의 거대한

---

67) Salvador Dalí, 1904~1989. 스페인 출신의 초현실주의 화가. 꿈과 무의식의 세계를 정밀한 사실주의 기법으로 표현했으며, 괴팍한 언행과 독특한 콧수염으로도 유명하다.

골격들을 에워싸고 있었습니다. 그 커다란 골격들 중 하나는, 분홍빛이 도는 노란색을 띤, 바다코끼리처럼 엄니가 구부러져 있는 데이노테리움이었고, 다른 하나는 자주색이 감도는 마스토돈이었습니다. 그 주위로 진열된 늑대, 수달, 여우, 표범, 설표, 영양, 멧돼지, 기린, 하마, 오소리, 북극곰, 바다표범, 사자, 들소, 혹멧돼지, 살쾡이 등은 모두 흙빛이나 눈[雪]색의 물결치는 듯한 모피에 덮여 있었습니다. 또 일부는 털이 없거나 손가락 세 개 정도의 두꺼운 피부를 가지고 있었습니다. 그리고 그것들은 전부 뭉툭하거나 연약한 발로 달리는 채 굳어 있었는데, 친숙한 표정이나 사람을 위협하는 턱으로 공포와 당혹감을 드러내고 있었습니다. 그들은 공 모양으로 뭉친 물건같이 작거나 천장에 닿을 만큼 키가 컸고, 위장하기 위한 줄무늬 혹은 단색 무늬를 지니고 있었으며, 어딘가 순진해 보이는 유리 눈을 가지고 있었습니다. 그들 앞에는 유리 단추들로 만든 폭포도 있었는데, 지나는 그것들을 빠르게 지나쳐, 데이노테리움 아래로 달려가서 앉았습니다. 우리의 머리 위로 정확히 이 미터 공중에서 누런 갈비뼈와 뭉툭한 척추뼈가 둥글게 구부러져 있었고, 그 옆엔 우리 둘의 몸을 합친 것만큼 거대한 머리뼈가 매달려 있었습니다. 기둥만큼 두꺼운 괴물의 다리 사이로, 그 몸뚱이를 서 있도록 지탱해 주는 나사와 견고한 막대기가 눈에 띄었습니다. 진흙 발을 가진 거인. 지나는 나에게 아무 말도 하지 않았지만, 우리가 고집스럽게 그 일을 시작할 수 있었던 것은 일종의 텔레파시 덕분이었습니다. 나는 여태껏 다른 무엇보다도, 그 불쌍한 오 미터짜리 인형이 우리에게 어떤 일을 일으켰는지 궁금합니다. 우리는 그 낡은 뼈대가 무릎을 꿇고 무너질 때까지, 삼십 분 정도 너트를 풀고 볼트와 쇠막대기를 뽑아낸 것 같습니다. 우리는 더 이상 아무것도 원하지 않았습니다. 우리는 승리했고, 마치 인도의 코끼리 기수처럼 의기양양하게 그것의 척추를 따라 그 머리뼈까지 올라갔습니다. 그러고는 단단하고 매끄러운 뼈 위에 앉아서, 주변의 박제된 동물 사체들을 경멸적인 시선으로 바라보았습니다. 잠깐이나마 그것들이 폭동의 포효를 부르짖는 것 같았고, 수백 마리 동물의 털이 전부 동시에 곤두서는 것 같았습니다. 여기서는 더 이상 할 일이 없었습니다. 북극의 풍경 속에 있는 코끼리물범과 물개, 벽면의 삼차원 디오라마를 지나, 온갖 뿔과 머리뼈가 지키고 있는 계단을 올라 2층으로 향했습니다. 여기 데이노테리움 홀 주변의 정사각형 갤러리에는 새들이 가득했습니다. 그것들은 모두 지나의 가슴에 붙어 있는, 커다랗고 벨벳처럼 부드러운 나비한테 동그란 눈을 굴리고 있는 것 같았습니다. 그 나비는 여전히 부드러운 날개를 파닥거리고 있었습니다. 그러나 그것들은 눈만을 굴릴 뿐, 각각 자기 나무 위에 있는 받침대에 앉아 꼼짝도 하지 않았습니다. 도색된 까마귀들은 몸의 터진 틈새로 지푸라기가 삐져나와 있었습니다. 큰부리새나 코뿔새의 부리처럼 뭉툭하고 굽은, 또는 호박벌만 한 벌새의 부리같이 바늘 모양인 주둥이들을 바라보면서 나는 레오니드 디모브[68]의 시에 나오는 "망령

---

68) Leonid Dimov, 1926~1987. 루마니아의 시인. 환상적이고 몽환적인 이

같은 큰부리새와 웃고 있는 갈매기"라는 구절을 떠올렸습니다. 조류들의 깃털도 낡게 빛바래 있었습니다. 한때 공작의 꼬리는 프러시안 블루와 에메랄드 그린이었을 테고, 꿩의 꼬리는 여우 털 같은 구리색이었으며, 앵무새와 극락조의 깃털도 무지갯빛이었을 것입니다. 그러나 이제는 다 똑같이, 갈색이 감도는 회색이 되었거나 인위적으로 불쾌하게 손질한 것 같은 빛깔이 되어서, 마치 연필로 덧칠한 결혼식 사진이나 폐병 환자의 기만적으로 상기된 뺨을 보고 있는 듯했습니다. 결정적으로 우리는 조류를 좋아하지 않았기 때문에, 이내 영광스러운 인류의 진화를 전시하는 전시관으로 들어갔습니다. 그런데 그곳에는 원숭이를 소개하는 진열장과, 삼차원 모형들을 전시한 몇 개의 좁은 방이 있었습니다. 고양이의 몸에 인간의 얼굴을 가진, 꼬리를 둘둘 말고 오렌지를 찾아다니는 키 작은 짧은꼬리원숭이와 긴꼬리원숭이부터, 코가 새의 꼬리만큼이나 긴 개코원숭이, 맨드릴, 망토고함원숭이, 엉덩이가 새빨간(눈에 띄도록 일부러 색칠하고 접착해 놓은 것 같았습니다.) 원숭이, 피그미마모셋에 이르기까지 다 있었습니다. 당연히 지나는 몹시 즐거워했고, 어느 순간, 어미 팔에 붙어 있던, 우스꽝스러울 정도로 위협적인 자세의 침팬지 새끼를 떼어 내서는, 직접 자기 품에 안고 목덜미를 쓰다듬어 주었습니다. 그녀는 한술 더 떠서, 재범자 같은 잔인한 얼굴을 가진, 지독하

미지로 유명하며, 미르체아 이베레아누와 함께 루마니아 '오니리즘(onirism, 꿈의 시학) 문학 운동'의 대표자로 꼽힌다.

게 추악한 수컷 고릴라의 어깨를 친구 대하듯이 톡톡 두드렸습니다. 그런 다음, 그녀는 고릴라 앞에 앉아, 그것의 가슴을 주먹으로 툭 치면서 말했습니다. "타잔." 그러고는 자기 가슴을 두드리며 말했습니다. "제인." 그리고 다시 "타잔." "제인." "타잔." "제인." 나는 평소처럼 소리 없이 숨을 참으면서 웃었습니다. 한편, 선원 뽀빠이처럼 발이 긴 붉은 오랑우탄은, 다른 사람의 품에 안길 운명을 지닌 콜롬비나[69]를 절망적으로 사랑하는, 우울한 하얀 광대 같은 얼굴이었습니다. 이윽고 우리는 더 이상 웃고 싶지 않았습니다.

우리는 원형의 방에 들어갔습니다. 이곳은 어류, 파충류, 조류, 포유류, 그다음엔 인간의 개체 발생 과정을 병렬적으로 제시하기 위해 조성된 장소였습니다. 알코올에 담근 유리판 위에, 맨눈으로는 거의 알아볼 수 없는, 상실배, 포배, 낭배부터 기관의 분화까지 배아의 진화 과정이 전시되어 있었습니다. 그런 과정을 통해 배아는 원시적 형태를 거쳐 아가미, 파충류적 특성, 나중에 재흡수되는 격세 유전적 특질, 진정한 윤회, 카르마, 끝없이 순환하는 존재의 수레바퀴로 나아갔습니다. 한쪽 벽에는 임신한 여성의 자궁 속에 있는 아이의 위치를 보여 주는 단면 모형이 있었습니다. 나는 타타르족과의 전쟁에서 벌어진 잔혹 행위, 이를테면 어머니의 자궁에서 산 채로 찢겨 나간 태아들의 존재를 기억했습니다. 벽을 따라 더 걸어가니

---

69) Colombina. 이탈리아 코메디아 델라르테에 등장하는 전형적 여성 인물. 영리하고 발랄한 하녀 캐릭터로, 아를레키노(할리퀸)의 연인으로 자주 등장한다.

선반 위에 수십 개의 유리병이 늘어서 있었습니다. 그 병 안엔 기형의 태아들이 두둥실 떠 있었습니다. 그들은 대두증이거나 무두증이거나 머리 중앙에 눈이 하나뿐이거나 입술 위에 콧구멍이 하나만 나 있거나 다리가 세 개 달려 있기도 했습니다. 또 발이 없거나 팔 없이 마치 날개처럼 어깨에서 작은 손바닥이 바로 자라 나온 태아들도 보았습니다. 그들은 창백한 노란색, 가령 연체동물 같은 노란색을 띠었고, 오그라들어 있었으며, 몸보다 길게 늘어진 피부에 매달려 있는 모습이 얼마나 이상했는지 모릅니다. 그리고 눈꺼풀이 벗겨진 그들의 눈이 얼마나 게으른 표정을 짓고 있던지. 그들은 살아갈 필요가 없다는 것에 어느 정도 만족감을 느끼는 현자처럼 보였습니다. 그들의 냉소적이고 관능적인 육체성에서는 개구리와 천재 사이의 뭔지 모를 차이를 찾아볼 수 없었습니다. 그리고 그들은 구역질 나는 액체 속에서 탯줄을 흔들며, 마치 그 상황을 즐기는 듯이 우리를 쳐다보고 있었습니다. 지나는 나처럼 공포에 질린 표정이 아니라, 마치 한평생 함께 살아왔고 감히 바꿀 생각조차 못 했던 집 안의 추악한 가구를 바라보듯이, 일종의 평온함과 체념의 시선으로 그들을 들여다보았습니다. 나는 그 전시실을 가로지르며, 온갖 기형을 주의 깊게 살펴보았습니다. 뱀에게 그랬듯이 지나는 굴곡진 유리병에 손바닥을 대고, 그중 창백한 한 놈[70]의 눈을 고통스러울 정도로 집중해서 깊이 바라보았습니다. 그다음에 우리는 미처 눈치채지 못

---

70) gnome. 땅속의 광물이나 보석들을 지키는 땅의 정령이다.

했던 어떤 좁은 문을 통해 라스콜니코프가 살았던 ‘옷장’ 같
고 다락방 같은 벽장 속으로 들어갔습니다. 그 벽면에는 찢긴
포스터가 붙어 있고, 공간의 절반 이상을 차지하는 오래된 소
파가 있고, 낡은 파지(破紙)가 있는 작은 선반 위에, 내 기억
으로는 『티베트 사자의 서』, 네르발의 『불의 딸들』, 도스토옙
스키의 『네토츠카 네즈바노바』 그리고 윌리엄 블레이크의 화
집과 『우리젠의 책』의 삽화를 복제한 판지들이 놓여 있었습
니다. 이 삽화 판지 중 하나는 화집에서 바로 뜯어낸 것으로,
나무 문에 압정으로 고정되어 있었습니다. 그 그림 속엔 무릎
을 꿇고 우물을 들여다보는 여인의 뒷모습이 그려져 있었습
니다. 그리고 그 여인 위에선 거대하고 검은 태양이 빛나고 있
었습니다. 우리는 소파에 앉았고, 지나는 침대 밑에서 크리스
마스트리 장식용 구슬, 머리가 납작하게 눌린 인형, 아주 오래
된 사진, 온갖 종류의 메모와 삽화, 녹슨 주사기, 청진기 따위
로 가득 찬 신발 상자를 꺼냈습니다. “나는 아주아주 어릴 때,
여기로 이어지는 길을 발견했어. 나는 나를 즐겁게 해 주는 모
든 것, 내가 좋아하는 모든 것을 여기로 가져왔지. 내 인형, 친
척들에게 받은 선물들 그리고 혼자서 조용히 먹으려고 과자
들도 가져왔어. 나는 홀로 박물관의 동물들 사이를 산책했고,
그러지 않고 그냥 돌아간 밤은 한 번도 없었던 것 같아. 나는
페넬로페의 이야기에 나오는 노인의 딸이 그 우스꽝스러운 용
들 사이를 걷고 있다고 상상하곤 했지.[71] 나는 그들을 모두

---

71) 발라우르(balaur). 루마니아 민담에 등장하는 용. 여러 개의 머리를 가지

알아. 그들도 전부 마법에 사로잡혀 있어. 물론, 나도 그렇고. 그런데 난 이 벽장이 제일 마음에 들어. 여기는 깊고, 깊고, 깊은 곳이야. 여기서는 내가 진짜 나임을 느낄 수 있어.” 지나는 이렇게 말하는 동안, 벌써 오래전에 변모한 듯이, 그저 다른 사람, 수상한 마녀, 황홀경에 빠져 두 손을 꼭 맞잡은 수녀가 되어 있었습니다. 나는 그녀를 팔로 껴안아 소파에 눕혔습니다. 우리 둘 다 난생처음으로 사랑을 나눴습니다. 여기서는 당시의 몸짓과 감정에 대해 거의 언급하지 않을 생각입니다. 이 원고에 수치심이 자리할까 봐 그러는 것이 아니라, 사실 나는 당시 나에게 무슨 일이 일어나고 있는지 단 한순간도 인식하지 못했기 때문입니다. 완전히 벌거벗은 그녀는 그 어느 때보다 생기 넘쳤고, 무한하고 비현실적인 윤곽을 지닌 듯 보였습니다. 그녀는 줄지어, 입술의 피부가 창백한 입, 작은 가슴, 베개 위에 흩날리는 머리카락의 물결, 불안한 호흡으로 나타났습니다. 내가 그녀 안으로 들어갔을 때, 소조용 점토처럼 부드럽고 다채로우며, 아마(亞麻) 씨앗에서 풍기는 것과 거의 비슷한 냄새가 나는 이 모든 인상들이 마치 모자이크처럼 녹아 흐르기 시작했습니다. 나는 갑자기 전체로 합일하는 느낌을 받았습니다. 그것은 창백한 빛이었고, 한계 없는 긴장감이었으며, 의사소통이 없는 직관이었습니다. 우리는 잠시 멈춰 있다가, 아침에 도마뱀이 깨어나듯이 서서히 마비가 풀리면서, 제

고 있으며, 슬라브·다치아 신화의 영향을 받은 루마니아의 고유한 상상적 존재다. ‘노인의 딸’이 용(발라우르)한테 납치되는 이야기는 루마니아 민담 속에 다양한 형태로 남아 있다.

한된 우리의 삶으로 돌아갔습니다.

나는 변화한 채 깨어났습니다. 나는 나 자신이 지나 안으로 옮겨졌음을 깨달았습니다. 묘사할 수 없고 살아 본 적 없는 이 순간의 삶에 대해 설명하는 일을 더는 뒤로 미룰 수 없습니다. 나는 등을 대고 누워, 내 위로 몸을 구부리고 있는 흐릿한 존재의 동공을 통해 나 자신을 바라보았습니다. 그렇게 눈동자의 곡률 때문에 약간 일그러진 지나의 얼굴이 보였습니다. 내 의식의 조망이 조금 더 확장되었을 때, 나는 내 위에 있는 존재가 나의 모습을 하고 있으며, 무한한 공포심으로 나를 쳐다보고 있다는 사실을 깨달았습니다. 나는 내가 사랑하는 여자의 몸이 된 나의 몸을 보았는데, 나에게는 그녀의 팔, 그녀의 가슴, 그녀의 머리카락, 그녀의 엉덩이, 그녀의 다리가 있었습니다. 나는 그녀의 피부와 뼈를 가졌고, 내 입술에는 그녀가 바른 립스틱의 화학적 맛이 남아 있었습니다. 내 한쪽 귀에는 여전히 그녀의 에메랄드빛 귀걸이가 달려 있었고, 다른 쪽 귀걸이는 침대 위, 우리 가운데에 놓인 구겨진 옷 사이에서 반짝이고 있었습니다. 그리고 그녀는 나였습니다. 그녀는 길고 마른 남성의 몸, 갈비뼈가 드러난 가슴, 좁은 엉덩이, 털이 많은 허벅지 사이에 있는 애벌레 같은 성기 그리고 무엇보다도 내 얼굴, 내 눈, 내 긴 턱, 관능적으로 고통스러워하는 내 입술 위에 난 콧수염마저 가지고 있었습니다. 나는 꿈에서조차 단 한 번도 본 적이 없는 나 자신을 향해 몸을 굽혔고, 마치 죽은 뒤에 몸에서 놓여난 영혼이 자신의 육신을 바라보듯이, 모든 각도에서 나 스스로를 살펴보았습니다. 그녀가 코뿔소나 벌레로 변했더라도 이보다 더 충격적이지는 않았을 것입니다. 우리는 서로 말하거나 끌어당기지 않고, 단지 공포에 떨며 오랫동안 서로를 바라볼 뿐이었습니다. 우리는 너무 피곤하고 혼란스러운 나머지, 더 이상 아무 생각도 할 수 없었습니다. 우리는 기계적으로 옷을 입었고, 서로 자신의 옷을 착각한 바람에 여러 번이나 옷을 바꿔 입기를 반복했습니다. 우리의 몸짓은 머뭇거렸고, 움직임은 더듬거렸으며, 손을 움켜쥐지조차 못했습니다. 우리는 서로를 완전히 다른 화학, 생물학, 심리학을 기반으로 하는 별세계의 존재로 여겼습니다. 돌연 내 앞에 있는 사람이 침대에 몸을 던지더니 베개에 얼굴을 파묻은 채 숨을 헐떡이고 딸꾹질을 하며 격렬하게 울기 시작했습니다. 그 사람은 베개를 주먹으로 내리치고, 마치 귀신에 홀린 듯이 사방으로 몸부림쳤습니다. 그러다 그 사람의 울부짖는 소리와 구별되는 다른 소리가 들려왔습니다. 그 소리는 나무 문 너머에서 들려왔는데, 살랑거리는 소리, 흐느끼는 소리, 빗자루가 바닥을 쓰는 소리나 마라카스의 칙칙거리는 소리 등 희미한 소음이 뒤섞인 바스락거림과 비슷했습니다. 그 소음을 듣자 내 옆에 있던 사람(나는 그 사람이 지나라는 사실을 믿을 수 없어서 이렇게 부르겠습니다.)은 입을 다물고 당황한 표정으로 내 손을 낚아채더니, 예상하지 못한 거센 힘으로 나를 벽장에서 끌어냈습니다. 나는 마룻바닥 위로 발걸음을 옮기면서, 여전히 너덜너덜한 날개를 퍼덕이는 거대한 나비를 작은 신발의 뒷굽으로 짓밟았습니다.

그 명료하지 않은 밀림의 소음은 시간이 지날수록 점점 증폭되었습니다. 태아들이 전시된 장소로 나가자, 우리는 그들이 녹색 유리병 속에서 눈을 크게 뜨고 기괴한 몸짓을 하는 모습을 보았습니다. 그들 중 한 명은 가까스로 원통 가장자리 위에까지 기어올랐고, 오십 센티미터 길이의 탯줄을 끌고 땅으로 뛰어내릴 준비를 하고 있었습니다. 안드레이가 재빠르게 나를 바깥으로 끌어내지 않았더라면, 나는 공포로 인해 기절했을 것입니다. 치열한 추격전이 이어졌습니다. 전시실의 모든 것들이 깨어나고 있었습니다. 진열장 유리 안에서 움직거리던 동물들은 이제 주둥이를 벌리고 눈을 굴렸습니다. 새들은 깍깍 소리를 지르기 시작했고, 자신들을 붙들어 둔 막대기에서 벗어나려고 날개를 힘껏 퍼덕였습니다. 그러자 페인트와 해초 냄새가 풍기는, 질식할 것 같은 먼지가 일었습니다. 공작새들의 가슴 찢는 비명 소리를 뒤로하고 계단을 뛰어 내려가서, 1층의 홀을 가로질러 달려갔습니다. 뼈대가 나무줄기만큼 굵은 데이노테리움이 다시 일어서려고 안간힘을 쓰자 홀 전체가 흔들렸습니다. 그 주변의 모든 유리 상자 속, 초식 동물과 육식 동물을 가리지 않고 다양한 동물들이 마치 기나긴 잠에서 막 깨어난 듯이 크게 기지개를 켰습니다. 표범은 꼬리를 구부리며 으르렁거렸고, 사슴을 닮은 누(gnu)는 발굽을 굴렀으며, 기린은 점박이 목을 앞으로 쭉 뻗었습니다. '북극의 생태'를 표현한 삼차원 모형 전시실에서는, 엄니가 물범의 것보다 세 배나 크고 윤기 나는 피부 아래의 지방이 출렁거리는 거대한 바다코끼리가 벌써 울부짖고 있었습니다. 우리는 필사적으로 도망쳤고, 뒤에서는 진열장의 유리가 부서지는 소리가 들렸습니다. 우리는 무서운 벌레들이 우글거리는 지하실로 달려갔습니다. 공중에서는 형형색색의 나비와 메뚜기, 매미, 관박쥐, 루세트박쥐 등이 한가득 활개를 치고 있었습니다. 유리병에서 빠져나온 날치 한 마리가 방을 쏜살같이 가로지르더니 벽에 부딪쳤습니다. 바닥에서는 거대한 바퀴벌레, 땅강아지, 거미, 전갈이 떼를 지어 바글거리면서, 살아 움직이는 공포스러운 양탄자를 만들어 냈습니다. 우리는 한 걸음을 내딛을 때마다 수십 마리의 벌레들을 밟을 수밖에 없었습니다. 코브라들은 벌레들과 함께 바닥을 기어갔고, 비단뱀은 나무줄기에서 똬리를 풀기 시작했습니다. 그리고 방울뱀은 위협적으로 꼬리를 흔들며 짤가닥 소리를 냈습니다. 이 모든 생물들은 여전히 몽롱해 보였지만, 차츰 눈에 띄게 회복해 가고 있었습니다. 게으른 심장처럼 해파리도 포르말린 속에서 고동쳤고, 십 킬로그램쯤 되는 육중한 물고기들은 유리 원통이 뒤집힐 때까지 몸부림치다가, 이제는 이빨이 있는 턱으로 하품을 하면서 젖은 꼬리로 전시실 바닥을 탁탁 두드렸습니다. 우리는 숨을 헐떡이며, 마침내 벽면에 다채로운 그림자를 드리우는 광물 전시실에 도착했습니다. 우리는 아까 조명을 켠 레버를 다시 찾아냈지만, 문의 흔적은 전혀 없었습니다. 거기에 지하 복도로 이어지는 주홍색 문이 있어야 하는데 아무것도 없었습니다. 우리는 거의 절망에 빠져 울면서 모든 벽을 더듬었지만 아무 소용도 없었습니다. 우리는 박물관의 정문으로 나가야 했습니다. 만약에 그 문마저 잠겨 있었더라면 우리는 완전히 고립되었을 것입니다. 우리는 이제 활기차게 공격적으로 변해 가는 곤충들의 물결 쪽으로 되돌아섰습니다. 그들은 더 이상 무작위로 떼를 지어 모여 있는 게 아니었습니다. 분명히 우리를 향해 전부 의도적으로 다가오고 있었습니다. 전갈이 우리 구두 가죽에 독침을 꽂았고, 나비는 우리 얼굴 위로 펄럭펄럭 날아다니며 현기증을 불러일으켰습니다. 급기야 붉은 개미가 우리의 다리 위로 기어오르기 시작했습니다. 1층에는 이제 으르렁거리고, 코를 쿵쿵거리고, 길게 울고, 콧소리를 내고, 찍찍거리고, 컹컹 짖는 모든 동물들이 마치 날카로운 송곳니와 뿔로 이루어진 벽처럼 우리에게 다가왔습니다. 우리는 쫓겨났습니다. 간신히 박물관의 정문을 찾았습니다. 그 문을 열고 바깥의 시원한 밤공기에 빠져들기까지의 시간이 영겁처럼 길게 느껴졌습니다. 우리가 문을 세게 닫았을 때, 우리 뒤로 육상 동물과 새, 파충류와 곤충이 파도처럼 밀려와서 무거운 철문에 몸을 부딪치는 소리가, 마치 지진이 일어난 것처럼 요란하게 들려왔습니다. 우리는 박물관 입구의 계단을 내려갔습니다. 몇 개의 오렌지색 전구로 희미하게 빛나던 빅토리아 광장은 텅 비어 있었습니다. 아주 멀리, 지루해하는 모습으로 천천히 순찰하는 민병대원만이 보였습니다. 여름밤이 아니면 기대할 수 없는 정말 아름다운 밤이었습니다. 우리는 마지막으로 서로 손을 잡고, 서로의 눈을 바라보았습니다. 우리는 굳이 이야기할 필요가 없었습니다. 우리는 모든 것이 사라졌음을 알았고, 이제부터는 각자 최선을 다해 자신의 일을 스스로 헤쳐 나가야 했습니다. 우리는 새로운 다리와 새로운 몸이 이끄는 대로 집을 향해 걸어갔습니다. 우리는 직접 해 보지 않고는 무엇을 해야 하는지, 결코 알 수 없었을 것입니다.

 그것이 전부입니다. 나는 더 이상 지나에 대해 아무것도 모릅니다. 어떤 사람이 되었고, 어떻게 사는지도 모릅니다. 알지도 못하거니와 알고 싶지도 않습니다. 일 년 동안, 어쩌면 내 인생의 마지막 집착이자 광기였는지도 모르는 그 소녀를 나는 이 낯선 몸에서 더는 알아보지 못합니다. 이러한 조건에서 더 살아가려고 노력하기란 부조리한 일 같습니다. 나는 기만적으로 직조된 천 조각으로 거울을 덮어, 그녀의 몸이 보이지 않도록 내 의식을 보호했습니다. 하지만 나는 훨씬 교활한 정신적 경로를 통해 나를 공격하는 그녀의 존재로부터 스스로를 방어할 수 없습니다. 괴물이 나를 가졌고, 짐승의 다리로 나에게 기어 올라와서 나를 꼭 붙잡고 있습니다. 나는 도둑들이 떨어지는 여덟 번째 지옥의 업화 속에 갇힌 저주받은 죄인처럼, 순간순간 그 괴물과 융합합니다. 이 생각들조차 내 것인지, 아니면 그녀의 것인지 자문합니다. 내 대부분의 고백 속에 담겨 있는 감미로운 윤색은 과연 어디에서 비롯한 것일까요? 내 성격에 맞지 않는 다소 격앙된 문체는 또 어디에서 왔을까요? 그것은 짐승의 잇몸에서 나온 독즙이 아닐까요? 내가 글을 쓰기 시작하고, 이 장막을 당기고, 객석과 특별 관객실이 텅 빈 무대에서 홀로, 이 같은 심리극을 연기하기 시작한 것 자체가 실수였습니다. 나는 누구를 위해 이 코미디를 썼을까요? 너는 지금 내 옆에 있니? 너는 지금 나를 도와줄 수 있니? 그럴 수 있니?

 불행하게도 지금 내 옆에서 나른한 표정으로 내 어깨 너머를 바라보는 사람은, 침대보를 갈아 주기를 기다리는 라비차뿐입니다. 그때까지 그녀는 끊임없이 다양한 색깔의 마커로 손에 닿는 데마다, 심지어 몸에까지 어린애 같은 글씨와 그림으로 연애편지를 채워 나갔습니다. 그녀는 지금 가슴에 녹색 잉크로 "당신도 내게 편지를 써 주세요."라고 적고 있습니다. 그리고 그 옆에는 갈색 머리카락, 파란 눈동자, 빨간 입술을 가진 소녀의 얼굴을 지저분하게 그려 넣고 있습니다. 이것이 바로 우리의 상황입니다. 어쨌든 나는 짐승과의 싸움을 영원히 지연시키는 이곳에서 벗어나야 합니다. 내 집착은 구마 의식으로도 떨쳐 낼 수 없고, 아무리 글을 쓰더라도 다시 예전의 나로 돌아갈 수 없습니다. 신이시여, 이렇게 머물러 있고 싶지도 않습니다. 그래서 나는 어떻게든 '세상'으로 돌아갈 때까지, 모든 결정을 미루어 왔습니다. 그곳에서 무엇을 해야 하는지, 특히나 어떻게 해야 하는지 깨닫게 될 테죠. 침대 옆의 탁자에 쌓여 있는 이 원고들은 사람들이 얘기하는 것보다 훨씬 엉터리 실패작입니다. 바로 오늘 저녁, 나는 이 원고들을 불태울 작정입니다. 그것들을 의사나 다른 누구에게도 맡기지 않기로 결심했습니다. 왜냐하면 그들이 그 글을 읽게 된다면, 나는 결코 여기에서 탈출하지 못할 테고, 어쩌면 더 나쁜 림보에 떨어질지도 모르기 때문입니다. 나는 역겹지만 평범하게, 조부모님을 행복하게 해 줄 준비가 되어 있고, 병적인 발작 증세가 가라앉은 뒤, 더 건강한 정신으로 돌아온 착한 지나를 가장할 생각입니다.

　나는 내가 모든 것을 파괴하게 되리라는 사실을 알면서도 왜 여전히 이 글을 쓰고 있을까요? 왜 나는 여기에 한 글자 한 글자 더해 가고 있을까요? 혹시 한 번 더 숨을 쉬기 위한 대가인가요?

아니요, 한 번에 끝나야 합니다. 준비가 되었습니다. 나는 끝났습니다.

그 사람은 화를 내며, 옷장 경첩에서 거울이 달린 문을 뜯어 내 바닥에 내동댕이쳤습니다. 양탄자를 치워 놓은 마룻바닥에 거울의 유리 면이 떨어지면서 둔탁한 파열음을 냈고, 그 소리가 거울이 깨졌음을 알려 주었습니다. 돌돌 말린 양탄자는 소파 옆에, 오렌지색 벨벳과 비단으로 만든 화려한 쿠션 위에 놓여 있었습니다. 그 사람은 바퀴가 달린 작은 피아노를 방 한가운데로 끌어당기고, 그 옆에 페르시아 양탄자를 기대 놓았습니다. 또 그 사람은 소파를 힘껏 일으켜 세워, 반짝이는 피아노 위에 올려놓았습니다. 그 소파는 피아노 뚜껑에 용접되어 있는 청동 촛대 사이에 딱 들어맞았습니다. 그 사람은 호흡하기 위해 잠시 움직임을 멈추고, 먼지 묻은 손을 노란색 티셔츠의 가슴팍에 쓱 닦았습니다. 그리고 창가로 갔습니다. 베네레이 거리는 짙은 가을 황혼 속에서 도로의 돌들이 보라색 불꽃을 일으키며 희미하게 빛났습니다. 차양까지 닿은 버드나무의 아주 긴 가지가 미풍에 흔들렸습니다. 그 두 가지가 교차하는 지점에서, 어두운 녹슨 빛깔의 주황색 털을 가진 늙은 고양이가 꾸벅꾸벅 졸고 있었습니다. 그 사람은 창문을 열어 두고, 진홍색 다마스크 휘장을 내렸습니다. 방에는 붉은색의 희미한 반그림자가 남았습니다. 휘장 사이로 들어온 한 줄기 빛은 윤이 나는 책장 구석에 부딪혔고, 거기에 놓인 작은 금속 십자가가 돌연 하얀 불꽃을 일으키며 빛났습니다. 그 사람은 책장에서 책들을 끄집어냈고, 잠시 생각한 뒤에 바닥, 피아노와 소파 주변에 내려놓았습니다. 그 사람은 판지 상자에서 위대한 발트루샤이티스의 책을 꺼내, 헌정문을 읽었습니다. "사랑하는 지나에게, 우리 세계와 우리 육체의 음란한 로코코 아래에 있는 우리의 뼈와 정신이 고딕이라는 점을 기억하기 위해. 안드레이가, 197……년 2월." 그 사람은 키메라 그림으로 가득 찬 페이지를 잠시 넘겨 보았습니다. 그러고는 다른 책들 옆에 내려놓았습니다. 그러다가 갑자기 몸을 뒤로 젖히더니, 왼손으로 기타의 목 부분을 움켜쥔 시늉을 하며 광란에 휩싸인 기타리스트를 흉내 냈습니다. "인투 더 파이어어어어."라고 탁한 소리를 지르며 웃기 시작했습니다. 이른바 책장이라고 불리는 물체는, 검은색 래커를 칠한 하나의 구조물이었고, 책이 별로 들어 있지 않았기 때문에 방 중앙으로 옮기기가 쉬웠습니다. 그러나 그 사람은 매우 빨리 피곤함을 느꼈고, 가구를 옮길 때마다 오래 쉬어야 했습니다. 다행스럽게도 그 방 안엔 물건이 많이 남아 있지 않았고, 이제 천장까지 높이 솟아오른 살림살이는 화려한 샹들리에를 더 높이 밀어 올렸고, 그 광경은 마치 맑게 달그락거리는 수정 고드름을 더욱더 높이 들어 올리는 것 같았습니다. 그 사람은 책장을 밀고 당겼고, 연분홍색 공단에 연녹색 꽃이 아름답게 수놓인 커다란 안락의자를 잡고 다리가 위로 올라가게끔 뒤집어서 소파에 기대어 놓았습니다. 그러고는 약간 구부정해진 양탄자 끝으로 그것을 받쳐 놓았습니다. 이어서 그 사람은 사무용 책상의 덮개를 활짝 열었는데, 그 덮개 위에는 르네상스풍의 그림과 함께, 아름다운 라틴어 문자로 쓰인 "사랑은 모든 것을 이긴다.(AMOR OMNIA VINCIT.)"라는 문구가 있었습니다. 그 사람은 그 덮개를 떼어 내서 무관심하게 바닥에 내던졌습니다. 단향목 향기가 풍기는 내부 선반에는 투명하거나 무광택이거나 반짝이는 크리스털로 세공되었거나 부드러운 유리로 성형된, 다양한 색상의 작은 병들이 무수히 놓여 있었습니다. 독약처럼 노르스름하거나 녹색을 띤 액체가 병 안쪽에서 미세하게 층층이 출렁였습니다. 그 사람은 그 병들 중 하나를 집어 들었습니다. 그리고 금빛의 섬세한 글씨로 이름을 새긴 라벨을 읽었습니다. '수아 드 파리.(파리의 저녁.)' 그 사람은 일어서서, 그 병을 마치 수류탄처럼 그러쥐더니 갑자기 바닥에 내던졌습니다. 연약한 향수병은 수백 개의 파편으로 산산이 폭발했고, 향수는 바닥에 젖은 얼룩을 남기며 사방으로 길게 흩어졌습니다. 관능적인 향기가 방 안을 가득 채웠습니다. 각각의 병들은 차례대로 동일한 운명을 맞이했습니다. 그 사람은 그 병들에 붙은 라벨을 하나씩 읽었습니다. 센세이션, 피지, 마지 누아르. 그런 뒤에 그 사람은 파편에 맞지 않도록 왼팔로 눈을 가린 채, 온 힘을 다해 유리병들을 바닥에 내던졌습니다. 그 사람이 별도의 칸막이에서 발견한, 두세 개의 마지막 병들 속엔 어떤 액체와, 파란색 의료용 알코올이 반 리터 정도 들어 있었습니다. 그 사람은 그것들을 깨 버리는 대신에, 그 내용물을 방 중앙에 쌓아 놓은 가구들 위에, 마치 그림을 그리듯이 흩뿌리며 중얼거렸습니다. "양탄자에 강한 향수를 부어 주세요./ 장미를 가져오세요. 내가 당신 위에 놓아둘게요." 그리고 다시 즐겁게 웃었습니다. 그 사람은 창가로 가서 휘장을 걷지 않고 창문을 닫았습니다. 이제 방 안에선 물건들보다 냄새가 더욱 실제적이었고, 공기 중엔 거의 눈에 보일 정도로 짙은 연기가 피어올랐습니다. 그 사람은 프랑스 향수가 고인 작은 웅덩이들 사이에서, 딱딱한 나막신의 밑창으로 피부용 크림 통과 파운데이션 튜브들을 짓이겨 부쉈습니다. 이미 지쳐 버린 그 사람의 몸에 육감적인 현기증이 스며들었습니다. 그 사람은 자신의 인공 천국에서, 오딜롱 르동[72]의 그림 「데제생트」처럼 누워 잠들고 싶었습니다. 게다가 그 사람은 잠을 잘 시간이 충분하다는 사실을 알았습니다. 그 사람은 발받침 의자 위로 올라가서 호화로운 성상들을 하나씩 벽에서 떼어 내기 시작했습니다. 유리로 된 그 성상들은 피처럼 붉은색과 황금색과 하늘의 푸른색으로 빛나는 그들만의 세상을 품고 있었습니다. 날개 달린 말 위에 올라탄 성 게오르기우스가, 사람의 얼굴을 가진, 우스꽝스러운 녹색 파충류를 창으로 찌르고 있었습니다. 그 괴물의 주둥이에서 뿜어져 나오는 두세 개의 얇은 불줄기가 제법 위험해 보였습니다. 뼈만 남은 예수님은 갈비뼈의 상처를 보여 주었고, 거기에서 보라색 포도 다발과 코르크 따개처럼 구불거리는 덩굴손으로 가득한 뒤틀린 포도나무 줄기가 솟

---

72) Odilon Redon, 1840~1916. 프랑스 상징주의 화가이자 판화가. 초현실주의의 선구자로 평가된다. 여기에서 언급되는 '데제생트'는 각주 5를 참고.

아오르고 있었습니다. 성모님은 황금빛 후광과 날개를 가진 천사들의 보호를 받으며, 진홍색 이불 아래에서 잠들어 있었습니다. 나사로는 미라처럼 붕대를 감은 앙상한 모습으로 무덤의 파르스름한 관 속에 서 있었고, 예수님은 그에게 "일어나서 걸어가라."라는 계시가 쓰여 있을 법한 양피지 두루마리를 보여주었습니다. 갑옷을 입고 어깨에 창을 얹은 가브리엘 대천사도 그런 양피지 두루마리를 가지고 있었습니다. 각각의 성상들을 벽에서 떼어 내자, 그 빈자리에서 창백한 직사각형 모양의 얇은 거미줄이 부풀어 올랐습니다. 썩은 나무 테두리에는 수천 개의 좀먹힌 흔적이 가득했습니다. 그 사람은 첫 번째 줄의 성상들을 먼저 내린 다음, 두 번째 줄의 성상들도 차례로 내려놓았습니다. 전부 합해서, 적어도 열다섯이나 열여섯 개 정도였습니다. 그 사람은 거의 의자에서 떨어질 듯 위태위태 내려왔습니다. 이제 방 안의 공기는 거의 숨을 쉴 수 없는 지경이었습니다. 그 사람은 알코올 성분에 자극받은 눈으로 엄청난 눈물을 흘리며 멍청하게 웃고 있었습니다. 그러고는 벽에 등을 기대고 잠시 앉아 있다가, 가구 더미 주변의 책들 사이에 성상들을 배열하기 시작했습니다. 비로소 모든 것이 있어야 하는 대로 제자리를 찾아간 듯이 보였습니다.

이제 남은 것은 장롱뿐이었습니다. 그 사람은 머뭇거리면서, 칸막이 깊숙이, 팔을 어깨까지 찔러 넣고 속옷, 블라우스, 티셔츠, 체크무늬 바지, 다양한 옷감으로 만든 치마, 반짝이고 바스락거리는 여성용 상의, 디스코텍 종업원이나 입을 것 같은 조끼, 화장품 상자들, 노란색 양말, 줄무늬 양말, 진홍색 양말, 단 한 번도 입지 않은 몇 벌의 값비싼 청바지와 낡은 청바지, 얇은 면으로 만든 하늘거리는 전통 드레스, 금빛 장식품이 달린 두건 따위를 한 아름 끄집어냈습니다. 그러고는 그것들을 피아노 덮개 위에 올려놓고, 키가 큰 가구들 사이에서 달콤한 잠을 청할 만큼 충분히 쾌적한, 울긋불긋하고 매력적인 둥지처럼 보일 때까지 손바닥으로 두들겼습니다. 그리고 그 사람은 장롱의 다른 칸에서, 이브닝드레스가 걸린 옷걸이들을 전부 꺼냈습니다. 그것 중 일부는 오래되었고, 또 다른 일부는 두툼한 고급 비단에 금실과 은실로 세심하게 자수를 놓은 물건이었으며, 나머지 일부는 얇은 비단으로 만든 옷가지였습니다. 거기엔 모피로 만든 옷 몇 벌과, 모자도 있었습니다. 검은색과 빨간색 장식이 들어간 흰색 양가죽 조끼, 담황색 코트, 크림색 코트, 지나가 학교에 입고 간 적이 없는 여우 모피 코트 그리고 후드가 달린 길고 푹신한 캐나다 코트 세 벌도 들어 있었습니다. 지나는 그 밑에 헤아릴 수 없이 많은 신발들을 보관했는데, 역시나 가장 값비싼 물건은 반짝이는 가죽으로 만든 작은 신발들이었습니다. 그중 일부엔 섬세한 금속 장식이 달려 있었습니다. 그 사람은 그것들을 모두 꺼내서 방 중앙에 쌓아 놓은 가구들, 그 비정상적인 구조물 위에 늘어놓았다가 여기저기 걸 수 있는 곳이라면 어디에나 걸어 놓았습니다. 그 사람은 결국 장롱을 끌어 옮기는 데에 실패했습니다. 왜냐하면, 특히 지금은, 그런 일을 할 수 없을 정도로 영원한 잠이 그 사람의 뼛속까지 스며들었기 때문입니다.

모든 것이 준비되었습니다. 그 방은 마치 벽면을 새로이 도색할 준비를 마친 듯 보였습니다. 그 사람은 히스테리 탓에 너털웃음을 터뜨리다가 휑한 벽을 따라 기어다니고, 황폐한 방에서 메아리치는 자신의 웃음소리에 놀라기도 했습니다. 간신히 서 있을 수 있었습니다. 그 사람은 가장 무겁고 화려하게 주름진 노란색 드레스를 집어, 머리부터 아래로 뒤집어썼습니다. 그러고는 무심코 목과 손목에 있는 끈을 조였습니다. 치마가 발목까지 닿았습니다. 그 사람은 가슴에서 엉덩이로 손바닥을 옮기다가, 어깨 위에까지 내려온 곱슬곱슬한 긴 머리카락을 쓰다듬으며 멍하니 무언가를 바라보았습니다. 이윽고 커다란 테라코타 난로 쪽으로 다가가서 미리 준비해 둔 용기를 꺼냈습니다. 그 사람은 용기 속에 든 액체를 가구와 옷 더미에 잘 뿌린 다음, 그 황갈색 액체의 증기를 흡입하지 않도록 고개를 돌린 채, 자기 블라우스 위에도 흠뻑 부었습니다. "이게 다야."라고 소리쳤습니다. "이게 전부야, 전부!" 그 사람은 메스꺼움을 느끼며 방구석에 구토를 했습니다. 그럼에도 한동안 정신을 차리고 있었습니다. 그 사람은 바닥에 있던 신문을 구겨 손에 들고, 돌돌 말아 둔 양탄자 밑으로 비집고 들어가서 피아노 뚜껑 위로 올라갔습니다. 그러고는 향기가 진동하는 옷 더미 위에 누웠습니다. 그 사람은 둘둘 만 신문지에 라이터로 불을 붙인 다음, 그것을 피아노와 소파 사이의 아래쪽 바닥으로 던졌습니다. 그 사람은 불꽃이 튀는 소리를 듣자마자 얼굴을 숙이고, 옷감들이 일렁이는 어지러운 물결 속에 뺨을 묻었습니다.

그 순간, 즉시 잠들었습니다.

REM

예술 도서관에서 찾은 코르타사르,[73] 조각조각 찢긴 마르케스(『순박한 에렌디라와 포악한 할머니의 믿을 수 없이 슬픈 이야기』, 양장본), 뻣뻣한 진홍색 판지로 제본한 『사라고사에서 발견된 원고』,[74] 일 미터 정도 꽂혀 있는 '20세기 소설' 전집, 그보다 훨씬 길게 늘어서 있는 파스텔 색상의 'BPT' 그리고 'Univers' 시리즈, 광택이 흐르는 흑백의 '미술 총서'(나는 곧바

[73] Julio Cortázar, 1914~1984. 아르헨티나의 소설가. 환상과 현실을 넘나드는 실험적 문체로 라틴아메리카 문학 붐을 이끈 대표적인 작가 중 한 사람이다.
[74] 『사라고사에서 발견된 원고(Rękopis znaleziony w Saragossie)』(1805)는 폴란드의 작가 얀 포토츠키(Jan Potocki, 1761~1815)의 소설이다. 액자 구조의 이야기가 끝없이 중첩되는 형식을 가지고 있으며, 스페인을 배경으로 하는 환상과 모험담과 철학적 이야기들이 복잡하게 얽혀 있다.

로 마르셀 상드레일[75]의 『형식의 지혜』와 마르셀 브리옹[76]의 『환상 예술』을 알아보고, 고딕과 매너리즘, 바로크, 로코코 그리고 현대 미술에 관한 모든 종류의 잡담에 바로 관심을 기울입니다. 결국 현대 미술이란 전부 고딕, 매너리즘, 바로크 또는 로코코에 기원을 두고 있다는 주장들까지도.)는 거의 화판 크기에, 서가 전체를 휘게 할 만큼 무겁고 견고합니다. 그 비스듬히 누운 화집의 윤기 도는 표지에서는 화학적인 냄새가 납니다. 단지 한 권만이 내 쪽을 향해 있습니다. 표지에 인쇄된 풍경을 보니, 측면에 문이 달린 일종의 목재 트레일러와, 길게 줄지어 선 불그스름한 건물들의 아치형 지붕과 방벽이 끝없는 소실점을 향해 사라져 가고 있습니다. 그리 늦은 시간은 아니지만 석양이 지는 것 같습니다. 훌라후프를 가지고 노는 어린 소녀의 그림자가 자갈로 다진 길을 가로질러 길게 뻗어 있습니다. 다른 화집은 흰색으로 명확하게 화가의 이름들이 적힌 책등 부분만을 볼 수 있었습니다. 그 이름들을 열거하자면, 틴토레토, 가우디, 다빈치, 드가, 하루노부, 폰토르모, 만테냐입니다. 다른 선반들엔 시집이 있습니다. 알록달록한 줄무늬 표지의 시집 총서 '가장 아름다운 시들'(야니스 리초스에겐 벽돌색이, 엘리엇에겐 갈색 그리고 미국 시엔 진녹색이 얼마나 잘 어울리는지! 아마 다른 색깔은 상상

---

75) Marcel Sendrail, 1900~1980. 프랑스의 의사이자 문화사가. 질병과 인류 문명의 관계를 다룬 연구로 유명하다.
76) Marcel Brion, 1895~1984. 프랑스의 작가이자 미술사가. 환상 문학과 미술 비평 분야에서 활발히 활동했으며, 독일 낭만주의와 환상적 사실주의에 깊은 관심을 가졌다.

조차 못 할 테죠.), 청회색의 두꺼운 종이 커버에 싸여 있는 '오르페우스' 시리즈(여기에서는 딜런 토머스의 시, "어릴 때 나는 사과나무 가지 아래에 있었다……"가 떠오릅니다.), 마지막으로 월리스 스티븐스[77]의 새카맣고 세련된 정사각형 모양의 시집과 그윽한 초록빛을 띤 랭보의 시집이 눈에 띄었습니다. 거의 보이지 않는 천장 선반까지 책이 가득 쌓여 있는 벽. 조화로운 혼돈, 우주, 당신은 철학자입니까? 그렇다면 뒷면에 파란색 직사각형이 붙어 있고, 당신의 이름과 글이 적혀 있는 크림색 토가를 걸쳐야 합니다. 당신은 수필가입니까? 만약 당신의 자리가 페트로스 하리스[78]와 카뮈 사이에 있다면, 상복 같은 검은색 옷을 입어야 합니다. 당신은 독창적인 견해를 가진 정치학자, 원자론자, 생물학자인가요? 아니면 사회학자, 인류학자인가요? 그중 하나가 맞다면, '현대 사상'이 꽂힌 서가로 가야 합니다. 당신은 거기에서 레몬 같은 노란색부터 제비꽃 같은 보라색에 이르기까지 원하는 색상의 옷을 선택할 수 있습니다. 당신은 규정할 수 없는 존재, 알려지지 않았거나 대단히 유명한 소설가, 혹시 교육가입니까? 당신이 그러하다면, 모든 장단점이 있는 단행본이 어울립니다. 아니면 토목 공학자, 재료 역학을 연구하는 교수, 보일러 기술자, 수학자입니까? 안타깝습니다. 이 원룸에 사는 부인은 절대 당신의 책을 사지 않을 테

---

77) Wallace Stevens, 1879~1955. 미국의 모더니즘 시인. 독특하게도 평생 직장 생활을 하며 시를 썼다. 상상력과 현실의 관계를 주제로 삼아, 음악적 언어와 철학적 사유가 깃든 시를 선보였다.

78) Petros Haris, 1902~1998. 그리스의 작가이자 문학 비평가.

니까요.[79]

　수도 변두리에 위치한 자그마한 원룸. 버스를 여러 번 갈아타고, 잿빛의 작은 거리를 헤매다 보면 여기에 도착할 것입니다. 아파트 계단에는 연한 녹색으로 색칠한 벽이 있고, 주변에선 쓰레기 냄새가 진동합니다. 연철 지지대에 놓인 냄비 속엔 완전히 시든 아스파라거스 하나, 벽에는 보로네츠 수도원의 빛바랜 사진 한 장이 걸려 있습니다. 그리고 나무 상자 안엔 서양 협죽도, 그 상자 아래에선 부엌에 사는 작은 바퀴벌레가 기어 나옵니다. 번호가 매겨진 문들이 길게 늘어선 복도 끝에서 이 모든 광경을 볼 수 있습니다. 그 문들은 상상 이상으로 얇은 듯 보입니다. '편의 등급 3'에 해당하는 열악한 원룸 아파트.[80] 하지만 그녀의 방은 깔끔하고 아름답습니다. 끝없는 선반(곧바로, 커다랗고 두꺼운 종양학 책들, 림프샘 질환에 관한 책 한 권과 보라색의 공격적인 글자로 제목이 적혀 있는, 백혈병 관련 서적이 눈에 들어옵니다.) 아래에는 몹시 따뜻해 보이는 붉은색의 양털 담요가 덮인 더블 소파가 있습니다. 아무리 어렵더라도 난방은 제대로 되어야 하는데, 변두리인 까닭에 시원찮습니다. 바닥엔 놀랍게도 타일이 깔려 있습니다! 타일 위에는 토끼털로 만든 회색 코트 두 벌이 놓여 있고, 소파 옆으로 지나

---

79) 루마니아에서 출간된 다양한 총서와 전집을 의인화하여 묘사하고 있다.
80) 편의 등급은, 공산주의 시대(1950~1960년대)에 도입된 루마니아의 부동산 분류 체계인데, 그중 3등급은 최하위 등급이다. 방들이 복도 없이 직접 연결되고, 발코니도 없다. 면적이 매우 작으며, 설비 노후화가 심한 경우가 많다.

갈 공간은 턱없이 비좁습니다. 그럼에도 그 좁은 공간에, 사과 바구니와 재떨이가 놓인 작은 테이블이 자리 잡고 있습니다. 테이블 아래에는 신문과 잡지, 특히 《루체아퍼룰》과 《오리존툴》이 쌓여 있고, 그 아래에는 누렇게 변색된 문학 잡지 《로므니아 리테라러》 한 권이 놓여 있습니다. 창문 옆, 왼쪽에는 싱크대가 있는 벽과 식탁이 보입니다. 출입문 바로 옆으로 화장실과 샤워 시설을 갖춘 욕실이 있습니다. 그리고 방 안의 벽에는 색상이 그러데이션으로 아름답게 처리된 태피스트리가 걸려 있는데, 일몰과 거위를 안고 있는 어린 소녀 그리고 창가에서 편지를 읽는 여자의 모습이 수놓여 있습니다.(아마도 페르메이르의 작품을 모사한 것 같습니다.) 당연히 그녀가 어릴 적에 직접 수를 놓은 것입니다.

지금 방에는 아무도 없지만, 그녀가 다가오는 듯한 느낌이 듭니다. 한 가닥의 진동하는 끈이, 잘 기억나지 않는 번호판(360 몇 번? 아니, 120 몇 번이었나?)을 달고 있던 그녀의 자동차, 학교와 작업장이 늘어서 있던 그녀의 거리로 나를 이어주고, 나의 투명한 팔다리를 그 방 주위로 내뻗게 합니다. 나는 욕망과 기대감에 전율하고 있습니다. 창가에서 기다리고 있다가 민첩하게 문 쪽으로 뛰어갑니다. 나는 책들 사이로 몸을 밀어 넣고, 독이 뚝뚝 떨어지는 갈고리 같은 촉수를 바깥으로 내밉니다. 나는 욕실을, 간이 주방에 있는 냄비 속을 뒤집니다. 그것은 절대로 끝나지 않는 오래된 허기, 오래도록 매복된 욕망입니다. 문가의 침대 끝 쪽에 놓인 안락의자 위쪽, 줄에 묶여 있는 서류철이 보입니다. 그 옆에는 화면이 엽서만

하고, 니켈로 도금된 긴 안테나가 달린 작은 텔레비전이 있습니다. 가능한 한 시간이 빨리 흐르도록 그 서류철을 펼쳤습니다. 두꺼운 종이에 복사되어 있는 황도대입니다. 그 황도대는 일부 지워져 있지만 섬세하게 표현되어 있습니다. 무작위로, 쌍둥이자리를 타고난 신사들에 관한 내용을 읽기 시작하지만, 이내 지루해져서 다시 파일을 닫아 묶습니다. 다시 주위를 둘러보니 선반에 놓여 있는 음반 더미에 시선이 닿았습니다. 나는 거대하고 털이 수북한 숫양의 뒤틀린 뿔을 잡고 있는 청년의 컬러 사진이 큼직하게 인쇄되어 있는 음반을 꺼냅니다. 바로 그때, 복도에서 발소리가 들리고, 열쇠가 돌아가고, 그녀가 들어옵니다.

그녀가 여우털 코트 속에, 바깥에서 풍기는 눈의 냄새를 그대로 담아 가져왔습니다. 그녀의 눈썹에는 아직 고드름이 남아 있고, 역시 여우털로 밑단을 두른 털모자도 눈처럼 새하얗습니다. 그녀는 다리에 꽉 끼는 니트 바지를 짧은 부츠 속에 집어넣고, 발걸음을 쿵쿵거리며 현관으로 들어갑니다. 장갑과 엉덩이까지 오는 여우털 코트를 벗으니, 바지와 같은 색상의 스웨터만이 남았습니다. 튀르키예식 디자인에 목까지 내려오는 화려한 터번을 벗고, 지퍼가 달린 부츠도 벗습니다. 내가 더 잘 살펴볼 수 있기에, 여러분에게 그녀를 설명해 주겠습니다. 그녀는 서른다섯 살 정도로 보입니다. 그녀는 아름답기보다, 오히려 좀 묘한 얼굴을 가지고 있습니다. 지금은 막 추운 바깥에서 들어와 얼굴이 붉어졌지만, 다른 때에는 마치 죽은 사람처럼 창백합니다. 이따금 유리 진열장에 들어 있는 소녀 석고상처럼 뺨이 장밋빛을 띠기도 합니다. 엄숙한 생김새의 얼굴과 다소 대조를 이루는, 분홍색의 독특한 파운데이션을 바르기 때문입니다. 그리고 지금 그녀의 눈두덩은 완전히 까맣게 칠해져 있고, 눈꼬리마저 선을 길게 빼서 그려 놓았습니다. 입가는 콧수염의 그림자 하나 없이, 눈에 띌 만큼 너무나 아름답습니다. 톡 튀어나온 광대뼈, 귀까지 내려오는 짧고 곱슬곱슬한 머리카락, 다소 뻣뻣하게 굳은 목, 무의미한 장엄함이 감도는, 비잔틴의 교조적이고 정교한 모자이크 속 인물과 매우 닮아 있습니다. 그녀는 잠시도 가만히 있지 않습니다. 그렇게 부산스럽게 굴지 않았다면 설명을 더 잘할 수 있었을 텐데, 그래도 핵심은 다 말한 것 같습니다. 이제 그녀가 스웨터를 머리 위로 끌어당겨 벗습니다. 유난히 아름답고 거의 십대 같은 그녀의 몸을 조금 더 잘 살필 수 있습니다. 거의 두 배 가까이 부푼 갑상샘과, 엉덩이 위에 붙은 물결치는 살이 몸의 우아함을 앗아 갑니다. 누가 되었든, 억지로 결점을 찾으려 하기보다 그저 팔짱을 낀 채 관망하는 편이라면 품에 안기에 완벽한 몸입니다. 그녀의 목에는 십자가 목걸이가 걸려 있는데, 그것은 등, 등뼈 사이에까지 닿아 있습니다. 그리고 그녀의 몹시 메마른 손가락에는, 그녀의 별자리를 상징하는 터키석 반지가 여러 개 끼워져 있습니다. 이제 그녀는 양털 담요가 깔린 소파에 앉아 바지를 벗습니다. 그리고 커피색 스타킹을 신은 채로 검은색 터틀넥을 머리 위로 당겨 올리자 그 아래에 받쳐 입은 면 블라우스가 드러납니다. 그녀가 일어나서, 나도 이제야 알아차린 매우 작은 서랍장을 뒤집니다. 여느 소녀 못지않은 우아한 실루엣을 다시 한번 감상할 기회입니다. 그녀는 몸에 두른 수건을 벗고 욕실로 들어갑니다. 화장실 문에는 어린아이가 변기에 앉아 있는 모양의 황백색 플라스틱 장식이 붙어 있습니다. 이윽고 샤워기 소리가 들려오고, 그러나 그 소리는 그리 오래 유지되지 않을 것입니다. 왜냐하면 스베틀라나가 혼자 투덜대는 소리로 미루어 볼 때, 샤워기에선 차가운 물이 나오는 듯하기 때문입니다. 그녀의 이름은 스베틀라나인데, 우선 그 이름은 그녀에게 전혀 어울리지 않고, 약간 이상하게 들리며, 내가 생각하기에 그다지 편하게 느껴지는 이름도 아닙니다. 그런데 그녀는 '나나'라고도 불립니다. 그녀를 그렇게 부르는 사람들은 아마 에밀 졸라의 책[81]을 읽지 않았거나, 그런 일을 상관하지 않는 듯합니다.

나는 한결 흥분해서 방 안을 빙빙 돕니다. 다리, 발톱, 내 투명한 배가 겨울 황혼에 점점 희미해지는 방을 가득 채웁니다. 화장실의 샤워기는 멈춘 지 오래지만 그녀는 아직 나오지 않았습니다. 때때로 조그만 병을 선반에 올려놓는 소리가 들리고, 뒤이어 해독하기 어려운 무음의 진동, 수도꼭지에서 물이 흘러나오는 소리, 이를 닦는 소리가 들립니다. 나는 더 이상 기다릴 수 없습니다. 나는 문 밑으로 기어 들어가서, 여기,

---

81) 『나나(Nana)』는 에밀 졸라(Émile Zola, 1840~1902)의 「루공-마카르 총서」 중 아홉 번째 작품이다. 파리 하층민 출신의 창녀 나나는 상류층 남성들을 파멸시키며 부와 권력을 얻지만, 결국 천연두로 비참한 최후를 맞이한다. 쾌락과 탐욕에 물든 제2제정기의 타락한 프랑스 사회를 상징적으로 고발한 작품이다.

그녀와 몇 센티미터 떨어진 곳에 자리를 잡습니다. 그녀는 허리까지 벌거벗은 채, 세관원 앙리 루소의 그림처럼 인공적인 검은색으로 염색한 머리카락을 사방으로 늘어뜨리고 있었습니다. 드디어 본래의 나이다운 모습이 드러납니다. 화장을 지운 얼굴에 이제 다시 화장을 시작했는데, 어딘가 수염이 없는 동양 남성 같았습니다. 그녀의 아름다운 가슴은 몸에서 가장 젊은 부분이었습니다. 가슴 한쪽 위에, 그 베개같이 포근한 살덩이 위에 놓인 작은 십자가가 반짝거리고 있습니다. 그녀는 너무 오랫동안 머리를 감았고, 드라이어로 머리를 말렸고, 구석에 있는 나사 하나 풀린 더러운 거울을 들여다보며 머리를 빗었습니다. 그렇게 5시 55분이 되었으니, 그 사람은 당장이라도 들이닥칠 것입니다. 나는 그녀의 얼굴을 명확히 볼 수 있습니다. 복숭아색 화장용 파우더로 얼굴을 가리더라도, 피부색이나 이목구비와는 무관한 창백함, 정신의 창백함이 눈에 띄었습니다. 그녀는 약간 불편하고, 충격받은 듯 보입니다. 그녀는 기뻐해야 하고, 심지어 행복해야 하지만 그녀의 뱃속이나 머릿속에 있는 무언가가 그녀를 뒤집어 놓습니다. 그녀의 입술은 뻣뻣하고 비애로 가득 차 있습니다. 에미네스쿠의 시처럼 "위선적인 미소를 지으며/ 산호색 입술에."[82] 슬픈 동양인의 입술, 슬픈 크리올인의 입술, 슬픈 우상의 입술.

그녀가 화장실에서 나와, 옷을 입기 시작합니다. 나는 기다

---

82) 미하이 에미네스쿠의 시, 「카마데바(Kamadeva)」의 일부로, 힌두 신화의 사랑의 신 카마데바를 모티프로 한 작품이다.

리고 있기엔 재미도 없고, 시간도 촉박해서 집 밖의 아파트 문
으로 나갑니다. 털로 덮인 흉측하고 반투명한 발로, 어둡고 진
창인 그녀의 아파트 주변 눈길 위를 기어갑니다. 지나가는 사
람들이 이리저리 걸어 다니지만 그들 가운데 그는 없습니다.
나는 연신 길을 따라 내려갑니다. 길 양옆으로 눈 쌓인 길을
지나가는, 풍뎅이처럼 붉고 회색빛 도는 모든 버스를 계속 주
시합니다. 나는 마침내 진흙이 엉겨 밤색이 된, 눈이 튀어 더
러워진 창문 너머에 그가 있음을 알아챕니다. 아주머니들, 고
등학생들, 노동자들 사이에, 그리고 운전석 창문 가까이에 한
쪽 다리로 서서 장갑을 낀 손으로 잿빛으로 코팅된 안전줄을
붙잡고 있습니다. 이 청년은 스물네 살 정도로 보이고, 키가
꽤 크며, 모피 모자 아래로 비정상적으로 긴 금발 머리카락을
늘어뜨리고 있습니다. 황금빛 턱수염과 콧수염의 잔털들 덕분
에 그의 얼굴은 이제 막 어린아이티를 벗은 듯 보입니다. 입가
와 턱선에서 드러나는 잔인함은 결코 악의를 품었다기보다 단
지 어둡고 우울한 인상을 줍니다. 불타는 집에서 기저귀를 찬
아이와, 조르조네의 작품 중 하나를 구해야 한다면, 왠지 그
는 주저 없이 조르조네의 작품을 선택할 것 같습니다. 실제로
그는 열한 살 연상의 여자와 며칠 동안 함께 사는, 그저 창백
하고 방향을 잃은 어린 소년일 수도 있습니다. 어쨌든 나는 서
둘러 그의 피부밑으로 들어갔고, 그의 모세 혈관 속으로 미
끄러지며 그의 혈액 속, 점점 더 넓어지는 동맥을 통과해, 섬
같이 생긴 적혈구와 수천 개의 손가락이 달린 하얀 고슴도치
처럼 보이는 백혈구 사이를 헤엄칩니다. 나는 세상의 모든 이

318

회토(泥灰土)와 충적 퇴적물과 함께, 그의 뇌리에 있는 거대한 삼각주에 도착합니다. 나는 그곳을 발톱으로 붙잡은 채 편안히 눕습니다. 나나가 기다리고 있는 아파트에 버스가 가까워질수록 나의 허기는 더욱 커지고, 그 만족할 수 없는 식욕은 절정에 다다릅니다.

젠장, 이 멍청한 놈, 장바구니를 들고 버스에 올라타서 내 발치에 기대어 놓다니. 다행히 두 정거장만이 남았습니다. 너무 멉니다. 이 추위와 비참한 환경 속에서 지구 끝까지 가야 합니다. 그녀 앞에 거부할 수 없는 모습으로 나타나고 싶기에, 병을 앓고 싶지 않습니다. 하지만 그녀에게는 무언가 흥미로운 점이 있습니다. 그녀와의 관계에서 약간의 부끄러움과 죄책감을 느끼고, 얼굴이 자꾸 붉어지는 까닭은 무엇보다도 그녀의 나이 때문이 아닐까, 하고 생각합니다. 성숙한 여자를 정복하는 것이 모든 어린 남자의 꿈임은 틀림없습니다. 그러나 나에겐 다릅니다. 실제로 나는 이제 막 에로티시즘에 눈을 뜨기 시작한 여성들보다, 성숙한 여성의 생각과 기억과 영혼을 지닌 상대에게 더 관심이 있습니다. 여자 학생은 대부분 호박색 눈동자와 어리석은 비순응주의로 스스로를 감추고 있는, 자만심 강한 암고양이에 불과합니다. 과거가 없거나 아직 과거에 대한 인식이 없다면, 그 에로티시즘은 디스코텍의 부속품과 다름없습니다. 설령 그러한 에로티시즘이 존재하더라도 그것은 순전히 사회적이고 미학적인 대상에 지나지 않으므로, 마치 덜 익은 과일처럼 아찔한 상상력을 자극할 뿐입니다. 대개 그녀들은 전혀 무르익지 못한 채, 이내 자신들의 매력을 잃고 지극히 평범한, 정상성을 열망하는 현모양처 무리에 속하게 됩니다. 미러볼이 반사하는 아찔한 불빛과 스트로보스코프의 깜박이는 불꽃 아래에서 흔들흔들 춤을 추는, 마치 호랑이같이 자부심 강한 그녀들은 기껏해야 엔지니어, 선원, 회계사에게 간택당하는 것입니다.

이런 생각에 잠긴 청년은 한쪽 눈을 감고, 다른 쪽 눈도 마저 감습니다. 버스에서 내린 뒤, 더머로아이아 동네의 칠흑 같은 어둠 속에서 희미하게 불을 밝힌 아파트 광장을 향해 천천히 걸어갑니다. 내가 여자 이야기를 하면, 마치 신 포도에 관해 떠든다고 생각할 수도 있습니다. 네, 맞습니다. 솔직히 말해서 나는, 내가 이야기한 세상 속의 삶처럼 옷을 잘 입고 조각 같은 몸매의 소녀들과 그다지 어울린 적이 없습니다. 나는 스물두 살에 처음 여자를 만났고, 그 여자는 벌써 스물아홉 살인 늙은이였습니다. 그 뒤로도 때때로 여자를 만났습니다. 하지만 나는 십 대 소녀들과 어울리는 데엔 어려움을 겪습니다. 그녀들은 남자들을 놓아줄 듯 절대 놓아주지 않으면서 놓아주었다고 이야기합니다. 나는 그런 소녀들 중 한 명과 어울리며 몇 달 동안의 시간을 낭비했고, 그래서 지쳐 버렸습니다. 지금까지 나는 여자와 함께 오랫동안 살려고 노력한 적이 없습니다. 나나는 나에게 뜻밖의 기회입니다. 나는 그녀의 집에서 잠을 잘 수 있습니다. 여태 어느 누구와도 그래 본 적이 없습니다. 셰르반의 지루한 파티에서 그녀를 만난 뒤로 여기에 온 것은, 이번이 네 번째인가, 다섯 번째인 것 같습니다. 나나는 셰르반의 사촌이고, 부엌을 어슬렁거리고 있었습니다. 모든 일은 순조롭게 진행되었습니다. "나에게도 한때 여자가 있었다고 얘기해야 할까요, 아니면 그녀가 한때 저를 가졌다고 말해야 할까요? 그녀가 나에게 자기 방을 보여 줬어요. 너무 좋지 않나요? 노르웨이산 목재 가구……."[83] 내가 말했듯이, 그녀는 너무 멀리 떨어져 살고 있으며, 그녀를 어딘가에 데려갈 수 없다는 점이 안타깝습니다. 영화관이나 공연장에서, 사람들은 우리를 보고 내가 어머니와 함께 있다고 생각할 수도 있습니다. 하물며 친구들 사이에서는 어떻겠습니까? 그들 모두 나를 놀릴 것입니다. 물론, 제가 나쁜 놈이지만, 상황이 그런 걸요. 우리 둘 다 문제없이, 큰 갈등 없이, 이 상황을 서로 이용하기를 바랄 뿐입니다. 이따금 나는 그녀가 나선형 계단의 거대한 난간에 몸을 기댄 채, 오래전에 사라져 버린 나(앤서니 퍼킨스)에게 소리치는 잉그리드 버그만이라고 상상합니다. "난 늙었어요, 늙었다고요!" 나로서는 이런 관점이 가장 걱정스럽습니다. 나는 벌써 아무 죄 없이 희생당한 작은 동물 같은 그녀를 떠올리고, 그럴 때면 나는 연민으로 마음이 찢어집니다. 그녀가 나 때문에 고통받고 있음을 아는 한, 나는 그녀가 누구이든, 그녀가 어떻게 생겼든, 결코 떠날 수 없으리라고 생각

---

83) 「Norwegian Wood(This Bird Has Flown)」는 비틀스(The Beatles)의 앨범 「Rubber Soul」(1965)의 수록곡이다. 존 레논(John Lennon, 1940~1980)이 작곡과 작사를 맡았으며, 인도의 악기 시타르와 팝을 접목한 실험적 작품으로 평가받고 있다. 가사는 하룻밤 관계를 가진 뒤에 아무 흔적도 남기지 않고 떠난 여성과의 만남을 암시한다. 무라카미 하루키(村上春樹, 1949~)의 장편 소설 『노르웨이의 숲』에도 영향을 준 음악이다.

합니다. 그럼에도 나는 모든 것이 괜찮기를 바랍니다.

아, 적어도 복도는 조금 더 따뜻합니다. 그리고 눈송이도 더는 눈에 들어오지 않습니다. 나는 이 비참한 계단을 올라갑니다. 도대체 왜 여기에선 항상 화장터 냄새가 나는 걸까요? 드디어 눈구멍이 뚫린 청자색 문이 나왔습니다. 내가 문을 두드리면 당신은 대답하고, 언제나 그렇듯이 당신은 내 말문을 틀어막습니다. 왜냐하면, 나는 약간 불편한 마음으로 유쾌하지 않은 광경을 기대하고 서 있는데, 당신은 정말 멋져 보이기 때문입니다. 당신의 미소는 당신의 높은 광대뼈를 더욱 도두보이게 합니다. 그리고 당신의 아치형 눈썹 또한 내가 생각했던 것보다 그리 날 서 있거나 권위적으로 보이지 않습니다. 당신의 머리는 꼿꼿하고 당당하게 자리해 있고, 그 자세는 약간 남성적이어서 내게 모호한 매력을 안겨 줍니다. 당신은 내가 소매 끝부분에 눈이 묻은 두꺼운 외투를 벗도록 도와주었고, 나는 빨간 터틀넥 스웨터를 입은 채 빨간 덮개가 깔린 침대에 앉습니다. 그러고 있으니, 마치 위장한 듯 보입니다. 나나, 나는 너무 기뻐, 당신처럼 나를 완벽하게 대해 준 사람은 없었으니까. 당신 안에 있는 부드러움과 섬세함, 수줍음이 나에게 용기를 줍니다. 그런데 얼굴을 자세히 살펴보니 뭔가 다른 점이 눈에 띕니다. 나는 당신의 머리를 쓰다듬으며, 왜 그렇게 슬픈지 물어봅니다. 실제로 내가 본 것은 슬픔이 아니라 다른 감정이었지만, 그래도 저렇게 물어보아야 합니다. 당신은 조금 망설이다가 이야기하기 시작합니다. 당신의 음성은, 정확한 표현을 무한히 존중하는 고명한 교수의 목소리 같습니다. 마치 책을 읽는 것 같은 말투로 이야기합니다. 하지만 나는 이미 당신을 알아요. 한두 시간 정도 지나면 당신은 인위적인 가식을 벗어던지고, 새끼 고양이처럼 긴장감을 내려놓을 테죠. 그러면 당신은 더욱 사랑스러워집니다. 그러나 잠자리에 들기까진 아직 시간이 좀 남았습니다. 우리는 가만히 앉아서 문학적인 주제에 관해 이야기를 나눌 것입니다. 당신은 나에게 직장에서 퇴근했다고 말하고(여전히 나는 당신이 무슨 일을 하는지 잘 모릅니다. 숫자와 관련된, 숫자와 숫자 그리고 더 많은 숫자가 들어가 있는, 여러 머리글자로 이루어진 이름의 연구소.), 눈 덮인 버스 정류장에서 차를 기다렸다고 얘기합니다. 지금으로부터 한 시간 반에서 두 시간 정도 전의 일입니다. 버스가 진입하는 방향에서 눈보라가 심하게 불어, 버스가 오는지조차 거의 알아볼 수 없었습니다. 황혼이 점점 짙어 가는 가운데, 바깥을 떠도는 개가 버스를 기다리는 사람들 앞에서 꼬리를 위아래로 흔들며 걷고 있었습니다. 누런 털은 눈에 덮여 있고, 뒷다리 털엔 고드름이 겹겹이 달려 있었습니다. 주둥이는 검고, 지나가는 사람들의 눈을 열심히 쳐다보았습니다. 그 개는 제자리를 빙빙 돌면서도 길 중앙 쪽으로 향하고 있었습니다. 날이 너무 추워서 개는 반쯤 얼어붙은 듯 보였습니다. 그런데 느닷없이 어두운 공기를 뚫고 바짝 다가온 자동차가 개를 세게 쳤고, 육중한 북소리가 울리는 듯했습니다. 악! 그 개가 그토록 크게 비명을 지를 수 있다니, 믿기지 않았습니다. 그것은 짖는 소리도, 울음소리도 아니었습니다. 살점에서 뿜어져 나오는 순수한 고통이었습니다. 때때로 인간의 소리 같지 않을 때 울부짖음이라고 칭하듯이, 그 비명은 개의 울음소리가 아닌 것 같았습니다. 차는 사라지고, 개는 길 한복판에 남겨진 채 큰 소리를 지르며 앞다리로 돌아 꼬리 주위를 돌아다보았고, 뒷다리는 이미 마비되어 움직이지 않았습니다. 개는 같은 방향에서 다른 차가 다가올 때까지 계속 비명을 질렀습니다. 그 차가 다시 개를 쳤고, 이번에는 밑에서 올려 때리자 배가 위를 향하도록 뒤집어졌고, 그렇게 차 아래로 내던져졌습니다. 차가 개를 덮치고 일이 초 사이에 개의 비명은 이제 견딜 수 있는 한계를 넘어섰습니다. 몇몇 여성들은 손으로 얼굴을 가렸고, 한 여성은 나무에 머리를 기댔으며, 남성들은 차를 향해 소리를 질렀습니다. 개는 보도로 간신히 기어 올라와서 울타리 옆에 배를 대고 쭉 뻗었습니다. 더는 소리를 내지 않았고, 가끔 검은 주둥이를 힘겹게 열었습니다. 당신의 버스가 곧장 도착했고, 당신은 붐비는 사람들 틈에 꽉 끼어, 거의 구역질을 할 지경이었습니다. 나도 그렇게 생각해요. 당신은 방금 나에게, 아까 있었던 그 일을 이야기해 주었고, 나 역시 몸이 떨리는걸요. 나는 당신의 손을 잡고 당신의 청록색 반지를 바라봅니다. 나는 당신에게 잘해 주는 것이 정말 행복해요. 그러나 다른 이들에게는 불가능합니다. 당신은 자리에서 일어나, 핸드백 속에서 원두가 담긴, 바스락거리는 황금색 커피 한 봉지를 꺼냅니다. 오스트리아산 커피, 어떤 사람들은 최고라고, 또 어떤 사람들은 최악이라고 말합니다. 커피 그라인더에 원두를 넣고 투명한 플라스틱 뚜껑을 닫자 작은 엔진이 진동하기 시작합니다. 그동안 그 위에 손을 올려놓습니다. 당신의 손 위에 내 손을 얹습니다. 나는 당신의 허리를 감싸고, 이제 더는 얌전히 있고 싶지 않습니다. 우리 앞에 밤이 새도록 긴 시간이 있고, 점진적으로 천천히 즐겨야 한다는 점도 압니다. 그러지 않으면 모욕적이고 역겨울 수 있기 때문입니다. 하지만 나는 차분히 기다릴 수 있을 만큼 경험이 충분하지 않습니다. 당신과 함께 있으면 당신에게 너무 끌려서 대화를 잊어버리고(어차피 지금은 머리가 텅 비어 있습니다.) 바로 품에 안고 싶은 마음만이 듭니다. 커피 그라인더의 뚜껑을 열자, 커피 향기가 온 방 안에 가득 퍼집니다. 그래서 나는 욕망을 자제하고, 커피 물을 끓이는 동안 최근 읽은 글에 대해 서로 침착하게 이야기를 주고받습니다. 당신은 잘 알려지지 않은 책을 읽는데, 대개 제목 때문에 고른 그 책을 집어 들고 가방에 넣은 뒤 출근합니다. 그 책의 제목은 『심연』이며, 내용이 심오할 것 같다는 느낌밖에는 상상할 수 없습니다. 물론, 그것은 여성의 헤아릴 수 없는 깊이에 관한 이야기입니다. 나는 대체로 그런 깊이에 관해 이야기하는 작가들이 정작 그 깊이를 탐구하는 방법에 대해선 아무것도 모른다는 점을 냉소적으로 지적합니다. 나는 지난주에 빌린 두 권의 책을 실제로 다 읽었습니다. 샐린저의 『아홉 가지 이야기』(모두 훌륭했지만, 나는 「웃는 남자」를 가장 좋아했습니다. 어렸을 적에, 나에게 온갖 종류의 신기한 이야기를 들려주던 친구가 있었습니다. 친구의 이름은 무구렐이었고, 그 아이는 나에게 히틀러가 여러 명이나 있다고 말한 적도 있습니다. 각각의 에피소드에서 우리 군인들 중 한 사람이 여러 명의 히틀러를 하나씩 죽였습니다.) 그리고 존 웨인의 『숙부』는 그다지 훌륭하지 않았지만, 당신이 말했듯이, 꽤 "깊이가 있는" 책입니다.

뭐, 어쩔 수 있겠어요. 다 그런 거죠. 우리는 파란색 줄무늬가 있는, 당신의 작은 컵으로 커피를 마십니다. 나는 조바심이 나서 온몸이 떨립니다. 아! 더 기다려야 합니다. 당신이 별자리로 거듭 나를 괴롭혀서, 나는 그것을 보기만 해도 머리가 쭈뼛 서는 것 같아요. 당신은 이것저것 자세하게 모든 것을 알고 싶어 합니다. 당신은 내가 사업을 할 때나 사랑을 할 때 어때야 하는지, 내 머리가 얼마나 좋은지, 어떤 질병을 피해야 하는지 등을 이야기해 줍니다. 오, 맙소사! 여자는 밤새도록 당신의 넋을 빼놓을 수도 있습니다. 물론, 그러는 동안에 나는 멍하니 앉아 있지 않고, 두 손으로 당신을 어루만집니다. 그러자 당신은 때로는 쉰 목소리로 책을 읽고, 때로는 잠시 읽기를 멈추고 눈을 감습니다. 길을 잃어버려도 전혀 포기하지는 않네요. 기어이 결론을 내리지 못합니다. 별자리를 가지고 나에 대해 어느 정도는 알 수 있었지만, 다른 것들은 전혀 들어맞지 않습니다. 마침내 당신은 포기하고, 침대를 정리합니다. 그런 다음, 우리는 옷을 벗고(언제나 그러듯이 당신은 화장실에서 옷을 갈아입고, 진홍색 꽃무늬 가운을 걸친 모습으로 얌전하게 나타납니다. 그리고 실망스럽게도 밑에는 아무것도 입지 않았습니다.), 당신이 다시 방으로 들어올 때, 나는 이미 거대한 이불 아래에 있습니다. 그리고 당신은 바로 나에게 달라붙습니다.

친애하는 독자 여러분, 본의 아니게 여러분에게 적잖은 충격을 드리는 건 아닌지, 두렵습니다. 이를테면, 나는 지금 직사각형의 침대에서 일어나는 일에 대해 말하지 않을 작정이고, 내가 본 것에 대해서도 전혀 설명하지 않겠습니다. 나는 발리(금발에, 황금색 수염을 가진 젊은 남자의 이름이라는 점을, 깜빡하고 여러분에게 말해 두지 않았습니다.)라는 남자의 뜨거워진 두뇌에서 펼쳐지는 지형, 분화구의 형태, 지진의 양상 등 모든 것을 봅니다. 나는 책장의 가장 높은 선반에 앉아, 망디아르그의 『검은 박물관』에 배를 비비고, 다리를 어색하게 흔들거리며 샹들리에까지 쭉 뻗습니다. 내 피해자가 침에 쏘이고 마비되어, 그 어떤 저항도 할 수 없는 모습을 바라봅니다. 아직 살아 있고, 기억은 온전하며, 젤라틴같이 흐물거리므로 꿀꺽 삼키기에 완벽합니다. 밤이 끝나면, 쾌락으로 얼굴이 일그러진(혹은 고통으로 경직된?) 이 여자는 나의 빛나는 그물 속에서 달랑거리는, 말라비틀어진 껍데기로 남게 될 것입니다. 하지만 나는 붙잡기와 찌르기, 그런 기술을 사용하기를 좋아하지 않습니다. 나는 당신이 스스로의 경험을 통해 이러한 점을 아주 잘 알 것이라고, 생각합니다. 이 시점에서 나는, 오 분 동안 눈을 감고 당신이 경험한 가장 아름다운, 혹은 마지막 사랑의 밤을 세세하게 떠올려 보라고 제안하겠습니다.

이제 눈을 떠 보세요. 이제 모든 것이 원래의 모습으로 돌아왔습니다. 내가 두 사람의 아름다운 나체를 보여 주지 않는 한(이제 이야기를 해야 하는 시간이 되었으므로, 아무것도 묘사하지 않겠습니다.), 위선적인 독자 여러분의 도덕적 계명을 거스르는 일 따윈 결코 일어나지 않을 것입니다. 그녀는 현재 그의 가슴에 머리를 기대고 있습니다. 그리고 그는 그녀의 어깨를 잡고 있습니다. 이것이 평소의 의무적인 자세입니다. 나는 서둘러 그의 왼쪽 두정엽에 다시 자리를 잡습니다. 그곳이 조금만 손상되어도 실어증, 실서증, 실독증을 유발합니다.

방송 프로그램이 끝나고 화면을 끄자마자 텔레비전의 유리 화면에 손바닥을 대면 손가락에 수천 개의 따끔거림이 전해지고, 전기는 예상하지 못할 만큼 격렬하게 따닥 소리를 냅니다. 그러나 그 매끄러운 표면에 손바닥을 다시 가져다 대면 더는 긴장감을 느낄 수 없습니다, 화면이 비활성화되었으므로. 지금 그렇게 당신을 어루만지고 있습니다. 나나. 당신의 가슴, 당신의 어깨 근육, 이제 그것들은 나에게 그저 의자나 시트의 꺼칠한 표면처럼 아무런 느낌도 없습니다. 그리고 동시에 당신의 마음, 당신의 본성, 당신의 더 깊은 존재가 마치 표면으로 솟아오르는 것 같습니다. 이미 수풀이 우거진 숲, 동물, 새, 꽃, 잠자리가 있는 섬처럼 바다의 깊고 푸른 물속에서 표면으로 솟아오르는 것입니다. 여성이기를 포기함으로써 여성이 됩니다. 우리는 끊임없이 이야기를 하고, 아침 8시가 될 때까지 멈추지 않을 것입니다. 당신과 함께한 뒤로, 나는 밤에 단 한 순간도 눈을 감을 수 없었습니다. 영화 이야기도 들려주고, 농담도 던지고, 그러면서 사랑 고백으로 넘어가게 되었습니다. 나는 당신이 말을 잘 들어주고, 항상 호의적이라고 느끼지는 못했지만 언제나 세심하다는 점이 정말 마음에 들어요. 닷새 전에 마지막으로 만났을 때, 나는 마리아에 대한 멍청한 이야기를 시작했고, 이제 당신은 내가 결국 그녀의 생일 파티에 갔는지 정말로 알고 싶어 합니다. 이 이야기는 모욕당하는 느낌이네요. 당신을 만나지 않았다면 내가 어떻게 되었을지 누가 알겠습니까? 나는 일 년 전에 그 '블러디 메리'를 만났고, 그녀는 즉시 나에게 빠졌습니다. 그녀는 대학교 때부터 나를 알았고, 잡지에서 내 이야기를 읽었고, 항상 나에게 확신을 주며 나를 대단한 사람이라고 생각했습니다. 나는 한동안 그녀와의 관계를 진지하게 받아들이지 않았습니다. 그녀는 고리눈에 멋진 검은색 머리카락을 가진, 불도저 같은 소녀였습니다. 하늘을 찌르는 광기. 그녀는 기쁠 때마다 진짜 하나의 쇼를 펼치는 것 같았어요. 노래를 부르고, 길 한복판에서 소리를 지르고, 뼈가 으스러지도록 나를 두 팔로 꼭 껴안고, 피가 날 때까지 뺨을 깨물었습니다. 그녀와 만날 때마다 나는 멍이 든 채로 집에 돌아왔습니다. 그녀는 우리가 함께한 첫날을 기억나게 하는 온갖 사소한 것들을 모아 두었습니다. 처음으로 함께 마신 맥주병의 라벨, 이젠 말라 버린 내가 준 백합, 그녀가 나에게 만들어 준 첫 식사에서 사용한, 한쪽 끝부분이 조각되어 있는 작은 플라스틱 이쑤시개, 불꽃 속에서 밤을 보낸 순간을 떠오르게 하는 반쯤 타 버린 장식용 촛불, 우리가 처음 루마니아 아테네움[84]에 갔을 때 그녀가 입은 정장에서 나온 삼각형의 격자무늬 천 조각 등. 그녀는 M자 모양의 커다란 판지에, 그동안 수집한 모든 것들을 셀로판테이프로 붙여서 내 생일에 선물로 주었습니다. 그녀는 쉽게 흥분했고, 분홍색이나 연녹색 옷을

---

84) 루마니아 부쿠레슈티에 위치한 콘서트홀. 1888년 완공된 신고전주의 양식의 건물로, 루마니아 필하모닉 오케스트라의 본거지이자, 루마니아 문화의 상징적 건물로 꼽힌다.

입으면 어쩐지 기괴해 보이기까지 했습니다. 물론, 그녀가 자신의 세계가 아닌 다른 세계에 열정적으로 이끌리는 모습을 바라보며 감동하지 않을 수 없었습니다. 그녀가 나에게 그토록 열광한다는 사실에 나는 놀랐습니다. 우리는 시내 골목을 밤새도록 걸었습니다. 그녀는 자신만의 키치한(저속한 대중음악과 천박한 멜로드라마를 지향하는) 감성을 가지고 있었는데, 요컨대 취향이 저급했습니다. 마치 아무 병실에나 들어가서 큰 소리로 "안녕하세요, 여러분!"이라고 외치면 환자들에게 위로와 격려가 된다고 믿는 사람처럼 눈치가 좀 없었습니다. 당시에 나는 그녀에게 너무 짜증이 나서, 서너 달 뒤에 우리는 헤어져야 한다고, 더는 좋아하지 않는다고 냉정하게 선언했습니다. 그날 저녁, 나는 그녀를 혼자 집으로 걸어가도록 내버려두었습니다.(그녀는 루마니아 부쿠레슈티 외곽에 자리한 베르체니 빈민가에서 살았습니다.) 이윽고 새벽 3시에 그녀의 어머니에게서 전화가 왔는데, 아직 그녀가 집에 돌아오지 않았다고 말했습니다. 나는 겁이 났고, 온갖 말도 안 되는 상상을 했습니다. 나는 몹시 안절부절못했고, 아침이 밝자 바보처럼 이렇게 기도했습니다. "주님, 저는 작가가 되지 못하게 하시고, 그녀는 무사하도록 보살펴 주세요. 제발 그녀에게 아무 일도 일어나지 않도록 도와주세요……." 나는 더 이상 주님에게 드릴 말씀이 없었습니다. 그녀는 새벽 5시 무렵에야 집에 들어왔습니다. 그녀는 거리를 걸었습니다. (여기서 당신은 얼굴을 찌푸리며 나를 동정하는 척합니다. 이 이야기가 얼마나 당신의 속을 긁는지 물론 이해합니다. 당신은 마리아를 질투하고, 이렇게 말합니다. "맙소사, 발리, 당신은 정말 순진해요. 정말로 그녀가 밤새도록 거리를 걸어 다녔다고 생각하나요? 밤새도록?” 나는 그러한 행동이 바로 그녀의 성격이라고 다시 설명하는데, 당신은 그녀가 실제로 다른 사람과 밤을 보냈으리라고 계속 주장합니다. 그녀가 왜 나에게 처녀라고 거짓말을 하겠습니까? 아니요, 마리아는 처녀였을 뿐 아니라, 당연히 성관계를 가진 적도 없으며, 마치 어린아이처럼 극도로 순결하고 자연스럽고 순진했습니다. 나는 이 점에 대해 조금도 의심하지 않았습니다. 그 뒤로 그녀는 끊임없이 나에게 거짓말을 했지만, 그 밤의 일만큼은 진실을 말했다고 확신합니다. 그러니 비꼬는 말은 삼가세요. 당신은 그녀를 모릅니다.) 그 이후로 우리는 오랫동안 만나지 못했습니다. 그러다가 10월, 어느 가을날, 길거리에서 그녀를 우연히 마주쳤습니다. 우리는 잠시 이야기를 나누고, 각자 가던 길로 나아갔습니다. 나는 이상하게도 불안한 마음을 가진 채 집에 돌아왔습니다. 나는 처음으로 그녀에게 끌림을 느꼈고, 그녀를 그리워하고 있음을 깨달았습니다. 다음 날, 나는 아침에 학교로 향했습니다. 복도에서 그녀를 기다리다가, 그녀가 교실 밖으로 나오자마자 결혼해 달라고 청했습니다. 나는 매우 기뻤습니다. 이 일은 이미 결과가 정해진 것이나 진배없었습니다. 그녀는 여전히 나를 사랑하고 있으므로, 이 관계의 모든 결실이 항상 나에게 달려 있다고 확신했기 때문입니다. 그러나 그녀는 자기 처지를 고려하지도 않고 완강하게 나왔습니다. 나는 블러디 메리와 함께할 행복한 결혼 생활을 상상해 보았습니다. 이틀 정도 뒤에, 우리는 그녀의 아파트 옆 공원에서 다시 만났습니다. 나는 그녀에게 과즙이 풍부하고 커다란 배를 가져다주었습니다. 그녀는 배를 세게 베어 물더니, 버릇없이 굴며 소리를 질렀습니다. 나중에 다시 봐요. 다시 이야기해요. 아마도 이 년 정도 뒤에……. 물론, 이 기간만큼은 그 불독 같은 여자도 피임을 했습니다. 왜냐하면 결혼하는 데에 하자가 없도록, 그리고 다른 의무들도 충족해야 했기 때문입니다. 나의 청혼이 그녀를 행복하게 해 주리라고 생각했던 나는…… 모든 것을 포기하고 화가 난 채로 그녀와 헤어졌습니다. 나는 지적으로 부족한 사람만이 당신을 받아들일 것이라고, 그녀에게 말했습니다. 몇 달 동안, 나는 후회가 밀려올 때마다 그녀에게 전화를 걸었습니다. 나는 그 불쌍한 소녀가 진심으로 나와 다시 함께하기를 원한다고 상상했지만, 그녀는 오히려 내 행동에 겁을 먹고 두려워했습니다. 그녀는 두어 번 정도 나를 집으로 초대했고, 내 앞에서 이루 말할 수 없을 정도로 역겹고 이상한 행동을 했습니다. 그녀는 한겨울인데도 창문을 활짝 열어 둔 채, 머리에 삼각 두건을 쓰고 분주히 집안일을 하다가 나를 맞이했습니다. 그녀의 집에 도착하기까지 한 시간이나 걸렸음에도 그녀는 냉소적으로 나를 대하며, 여기 온 지 삼십 분도 채 안 되었는데 나를 집으로 돌려보냈습니다. 그녀는 나에게 시큼한 코조낙[85]을 권했는데, 반죽에 일부러 레몬을 넣은 것 같았습니다. 그녀는 나에게 앙갚음하고, 나를 조롱하고 있음이 분명했습니다. 나는 그녀 곁을 떠날 때마다 분노로 가득 찼고, 그

---

85) 루마니아를 비롯한 동유럽의 전통 빵. 호두, 코코아, 건포도 등을 넣어 만들며, 부활절과 크리스마스에 즐겨 먹는다.

녀와 영원히 끝내기로 결심했습니다. 그러나 집에 돌아오면 다시 마음이 가라앉는다는 현실을 나는 도저히 받아들일 수 없었습니다. 그녀는 다른 남자를 찾았고, 더는 나와의 관계를 이어 가고 싶어 하지 않았습니다. 나는 온갖 단서를 통해 그가 누구인지 알게 되었습니다. 그녀에게 58사이즈[86]의 청바지를 가져다준 멍청한 선원이었습니다. 그는 그녀에게 프랭크 시나트라[87]와 클레오파트라 멜리도네아누[88]의 음악을 들을 수 있도록, 니켈로 도금한 카세트 플레이어를 선물해 주었습니다. 그는 가끔 그녀의 집에 나타났고, 그들은 그녀와 결혼하고 싶어 하는 이 불쌍한 시인을 비웃곤 했습니다. 여름이 되자, 메리는 콧대를 좀 낮췄는지 나를 만나기 위해 찾아오기도 했습니다. 그러고는 나에게 자신의 옷을 벗길 수 있도록 허락해 주었고, 그녀 위에 앉아 있기란 마치 로데오 공연을 하는 듯했습니다. 그녀는 카우보이가 올라타는 야생마처럼 몸을 좌우로 흔들어 댔습니다. 그러나 그녀는 또 하루 만에 마음이 바뀌었고, 더는 나에게 관심을 두지 않았습니다. 그녀의 선원이 남아메리카에서 돌아왔고, 그녀는 그를 매우 자랑스럽게 여겼습니다. 한 달 뒤에 그 선원이 다시금 사라지자, 그녀는 나에게 찾아오거나 나를 자기 집으로 데려가서 가슴 아파하고 슬퍼하며 내 어깨

---

86) 우리나라 사이즈로 환산하면 36~38인치에 상당한다.

87) Frank Sinatra, 1915~1998. 미국의 가수. 20세기 대중음악사에서 가장 영향력 있는 인물 중 하나로 꼽힌다.

88) Cleopatra Melidoneanu. 1936년에 태어난, 루마니아를 대표하는 소프라노 가수. 부쿠레슈티 오페레타 극장에서 이십오 년 넘도록 활약했다.

에 기대어 울었습니다. 그녀가 나를 얼마나 사랑했는지는 결코 알 수 없을 것입니다. 그녀는 울면 사탕무처럼 얼굴이 붉어졌는데 마치 트란실바니아 농부의 아내처럼 보였고, 양파 냄새를 풍기며 눈물짓는 모습은 우스꽝스러웠습니다. 하지만 나는 여전히, 화물선 선원과의 관계가 나를 자극하기 위해 그녀가 지어낸 이야기이기를 바랐습니다. 나는 그녀가 나를 사랑해 주기를 바랐고, 감정에 치우친 나머지 바보같이 행동했습니다. 선원 뽀빠이가 값싼 진주 목걸이를 들고 나타나듯이, 머러세슈티호[89]인지 머러슈티호[90]인지가 앤틸리스 제도에서 돌아오는 순간, 그녀는 또다시 빈정거리기 시작했습니다. 나는 믿을 수 없게도, 이 어리석은 이야기 속에 일 년 넘게 갇혀 있었습니다. 편집증의 원동력인 자기애는 현실을 완전히 부정합니다. 이를테면 자신은 신데렐라가 항상 고대하는 유리 구두를 가져오는 왕자가 되고, 그녀는 마구간에서 하인으로 사는 편이, 그러니까 더 더럽더라도 더 안전하리라고 생각하는 신데렐라가 되는 인형극을 만들어 냅니다. 끝나지 않는 이야기로 여기까지 왔네요. 당신은 지금(그리고 당신의 젖은 머리카락과 몽골 사람 같은 기이한 얼굴이 몹시 조심스럽게 내 쇄골에 다가옵니다.), 우리(나와 메리) 사이가 몇 달 정도 소원해진 뒤에, 예기치 않게 초대받은 그녀의 생일 파티에 내가 참석했는지를 알고 싶어 합니다. 갔지요. 물론, 갔어요. 젠장. 나는 몹시 당황했고, 한 시

---

89) Mărăşeşti. 루마니아 해군의 호위함으로, 루마니아 해군의 주력 함정 중 하나다.
90) Mărăşti. 2차 세계 대전 때에 활동한 루마니아의 구축함.

간 정도 머물다가 떠났습니다. 난 웃어야 할지, 울어야 할지 몰랐습니다. 마린보이는 필리핀 어딘가에 있었고, 그 대신 불독 같은 여자의 집에는 온갖 종류의 사기꾼들이 우글댔습니다. 그들은 모두 마린보이의 지인들이었고, 저마다 맛깔스러운 별명을 가지고 있었습니다. 미엘루(양), 쇼보(쥐), 하하무(걸쭉한)……. 나는 하하무에게 동정심이 들어서, 나 자신을 바르다무[91]라고 소개했습니다. 그리고 나는 그 같은 별명이 없는, 무뚝뚝한 친구 한 명을 만나게 되었습니다. 내가 악수를 청해도 그는 나를 쳐다보지조차 않았습니다. 그녀가 왜 나를 초대했는지 모르겠습니다. 어쨌든 나는 완전히 달라진 그녀의 집을 보고는 말문이 막혀 버렸습니다. 모든 벽에는 메리가 어디서 가져왔는지 모를, 오로지 신만이 아는 그리스어로 된 명판(名板)을 달아 놓았습니다. 그것들은 모두 바다, 물과 관련되어 있었습니다. 바다! 바다!(Thalassa! Thalassa!) 모든 것은 흐른다.(Panta rhei.) 그리고 불가사의한 그 밖의 문장들. 침대 옆에 놓인 램프는, 흰색 돛과 뒤쪽에 전구가 달린 범선이었습니다. 문에는 "선량한 대지"라고 적힌 거대한 포스터가 걸려 있었는데, 아마도 그녀 자신을 표현하고 싶었던 것 같습니다. 접이식 침대 위, 셀로판지로 감싼 타원형 액자에는 키프로스 출신의

---

91) 페르디낭 바르다뮈(Ferdinand Bardamu)는 루이페르디낭 셀린(Louis-Ferdinand Céline, 1894~1961)이 발표한 장편 소설 『밤의 끝으로의 여행』의 주인공이다. 1차 세계 대전을 경험한 뒤 아프리카 식민지, 미국 등지를 떠돌며 전쟁의 참상, 자본주의의 모순, 인간 본성의 잔혹함을 냉소적으로 목격하는 반영웅적 화자다.

농부 부부 사진이 들어 있었습니다. 남자는 푸스타넬라[92])를 입고 페즈[93])를 썼으며, 아내는 일릭[94])을 입고 머리에는 무엇인지 알 수 없는, 끔찍이도 천박한, 마치 민속 기념품 가게에서 흔히 찾아볼 수 있는 뭔가를 뒤집어쓰고 있었습니다. 사람들은 경건한 침묵 속에서 냇 킹 콜[95])의 노래를 들었습니다. 여기 신데렐라가 있어요. 제가 함께하고 싶었던 꿈의 여자가 여기 있습니다. 여기, 켄트 담배에 관해 수다를 떨고, 화물선에 대해, 머러슈티호가 10일이나 15일에 돌아오는지에 대해 집착하는 그녀의 모습을 보세요. 발파라이소[96])에서 보내온 입체 엽서에 매료된 그녀를 보세요. 그 엽서엔, 사탕 상자에 그려진 소녀들처럼 짧은 하늘색 치마에 귀여운 곱슬머리를 가진 소녀가, 격렬하게 노를 저으며 다가오는 잘생긴 청년을 기다리는 모습이 묘사되어 있습니다. 엽서를 움직이면 청년은 노를 흔들고, 사랑스러운 여자 친구가 그에게 손을 흔듭니다. 부끄러웠어요. 믿어 주세요, 나나, 지금도 부끄러워요. 게다가 내가 지금 이 지경까지 왔다는 사실이 속상합니다. 적어도 나에게 맞는 여자를 좋아한다고 믿는 편이 더 나았을 텐데. 참으로 굴욕적입니다. 맙소사, 나는 그녀와의 결혼식을 상상해 봅니다. 얼마

---

92) 발칸반도, 특히 그리스와 알바니아의 전통 남성 의상. 흰색 주름 스커트 형태로, 그리스 근위대(에브조네스)의 제복으로 유명하다.
93) 붉은색 원통형 모자로, 꼭대기에 검은 술이 달려 있다. 오스만 제국을 상징하는 것 중 하나다.
94) 루마니아의 전통 조끼. 양가죽이나 천으로 만들며 자수로 장식한다.
95) Nat King Cole, 1919~1965. 미국 재즈 피아니스트이자 가수.
96) 칠레의 항구 도시. 태평양 연안의 주요 무역항 중 하나다.

나 소란스럽고 또 엉망이었을지! 베일과 화환, 신부용 부케를 끌어안고 비명을 지르며 행복에 겨워하는 블러디 메리. 참발[97]을 두드리는 민속 음악의 앙상블, 모퉁이 너머에서 "홉샤! 홉샤샤."라고 외치며 갑자기 뛰어오르는 컬루샤리.[98] 고함과 환호 그리고 테이블 상석에 앉아 눈물을 흘리는 그녀, 각각의 손님 앞에 축의금 봉투를 올려놓는, 삼중으로 머리를 올린 그녀의 어머니. 차츰 아침이 가까워질수록 불독 같은 여자를 침대로 데려가서 첫날밤을 치르기 위해 안간힘을 쓸 테죠. 당신은 나의 하반신 쪽으로 몸을 조금 옮깁니다. 이제 당신은 내 배에 얼굴을 대고 허리를 감쌉니다. 이 이야기를 마친 뒤, 우리는 꽤 오랫동안 아무 말도 하지 않습니다. 나는 속이 썩어 문드러졌지만, 며칠 전보다는 훨씬 차분해졌습니다. 반면에 당신은…… 당신은 조용합니다. 나는 당신이 무슨 생각을 하는지 모르겠어요. 천장에 달린 전구가 책장과 사과 바구니가 있는 작은 테이블, 태피스트리가 걸린, 이 비현실적인 방을 강렬하게 비춥니다. 안락의자에 우리의 옷이 어지럽게 쌓여 있습니다. 마침내 당신이 "얼마나 말랐는지, 당신은 마치 어린 소녀 같아요."라고 말합니다. 그리고 갑자기 덧붙입니다. "내 목에 뭐가 있는지 알아차렸나요?" 당신은 몸을 일으켜, 내 얼굴 옆으로 다가옵니다. 나는 살짝 주름진 당신의 목을 바라봅니다. 여자의 나

---

97) ţambal. 루마니아의 전통 타현악기. 줄을 채로 두드려 소리를 내며, 루마니아 민속 음악에서 중요한 역할을 한다.
98) căluşarii. 루마니아의 전통 민속 무용단. 오순절 무렵에 의식용 춤을 추며, 악령을 쫓고 병을 치유하는 주술적 기능을 가진다고 전해진다.

이를 알 수 있는 가장 확실한 방법은 목을 살펴보는 것이라는 말을 어디선가 들은 적이 있습니다. 당신의 목은 서른다섯 살 여자의 목입니다. 턱 아래, 작은 베개 같은 살덩어리 아래, 한쪽에 정말로 작은 흉터가 있습니다. 단지 베인 상처가 아니라, 성형 수술로 생긴 듯 보이는 주름입니다. "여기에 점이 있었어요."라고 당신은 말합니다. 맙소사, 당신의 갈색 눈동자는 참으로 매혹적이군요. 그러나 이제 당신의 얼굴에서 아름다운 것은 그 눈동자뿐입니다. 여자의 눈을 가진 남자. 아마 여자의 입도 가지고 있을 테죠. 당신을 향한 내 욕망이 다시 밀려듭니다. 입으로 당신의 아랫입술을 깨뭅니다. 하지만 당신은 굳은 얼굴 뒤로 물러섭니다. 그 모반(母斑)은 지져 버려야 했다고, 나에게 말합니다. 그리고 당신은 마치 한숨을 쉬는 양, 긴장된 말을 띄엄띄엄 내뱉습니다. 두려웠다고, 매우 두려웠다고, 말합니다. 이 년 전 가을, 당신은 비명을 지르며 끔찍한 꿈에서 깨어났습니다. 불을 밝히자마자 베개에 피 한 방울이 묻어 있는 것을 보았습니다. 당신은 두 손가락으로 목을 만졌습니다. 피였습니다. 모반에서 출혈이 있었습니다. 아침이 되자, 당신은 곧장 암 병동으로 달려갔습니다. 당신은 오래전부터 그곳에 있었기에 의사를 잘 알았습니다. 당신은 한때, 한쪽 가슴에 종양이 있다고 생각했습니다. 그 뒤로 당신은 그 주제에 관해 찾을 수 있는 모든 것들을 탐독했고, 고통스럽고 지속적인 공포증을 가지게 되었습니다. 당신은 점에서 피가 나거나 돌연 색깔이 보라색, 분홍색으로 변하거나 창백해지면, 특히 예전에 어떤 특정한 꿈을 꾼 뒤로 이러한 변화가 전조일 수 있음을 깨달았습니다. 결핵, 심장병, 암 환자에게서 나타나는 예지몽에 관한 연구가 있습니다. "그런데 그때 무슨 꿈을 꾸었나요?" 내가 묻습니다. 당신은 허공을 응시합니다. "나중에 말해 줄게요." 그 의사는 꽤 괴짜였고, 그의 아내는 죽었으며, 물론 암 때문이라는 소문도 돌았습니다. 조직 검사 결과가 나오기 전에, 그 남자가 당신에게 청혼했다는 말을 들으니, 나는 웃음이 나기 시작합니다. 사실 나는 당신이 이런 내용으로 수다 떠는 걸 별로 좋아하지 않습니다. 그런 얘기를 나눈 뒤에 다시 사랑을 나누기가 좀 힘들고 불편하다는 것 외에 딱히 이유는 없습니다. 바다에서 떠오른 사파이어섬[99]을 그대로 간직하세요. 다른 이야기를 들려주세요. 지난번에 당신은 살아가는 게 아니라 존재하는 것일 뿐이라고, 말했습니다. 기억의 통로를 따라 거꾸로 걸어가면 넘어지고, 부딪히고, 긁히고, 멍들 거예요. 그럼에도 당신은 미래가 없는 외로운 사무원, 불쌍한 여자가 아닌 진정한 나 자신으로 돌아올 수밖에 없음을 알게 될 테죠. 도시 밑으로, 수백만 킬로미터 깊이의 지하 원룸에 매달린 작은 조명 아래로, 그 빛의 정육면체 속으로 말입니다. 당신의 남편에 대해 말해 주세요.

브라보, 젊은이! 당신이 점점 더 마음에 들어요. 당신은 철사보다 강인한 당신만의 실로 그녀를 휘감습니다. 당신은 이제, 그녀의 뱃속에서 아직 떨리고 있는, 블러디 메리[100]의 달

---

99) 1982년에 다이앤 크로퍼드(Diane Crawford)가 발표한 로맨스 소설, 『사파이어 아일랜드』의 배경이다.
100) 헨리 8세와 아라곤의 캐서린 사이에서 태어난, 잉글랜드의 여왕 메리

콤한 한 방울로 그녀를 유혹한 다음, 바로 정확하게 그녀의 신
경절로 파고듭니다. 나는 이미 그녀를 빨아들일 수 있고, 여
덟 개의 다리로 그녀를 꽉 붙들고 있습니다. 나의 송곳니를 그
녀의 동맥에 꽂아 넣자, 입속에서 꿈의 포도 맛이 느껴집니
다. 아, 서로 곁에 누워 있는 모습이 너무 귀엽네요! 그녀가 당
신에게 다른 말을 하기도 전에, 당신은 그녀를 또다시 애무하
기 시작합니다. '스베틀라나'라는 이름과 전혀 상관없는 그녀
의 얼굴은 자연스럽게 황홀경에 젖어 위쪽을 바라보고, 웃음
으로 오므라든 윗입술 아래로 치아가 드러납니다. 그녀는 온
힘을 다해 당신을 껴안으며, 절정의 순간을 선사해 준 사람을
사랑합니다. 사랑하는 독자 여러분, 이 장면은 너무 오래 지속
될 터이므로, 나는 당신의 기다림을 다른 뭔가로 채워 줘야겠
다는 의무감을 느낍니다. 어쩌면 발리에 대해 몇 마디 말씀드
려도 나쁘지 않을 것 같습니다. 그의 인생은 유치원, 초등학교,
중고등학교, 대학교까지, 그야말로 일반적인 경로를 거쳐 왔습
니다. 그는 어문학을 전공하는 4학년의 대학생이고, 이제 졸업
하면 무슨 일을 해야 할지 여전히 아무 생각도 없습니다. 부쿠
레슈티 외곽에 있는 작은 학교에서 교사로 일하겠노라고 얘기
하면, 누구든 그를 불쌍히 여길 것입니다. 루마니아 문학계가
그에게 위대한 미래를 예언해 주더라도 그는 똑같은 선택을 할
것입니다. 현재 그는 부모님과 함께 살면서 책을 읽고, 읽고,

1세(Mary I, 1516~1558)의 별명이자, 보드카에 토마토주스, 레몬즙, 우스터
소스, 타바스코소스 등을 섞어 만드는 칵테일을 의미하기도 한다.

또 읽습니다. 그의 임무는 영감을 찾는 것입니다. 그는 거의 글을 쓰지 않습니다. 예컨대 이 년 뒤(나는 그가 가진 신진 산문 작가로서의 가능성을 보여 주기 위해, 이 말을 언급하는 것뿐입니다.) 그는 이 책의 첫 번째 이야기인 「룰렛 승부사」를 씁니다. 훌륭한 독자의 습관에 따라 이 책을 뒤에서부터 읽기 시작했다면, 지금 당장 「룰렛 승부사」를 먼저 읽어 보세요. 그것이야말로 저 두 사람이 사랑을 나누는 동안 당신이 할 수 있는 최선의 일입니다. 객관적으로 따져 볼 때, 대략 그 정도의 시간이 소요될 것입니다. 지금까지 그는 암피테아트루[101]에서 단편 소설 두세 편을 출간했을 따름이고, 에키녹스[102]에서는 별로 좋지 않은 시 몇 편을 발표했습니다. 나는 시를 짓게 하는 물질을 좋아하지 않습니다. 에테르나 매니큐어 냄새가 아주 진동하거든요. 자기 살을 파먹을 수밖에 없었던 나스레딘 호자[103]처럼 스스로를 포식(捕食)해야 하기도 하고요. 그런데 진정한 산문 작가는 타인을 먹어 치웁니다.

아, 이제 나는 더 이상 당신에게 만족할 수 없습니다. 우리는 다시 떨어집니다. 당신은 일어나서 화장실로 향합니다. 허벅지까지 내려오는 남자 셔츠를 걸치고 있네요. 화장실에서

---

101) Amfiteatru. 루마니아 부쿠레슈티에 위치한 출판사.

102) Echinox. 루마니아 클루지나포카에 자리한 출판사.

103) Nastratin Hogea. 실존 여부는 불분명하지만, 13세기 아나톨리아(현재의 튀르키예)에서 태어나고 아크셰히르(Akşehir) 지방에서 살았던 것으로 전해지는 현자이자 익살꾼이다. '현명한 바보'의 전형으로 일컬어지며, 어리석은 듯하면서도 날카로운 풍자와 역설적 지혜로 권력자를 골탕 먹이곤 한다.

들려오는 물소리가 내 생각을 방해합니다. 당신은 우리가 사랑을 나누는 순간에 유순하고 온화하게 행동하며, 당신의 성격을 강요하거나 어떤 행동도 주도하려고 하지 않았습니다. 당신은 나의 모든 몸짓에 부드럽지만 단호하게 반응합니다. 나는 바구니에서 사과를 꺼내 먹습니다. 당신은 배의 돛 같은 커다란 셔츠를 걸친 채, 다시 내 옆으로 돌아옵니다. 당신은 불을 끄고 잠자리에 듭니다. 당신의 손은 물에 젖어 차갑습니다. 내가 어둠 속에서 계속 사과를 깎아 먹고 있는데, 갑자기 당신의 말소리가 들립니다. 당신의 목소리가, 지금껏 우리 곁에 생생히 존재했지만 이제는 재가 되어 버린 방 안의 물건들을 대체합니다.

당신은 남편에 대해 길게 이야기하지 않고, 나도 당신을 더는 붙잡지 않습니다. 당신은 그 사람이 알코올 중독자였으며, 결혼한 지 칠 년 만에 그 사람을 떠났다고 말합니다. 칠 년간의 불운. 그는 당신의 소설과 시집을 창밖으로 던졌습니다. 마침내 당신은 오 년 전에 그와 이혼했습니다. 당신은 12월 이맘때쯤 이혼이 마무리되었음을 기억합니다. 그 충격은 당신이 감당하기엔 몹시 고되었습니다. 새해 전야에, 당신은 예전에 살았던 슈테판 첼 마레 거리의 원룸에서 너무 외롭고 삶이 무의미하다고 느낍니다. 그래서 자정에 알레아 치르쿨루이 골목을 산책하러 나갔습니다. 당신은 호수로 내려갔고, 안개에 휩싸인 그 낯선 세계에서 무릎을 꿇고 두꺼운 얼음 사이로 호수 깊은 곳을 바라보는 젊은 남자를 만났습니다. 당신은 울기 시작했습니다. 지금도 그 장면을 생각하면 등골이 오싹해집니다. 그 사람은 진심으로 당신을 신경 쓰며, 큰길까지 데려다준 뒤에 떠났습니다. 그는 점차 안개 속으로 사라졌습니다. 당신은 당신의 남편처럼 그 남자 역시 두 번 다시 볼 수 없었습니다.

나는 당신이 언제 처음 사랑을 했는지 묻고, 짙은 어둠 속에서 당신이 미소 짓고 있음을 느낍니다. 손가락으로 당신의 얼굴을 더듬어 보니, 당신은 정말 웃고 있네요. 우리 둘 다 웃음을 터뜨립니다. 당신은, 언제 누구와 처음으로 사랑을 했는지는 전혀 중요하지 않다고, 말하는군요. 하지만 내가 조금 더 인내심을 발휘하면 당신은 훨씬 흥미로운 사실, 즉 누군가와 첫 키스를 나눴는지에 관한 이야기를 들려줄 것입니다. "글쎄, 누군가에게가 아닌 다른 방식으로도 키스할 수 있나요?" 나는 마치 시력을 잃은 듯 서두르지 않고 당신의 얼굴 윤곽을 계속 더듬거리며 묻습니다. "그럼요."라고 당신이 말하자, 나는 당신 입술의 움직임을 느낍니다. 당신은 천천히 내 손가락을 문 다음에 이렇게 말합니다. "어릴 때, 거울 앞에서 나 자신에게 키스했어요." 이윽고 당신은 무채색의 차분한 목소리로 나에게 기묘한 질문을 합니다. "REM에 대해 들어 본 적이 있나요?" "아니요, 없는 것 같아요." 나는 별로 주의를 기울이거나 궁금해하지 하는 투로 중얼거립니다. "하지만 어서, 당신이 어떻게 첫 키스를 했는지 말해 줘요. '라플란드의 에니젤과/ 버섯왕 크립토에 대해/ 말해 주세요.'"[104] 사랑하는 셰에라자드

---

104) 루마니아의 시인이자 수학자, 이온 바르부(Ion Barbu, 1895~1961)가 쓴 시「크립토 왕과 라플란드 여인 에니젤」에서 인용한 것이다.

여, 당신의 멋진 이야기를 어서 들려주세요. 에메랄드섬은 이제 바다 위로 수천 미터나 높이 솟아올라 절벽을 비춥니다. 오직 하나의 길로 정상에 도달할 수 있습니다. 거기에는 노란 민들레, 데이지, 야생 금어초로 뒤덮인 초원이 펼쳐져 있습니다. 맑고 커다란 눈을 가진 나비와 잠자리가 꽃 위를 맴돌고 있습니다. 조금 더 나아가면 어린 나무들에 꽃이 피어 있고, 나무 껍질 냄새가 물씬 풍깁니다.

나는 당신에게, 1960년이나 1961년에 일어났던 몇 가지 사건에 대해 들려주겠습니다. 그때 나는 열두 살도 채 되지 않은 소녀였습니다. 나는 칼레아 모실로르에서 가족과 함께 살았습니다. 그 집은 위층이 바깥으로 튀어나오고, 입구를 보호하는 두 개의 얇은 기둥이 있으며, 벽엔 온갖 종류의 기괴한 석고 가면이 걸려 있는 이상한 곳이었습니다. 입구 바로 위로 발코니가 조성돼 있고, 그 아래에는 낡은 사이펀 기구처럼 생긴 금속 독수리의 부리 안으로 이어진 배수관이 있었습니다. 발코니는 아주 작았지만, 여름철엔 나의 놀이터이자 거의 항상 머무는 장소이기도 했습니다. 나는 거기에서 주황색, 하늘색, 보라색, 빨간색 줄무늬가 있는 커다란 공을 가지고 놀았습니다. 아니면, 담쟁이덩굴에 뒤덮인 창살 사이로, 눈과 콧구멍이 있고 부리가 앞으로 툭 튀어나온 독수리의 머리, 그 머리 위에 묘사된 깃털 하나하나를 몇 분 동안 바라보곤 했습니다. 녹슨 금속으로 된 독수리는 아주 꼼꼼하게 조각되어 있었습니다. 내가 땡볕 아래서 혼자 인형을 가지고 놀다가, 여전히 햇빛에 반짝이는 담쟁이덩굴을 눈에 담은 채, 노래를 부르며 집 안으로 들어가면, 그 공간은 마치 지하 묘지처럼 어둑했습니다. 그러고는 저녁 식사를 마친 뒤에 다시 별을 보러 나갔습니다. 이유는 모르겠지만 당시 하늘엔 지금보다 별이 더 많았던 것 같습니다. 일식(日蝕)도 더 자주 일어났습니다. 거의 매주 일식이 있었고, 미리 준비해 둔, 연기로 검게 그을린 유리 조각을 통해 그 광경을 지켜보았습니다. 기억나나요? 하지만 그때 당신은 아직 너무 어렸어요⋯⋯. 당시엔 눈이 더 많이 내렸고, 또 그해 여름엔 갑자기 여섯 개의 꼬리를 펼친 혜성이 나타났다가 창공 너머로 사라졌습니다. 나는 발코니에서 얼어붙은 채 경외심을 가지고 그 광경을 바라보았습니다. 그것은 찬란한 황금빛 별들 사이를 가로지르는, 수천 개의 날카로운 모서리를 가진 희끄무레한 얼룩이었습니다. 당시 거리엔 자갈이 깔려 있었고, 우리 집과 같이 외부는 온갖 종류의 분홍색과 벽돌색으로 칠해져 있었습니다. 그리고 회반죽이 벗겨진 칼초베키오 양식으로 마감되고, 먼지가 잔뜩 쌓인 블라인드를 내려 둔 창문이 있는 집들이 주위에 여럿 있었습니다. 당시 유행하던 대중가요의 감미로운 목소리가 들려오는데, 오늘날에도 그 노래는 나에게 어리석은 향수를 불러일으킵니다. "달이 창문으로 들어오네/ 우리의 작은 방으로 들어오네⋯⋯." 집 다락방으로 올라가서 채광창을 통해 내다보면(실제로 그곳은 칼레아 모실로르에 있는, 고르곤 자매가 지키는 일종의 망원경이었는데, 그들 중 하나엔 팔이 없었습니다. 그 고르곤의 팔을 이루던 치장 벽토는 다 떨어져 나가고, 이젠 철제 뼈대만이 남아 하늘을 가리키고 있었습니다.) 주변 집들의 지붕 너머로 부쿠레슈티를 장식한, 빨간색과 녹색의 빛으로 명멸하는 강렬한 광고판을 볼 수 있었습니다. 지금은 사라진, 시내 중심의 건물 위에 있던, 사파이어색의 광고판이 특히 인상적이었습니다. 그 불빛이 꺼지면 나는 눈을 감고 11까지 수를 세곤 했습니다. 그래야 다시 눈을 떴을 때, 바로 그 순간에, 광고판의 불빛이 다시 번쩍이는 광경을 볼 수 있었습니다. 그 불빛은 내 종이 인형의 매끈한 얼굴에 푸른빛을 비쳤고, 이윽고 사라지면서 녹색 줄무늬와 반점이 있는 붉은색 그림자에 자리를 내주었습니다. 나는 다락방에서 아버지가 계단을 올라오는 소리가 들릴 때까지 계속 도시의 어두운 윤곽을 바라보았습니다. 아버지가 다락방 문간에 나타났을 때, 그 모습은 괴물 같았습니다. 마치 붉은 살덩이에 뒤덮인 거대한 조각상처럼 보였습니다. 아버지는 나를 때린 적이 한 번도 없었지만, 나는 그를 매우 두려워했습니다. 오히려 그는 나를 얼싸안고, 작고 둥근 창문가로 함께 걸어가곤 했습니다. 아주 큰 머리, 그다음엔 더 작은 머리 그리고 더욱 더 작은 머리(갈색 실 꼬리가 달린 종이 인형, 지지의 머리. 당시에 나는 라디오에서 흘러나오는 지지 셰르반의 노래를 좋아했기 때문에 그 이름을 붙였습니다.) 세 개의 머리가, 그 여섯 개의 동그란 눈동자가 별을 보기 위해 창가로 모여들었습니다. 그러고는 우리 집의 지하실로 내려갔습니다.

나는 아주 드물게 바깥에 나갔습니다. 내겐 친구가 없었고, 부모님 역시 매우 내성적이었습니다. 불쌍한 어머니는 장을 볼 때에만 외출했고, 아버지는 우리에게 돈을 가져다주는 신비한 직장에 다닐 뿐이었습니다. 부모님이 나와 함께 산책하러 밖에 나오면, 나는 매우 기뻤습니다. 내 나이 네다섯 살 무렵에, 아버지가 국립 광장에 있는 놀이동산, 그중에서도 '어린이 마을'에 데려갔던 일을 나는 결코 잊지 못할 것입니다. 그 어린이 마을은 한눈에도 거대해 보였습니다. 그곳 한가운데에는 하늘까지 솟아오른 전나무가 있었는데, 알록달록한 전구, 온갖 빛깔의 화환, 금색과 보라색, 파란색 은박지로 포장된 큼직한 종이 상자들, 사람 머리만 한 큰 구체, 팔만큼 두꺼운 반짝이는 실로 장식되어 있었습니다. 나무 꼭대기에는 부쿠레슈티의 모든 눈을 붉은빛으로 물들이는 다섯 개의 붉은색 별이 달려 있었습니다. 골목에는 굴곡진 거울과 인공 눈으로 만든 삼 미터 높이의 눈사람들이 있었는데, 그 눈사람의 가슴 안쪽에는 복잡한 기계가 들어 있는 진열장의 유리문이 열려 있었습니다. 곳곳에서 꽈배기 모양의 막대사탕과, 멋들어지고 둥근 모양의 불투명한 유리병에 담긴 레모네이드를 판매했습니다. 셀로판 천막 아래엔 색색의 설탕으로 만든 특이한 모양의 과자들이 담긴 커다란 상자, 생강 쿠키로 만든 산타클로스와 진짜 산타클로스도 있었습니다. 아이들은 옹기종기 모여서 그 산타클로스가 들려주는 동화를 들었습니다. 방향을 알려 주는 화살표가 곳곳에 붙어 있었기 때문에, 미로 속을 걷는 듯했지만 길을 잃지는 않았습니다. 화려하게 색칠한, 크고 기다란 통나무로 만든 구조물 아래엔 골리앗 고래[105]가 있었

---

105) 1954년, 노르웨이 해안에서 죽은, 무게가 68톤에 달하는 거대한 고래

습니다. 우리도 그것을 보기 위해 군중을 헤치며 나아갔습니다. 자주색 회반죽으로 만든 듯한 한없이 거대한 몸체, 엄청난 크기의 지느러미와 입가에 빽빽한 고래수염이 보였습니다. 우리는 아버지가 셔츠 칼라에 꽂아 넣던 유연한 플라스틱 조각도 고래 뼈라고 불렀습니다. 집시들이 길모퉁이에서 그것들을 팔았습니다. 하지만 나에게, 어린이 마을에서 (전나무를 제외하고) 가장 아름다웠던 것은 실물 크기로 복제한 보스토크 로켓이었습니다. 마치 탑을 오르듯 로켓 꼭대기에 올라갈 수 있었습니다. 그 위에 오르면, 천과 양모로 만든 개, 스트렐카와 벨카[106]도 만날 수 있었습니다. 그런 것들을 구경하고 나면, 바로 반대편 계단으로 다시 내려와야 했습니다. 왜냐하면, 다른 아이들도 수십 개의 버클이 달린 복잡한 우주복을 착용한 개들을 보고 싶어 했기 때문입니다. 아버지는 또 다른 개, 라이카[107]가 그 두 마리보다 먼저 우주로 날아가서 달에 머물렀다고 얘기해 주었습니다. 가끔 하늘이 맑을 때면, 나는 연기 자욱한 수정 같은 달의 표면에서 점들을 찾아내려고 골똘히 살펴보았습니다. 하지만 아무리 노력한들 아무것도 보이지 않았습니다. 조금 더 나아가면, 형형색색의 삼각(三脚) 망원경이 있었습니다. 아버지는 내가 망원경을 들여다볼 수 있도록, 그

로, 루마니아 전역에서 전시되었다.
106) 1960년, 스푸트니크 5호를 타고 세계 최초로 왕복 우주여행에 성공한 개들이다.
107) 1957년 11월 3일, 생명체 최초로 스푸트니크 2호를 타고 우주로 떠난 개다.

것에 돈을 넣어 주었습니다. 나는 숲과 꽃이 있고, 어린 소녀들이 사는 별을 볼 수 있으리라고 기대했지만, 둥근 유리 너머에는 수천 개의 대칭적인 색유리 조각들뿐이었습니다. 그 망원경의 원통을 살짝 돌리면, 다양한 이미지들이 새로 나타났습니다. 그것들은 마치 크고 반짝이는 눈송이처럼 보였습니다. 나는 여태껏 단 한 번도 본 적이 없는 빛과 색의 이합집산을 뒤로하며 눈물을 글썽였습니다. 우리는 수천 개의 전구가 번쩍거리며 뉴스의 내용을 알려 주는 옥상 전광판이 달린 건물을 지나갔습니다. 글자는 전광판의 노란색 전구가 명멸하는 방식으로, 오른쪽에서 왼쪽으로 이어졌습니다. 선물 꾸러미를 가득 짊어진 사람들은 그 깜빡이는 문장 앞에 몇 분 동안 서 있었습니다. 우리는 하늘에 거대한 보름달이 떠 있는 도시를 지나, 집으로 돌아왔습니다.

그때는 전화기도 없었고, 아예 그런 물건이 있는지조차 몰랐습니다. 우리는 거의 친척을 방문하지 않았습니다. 혹여 예기치 않게 들르면, 어머니가 몹시 불편해했기 때문입니다. 사실 우리에게는 어머니의 형제자매, 나의 대모 말고는 친척이 그리 많지 않았습니다. 라저르 삼촌을 아주 드물게, 일 년에 한 번 정도 만났습니다. 왜냐하면, 이혼한 삼촌은 항상 새로운 여자들을 데려왔는데, 삼촌의 예전 부인과 친구인 어머니가 그런 삼촌을 못마땅하게 여겼기 때문입니다. 라저르 삼촌은 이미 일흔이 넘은 나이에도 그런 습관을 고수했는데, 아마도 그것이 힘의 원천인 것 같습니다……. 우리는 나의 대모인 고모를 방문하는 일도 그다지 좋아하지 않았습니다. 이를테면, 그녀는 깨끗하지 않았기 때문입니다. 그녀의 집에는 늘 어린아이들이 넘쳐 났고, 해마다 한 명씩 더 늘어났으며, 늘 쓰레기 냄새와 정체 모를 악취가 진동했습니다. 그럼에도 나는 연신 그곳에 가고 싶다고 애원했습니다.(대모는 페렌타리 외곽의 집시들이 모여 사는, 시끄럽고 구불구불한 골목길 어딘가에서 살았습니다. 그 동네엔 끔찍한 노란색을 띤 교회와 우체국, 오물 냄새가 진동하는 공중화장실도 있었습니다.) 대모에게는 작은 화면이 달린 '템프 6'이라는 텔레비전이 있었는데, 그곳에 가면 나는 최소한 「로빈 후드」의 첫 에피소드와 「마법의 부싯돌」, 「장난감 병정」 등 내가 정말 좋아하던 어린이 영화를 볼 수 있었습니다. 그런 이유로 나는, 파지(破紙)로 만든 기저귀에 더러운 슬리퍼를 신고, 나의 땋은 머리를 거침없이 잡아당기며, 가능한 모든 방법을 동원해 나를 귀찮게 하는 코흘리개 아이들을 기꺼이 참아 냈습니다. 한편, 아우라 이모네는 자주 찾아갔습니다. 그곳으로 향하는 여정과, 그곳으로 가는 동안에 일어나는 모든 일들이 나에겐 낯선 모험이자, 다른 세계를 탐험하는 도전이었습니다. 내 인생에서 가장 중요한 일들은 바로 그곳, 부쿠레슈티 외곽에서 일어났습니다. 더욱이 내가 세상에 온 까닭, 내가 선택받은 이유를 바로 그곳에서 깨달았습니다. 바로, REM으로 들어가는 일이었습니다. 그리고 그곳에서, 사실 이 얘기를 하려던 참인데, 누군가와 첫 키스를 했습니다……. 나중에, 십여 년이 더 지난 뒤에야, 나는 누구였는지 더는 기억나지 않는 어떤 사람과 처음으로 사랑을 나눴습니다. 그때의 일을 계기로 내가 여자로 거듭난 것은 아니었습니다. 정신적으로 말하자면, 그보다 훨씬 오래전에 나는 벌써 여자였기 때문입니다.

　이따금 아침에, 어머니는 내 방에 와서, 아우라 이모네에 간다고 말했습니다. 나는 기쁨에 겨워 펄쩍펄쩍 뛰었고, 재빨리 외출용 드레스로 갈아입고 무릎까지 올라오는 흰색 양말을 신었습니다. 인형 지지에게도 밝은 녹색의 벨벳 드레스를 입혀 주었는데, 그녀에게 무척 잘 어울렸습니다. 그 밑에는 분홍색 실크 팬티와 얇은 면사로 만든 하얀색 슬립을 입혔는데, 흠잡을 데 없이 완벽했습니다. 나는 재빨리 발코니로 달려가서, 노랗게 빛나는 상쾌한 아침 공기를 들이마시며, 그 아래로 덜컥거리며 달려가는 전차들과 자동차들을 바라보았습니다. 가끔 차들 사이로, 양옆을 파란색이나 녹색으로 칠하고, 꽃이나 그리스 신화의 세이렌들이나 사슴 따위를 그려 넣은 마차가 지나가곤 했습니다. 때때로 말들은 지나간 길 위에, 김이 모락모락 피어오르는 노란색 덩어리를 남겼습니다. 차의 연기와 말의 냄새가 훅 끼쳤음에도 전혀 불쾌하지 않았습니다. 어머니가 외출을 준비하고, 우리가 아침을 먹었을 때는 벌써 11시였습니다. 우리는 시끄러운 거리로 나와서 천천히 오보르 시장까지 걸어갔습니다. 나는 고개를 돌려, 크림을 잔뜩 넣고 돌돌 만 빵과 프리첼이 놓여 있는, 온갖 종류의 시럽과 음료수 기계가 늘어선 시원한 가판대들을 쳐다보곤 했습니다. "소금이 들어간 것도 있고, 양귀비 씨앗이 들어간 것도 있답니다, 한번 드셔 보세요. 위(胃)에 아주 좋아요". 나는 아주 어릴 적에, 내가 원하는 걸 어머니가 사 주지 않으면 길바닥에 드러눕고 난리를 피웠습니다. 이따금 노부인이 나에게 다가와서 엄숙한 표정을 지으며 말했습니다. "이 말 안 듣는 아이는 누구지? 이 할머니가 여기 가방에 잡아넣어야겠다!" 그러면 나는 더욱 심하게 울어 댔습니다. 라디오에서는 매일 "달콤한 사탕과 젤리/ 캐러멜과 캐러멜 사탕" 또는 "레모-레모-레모네이드"라고, 다채롭게 노래하는 광고가 흘러나왔습니다. 나는 일고여덟 살 무렵, 학교에 다니기 시작하면서부터 자제력을 발휘할 수 있게 되었습니다. 하지만 항상 단것들을 먹고 싶어 했습니다. 내가 고래처럼 살이 찌지 않은 것이 신기할 정도입니다.

오보르 시장은 꽤 매혹적인 곳이었습니다. 나는 지금도 그곳을 정확히 기억하며, 아예 눈앞에 그릴 수 있을 정도입니다. 그다지 넓지 않지만, 요즘 어디에서도 찾아볼 수 없는 발칸반도의 분위기가 스며 있는 단순한 교차로입니다. 슈테판 첼 마레에 간다면, 유리나 나무판에 아름다운 손 글씨 또는 다양한 문자로 기입된, 다채로운 모양과 크기와 색상을 지닌, 수많은 상점들의 간판에 압도당할 것입니다. 난로 수리공, 이불 만드는 사람, 재단사, '유리공', 시계 수리공, '장의사'(이곳에는 항상 새틴으로 안감을 댄 관들이 벽에 줄지어 기대서 있었습니다.), 벽에 수직으로 걸린, '예일(YALE)'이라고 쓰인 거대한 나무 열쇠, 기차역의 시계처럼 커다랗지만 시곗바늘은 그려 넣은 유리 시계 위엔 가게 주인의 이름이 적혀 있었습니다. 그 왼편에는 미티테이[108]를 굽는 냄새가, 푸른 연기와 함께 끊임없이

---

108) 루마니아의 전통 음식. 돼지고기, 양고기, 소고기를 섞어 마늘과 향신료로 양념한 일종의 소시지로, 숯불에 구워 먹는다. 루마니아의 대표적인 길거리 음식이다.

피어오르는 술집이 있었습니다. 술 취한 사람들이 그 주변으로 몰려들었고, 헝가리 전통 의상을 입은 집시들과 주름치마를 입은 여자들, 마늘 꾸러미와 대마 향이 풍기는 반쯤 찬 자루를 어깨에 걸머멘 농부들이 있었습니다. 길 건너편에는 밤마다 꿈꾸던 '빨간 모자' 장난감 가게가 있었습니다. 나에게는 마법 같은 곳이었습니다. 오보르 시장에 갈 때마다, 나는 어머니를 그 가게 안으로 끌고 들어가곤 했습니다. 우리는 지독한 휘발유 냄새가 진동하는, 기다랗고 낮은 방에 들어갔습니다. 나무 바닥은 적갈색이었고, 진열창을 통해 들어오는 빛은 충분하지 않았습니다. 그 아무것도 없는 곳으로 깊숙이 들어간 뒤에야, 계산 카운터와 장난감 판매대를 발견할 수 있었습니다. 나는 성긴 천 조각을 두른, 다양한 크기의 인형들을 황홀하게 바라보았습니다. 인형들 대부분은 직물로 만들어졌는데, 머리 부분은 깨지기 쉬운 석고였고, 머리카락은 검은색이나 노란색, 갈색의 실이었습니다. 곱슬머리를 가졌거나 아프리카 소녀처럼 보이는 고무 인형도 있었습니다. 그리고 불꽃처럼 붉은색으로 색칠한 안장을 얹은 백마, 노란색과 갈색의 곰, 기계로 작동하는 양철 새도 있었습니다. 카운터에는 항상 깡충깡충 뛰어다니면서 북을 치는 대여섯 개의 장난감, 손으로 문지르는 마찰로 앞을 향해 움직이는 작은 자동차, 꼬리에서 불꽃을 뿜어내는 로켓이 진열되어 있었습니다. 어머니는 나에게 『백설 공주』, 『신데렐라』, 『눈의 여왕』의 한 장면을, 이상한 모양의 판지 조각으로 재구성한, 값싼 퍼즐 장난감을 사 주곤 했습니다. 나는 완성된 그림을 보지 않고도, 단지 흩어진 판지 조각의 모양만으로 퍼즐을 쉽게 끼워 맞출 수 있었기 때문에 금방 싫증이 났습니다. 또한 어머니는 바늘과 실로 꿸 수 있는 구멍이 뚫린, 작은 색종이 카드를 사 주기도 했습니다. 그저 갈색, 파란색, 녹색, 노란색 또는 빨간색 실을 바늘에 꿰어 그 작은 구멍으로 밀어 넣기만 하면 되었습니다. 그렇게 바늘을 놀리다 보면, 어린 양과 함께 있는 목동, 트랙터, 서로 손을 맞잡은 소년과 소녀, 아름다운 문양들, 나비가 나타났습니다. 나는 언제나 울면서 '빨간 모자' 가게를 떠나야 했습니다. 거기서 조금 더 걸어가면 미하이 브라부가 나오는데, 그곳엔 주석과 못, 사슬 말고도 다채로운 새 무늬가 들어간 꽃병이나 유리잔을 구입할 수 있는 대형 철물점이 있었습니다. 그리고 조금 더 나아가면, 밝게 빛나는 진열장 안쪽에서, 녹색 옷을 입은 뚱뚱한 여자가 나일론 스타킹을 수선하는 가게가 나타났습니다. 그리고 그곳 뒤에는 리넨과 마포, 황마로 만든 양탄자를 판매하는 어둑한 지하 가게가 자리 잡고 있었습니다. 그 가게 카운터와 선반에는 나프탈렌과 식물성 섬유, 톡 쏘는 황마의 냄새가 강하게 풍기는 거대한 천 꾸러미가 쌓여 있었습니다. 또 기둥에는 거울이 하나 걸려 있었는데, 나는 그 앞에 서서 나 스스로를 바라보곤 했습니다. 빽빽한 반그림자 속에서, 겁에 질린 어린 소녀가 수정의 광채 때문에 일그러진 얼굴로 나를 쳐다보고 있었습니다. 맞은편, 시장 안쪽의 깊숙한 곳엔 지붕을 덮은 홀이 있었습니다. 그곳은 지금도 변함없이 그 자리에 남아 있습니다. 당시에 시장 홀은 나에겐 엄청나게 거대해 보였습니다. 홀 내부는 항상 쌀쌀했습니다.

어머니가 타일 가판대 뒤에 늘어서 있던 농부들에게서 장을 보는 동안, 나는 목을 쭉 내밀고 벽면의 흐릿한 모자이크와 꿀을 거래한다고 알려진 위층 사람들의 모습을 바라보았습니다. 홀의 공간과 분리되어 있는 한쪽 골목엔, 마치 끝없는 복도처럼 정육점 가판대가 이어져 있었습니다. 나는 갈고리마다 매달린 돼지 반 마리, 커다란 소고기 조각에 매료되었습니다. 피 묻은 앞치마를 두른 정육점 주인이 손도끼로 양의 두개골을 열어 우윳빛 뇌를 제거하거나, 두꺼운 고기 조각을 절단하는 모습에 사로잡힌 것입니다. 가죽이 벗겨지고 실핏줄은 다 터진 눈이 튀어나와 있는 도살된 양은, 가판대 바로 위에 잘린 채 누워 있었습니다. 그곳에서 벗어나려면 우리는 유청 냄새가 나는 거대한 통들이 줄지어 선 길을 통과해야 했습니다. 그곳엔 면도하지 않은 무표정한 얼굴로 통 속에서 텔레메아[109] 치즈를 건져 내는 남자들이 있었습니다. 그들의 팔은 팔꿈치까지 우윳빛 액체에 젖어 있었습니다. 사람들은 각자가 원하는 대로 오보르 교차로를 건넜습니다. 거기엔 신호등이 없었습니다. 아직도 그곳을 떠도는 민병대원들은 전자저울을 든 장애인이나 복권 판매원과 이야기를 나누느라 정신이 없었습니다. 가죽 냄새, 담배 냄새, 누더기 냄새, 신선한 말똥 냄새, 미티테이를 굽는 냄새가 뒤섞여 있었습니다. 어머니와 나는 외출복을 차려입고 전차에 올라탔습니다. 그 전차는 마차와 포베다 자동차 사이에서 필사적으로 종소리를 울

---

109) 양젖으로 만든 루마니아의 치즈.

리며 간신히 달렸습니다. 목재로 만들어진 전차는 외부 뼈대가 많았고, 작은 창문이 나 있었으며, 전면의 금속 격자 위엔 헤드라이트 하나가 달려 있었습니다. 문이 삐걱거리는 소리를 내며 열리면, 그 문에 켜켜이 쌓인 검은 기름이 내 옷에 묻곤 했습니다. 그렇게 문이 열린 뒤에는 밟고 올라갈 수 있는 작은 계단이 내려왔습니다. 그러나 그 계단은 어린아이에겐 너무 높았으므로, 어머니는 내가 윤이 나는 놋쇠 손잡이를 잡을 수 있도록 들어 올려 주었습니다. 보통 우리는 사람들이 덜 붐비는 앞문으로 전차에 올라탔고, 그래서 운전사 바로 뒤쪽에 자리 잡는 경우가 많았습니다. 그 당시 운전사는 지금처럼 금속으로 만든 별도의 공간에 있지 않았습니다. 그냥 전차의 맨 앞, 스펀지가 튀어나온 의자에 앉아 수많은 승객들에게 둘러싸인 채 운전을 했습니다. 나는 운전사가 니켈로 도금한 레버를 어떻게 비틀고 돌리는지 관찰하기를 좋아했습니다. 그 레버 위에는 커다란 금속 구체가 얹혀 있었고, 그 구체는 금색 판을 따라 삐거덕 소리를 냈습니다. 그 금속 판에는 독일어로 뭐라고 적혀 있었고, 객차의 좌석은 노란 광택이 흐르는 나무판자로 만들어졌으며, 전차 천장에는 손을 뻗으면 붙잡을 수 있는 타원형 손잡이가 매달려 있었습니다. 전차가 속도를 높이고 선로 위를 흔들흔들 달리면 손잡이가 율동하듯이 천장에 부딪쳤습니다. 딸깍, 딸깍, 딸깍 소리가 저녁 황혼을 몽롱하게 만들었습니다. 전차의 뒤쪽 끝에 올라가면, 나사식으로 만든, 니켈로 도금한 레버와 유사한 핸드 브레이크를 볼 수 있었습니다.

어머니는 손잡이를 붙잡았고, 어머니 옆에 선 나는 앞뒤로 몸이 흔들렸습니다. 마치 눈동자 속으로 들어가는 듯, 몹시도 신비하고 아름다운 도시가 우리를 압도하며 지나갔습니다. 이른 아침이면 맑고 차가운 물 같은 여명이 도시를 감싸안았습니다. 나팔꽃은 보랏빛 핏줄이 드러난 파란색 봉오리를 열고 철조망을 휘감으며 흐드러져 있었습니다. 점심시간이면 전차는 늘 붐볐습니다. 베레모, 야구 모자에 트레이닝복을 입은 행복한 농부들, 꽃무늬가 들어간 천으로 만든 치마를 입고 머리에 스카프를 두른 여자들로 전차 한 칸이 가득 찼습니다. 이들은 웃고 떠들며, 이따금 검표원과 실랑이를 벌였습니다. 약간 사기꾼같이 생긴 남자가 낮은 목소리로 말했습니다. "표 검사합니다!" 그러면 표를 가지고 있더라도 바로 얼어붙었습니다. 저녁이 되자 전차는 거의 텅 비었고, 검표원은 작은 작업대에 머리를 얹은 채 다음 정류장에 도착할 때까지 졸았습니다. 어머니도 나를 품에 안은 채 의자에서 졸았고, 나는 어머니 무릎에 앉아 지그재그로 무질서하게 배열된 집들의 검은 지붕 위로 타오르는 보랏빛 구름을 바라보았습니다. 그리하여 우리는 좌우로 흔들리며, 술 취한 사람들을 피하고 주변에 자욱한 마늘이나 연기 냄새, 고약한 악취를 멀리하면서 마침내 베리에라베르굴루이에 도착했습니다. 그곳에는 문카 영화관이 있었고, 특히 분수대 중앙에는 얇은 물줄기가 흐르는 물병을 든 반라(半裸)의 여성 동상이 녹슨 채로 서 있었습니다. 그 조각상은 검고 슬퍼 보였으며, 무성한 수풀 같은 녹색 줄무늬가 눈에 띄었습니다. "형제 뱀들보다 더 짙은 녹청이/ 도

시 분수대에서."[110] 우리는 거대한 벽돌 굴뚝이 있고, 마당에
는 기름때가 낀 커다란 장비들이 들어서 있는 공장들, 눈 속
에서 녹슬어 가는 적갈색의 우울한 열차 차량들이 서 있는
철도 조차장, 여전히 브라가[111]를 파는 도넛 가게들을 지나쳐,
몇 정거장을 더 걸어갔습니다. 길거리에는 늙고 뒤틀린 뽕나
무가 썩은 채 줄지어 서 있었습니다. 여름이 끝나 갈 무렵이면,
그 나무엔 흰색이나 흑청색의 벌레 먹은 오디가 가득 열려 있
었습니다. 갈색 껍질을 두른, 노랗고 싱싱하고 달콤한 냄새가
풍기는 피나무와 아카시아나무의 열매들이 바스락거렸습니
다. 몇 정거장을 더 지나친 끝에, 비로소 우리는 론드에 당도
했습니다. 오늘날의 부쿠레슈티에는 론드 같은 곳이 더는 없
습니다. 그곳은 그리 크지 않은 원형의 광장이었는데, 페인트
가 벗겨진 주변 주택의 회반죽에서 떨어져 나온 부연 색깔의
마른 석고가 날리는 통에, 항상 안개가 낀 듯이 흐리멍덩했습
니다. 이 초록빛이 도는 분홍색, 보라색 먼지는 광장을 빙빙
돌며 어깨나 얼굴에 그 흔적을 남겼습니다. 주택의 정면은 너
무 오목하고 구불구불해서 우스꽝스러운 나머지 불길한 기운
마저 풍겼습니다. 커다란 구체에 한쪽 발을 얹은 석고 사자상
이 담배 가게의 입구를 지키고 있었습니다. 날개를 쭉 뻗은 독
수리와, 척추가 돌출된 그리핀이 채광창을 덮고 있었습니다.

---

110) 루마니아의 시인, 이온 바르부가 쓴 시 「후스 아가씨」의 일부분이다.
111) 기장이나 밀기울을 발효시켜 만드는 전통 음료로, 약한 단맛과 약간의
알코올 성분이 있다. 오스만 제국의 영향을 받은 음료로, 루마니아 등지에
선 여름철 길거리 음료로 즐겨 마신다.

지붕은 러시아 교회처럼 주석으로 만든 타원형의 전구 모양으로 볼록 튀어나와 있었습니다. 오래된 기둥, 일부는 이미 무너져 있었고, 복잡한 처마 장식과 형태가 망가진 모노그램이 그 작은 상점의 더러운 창문을 장식하고 있었습니다. 모든 담벼락에는 색분필로 음담패설이 적혀 있었습니다. 광장 중앙에는 어느 보병의 조각상이 우뚝 솟아 있었는데, 너무 거대해서 다른 모든 것을 압도할 정도였습니다. 심지어 받침대 자체만으로도 내가 지금껏 보아 온 비슷한 어떤 것보다 컸습니다. 나는 소총을 발치에 두고 서 있는 웅장한 군인의 모습을 온전히 포착하기 위해 고개를 뒤로 젖혔습니다. 광장에서 가장 높다란 건물조차 조각상의 받침대보다는 낮았습니다. 벽돌색 구름이 그 조각상의 어깨를 둘러쌌습니다. 완전히 돌로 만들어진 그 조각상을 내가 입을 벌린 채 감상하는 동안, 어머니는 자기 여동생과 내 사촌 마르첼에게 줄 것들을 사려고 작은 가게들 곳곳을 돌아다녔습니다. 그녀는 보통 귀여운 자동차 모양의 병에 담긴 값싼 라벤더 물, 피티콧 초콜릿 상자 몇 개 또는 황금 동전 모양의 초콜릿을 구입했습니다. 종종 커피가 가득 들어간, 분홍빛을 띤 인형 모양의 프랄린 초콜릿도 샀습니다. 다른 오랜지색 사탕에는 꿀이 잔뜩 들어 있었습니다. 어머니는 크리스털 록캔디를 발견할 때마다(그것은 점점 더 희귀해졌습니다.) 꽤 두툼한 조각으로 잘라 구입하기도 했습니다. 그녀는 그 자리에서 라즈베리 향이 나는 시럽이 들어간, 매우 차가운 주스를 나에게 건네주었습니다. 우리는 론드에서 다른 전차로 갈아타고 세 번째 정류장에서 내렸습니다. 이제 두데슈티

치오플레아라는 지역에 도착했습니다. 나는 매우 빠르게 걷는 어머니를 따라잡기 위해 얼마나 애썼는지 모릅니다. 어머니의 옷에서는 세탁 세제의 냄새가 풍겼고, 더불어 그녀가 입술에 바른 가장 값싼 립스틱(평소에 그녀는 결코 화장을 하지 않았습니다.)의 싸구려 라벤더 향기 역시 코를 자극했습니다. 그러나 나는 그 냄새를 좋아했습니다. 왜냐하면 '작은 귀걸이'라는, 특이한 원반 모양의 분홍색 밀가루 사탕에서 풍기는 향긋한 냄새를 떠오르게 했기 때문입니다. 어머니의 인조 악어가죽으로 만든 핸드백에 인형 지지를 넣고 다녔습니다. 이름 모를 작은 거리들을 지나고, 창문에 초록색 창틀과 갈색 지붕을 두르고 외벽을 노란색으로 색칠한 학교 건물, 항상 사람들이 길게 줄을 서 있던 부탄가스 판매소와, 커다란 파란색 바퀴가 회전하던 탄산수 가게를 지나 우리는 마침내 아우라 이모가 사는 거리에 들어섰습니다.

길고 곧은 그 거리 양쪽엔 나무 울타리와 낮은 건물들의 외벽이 죽 이어져 있었습니다. 여름에 그곳을 지나가면, 기름진 나무 전신주의 전선에 걸린 수많은 종이 연(鳶)만으로도 그 거리임을 쉽게 알아볼 수 있었습니다. 대부분의 연은 파란색 포장지로 만들어졌습니다. 그러나 어떤 것들은 수채 물감이나 색연필로 채색한 까닭에, 마치 새하얀 하늘에 매달린 할리퀸처럼 보였습니다. 『할리퀸을 보세요!』[112] 우리에게 친숙

---

112) 블라디미르 나보코프(Vladimir Nabokov, 1899~1977)가 마지막으로 완성한 소설.

한, 회반죽을 바르지 않은 그 벽돌집에 가려면 우리는 거리 끝까지 걸어가야 했습니다. 이모네 집은 거리 끝자락에서 두 번째 집이었습니다. 그 방향에서 보자면 도시 전체에서도 끝에서 두 번째 집이었습니다. 뒤뜰 정원에 파묻힌 마지막 집 너머에는, 잡초 무성한 들판이 두데슈티 마을 쪽으로 펼쳐져 있었습니다. 눈이 닿는 데까지 전부 들판이었습니다. 길의 끄트머리가 다른 길로 이어지지 않고, 아무것도 없이 텅 비어 있던 광경은 나에게 매우 기묘하게 보였습니다!

우리는 이모네 집 대문에 도착하면 그 문틈을 통해 마당을 들여다볼 수 있었습니다. 양파밭 사이에 주차된 낡은 트럭, 쓰디쓴 체리나무, 제라늄과 데이지, 마당 가장자리엔 장미가 심겨 있었습니다. 양철 지붕을 덮은 붉은색의 사각형 집 뒤쪽에 있던 촘베가 우리를 맞이하려고 다리를 절뚝거리며 힘껏 달려왔습니다. 내가 세 살 무렵에 그 개가 내 뺨을 물어서 나는 촘베를 좀 무서워했습니다. 그러나 이제 촘베의 눈은 부옇게 흐려져 있었습니다. 촘베는 단지 육중한 몸에 비해 다리가 너무 짧고, 거칠고 곱슬곱슬한 털에 덮인, 기력을 잃은 늙은 개였습니다. 그리고 그 개의 냄새는 내가 여태 만난 어떤 개보다 더 지독했습니다. 우리가 파스텔 빛깔의 채송화가 핀 벽돌 길을 따라 집으로 걸어가는 동안, 촘베는 몹시 크게 짖어 댔습니다. 그래서 가운을 걸치고 통이 넓은 바지를 입은 아우라 이모는 우리가 집 앞에 도착하기도 전에 벌써 소매를 걷어 올린 채 문을 열곤 했습니다. 그리고 그녀는 기쁨에 겨워 과장된 미소를 지으며, 우리를 집 안으로 인도했습니다.

늘 잿빛에 차가운 기운이 감도는 기다란 복도를 따라가다 보면 거실이 나왔습니다. 어머니와 이모가 이야기를 나누는 동안, 나는 진열장에 있는 유리 물고기를 바라보거나 벽에 걸린, 노란색 실크와 새틴으로 만든, 푸른 호수 위를 떠다니는 백조 그림을 쳐다보기도 했습니다. 하지만 나는 재봉틀에 더 관심이 갔습니다. 나는 재봉틀 서랍에서 온갖 색깔의 천 조각, 꽃무늬 천 조각, 체리색 플러시 천 조각을 발견했는데, 그것들로 내 인형을 감싸 주었습니다. 막 내 곁으로 온 나의 사촌 마르첼은, 내 인형 지지의 눈을 가리거나 천 조각을 가지고 팔을 등 뒤로 묶으려 했습니다. 그는 웃어 대며 나에게서 도망치더니, 내가 전혀 예상하지 못한 순간에 뒤로 몰래 다가와서 내 땋은 머리를 잡아당겼습니다. 그는 내 신경을 거슬리게 하고, 항상 코에 콧물을 달고 다녔습니다. 그럼에도 마르첼은 통통하고, 눈동자가 갈색인 매우 귀여운 꼬마였습니다. 가끔 나에게 애정을 표현하고자, 자기 방으로 달려가서 '커비트 9' 약 상자를 들고 돌아오곤 했습니다. 그는 나에게 왁스같이 되직한, 노란색의 향긋한 알약을 주었습니다. 우리는 재봉틀 아래 구석에 앉아 온종일 이렇게 함께 놀면서 시간을 보냈습니다. 그는 망가진 장난감 자동차를 모두 꺼내 왔고, 우리는 트레일러에 지지를 태운 채 여기저기 데리고 다녔습니다. 그는 나를 울리려고, 일부러 지지가 탄 장난감 자동차를 쓰러뜨리는 척하거나, 지지의 치마 밑을 들여다보았습니다. 그러는 와중에도 촘베가 짖어 대는 소리와, 안젤라 몰도반의 감미로운 선율과, 어머니랑 이모가 주고받는 말소리가 우리의 머리 위로 계속 이어졌습니다. "계곡은 길고 풀은 푸르네/ 내가 사랑했던 것은 영영 보이지 않네."[113] 나의 가장 오래된 기억은, 내가 태어났을 적에 살았던 우리 집이 아니라 이모네 집과 더 긴밀히 연결돼 있습니다. 내가 두 살 무렵에, 우리는 이모네 집에서 새해 전야를 축하하고 있었습니다. 나는 아직도 그 순간을 생생하게 기억합니다. 거실에는 긴 테이블이 놓여 있었고, 전구들은 모두 빨간색 셀로판지에 싸여 있었습니다. 방 안의 모든 것이 보랏빛으로 물들었습니다. 사람들의 얼굴도 보라색으로 빛났습니다. 테이블 위에 있던 접시와 유리잔도 전부 보랏빛이었습니다. 마르첼은 그로부터 사 년이 지난 뒤에 태어났고, 나는 세 살배기인 다른 사촌 니네타와 함께 있었습니다. 나중에 니네타는 소아마비에 걸려서 다리가 더욱 가늘어졌습니다. 하지만 나는 그때 니네타가 행복하게 웃으며, 우리 앞, 테이블 위에 놓인 선물, 이를테면 사탕 몇 개와 셀로판지로 포장한 고무 사슴에 손을 뻗었던 장면을 기억합니다. 아마 초콜릿 바도 있었던 것 같습니다. 모조 진주로 만든 목걸이를 한 여자들과, 셔츠를 입은 남자들은 모두 나에게 거인처럼 보였습니다. 나는 전구의 붉은빛에 길을 잃은 그들의 얼굴을 올려다보았습니다. 그들은 무자비하고 끔찍해 보였습니다.

여름 내내, 나는 이모네 집에 도착하면 집 안에 머물지 않고 당장 마당으로 뛰쳐나갔습니다. 그러면 마르첼도 뒤따라

---

113) 루마니아를 대표하는 민요 가수, 안젤라 몰도반(Angela Moldovan, 1929~2009)이 부른 노래, 「몰도바의 장미(Trandafir de la Moldova)」의 가사 중 일부다.

나왔습니다. 절룩거리는 촘베는 비에 흠뻑 젖은 개처럼 냄새를 풍기면서, 이빨 사이로 붉은 혀를 날름거리며 늘 우리 곁을 맴돌았습니다. 우리는 조심스럽게 채소밭 사이를 밟으며 트럭이 있는 곳으로 향했습니다. 아우라 이모의 집과 마당을 처음 누비던 때부터, 가엾게도 이 파란색 트럭은 철판이 완전히 찌그러지고 페인트칠도 벗겨진 채, 바퀴마저 없이, 텃밭 한복판에 서 있었습니다. 내 인형과 같은 이름을 가진, 고양이 왕조의 마지막 후예인 지지가 몸을 웅크린 채, 그 트럭 위에서 잠을 자곤 했습니다. 우리는 뜨겁게 달궈진 트럭 차체에 손을 댈 수도 없었는데, 지지는 어떻게 그 열기를 견뎌 냈는지 모르겠습니다. 우리는 트럭의 문을 열고 그 안에 올라탔습니다. 트럭 안쪽도 숨 막히는 열기에 후끈 달아올랐고, 고무나 시트가 타는 듯한 냄새가 풍겼습니다. 마르첼이 운전석에 앉았고, 나는 그 옆의 조수석에 앉았습니다. 우리가 문을 닫으면 세상은 작고 비밀스러운 장소가 되었고, 영원히 그곳에서 머물고 싶었습니다. 찢긴 좌석 가죽 사이로 스펀지가 튀어나온 시트, 짓이겨진 와이퍼의 고무 날이 갈기갈기 달라붙은 더러운 앞 유리, 마르첼이 잡아당겨 돌렸다가 손을 놓으면 다시 제자리로 튕겨 돌아가던 운전대, 무엇보다 지금도 코로 느낄 수 있는 그 냄새는 우리를 현실과 전혀 다른 세계로 데려다주었습니다. 물론, 마르첼은 군용 트럭을 타고 총으로 독일군 수십 명을 사살하는 모습을 상상하곤 했습니다. 때때로 그는 바닥의 페달을 밟으며 기관총이 발사되었다고 말했습니다. 그러나 나는 에보나이트 손잡이가 달린 레버를 앞뒤로 움직이며, 저러한 환상과는 거리가 먼 것을 상상했습니다. 나는 이 조그마한 공간에서 한평생 지지를 돌보며, 그녀에게 온갖 이야기와 시를 들려줄 수 있다고 생각했습니다. 트럭의 계기판은 부서진 채 바깥으로 튀어나와 있었습니다. 그중 한 계기판은 두 개의 노란 플라스틱 절연 전선에 매달려 있었고, 또 다른 하나는 유리 뚜껑이 깨져서 손가락으로 직접 계기판의 바늘을 움직일 수 있었습니다. 나사들이 빠져서 모든 방향으로 흔들리기는 해도, 속도 계기판만은 제자리에 남아 있었습니다. 사실 그것은 이 트럭에서 지금껏 유일하게 제구실을 하는 부품이었습니다.

한 시간쯤 지나자, 차 안에 있기가 따분해졌습니다. 그때 속도 계기판이 움직이더니, 마치 실제로 수백 킬로미터를 달린 듯 주행 거리가 점차 늘어났습니다. 마르첼은 이 일에 그다지 신경 쓰지 않았지만, 나는 수학 노트를 가져와서 처음 올라탔을 때 보았던 숫자와, 차에서 내릴 때에 확인한 계기판의 숫자를 각각 적어 두었습니다. 나는 숫자가 언제 바뀌었는지 전혀 눈치채지 못했지만, 틀림없이 계기판의 숫자는 변해 있었습니다. 나는 눈물이 맺힐 때까지 그 작은 계기판을 예리하게 주시했지만 딱히 소용은 없었습니다. 정말 순식간에 숫자가 바뀌었습니다. 차에서 내릴 때 올려다본, 소용돌이치는 시골 하늘은 매우 파랗고 광활했습니다. 태양이 온 세상을 노랗게 물들였습니다. 그림자는 새까맣고 선명했습니다. 우리는 트럭 위로 올라가서 지지의 몸통을 들어 올렸습니다. 고양이는 헝겊처럼 부드러웠고, 내가 바닥에 내려놓으면 갑자기 몸을 쭉 뻗었습니다. 지지의 눈은 아직 잠에 취해 있었고, 등을 활처럼 구부리며 분홍색 입으로 하품을 했고, 우리는 그 커다란 입을 바라보며 박장대소했습니다. 지지는 자기 몸을 핥아서 몸을 깨끗이 정돈한 뒤에, 여전히 뜨거운 트럭의 지붕 위로 몸을 던졌습니다. 저녁엔 비둘기 사냥을 나갔습니다. 우리는 한동안 촘베를 괴롭히다가, 엔진 뚜껑을 열어 파이프와 기름때가 흥건한 벨트 사이에 끼어 있는 말벌집을 살펴보았습니다. 그러고는 장미꽃밭 한가운데에 곧고 매끈하게 서 있는 체리나무 위로 올라갔습니다. 나무 꼭대기에서 우리는 도시 전체를 내다볼 수 있었습니다. 우리 뒤엔 시골집이 즐비한 구불구불한 골목길, 집의 지붕마다 우뚝 선 안테나 그리고 위엄을 찾아볼 수 없을 만큼 작고 초라한 교회의 양철 첨탑이 보였습니다. 집들의 윤곽이 그려 낸 지평선 위로, 마치 파도 속에서 헤엄치는 사람처럼, 거대하고 무시무시한 론드의 군인 조각상이 솟아 있었습니다. 나는 거대한 괴물이 도시를 파괴하는 「고질라」라는 영화를 본 적이 있습니다. 이 군인 조각상은 그 영화에서 보았던 괴물 같았고, 꽤 멀리 있는 까닭에 지금은 푸르스름하게 보였습니다. 반대 방향으로 돌아서니 들판이 보였습니다. 들판 저 멀리 나무들이 줄지어 늘어서 있는 듯 보였고, 그 너머로 햇빛에 반짝이는 또 다른 교회의 첨탑이 나타났습니다.

그러나 두데슈티의 들판이 전혀 흥미롭지 않았던 것은 아니었습니다. 오히려 그 들판 한가운데에, 체리나무 꼭대기에서 처음 목격한 순간부터 나를 매료한 무언가가 있었습니다. 도로와 들판 사이의 경계에서 약 백오십 미터 떨어진 경작지 한가운데, 언뜻 보기에는 완전히 고립되어 접근할 수 없는, 탑 같은 형태의 음산하고 기이한 건물이 세워져 있었습니다. 그곳은 마치 전쟁 전에, 불면증에 시달리는 주인이 누구인지 알려 주기 위해 지은 듯 보이는, 평범하지 않은 주홍빛 집이었습니다. 올테니아[114] 지방의 견고한 요새 같았는데, 강력한 기단(基壇)과 단단한 버팀벽을 가졌고, 위층으로 올라갈수록 점점 좁아지는, 톱니바퀴 모양의 원통형 탑을 이루고 있었다. 여름의 황록색 빛이 이 뜻밖의 건축물에 몹시 강렬하게 내리비쳤고, 한쪽 벽은 장밋빛으로 환했지만 다른 쪽 벽은 너무 익어 새카매진 체리처럼 어둑했습니다. 탑 중앙부에선 작은 창문이 반짝거렸습니다. 다른 창문은 찾아볼 수 없었지만, 어쩌면 반대편에도 창문이 있었을지 모릅니다. 탑에서 몇 미터 떨어진 곳에 회색 판자로 만든 창고 말고는 그 주변엔 나무 한 그루 없었습니다. 따라서 그림자를 드리울 것도 없었습니다. 이 허름한 나무 창고가 내 삶의 중심이자, 내 존재를 가치 있게 해 주는 유일한 장소가 되리라고 누가 상상이나 했겠습니까! 헤로인 중독자들은 그들만의 '여행'을 마치고 돌아오면 세상에서 모든 색이 사라진 것 같고, 아무 사건도 일어나지 않는 흑백 영화 속에서 사는 것 같으며, 시간이 더는 흐르지 않는다고, 현실의 삶이란 단지 죽음의 전조일 뿐이라고 여깁니다. 나 역시 REM 상태에 빠져 있을 때, 그러한 느낌을 알게 되었습니다.

우리는 두세 달에 한 번씩 아우라 이모네에 놀러 갔고, 어

---

114) 루마니아 남서부 지방. 올트강 서쪽에 위치하며, 크라이오바가 중심 도시이다. 왈라키아의 일부로, 독특한 민속 전통과 문화를 간직하고 있다.

느새 그 동네 골목에서 또래 여자 친구 몇 명을 사귀게 되었습니다. 내 친구들은 내가 왔다는 소식을 들으면(마르첼리노가 조심스럽게 그 동네 아이들의 집 안뜰을 돌아다니며 소식을 전했습니다.) 두세 사람씩 모여서 문 앞에 나타나곤 했습니다. 그러면 나는 재빠르게 뛰어가서 문을 열어 주었습니다. 그들은 요람 속에서 잠든 인형과 실크 담요, 장난감 구급함, 청진기, 플라스틱 주사기, 공갈 젖꼭지와 딸랑이를 가져왔습니다. 우리는 트럭으로 몰려가서 바로 우리만의 유치원을 만들었습니다. 우리는 인형을 돌보고, 그들이 예의 바르게 행동하도록 가르치고, 또 그들의 옷을 벗기고 새로이 갈아입혀 주곤 했습니다. 그렇게 놀다가 지루해지면 우리는 거기에 인형들을 남겨 두고, 집 뒤편의 부엌문 쪽으로 옮겨 가곤 했습니다. 그곳에는 폭이 약 삼 미터보다 조금 더 넓은 것 같은, 아주 매끄럽고 잘 닦인 시멘트 바닥이 있었습니다. 여름이면 아우라 이모는 지붕 그늘 아래에 X자형 다리가 달린 테이블을 설치하곤 했습니다. 거기에서 루미큐브 보드게임을 하고, 식사를 들기도 했습니다. 우리는 그곳 바닥에 색분필로 복잡하고 미로 같은 사방치기 놀이판을 그리기 시작했습니다. 일부는 팔을 옆으로 뻗은 사람의 모습 같은, 예전의 놀이판 모양 그대로 그렸고, 또 다른 애들은 달팽이처럼 나선 형태의 놀이판을 그렸습니다. 놀이판의 각 칸은 분홍색, 하늘색, 주황색, 레몬색 등 서로 다른 색깔의 분필을 사용하여 칠했고, 순색(純色)으로는 나머지 직선과 곡선과 실선을 그렸습니다. 각 칸마다 규칙에 따라 흰색 또는 보라색으로 이름과 숫자를 표시해 두었습니

368

다. 나는 여전히 우리들의 머리 위를 지나가던 순백의 구름이 반지르르한 시멘트 바닥에 어떻게 반사되었는지, 아주 선명하게 기억합니다. 우리는 오후 내내 옹기종기 모여 앉아서 놀았습니다. 우리들 중 한 아이가 숫자가 적힌 칸에 돌을 던지고 사방치기를 하는 동안, 다른 아이들은 그 모퉁이에 커튼을 드리운 창문이나 거의 보이지 않는 노란색 울타리, 가지에 빨간 사과가 매달린 직사각형 모양의 나무를 그리기 시작했습니다. 우리는 파란 눈에 머리를 땋고, 환상적인 색깔의 긴 드레스를 입은 공주들도 그렸습니다. 공주들이 주황색 손가락에 쥔 장미꽃의 잎사귀는 피스타치오 색깔의 분필로 그렸습니다. 쌍둥이 아다와 카르미나의 그림은 괴물 같았습니다. 그들이 그린 생명체의 다리는 짧고 뭉툭했으며, 손은 무릎 아래에 달려 있었습니다. 그 곁에 앉아 그들이 그림 그리는 모습을 지켜보면 참으로 재미있었습니다. 둘은 동시에 같은 그림을 그리기 시작했고 또 동시에 그리기를 마쳤습니다. 예외 없이 동일하게 움직이고, 똑같은 색깔의 분필을 선택했습니다.

그들의 그림은 마치 거울에 비친 듯 서로 완벽하게 대칭을 이루었습니다. 한 아이가 집 왼쪽에 나무를 그리면, 다른 하나는 집 오른쪽에 나무를 그렸습니다. 그들의 그림에서 서로 다른 점을 찾을 수 없었습니다. 그 쌍둥이 여자애들은 나보다 세 살이 어렸고, 늘 똑같은 옷을 입었습니다. 그 둘은 가슴에 고슴도치가 그려진 앞치마를 둘렀는데, 옷이 너무 짧아서 움직일 때마다 작은 팬티가 훤히 보일 정도였습니다. 나는 조용하고 더 깨끗한 아다를 더 마음에 들어 했습니다. 카르미나는

연신 콧물을 흘렸는데, 손수건을 쓰라고 말하면 그 애는 성을
내며 인형을 들고 집으로 돌아갔습니다. 아다는 오랫동안 카
르미나를 바라보았습니다. 그녀는 반짝이는 갈색 곱슬머리와,
풍성한 속눈썹이 있는 슬픈 눈을 가지고 있었습니다. 아다는
우리랑 더 놀고 싶어 했지만, 언니와 떨어져 있는 상황을 도저
히 견딜 수 없었는지 얼른 뒤따라갔습니다. 집시 소녀 가로아
파는 불만 섞인 말투로 그녀들을 욕했습니다. 왜냐하면 이따
금 그 쌍둥이가 아침에 가로아파의 집 대문까지 찾아와서 "가
로아파 소크로아파"115)라고 말장난을 하며, 집시 마을의 사람
들이 전부 입에 거품을 물도록 큰 소리로 놀려 댔기 때문입니
다. 그럼에도 그들은 아우라 이모네 집에 왔을 때나 바깥 들
판에서 놀 때, 또는 남자애들이 공처럼 만든 빵을 줄 끝에 매
달아 나무 구멍 속의 말벌을 유인할 때는 꽤 사이좋게 잘 어
울렸습니다. 그리고 이틀 연속으로 같은 드레스를 입지 않는,
식당 직원의 딸 푸이아를 모두들 부러워했습니다. 그녀를 보
면, 도시 변두리의 가난한 동네 두데슈티치오플레아에 있는
게 아니라 마치 다른 세상에서 살고 있는 듯했습니다. 정신이
온전하지 않은 그녀의 어머니는 집에서 벌거벗고 돌아다녔습
니다.(맞습니다. 우리가 용기를 내서 푸이아를 불러 놀기로 했을 때,
그녀의 어머니는 하와 같은 모습으로 우리를 맞이해 주었고, 그녀의
향기로운 피부와 완벽한 각선미에 압도되었습니다.) 그녀의 어머니

---

115) 루마니아어로 '가로아파'는 카네이션을 뜻하고, '소크로아파'는 암퇘지
를 의미한다.

는 푸이아의 옷을 전부 직접 만들어 주었습니다. 주름 장식, 분홍색 베일, 꽃무늬 캐시미어, 푸른빛이 도는 퀼트로 드레스를 지어 주었는데, 마치 인형 놀이를 하듯이 푸이아에게 입혔다가 벗기기를 반복했습니다.

푸이아의 작은 손은 유난히 하얗고, 손톱엔 핏빛 매니큐어를 칠하고 있었습니다. 그리고 그녀의 눈부신 금발은 항상 다른 모양으로 땋여 있었습니다. 숫양의 뿔처럼 귀 위쪽으로 땋거나 흑인 여성의 머리같이 수십 갈래로 땋는가 하면, 물결치며 넘실대는 포니테일로 묶기도 했습니다. 세련됐지만 지나치게 큰 귀걸이, 와인처럼 붉은색 보석이 박힌 반지, 모조 진주 목걸이가 그녀의 실루엣을 더욱 화려하게 장식했습니다. 그러나 그녀에겐 장난감이 없었고, 우리가 가지고 노는 꼬질꼬질한 곰 인형이나 속이 다 터진 인형을 다소 혐오하는 것 같았습니다. 우리가 아무리 애원해도 그녀는 결코 자신의 보석을 가지고 놀도록 허락해 주지 않았습니다. 그녀는 냉담하고 모든 것에 초연한 듯 행동했고, 그녀의 자세와 몸짓은 마치 고전 발레를 연기하는 것처럼 매우 체계적이었습니다. 우리 무리에서 그래도 그녀가 곧잘 어울리던 소녀가 하나 있었는데, 그 아이는 다른 애들보다 더 뚱뚱하고 멍청하며, 움직임도 둔하고, 도마뱀처럼 피부가 차가운 소녀였습니다. 그녀에게서 유일하게 아름다운 것이 있다면 바로 이름이었을 것입니다. 그 아이의 이름은 크리나[116]였습니다. 하지만 우리는 악의적으로 그

---

116) 루마니아어로, 백합이라는 뜻이다.

아이를 발레나[117]라고 부르며, 그녀에게서 이 마지막 은혜마저 빼앗아 버렸습니다.

발레나와 푸이아는 늘 함께 있었습니다. 그들의 관계가 어떤지 추측하기란 어렵지 않았습니다. 그들은 매혹적이면서도 혐오스러운 둘만의 망상에 빠져 있었는데, 푸이아는 다른 사람들의 의지를 완전히 통제하는 역할을 맡았습니다. 발레나는 푸이아의 청중이었습니다. 그녀는 우아한 소녀의 매혹적인 시나리오를 입을 벌린 채 넋을 잃고 들었습니다. 그 시나리오는, 은빛 자수가 놓인 구두를 신고 붉은색과 금색의 물고기들이 한가득 유영하는 수정 연못의 가장자리에서 휴식하는 공주들에 관한 이야기였습니다. 공주들은 수천 송이의 향기로운 꽃과 신기한 나무들, 무화과와 오렌지가 풍성한 정원을 거닐었습니다. 그 과일나무 위로 녹색 도마뱀이 기어 올라가고 있었습니다. 거미줄처럼 아주 촘촘하고 섬세한 크리놀린을 입은, 남루하고도 고귀한 공주들은 풀밭에서 사랑으로부터 자신들을 보호해 줄 보석을 찾고 있었습니다. 옥수(玉髓)와 황철석 색깔의 머리카락에 금실을 두른 공주들은, 장밋빛 구름의 광휘에 의지해 거친 숲을 헤매고 있었습니다. 유니콘이 눈물을 흘리는 에메랄드빛 연못에서 슬픈 입술을 비춰 보는 공주들. 독이 묻은 달콤한 케이크로 운명이 정해 준 남자를 죽이고, 검은 가위로 그의 적갈색 머리카락을 잘라서 반지로 삼는 공주들. 창백한 손가락에 시든 마저럼 가지를 들고, 눈 사

---

117) 루마니아어로, 고래라는 뜻이다.

이가 먼 푸른 눈동자와 동그랗고 떨리는 가슴을 가진, 손바닥 엔 손금이 없고, 행운으로부터 버림받고, 인생이 끝장나 버린 공주들. 발레나는 모든 것을 보고 느꼈으며, 이 이야기는 그녀에게 매일 섭취하는 마약이었습니다. 그녀는 친구가 립스틱을 바르는 모습, 눈꺼풀에 색을 칠하는 모습, 양 볼에 분홍색 분가루를 두드리는 모습을 거울 한쪽 구석에서 지켜보았습니다. 푸이아는 발레나가 항상 되고 싶어 했던 모든 것이었습니다. 그녀는 푸이아의 어머니보다 훨씬 헌신적으로, 넉넉하게 푸이아를 사랑했습니다. 그런데 우리는 푸이아를 시쳇말로 '자뻑녀'라고 부르면서, 그녀에게 얽힌 묘한 감정을 손쉽게 해결했습니다. 그럼에도 우리는 본의 아니게 그녀를 따라 했고, 집에 있는 오래된 립스틱이나 아이라이너 펜슬을 훔쳐서 우리 마음대로 화장한 적도 여러 번 있었습니다. 특히 우리가 좋아하는 놀이를 하러 들판으로 나갈 때면, 서로에 대한 안 좋은 것들은 모조리 잊어버린 채, 다 함께 노래하고 춤을 추며 어울렸습니다. 우리는 저녁때까지 노래를 부르며 들판을 뛰어다녔습니다. "너는 꽃이야, 백합이야/ 너는 최고의 향기구나." 우리는 한동안 아름답게 노래를 부른 뒤에 장난을 치기 시작했고, 그러다가 우스꽝스러운 가사를 불쑥 내뱉기도 했습니다. "저 멀리서 내가 너에게 보낸다/ 하나의 관과 촛불을……." '말을 탄세 명의 왕자가 지나갑니다'라는 놀이[118]도 마찬가지입니다.

---

118) 우리나라의 수건돌리기처럼, 한 사람이 운율에 맞춰 노래를 부르면서 상대를 지목하는 놀이다.

"청혼받은 공주에게 무엇을 선물하시나요?"라고 물으면, 우리 왕자들은 이렇게 대답했습니다. "머리가 깨진 한 남자/ 바다 깊은 곳에 던져 버린 그 남자를 주지/ 이하에우……."

하지만 결코 잊을 수 없는, 가장 친한 친구는 에스테르였습니다. 나는 그녀를 이 년쯤 전에 다시 만났습니다. 내가 그러디니차 레스토랑 앞의 마게루 거리를 지나갈 때, 말만큼 키가 큰 여자 하나가 나를 멈춰 세웠습니다. 그녀는 몸 전체를 여우 모피로 휘감고, 연한 녹색의 베일이 달린 모자를 쓰고, 망사 장갑을 낀 손엔 라일락 꽃다발을 들고 있었습니다. 처음에는 그녀를 알아보지 못했습니다. 그러나 가까이 다가가자 그녀의 뚜렷한 특징, 요컨대 부채꼴의 얇은 입술, 매부리코, 넓고 부드러운 눈에서 흘러나오는 사자같이 위엄 있는 눈빛, 볼록한 이마가 눈에 띄었습니다. 그녀가 머리를 검게 염색해서 안타까웠습니다. 과거엔 주근깨가 있는 등 위로, 꼬불꼬불한 철사 같은 붉은색의 곱슬머리를 늘어뜨리고 있었습니다. 이제 그녀의 모습은 바브라 스트라이샌드[119]와 약간 비슷해 보였습니다. 우리는 이탈리아 교회 건너편에서 커피를 마셨습니다. 그녀는 내가 말하려고 하는, 그 주에 있었던 사건에 대해 전혀 기억하지 못하는 것 같았습니다. 그녀는 에고르를 잊었고, 소녀들도, 큰 해골마저 다 잊어버렸습니다.(그녀는 푸이아만을 어렴풋이 기억했습니다.) 내가 REM과 여왕놀이에 관한 이야기를 꺼냈을 때, 그

---

119) Barbra Streisand. 1942년에 태어난 미국의 가수이자 배우. 에미상, 그래미상, 오스카상, 토니상을 모두 수상한 'EGOT' 달성자다.

녀는 지중해 근처의 고향 땅으로 곧 떠날 것이라고 화제를 돌리기 시작했습니다. "내가 너희를 여러 민족 중에 흩을 것이요."[120] 우리는 작별의 키스를 나눴고, 그녀에게 내 주소를 알려 주었습니다. 그녀와 헤어지고 난 뒤, 저녁 내내 아련한 기분에 사로잡혔습니다. 그녀는 나에게 편지를 쓴 적이 없었습니다. 그런데 그날 밤, 나는 붉고 안개 자욱한 거리를 몇 시간 동안 헤매다가 아까 말했던 꿈을 꾸었고, 모반에서 피가 흘러내렸습니다. 꿈속에서 에스테르를 보았는데, 그녀는 이미 죽어, 검은 탁자 위에 놓인 뚜껑도 없는 관 속에 드러누워 있었습니다. 거친 목관(木棺)의 가장자리를 따라 그녀의 붉은 머리카락이 늘어져 있었습니다. 그녀의 얼굴은 하얗고 차분했습니다. 주근깨마저 창백해졌습니다. 그녀의 푸른 눈동자는 천장을 올려다보고 있었습니다. 나는 흐느껴 울었습니다. 마치 내가 좋아하던 모든 것들이 사라지고 잿더미 속에 홀로 남겨진 것 같은 비통한 슬픔이 나를 덮쳐 왔습니다. 나는 눈물이 가득 고인 눈으로 그녀를 바라보았는데, 그 순간, 내 친구가 임신하고 있다는 사실을 알아차렸습니다. 그녀의 새하얀 레이스 드레스 아래로 부풀어 오른 배에서 미세한 경련이 이는 듯했습니다. 뱃속의 아기는 아직 그녀 안에서 살아 있다고, 어쩌면 태어날 수 있으리라고 생각했습니다. 그리고 바로 그때, 에스테르의 배가 갑자기 꺼지더니, 드레스 아래로 어떤 물체가 빛을 향해 헤엄쳐 나오려고 했습니다. 드레스의 한쪽 모서리가 옆으로 당겨

---

120) 「레위기」, 26장 33절.

지면서 얼음같이 차갑게 식은 그녀의 하얗고 깨끗한 허벅지가 드러났습니다. 그러고는 피를 뒤집어쓴 생명체가 기다란 다관절의 발톱을 드러내더니 이리저리 더듬어 댔습니다. 나는 겁에 질려 얼어붙은 채 서 있었습니다. 그런데 느닷없이 그 커다랗고 창백한 손이 나의 겨자색 투피스 양복의 밑단을 움켜쥐었습니다. 나는 비명을 지르며 관에서 몸을 떼어 냈고, 내 재킷은 그 끔찍한 존재의 손아귀에 남아 있었습니다. 나는 흥건히 젖은 침대 시트에서 깨어나 바로 불을 켰습니다.

내가 아우라 이모네 집에서 에스테르를 만났을 때, 그녀는 낡은 트럭 위에서 일광욕을 즐기며 늘 두꺼운 책을 읽던, 아주 똑똑하고 활기 넘치는 아이였습니다. 햇빛을 오래 쬘수록 그녀의 주근깨는 더욱 두드러졌습니다. 그녀는 온몸에, 붉은 피부 전체에 주근깨가 있었지만, 특히 어깨와 등, 눈 아래와 코 주변에 많았습니다. 가끔 그녀가 말을 할 때면 마치 울음 소리처럼 들렸고, 자주 어깨 사이로 머리를 숙이곤 했습니다. 그러나 이러한 습관은 허리까지 흘러내린 아름다운 황금빛의 자주색 머리카락과, 영리하고 장난기 많은 푸른 눈빛으로 벌충되고도 남았습니다. 그녀는 달팽이 모양의 복잡한 사방치기 놀이판을 그리고, 거기에 행운의 칸과 흉조의 칸을 집어넣은 뒤, '앙카라-넌카라-아스타로트-체피라흐-사보아트-사보아트'라고 이상한 말을 재빠르게 중얼거리며 돌을 던져 넣었습니다. 우리는 한 발로 뛰어다니면서 그곳을 통과해야 했습니다. 불행하게도 우리 중 한 아이가 흉조의 칸에 들어갔습니다. 그녀는 거센 불길에 휩싸이거나 얼음덩어리 속에 갇힌 듯한 느낌을 받았습니다. 가엾은 가로아파는 자신이 떨어진 칸에 사로잡힌 듯, 눈에 보이지 않는 벽을 주먹으로 치며 오후 내내 비명을 질렀습니다. 하지만 행운의 칸에 돌이 떨어지면, 거기에서 이름 모를 꽃이나 수많은 요트가 정박해 있는 석호를 촬영한 컬러 사진, 실제 머리카락이 달린 작은 플라스틱 인형을 발견할 수도 있었습니다.

친구 하나 없이, 무덤같이 적막한 집에서 혼자 놀던 단조로운 나날에 비하면 아우라 이모네 집으로 가는 길과, 그곳에서 보낸 세월은 나에게 기적처럼 느껴졌습니다. 정원과 트럭, 지지와 촘베, 마르첼과 소녀들, 끝없는 들판과 뭉게구름 떼가 일렁이던 둥글고 푸른 하늘, 이 모든 것들이 그 시절을 나의 삶 한가운데에 찬란한 진주처럼 박혀 있습니다. 어머니는 몇 년 동안 아침마다, 한 달에 한 번이나 두 달에 한 번씩, 아우라 이모네 집에 가자고 말하곤 했습니다. 그런데 앞에서 언급한 이야기를 시작하기 전에, 키다리들 그리고 우리의 놀이와 꿈에 관해 이야기하기에 앞서, 그곳 정원에 있었던 어느 특별한 장소에 대해 몇 가지 들려 드리고자 합니다. 가끔 우리가 아우라 이모네 집에 도착했을 때 소녀들은 아직 오지 않았고, 마르첼은 길에서 축구를 하고 있었습니다. 정원은 햇살로 가득 찼고, 조용했습니다. 나는 내 인형 지지와 고양이 지지(입을 크게 벌리고 하품만 하는, 지금껏 보아 온 고양이 중에서 가장 게으른 고양이)랑 함께 트럭에 잠시 앉아 있었는데, 심심할 때면 무언가가 나를 마당의 공포 한가운데로 끌어당겼습니다. 나는 부엌으로 가서, 빵을 자를 때에 사용하는 톱니 모양의 큰 칼을 집어 들었습니다. 이렇게 무장하고 야외 화장실로 향했습니다. 거기에 들어가려면 이 방법밖에 없었습니다. 사실 집에 도착할 때까지 참으면 그만이라, 굳이 저렇게 할 필요는 없었습니다. 마치 경비 초소처럼, 하얗게 색칠한 판자에 타르 종이를 바른 그 작은 오두막 화장실은 나를 두렵게 하면서도 매료했습니다. 그 오두막 화장실은 마당 뒤편, 약 오십 미터 떨어진 장소에, 벽돌로 포장한 골목길 끝에 서 있었습니다. 해가 저물어 가는 보랏빛 황혼을 배경으로, 그 검은 실루엣은 불길해 보였습니다. 점심 무렵에야 나는 감히 그곳에 들어갈 수 있었습니다. 나는 조잡한 나무 걸쇠를 뒤로 밀어 문을 열었고, 공포에 몸을 떨었습니다. 거미는 모든 벽에 거미줄을 치고 있었습니다. 미동도 없이, 뚱뚱하고 둥근 몸통에, 내 손가락만큼 기다랗고 실처럼 가는 다리를 가진, 푸른색과 갈색, 불그스름한 색에 이르기까지 온갖 부패한 빛깔을 띤 거미들. 나는 그 거미들이 먼눈으로 나를 지켜보고 있음을, 갑자기 한꺼번에 나를 덮칠 준비가 되어 있음을 알았습니다. 촘촘하고 빽빽이 들어찬 우윳빛 거미줄에는 지금 활동하는 육상 선수들보다 훨씬 크고 두꺼운 근육질의 다리를 가진 거미들이 숨어 있었습니다. 구부러지고 녹슨 못에 고정된 책의 낱장들엔 기하학적 도형들이 가득 그려져 있었습니다. 반질반질 윤이 나는 의자의 검은 구멍 속에선 애벌레가 득실거리고 있었습니다. 나는 용기 있게 문을 닫고, 철사 고리를 걸어 잠갔습니다. 나는 그 안을 지켜보며 서 있었습니다. 판자문을 뚫고 들어온 노란 빛이, 이 지옥 같은 공간에서 윙윙거리며 빠르게 움직이는 수백 마리의 파리를 희미하게 비추었습니다. 그 윙윙거리는 소리는 말벌조차 견딜 수 없을 정도로 커졌고, 위협적인 느낌마저 극에 달했습니다. 적들의 아주 미세한 움직임에도 나는 평정심을 잃고 겁에 질렸습니다. 나는 칼로 벽을 치며 그 실처럼 얇은 다리들을 잘라 냈고, 그것들은 땅에 떨어진 뒤에도 계속 꿈틀거렸습니다. 거미들은 절뚝거리며 구석구석에 있는 자신들의 둥지로 재빠르게 후퇴했습니다. 그러나 나는 몸을 떨며, 벽에서 거미가 더는 보이지 않을 때까지 칼을 종횡으로 그어 댔습니다. 그제야 나는 내가 나쁜 짓을 저질렀으며, 그들이 곧 복수하리라는 생각에 당장 걸쇠를 풀고 바깥으로 달려 나갔습니다. 똑같은 이미지가 거듭 떠올랐는데, 특히 밤에, 잠자리에 들기 전이면 더욱 그러했습니다. 불을 끄면 거미들이 나에게 달려들어 내 머리카락을 헝클어뜨리고, 내 팔을 가로지르며 그 털이 수북한 다리와 구부러진 발, 부드러운 배로 내 입과 콧구멍 속을 파고들었습니다. 그것들은 나를 흰 실로 동여매고, 그 아래에서 수만 마리의 거미들과 함께 성대한 잔치를 준비했습니다. 나는 이런 생각을 물리치기 위해 눈을 질끈 감은 채 거미들을 쫓아내고자 팔을 내둘렀습니다. 그럼에도 나는 여전히 얼굴로, 배로, 가슴으로 그것들의 끔찍한 움직임을 느낄 수 있었습니다. 어둠 속에 누워 눈을 뜨고 모든 소리에 귀를 기울이고 있을 때, 나는 거대하고 무거운 거미 한 마리가 내 얼굴 바로 위 천장에 붙어 있다가, 느닷없이 모든 다리를 펼치며 반짝이는 실 위로 떨어지는 듯한 느낌을 받았습니다. 나는 곧장 일어나서 어머니를 큰 소리로 불렀고, 다른 방에서 달려온 어머니는 내 방에 불을 밝혀 주었습니다.

우리는 대개 저녁 7시나 8시쯤, 날이 어둑해질 때까지 이모네 집에서 머물렀습니다. 그리고 가끔 아버지와 함께 돌아가는 날에 슈테판 이모부(그는 장거리 운전사였기 때문에 항상 '현장'에 있었습니다.)가 집에 있으면, 우리는 훨씬 늦게, 밤 11시 무렵까지 머물렀습니다. 아마도 그들은 포도주 때문인지 지나칠 정도로 친절하게 우리를 배웅해 주었습니다. 그렇게 돌연 깜깜한 거리로 나오면, 하늘에서 쏟아져 내리는 노랗게 반짝이는 별들 아래에 우리밖에 없다는 사실을 깨닫게 되었습니다. 그 시간에 별은, 우리 세상에서 유일하게 실제적이고 구체적인 존재였습니다. 내가 고개를 뒤로 젖힌 채 지친 몸을 기대고 걸어갔던 나의 부모님조차 벨벳처럼 부드럽고 따스한, 절대적인 어둠 속에서는 그저 그림자에 불과했습니다. 그들의 눈동자 위에 반사된 별빛은 작게 반짝거렸습니다. 우리가 들을 수 있었던 것은 멀리서 들려오는 개 짖는 소리뿐이었습니다. 우리가 기다리는 전차가 아닌 다른 번호의 전차나 공용 전차가 숱하게 지나간 뒤에도 우리의 낡은 전차가 도착할 생각을 할 때까지 우리는 정류장에서 오랫동안 기다렸습니다. 먼저 정류장 자리에서 일어난 아버지가 나를 전차 위로 끌어 올렸고, 어머니는 뒤따라 올라갔습니다. 우리는 불편한 자리에 앉았습니다. 집으로 돌아오는 길 내내, 우리들의 몸은 주황빛 전구의 희미한 불빛 아래서, 양쪽 천장을 두드리는 나무 손잡이의 박자에 맞춰, 끝도 없이 좌우로 흔들렸습니다. 나는 보통 자리에 앉아 잠을 잤고, 오보르역에 도착할 무렵에야 일어났습니다. 우리는 칼레아 모실로르를 따라 집으로 걸어갔고, 마침내 초라하고 친숙한 복도에 자리한 집에 당도했습니다. 거기서 우리는 머리카락과 어깨에 묻은 별 가루를 털어 낸 뒤에야 잠자리에 들었습니다.

……당신, 이본 드 갈레……[121] 당신은 말을 멈추고, 사과를 집어 들려고 테이블 쪽으로 돌아섰습니다. 당신은 말을 하면서도 멍하니 허공을 바라보았습니다. 내 눈은 어둠에 적응했고, 당신의 얼굴과 어깨와 왼쪽 팔이 희푸른 섬광처럼 깜박이는 광경을 봅니다. 당신은 사과를 베어 물고, 나는 당신 어깨에 팔을 두르고, 당신은 나에게 더 가까이 다가옵니다. 나는 당신의 갈비뼈와 엉덩이가, 나의 갈비뼈와 엉덩이에 맞닿고 있음을 느낍니다. 함께 영화를 관람한 친구와 극장을 떠날 때 그 영화에 대해 바로 평가하는 것을 악취미라고 생각하므로, 나 또한 당장에는 아무 말도 하지 않았습니다. 우선 영화는 프레임 단위로 잠시 끊어서 살펴보아야 합니다. 「자작나무숲」[122]의 신비로운 푸른색, 「결투자들」[123]의 진줏빛 회색, 「계

---

121) 프랑스의 작가, 알랭 푸르니에(Alain-Fournier, 1886~1914)의 소설 『위대한 몬느』에 등장하는 여자 주인공.
122) 폴란드의 작가, 야로스와프 이바슈키에비치(Jarosław Iwaszkiewicz, 1894~1980)의 소설을, 1970년에 영화감독 안제이 바이다(Andrzej Wajda, 1926~2016)가 같은 이름의 영화로 연출한 작품이다.
123) 리들리 스콧(Ridley Scott, 1937~)의 장편 영화 데뷔작으로, 조지프 콘래드(Joseph Conrad, 1857~1924)의 단편 소설을 원작으로 삼았다. 내용은 나폴레옹 시대의 두 프랑스 장교가 수십 년간 결투를 반복하는 이야기다.

몽」[124]의 불결한 빨간색, 「다섯 개의 저녁」[125]의 연두색과 세 피아와 갈색. 예, 시인님, 나는 당신의 말을 듣고 싶습니다. 우리가 처음 만났던 파티에서, 내가 당신에게 "이 세상에 시인보다 더 우스꽝스러운 것은 없다고 생각합니다."라고 말했던 기억이 떠오릅니다. 그러자 당신은 마치 답변을 미리 준비해 놓은 사람처럼 즉시 대답했죠. "당연히 있죠, 여성 시인이 되는 것 말입니다." 그리고 내가 처음 당신을 방문했을 때, 당신은 나에게 잡지, 특히 《루체아퍼룰》에서 스크랩해 놓은 기사를 보여 주었습니다. 안타깝게도 당신은 나에게 그것을 보여 주기만 했을 뿐, 내가 그 내용을 읽도록 배려해 주지는 않았습니다. 또 당신은 약 칠 년 전에 알바트로스에서 출간한 당신의 시집을 보여 주었습니다. 나는 당신이 어떤 종류의 시를 쓰는지 모르지만, 맹세코 당신의 시를 읽고 싶습니다. 하지만 이 문제에서 당신은 융통성이 없습니다. 내가 주도적으로 조사해 보지 않는 한, 나는 당신의 시에 대해 결코 아무것도 알 수 없습니다. 이제 당신은 나에게 자신의 이야기가 지루했는지 물어봅니다. 당신의 목소리에 어떤 교활함이나 걱정이 담겨 있었는지, 잘 모르겠습니다. 그럼에도 나는 그것을 희롱으로 받아들이

---

124) 폴란드의 영화감독, 크시슈토프 자누시(Krzysztof Zanussi, 1939~)가 연출한 작품이다. 젊은 물리학도가 삶의 의미와 죽음을 탐구하는 과정을 다큐멘터리 형식으로 그렸다.

125) 러시아의 알렉산드르 볼로딘(Aleksandr Volodin, 1919~2001)이 발표한 희곡. 볼로딘은 소련 시대를 살아가는 인간의 내면과 일상을 섬세하게 그려 낸 작가로 평가받는다.

고 잔인하게 대답합니다. "당신은 정말 죽도록 지루해요." 그러다가 나는 웃음을 터뜨립니다. 당신은 사과 한 조각을 물고 뺨을 부풀린 채, 그저 나에게 미소 짓고 있는 듯 보입니다. 그건 그렇고, 더 얘기해 주세요. 불독 같은 여자 탓에 스스로를 곤경에 빠뜨린 혼란스럽고 상처받은(여전히 사랑하는데, 도대체 왜 나는 그 점을 인정하지 않을까?) 마음은 차츰 무감각해져 갑니다. 나는 그 이름을 고수해야 한다고 생각합니다. '블러디 메리'보다 '불독 같은 여자'라는 이름이 그녀에게 더 잘 어울려요, 당신도 그 모습이 눈에 선하지 않나요. 나는 또 내일이면 그 2페니짜리 뽀빠이보다 REM에 대해 더 자주 생각하게 되기를 고대합니다. 내 생각에 그들은 코를 잡고 '퍼파이'라고 발음하는 듯 들립니다. 어쨌든 나는 최근 들어 이 문제에 미쳐 있었습니다. 텔레비전에서 루마니아 해병을 언급할 때, 가장 머나먼 자오선에서 루마니아 국기를 든 멋진 남자들, 뱃머리가 흔들거리며 파도를 가르는 모습, 무거운 닻이 물속으로 떨어져 내려가는 광경이 나온 뒤에 비로소 그자가 나타나리라고 나는 예상했습니다. 화면에 클로즈업된 그 선원이 마이크에 대고, 배에 가득 실은 광석과 집에서 자신을 기다리는 사랑스러운 가족들에 대해 인터뷰하게 되리라고 말입니다. 그러나 엉뚱하게도 회계사처럼 생긴 늙은 선장이 나타났고, 내 관심은 바로 식어 버렸습니다. 안타깝네요, 당신이 누구든, 얼마나 많은 REM을 보았든, 당신이 얼마나 똑똑하고 민감하든 상관없이, 나나, 이제 나는 당신과 함께할 수 없어서 참으로 안타깝습니다. 몇 센티미터, 몇 년, 몇천 레이, 몇 권의 책, 뭐랄까, 이런 것들이 사람들을 서로 갈라놓습니다. 나는 가능한 한 당신을 내 곁으로 더 가까이 끌어당기려고 노력합니다. 하지만 어둠 속에서(그래요, 「히로시마 내 사랑」이죠.) 살짝 거칠게 빛나는 우리의 피부는 친밀함을 거부합니다. 당신은 더 이상 여자로서 어떤 것도 가지고 있지 않습니다. 당신은 지도, 바다에서 솟아오른 에메랄드섬을 가리키는 지도입니다. 나는 가파른 해안 절벽의 오르막길, 무성한 풀밭을 가르는 만발한 꽃길을 손가락으로 더듬어 따라간 끝에 싹이 움트는 숲에 도착합니다. 그 숲의 땅바닥은 어디를 가든, 벌써 시들어 버린 오렌지색 꽃으로 뒤덮여 있습니다. 서로 얽히고설킨 덤불의 모든 가지에는 수백 개의 독 가시가 돋아 있습니다. 그리고 그 사이로 아주 고운 껍질을 지닌 붉은색과 연보랏빛의 야생 과일들이 열려 있고, 아주 자그마한 황록색 새들은 그 가지 위에 웅크린 채 그 열매들을 쪼아 먹습니다. 나는 정신이고 영혼일 뿐이라서 참 다행입니다. 육체는 이곳을 통과할 수 없기 때문입니다. 만약 영혼이 아직 이곳에서 빠져나올 힘을 가지고 있다면, 검은 이슬로 가득 찬 향수(鄕愁)를 가지고 떠나게 될 것입니다. 향기로운 덤불을 벗어나니, 날카로운 사암과 절벽으로 이어지는 황량한 길이 보입니다. 그 밑에는 동굴의 입구가 있습니다.

당신은 사과 속까지 다 먹었습니다. 당신은 일어나서 사과의 남은 조각들을 조심스럽게 재떨이에 넣습니다. 얼음처럼 차가운 방 안의 공기에 당신은 벌벌 떨면서, 이불 아래로 팔을 집어넣는데…….

아까 말했듯이 그해 여름, 하늘에서 혜성이 나타났습니다. 나는 천장 창문에 붙어서 혜성이 더는 보이지 않을 때까지 계속 바라보며 동쪽을 향해 펼쳐진 혜성의 여섯 꼬리를 눈으로 따라갔습니다. 6월 말에, 어머니는 십이지장 궤양에 의한 천공으로 심하게 앓았고, 밤중에 구급차에 실려 병원으로 갔습니다. 나는 어머니가 비명을 지르며 들것 위에서 몸을 앞뒤로 비틀던 모습을 기억합니다. 성인이 된 여자가 어린아이처럼 고통에 울부짖는 모습은 내겐 매우 이상하고 볼품없게 여겨졌습니다. 그리고 어머니의 피로 흥건히 젖은 침대……. 아버지는 거의 매일 어머니 곁을 지켰으므로 나를 돌봐 주지 못했습니다. 그래서 나는 이삼일 동안 멍하니 배고픈 상태로 몽상에 빠져 집 안을 돌아다녔습니다. 그리고 몹시 춥던 어느 날 아침, 우리 둘(지지까지 셋)은 아우라 이모네 집으로 갔습니다. 이번에는 이모가 우리를 기다리고 있었습니다. 수술을 마친 뒤에도 여전히 생사의 갈림길에 서 있던 어머니가 잠깐 나를 돌봐 달라고 이모에게 간청했던 것입니다. 그래서 아버지는 잘 접어 둔 내 옷 몇 벌을 서둘러 가방에 챙겨서 가져왔습니다. 우리는 론드에서 전차를 갈아타고, 그사이에 납작한 상자에 든 박하 사탕 하나와 내 사촌에게 줄 빈가 사탕을 사서, 10시쯤 아우라 이모네 집에 도착했습니다. 도대체 무슨 까닭인지 모르겠지만, 최근엔 이모네 집에 자주 가지 않았습니다. 사실 마지막으로 방문했던 때가, 학교에 가기 전 가을이었습니다. 나는 이제 열두 살이 되었고, 마르첼리노는 내 손을 잡고 안뜰로 나가서, 영화 「몽골인들」[117]에 관한 똑같은 이야기를 열 번째로 들려주었습니다. 그렇게 끔찍하게 고문당하는 동안, 모든 것이 달리 보였습니다. 완전히 다른 빛, 다른 성질의 것들이 그곳을 감싸고 있는 듯했습니다. 살아 있는 여우를 목에 두르듯 고양이 지지를 두른 채, 나는 다시 평소처럼 트럭의 문손잡이를 돌렸습니다. 트럭 안에는 충만한 기쁨으로 가득 차 있는, 익숙한 냄새가 여전히 감돌았습니다. 운전대는 약 십 센티미터 정도 빠져 있었고, 여러 군데가 찢긴 시트 가죽 위로 스펀지가 삐져나와 있었습니다. 옆면 창문 중 하나가 깨진 바람에, 이 작은 세상은 절대 완벽히 밀폐되지 않았습니다. 나는 다시 집으로 돌아와서, 색색의 천 조각들을 하나하나 바느질하는 데에 몰두했습니다. 벌거벗고, 모양이 변한 인형 지지는 내 옆에 엎드려 있었습니다.

그사이 소녀들이 찾아왔고, 마르첼은 도망치고 없었습니다. 나는 어쩐지 평소와 다른 느낌을 받았습니다. 이상하고, 고통스럽고, 이해할 수 없는 느낌이었습니다. 마치 한동안 동면을 하고 깨어났을 때, 잠들기 전의 세계와 전혀 다른 세계에 와 있는 것 같은 기분이었습니다. 특히 혼란스러웠던 점은, 급진적이라기보다 미묘한 차이가 있었기 때문입니다. 그리고 바로 이러한 뉘앙스들이 내 머릿속에서 서로 포개지며 뒤죽박죽 소용돌이치기 시작했습니다. 예컨대 가로아파가 이제 담배를 피우기 시작한 것 말고는, 이전의 그녀와 지금의 멍청한 가로아파가 어떤 면에서 다른지 식별하기란 몹시 어려웠습니다.

---

126) 1961년, 프랑스와 이탈리아가 합작한 역사 모험 영화.

그 싸구려 담배의 역겨운 냄새가 그녀를 나에게서 그토록 멀어지게 했을까요? 이제 쌍둥이는 키가 자랐고, 절반은 우스꽝스럽고 절반은 아이러니한 미소가 동시에 나타나는 그 모습을 보고 있노라면 저절로 즐거움이 샘솟았습니다. 그들의 하얀 치아와 커다란 갈색 눈동자는 항상 아름답게 빛났습니다. 한편 여전히 갑상샘 기능 저하증을 앓는 푸이아는 온몸을 장식한 모든 것들, 다시 말해 보라색 보석이 달린 머리핀, 에메랄드가 박힌 금귀걸이, 모조 다이아몬드 십자가 목걸이까지 걸쳤음에도 불구하고 이제 나를 얼어붙게 했습니다. 그리고 당시 시장에 나온 지 얼마 안 되는, 최신의 새빨갛고 아담한 여성용 자전거를 타고 에스테르가 꽤 늦게 나타나자, 내 가슴은 아파 왔습니다. 나는 예전에도 항상 그랬고, 지금도 그래야 한다고 느꼈기 때문에 당장 달려가서 그녀를 안아 주는 대신에, 그녀에게 거리를 두고 무관심한 척 행동했습니다. 나는 달리 행동할 수가 없었습니다. 내 안의 무언가가 자연스럽게 행동하는 것을 허락하지 않았고, 이 점이 나를 슬프게 했습니다. 그리고 에스테르도 나를 피하는 것 같았습니다. 어쩌면 그녀도 나처럼 불편했을지 모릅니다. 그럼에도 우리의 눈은 서로를 찾았고, 막상 마주치면 금방 다른 길로 돌아섰습니다. 나와 쌍둥이만이 여전히 인형을 가지고 있었습니다. 그들의 인형도 쌍둥이 자신들의 이름대로 아다와 카르미나였습니다. 수수한 헝겊 인형 아다는 카르미나의 것이었고, 과도하게 치장한 인형 카르미나는 아다의 것이었습니다. 그 인형들의 키는 거의 쌍둥이들만큼이나 컸습니다. 가로아파는 원숭이와 배우

마릴린 먼로, 그 어디쯤 되는 나른한 표정으로 무심하게 입술 한쪽으로 바닥에 침을 뱉었습니다. 지난해만 해도 그녀는 눈이 뽑힌 흉측한 모습의 플로리나 인형을 끌고 다녔지만, 지금은 우리를 경멸하는 눈초리로 쳐다보았습니다. 푸이아는 인형을 가지고 놀아 본 적이 없었고, 발레나는 아마도 흑인 인형을 어딘가에서 잃어버렸을 것입니다. 그래서 지지마저 우리들을 꽤 따분해했습니다. 우리는 트럭 위에 웅크리고 앉아, 영화나 드레스에 관해 이야기를 나누며 각자 할 수 있는 만큼 자랑을 늘어놓았습니다. 우리는 뚱뚱한 발레나가, 마치 다 큰 여성처럼 가슴을 돋보이게 꾸몄다는 사실에 재미를 느꼈습니다. 우리도 곧 가슴이 커지리라는 것을 알았지만, 우리 또래, 특히나 발레나에게서 그런 모습을 발견하다니 좀 어리둥절하고 우스꽝스러웠습니다. 여자아이들이 목소리를 낮추고 낄낄대며 음란한 이야기를 시작하기에, 나는 지지의 귀를 막았습니다. 물론 우리는, 아이들이 어떻게 세상에 나오는가, 하는 이 영원한 문제에 관해 더욱 관심을 기울였습니다. 우리는 그 일이 어떻게 일어나는지 대충은 알고 있었습니다. 우리 중 몇몇은 임신한 어머니를 본 적이 있었지만, 그보다 자세한 내용은 알지 못했습니다. 소녀로서 우리도 언젠가 아기를 낳아야 한다는 점을 알았지만, 정확히 어떻게 해야 하는지는 도무지 상상할 수 없었습니다. 결국 우리는 자기 배를 갈라야 한다는 데에 동의했고, 벌써 스스로의 운명을 한탄하고 있었습니다. 우리는 정신을 차리고 어린아이 같은 이야기를 계속 이어 나갔습니다. 심지어 의도적으로 유치하게 굴기도 했습니다. 이를테면, 새끼 고양이처럼 장난스럽게 행동하는 것보다 더 좋은 방법은 없었기 때문입니다.

저녁 무렵에야 여자아이들은 연이 가득한 보랏빛 하늘을 가로질러 집으로 돌아갔습니다. 나는 황혼과 함께 붉게 물들어가는 들판을 바라보았고, 그들이 다가오는 모습을 목격했습니다. 그것은 믿기지 않을 만큼 기다랗고 얇은 두 개의 실루엣이었습니다. 멀리서 보노라면, 그들은 마치 장대 다리로 걷는 사람들, 혹은 연약하고 우울한 망령들 같았습니다. 그들은 들판의 안개 속에서 태어난 것 같았고, 안개가 짙어질수록 실루엣은 점점 더 또렷해졌습니다. 그렇게 그들이 다가올수록 그들의 모습은 점차 실체를 드러냈습니다. 마침내 그들이 길 끄트머리에 이르렀을 때, 나는 그들을 자세히 살펴볼 수 있었습니다. 지팡이를 짚은 젊은 남자의 팔을 붙잡고 서 있는 나이 많은 여자의 모습이었습니다. 그들의 키는 의심할 여지 없이, 그야말로 괴물 같았습니다. 그들의 키를 아무리 낮게 잡아도, 확실히 이미터 이십 센티미터는 넘는 듯 보였습니다. 그러나 그들은 차마 형언할 수 없을 정도로 부서지기 쉽고, 마치 카드로 쌓은 성처럼 움직일 때마다 당장 무너질 것 같았습니다. 그들의 뼈는 성냥개비처럼 얇았고, 그 뼈 위엔 가죽만이 있을 뿐이었으며, 그들의 몸을 감싼 너무도 짧은 옷은 다만 펄럭이고 있었습니다. 바람이 불 때마다 그들의 윤곽은 흐릿해졌습니다. 구름 속으로 사라질 듯한 두 사람의 얼굴은 똑같았고, 아파 보였으며, 푸르스름했습니다. 그 노파의 머리카락은 연보라색으로 물들어 있었고, 그녀의 아들로 보이는 남자는 백금발이었습니다.

그 청년은 어머니보다 훨씬 마르고, 한쪽 다리를 절뚝였습니다. 그의 종아리와 허벅지는 바닷가재의 다리처럼 길고 단단할 테지만 가늘고 느렸습니다. 그들이 우리 집 대문을 향해 다가오고 있음은 점점 더 확실해졌습니다. 나는 겁에 질린 나머지, 기둥 옆에 웅크리고 주저앉았습니다. 그들은 이곳의 모든 울타리보다 컸습니다. 이윽고 그들이 내 곁에 가까이 다가섰을 때, 나는 내 키가 그들의 허리 높이임을 깨달았습니다. 대문 앞에 멈춰 선 두 사람은 사실상 문 위로 내려다보았기 때문에, 나는 두려움에 젖어 마당 안쪽으로 뛰어 들어갔습니다. 촘베가 숨을 헐떡이며 계속 짖어 댔습니다. 나는 집 안으로 달려들며, 문을 열어 주는 아우라 이모의 품에 안겼습니다. 나는 일주일 내내 머물기로 한, 내 방으로 달려갔습니다. 그 방은 미닫이문으로 거실과 분리되어 있었습니다. 어둑한 방의 희미한 빛 속에서 나는 차갑고 좁은 유리문에 귀를 대고 있었습니다. 그 문은 꽃과 아라베스크 문양으로 장식되어 있었는데, 마치 얼음 결정으로 얼어붙은 듯 보였습니다. 아우라 이모는 그 길쭉한 사람들(이웃들이 그들을 그렇게 불렀고, 그 뒤로 나도 그렇게 불렀습니다.)을 실내로 초대했고, 평소에도 늘 그랬던 것처럼 그들과 이야기를 나누며 큰 소리로 유쾌하게 웃어 댔습니다. 그녀에게 공손함이란 아마도 상대방이 자신에게 기대하는 감정을 아낌없이 표현하는 것인 듯했습니다. 이모는 상대가 음식을 두 그릇 먹지 않으면 "내 음식이 마음에 안 드는군요."라고 멋대로 판단하고는 "거절하면 화를 낼 거예요."라고 위협하며 내놓은 음식을 다 먹을 때까지 밀어붙이는 유형이었습니다. 그리고 손님이 집을 떠나려 하면 몇 번이나 복도에서 붙잡고 다시 자리에 앉히는, 그야말로 불편한 흥정을 하는 사람이었습니다. 그러는 동안 그녀는 다람쥐처럼 생기 넘치고 호기심 많은 눈으로 상대방을 이리저리 살피며, 당신이 입 밖에 내리라고는 꿈에도 생각하지 못한 말을 불쑥 내뱉을 때까지 집요하게 물고 늘어졌습니다. 길쭉한 여자가 이따금 조용한 목소리로 뭔가를 말했는데, 나는 그제야 그들이, 집에서 재봉사로 일하는 이모에게 맡긴, 보라색 머리카락의 여인을 위해 만든 드레스를 마지막으로 확인하려고 찾아왔다는 사실을 알게 되었습니다. 나는 유리에 대고 있던 귀가 차가워지면 다른 쪽 귀를 돌려 붙이고 그들의 이야기를 엿들었습니다. 반대편 거실 쪽 유리는 촘촘하고 주름지게 짜인 직물 커튼에 덮여 있었으므로, 나는 절대 발각될 리 없었습니다. 잠시 후, 그들의 대화는 중단되었고 간헐적으로 재봉틀 소리만이 들려왔습니다. 나는 침대에 몸을 던지고, 아르카디 가이다르가 쓴 『눈 요새의 사령관』을 읽기 시작했습니다. 내가 분홍빛 책장에서 눈을 떼자 방 안 공기는 이미 진홍색으로 변해 있었고, 나도 모르게 비명을 질렀습니다. 길쭉한 청년이 조용히 문을 열고, 마치 몽유병 환자처럼 나에게 다가왔습니다. 그의 정수리는 천장에 닿았고, 주글주글하고 창백하며 약간 비대칭인 얼굴 위로 수술 흉터 같은 미소가 번졌습니다. 그의 눈은 크고 무색이었는데, 마치 마스카라로 검은 테두리를 그린 듯 가장자리만이 검었습니다. 그는 내가 침대 구석에서 웅크린 채 비명 지르는 모습을 보고는 잠시 멈추었다가 돌아섰습니다. 이 소리를 듣고 달려온 아우라 이모와 그가 마주쳤는데, 그 청년 옆에 선 이모는 마치 일곱 살 소녀처럼 보였습니다. 그녀는 나를 진정시킨 뒤에 우리를 서로 소개해 주었습니다. 십 분 정도 대화를 나누고 나니, 이상하리만큼 그 청년이 더는 괴물처럼 보이지 않았습니다. 오히려 그의 괴물 같은 모습이 동물원의 낙타처럼 온화해 보였고, 심지어 관심을 받을 만한 가치가 있다고 여겨졌습니다. 그의 어머니가 거실 저편에서 드레스를 입어 보고 있었기에, 그는 별수 없이 내 방으로 들어온 것이었습니다. 그는 스무 살 정도의 나이로 그다지 어리지 않았고, 이름은 에고르였습니다. 내 방 안의 보랏빛 속에서 가만 살펴보니, 그의 얼굴은 며칠 동안 면도하지 않은 금빛 수염으로 반짝였습니다. 그의 아래턱은 극적으로 튀어나왔고, 건조한 피부 아래의 녹색 연골이 눈에 띄게 도드라진 코는 길고 곧았으며, 눈은 창백했습니다. 그는 방에 단둘이 남겨진 순간부터 나에게 친절했습니다. 그는 처음 만난 사람들이 자신을 보고 기겁하는 일에 익숙했고, 적어도 그런 상황에 처한 스스로를 단련하는 방법을 아는 듯했습니다. 그는 커다랗고 가벼운 벌레처럼 내 앞에 놓인 의자에 앉아 천천히, 이리저리 흔들렸습니다. 그는 나에게 나지막한 목소리로 이야기를 들려주었는데, 내가 체리나무 꼭대기에서 바라다보았던, 들판 한가운데의 그 건물에서 어머니와 함께 산다고 했습니다. 내가 처음으로 입을 열어, 그 건물을 안다고 말했을 때, 그는 마치 내가 좋은 선물이라도 가져다준 양 생기를 띠었습니다. 그러고는 아무런 언질도 없이, 나에게 이상한 이야기를 늘어놓기 시작했습니다. "내 조상은 조지아 사람이에요. 증조할아버지가 왈라키아[127]에 자리 잡은 때는, 다소 정신 나간 통치자, 한제를리 왕자가 지배하던 시대였죠. 그분은 다뉴브 지역의 지우르지우에서 새틴 직물을 거래했답니다. 다뉴브강이 마치 피스타치오 껍데기처럼 두껍게 얼어붙었을 때, 빙판 아래로 깊은 곳의 메기와 잉어가 들여다보일 무렵에 그는 모든 짐을 가지고 반대편으로 건너가서 금박을 입힌, 오래전 강변에 난파된 범선에 자리를 잡았습니다. 그분은 튀르크인, 세르비아인, 알바니아인, 불가리아인, 심지어 두껍고 무거운 직물의 바다에서 길을 잃은 몇몇 타타르 상인들의 시선마저 사로잡았습니다. 베네치아인과 프랑크인 대사들조차 그분에게서 물건을 사들였는데, 하느님께 감사하게도, 그들 역시 훌륭한 솜씨로 수놓은 자신들만의 실크를 가지고 있었답니다. 우리 가문의 전승에 따르면, 그분은 한제를리 왕자가 잔인하게 추방당한 뒤, 지우르지우의 파샤[128]에 의해 직접 살해당했다고 합니다. 한제를리 왕자는 술탄이 보낸 칙령과 함께 당도한 튀르크인에게 조공을 하고 목숨을 구걸하기 위해 직물 상인을 통해 테살로니키에 있는 그의 삼촌에게, 돈 250자루를 융통해 달라는 내용의 밀서를 보내려 했습니다. 먼저 증조할아버지는 집안의 안전을 위해 아직 친척들이 남아 있는 실리스트라로 가족들을 보냈습니다.

---

127) 루마니아의 남부 지방. 다뉴브강 북쪽에 위치하며, 부쿠레슈티가 중심 도시이다. 14세기에 독립적인 공국으로 성립했고, 이후 몰도바 공국과 합쳐지며, 1859년 루마니아 연합 공국의 모태가 되었다.

128) 오스만 제국의 고위 관직 칭호. 군사령관, 총독, 장관 등에 상당하는 고위 관직에게 수여되었으며, 이름 뒤에 붙여 사용했다.

그런 다음, 그분은 한밤중에, 충직한 하인[129] 한 사람을 대동하고, 말발굽을 대마실로 감싼 채 얼어붙은 다뉴브강을 건너 도망쳤습니다. 그런데 느닷없이 어둠 속에서 파샤의 기병들이 튀르크의 장검, 야타칸을 휘두르며 튀어나왔고, 결국 그분은 강안의 갈대숲에서 붙잡혔습니다. 내가 아는 한 그분의 후손은 불가리아와 세르비아의 바나트 지역을 오십 년 동안 떠돌았으며, 끝내 독일까지 건너가서 유리 공예품을 거래했다고 합니다. 어머니와 누나, 나는 아드리아해에서 수정을 싣고 모로코로 떠났다가 계피를 가지고 돌아오는 베네치아의 상선을 탔던, 그 상인 조카의 후손입니다. 그 조카, 이를테면 뱃사람은 바르바리 해안에서, 노란색 상아가 생산되고, 유리처럼 투명하고 푸른 날개를 가졌지만 무자비하게 물어뜯는 파리가 출몰하는 가나 해안까지 내려갔습니다. 이 파리에 물리면 바로 뼈가 부풀어 올랐는데, 손바닥과 발바닥은 물론이고, 코와 귀도 크게 자라났다고 합니다. 그 뒤로 우리 가족은 모두, 가벼운 바람에도 쉽게 부러지는 얇은 뼈를 가지게 되었습니다. 그러나 우리는 이 파리에게서 소중한 선물도 받았습니다. 이에 대해서는 나중에 말씀드릴게요. 새틴 상인의 조카, 뼈가 부푸는 병을 앓았던 그 뱃사람은 쉰여덟 살에 수도승이 되었고, 1850년 무렵, 이온 기카 총독이 다스리던 사모스섬의 한 수도원에서 사망했습니다. 이 뱃사람의 네 아들들은 꽤 유명한 의용군[130]이었습

---

129) vătaf. 루마니아어로, 일꾼 집단의 감독관 혹은 우두머리를 뜻한다.
130) pallikari. 오스만 제국이 그리스를 지배하던 시기에 그리스의 독립운동을 주도한 무장 전사들을 가리킨다. 넓게는 '용감한 청년'을 뜻하기도 한다.

니다. 장남 마크리 야니는 레로스에서 스미르나에 이르기까지 군도(群島)를 약탈하던 육백 명의 해적 중에서 가장 이름난 해적이었지만, 결국 기카 총독에게 항복하였습니다. 그리하여 마크리 야니는 감옥에서 폐결핵으로 죽었답니다. 그런데 사후 경직된 그의 키를 재 보니, 무려 이 미터 팔십 센티미터였다고 합니다. 스피루와 조탈리스라는 이름의 쌍둥이 형제(둘째와 셋째 아들)는 그리스로 귀화한 뒤에 키프로스에서 여관을 차렸습니다. 수상한 사업으로 큰돈을 벌어들이자 그들 형제는 차츰 말다툼이 잦아졌고, 급기야 1880년, 조탈리스가 스피루를 찔러 죽였다고 합니다. 결국 조탈리스는 스피루의 아내와 재산을 모조리 빼앗아, 그것을 금과 보석으로 바꾼 뒤에 미국으로 도망 갔다고 합니다. 이들, 키가 무척 크고 몹시 허약한 혈통에 관한 소식은 벌써 19세기 말에 끊겼습니다. 아마 미국의 중서부 어딘가를 여전히 돌아다니고 있을 테죠. 이때부터 우리는 사실상 그 가문과 거의 모든 관계를 끊었습니다. 우리는, 선택이 아니라 필요 때문에 그의 증조부가 물고기잡이로 먹고살던 지우르지우로 돌아온, 뱃사람의 막내아들, 바로 그의 직계 후손이지요. 1877년,[131] 그는 보스니아에 시리비르스인[132]들이 모여 사는 마을에서 식료품 가게를 운영했답니다. 그러나 그의 가게는 전쟁 통에 징발당했고, 결국 마르코스는 러시아인과 루마니

131) 루마니아 공국이 오스만 제국으로부터 독립을 선언한 해.
132) 발칸반도에 분포한 라틴계 소수 민족. 루마니아어와 유사한 아로마니 아어를 사용하며, 그리스와 북마케도니아, 알바니아, 불가리아 등지에서 주로 생활한다.

아인의 공격을 받고 있던 그리비차보루 진영에서 야전 요리사로 일하게 되었습니다. 그때, 포탄이 그의 가마솥으로 떨어졌고, 그는 루마니아인들에게 포로로 잡혀 지우르지우의 병원으로 이송되었지만, 끝내 다리를 잃게 되었습니다. 네 개의 포탄 파편이 그의 오른쪽 폐에 박히는 바람에 여섯 달 동안 고통에 시달려야 했지만, 그럼에도 마르코스는 죽음과 치열하게 씨름한 끝에 회복되었답니다. 그는 다뉴브강을 건너지 않고 루마니아 왕국으로 향했고, 올테니차 근처의 키르노기에 자리를 잡고 선술집을 열었습니다. 입지가 좋았는지 장사는 번창했고, 사업도 더욱 성장했습니다. 이 무렵, '라 스키오푸(La Şhiopu)'[133]라는 이름의 가게가 너무 유명해져서 1937년까지만 해도 올테니차 지역엔 같은 이름을 가진 다른 맥줏집이 여럿 있었지만, 오랫동안 완전히 잊힌 이름, 마르코스와는 전혀 상관이 없었답니다. 돈을 꽤 많이 모은 마르코스는 아내의 조카(금발의 루마니아 여성이고, 우리는 그녀의 다게레오타이프 사진을 여전히 간직하고 있습니다.)에게 선술집을 맡기고 새로운 길로 나섰습니다. 그는 한쪽 다리가 나무 막대기임에도 불구하고 부동산을 임대해서 부지런히 전대했습니다. 한때, 그는 열한 개의 부동산을 동시에 임대해서 그중 일부를 다른 사람들에게 전대했다고 합니다. 마르코스는 1906년에 사망했고, 이미 로시오리[134]로서 복무하고 있던 그의 아들들은 장교로 임관하여 1차 세계 대전에 참

---

133) 절름발이를 뜻하며, 여기에서는 '절름발이 술집'이라는 상호(商號)로 쓰이고 있다.

134) roşiori. 루마니아 육군의 기병 부대.

전했습니다. 실제로 두미트루 한 명만이 전장에 나설 수 있었답니다. 미하이는 최전선에 나가기도 전에 벌써 장티푸스로 사망했거든요. 두미트루가 바로 우리 할아버지입니다. 열아홉 살에 성장이 멈췄을 때, 그의 키는 이 미터 사십팔 센티미터로, 루마니아에서 가장 키 큰 남자였습니다. 전쟁이 끝난 뒤, 그는 부쿠레슈티에 정착해 도박과 샴페인, 고급 호텔 앞에서 흔히 찾아볼 수 있는 프랑스 여자들과 어울리며, 불과 몇 달 만에 마르코스가 남긴 모든 것을 먼지로 만들어 버렸지요. 그는 한동안 술집을 배회하며 점점 더 초라해지다가, 마침내 도시와 모든 사람들의 기억에서 사라졌습니다. 그런데 1923년, 그는 당시에 전국을 순회하던 3대 서커스 중 하나인 비토리오 서커스단과 함께 이곳으로 돌아왔습니다. 그중 가장 규모가 큰 서커스는 시돌리였는데, 흰색과 파란색 실크 조각으로 만든 거대한 텐트와, 레몬 잎사귀 모양의 깃발로 장식한 궁륭 꼭대기에서 묘기를 선보이는 것으로 유명했습니다. 그다음은 보르조프 형제가 이끈 르 마니피크 서커스였습니다. 그곳엔 유명한 줄타기 선수와, 몸을 뒤로 구부려 발뒤꿈치에 놓인 장미를 치아로 집을 수 있는 곡예사 투도리차가 있었지요. 이 두 위대한 서커스는 사납고 신기한 동물들을 과시했지만, 부쿠레슈티 외곽에 때때로 솟아올랐던 찬란한 호박색 돔, 바로 비토리오 서커스만이 북반구에서 유일하게, 마치 시루쉬[135] 같은 최고의 동물 한

---

135) 바빌론 신화의 시루슈(Sirrush)에 해당하며, 뱀의 머리와 사자의 발과 용의 꼬리를 가진 상상의 존재다.

쌍을 자랑할 수 있었답니다. 나의 할아버지는 폴란드와 리투아니아 순회공연을 마치고 돌아와서 서커스 첫 공연이 시작되자마자 바로 무대에 모습을 드러냈습니다. 그는 세계에서 가장 큰 사람으로 소개되었는데, 커다란 파란색 캐시미어 망토를 두르고, 엄숙하고 조용하게 입장했습니다. 그는 구부러진 다리와 물통만 한 머리를 가진 흉측한 난쟁이들에게 둘러싸여 있었고, 그 난쟁이들은 오렌지로 저글링을 하며 똥이 가득한 모래 위에서 공중제비를 돌았습니다. 두미트루(지금은 스스로를 '시뇨르 피렐리'라고 칭합니다.)가 북소리에 맞춰 장엄한 몸짓으로 망토를 벗어 던지는 모습은 언제나 선풍적인 관심을 불러일으켰습니다. 그는 망토 아래에 아주 작은 팬티만을 입었는데, 마치 수행자 파키르[136]처럼 가늘고 믿을 수 없을 정도로 길쭉했습니다. 그리고 목부터 발까지, 정말 꿈에서나 볼 수 있을 법한 기묘한 문신이 새겨져 있었습니다. 그의 피부에 한 땀 한 땀 아로새긴 잉크와 염료는 그를 과거와 현재, 미래 세계의 모든 것을 담아낸 생생한 연대기로 만들었습니다. 그의 문신은 피부 아래를 순환하며 그 윤곽선을 뒤섞는 듯 보였습니다. 한 공연에서 쌍안경으로 그를 주의 깊게 관찰하면, 그의 오른쪽 어깨에 핏빛 잉크로 그려 넣은, 비처럼 쏟아지는 별 문신을 발견할 수 있었을 것입니다. 그런데 그다음 공연에서는 다시 같은 문신이 배 위에, 녹색 잉크로 나타났습니다. 오늘은 이마에 다이

---

136) 이슬람 수피의 탁발 수행자. 금욕과 고행을 통해 신과의 합일을 추구하며, 넓게는 마술사를 가리키는 말로도 쓰인다.

아몬드가 박혀 있고 날개를 쫙 펼친 모습의 앵무새 문신이 그의 어깨뼈를 장식하고 있습니다. 그 앵무새는 다음 날이면 그의 목과 턱으로 날아오를 것이고, 그다음 날에는 시뇨르 피렐리의 머리 위에서 유령처럼 맴돌다가 마치 증기처럼 공기 중으로 사라져 버릴 것입니다. 당시에 나의 할머니는 젊은 핀란드 여성으로, 서커스단에서 요리사로 일했습니다. 매일 밤, 그녀는 두미트루와 함께 마구간에서 자면서, 곧 그의 피부 위에 그려진, 끊임없이 변화하는 문신을 통해 미래를 예언할 수 있음을 발견했습니다. 8월의 어느 날 저녁, 비토리오 서커스의 텐트에 그 어느 때보다 관중이 붐볐을 때, 우리 할아버지의 피부 위에 자리한, 마치 밀림의 심장부 같은 광란의 문신들 속에서 사파이어처럼 반짝이는 세 글자가 나타났습니다. REM. 하나의 징조처럼 그의 가슴 전체에 나타난 것입니다. 우리 할머니 소일레는 이미 1921년에 내 어머니를 낳았고, 그 아이를 홀로 키르노기에 있는 마르코스의 아내에게 맡겼습니다. 그녀는 손가락으로 매혹적인 세 글자의 윤곽을 따라 그리면서 웃고 울다가, 급기야 비명을 지르면서 먼지 가득한 공연장의 바닥을 굴렀습니다. 그때 그녀는 머리 뒤통수와 발뒤꿈치를 땅바닥에 대고 너무 극적으로 등을 굽힌 나머지, 르 마니피크 서커스의 투도리차조차 그녀를 부러워할 정도였습니다. 그리고 그해에 서커스단의 주인, 돈 비토리오 카라가 파산하고 말았답니다. 소일레는 두두 수도원에서 '히스테리성 치매'를 진단받고 사망했으며, 두미트루는 몇 달 뒤에 서커스 경력을 마감했습니다. 어느 겨울, 그는 브러일라에서 불을 내뿜는 사람들, 칼을 삼키는 사람들, 표범 가죽을 입고 쇠사슬에 묶여 있는 근육질의 사람들과 함께 대규모의 공연을 하다가, 수많은 관객이 지켜보는 가운데, 갑자기 덮친 한 쌍의 시루쉬에게 온몸이 갈가리 찢기고 말았습니다. 용의 입과 꼬리, 사자의 발, 박쥐의 날개를 가진 그 전설적인 동물들은 아마도 할아버지의 노르스름한 피부에서, 그 끊임없이 변화하는 문신에서 자신들의 잔인한 본능을 자극하는 무언가를 발견한 것 같았습니다. 내 집 어딘가에는 「세계에서 가장 키가 큰 남자, 시뇨르 피렐리」라는 제목의 신문 기사를 스크랩해 둔 서류철이 있습니다. 한 사진엔, 키가 이 미터는 훨씬 넘어 보이는 할아버지와, 마치 피그미족처럼 보이는 고게아 미투[137]가 악수를 나누는 모습이 담겨 있습니다. 그들은 권투 시합도 계획한 듯한데, 결국 성사되지는 않았습니다. 이 이상한 남자로부터 우리 어머니는 예상하지 못한 두 가지를 물려받았습니다. 바로 내가 방금 전까지 설명한 가족 연대기와, 우표 수집품이죠. 두미트루의 연대기는 내 이야기보다 훨씬 더 과거로 거슬러 올라갑니다. 13세기, 티베트의 한 수도원에서 일어난 신비한 사건이 발단이었지요. 그곳 수도원을 떠난 수련 승려의 후손들은 카슈미르를 건너 부하라와 타슈켄트에서 무역을 하다가, 실크로드를 거쳐 이란으로 내려와 조지아에 당도했는데, 거기서 약 구십 년 동안 정착했다고 합니다. 한제를리시대의 한 상인, 나의 조상이 바로 그곳에서 사업을 시작한 것

----

137) Gogea Mitu, 1914~1936. 루마니아의 권투 선수. 신장 2미터 34센티미터로, 당대 세계에서 가장 키 큰 사람으로 기록되었다. 거인증을 앓았으며, 22세의 젊은 나이에 사망했다.

이지요. 보시다시피 우리 선조는 마치 지도에 표시된 길을 따라, 그 존재를 알고 있음에도 피를 통하지 않고서는 결코 전달되지 않는 무언가를 찾아 천천히 방황하는 손가락 같습니다. 어머니가 REM을 발견하기 전까지 그들은 자신들이 뭔가를 탐색하고 있었다는 사실조차 인식하지 못했습니다. 그들은 단지 그들의 삶을 살았고, 그렇게 그 본능이 그들을 서쪽으로 이끌었습니다. 어머니는 1936년에 아주 일찍 결혼했는데, 고작 열다섯 살이었습니다. 그럼에도 키는 일 미터 구십 센티미터나 되었죠. 당시에 아버지는 어머니보다 머리 하나가 작았고, 어쩌면 어머니의 우표 수집품 때문에 그녀와 결혼했을지도 모릅니다. 내 생각에, 그 우표 수집품의 가치는 엄청났을 것입니다. 나는 아버지를 어렴풋이 기억할 뿐입니다. 그는 브라쇼브 근처 출신의 열렬한 우표 수집가였는데, 이름은 아우구스틴 바흐였습니다. 내 어린 시절의 기억은 이렇습니다. 미치광이 두 사람이 여러 색깔의 사각형 종잇조각으로 가득 찬 앨범의 검은색 책장을 넘기고 또 넘기며 계속 훑어보는 장면 말입니다. 누나는 1937년에, 나는 1940년에 태어났습니다. 전쟁 중에 우리는 폭격을 피해 1945년까지 시골에서 머물렀고, 아버지는 간호사로 근무하던 병원에서 디프테리아로 돌아가셨습니다. 어머니가 아는 사람의 시골집, 두데슈티 마을에서 예전에 살던 곳으로 돌아오는 내내 어머니는 슬픔에 잠겨 있었습니다. 나와 누나가 지쳐 마차 뒤편에서 웅크리고 있을 때, 탑 옆의 창고를 지나쳤습니다. 물론, 우리 탑 근처에 있는 창고를 이미 보았을 테죠. 그것은 탑보다 나중에 지어진 창고였습니다. 이유는 모르겠지만, 들판 한복판에 서 있는 흔하디흔한 창고였음에도 불구하고 그것이 어머니의 마음을 아프게 했습니다. 우리는 마차를 멈춰 세웠고, 그녀는 좌석에서 내려 창고 주변을 여러 차례 돌아다니며 조심스럽게 손가락 끝으로 그것을 더듬었습니다. 그러고는 창고 문에 걸린 거친 자물쇠를 열려고 아주 섬세하게 손을 뻗다가, 마치 사원 앞에서 절을 하듯이, 돌연 진흙탕 고랑에 무릎을 꿇었습니다. 마차를 몰던 농부는 그녀를 진흙탕에서 간신히 끌어냈습니다. 아직 어린아이였던 우리는 겁에 질려 큰 소리로 흐느껴 울었습니다. 그다음 날, 어머니는 마음을 정했습니다. 그녀는 우표 수집품 하나를 처분한 돈으로 탑을 보수했고, 비로소 1947년에 완공되어 우리는 이곳으로 이사를 오게 되었지요. 누나는 사 년 전까지 우리와 함께 살다가 목수와 결혼했고, 지금은 매우 조숙한 세 살배기 아들을 키우고 있답니다. 어머니와 나는 그 탑에서 단둘이 살고 있습니다. 이따금 우표를 팔아서 생활비를 충당하고 있지요.”

에고르가 말을 마치고 몇 초 동안 비명을 지를 것 같은 침묵이 흐른 뒤에야 나는 겨우 깨달았습니다. 나는 그저 입을 벌리고 그의 말을 들었을 뿐인데, 어느덧 방이 너무 어두워져서 물체의 반짝이는 표면만을 볼 수 있다는 사실을 미처 알아채지 못한 것이었습니다. 탁자 위에 놓인 유리잔의 하얀 테두리, 키다리의 보랏빛 눈, 난로의 둥근 모서리. 불투명한 유리문이 갑자기 추잡한 노란색으로 번쩍 빛났습니다. 아우라 이모가 옆방에 불을 밝힌 것입니다. 그 순간, 그녀가 날카로운 목소리로 우리를 불렀습니다. 이제 우리는 활짝 핀 벚꽃 나뭇가지 무늬가 들어간, 환상적인 파란색 드레스를 차려입은 '바흐 부인'을 보고 감탄해야 했습니다. 여유로운 몸짓으로 거실을 가득 채운 허수아비들 곁에 있자니, 스스로가 왜소하게 느껴졌습니다. 손님들이 집을 떠날 때, 나는 별이 빛나는 밤하늘 아래에서 귀뚜라미의 울음소리를 들으며 대문까지 그들을 배웅했습니다. 바흐 부인이 조금 앞장서서 걸어갔고, 에고르는 나에게 깊이 몸을 숙이더니, 내일 오후에 탑에서 만나자고 속삭였습니다. "당신은 듣는 법을 알고 있군요. 하지만 꿈을 꿀 수 있는지가 가장 중요해요."라고 나에게 말했습니다. 그리고 그는 차갑고 매끄럽게 윤기가 도는 작은 물건을 내 손바닥에 올려놓았습니다. "이것을 베개 밑에 넣고, 오늘 밤에 무슨 꿈을 꾸었는지 내일 말해 줘요." 그는 하늘이 파랗게 물들어 있고, 혜성이 황홀한 거미처럼 별들 사이로 꼬리를 펼치는 길 끝을 향해 걸어갔습니다. 나는 집에 들어가서 에고르가 건네준 물건을 살펴보았습니다. 여러 겹을 이룬, 일본 부채 모양의 장밋빛 자개 조개였습니다. 표면에는 줄무늬가 있고 색깔이 다소 짙었지만, 내부는 매끄럽고 미끌미끌한 물고기의 배처럼 하얀색을 띠고 있었습니다. 그리고 오목하게 들어간 안쪽에 누군가가 예리한 것으로 그림을 새겨 놓았습니다. 자세히 보니, 마치 창자처럼 수백 개의 길이 복잡하게 교차하는 열린 원이 그려져 있었습니다. 나는 잠자리에 들 때까지, 방 여기저기에 흩어져 있는 천 조각과 보풀을 그러모으는 아우라 이모 곁에서 시간을 보냈습니다. 마르첼은 바깥에서 놀다가 돼지처럼 더러워진 꼴로 집에 돌아왔는데, 내가 있어서 혼나지는 않았습니다. 저녁 식사를 마치고, 우리는 후식으로 박하 향기가 나는 하얗고 푹신한 초콜릿 쿠키가 들어 있는 사탕을 하나씩 먹었습니다. 그러고는 이모가 내 침대를 정리해 주었습니다. 나는 베개 밑에 그 조개껍데기를 넣고 잠이 들었습니다. 나는 아침에야, 이제껏 돌보면서 잊은 적이 없는 지지를, 탁자 밑의 마룻바닥에서 잠든 불쌍한 지지를 떠올렸습니다.

그날 밤, 나는 숲에 관한 꿈을 꾸었습니다. 비가 온 뒤에, 공기가 태양처럼 반짝이는 황금빛 푸른 숲. 수십억 개의 투명한 나뭇잎이 흔들리고, 금색 날벌레와 이슬이 가득한 아침 숲. 나는 삼나무와 타닌, 썩은 나무 냄새로 충만한 그 숲속을 걸었습니다. 단 한 번의 움직임으로 태양을 향해 아치형으로 뻗어 있는 길고 유연한 어린 줄기, 에메랄드 색깔과 금빛의 줄기들, 너무나도 생생히 살아 있는 그 풀숲을 걸었습니다. 둥그렇고 커다란 나뭇가지 사이로 푸른 하늘이 눈을 떴습니다. 그곳에서 정적을 깨뜨리는 새들의 지저귐이 들려오는 것 같았습니다……. 끝없이 펼쳐진 숲을 가로지르는 수백 개의 작은 길들을 따라 고슴도치들이 살금살금 기어가고, 족제비들은 분주하게 돌아다녔습니다. 숲속 공터를 뒤덮은 쐐기풀과 보라색 초롱꽃, 이탈리아 천남성의 그늘이 무당벌레들의 떠들썩한 소동을 가려 주었습니다. 이 숲은 길 잃은 소녀에게 주어진 유일한 현실인 것 같았습니다. 나는 다른 것을 전혀 기억할 수 없었습니다. 심지어 길을 잃었다는 느낌마저 떠오르지 않았습니다. 화려한 빛깔의 나비와 내 입가를 물들인 산딸기의 맛에 매료되어, 나는 앙감질을 하며 신나게 뛰어놀았습니다. 그러고는 수정같이 맑은 샘의 물을 마시기 위해 땅바닥에 배를 대고 엎드렸습니다. 그곳은 결코 떠나고 싶지 않은 나만의 세상이 었습니다. 진흙이 묻은 나뭇잎 아래에서 껍데기가 부서진 달팽이를 발견했습니다. 십자가거미 한 마리가 두 그루의 나무 사이에 물방울로 가득 찬 거미줄을 펼쳤습니다. 바짝 마른 나뭇가지가 나의 맨팔을 긁었습니다. 나는 숲에서 나가는 길을 찾는 게 아니었습니다. 그 길은 뭔가 다른 곳으로 이어지는 길이 아니라, 이 경이로움 속을 걷는 순수한 기쁨이었습니다.

아침 8시에, 가로아파가 문밖에서 목쉰 소리로 나를 불렀습니다. 나는 우유를 마시고 마당으로 나갔습니다. 나는 가엾은 지지 때문에 양심에 가책을 느꼈습니다. 그래서 그 보상으로 지지에게 가장 좋은 옷을 입혀 주었습니다. 하지만 9시 무렵에야 나타난 소녀들과 이야기를 나누느라 또다시 지지를 잊어버렸습니다. 나는 그녀들에게, 에고르와 그가 들려준 이야기에 대해 말했습니다. 그러나 뜻밖에도 그들은 기분이 상한 듯 보였고, "멍청한 거인, 엿이나 먹어라!" 같은 비난을 중얼거렸습니다. 그럼에도 나는 여전히 몹시 흥분해 있었고, 마침내 그들이 말하길, 그 거인은 처음 만난 누구에게나 똑같은 이야기를 들려준다고 했습니다. 그의 조상에 관한 허무맹랑한 이야기와, 그 오래된 창고에 있는 뭔가 이상한 것에 대한 이야기를 말입니다. 여자아이들은 그를 '작은 존'이라고 불렀습니다. 그는 모든 아이들에게 묘한 흠집이 있는 조개껍데기를 차례로 건넸고, 그들 역시 각자 그 물건을 베개 밑에 두고 잠을 잤습니다. 하지만 그들은 마땅히 꾸어야 할 꿈을 꾸지 않았고, 다음 날, 그 키 큰 남자는 경멸하는 눈초리로 그녀들을 쳐다보았다고 합니다. "미치광이들야! 그와 그의 어머니, 둘 다." 그런 말을 들으니, 그가 나 또한 경멸하지 않을까, 겁이 났습니다. 내가 진짜 꿈을 꾸었나? 꿈을 꾸지 않았던가? 그토록 고통스러운 희망을 품고 문 앞에서 나를 바라보던, 그 거대하고 연약한 청년을 내가 혹시 실망시키지는 않을까? 어쨌든 여태껏 나는 그처럼 생생한 꿈을 꾸어 본 적이 없었습니다. 우리는 색분필로 그림을 그리기 시작했습니다. 소녀들은 에고르의 모습을 우스꽝스럽게 그렸습니다. 가령 미소 같은 초승달에 머리를 부딪치거나, 적갈색 혹은 진홍빛이 도는 녹색의 별, 그 수많은 모서리를 가진 별을 향해 한없이 손을 뻗는 에고르를 그렸습니다. 그리고 나는 분홍색 색분필로, 그가 나에게 준 조개껍데기를 그렸습니다. 그림 그리기는 금방 지루해졌고, 그 즉시 우리는 (누가 먼저 제안했는지 도통 기억나지 않지만) 여왕놀이를 하기로 마음먹었습니다. 여왕놀이는 어렵지 않았습니다. 이를테면 각자 하루씩 여왕이 되는 것인데, 우리는 모두 일곱 명이었으므로 놀이 역시 이레 동안 진행되었습니다. 매일 각각의 여왕은 특정한 색깔과 물건, 꽃과 자기만의 놀이 장소를 가지게 됩니다. 그러면 여왕은 그 물건들을 가지고 스스로 주체가 되는 즉흥적이고 아름다운 공연을 연출해 내야 하는데, 이때 다른 친구들은 여왕의 명령에 따라 행동해야 합니다. 이 놀이에 가장 열성적인 사람은 에스테르였습니다. 그 아이는 주근깨가 거의 눈에 띄지 않을 정도로 얼굴이 붉게 상기되어 있었습니다. 틀림없이 이 놀이를 하면, 우리는 일주일 내내 결코 한순간도 지루하지 않을 것입니다. 에스테르가 제비뽑기를 하자고 제안했습니다. 우리는 당장 젖은 천으로 아스팔트 바닥에 그려 놓은 모든 그림을 지우고, 이레를 의미하는 일곱 겹의 원을 그리기 시작했습니다. 우리는 먼저 보라색 분필로 가장 큰 바깥쪽 원을 그렸고, 그다음엔 남색 분필로 그 안에 원을 하나 더 그렸습니다. 동일한 방식으로 파란색, 녹색, 노란색과 주황색의 원을 안쪽으로 그려 나갔고, 마침내 공의 지름 정도 되는 정중앙의 원은 빨간색으로 색칠했습니다. 이 작업을 마치자마자 소녀들은 저마다 꽃과 물건을 가지러 집으로 달려갔습니다. 나는 손가락에 색분필을 가득 묻힌 채, 원 앞에 홀로 웅크리고 있었습니다. 촘베는 내 곁에서 콧바람을 내쉬었습니다. 나는 전날, 여기에 도착한 뒤로 매우 슬펐습니다. 정확히 무엇 때문에 그런 마음이 드는지는 몰랐습니다. 벽돌집, 아직 어린 양파밭과 토마토 넝쿨이 있는 잘 관리된 마당, 햇볕에 따뜻하게 이글거리는 파란색 트럭, 그 보닛 위에 앉아 하품하는 지지, 이 모든 것들이 내장을 후벼 파듯 고통스러운 검은 태양의 빛에 의해 다시는 가질 수 없게끔, 영원히 사라질 것 같았습니다. 나는 마당의 다른 모든 나무들보다 높이 솟아 있는 체리나무에 시선을 고정했고, 문득 에고르가 최면에 걸린 코브라처럼 머리를 앞뒤로 흔들던 지난밤과 탑에 대한 기억이 떠올라서 마음이 무거워졌습니다. 나는 대문으로 나가서 거리 저편을 내려다보았습니다. 전선에 뒤엉킨 연의 꼬리가 노란색 공기 속에서 애처롭게 나부끼고, 장대 위에 앉은 산비둘기는 한쪽 눈으로 그 광경을 바라보고 있었습니다. 내가 여왕이 되었을 때, 에스테르에게 어떤 역할을 줄지 자문하면서 그 아이를 기다렸습니다. 다른 무엇보다도 제비뽑기로 얻은 운명의 꽃을 손에 들고 왕좌에 앉으면 얼마나 좋을까, 상상해 보았습니다. 나는 그 꽃이 붉은 장미라면 참 좋겠다고 생각하면서, 아예 장미를 제안할 작정이었습니다. 아마 나에게 딱 어울릴 거야. 나는 얼른 집에 들어가서 금박지로 왕관을 만들기 시작했습니다. 내가 여왕놀이에 대해 얘기했더니, 아우라 이모는 방에서 온갖 색상의 벨벳 조각, 실크 자투리, 크레이프드신을 가져다주었습니다. 또 내 사촌이 유치원에서 수공예 수업을 받을 때에 사용한, 사과와 배, 당근과 오이 모양으로 오려 낸 광택지도 몇 장 주었습니다. 소녀들이 돌아오자, 실내는 곧장 분주하고 수선스러운 작업실이 되었습니다. 우리는 색종이를 잘라 사슬을 만들었고, 손에 닿는 모든 재료로 목걸이와 레이스와 팔찌를 제작했으며, 부엌에 있는 의자와 베개 몇 개, 침대 시트를 가지고 여왕에게 걸맞은 캐노피 왕좌를 뚝딱 만들어 냈습니다. 푸이아는 소름 끼칠 정도로 우아하게 가위를 휘두르며 금박지에서 유니콘과 사자를 오려 냈고, 우리는 그것을 가져다가 왕좌 뒷면에, 서로 마주 보도록 붙였습니다. 그러고는 바닥에 어질러진 천 조각과 종잇조각을 치우고, 슈테판 이모부의 낡은 모자를 가져와서 제비뽑기를 시작했습니다. 우리는 무지개의 일곱 빛깔을 종이에 쓰고 (우리는 약간의 상상력을 발휘하여, 각 색상의 이름을 스펙트럼상 반대색이 되는 색연필로 종이에 적었습니다. 예컨대, '빨간색'은 보라색으로, '주황색'은 남색으로 쓴 것입니다. 다만, 마지막으로 남은 '녹색'만은 녹색으로 적었습니다.), 그것들을 모자에 넣었습니다. 우리가 뽑은 색깔에 따라 '여왕이 되는 날'이 결정되므로, 몹시 떨렸습니다. 모두들 제일 먼저 여왕이 되길 바랐습니다. 그리하여 제비뽑기의 운명은 이렇게 결정되었습니다. 보라색의 행운은 발레나에게 돌아갔는데, 그녀는 바로 당일에 여왕이 된 자신의 행운을 한동안 믿지 못했습니다. 한편, 우리는 첫날부터 여왕이 되면 갈피를 못 잡고 제대로 권력을 누리지도 못한 채 기회를 날리는 셈이라며, 스스로를 위로했습니다. 차라리 나중에 여왕이 되면 다른 사람들의 실수로부터 배울 수도 있고, 자신의 차례가 되었을 때 무엇을 할지 오랫동안 숙고할 수도 있으니 훨씬 더 이득이었습니다. 남색은 아다에게, 파란색은 카르미나에게 돌아갔습니다. 하필 이 쌍둥이들이 차례로 이토록 비슷한 색깔을 뽑았다니, 정말 놀랍지 않습니까? 뒤이어 중간에 자리한 녹색은 푸이아에게 돌아갔는데, 선명하고 비뚤어진 그녀의 녹색 눈동자와 아주 잘 어울리는 결과였습니다. 노란색은 불행하게도 에스테르를 선택했는데, 그녀는 자신의 제비를 들여다보면서 얼굴을 찡그렸습니다. 왜냐하면, 빨간색은 그녀의 것이었고, 그녀는 머리부터 발끝까지 '붉은 여왕'[138]이 되어야 했으니까요. 그러나 결과는 노란색이었습니다. 노란색은 그녀가 유일하게 참아 줄 수 없는, 정말 싫어하는 색이었습니다. 모든 상황이 내 불쌍한 친구에게 불리하게

---

138) 루이스 캐럴(Lewis Carroll, 1832~1898)의 『거울 나라의 앨리스』(1871)에 등장하는 인물. 끊임없이 달려야 제자리를 유지할 수 있다는, 역설적 논리를 대변하는 캐릭터다.

돌아가는 것 같았습니다. 심지어 이것은 시작에 불과했습니다. 놀랍게도 가로아파는 집시를 상징하는 주황색을 뽑았고, 우리는 전부 폭소를 터뜨렸습니다. 그럼에도 천방지축 야생마 같은 가로아파는 매우 기뻐했습니다. 그녀에게 주황색은 가장 생기 있고, 가장 빛나는 색이었습니다. 그녀는 마치 등유로 목을 헹구는 듯한 목소리로(그도 그럴 것이, 그녀는 매일 녹슬고 찌그러진 커다란 통을 철제 수레에 싣고, 주유소 앞에 줄 서 있었습니다.) 벌써 여왕이 되는 날, 자신이 무엇을 입을지 정확하게 안다고, 우리에게 말했습니다. 그녀에게는 환경미화원으로 일하는 사촌이 하나 있었는데, 그는 끈이 달린 "매우 낡은" 조끼를 입고 다녔습니다. 마침 이번 기회에, 그녀는 그 조끼를 가로챌 생각이었습니다. 나는 심지어 제비를 펼쳐 보지 않고도 결과를 확신할 수 있었습니다. 나는 마지막 여왕이 될 운명이었고, 그 말인즉슨 빨간색을 뽑은 것이었습니다. 나는 마치 남의 것을 강제로 빼앗은 듯했고, 가능하다면 에스테르와 색깔을 바꿔 주었을 것입니다. 나에게 빨간색은 전혀 아무런 의미도 없었습니다. 내 이름, 스베틀라나마저 매우 옅은 녹색을 띤 파란색을 환기하니까요.

제비뽑기로 인한 흥분이 가라앉고, 마침내 여왕이 되는 순서를 납득하게 되었을 때, 우리는 다시 모자를 집어 들고 그 속에 각자 집에서 가져온 물건들을 비밀스럽게 넣었습니다. 나는 내가 가져온 물건만을 알 뿐이었습니다. 나는 재봉틀 서랍에서, 항상 36도를 가리키는 깨진 체온계를 꺼내 왔습니다. 모자가 한 손에서 다음 손으로 전달되었고, 그 과정을 마친 우리는 모자 속의 물건을 하나씩 꺼내서 테이블 위에 늘어놓았습니다. 반지, 장난감 시계, 진분홍색 얇은 천으로 만든 치마를 입은 손가락 크기 정도의 인형, 늙은 암탉의 몸에서 나온 유난히 커다란 위시본, 최근에 출시된 투명 볼펜, 구멍 난 진주와 나의 체온계. 우리는 종이에 그 물건들의 이름을 적고, 전부 모자에 넣은 뒤 다시 제비뽑기를 했습니다. 나는 반지, 에스테르는 체온계, 발레나는 위시본, 푸이아는 볼펜, 아다는 시계, 카르미나는 진주, 가로아파는 인형을 각각 뽑았습니다. 우리는 이 물건들을 마치 낯설고 기이한 생물인 양 바라보았습니다. 이것들로 무엇을 해야 할지 도통 머리에 떠오르지 않았습니다. 하지만 첫날 여왕이 되는 발레나를 제외하고(발레나는 이 신기한 뼈, 천 번을 생각해도 어떻게 써야 할지 도무지 알 수 없는, 심지어 평소처럼 양쪽으로 잡아당겨 부러뜨릴 수도 없는 이 포크 모양의 뼈를 잡았습니다.), 나머지 여섯 사람에겐 아직 생각할 시간이 남아 있었습니다. 실제의 꽃은 이 놀이가 끝날 무렵이면 다 시들어 버릴 것이므로 가져오지 않았습니다. 그래서 우리 각자는 저마다 머릿속에 떠올린 꽃의 이름을 종이에 적었습니다. 발레나는 나팔꽃, 아다는 백일홍, 카르미나는 카네이션[139](이 이름을 듣고 물론 우리는 많이 웃었습니다.), 푸이아는 채송화, 에스테르는 달리아, 가로아파는 금어초 그리고 지금까지 영 운이 좋지 않았던 나는 꽃의 여왕인 장미를 품에

---

139) 가로아파(garoafă)는 루마니아어로 카네이션을 뜻하므로, 카르미나가 친구의 이름인 가로아파(카네이션)를 뽑아서 웃음을 자아낸 것이다.

안았습니다. 나는 스스로 장미의 여왕이 될 자격은 없다고 생각했습니다.

본격적으로 여왕놀이를 시작하기에 앞서, 이제 우리는 놀이를 진행할 장소를 선택해야 했습니다. 몇 차례의 논쟁 끝에 우리는 놀이 장소를 일곱 개의 구역으로 나눴습니다. 내 방, 마당, 거리, 들판, 에고르의 망루, 트럭, 한때 학교였던(우리는 그곳을 오래된 학교라고 불렀습니다.) 마당 뒤쪽의 폐건물. 우리가 예측할 수 없도록, 매일 아침에 놀이 장소를 제비뽑기하기로 결정했습니다. 그날의 여왕이 모자 속에서 놀이 장소를 뽑으면, 우리는 그곳으로 이동했습니다. 먼저 발레나는 광대뼈가 아기 엉덩이처럼 봉긋하도록 웃으면서 붉은 반점이 있는 손을 모자 속에 찔러 넣었습니다. 결과는 들판. 아이들 모두 지루한 장소가 뽑혔다며 투덜거렸습니다. 첫날부터 우리는 쟁기질을 해야 했습니다. 게다가 우리는 특히 이 장소를 좋아하지 않았습니다. 왜냐하면, 보통 남자애들이 몰려와서 우리를 겁주거나, 나무 구멍에서 꺼내 온 말벌을 우리 머리에 던지겠다고 위협했기 때문입니다. 한편, 우리는 이제 그 누구도 들판의 여왕이 되지 않아도 된다는 사실에 안도했습니다. 이곳보다 더 우아한 공간이 우리 몫으로 남아 있었습니다. 가장 인기 있는 장소는 아무래도 마당이었습니다. 그곳은 무엇을 하든 공간을 충분히 확보할 수 있을 뿐 아니라, 행여나 지나가는 사람들이 우리를 염탐하거나 방해할 수 없는 폐쇄된 공간이었기 때문입니다.

이제 모든 것이 다 준비되었고, 우리는 서로 마주 앉아 웃었습니다. 체스의 폰, 나이트, 퀸이 스스로 행동하지 않듯이, 실은 이 여왕놀이 역시 우리의 의지대로 진행되는 것이 아님을 과연 누가 상상이나 했겠습니까? 아니, 당시 우리는, 진지하게 몸을 숙이고 이 세상을 바라보는 놀이의 진정한 주체, 이른바 체스 선수들을 전혀 알아보지 못했습니다. 카르미나가 쌍둥이네 집으로 달려가서 울타리에 핀 나팔꽃을 땄고, 우리는 첫 번째 여왕을 치장하기 시작했습니다. 우리는 아우라 이모가 준 보라색 가운을 그녀에게 입혔는데, 그녀에게 좀체 맞지 않았습니다. 우리는 그녀의 머리 위에 보라색 종이로 만든 줄을 걸고 금관을 씌운 뒤, 목에는 주먹만 한 유리구슬 목걸이를 걸어 주었습니다. 우리는 미리 장식해 둔 의자를 꺼내서 분필로 그린 원 한가운데에 놓았습니다. 발레나는 막달레니안의 비너스처럼 완벽한 비율을 과시하며 위엄 있게 앉아 있었지만, 늘 겁에 질려 있는 눈을 굴리며 필사적으로 푸이아에게 도움을 요청했습니다. 우리는 그녀에게 경의를 표한 뒤에, 나팔꽃과 위시본을 전했습니다. 처음에 발레나는 당황한 몸짓으로 그것들을 거절했지만 결국 잠자코 받아들였습니다. 우리는 모두, 발레나가 여왕이라는 이상한 역할을 맡고 있는 지금 이 순간에도 그녀를 무시해야 할 필요성을 느꼈습니다. 그녀는 나팔꽃을 가슴에 달고, 줄기의 끝부분은 블라우스 안쪽으로 집어넣었습니다. 그리고 두꺼운 손가락 사이로 위시본을 여러 차례 빙빙 돌리다가, 마침내 위시본 끝 쪽의 넓은 부분을 한 손으로 잡았습니다. 그러고는 위시본의 두 뿔을 마치 비행기의 조종간을 다루듯이 붙잡았습니다. 그러자 두 개의 뿔이 결합되고 또 두 갈래로 나뉘는 분기점, 그 자유롭게 튀어 나온 작은 부분이 위아래로 가볍게 움직이기 시작했습니다. 우리는 모두 여왕 주위에 모여서, 마치 지능이 있는 듯 예측할 수 없게 움직이는 위시본을 지켜보았습니다. 발레나는 입을 벌린 채 자신의 손을 바라보았습니다. 두 갈래로 갈라진 유연한 뼈가 그녀의 손에서 빠져나가려는 듯이 비틀거렸습니다. 푸이아가 여왕 곁으로 다가가자 위시본은 정말 비틀리더니 소녀의 발치에 떨어졌습니다. 소녀는 위시본을 냉혹한 눈빛으로 바라본 뒤에(푸이아는 어떤 것에도 결코 놀라지 않았습니다.), 그것을 집어 들어 여왕에게 돌려주었습니다. "이 물건이 나를 앞으로 끌어당기고 있답니다." 여왕이 말하자, 우리는 실제로 긴 뼈가 그녀의 손에서 밀리미터 단위로 차츰 미끄러지며 앞으로 나아가는 모습을 볼 수 있었습니다. "그걸 따라가세요." 에스테르가 여왕에게 말했습니다. 발레나는 왕좌에서 일어나 마치 과녁을 겨냥하듯이 팔을 앞으로 뻗은 채 위시본이 움직이는 대로 몸을 맡겼습니다. 위시본은 목줄에 매인 개처럼 그녀를 끌어당겼습니다. 그리하여 우리는 파파루데처럼 보라색 옷을 차려입은 덩치 큰 소녀를 뒤따라갔습니다. 어느덧 거의 오후 1시였고, 일주일 내내 우리에게 친절을 베풀어 줄, 잔잔한 하늘 아래의 반짝이는 침묵이 세상을 지배하고 있었습니다. 위시본이 여왕을 문 쪽으로 이끌었기에, 우리들 역시 인적 없는 거리로 뒤따라 나갔습니다. 우리는 들판 방향으로 좌회전을 했습니다. 울퉁불퉁하고 돌들 사이사이로 풀이 자라나 있는 포장도로를 밟을 때마다 커다란 몸집을 덜거덕거리며 터무늬없이 널찍한 보폭으로 달려가는 발레나를 우리는 간신히 따라잡을 수 있었습니다. 마지막 집을 지나자, 우리 앞으로 들판이 지평선까지 펼쳐져 있었습니다. 저 멀리, 들판 중앙에는 작은 창문이 반짝이는 우울한 탑이 서 있었습니다. 그 옆에는 내가 REM이라고 알고 있던, 두꺼비같이 생긴 오두막이 있었습니다. 그러나 위시본은 우리를 경작지 너머로, 엉겅퀴와 잡초, 여기저기에 소심한 수레국화 몇 송이만이 자라나 있는 불모지로 내몰았습니다. 곳곳엔 말벌 구멍이 나 있었고, 근육질의 다리만을 믿고 자신의 굴에서 너무 멀리까지 나온 푸른색의 강건한 땅거미들은 우리가 다가가자 얼른 피난처로 퇴각했습니다. 우리는 그 거미들을 따라가서 그들을 지켜보고 그 신비한 굴도 들여다보고 싶었지만, 전율하게 하는 환상이 우리를 멈춰 세웠습니다. 땅거미가 번개처럼 달려들어서 우리의 눈을 찢어 버리는 환상 말입니다. 하늘 위로 그림 같은 흰 구름이 굴러가고 있었습니다. 좋은 징조였습니다. 이제 우리는 위시본의 끝부분을 사팔눈으로 바라보는 뚱뚱한 여자아이와 어깨를 나란히 하며 함께 걷고 있었습니다. 우리는 들판을 향해 쉰 걸음 정도 앞으로 걸어갔습니다. 아다와 카르미나는 수레국화와 과꽃을 엮어 화환을 만들었는데, 똑같은 드레스를 입고 똑같은 미소를 짓고 있는 그들의 모습은 멍청할 정도로 사랑스러웠습니다. 갑자기 발레나가 멈췄습니다. 그녀를 앞으로 끌어당기던 힘이 사라진 것입니다. 위시본은 잠깐 움직임을 멎더니, 이제 시계의 분침처럼 땅을 향해 천천히 몸을 굽혔습니다. 발레나는 마치 화상을 입은 듯이 비명을 지르며 위시본을 떨어뜨렸습니다. 아래로 떨어진 위시본은 자석처럼 땅에 착 달라붙었습니다. 우리는 모두 서로를 쳐다보았습니다. 우리는 땅 밑에 무언가가 있음을 짐작할 수 있었습니다. 두 아이가 웅크리고 앉아서 부서진 땅을 손가락으로 헤집었지만 소용없는 짓이었습니다. 점심시간이 다가오고 각자 집으로 돌아가야 했기에, 우리는 삽이나 곡괭이를 들고 오후 4시쯤에 다시 만나기로 했습니다. 우리는 이미 뭔가를 찾아낸 듯이, 금고나 고대의 투구, 4학년 역사책에 나오는 '황금 병아리를 안고 있는 암탉'과 비슷한 것들을 눈앞에 그려 보았습니다. 또는 칠면조의 알만 한 다이아몬드, 어쩌면 여왕놀이를 하던 우리가 '전 세계에 단 하나밖에 없는 기적의 돌'을 발견하게 될지도 몰랐습니다. 우리는 여왕 앞에서 십오 분 정도 공손하게 절을 올렸습니다. 그러나 발레나는 바보같이 가만있을 뿐, 우리에게 어떤 명령이나 지시도 내리지 않았습니다. 그녀는 그저 딱하게 보일 정도로 입을 헤벌리고 턱을 늘어뜨린 채 한쪽으로 기울어진 왕관을 쓰고 서 있을 뿐이었습니다. 그녀는 마치 여왕처럼 옷을 차려입은 요리사 같았습니다. 우리는 보라색 새틴 끈을 걸어 놓은 나무 막대기로 지금의 장소를 표시해 놓은 뒤에, 각자 집으로 돌아갔습니다. 나는 뜰에 들어가서 분필로 색칠한 원들 한가운데에 버려져 있는 빈 왕좌에 앉았습니다. 나는 아무 생각도 하지 않았습니다. 사실 나는 들판의 그 자리에 있을지도 모르는 어떤 값비싼 보석을 찾는 것보다, 에스테르가 나에게 한마디 말이라도 건네주기를 바랐습니다. 아니, 그렇게까지 바라지는 않았을 것입니다. 결국 진실이란, 더는 내가 무엇을 원하는지 몰랐다는 점입니다. 어쩌면 그렇게 고통받지 않기를 바랐을지도, 모든 것이 영원히 고통스럽지 않기를 바랐을지도 모릅니다. 아우라 이모네 집엔 손님이 와 있었고, 이윽고 도착한 마르첼리노와 함께 식사를 했습니다. 애당초 그는 우리의 놀이, 특히 왕좌에 대해 캐물었습니다. 그는 우리의 원들을 지우고, 그 자리에 고급 자동차 '차이카'를 그리고 싶어 했습니다. 다행히 나는 그를 다루는 방법을 잘 알고 있었습니다. 마르첼은 식사를 마치자마자 축구 보드 게임을 챙겨서 친구들을 만나러 나갔습니다. 가엾은 이모는 늘 드레스를 만드느라 바빠서 우리를 돌봐 줄 시간이 별로 없었습니다. 그리고 아버지는 이틀 뒤에, 병원을 찾는 날에 맞춰 나를 보러 올 예정이었습니다. 아버지는 나를 어머니에게 데려갈 터였습니다. 나는 그 두 가지 일 중에 어느 것도 그다지 하고 싶지 않았습니다.

3시 반쯤에, 여자아이들이 삽 몇 개를 끌고 나타났습니다. 날은 따뜻했고, 아까 나무 막대기에 매어 둔 보라색 새틴 천은 뜨거운 열기 탓에 마치 허수아비처럼 축 늘어져 있었습니다. 우리를 지켜보는 사람이 아무도 없다는 확신이 들자, 우리는 나무 막대기를 뽑고 땅을 파기 시작했습니다. 많은 동네 소년들은 시골로 떠났고, 그 밖의 다른 아이들은 저녁이면 축구를 하러 다른 거리로 몰려갔기 때문에 들판은 온전히 우리의 것이었습니다. 우리는 어설픈 동작으로 혀가 튀어나올 만큼 열심히 땅을 팠고, 가까스로 육십 센티미터 깊이의 좁은 구멍을 파낸 뒤에야 뿌리가 무성하게 얽혀 있는 판자를 발견했습니다. 그 판자엔 붉게 부어오른 번데기가 붙어 있었습니다. 가로아파가 삽의 눈부신 날로 번데기를 자르자, 역겨운 우윳빛 액체가 흘러나왔습니다. 우리는 판자를 들어 올릴 수 있게끔 조금 더 넓게 구덩이를 팠습니다. 그러다 그곳에서 계단과, 땅속 깊은 곳으로 이어지는 터널을 발견했습니다. 그 건너편에서 불어오는 시원한 공기가 우리의 머리카락을 하늘로 날려보냈습니다. 그 아래, 아주 깊은 곳에서 푸르게 빛나는 띠가 보였습니다. 우리는 모두 겁에 질려 있었으므로 여왕이 가장 먼저 내려가기로 합의했습니다. 아무래도 둔한 발레나는 그날 저녁에야 뒤늦게 두려움을 느꼈을 것입니다. 처음에 그녀는 어리둥절한 표정으로, 그저 고개를 끄덕이며, 동굴을 가리키는 푸이아의 모습을 바라보았습니다. 발레나는 바닥에 엎드린 뒤에야 겨우 첫 번째 계단에 발을 내디딜 수 있었습니다. 반짝거리던 종이 사슬 목걸이는 흙먼지에 더러워졌고, 결국 끊어졌습니다. 그렇게 발레나는 완전히 지하로 내려갔습니다. 점점 짙어지는 그림자 속에서 흔들리던 그녀의 정수리가 이제 거의 보이지 않았습니다. 터널은 지하로 이어지는 계단처럼 약간 기울어져 있었고, 십 미터 정도 더 내려가면 평탄해지는 듯했습니다. 왜냐하면 아래로 내려간 지 약 일 분 만에, 발레나의 푸른 머리카락 끝부분이 더는 보이지 않았기 때문입니다. 우리는 잠시 기다렸다가 한 명씩 차례로 내려갔습니다. 누군가가 이 광경을 보았다면 눈앞에서 신기루가 일어났다고 생각했을 것입니다. 옷을 젊고 화려하게 차려입은 마녀들이 유황 연기가 피어오르는 땅속으로 사라지는 듯 보였을 테니까요. 단단한 돌로 만든 층계참은 약간 경사진 복도로 이어졌습니다. 그런데 이상한 것은, 그 좁은 복도를 깊숙이 파고들수록 빛이 감소하기는커녕 더욱 강렬해지고, 부자연스러울 정도로 푸르스름한 빛이 어디선가 비쳐 왔다는 점입니다. 여러 모퉁이를 돌아, 우리는 드디어 거대한 홀에 이르렀습니다.

홀 전체를 가득 물들인 군청색 오라 속에, 손뼈가 갈비뼈와 골반 옆에 붙어 있는 거대한 인간 해골이 발바닥을 우리 쪽으로 향한 채 누워 있었습니다. 도저히 믿기지 않는 광경에 우리는 입을 벌리고 그 해골을 바라보았습니다. 아이들 일부는 해골의 오른쪽으로, 또 다른 일부는 왼쪽으로 다가섰습니다. 우리는 걸음걸이로 해골의 크기를 측정해 보고, 울퉁불퉁한 슬개골과 말도 안 될 정도로 기다란 대퇴골, 고대 파충류 같은 척추, 마치 돛단배의 용골처럼 세모꼴의 개방형 흉골로 이어진 갈비뼈를 바라보았습니다. 쇄골과 견갑골 너머, 일곱 개의 경추 끝부분으로, 최후에 웃는 자의 미소를 띤 두개골이 보이는 듯했습니다. 각각의 어금니는 우리들의 주먹만 했습니다. 두개골의 직경은 약 1.5미터, 어쩌면 그 이상이었습니다. 그리고 그것의 상아색 표면에는 지그재그 형태의 봉합선이 매우 선명하게 드러나 있었습니다. 그 해골의 발바닥부터 정수리까지의 길이는 내 보폭으로 마흔 보에 달했습니다. 이를테면, 그 길이가 거의 이십 미터 남짓했다는 의미입니다. 나는 아버지와 함께, 어린이 마을의 놀이동산에 가서, 매우 부자연스럽고 인위적인, 회반죽을 바른 골리앗 고래를 마주했을 때 느꼈던 기분을 떠올렸습니다. 그 안타까운 광경에 비하면, 우리가 이 타원형 동굴에서 발견한 이 해골은 제법 현실적이었습니다. 우리는 소나 새의 뼈를 본 적이 있었고, 실제로 해골이 어떻게 생겼는지도 잘 알고 있었습니다. 크기가 너무 크다는 점만을 제외하면, 어느 정도 납득할 만한 존재였습니다. 또 해골 주변을 둘러싼 타원형 동굴은 그것의 크기에 맞게 조성된 듯했습니다. 처음에 우리는 경외감에 압도되어 얼어붙었지만, 이내 그것을 우러러보는 데에 지친 우리는 해골 위로 올라가서 손가락뼈들을 움직여 보았고, 마침내 그것의 흉곽 안에 모여 앉게 되었습니다. 우리는 그곳에서 십오 분 정도 쉬다가, 온갖 이야기를 나누기 시작했습니다. 그 해골은 어쩐지 어머니의 자궁 속의 아기처럼 보였습니다. 다만, 똑바로 누울 수 없어서 몸을 웅크린 자궁 속의 아기와 해골의 자세가 서로 다를 뿐이었습니다. 뒤이어 우리는 어머니의 자궁 속에서 아기의 뼈가 어떻게 그리고 무엇으로 형성되는지 궁금해했습니다. 쌍둥이들은 엄마 뱃속에서 그토록 오랫동안 붙어 있었다는 사실에 경악했습니다. "아홉 달!" "아홉 달이야!" 가로아파가 반항하듯 소리쳤지만, 어느 누구도 반박하지 않았습니다. "하지만 만약에." 그때까지 우리들의 대화에 전혀 관심을 보이지 않던, 얼음처럼 차갑고 푸른 눈을 가진 푸이아가 태연하게 끼어들었습니다. "만약에 우리가 이 동굴 속의 해골을 잡아먹은, 아마도 신과 같은 존재인 거대한 땅거미의 둥지에 있는 거라면?" 그러자 우리 눈앞에 거미 같은 어떤 것이 날렵하고 털이 수북한 여덟 개의 다리를 놀리며 돌진해 오는 광경이, 우리 한 사람 한 사람을 붙잡고 독을 주입하는 모습이 그려지는 듯했습니다. 우리는 계단을 향해 서로 밀치면서, 거의 짓밟듯이 뛰어가다가 겁에 질려 뒤를 돌아보았습니다. 푸이아는 느긋하게 여전히 해골 옆에 서 있었고, 해골의 왼쪽 새끼손가락 뼈에 긴 보라색 벨벳 끈으로 리본을 묶고 있었습니다. 우리는 긴장을 풀었습니다. 거미는 없었고, 따라서 그 해골은 이제 우리의 것이었습니다. 우리는 해골을 정복하고, 오늘 군림하는 여왕의 깃발을 그곳에 꽂았습니다.

우리의 여왕놀이는 순조롭게 시작되었고, 소녀들은 행복하게 집으로 돌아갔습니다. 우리는 다음 날 아침, 남색 여왕인 아다의 통치 아래 다시 모일 예정이었습니다. 우리는 오전 10시에, 그 해골 앞에서 만나기로 했습니다. 그리고 동굴로 내려가는 모습이 눈에 띄지 않도록 조심해야 했습니다. 우리는 내 친구들이 정말 좋아하던, 길거리에서 인기가 많던 금발 소년의 이름을 따서, 해골의 이름을 롤란도라고 지었습니다. 우리는 롤란도를 그 누구와도 공유하고 싶지 않았습니다. 나는 재빨리 집에 가서 몸을 씻고, 멋진 드레스로 갈아입었습니다.(라디오에서는 스페인의 유명 가수, 사라 몬티엘이 노래를 부르고 있었습니다.) 그러고는 키다리의 망루까지 함께 가기로 약속했던 마르첼을 데리고 길을 나섰습니다. 이모는 날이 어두워지기 전에, 아무리 늦어도 8시엔 귀가하는 조건으로 우리의 외출을 허락해 주었습니다. 마르첼리노는 기뻐했습니다. 그는 에고르가 자기 어머니와 함께 아우라 이모네 집을 방문했을 때 그랬듯이 놀라운 장난감을 보여 주거나 해적 이야기를 들려주기를 기대했습니다. 내 사촌은 망루에 가 본 적이 없지만 거기까지 가는 길은 알았으므로, 우리는 서로 손을 잡고, 웃고 떠들어 대며, 민들레 한 송이가 외로이 자라난 길가, 거의 눈에 띄지 않는 희미한 길을 따라 걸어갔습니다. 우리는 왼편으로 돌아, 울퉁불퉁하고 어둑하며 잿빛 뒷벽이 서 있는 마지막 집을 지나, 들판을 가로질러 나아갔습니다. 여름 저녁이면 지평선 너머로 좀처럼 보이지 않는 숲 가장자리로부터 따뜻하고 부드러운 바람이 불어왔습니다. 여전히 한낮처럼 밝았고, 구름은 장밋빛이었으며, 메뚜기와 별별 작은 날벌레들이 윙윙 날아다녔습니다. 나는 짙은 금발에, 코끼리가 그려진 파란색 셔츠와 짧은 반바지를 입은, 뒷짐을 지고 앞서가는 나의 사촌 녀석을 무척이나 좋아했습니다. 우리는 주변 풍경과 완전히 이질적인 망루에 거의 도착했습니다. 몇 년 전에, 바이다 감독의 「재와 다이아몬드」라는 폴란드 영화를 보았습니다. 그때, 먼지가 자욱한 올리브 농장 한가운데에 르네상스풍의 의자가 서 있는 장면을 보고 충격을 받았습니다. 키다리의 망루도 그것처럼 불가능한 장면이었습니다. 아주 가까이 다가가서야 그 망루가 얼마나 거대한지 깨달았습니다. 곰팡이가 핀 오래된 벽을 올려다보니 선이 무한히 뻗어 있는 듯한 인상을 받았습니다. 그러나 탑의 실제 높이는 십오 미터로, 반대편 창문의 위치로 판단하건대 2층 정도밖에 안 되었습니다. 그 위로, 멀리서는 둥글게 보이던 팔각형 모양의 탑이 솟아 있었습니다. 우리는 울타리도 없고, 주변에 나무 한 그루 없으며, 심지어 개집조차 없는 그 건물 주위를 걸었습니다. 야생화가 만발한 황무지뿐이었습니다. 약 십 미터 정도 떨어진 곳에 완전히 썩은 듯 보이는, 타르를 칠한 파지에 뒤덮인 창고가 서 있었습니다. 그곳 문에는 녹슬어서 붉게 변한 자물쇠가 걸려 있었습니다. 우리 가 문을 두드리자 위층 창문으로, 에고르의 기형적인 얼굴이, 마치 기름칠을 한 것처럼 창백한 모습의 그가 나타났습니다. 그런데 막상 문을 열고 우리를 반겨 준 사람은 바흐 부인이었 습니다.

방은 옷장처럼 높다랗고 비좁았습니다. 천장에는 빛바랜 크 리스털 샹들리에가 걸려 있었습니다. 우리는 방 세 군데를 둘 러보았는데 전부 똑같았습니다. 둥근 테이블과 의자 몇 개를 놓을 공간조차 부족해 보였습니다. 반면, 천장은 너무 높아서 아래를 내려다보면 바흐 부인마저 어린아이처럼 보였습니다. 에고르도 머뭇거리며 계단을 내려왔고, 마지막 방은 참을 수 없을 정도로 꽉 들어차 있었습니다. 심지어 그곳에선 그의 어 머니가, 최근에 전기다리미가 시장에 보급되었음에도, 여전히 석탄 다리미로 다림질을 하고 있었기 때문입니다. 어쨌든 우 리는 에고르의 손님이었습니다. 그는 민둥하고 뼈만 남은 가 슴이 들여다보이는 체리색 가운을 입고 우리를 맞이해 주었 습니다. 우리 모두는 얼음처럼 차가운 기둥 주위를 나선형으 로 휘감은 나무 계단을 따라 탑으로 올라갔습니다. 그곳은 정 말 훌륭했습니다. 오늘 나는 진심으로, 네 개의 아치형 창문 이 나 있는 둥근 방에서 살고 싶어졌습니다. 바닥에 깔린 쪽 매널에선 왁스 칠을 한 나무 냄새가 났습니다. 낡아서 몹시 얄브스름해졌지만 멋들어진 아라베스크 무늬가 있는 조그마 한 페르시아 양탄자가 바닥 일부분을 간신히 덮고 있었습니다. "삼백 년이나 된 정통 부하라 흰색 양탄자." 에고르가 마치 과일 바구니에서 사과를 집어 들듯이 마르첼의 머리 위에 거대한 손을 얹으며 말했습니다. 방 안의 가구라고는 양탄자만큼 오래되고, 노란색 상아를 가지고 체르토시나[140] 기법으로 장식한 서랍장과 소파뿐이었습니다. 우리는 소파에 앉았고, 잠시 아이들끼리만 남아 있었습니다. 에고르가 의자 하나를 더 가지고 돌아왔습니다. 뒤이어 초콜릿 쿠키가 담긴 접시를 든 바흐 부인이 따라왔습니다. 에고르는 의자에 앉더니, 주머니에서 납에다 빨간색과 파란색 에나멜을 예쁘게 색칠한 장난감 병정들, 아칸서스무늬가 새겨진 청동 대포, 가죽 손잡이가 달린 작은 단검을 꺼내 마르첼에게 맡겼습니다. 내가 에고르와 이야기를 나누는 동안, 마르첼은 귀중한 양탄자 위에서 연신 전쟁놀이를 벌였습니다.

처음에는 대화하기가 영 순탄하지 않았습니다. 에고르가 묘사하기 어려운 표정을 하고 집중해서 질문을 던지면, 나는 짧고 수줍게 대답했습니다. 네, 나는 여기 아우라 이모네 집이 마음에 들어요. 그리고 적어도 일주일은 여기 있어야 해요. 왜냐하면 우리 엄마가……. 이윽고 우리 둘 다 입을 다물었습니다. 그러다 나는 주머니에서 작은 부채 모양의 조개껍데기를 꺼내 그에게 건네주었습니다. 나는 내 꿈이 별것 아닐까 봐 걱정하면서, 그에게 털어놓았습니다. 그러자 거인은 돌연히 일어

---

140) 이탈리아의 전통적 목공 상감 기법. 주로 상아나 뼈, 자개나 금속 등을 기하학적 문양으로 나무에 박아 넣는 장식 기술로, 중세 후기 북부 이탈리아에서 발달했다.

서다가 천장에 있는 무지갯빛 수정 뿔에 부딪칠 뻔했습니다. 그는 뼈가 앙상한 팔을 위로 쭉 뻗으며 불쾌한 음성으로 소리 쳤습니다. "오, 주님, 감사합니다!" 그 말에 나는 웃기 시작했 습니다. 나는 이 시험을 통과했다는 사실이 자랑스러웠고, 이 것이 내 인생에서 매우 중요한 일이라고 느꼈습니다. 나는 그 가 이제 나에게 본질적인 것을 밝혀 주고, 그의 뼈와 연골, 살 과 인생을 잠식한 수수께끼를 들려주리라고 기대했습니다. 그 러나 그는 나에게 조개껍데기를 다시 건네주며, 다음 날 밤에 도 똑같이 하라고 말했습니다. "그러면 꿈이 서로 연결되어 당 신을 REM으로 이끌어 줄 거예요. 그 밖엔 다른 방법이 없어 요." "하지만 거기엔 무엇이 있나요?" 나는 그가 내게 REM을 집요하게 강요하는 태도에 다소 짜증이 나서 황급히 물었습 니다. "거기엔," 그는 붉은빛 구름에 휩싸인 지평선을 창밖으 로 내다보며 대답했습니다. "거기엔, 모든 것이 있어요." 우리 는 또다시 침묵했습니다. 방 안의 공기는 따뜻한 찻물의 황금 빛으로 물들었습니다. 마르첼리노는 뻣뻣한 장난감 병정들을 서로 들이받게 하고, 그들 손아귀에 단검을 쥐여 주고, 다리를 구부린 채 무릎 꿇고 기어가게 하고, 마치 대포처럼, 죽어 가 는 병사처럼, 승리한 병사처럼 흉내를 내며 놀고 있었습니다. "내가 얼마나 여자가 되고 싶은지!" 에고르가 느닷없이 말했 습니다. "당신은 정말 운이 좋아요. 여자가 될 테니까요. 우리 남자들은 아무 쓸모도 없었어요. 우리는 어차피 알지 못할 것들 을 찾아내려고 노력하지요. 우리는 단지 우리의 무한한 어리 석음 때문에 다른 사람들과 동떨어진 채 삶을 파괴하고 있어요. 진정한 인간은 여자입니다. 우리는 그저 변형되고 불구인 존재일 뿐이에요. 우리는 뱃속에서 세상을 창조해 낼 수 없으므로, 이 머릿속에서 세상을 끄집어내려고 애쓴답니다. 여자는 살아가고, 남자는 글을 씁니다.” 잠시 뒤에, 에고르가 뜻밖의 미소를 지으며 말을 이어 갔습니다. “그들이 내 묘비에 내 이름을 새겨 주었더라면 나는 이렇게까지 살지 않았을 텐데.”[141] 지금은 그 말이 인용문이었음을 알지만, 당시엔 그가 언급한 내용과 그것을 표현하는, 거의 농담 같은 어조의 위화감에 적잖이 충격을 받았습니다. 나는 신경 속에 미묘한 감정이 흐르고 있음을 느꼈지만, 뭐라고 대답해야 할지 몰랐습니다. 벌써 날이 저물기 시작했으므로, 나는 쿠키를 하나 더 먹고 집에 돌아가고자 일어났습니다. 마르첼은 이곳에서 밤새도록 병정놀이를 하고 싶어 했지만, 결국 그것들을 포기해야 했습니다. 우리는 그들에게 작별 인사를 하고, 나는 에고르에게 다음 날 저녁에 다시 들러 “딱 오 분 동안만” 내 꿈에 대해 들려주겠다고 약속했습니다. 망루 문간에 서서 우리를 바라보는 그들의 실루엣은 마치 두 줄기의 기다랗고 물결치는 연보라색 연기 기둥처럼 보였습니다. 그는 지팡이에 기댄 채 이상한 몸짓으로 어머니의 허리에 팔을 두르고 있었습니다. 높은 곳에서 길을 잃은 것 같은 그들의 경직된 얼굴은 놀랍도록 강렬하고 인상적이었으므로, 나는 고개를 돌릴 수밖에 없었습니다.

---

141) 해당 내용은, 미하이 에미네스쿠(50쪽 각주 참고)가 기자 생활을 하며 느낀 환멸을 회고한 글에서 인용한 것이다.

나는 손바닥으로 마르첼의 작은 손을 느꼈습니다. 나는 별다른 이유 없이, 마르첼의 손을 내 입술에 대고 입을 맞추었습니다. 그러고는 불타는 하늘 아래의 좁은 길을 따라 걸어갔습니다. 다행스럽게도 그 어린 소년은 여전히 망루에서 놀던 일에 정신이 팔려 아무것도 눈치채지 못했습니다. 이제 붉은빛 돌풍으로 불어오는 시원한 바람이 초원의 꽃들을 보랏빛으로 물들였습니다.

그날 밤, 나는 다시 숲속에 있는 꿈을 꾸었습니다. 아직 아침이었습니다. 영원하고 눈부신 아침이었습니다. 나는 수백 개의 교차로 중에서 하나의 길을 선택한 뒤에, 거기에서 벗어나지 않겠다고 다짐했습니다. 거대한 나무들엔 반달 모양의 말굽버섯이 붙어 있었습니다. 땅바닥에는 나무껍질들이 깔려 있고, 그 아래에서 파충류의 꼬리 같은 창백한 싹이 돋아나고 있었습니다. 그리고 그 싹의 끝부분에는 오그라든 잎이 달려 있었습니다. 희끄무레한 벌레 한 마리가 거의 보이지 않는 실에 매달려 있었습니다. 그 벌레는 나뭇잎 아래의 푸른 공기 속에서 몸부림치며 꿈틀거렸습니다. 나는 그 길을 따라 뛰어다니고 춤을 추었습니다. 그런데 갑자기 쓰러진 나무줄기가 길을 가로막았습니다. 나무줄기에 가까이 다가가자, 그 순간 깜짝 놀랐고, 모든 즐거움이 싹 사라졌습니다. 나무줄기는 내 키만큼이나 두껍고 완전히 썩은 듯 보였습니다. 그리고 그 나무줄기의 껍질 틈새에서 집게발이 선명한 육식성의 붉은 개미 떼가 기어 나오고 있었습니다. 나는 내 길에서 벗어나지 않겠다고 스스로 다짐했기에, 그 나무줄기를 피해 돌아가는 행동이 부끄럽게 느껴졌습니다. 그렇다고 길을 되돌아가는 방법 역시 마음이 허락하지 않았습니다. 나는 나무 그루터기에 앉아 울기 시작했습니다. 꿈에서 울고 있으니 현실에서 눈물 흘릴 때보다 훨씬 가슴 아프게 다가왔습니다. 내가 원피스 자락으로 눈물을 닦는 동안, 내 손바닥만큼 길고 흉측한 지네가 발치를 살금살금 기어갔습니다. 나는 일어나서 무슨 짓을 하는지도 모른 채, 그 부서진 나무껍질을 잡아당겼습니다. 그것은 이미 부패한 터라 코르크 마개처럼 가벼웠습니다. 그 아래에서 개미들이 뜯어 먹고 있던 검은 새의 사체를 발견했습니다. 그 사체 위에 잔뜩 들러붙은 공격적인 붉은 덩어리가 생생히 살아 움직이고 있었습니다. 나는 죽은 새의 날개 끝을 잡고, 꿈틀거리는 개미 떼와 함께 몇 미터 바깥으로 내던졌습니다. 그러자 얼마 지나지 않아, 나무줄기엔 해면질의 나무 조직 속에다 평행하게 통로를 파는 딱정벌레 말고는 아무것도 남지 않았습니다. 탐욕스러운 해충들은 전부 검은 새의 사체를 따라갔기 때문에, 이제 나는 나무줄기 위로 올라갈 수 있었습니다. 나는 말에 올라타듯이 그 위에 잠시 걸터앉았고, 다리 밑으로 까칠한 나무껍질이 느껴졌습니다. 눈물이 마르고 다시 행복해졌습니다. 조심스럽게 나무줄기 너머로 내려와서 내리쬐는 태양을 받으며 다시 길을 나섰습니다.

일찍 일어난 나는 얼굴을 씻은 뒤에 부엌으로 들어갔습니다. 아우라 이모는 깨끗한 유지(油紙) 식탁보 위에 밀가루를 뿌리고, 그 위에 끈적끈적한 반죽을 펼쳐 놓았습니다. 나는 의자를 끌어당겨 앉은 다음에, 이모가 도넛을 만드는 모습을 지켜보았습니다. 그녀는 뒤집은 유리잔으로 반죽을 둥글게 잘라서 기름을 두른 뜨거운 팬 위에 올려놓았고, 거의 불그스름하고 바삭바삭해질 때까지 튀겼습니다. 나는 도넛을 만들고 남은, 이상한 모양의 반죽들을 떼어 팬에 넣는 일을 좋아했습니다. 그것들을 튀기면 개나 사슴, 용을 연상시키는 푹신한 모양의 도넛이 나왔고, 다 튀긴 다음엔 바닐라 설탕 가루에 굴렸습니다. 그러고는 그것들의 머리나 다리를 한 입씩 베어 먹었습니다. 그러는 동안, 아우라 이모는 내가 아주 어렸을 적에, 아마 한 살 반이나 두 살 무렵에, 어머니가 조그마한 나를 이곳에 데려왔던 이야기를 들려주었습니다. 그때, 침대보를 깐 나무 요람에 나를 눕히고 잠들 때까지 흔들어 주었다고 합니다. 그러다 내가 울면 겁을 주었답니다. "얌전히 있지 않으면 도넛 괴물이 널 잡아먹을 거야. 오, 괴물이 오는 소리를 들어 봐." 그러나 나는 겁을 먹기는커녕 울음을 뚝 그치고, 눈을 크게 부릅뜬 채 손가락을 입술에 가져다 댔다고 합니다. 내가 "쉿! 도넛 괴물!"이라고 대꾸하면, 어머니와 이모는 배가 아프도록 웃었다고 합니다. 도넛을 배불리 먹었으므로 다른 건 더 먹을 필요가 없었습니다. 나는 지지를 팔에 안고 마당으로 나갔습니다. 벌써 10시가 되어서 나는 롤란도를 만나러 초원으로 향했습니다. 촘베는 닭장 옆에서 속이 찬 피망 껍질을 우적우적 썹어 먹고 있었습니다. 촘베는 뭐든 가리지 않고 먹었습니다. 지지는 이웃집 마당의 기둥 높은 곳에 더러운 둥지를 튼 집비둘기를 기다리고 있었습니다. 지지는 게으른 고양이임에도 불구하고 이따금 비둘기 한 마리를 잡아 오곤 했습니다. 옆집 이웃들이 뭐라고 항의하면, 아우라 이모는 지지를 붙잡고 머리를 때렸습니다. 지지는 모든 것을 체념한 듯 침착하게 운명을 받아들이고, 눈을 질끈 감은 채 머리 뒤쪽으로 귀를 납작하게 붙였습니다. 이모의 손에서 탈출한 지지는 곧장 고문장(拷問場)에서 몇 미터 떨어진 곳으로 달려가, 몸을 씻고 발로 꼼꼼히 머리를 비비고 주둥이를 핥으며 우리를 향해 눈을 깜박였습니다. 나는 지지를 사랑했습니다. 비록 자기 몸을 씻는 습관 말고는 잘하는 것이 전혀 없었음에도 말입니다. 나는 지지를 데리고 거리로 나가 들판으로 향했습니다. 나는 어제 우리가 되는 대로 위장해 놓은 구덩이를 재빨리 찾아냈고, 얼른 계단을 내려가서 크고 푸른 홀로 들어갔습니다. 거대한 해골이 그 공간을 가득 채우고 있었습니다. 해골의 엉덩이뼈는 남자라고 하기엔 너무나 컸습니다. 그리고 내 허벅지 정도 두께의 쇄골 옆에 붙은, 어깨뼈와 삼각형의 견갑골은 널찍하고 튼튼했습니다. 아직 아무도 오지 않았습니다. 나는 우리 속의 동물처럼 상아색 갈비뼈 사이를 지나는 척추뼈 위에 홀로 앉아 있었습니다. 난데없이 두개골에서 굵은 목소리가 울려 퍼졌고, 그 소리에 심장이 쿵쿵 뛰었습니다. "당신은 누누……구세요, 이방……인, 여기서 모모뭐…… 하는 거예요?" 그러나 나는 두개골의 한 구멍에서 거무스름한 머리카락의 가로아파가 히죽 웃으면서 나오는 모습을 보고 안도의 한숨을 내쉬며 미소 지었습니다. 그녀는 습관처럼 해바라기씨를 까 먹고 그 껍데기를 사방에 뱉었습니다. 우리는 바닥의 깨진 틈새를 통해 가까스로 롤란도의 두개골 속으로 기어 들어갈 수 있었습니다. 그 내부는 셀룰로이드 인형처럼 매끄럽고 깨끗했습니다. 다소 비좁긴 했지만 가로아파와 내가 들어가기엔 딱 알맞았습니다. 필요하다면 여자아이 한 명 정도는 더 들어올 수 있을 것 같았습니다. 우리가 여기서 발음하는 모든 단어들은, 두개골의 반짝이고 물결치는 안쪽 벽에 부딪쳐 더 거칠고 구체적이며, 거의 물질적 형태로 울렸습니다. 내 곁의 자그마한 집시 소녀가 이렇게 자문했던 순간이 기억납니다. "이런, 왜 여기엔 사바랭[142]이 없는 거야, 엄마, 어떻게 해야 그걸 먹을 수 있죠……." 그러자 두개골의 벽을 타고 메아리가 두꺼워지더니, 이내 '사바랭'이라는 단어는 더욱 농축되어 우리 각자에게, 마치 빨간 잼과 휘핑크림을 얹고 시럽과 향신료를 듬뿍 넣은, 아주 친숙한 형태의 팬케이크로 구체화되었습니다. 그러나 불행하게도 그것은 젤라틴 같았으므로, 우리가 잡으려 하면 손가락 사이로 녹아내리며 공중에서 산산이 부서졌습니다. 우리 입에 여전히 침이 고여 있을 때 쌍둥이가 나타났고, 우리는 방금 전에 그랬듯이, 쌍둥이가 혼비백산 도망치도록 똑같이 골려 줄 참이었습니다. 그러고는 십오 분도 채 지나지 않았을 때, 우리는 모두 다시 모였습니다. 오늘 우리의 여왕이 될 아다를 평소와 다른 눈빛으로 바라보았습니다. 그녀는 이미 남색 치마와, 진한 보라색 블라우스를 입고 있었습니다. 이제 우리는 왕실 수준에 걸맞게 그녀를 치장해 주었습니다. 그러나 이에 앞서, 아다는 카르

---

142) 프랑스에서 유래한, 럼이나 키르슈를 적신 케이크. 잼이나 휘핑크림을 얹어 먹는다.

미나의 손아귀 속에서 자신이 다스리게 될 장소의 제비를 뽑았습니다. 그녀는 결국 우리가 가장 탐내던, 이모네 집의 마당을 뽑았습니다. 아다는 장소가 적힌 제비를 들여다보면서, 기쁨에 겨운 나머지 롤란도의 갈비뼈 사이를 사납게 뛰어다녔습니다. 그러자 뼈대 전체가 파도 위의 배처럼 흔들렸습니다. 우리는 동굴을 떠나, 다시 이모네 집 마당에 자리를 잡았습니다. 우리는 아다를 왕좌에 앉히고, 눈에 띄는 모든 장신구를 그러모아, 그녀를 꾸며 주었습니다. 그녀는 왼손에 아메리카 원주민 전사의 철제 조각상을 마치 왕홀처럼 쥐고 있었습니다. 또 가슴에는 그녀의 꽃인 주황색 백일홍이 달려 있었습니다. 나는 그녀가 놀이에 사용해야 할 손목시계를 집에서 가져왔습니다. 시계는 황금색 다이얼, 바늘같이 얇은 검은색 시곗바늘, 빨간색 래커를 칠한 손목 줄이 달린, 조그마한 여성용 시계였습니다. 그런데 그것은 사실상 시계 장치가 없는, 그저 시간을 읽는 방법을 익히기 위한 장난감이었습니다. 버튼을 눌러 시곗바늘을 조작할 수 있었습니다. 우리는 그녀의 손목에 시계를 채웠고, 즉위식을 마친 다음, 여왕 앞에서 깊이 절했습니다. 우리 각자는, 내가 만약 아다라면 무엇을 할까, 상상하고 또 궁금해하면서, 그녀가 어떤 명령을 내릴지 기다리고 있었습니다. 그녀는 수백 번이나 시계를 쳐다보았고, 오늘 무엇을 할지 궁리해 낼 시간을 벌기 위해, 우리를 여기저기로 보내 온갖 종류의 물건을 가져오게 하거나 우리에게 다양한 표정을 지어 보라고 명령했습니다. 마침내 아다는 결정을 내렸습니다. 내 생각에 그녀는 즉흥적으로 무엇을 할지 정한 것 같습니다. 왜냐하면,

우리는 이전에 단 한 번도 그러한 놀이를 해 본 적이 없었기 때문입니다. 그녀는 우리에게, 먼저 마당 뒤쪽으로 이어지는 포장도로를 가로질러 이 미터 간격으로 선을 그리라고 명령했습니다. 그리하여 일곱 개의 흰색 선이 생겼습니다. 여왕은 이 선들이 각각 십 년 단위로 사람들의 나이를 나타낸다고 설명했습니다. 그래서 우리는 첫 번째 줄 옆에 10을 쓰고, 두 번째 줄 옆엔 20을 쓰고, 그렇게 계속 70까지 숫자를 적어 나갔습니다. 우리는 미리 뽑은 색깔의 순서에 따라 차례대로 그 길을 건너가며 각각의 줄을 밟을 때마다 해당 나이를 흉내 내야 했습니다. 우리는 그 놀이가 특별히 독창적이라곤 생각하지 않았지만, 시작으로 삼기엔 나쁘지 않다고 판단했습니다. 차라리 늙은 나이를 연기하기는 쉬웠습니다. 하지만 서른 살이나 마흔 살은 과연 어떻게 흉내 내야 할까요? 그래도 명령은 명령이었으므로 따라야 했습니다. 먼저, 어제의 나팔꽃(지금은 시들어 버린)을 아직 가슴에 달고 있는 뚱뚱한 발레나가 (이미 열한 살이었으므로) 10이 표시된 선을 밟고, 느릿한 걸음으로 출발했습니다. 마치 시합에서 타이머로 시간을 측정하듯, 아다는 왕좌에 앉아 있는 동안 연신 자신의 시계를 쳐다보았습니다. 갑자기 그녀가 놀라서 비명을 질렀습니다. 시곗바늘이 사라진 것이었습니다. 혹시 떨어뜨린 것일까요? 그러기는 불가능했습니다. 아다는 시계 뚜껑을 들어 올리고 나서야 무슨 일이 일어나고 있는지 깨달았습니다. 아다는 시계 안쪽에 손가락을 집어넣었다가 따끔한 통증에 바로 손가락을 빼냈습니다. 그러고는 피가 흐르는 손끝을 바라보며 눈살을 찌푸렸습니다. 시곗바늘은 거기 제자리에 있었지만, 너무 빨리 회전하느라 눈에 보이지 않았던 것입니다. 피 한 방울이 그녀의 반짝이는 보라색 드레스 위에 떨어져 스며들었습니다. 곧 옷자락에는 검붉은 얼룩이 남았습니다. 돌로 포장된 길을 따라 몽유병 환자처럼 걸어 다니는 불쌍한 발레나에게 무슨 일이 일어났는지 알아차리지 못했더라면, 우리는 한동안 그 시계의 놀라운 움직임에 감탄했을 것입니다. 발레나는 거의 세 번째 선에 다가서 있었고, 처음에 우리는 그녀가 단지 성숙한 나이의 어른을 불안할 정도로 진실하게 연기하고 있다고 생각했습니다. 하지만 발레나는 단순히 연기하는 것이 아니었습니다. 발레나는 키가 자라고, 엉덩이와 가슴도 더 풍만해졌으며, 머리카락의 색깔마저 한결 짙어졌습니다. 그녀는 이제 자기 별명에 걸맞게, 목성처럼 둥글고 거대한 원시 시대의 여성이 되었습니다. 걸음을 내딛을 때마다 그녀의 옷이 바뀌었고, 치마의 밑단은 짧아졌다가 때때로 길어졌으며, 신발의 코도 뾰족해졌다가 뭉툭해지기를 반복했습니다. 세 번째 구간의 중간 부분을 지나자, 그녀의 손가락에서 두꺼운 금빛 결혼반지가 반짝였습니다. 네 번째 선을 넘자, 돌연 머리카락이 하얗게 세기 시작했습니다. 그녀는 이제 키가 커지기보다 옆으로 넓게 퍼졌으며, 턱은 세 겹이 되었고, 가슴은 거의 배꼽까지 늘어져 있었습니다. 우리는 길가를 따라 발레나와 함께 걸으며 그녀를 관찰했습니다. 발레나는 멍한 표정으로 앞만 바라보았고, 듬성듬성 자라난 콧수염은 물론이고 턱에는 굵은 털마저 돋아 있었습니다. 다섯 번째 선을 넘어서기 직전에, 발레나가 쓰러졌습니다. 우리는 겁에 질려 옆으로 물러났고, 불과 몇 초 만에, 이 거대한 여성의 썩은 누더기 속에는 몇 개의 뼛조각 말고는 아무것도 남지 않았습니다. 흙빛을 띤 아래턱, 다리뼈 그리고 갈비뼈 몇 조각. 그것들조차 점점 더 부패해 가더니, 끝내 만질 수도 없는 먼지 같은 물질이 되었고, 마침내 무(無)로 변했습니다. 만약 발레나가 그 저주받은 길거리에서 갑자기 우리 곁에 나타나지 않았더라면, 우리는 모두 울부짖었을 것입니다. 그녀는 어리둥절한 표정으로 우리를 쳐다볼 뿐이었습니다. 발레나의 그런 모습을 보니, 그녀는 결코 아무것도 알아차리지 못하리라는 사실을 깨달았습니다. 이제 아다의 차례가 되었고, 그녀는 손목시계를 풀어 왕좌에 올려 두었습니다. 우리는 이 놀이를 이어 가는 데에 두려움을 느끼기보다 오히려 호기심이 동했습니다. 우리는 다른 친구들이 나중에 어떤 모습으로 변할지, 또 언제 죽을지를 궁금해했습니다. 솔직히 죽음 자체에 관해 그다지 진지하게 생각하지 않았으므로, 우리는 마치 영화를 보듯이 이 모든 것을 이상한 환각 정도로 간주했습니다. 아다가 첫 번째 줄로 향하자, 카르미나도 그녀를 따라 달려 나가더니 손을 덥석 잡았습니다. 그들은 함께 출발하는 것 말고는 다른 방법을 상상할 수조차 없었습니다. 그것은 우리가 정한 규칙에 어긋나는 행동이었지만 무엇보다 여왕이 관련되어 있는 데다, 둘째로 우리는 쌍둥이를 결코 떼어 놓고 싶지 않았으므로, 두 사람이 나란히 손을 맞잡고 동시에 출발할 수 있도록 눈감아 주었습니다. 두 사람 모두 빨간색의 작은 물방울무늬가 들어 있는 앙증맞은 하얀 드레스를 입었고, 똑같이 유리처럼 투명한 갈색 머리카락을 휘날렸으며, 똑같은 얼굴에 똑같이 순진하고 매력적인 미소를 띠고 있었습니다. 그녀들의 옷은 첫발을 내딛자마자 바로 바뀌었습니다. 심지어 그녀들을 잘 아는 사람조차, 아니 그녀들 자신마저 이제 스스로를 분간할 수 없게 되었습니다. 그녀들은 마치 샴쌍둥이처럼 손을 통해 신진대사를 공유하는 이중 유기체가 된 것입니다. '카르미나다' 어쩌면 '아다카르미나'는 동일한 발걸음으로 전진해 나아갔고, 노란빛의 산들바람에 그녀들의 머리카락 역시 같은 방향으로 함께 휘날렸습니다. 두 번째 선에 다가가자, 그들 각각은 녹색과 흰색 옷을 차려입은 젊은 여성이 되었습니다. 손목에는 에메랄드로 만든 뱀 무늬 팔찌를 찼고, 도톰한 입술 위엔 미소가 감돌았습니다. 드레스 아래에 자리한, 솔기가 있고 목까지 올라오는 나일론 망사 옷에 감싸인 그녀들의 따뜻하고 관능적인 육신을 상상할 수 있었습니다. 마흔 살이 된 그녀들은 이제 풍만한 가슴과 봉긋한 엉덩이를 가지고 있었습니다. 섬세한 검은색 가죽 신발을 신고, '펠리컨 부리주머니' 모양의 주름 옷깃이 달린 빨간색 라메 드레스를 입은 쌍둥이의 모습은 그야말로 암말 같았습니다. 그들의 가슴에선 똑같은 형태의 브로치가 반짝거리고 있었습니다. 몸체는 오팔이고, 다리는 백금으로 제작한 거미 모양의 브로치 말입니다. 그들도 다섯 번째 줄을 넘지 못했습니다. 그중 한 사람이 갑작스레 바람에 휩쓸려 흩어지기 시작했습니다. 그녀의 해골은 몇 분 동안 하이힐을 신은 채 그 자리에 서 있었고, 그 위엔 실크로 된 누더기가 걸려 있었습니다. 머리카락은 두개골에 붙어 한동안 흩날리다가 곧 재로 변했습니다. 손톱은 땅바닥에 떨어지며, 마치 붉은 장미의 꽃잎처럼 허공을 맴돌았습니다. 아직 살아남은 쌍둥이 동생은 그 광경을 놀란 표정으로 지켜보았고, 미처 반응하기도 전에, 쌍둥이 언니의 해골은 한낱 먼지로 무너져 내리며 사라져 버렸습니다. 남은 쌍둥이 동생은 무릎을 꿇은 채, 한쪽 엉덩이를 내밀고 바닥 위에 옆으로 쭉 엎드렸습니다. 그녀는 그 자리에서 얼어붙었고, 새하얗게 변하더니 돌이 되었습니다. 마치 폼페이에서 쏟아져 나온 인간 화석처럼 보였습니다. 그녀의 부서진 코, 부러진 팔, 조각조각 깨진 몸통, 그 밖의 다른 부위마저 파편이 되어 바람을 타고 마당 뒤쪽으로 날아갔습니다. 그럼에도 아다와 카르미나는 평상시처럼 옷을 입고 다시 우리 곁에 서 있었습니다. 아다는 다시 머리에 금관을 쓰며 손목시계를 차고 있었습니다. 그다음은 푸이아 차례였습니다. 그녀는 얼음장처럼 차갑고 독사의 투명한 눈처럼 매혹적이었지만, 늘 주의가 산만하고 부주의했습니다. 그녀는 목걸이와 귀걸이를 가볍게 달그락거리며 변함없이 똑같은 속도로 일곱 개의 선을 통과했습니다. 그녀는 70을 넘어섰음에도 여전히 독보적으로 아름다운 소녀였습니다. 그녀의 형상은 마당 뒤편의 울타리를 통과해, 매혹적인 구름 아래에 드리운 지평선 너머로 사라졌습니다. 에스테르와 가로아파는 나이가 들수록 점점 더 자기 혈통의 특징이 두드러졌습니다. 모피를 잔뜩 휘감고 세련된 모자를 쓴 에스테르는 차츰 비대하고 붉게 변했습니다. 쉰 살이 넘자 엄청나게 뚱뚱해졌습니다. 그 아시아인의 입술 사이로 치아는 말처럼 튀어나왔고, 코 한쪽엔 사마귀가 생겼습니다. 그리고 마침내 일곱 번째 선을 넘었을 때, 에스테르는 역겨운 시체가 되었습니다. 한편, 가로아파는 붉은색 무늬가 있는 녹색 두건을 쓰고, 남성용 재킷, 새카만 맨발에 파란색과 오렌지색 꽃무늬가 들어간 빨간색 주름치마를 입고 있었습니다. 그녀는 점차 오그라들며 더욱 어두워지더니, 쉰 살 무렵엔 주머니가 찢긴 너덜너덜한 트렌치코트를 걸친 늙은 여인이 되었습니다. 석고붕대를 한 한쪽 팔은 불결한 거즈로 목에 감겨 있었는데, 그녀는 마치 까마귀처럼 등을 굽힌 채 뒤뚱거리며 앞으로 나아가고 있었습니다. 그녀는 예순이 되기 전에 세상을 떠났습니다. 다시 우리 곁에 나타난 그녀들은 감히 형언할 수 없는 어떤 두려움에 사로잡혀 여전히 떨고 있었습니다. 그녀들이 무엇을 간직하고 있는지 짐작할 수 없었지만, 땀과 소름이라는 언어를 통해 그 뭔가를 들려주는 듯했습니다. 그들 중 어느 누구도 포장도로를 따라 걷던 자신에게 무슨 일이 일어났는지 알지 못했습니다.

나는 나만의 멋진 출발을 준비했습니다. 나는 내가 의식을 잃을지, 혹시 꿈을 꾸거나 깊은 잠에 빠져들거나 죽음을 맞이할지 궁금했습니다. 이미 여러 차례, 나는 칼레아 모실로르에 있는 내 방에서, 잠들어야 할 붉게 물든 오후에, 이 세상에 태어나기 전에 나에게 일어났던 일, 가장 사소한 일일지라도 기억해 내려고 온 힘을 다해 애써 왔습니다. 세상은 수백만 년 넘도록 존재해 왔습니다. 그동안 나는 무엇을 하고 있었을까? 내가 그 긴 세월 내내 아무것도 느끼지 못했다고, 심지어 살아 본 적조차 없었다고는 믿기 힘들었습니다. 첫 번째 선을 넘어섰을 때, 돌연 나 자신에게서 스스로가 빠져나가는 듯 느꼈습니다. 여태껏 나는 이 조그마한 소녀의 몸에 짓눌려 있었습니다. 그동안 나는 이 아이의 창자와 혈관과 동맥과 폐 사이에 끼어 있었고, 척수 주위에 말려 있었으며, 손가락과 다리 속에 붙들려 있었던 것입니다. 이제 나는 거칠고 탄력 있는 젤라틴 터널을 통해 바깥으로 흘러나오고 있었습니다. 터널의 벽은 엄청난 속도로 나에게서 한없이 물러나고 있었습니다. 광막하고 순수한 느낌이 들었습니다. 터널 끝에 이르자 머리부터 빠져나왔고, 엑토플라즘[143]과 행복감으로 반짝이며, 성간(星間)의 거리만큼이나 넓은 길을 따라 밤새도록 나아갔습니다. 내 바깥이 아닌 내 안에 있는 장벽에 도착하자, 장벽 너머, 상상조차 할 수 없는 그곳에서 환상적인 오로라가 나에게 다가오는 광경이 보였습니다. 그 속에서 모든 불꽃은 하나의 세계였고, 빛의 좌표는 신이었습니다. 그것은 마치 우주의 황홀한 폭발, 종말과 창조가 뒤섞인 듯 보였습니다. 모든 것이 나를 빛 너머의 빛을 향해 힘차게 끌어당겼습니다. 그러나 나는 그 장벽을 넘지 못하고("아직은 아니야." 내 내면의 목소리가 속삭였습니다.) 뒤돌아섰습니다. 나는 다시 여름의 풍성한 하늘 아래에, 이모네 집의 마당에 친구들과 함께 있었습니다. 나는 저녁이 되어서야 현실로 돌아온 것 같았습니다. 내가 들어갈 뻔했던 그 세계의 단순함과 힘 앞에서, 이 현실 속의 모양

---

143) 19~20세기 무렵, 심령술에서 영매가 황홀경 상태일 때 몸에서 분비된다고 여겨진 반투명한 물질.

들과 형태들(어둡게 변색된 쓰디쓴 체리나무의 잎사귀들, 부드럽고
과육이 풍부한 붉은 열매들, 보닛의 파란색 페인트칠이 벗겨진 트럭,
들판 위로 높게 떠 있는 연, 하늘을 날다가 우회하는 비둘기, 집 앞
의 거미줄에 덮인 벽돌, 촘베의 갈퀴 같은 몸에 돋아난 희끗희끗한
털들, 축축한 고무 같은 그 녀석의 주둥이와 코, 아직 대화하지 않은
에스테르의 얼굴)은 앵무새, 불가사리, 해면과 산호초가 자생하
는 열대의 산호섬처럼 나에겐 불필요하고 아득하게 느껴졌습
니다. 그래서 REM 이전에도 세상은 왠지 낯설게 다가왔습니
다. 물론, 나는 현실에서 나에게 무슨 일이 일어났는지, 친구
들이 무엇을 보았는지, 내가 각각의 연령대에서 어떻게 보였는
지(세 번째 줄과 네 번째 줄 사이의 내 모습은 지금의 내 모습과 똑
같았으리라고 확신합니다.) 알고 싶었습니다. 특히나 끝이 언제
도래할지 알고 싶었습니다. 그러나 나는 아무도 나에게 그 얘
기를 들려주지 않으리라는 사실을 알았습니다. 그것이 이 놀
이의 규칙이었습니다.

2시 무렵에 아이들과 헤어진 뒤, 나는 오후에 낮잠을 잤고,
마르첼과 조금 놀다가 날이 저물 즈음, 이 아이와 함께 다시
망루로 향했습니다. 나는 그곳 문밖에서, 에고르에게 어젯밤
의 꿈에 대해 이야기해 줄 만큼의 시간 동안만 머물렀습니다.
에고르는 피곤해 보였고, 종일 '일'을 했다고 말했습니다. 그는
지팡이에 기대서서 내가 하는 말을 주의 깊게 들었습니다. 그
는 얼마나 연약했던가! 바람이 불어올 때마다 그는 흔들렸습
니다. 내가 이야기를 끝마치자, 그는 나더러 "당신이 정말 맞
는 것 같다."라고 말했습니다. 여기까지는 좋았습니다. "하지만

기억해야 해요, 그곳에 다다르려면 칠백 년 전에 티베트를 떠났거나, 내 조개껍데기에 관한 일곱 가지 꿈을 꾸어야 한다는 것을. 마치 금고의 암호 같은 거예요. 처음 두 숫자는 입력한 셈이에요. 어쩌면 당신은 나머지 숫자를 찾기 위해 선택받았을 수도 있어요. 서두르지 말고 신중하게 꿈을 꾸세요. 자신을 믿어요." 우리는 재빨리 황량한 들판을 가로질러 집으로 돌아왔습니다. 집으로 향하는 길에, 우리는 아코디언 연주자와 마주쳤습니다. 갈색 모자를 눈 위로 끌어 올린 그는 『부라티노』[144]에 등장하는 강도 같은 얼굴을 하고 있었습니다. 그는 다홍색 끈을 묶어 등에 아코디언을 매고 있었습니다. 또 그는 팔에 캐모마일과 금작화, 금어초로 만든 커다란 들꽃 다발을 안고 있었는데, 아마도 불과 몇 분 전에 들판에서 꺾은 듯 보였습니다. 우리는 길을 지나가는 그를 살피려고 고개를 돌렸다가 다시 잽싸게 제자리로 돌아왔습니다. 왜냐하면 그 역시 나와 똑같은 표정으로 우리를 바라보려고 동시에 돌아섰기 때문입니다. 그 길은 망루로 이어진 외길이었습니다. 이 사람은 도대체 거기서 뭘 하려는 것일까요? 그곳에 사는 키다리 모자(母子)가 집시 음악을 좋아하리라고는 상상할 수 없었습니다. 어쨌든 그들 두 사람은 낡았지만 훌륭한 라디오를 가지고 있었습니다.

---

144) 러시아의 작가, 알렉세이 톨스토이(Aleksei Tolstoy, 1883~1945)가 피노키오를 원작으로 재창작한 동화 『황금 열쇠, 또는 부라티노의 모험』(1936)의 주인공. 러시아나 소련 지역에선 피노키오에 해당하는 캐릭터로 널리 알려져 있다.

셋째 날 밤, 나는 더 깊은 숲속으로 들어가는 꿈을 꾸었습니다. 나는 쓰러진 나무줄기를 뒤로하고, 내 앞의 친근하고 굽이진 길을 걸었습니다. 나뭇가지 사이로 쏟아지는 태양 광선이 지네의 기름진 몸 위로 떨어졌습니다. 다람쥐들은 이 가지에서 저 가지로 뛰어올랐습니다. 곧이어 나는 푸른 공기를 폐에 가득 담고 달린 끝에, 풀이 무성한 둑 사이, 잿빛을 띤 파란색 유리처럼 잔물결이 반짝이는 시냇가에 이르렀습니다. 내 길은 이쪽과 건너편 사이를 가로지르는 개울 탓에 끊겨 있었습니다. 나는 물보라에 축축하게 젖은 풀밭에서 잠시 걸음을 멈췄습니다. 깊은 물속에서 흰 송어가 이리저리 헤엄쳐 다녔습니다. 오른쪽으로 십오 미터 정도 떨어진 곳에, 이끼로 뒤덮인 나무다리가 보였습니다. 그런데 다른 한 가지 생각이 나를 더 강하게 유혹했습니다. 나는 원피스를 벗고, 얼음처럼 차가운 물속으로 뛰어들었습니다. 물의 높이는 목까지 닿았고, 발밑에선 둥그런 돌멩이가 느껴졌습니다. 발가락은 걸쭉하게 침전한 고운 진흙에 닿았고, 그 사이로 가느다란 수생 식물들이 어지러이 뒤섞여 있었습니다. 나는 지독한 쾌감에 압도되었고, 마침내 눈을 크게 뜬 채 뿌연 수면 아래로 내려갔습니다. 물결이 내 팔의 근육을 어루만지고, 배를 누르고, 떠다니는 얼음 조각으로 척추를 감싸 주었습니다. 지나온 길을 기억하지 못했더라면, 나는 아마도 한 방울의 송진에 사로잡힌 벌레처럼 그 진흙 장막 아래에 웅크리고 앉아, 영원히 그곳에 머물렀을지 모릅니다. 나는 미리 옷을 던져 놓은, 건너편 시냇가로 나갔습니다. 머리카락에서 물방울이 뚝뚝 떨어졌고, 그 방울방울이 하나의 줄기를 이뤄 맨살 위로 흘러내렸습니다. 나는 푸르고, 파랗고, 노랗고, 투명하게 울리는 아침 햇살을 향해 팔을 벌리고 누운 채로 몸을 말렸습니다. 새들의 지저귀는 소리가 숲의 고요함 속에 가느다랗고 거대한 아치를 그리고 있었습니다. 나는 사소하고 순수하며, 약간 부끄러운 마음으로 나무 사이의 오솔길을 따라 계속 걸어갔습니다.

그날 아버지가 왔습니다. 내가 잠에서 완전히 깨어나기도 전에 아버지의 목소리가 들렸습니다. 나는 바닥에서 지지를 들어 올려 꼭 껴안았습니다. 왜 항상 아버지를 무서워했는지, 모르겠습니다. 이따금 아버지는 얼굴을 붉히고, 늑대의 울음소리나 호랑이의 울부짖음처럼 심장을 쪼그라들게 하는, 분노한 남자의 목소리로 소리치곤 했습니다. 물론, 아버지가 나를 때린 적은 없지만 언제나 나에겐 야수였고, 언젠가 나를 찢어발길지도 모르는 존재였습니다. 특히 나에게 입맞춤할 때의 아버지가 가장 두려웠습니다. 그는 내 얼굴 전체에 격렬하게 뽀뽀하며, 면도하지 않은 억센 수염으로 내 피부를 심하게 할퀴었습니다. 아버지는 내가 당신을 사랑하지 않으리라고 생각한 적이 결코 없을 것입니다. 솔직히 나는 지지 말고는 어느 누구도 사랑한 적이 없었고, 그런 지지조차 집 난간에 마련한, 담쟁이덩굴에 뒤덮인 낡은 찬장 문에 즉흥적으로 만들어 붙인 칠판 앞에서 내가 강의할 때 제대로 따라오지 못하면 가혹하게 벌을 받곤 했습니다. 그래서 그날 아침, 나는 아우라 이모가 다림질해 준 외출용 드레스와 무릎까지 올라오는 하얀 양말을 차려입고, 훨씬 더 깔끔하고 단정한 모습으로 아버지와 함께 병원으로 향했습니다. 내가 만약 이곳으로 다시 돌아오지 못한다면 슬픔에 잠겨 죽어 버릴 것 같았습니다. 그렇게 나는 미하이 브라부 대로를 따라 덜커덕거리는 전차 안에서 곤히 졸다가 살짝 코를 훌쩍거리며 깨어났습니다. 우리는 콜렌티나 병원에서 내렸습니다. 그곳은 모든 것이 너무 현실적인 동시에 무감각해서 마치 꿈속에 있는 것 같았습니다. 안뜰에는 돛대 없는 갤리언선처럼 보이는, 햇볕이 잘 드는 테라스를 가진 정자가 서 있었고, 그 사이로 오래된 포플러나무와 밤나무가 솟아 있었습니다. 내가 병원을 방문했던 날, 체리색과 남색의 가운을 걸친 환자들이 그곳 나무 아래에 모여 앉아 있었습니다. 어떤 사람들은 완전히 지쳐 낯빛이 파리했지만, 다른 이들, 특히 윤기 나는 곱슬머리를 가진 일부 소년들은 너무 건강해 보이는 나머지, 도대체 어떤 병을 앓고 있을까, 궁금할 정도였습니다. 아버지와 나처럼, 아마도 평소보다 조금 더 세심하게 외출복을 차려입은 사람들은 저마다 환자들과 이야기를 나누며 여기저기 오가고 있었습니다. 어머니는 안뜰에 없었고, 병상에서 일어날 수조차 없었습니다. 검은 머리카락에 흰 반소매 셔츠를 입은 의사와 간호사들은 한 정자에서 다른 정자로 서둘러 이동했습니다. 우리는 연두색 페인트를 칠한 벽과 붙어 있는, 어둡고 스산한 나선형의 콘크리트 계단을 올라갔습니다. 커다란 유리문을 열고, 똑같이 연두색 페인트를 칠한 끝없이 기나긴 복도로 들어섰습니다. 그러고는 수많은 다른 문들을 통과했고, 그 문은 또 다른 조용한 방으로 이어졌습니다. 나는 거듭 문을 열 때마다 어머니의 병실이 나타나리라고 기대했지만, 우리는 또다시 모퉁이를 돌고 구불구불한 복도를 따라 오르내리고 있었습니다. 여기저기 번호를 매긴 문이 열렸고, 그 안에는 싱크대와, 타일을 붙인 변기, 더러운 빗자루가 담긴 청소통, 악취가 진동하는 걸레가 담긴 양동이, 청소용 베이킹소다 상자들이 있었습니다. 나는 또 꼬리표를 단 잠옷 더미가 쌓여 있는 창고도 보았습니다. 급기야 몹시 현기증이 나서 바깥으로 나가는 길을 찾을 수 없을 듯했고, 너무 기진맥진한 나머지 이곳 복도에 해골로 남겠구나, 하고 생각할 무렵에 우리는 마지막 문을 열었습니다. 우리가 들어선 병실은, 마치 롤란도를 발견한 지하 공간처럼 매우 컸습니다. 창가에 늘어선 침대에는, 남녀노소를 불문하고 서른 명쯤 되는 환자들이 누워 있었습니다. 몇몇 사람들은 잠을 자거나 그냥 누워 있었고, 다른 일부 사람들은 꽃을 꽂은 유리컵이 놓인 침대 옆 탁자 건너편에 둘러앉아 이야기를 나누고 있었습니다. 방문객 몇 명은 침대 가장자리에 앉아 있었고, 역무원 제복을 차려입은 남자는 한쪽 어깨를 치켜세운 내 또래의 소년과 함께, 낯빛이 레몬처럼 샛노란 한 여성에게 다가가고 있었습니다. 우리는 어머니의 침대로 향했습니다. 나는 조금 감정이 복받쳤고, 어머니는 우리를 보고 기쁨의 눈물을 흘렸습니다. 그녀는 침대에서 반쯤 일어나, 베개에 몸을 기대앉았습니다. 나는 어머니의 축축한 피부에 입맞춤을 했습니다. 숱이 줄고 매우 가늘어진 머리카락은 머리 표면에 달라붙어 있었습니다. 안색이 좋지 않고, 매우 수척해 보였습니다. 나는 어머니의 침대 곁에서 십오 분 정도 머물렀고, 아우라 이모네 집에서 잘 지내고 있다고 말했습니다. "그런데 집에 가고 싶지는 않니?" "당연히 가고 싶죠." 나는 어머니의 침대 옆에 놓인, 자홍색 수령초 화분에 물을 주는 할머니를 바라보며 말했습니다. 진홍빛 꽃잎과 시클라멘 같은 꽃받침을 지닌 사랑스러운 꽃에서 눈을 돌리니, 어머니의 얼굴이 플라스틱이나 밀랍처럼 한결 창백해 보였습니다. 그녀는 피를 많이 흘렸고, 무엇보다 회복할 수 없을 정도로 엄청난 고통을 겪었습니다. 수년 동안, 나의 청소년기 내내, 그 비참한 궤양에서 비롯한 그녀의 습관이 우리를 괴롭혔습니다. 그녀는 자신의 피를 꼭 봐야만 했습니다. 그녀는 매일 한 번씩 자해했고, 우리가 날붙이를 모두 치우려고 하면 기어이 손목을 물어뜯어 상처에서 흐르는 핏방울을 몇 분 동안 바라보고 나서야 겨우 진정하고, 심지어 행복해했습니다. 이러한 그녀의 절박한 욕구는 길거리를 걸을 때든, 쇼핑을 할 때든, 누군가를 만날 때든, 시간과 장소를 가리지 않고 일어났습니다. 그래서 그녀는 늘 바늘을 가지고 다니면서, 욕구가 일 때마다 능숙하게 자신의 몸을 찔렀습니다. 기어코 나중엔 반드시 자기 피를 봐야만 직성이 풀렸으므로, 정말 치명적일 만큼 몸을 칼로 긋기도 했습니다. 결국 그녀는 완전히 회복했음에도 병원에 입원해야 했습니다. 그녀는 수만 가지 핑계를 대고도 자신만의 특이한 욕구를 채우지 못하자, 그녀의 얼굴엔 어둠이 드리우고 미간엔 멜랑콜리아의 오메가 나타났습니다. 그러나 아버지와 나는 그녀의 침대 곁에 서 있었던 그때, 무슨 일이 우리를 기다리고 있는지 전혀 짐작할 수 없었습니다. 우리는 그녀에게 작별의 키스를 한 뒤에 조용히 떠났고, 오후의 부드럽고 따스한 태양이 내리쬐는 야외에서 우리 자신을 발견했습니다.

아우라 이모네 집 앞에 길거리 친구들이 모여 있었고, 자기네들끼리 수다를 떨고 노느라 꽤 지쳐 보였습니다. 나 없이는 여왕놀이를 할 수 없었으므로, 카르미나의 대관식을 오후로 연기한 터였습니다. 그때까지 그들은 줄무늬 고무공으로 '나라들'145)이라는 놀이를 했습니다. 그러다 그들은 술래잡기를 했고, 뒤이어 '말을 타는 세 명의 왕자 놀이'를 하면서 시간을 보냈습니다. 또 그들은 술래가 벽에 대고 하나, 둘, 셋을 헤아리는 동안 몸을 숨기는 숨바꼭질도 하고, 개미나 사자, 코끼리나 요정의 걸음걸이를 흉내 내기도 했습니다. 나는 그녀들에게 어머니를 병문안하고 온 이야기를 들려주었고, 그 뒤에 각자 집으로 돌아갔습니다. 그러고는 아우라 이모, 아버지, 마르첼과 함께 점심을 먹었습니다. 그리고 지지와 촘베는 식탁 아래에서(우리가 바깥에서 식사를 했기 때문에) 남은 음식을 나눠 먹었습니다. 라디오에서는 며칠 동안 머릿속에서 떠나지 않던 노래가 흘러나왔습니다. "아다-칼레, 아다-칼레……." 점심 식사를 마친 뒤엔 사촌 마르첼과 방에서 조금 놀다가, 4시 무렵에 다시 마당으로 나갔습니다. 카르미나는 전반적으로 하늘색

---

145) 루마니아의 아이들이 즐기는 전통놀이. 땅 위에 원을 그리고 각 구역에 나라의 이름을 붙인 뒤, 공 따위를 던져 상대방의 영토를 빼앗는 방식으로 진행된다. 공이 상대방 영토에 들어가면 공과 가까운 원의 경계선까지 줄을 긋고 그 영역을 차지한다. 더는 자기 영토에 두 발로 서 있을 수 없게 되면 패배한다.

의 옷을, 이를테면 '야생 카네이션' 무늬가 있는 반팔 블라우스와, 에스테르에게 빌린 주름치마(그래서 그녀에게는 조금 컸습니다.), 역시 하늘색이지만 회색빛이 도는 타이츠를 입고 있었습니다. 손가락에는 청록색의 모조 터키석 반지를 끼고, 머리카락은 파란색 리본으로 땋았습니다. 화려하게 치장한 왕좌에 앉아 있는 그녀의 모습은 정말 성숙한 여자처럼 보였습니다. 카르미나는 우리가 정원에서 꺾어 온 카네이션을 귀에 달고 있었습니다. 머리카락을 옆으로 넘기자 오른쪽 귀와 목 전체, 목덜미까지 모두 드러났는데, 마치 한 폭의 그림처럼 결점 하나 없었습니다. 우리는 그녀에게 구멍이 뚫린 진주를 건네주었고, 그녀는 엄지손가락과 집게손가락으로 그것을 섬세하게 잡았습니다. 그러고는 이모부의 모자 속에서 자신이 다스릴 구역이 적힌 제비를 뽑았습니다. 그리하여 그녀는 아마도 다른 모든 구역 중에서 가장 지루한 장소인 거리를 다스리게 되었습니다. 사실 거기서는 할 수 있는 일이 거의 없었습니다. 그 길은 그저 기다랗고 조용하고 황량했기 때문입니다. 그녀의 영역을 본 사람이라면 누구나, 세상 속의 한구석에 불과한 그곳이 얼마나 보잘것없는지 실감할 수 있었을 것입니다. 어쩌면 그곳은 신에게 잊힌 시골 벽지의 거리, 남아메리카 어느 도시의 뒷골목, 미국 중서부 캔자스의 외롭고 흙먼지가 풀풀 날리는 도로처럼 보일지도 모르겠습니다. 주름진 종이로 만든 꼬리가 전선에 걸려 형형색색으로 펄럭이는 연들은 이 거리에 절망적인 외로움을 더했습니다. 포장도로 돌 틈새에 잡초와, 작고 붉은 꽃 몇 송이가 자라나 있었습니다. 저 멀리 도시 쪽으로 좁아지는 거리 위에는, 이미 빛바랜 태양이 떠 있었습니다. 우리로부터 약 백 미터 정도 떨어진 곳에 주차된 수리용 밴으로부터 푸른색 그림자가 새어 나왔습니다. 그곳, 황량한 거리 한가운데에 서서 우리는 여왕의 명령을 기다렸습니다. 머리에 금관을 쓴 카르미나는 진주 구슬을 뚫어지게 바라보았습니다. 위시본과 손목시계는 그야말로 엄청난 힘을 발휘했습니다. 카르미나의 손에 들린 이 진주 구슬은 무슨 조화를 부릴 수 있을까요? 우리는 십오 분 정도 애써 궁리해 보았지만, 이 구슬은 정말 아무것도 아닌 것 같았습니다. 그러나 마침내 하늘색 여왕이 진주 구슬의 비밀을 밝혀냈습니다. 요컨대 구슬의 작은 구멍을 들여다보아야 했던 것입니다. 찬란한 작은 창을 통해 기묘한 도시가 보였습니다. 카르미나는 자신이 본 도시의 모습을 우리에게 설명해 주었고, 돌연 우리는 그 낯선 도시를 거닐고 있음을 깨닫게 되었습니다.

그곳은 조각처럼 경이로운 건축물로 가득한 잿빛 세계였습니다. 도시엔 아무도 없었습니다. 숨 막힐 정도로 불규칙하게 배열된 거리와 삼각형 광장이 눈에 띄었습니다. 또 다듬지 않은 돌로 만들어진 다각형의 건물들과, 투명하고 반짝이는 창문들도 보였습니다. 방금 누군가가 저 신비한 궁전에서 빠져나온 듯 회전문들은 아직도 미미하게 움직이고 있었습니다. 그곳 처마 위에는 질투와 노예 제도를 상징하는 우화적인 조각상이 있었고, 커튼 없는 창문(이곳은 전부 잿빛 돌과 잿빛 유리로 구성되어 있었습니다.) 뒤에는 사람만 한 올빼미들이 박제되어 있었습니다. 그중 박제된 커다란 앵무새가 몸을 굽히고 벽 가장자리에서 우리를 지켜보고 있었는데, 보라색과 녹색의 날개, 하늘빛을 띤 긴 꽁지깃이 우리를 놀라게 했습니다. 박제된 새들의 유리 눈알이 이 미친 건축물들을 반사하고 있었습니다. 어느 길모퉁이를 돌든 다른 장소, 다른 광경이 펼쳐졌고, 단단하고 거대한 돌덩이들로 축조한 사이클로피안[146] 양식의 건축물들이 난데없이 또는 계단식으로 솟아올랐습니다. 그 정상엔 눈동자같이 빛나는 채광창으로 장식한 잿빛 돔이 있었고, 그 창들은 하늘을 짙게 뒤덮은 우울한 안개를 향해 열려 있었습니다. 광장엔 추위를 피해 몸을 웅크린 조각상들이 있었는데, 그것들은 영영 응답받을 수 없는 질문을 불러일으켰습니다. 조각상 중 하나는 무릎을 꿇은 아이의 모습을 하고 있었습니다. 마침내 우리는 문에 들어섰습니다. 그 문의 양쪽 기둥은 두 마리의 야수가 지키고 있었습니다. 호랑이나 사자, 하이에나나 곰, 심지어 파충류나 유령도 아닌 미지의 야수였습니다. 우리는 거의 끝없이 안개가 자욱한 광장을 가로질러 걸어갔습니다. 중앙에는 보라색 유리 돔이 있는 철제 구조물이 솟아 있었습니다. 그 안을 들여다보니, 마치 새끼 물고기가 알 속에서 꿈틀거리듯이 무언가가 움직거리고 있었습니다. 우리는 화강암 같은, 표면이 거친 돌로 만든 웅장한 계단을 올라 회전문을 통해 그 내부로 들어갔습니다. 거대한 건물 안은 텅 비어 있었습니다. 아치형의 둥근 천장을 이루는 얇은

146) 고대 그리스, 미케네 문명의 거석 건축 양식. 거대한 돌덩이를 쌓아 올린 성벽이나 구조물을 가리키며, 인간이 아닌 외눈박이 거인 키클롭스(Cyclops)가 쌓았다는 전설에서 이름을 따왔다.

지지대들은, 마치 거대한 흉부의 갈비뼈처럼 보였습니다. 빛이 돔의 채광창을 통해 보라색 줄무늬 형태로 스며들었습니다. 그런데 돔 속엔 나태하게 몸부림치는, 끔찍하고 반투명한 존재가 깃들어 있었습니다. 건물 바닥의 모자이크 대리석은, 지구 표면의 곡선을 따라 휘어져 있었습니다. 우리는 방 한가운데에 모여서 모두 같은 생각을 했습니다. 바로 '인간을 낳자는 것'이었습니다. 가장 먼저 우리들 앞으로 나온 발레나(우리는 이 거대한 홀 안에, 아주 미미한 개미들처럼 서로 가까이 모여 있었습니다.)가 진주의 표면에 입술을 대고 자신의 소원을 속삭였습니다. 그러자 들판 동굴에 있는 롤란도와 비슷하게 생긴 해골이 우리 앞에 나타났는데, 처음에는 유리처럼 투명하게, 그러고는 얇은 유리병에서 새어 나온 흰색 진액처럼 우윳빛을 띠다가, 마침내 누렇게 빛바랜 상아처럼 변모했습니다. 그 해골은 차가운 천장에 닿을 듯했고, 그 자체의 무게로 삐걱거리며 우뚝 서 있는 모습이 특히나 인상적이었습니다. 그 두개골 아래에 드리운 미소는, 마치 보이지 않는 별들에게 도전하는 듯 보였습니다. 그다음, 두 번째로 아다가 앞으로 나와서 진주에 뺨을 비비며 소원을 빌었습니다. 뼈와 관절 부위에서 빨간색 줄무늬가 있는 거머리처럼 근육 섬유가 자라나기 시작했습니다. 그것들이 두꺼운 흰색 힘줄로 서로 엮여 붙더니, 입과 눈 주위엔 고리 모양의 조직을, 갈비뼈 사이엔 삼각형의 조각을, 가슴엔 원반 같은 공간을, 팔과 허벅지엔 힘센 원통을 생겨나게 했습니다. 가죽이 벗겨진 채 서 있는 그 모습은 죽음보다 더 슬퍼 보였습니다. 이제 카르미나가 피를 요구하자 그 근육질의 몸 사이사이로 정맥, 동맥, 붉은색의 모세 혈관이 그물 망처럼 펼쳐졌고, 강렬하게 박동하기 시작한 심장 때문에 홀 전체가 미세하게 진동했습니다. 푸이아가 신경과 감각을 달라 고 요구하자, 마침내 그 존재가 파란 눈을 떴습니다. 누런빛의 신경은 아직 눈에 드러나 보이는 살점을 따라 미엘린초[137]에 서 구불구불하게 뻗어 나갔습니다. 에스테르가 진주에 입을 맞추자, 그 존재는 갈색 피부에 감싸였고 신처럼 아름다워졌 습니다. 바야흐로 그의 두개골에선 황금색의 곱슬곱슬한 머 리카락이 자라났습니다. 이제 그가 완성되었나요? 가로아파 는 그에게 성별을 요구했고, 우리 모두는 마치 휘황한 빛에 눈 이 먼 사람들처럼 아래를 내려다볼 수밖에 없었습니다. 아무 것도 없던 허벅지 사이에 이제 무언가가 나타났고, 또 가슴에 서는 금빛 털이 돋아났습니다. 그 가슴에서 비치는 붉은색을 띤 황금빛이 그의 뺨 위로 너울거렸습니다. 마침내 나도 그의 발치에 다가가서(내 키는 그의 발목에 닿을 정도였습니다.), 그에 게 영혼을 달라고 요구했습니다. 그러자 그의 흉부에 끝부분 이 장밋빛인 둥글고 하얀 가슴 두 개가 자라났고, 곱슬머리는 황금빛 덩굴을 이루더니 엉덩이까지 내려왔습니다. 그리고 그 의 손가락 사이에서 장미 한 송이가 피어났습니다.

우리는 그가 환상적인 삶을 계속 영위할 수 있도록 아치 아 래에 홀로 남겨 두고 다시 황량한 도시로 나갔습니다. 우리보

---

147) 신경 섬유를 감싸는 지방질 절연막. 신경 신호의 전달 속도를 높이는 역할을 하며, 이것이 손상되면 다발성 경화증 등 신경 질환이 발생한다.

다 더 커다란 형형색색의 새들이 창문 너머로 우리를 지켜보고 있었습니다. 만약 저 새들이 없었다면 이 도시는 진주 속의 도시와 마찬가지로 완전히 잿빛이었을 것입니다. 우리가 석조 건물들 사이를 헤매는 데에 지쳐 갈 무렵, 카르미나는 진주 구멍을 통해 우리 동네의 거리를 들여다보았습니다. 그녀는 자신이 본 것을 매우 자세하게 묘사하기 시작했고, 어느덧 그러는 사이에 우리는 다시 녹색과 분홍색의 땅딸막한 집들과, 검게 타르 칠을 한 전신주에 둘러싸인 친숙한 포장도로 위에 서 있음을 깨닫게 되었습니다. 이제 막 해가 저물고 서쪽 하늘은 남색으로 물들었습니다. 그 반대편 하늘은 푸른 연기에 뒤덮여 있었고, 벌써 달이 빛나고 있었습니다. 우리의 그림자는 마치 끔찍한 실벌레처럼 들판을 향해 죽 뻗어 있었습니다. 카르미나의 하루도 끝났습니다.

황혼이 깃들고, 이모네 집 벽돌은 루비처럼 반짝였습니다. 이 집이 주변의 모든 빛을 흡수하여 저녁 공기를 탁한 갈색으로 어지럽힌 것 같았습니다. 저물어 가는 태양을 마주한 창문은 소금이 타들어 가듯이 누렇게 타올랐습니다. 우리가 작별 인사를 나누려 할 때, 갑자기 나는 애당초 그랬으면 좋았을 몸짓을 했습니다.(나에겐 완전히 자살 행위와도 같았습니다.) 나는 에스테르에게 다가가서 조금만 더 함께 있어 달라고 부탁했습니다. 우리는 다른 친구들이 한 명씩 집으로 사라질 때까지 대문에서 그 모습을 지켜보았습니다. 어두운 들판을 등지고 선, 붉은 머리카락을 가진 소녀의 얼굴은 상아색으로 물들었습니다. 그리고 그녀의 흰자위는 주황색으로 작열하는 태양의 빛을 반사하고 있었습니다. 나는 그녀의 한쪽 눈가에서 푸르스름하고 가는, 마치 양털실 같은 흔적을 보았습니다. 우리는 아무 말도 없이 오랫동안 서로를 바라보았습니다. 그녀는 우울하고 진지한 모습이었지만, 나는 거의 질식할 지경이라 제정신이 아니었습니다. 그녀가 내 손을 잡았을 때, 그녀의 손바닥은 흥분으로 젖어 있었습니다. 우리는 손깍지를 꼈습니다. 나는 그녀를 사랑한다고, 말할 수 있을 것 같았습니다. 나는 그녀를 껴안고 싶었고, 집에 돌아가지 않고 그대로 함께 있고 싶었습니다. 나는 손을 잡고 그녀의 집까지 걸어갔습니다. 그리고 짧게 "안녕."이라고 인사한 뒤에 헤어졌습니다. 나는 혼자 집으로 돌아오는 동안 현기증을 느꼈습니다. 저녁 내내, 내 눈앞에선(혹은 눈 뒤편의 의식 속에선) 에스테르의 붉은 주황빛 몸, 둥그런 볼, 아프리카 여성의 씁쓸하고 이국적인 표정을 떠오르게 하는 그녀의 마지막 미소가 어른거렸습니다. 집 대문까지 불과 스무 걸음도 채 남지 않았을 때, 짙게 화장한 여자가 말도 안 되는 치마를 입고, 우스꽝스럽게 엉덩이를 흔들어대며 내 옆을 지나쳤습니다. 그녀는 가슴에 노란 튤립을 가득 품고 있었습니다. 아무리 행불행과 그리움에 젖어 있었다 한들, 나는 그녀의 암말 같은 엉덩이를 놀란 눈으로 바라볼 수밖에 없었습니다. 그녀는 딱정벌레 같은 시커먼 그림자를 남기며, 망루를 향해 들판을 가로질러 갔습니다. 저 멀리, 같은 길 위로 각기 다른 두 개의 푸른 실루엣이 보였습니다. 나는 집에 들어가자마자 내 방으로 향했습니다. 나는 침대에 몸을 던지고, 한 시간 정도 아무 생각도 없이 멍하니 있었습니다.

454

나는 어머니를 만나러 갈 때 입은, 정말 갈아입고 싶지 않을 정도로 가장 좋은 드레스가 구겨지든 말든 개의치 않고, 침대 위에 엎드린 채 베개 밑으로 손을 집어넣었습니다. 옆방에서 강박적으로 딸깍거리는 재봉틀 소리가 들리지 않을 만큼, 나는 베개 밑에 귀를 기울였습니다. 아우라 이모가 저녁밥을 먹으라고 나를 깨웠을 때, 내 방은 이미 어둑했습니다.

저녁을 먹은 뒤, 나는 잠자리에 들었습니다. 이번엔 유리잔이 나오는 꿈을 꾸었습니다. 물냉이 덤불 속에서 반짝이는 유리잔의 입술만이 보였습니다. 나는 한없이 드넓은 숲속에서 나의 길을 찾고 있었습니다. 그래서 그 유리잔을 들고 유심히 살펴보는데, 상당한 불안감이 엄습했습니다. 그것은 여전히 내 앞을 가로막는 장애물처럼 보였습니다. 목적 없이 달려가다가 멈춰 선 것은 유감스러운 일이었지만, 나는 기꺼운 마음으로 그 유리잔을 바라보았습니다. 그것은 단순한 컵이라기보다 진정한 유리잔이었고, 심지어 가장 투명한 유리로 만든, 섬세한 다리와 길쭉한 타원형의 완벽한 곡선을 가진 유리잔이었습니다. 유리잔의 입술 가장자리부터 넓은 바닥 부분까지 이어진 균열은 그것의 취약성을 보여 주는 증거였습니다. 유리잔의 운명은 이미 결정되어 있었습니다. 곧 산산조각이 나고 말 것입니다. 신기하게도 붉은 꿀처럼 걸쭉하게 엉긴 루비색의 적포도주가 아직 조금 남아 있었습니다. 나는 그 유리잔 속의 포도주가 나뭇가지 사이 땅바닥에 드리운, 진홍빛으로 떨리는 그림자에 한동안 매혹되어 그 광경을 오래도록 바라보았습니다. 포도주를 마실지 말지, 고민해 보았습니다. 끝내 나는 약간의 죄책감을 느끼며 포도주를 한 모금 마셨고, 나머지는 땅에 천천히 쏟아부었습니다. 그 유리잔을 다시 보았을 때, 나는 몸서리쳤습니다. 가만 보니, 유리잔 바닥에 커다랗고 살진 거미가 익사해 있었던 것입니다. 나는 유리잔을 나무줄기에 던지고, 그 자리에 주저앉아 울기 시작했습니다. 나는 꿈속에서마저 출구도, 희망도 없는 고독을 느꼈습니다.

나는 한밤중에 잠에서 깨어났고, 내가 사랑에 빠졌음을 깨달았습니다. 나는 왜 에스테르를 사랑해야 했을까? 지난 수년 동안, 그녀는 나에게 푸이아나 카르미나 또는 가로아파와 별반 다르지 않은 존재였습니다. 그러나 이제 나는 그녀를 다시 만날 때까지 기다릴 수 없었습니다. 사람들이 내가 느끼는 사랑을 불가능하다고 여긴다는 사실 때문에, 나는 방향 감각을 잃은 듯이 불안하고 혼란스러웠습니다. 사람들은 소년과 소녀, 남자와 여자 사이의 사랑만을 이야기했습니다. 사랑에 빠진 두 여자에 관한 이야기는 결코 단 한 번도 들어 본 적이 없었습니다. 나는 나중에 성인이 되어서도 절대 에스테르와 결혼할 수 없으리라는 점을 확실히 알고 있었습니다. 하지만 나는 내 사랑이 오랫동안 지속되리라고 예감했기에 더욱 혼란스러웠습니다. 우리가 헤어지면 어떻게 될까요? 그녀를 다시는 만나 볼 수 없다면? 나는 조그마한 토끼 무늬가 있는 잠옷을 입고, 천천히 몰래 방을 빠져나와, 칠흑같이 새까만 복도를 발끝으로 조심스럽게 내딛은 끝에 현관문을 열었습니다. 하늘을 수놓은 수십만 개의 별이 온갖 색깔로 빛나고 반짝이며 나에게 떨어져 내렸습니다. 그러는 사이에 천상의 궁륭을 가로질러 떨어지는 거대한 혜성이 대이변, 홍수, 화재, 재난을 예고하며 공중에서 번쩍거렸습니다. 별빛 아래의 아주 깊은 강바닥처럼 보이는 나의 거리 위로, 다른 빛들이 묘하게 물결치며 움직이고 있었습니다. 나는 맨발로 장미와 국화 사이의 자갈길을 밟으며 대문으로 나갔습니다. 손에 각자 랜턴, 등불, 양초를 쥐어 든 수백 명의 사람들이 무리를 지어 또는 홀로, 그들의 모든 면면을 감싸고 비추는 황혼 속의 들판으로 향하고 있었습니다. 과묵하고 우울하고 수수께끼 같은 여자들, 다리를 절뚝거리고 무릎을 구부린 채 앞으로 고부라진 노인들, 아직 발달하지 않은 턱과 잠자리 눈을 가진 아이들, 신문지에 말아 끈으로 묶은 꾸러미를 들고 면도하지 얼굴에 야구 모자를 눌러쓴 남자들. 그들은 모두 손에 꽃다발을 들고 있었습니다. 나는 문설주를 껴안은 채, 이제 별처럼 환히 빛나는 탑으로 이어진 길을 따라 저 멀리 사라져 가는 그들의 모습을 황홀하게 지켜보았습니다. 그런데 내 눈꺼풀은 잠에 취해 스르르 감기고 있었습니다. 나도 그들과 함께 따뜻한 밤을 가로질러, 그 탑에 가고 싶었습니다. 하지만 내 다리가 다시 나를 시원한 침대로 끌어당겼고, 결국 집으로 돌아가서 이불 속에 웅크리고 누웠습니다. 나는 베개 밑으로 손을 밀어 넣고, 꿈이 흘러나오는, 그 조그만 분홍색 조개껍데기를 어루만졌습니다.

다음 날 10시쯤, 이모가 나를 깨웠습니다. 나는 잠이 쏟아져서 조금 더 자게 해 달라고 부탁했습니다. 그러다 문득 나는 우리의 여왕놀이(내가 경험해 본 놀이 중에서 가장 아름다운 놀이)가 바로 오늘, 넷째 날까지 이어졌다는 사실에 감격했습니다. 넷째 날, 아름다운 녹색 여왕은 '채송화의 여왕' 푸이아였습니다. 그리고 그날 저녁에, 에고르를 다시 만나러 갈 생각을 하니 더욱 행복했습니다. 이번엔 그에게 두 가지 꿈을 동시에 들려줄 테고, 나는 내가 길을 잘 나아가고 있다고 확신했습니다. 어젯밤에 망루에서는 무슨 일이 일어났을까? 손에 꽃을 들고 들판을 가로지르던 사람들은 누구였을까? 아마도 오늘 밤에 알게 될 터였습니다. 나는 아침을 먹은 뒤, 티롤리안 드레스를 입고 마당으로 나갔습니다. 나는 장담할 수 있었습니다, 늘 그렇듯이 가로아파가 가장 먼저 도착해 있으리라는 것을. 그녀는 어머니에게 물려받은 빨간색 치마를 입고(그녀의 자매들도 번갈아 가며 입었던 치마) 장식이 달린 슬리퍼를 신은 채 우리 집 대문에 매달려 있었습니다. 그녀는 뭔가 불쾌한 일 때문에 얼굴을 찡그리는 인도 여자들처럼 웃었습니다. 더불어 가로아파의 외모는 관능적이지만 어딘가 사악하고 위선적으로 보였습니다. 우리는 새로운 통치자를 위해 푸른 잎과 나뭇가지로 왕좌를 꾸미기 시작했습니다. 그러고는 일곱 색깔의 분필로 일곱 개의 원을 다시 고쳐 그렸습니다. 뒤이어 쌍둥이가 나타났습니다. 그들은 해야 할 모든 일들이 벌써 끝났다는 사실에 무척 기뻐했습니다. 쌍둥이는 오늘도 앞면에 작은 오리가 그려진 흰 사라판[148]을 똑같이 입고 있었습니다. 그다음으로 에스테르가 왔습니다. 그녀는 머리를 어깨 사이로 살

---

148) 러시아의 전통 여성 의상으로, 보통 흰색 셔츠 위에 민소매의 긴 원피스를 걸치는 형태다. 17~19세기, 러시아 농촌 여성들의 일상복과 축제 의상으로 널리 착용되었다.

짝 끌어당긴 채 대문을 통과했고, 그 순간 달콤한 눈빛으로 나에게 은은히 미소 지어 보였습니다. 나도 그녀에게 화답하듯 미소를 지었습니다. 모든 준비가 끝났음에도 발레나와 푸이아는 한 시간이나 지각했습니다. 마침내 등장한 그들의 모습을 보자, 나는 왜 그들이 늦었는지 이해할 수 있었습니다.

푸이아는 정말 멋져 보였습니다. 오직 푸이아만이 열한 살짜리 소녀임에도 시바의 여왕과 세미라미스,[149] 클레오파트라를 하나로 합친 듯 아름답게 보일 수 있었습니다. 그녀는 거의 하얗게 빛나는 머리카락을 땋아 나선형의 원뿔 모양으로 높이 묶었는데, 그 머리엔 뱀처럼 짙은 녹색의 벨벳 리본이 감겨 있었습니다. 타원형의 관자놀이, 구리와 사파이어로 만든 귀걸이 그리고 그 귀걸이의 무게를 버티는 조그마한 분홍색 귀, 잘 다듬어진 눈썹과 거의 삼 센티미터에 달하는 길게 말린 속눈썹, 둥그런 뺨과 튀어나온 광대뼈, 너무 아름다워서 좀처럼 눈을 뗄 수 없는 완벽하게 도톰한 입술, 하얀 피부에 감싸인 목, 또 그 아래로 고르게 성장한 근육, 움푹 파인 목덜미, 맨등 위로 일렁이는 머리카락, 이 모든 것을 갖춘 푸이아의 모습은 마치 르네상스의 거장이 그린 회화처럼 비현실적이었습니다. 그녀의 눈은 뭔가를 보기 위해 창조되었다기보다 얼굴을 장식하기 위한 호수 같은 구슬로서 만들어진 것

---

149) Semiramis. 아시리아의 전설적 여왕. 실존 인물 샴무라마트(Shammuramat)를 모델로 삼았다고 추정된다. 절세 미모와 강인한 권력욕을 겸비한 인물로 묘사되며, 그리스·로마 문헌에서 동방 전제 권력의 상징으로 자주 언급된다. 훗날 단테, 볼테르, 로시니 등 서양 예술 전반에서 폭넓게 인용되었다.

같았습니다. 그녀는 목에 진주 목걸이를 네 개나 착용했고(물론, 그녀의 다른 장신구와 마찬가지로 전부 가짜였지만 그게 우리에게 무슨 상관이겠습니까?), 진주 한 알 한 알이 섬광을 내뿜으며 우리 정원과 집, 화단을 비추었습니다. 발목까지 내려오는 드레스는 정말 믿을 수 없을 만큼 화려했습니다. 드레스는 이따금 노랬다가 푸른빛을 띠는 밝은 녹색으로 변했고, 허리 아래, 앞쪽으로 예각의 트임이 있었습니다. 그녀의 작은 가슴을 덮은 두 개의 띠는 그녀의 목덜미에서 풍성한 리본으로 묶여 있었습니다. 그녀의 팔에선 모조 다이아몬드와 에나멜로 장식한 팔찌가 딸랑거렸고, 또 진줏빛 손톱이 있는 손가락에선 중국해의 바닷물처럼 투명하고 도마뱀같이 황록색을 띤 광석을 세공한 반지가 빛나고 있었습니다. 한편, 터번을 두르고 부채를 든 채 숨을 헐떡이며 푸이아의 뒤를 따르던 발레나는 마치 위엄 있는 마님처럼 겹겹이 접힌 뱃살을 거느리고 나타났습니다.

나는 푸이아를 위해 우리 마당의 가장자리에서 자라나는 꽃 중에 가장 아름다운, 진홍색 채송화를 한 송이 꺾었습니다. 푸이아의 가슴에 그 꽃을 꽂아 주고 싶었지만, 발레나는 내가 그녀에게 가까이 다가가는 것조차 허락하지 않았습니다. 그녀는 우리의 시선에서 질투를 감지했음에도 동시에 행복해했습니다. 푸이아는 사랑과 죽음의 여신처럼 우리를 지배했습니다. 발레나는 꽃을 받아 든 뒤에 잠시 머뭇거리다가, 곧 무릎을 꿇고 발목에서 한 뼘 정도 되는 높이까지 내려오는 치마의 주름에 그것을 꿰맸습니다. 푸이아는 뱀 가죽으로 만든 하이힐을 신고 있었습니다. 그녀는 왕좌에 앉아 저 유명한 모자 속에서 '트럭'이라고 적힌 제비를 뽑았습니다. 그런 다음, 그녀는 자신에게 할당된 물건을 받았습니다. 학교에서 사용하는 평범한 필기구와 진배없는, 우리에게도 제법 익숙한 볼펜이었지만 어딘가 묘하게 신기한 물건이었습니다. 완전히 투명한 육각형의 플라스틱 막대 안으로 아직 사용하지 않은 잉크가 들여다보였습니다. 그 펜촉은 구릿빛 금속으로 만들어졌고, 볼펜 꼭대기엔 노란색의 작은 공이 달려 있었습니다. 그리고 짙푸른색의 뚜껑도 따로 있었습니다. 우리는 푸이아가 제비뽑기한 장소로 갔습니다. 그러는 동안 우리는 꽃잎에 침[唾]을 발라 손톱에 붙이고, 각각의 손톱을 알록달록하게 물들였습니다. 우리가 새로 물들인 손톱을 공중에서 세차게 흔들자, 매일 열대의 태양 아래, 트럭의 보닛 위에서 낮잠을 자던 지지가 털을 곤두세우고 몸을 부르르 떨기 시작했습니다. 우리는 트럭에 딸린 트레일러 위로 올라갔고, 그 아래에서 버둥대던 발레나를 힘겹게 끌어 올렸습니다. 그러고는 차체의 부서진 측면 가장자리에 올라앉았습니다. 우리는 푸른 정원이 비치는 하늘을 바라보며 푸이아의 명령을 기다렸습니다. 녹색 여왕은 손가락 사이에 펜을 쥐고 아무 말도 하지 않았습니다. 우리가 '전화놀이'를 하느라 서로 속삭이는데도, 푸이아는 전혀 신경 쓰지 않고 그저 앞쪽을 바라볼 뿐이었습니다. 푸이아는 볼펜 뚜껑을 열고, 그 속에서 애써 잉크를 끄집어내려 했습니다. 마침내 그녀는 잉크를 모조리 빼냈고, 투명한 몸통을 얻는 데 성공했습니다. 그녀는 텅 빈 볼펜으로 비늣방울을 불겠다고 말했습니다. 꽤 훌륭한 선택이라고 생각했습니다. 우리는 서둘러 집으로 달려가서, 꽃무늬 부조가 새겨진 작은 유리그릇을 몇 개 가져왔습니다. 그러고는 거기에 비눗물을 풀어, 푸른빛이 도는 용액을 만들었습니다. 우리는 빨대나 관(管) 모양의 꽃줄기를 찾아냈고, 다시 트럭 위로 돌아와서 작업에 착수했습니다. 그러자 우리가 타고 있던 트럭은 삽시간에 수십 개의 무지갯빛 방울 아래로 사라졌고, 그 방울들은 바람에 실려 채소밭 쪽으로 날아갔습니다. 비눗방울의 섬세한 표면 위로 볼록한 풍경과 반짝임이 부드럽게 퍼졌습니다. 그 방울엔 여러 가지 색깔이 혼재되어 있었지만, 유독 벽돌색과 오렌지색에 가까운 보랏빛이 두드러졌습니다. 아침 햇빛을 받아 반짝이는 이슬방울에서도 똑같은 색을 찾아볼 수 있었습니다. 발레나가 볼펜 몸통을 그릇에 담갔다가, 마치 트럼펫 연주자처럼 볼을 잔뜩 부풀려 불자, 그 반대쪽 끝부분에 커다란 타원형의 비눗방울이 생겨났습니다. 그 방울은 몸통에서 간신히 떨어져 나왔고, 다른 방울들처럼 바람을 타고 날아오르는 대신, 트럭 바닥으로 천천히 가라앉더니 더는 움직이지 않았습니다. 그것은 전율하는 유리구슬 같았습니다. 그 떨림이 멈췄을 때, 방울에 손가락을 가져다 댄 발레나가 놀라서 말했습니다. "딱딱해!" 그녀는 손으로 방울을 잡아 들어 올리려 했지만, 그럴 수 없었습니다. 방울은 납처럼 무거웠습니다. 처음엔 그 내부에서 숨결 같은 증기가 피어올랐고, 우리는 그 속이 마치 회칠을 한 듯 하얗게 불투명해질 때까지 조용히 지켜보았습니다. 몇 분 뒤, 선사 시대의 어느 파충류 알 같은 뭔가가 우리 앞에 자리해 있었습니다. 발레나는 그것을 알아볼 수 있도록 그 표면에 보라색으로 작게 별표를 해 두었습니다. 그다음엔 아다가 볼펜을 건네받았고, 그녀 역시 같은 과정을 통해 최초의 것과 완전히 동일한 알을 만드는 데 성공했습니다. 그녀는 그 거친 표면 위에 색연필로 남색 별표를 그렸습니다. 한 시간도 채 지나지 않아, 트럭의 바닥 위엔 우리들의 머리만 하고 일곱 가지 색깔로 각기 표시해 놓은 일곱 개의 알이 생겨났습니다. 트럭은 알의 무게로 인해 휠 지경이었습니다. 우리는 그것들을 쓰다듬고, 심지어 부화시키기 위해 그 위에 웅크리고 앉기도 했습니다. 급기야 우리는 촘베를 트럭까지 데려와서 그 알 위에 눕혔습니다. 그런데 촘베는 갑자기 알에서 들려온 작은 소리에 놀라 울부짖으며 도망치더니, 냅다 집 뒤편의 자기 보금자리로 숨었습니다. 우리는 딱딱 울리는 그 작은 소리를 거의 알아채지 못했지만, 녹색으로 표시해 둔 알의 껍데기가 지그재그로 갈라지고 있음을 똑똑히 목격했습니다. 우리도 화들짝 놀라 트럭에서 뛰어내렸고, 당장 장미 덩굴 뒤에 숨었습니다. 거기서 우리는 알껍데기가 쪼개지는 소리를 분명히 들었습니다. 이윽고 트럭에서 크고 아름다운 눈과 나선형의 뿔을 가진 황금빛 유니콘이 솟아올랐습니다. 그것은 트럭에서 우아하게 뛰어내리더니, 단걸음에 우리 뒷마당으로 질주했습니다. 그러고는 썩은 울타리를 뛰어넘어 들판 너머로 사라졌습니다. 이제 그 존재가 떠나간 공간은 고통스러울 정도로 텅 비어 있었습니다. 그리고 머지않아 우리는 그것이 사라져서 차라리 다행이라고 생각했습니다. 왜냐하면, 가로아파가 표시해 놓은 두 번째 알에서 거대한 애벌레가 나왔기 때문입니다. 그 애벌레는 바닥을 기어가면서 연한 녹색의 점액질 자국을 남겼습니다. 점액질의 커다란 낱알들이 그것의 몸체에 돋아난 긴 털에 방울방울 흩뿌려져 있었습니다. 그리고 애벌레의 파란 피부에는 노란색 반점이 있었고, 머리는 칠흑같이 검었으며, 눈은 없었습니다. 또 검고 튼튼하며 아주 날카로운 아래턱도 가지고 있었습니다. 몸의 앞부분에 달린 어린아이 같은 두 손으로 바닥을 기었고, 꼬리 쪽은 마치 베일을 쓴 물고기처럼 주름져 있었습니다. 그것은 땅바닥 구멍을 파더니 재빠르게 그 속으로 사라져 버렸습니다. 다만 분홍색 꼬리만이 지지대를 세워 둔 토마토밭 사이에서 한동안 해초처럼 너울거렸습니다. 물론, 쌍둥이가 표시해 놓은 두 개의 알들은 동시에 깨졌습니다. 그것들 속에서 두 개의, 오래된 진줏빛을 띤 길고 슬픈 존재가 나타났습니다. 그 투명한 몸속에 자리한 뼈들은 마치 하얀 증기 같았습니다. 그리고 심장에서 동맥을 통해 뿜어져 나오는 혈액은 꼭 장밋빛 포도주처럼 보였습니다. 또 신장은 두 개의 다이아몬드 조각같이 찬란히 빛났습니다. 그들은 각각 팔 하나, 눈 하나 그리고 발뒤꿈치에까지 닿는, 마치 비둘기처럼 새하얀 깃털에 감싸인 날개를 하나씩 가지고 있었습니다. 서로를 마주한 그들은 뜨겁게 포옹하고, 거대한 날개를 힘차게 퍼덕이며, 이제 한 몸이 되어 날아갔습니다. 그들은 순식간에 사라졌고, 푸른 하늘 속에 녹아내렸습니다. 발레나의 알에서는 두 개의 더듬이 끝에 기다랗고 섬모 같은 눈을 가진, 핏빛처럼 붉은 게가 나타났습니다. 그것은 굶주렸는지 눈 밑 아래 턱과 상악골, 작은 발톱과 집게발을 연신 움직거렸습니다. 거대한 관절로 연결된 집게발이 공중에서 사납게 가위질을 해댔습니다. 그 게는 힘겹게 트럭 뒤쪽으로 주저앉듯이 뛰어내리더니, 얇은 다리로 자기 몸을 횡으로 밀며 달리다가 정원 뒤편에 무성하게 자라난 잡초 속으로 사라져 버렸습니다. 에스테르의 알에서는 가장 추악한 유령이 태어났습니다. 해골 기수가 올라탄 뼈만 남은 말이었습니다. 썩어 문드러진 살점, 너덜거리는 피부, 마른 힘줄이 여전히 그 누런 뼈에 붙어 있었습니다. 게다가 눈은 뺨 위로 흘러내리고, 머리 가죽에 들러붙은 덥수룩한 머리카락 사이로 갈비뼈가 들여다보였습니다. 이제 그것은 이를 드러낸 채 히죽거리며, 마치 절망의 기마상처럼 트럭 한가운데에 도사리고 있었습니다. 기수는 끝부분에 피가 묻은 녹슨 창을 들고, 금실로 수놓은 깃발을 휘두르고 있었습니다. 그것은 깃털처럼 가볍게 트럭에서 뛰어내리더니 길가의 울타리를 향해 성큼성큼 걸어갔습니다. 역시나 그것은 울타리 따윈 몹시 여유롭게 뛰어넘었고, 마치 비행을 하는 듯 보일 정도로 천천히 그 길을 건너갔습니다. 우리는 한동안 거리에서 말발굽 소리와, 다른 세계로부터 들려오는 듯 아득한 말의 울음소리가 서서히 사라져 가는 여운을 느꼈습니다. 그것마저 다 사라졌을 때, 우리는 마지막 알, 바로 나의 알이 부화하기를 기다렸지만 헛수고였습니다. 그 최후의 알은 결코 깨어나지 않았습니다. 그 뒤로 나는 어디를 가든지 그것을 가지고 다녔습니다. 사실 그 알은 내가 경험한 모든 일들이 현실이었음을, 두데슈티치오플레아에서 맞닥뜨린 그 모든 세계가 단지 어린 시절의 환상이 아니었음을 (증거 따윈 필요하지 않지만) 증명해 주었습니다. 당신도 눈치챘을 것입니다. 남자는 항상 어느 정도 어린아이로 남아 있지만, 여자들은 마치 수치스럽고 치명적인 사건을 겪은 듯이 자기들의 어린 시절을 숨기려고 노력한다는 사실을……. 여기 보여 줄게요.

내 곁에서 일어난 당신이 불을 켭니다. 동공에 날카롭고 따끔한 통증이 일고, 이불 밖으로 머리를 내민 채 방 전체를 뒤덮은 불바다 속의 당신을 봅니다. 갑자기 모든 것이 현실에서 비롯한 환각처럼 느껴집니다. 또 다른 세계. 책으로 가득 찬 선반, 방 안 여기저기에 널려 있는 우리들의 옷가지, 이제 사과 두 개밖에 남지 않은 탁자 위의 바구니, 검게 변한 사과 심이 세 개 정도 담긴 재떨이, 커피 그라인더, 미니 텔레비전이 거꾸로 놓인 안락의자 밑에서 무언가를 찾고 있는 당신, 일어서면 그 엉덩이가 얼마나 넓어 보일지 호기심을 자극하는 옅은 분홍빛이 도는 황금색의 벌거벗은 몸, 그 모든 것들이 빛의 표면에서 말을 하다가 침묵합니다. 나는 충격에 빠져 중얼거립니다. 빛 속의 표면, 그것이 바로 우리의 세계야. 짧은 머리카락이 헝클어져 있습니다. 당신의 얼굴은 늙었고, 그 목은 암사슴처럼 부드럽게 주름져 있습니다. 나는 당신에게 혐오감을 느끼지만, 기계적으로 미소 지어 보입니다. 그러자 당신도 나에게 거의 희망 없는 미소를 짓습니다. 할머니. 가슴

은 여전히 아름답지만 거기에 무슨 의미가 있을까요? 나의 사
랑은 고갈되었고, 당신의 이야기는 나를 육체적으로 지치게
합니다. 새벽이 다가오고 있어요, 나나. 어서 서둘러요. 당신
은 신발 상자 같은 것을 가지고 침대로 돌아옵니다. 그 상자
의 뚜껑을 열고, 탈지면 아래에 놓인, 껍데기가 거칠고 누런
알, 마치 타조의 것 같은 커다란 알을 꺼냅니다. 전구 빛이 그
위에 푸른색 그림자를 드리웁니다. 알의 한쪽 면에 무정형의
붉은 반점이 있습니다. 아마도 작은 별표를 그려 넣었던 흔적
이 아닐까, 합니다. 나는 손으로 알을 받아 들고, 조심스럽게
무게를 달아 봅니다. 무겁고, 단단하며, 그 표면은 마치 알 속
에 누군가가 잠들어 있는 듯 약간 따뜻합니다. 당신은 그것을
테이블 위에 놓인 줄무늬 냅킨에 놓아둡니다. 그 옆으로 연한
그림자를 드리우는 빵 부스러기 몇 개가 보입니다. 당신은 다
시 불을 끕니다. 창밖의 하늘은 더 이상 새까맣지 않습니다.
이제 방 안의 모든 사물이 짙푸른색으로 물들었지만, 벽면은
비교적 환합니다. 당신의 목소리가 내 귀에 울리고, 한동안
그 목소리는 소리라기보다 연속적으로 나타나는 순수한 이미
지처럼 다가옵니다. 나는 갈증을 느낍니다. 잠 못 이루는 밤
을 지새우고 나니, 마치 내 모든 장기가 고무와 염산으로 이
루어져 있는 것 같습니다. 나는 당신이 이야기의 실마리를 다
시 끄집어내고 있는데도 거의 눈치채지 못합니다. 당신의 이
야기는 내 체온과 같고, 나는 그 속으로 잠기며 내 감각을 고
립시킨 채 환상에 사로잡힙니다. 나는 에메랄드섬에 있는 동
굴의 입구로 향합니다. 그 좁은 입구 주변은 철사처럼 단단한

뼈로 엮은 가시덤불에 둘러싸여 있습니다. 그리고 그 가시덤불 곳곳엔 보라색으로 번쩍이는 작은 꽃들이 피어 있습니다. 나는 동굴의 심연으로 이어지는, 돌로 된 통로 안으로 들어갑니다. 반투명한 유충이 벽을 따라 미끄러지듯 움직입니다. 수천 개의 눈동자가 천장에서 그 아래를 지켜보고 있습니다. 그리고 그곳 개울에는 인간의 손을 가진 눈먼 프로테우스가 살고 있습니다. 그런데 그 한가운데에, 비단을 뽑는 누에고치처럼 밤에 감싸인 당신이 있습니다. 아무도 모르는 당신, 구부러지고 휜 송곳니로 가득 찬 턱을 가진 당신, 콧구멍을 벌렁거리며 불을 뿜는 당신, 악마의 날개와 아나콘다의 꼬리와 이글거리는 옥 비늘을 가진 당신. 악취 나는 유황 연기에 둘러싸여 있고, 두개골과 뼈들 사이에 있는 당신……. 여성으로서 침묵한 채, 모든 소통을 거부하고 폭력과 두려움 속에 있는 당신.

저녁이 되자, 나는 다시 마르첼리노의 손을 잡고, 이루 말할 수 없는 기쁨을 느끼며 망루로 향했습니다. 비록 전날, 딱 하루만 그곳에 가지 못했음에도, 마치 나는 온종일, 아니 일 년 내내, 심지어 영원을 허비한 것 같은 죄책감에 사로잡혔습니다. 나는 에고르와 그의 어머니마저 그리웠습니다. 망루에 들어섰을 때, 우리는 믿기지 않는 광경을 목격했습니다. 집 안은 온통 꽃으로 가득 차 있었습니다. 꽃병은 말할 것도 없고, 유리잔과 물컵, 크리스털 용기나 중국산 도자기, 가장 값싼 유리그릇에 이르기까지 찬장에서 모조리 끄집어내 꽃을 잔뜩 꽂아 놓았습니다. 찬장, 테이블이나 벽난로 선반, 실내 계단의 참나무 난간 기둥, 의자, 심지어 바닥에도 꽃병이 빽빽이 들어차 있어서, 우리는 그 어떤 공간에도 앉을 수 없었습니다. 꼭대기 층에 있는 에고르의 방에 들어가니 질식할 것 같았습니다. 꽃가루를 잔뜩 머금은 수술이 혓바닥처럼 무겁게 늘어져 있었고, 만개한 흰 백합과 붉은 백합, 노란 장미, 금어초 한 덩어리, 엘더플라워, 줄기와 잎이 얽혀 있는 캐모마일, 수레국화가 가득했습니다. 꽃이 핀 선인장과, 매우 복잡한 형태의 끈끈한 촉수가 달린 푸른 꽃과 빨간 꽃도 있었습니다. 아마도 난초였을 것입니다. 당시엔 그 이름을 들어 보기는커녕 난생처음 본 화초였습니다. 진흙이 한가득한 화분에서는 소름 끼칠 정도로 아름다운 끈끈이주걱이 헤엄치고 있었습니다. 끈끈이주걱은 섬세한 바늘 모양의 화관을 가지고 있었는데, 각각의 끝부분에는 투명한 액체가 방울져 있었습니다. 그 화관은 방 안의 어슴푸레한 빛을 받아 반짝였습니다. "이건 식충 식물이야." 키다리가 우리에게 그렇게 말하고는, 평소 사용하던 의자에 앉았습니다. 그가 거의 내 팔뚝만큼 기다란 손가락으로 바늘을 두른 원반의 중앙부를 건드리자, 그것은 마치 명령에 순종하듯 일어나서 차례로 그의 손가락 쪽으로 구부러졌습니다. 이윽고 그 끈적한 알갱이들이 에고르의 손톱에 들러붙었습니다. "내 손가락을 여기에 놔두면 금세 뼈까지 갉아 먹힐 거야." 그것은 거미 식물, 아주 매혹적인 거미였습니다. 나는 그에게 물과 유리잔에 관한 꿈을 들려주었고, 에고르는 가볍게 고개를 끄덕였습니다. 어쩐지 그는 처음만큼 흥분하지 않았습니다. 이제 그는 깨달았습니다, 의심할 여지 없이 REM에 들어가도록 선택받은 사람이 바로 나라는 사실을. "봐, 이 꽃은 모두 당신을 위한 거예요. 전 세계의 사람들이 나를 통해 당신의 성공을 기원하려고 이 수많은 꽃들을 보내왔어요. 그들은 오랫동안 당신을 기다리고 있었죠. 그들은 매년 이곳에 온답니다. 그들은 나와 어머니를 일종의 'REM 사제'라고 생각하는 것 같아요. 하지만 그들은 우리 중 어느 누구도 거기에 들어갈 수 없음을 잘 알고 있답니다. 우리 세상에 단 하나뿐인 REM은 오직 꿈을 꾸는 사람을 위한 것이기 때문이죠. 그래, 그건 당신만을 위한 것이에요." 에고르는 세계 곳곳에 사는 사람들이 REM이라는 출구의 존재를 알고 있으며, 그들은 이 비밀을 지키겠다는 맹세를 통해 서로 연결되어 있다고 말해 주었습니다. "REM은 일종의 끈끈이주걱과 마찬가지로 세계 곳곳에 퍼져 있고, 무한한 인내심을 지닌 일종의 함정과 같답니다. REM은 발견하기까지 수년을 기다려야 하고, 또 그것을 통과할 수 있는 유일한 존재가 나타날 때까지 그리고 그 존재가 그것에 도달할 때까지 다시 수년을 기다려야 하는 통로입니다. REM에 관해 수기(手記)로 기록한 비밀스러운 책이 있으며, REM을 인정하지만 그 의미에 대해선 서로 다른 견해를 가진 일부 종파가 충돌하기도 한답니다. 어떤 사람들은 REM이 아메바와 콜키쿰의 상상할 수 없는 꿈에서부터 모든 인간의 꿈에 이르기까지, 요컨대 모든 생명체의 모든 꿈을 특정한 계획과 목적에 따라 제어하고 조정하는 거대한 장치, 무한한 기계라고 주장하기도 한답니다. 그들의 주장에 따르면 꿈은 REM에 신의 숨겨진 뜻이 드러난 진정한 현실이라고 해요. 다른 사람들은, REM을 창세기부터 종말에 이르기까지 우주의 모든 순간과 그 세부 사항을 담고 있는, 우주 전체를 한꺼번에 읽어 낼 수 있는 일종의 만화경이라고도 하지요. 얼마 전에, 나는 어떤 이들이 이러한 관점에 입각해 REM을 '알레프'[150]라고 불렀다는 이야기를, 스페인어로 쓰인 글에서 읽은 적이 있습니다. 어떤 사람들은 오직 하나의 REM만이 존재한다고 확신하지만, 또 다른 이들은 모든 사람들이 자신만의 REM을 가지고 있다고 믿지요. 심지어 이 사람들은 그 의미를 해독할 수만 있다면 누구든 REM을 찾아낼 수 있도록 특별한 신호를 나열한, 기이한 문자를 만들어 내기도 했답니다. 하지만 REM이 과연 구원인지 저주인지, 그 진실은 오직 당신만이 알 수 있답니다." 에고르는 평소보다 훨씬 차분한 목소리로 말했고, 말단 비대증으로 커다랗게 부푼 그의 얼굴은 수척한 가면처럼 보였습니다. "정말 피곤해요. 어젯밤에 한숨도 못 잤거든요. 오늘 글을 너무 많이 썼어요. 하지만 그러는 것 말고는 별다른 도리가 없었답니다. 나는 너무 뒤처져 있거든요." 나는 그에게 무엇을 쓰고 있는지 물었고, 그는 자연스럽게 대답했지만 약간의 비웃음이 언뜻 비쳤습니다. "문학이죠, 나는 작가랍니다. 작가가 아니었다면 더 좋았을 텐데 말이죠." 나는 그에게 작가란 가치 있는 일이라고 말해 주었습니다. 내가 이 주제에 어떤 식으로든 관심

---

150) 히브리어 알파벳의 첫 번째 글자를 가리킨다. 문학적으로는 호르헤 루이스 보르헤스(Jorge Luis Borges, 1899~1986)의 단편 소설 「알레프」(1945)로 유명한데, 우주의 모든 지점을 동시에 담고 있는 신비로운 구체를 가리킨다.

이 있음을 보여 주기 위해, 나는 언제 어디선가 들은 적 있는 몇 가지 단어를 사용해서 그에게 질문을 건넸습니다. 훌륭한 작가가 되고 싶나요? 나는 아이들이 어른들의 심각한 대화에 끼어들 때처럼 그가 웃으리라고 예상했습니다. 그러나 에고르는 평소보다 더 창백해졌고, 코의 연골은 푸르게 투명해졌으며, 눈마저 칙칙하게 흐려졌습니다. 그러고는 자기 자신에게 질문을 던진 것처럼 에고르는 곧장 대답했습니다. 어쨌든 그는 문자 그대로든 비유적으로든, 열두 살의 소녀가 가진 이해의 범주를 훨씬 뛰어넘는 이야기를 들려주었습니다. "훌륭한 작가는 작가에 지나지 않답니다. 차이는 근본적인 것이 아니라 뉘앙스에 있지요. 예컨대, 높이뛰기 선수를 상상해 봐요. 모든 선수들이 이 미터 지점을 넘을 수 있지만, 오직 한 선수만이 이 미터보다 오 센티미터를 더 높이 뛸 수 있지요. 바로 그 오 센티미터의 차이가 위대한 운동선수를 가려내는 거예요. 아니, 그러니까 내 말은, 가난에 시달리는 위대한 작가, 단순히 불행한 천재가 되려고 노력할 필요는 없다는 것이랍니다. 지금까지 최고라고 평가받는 책을 보세요. 평범한 책보다 더 나은 경우가 거의 없지요. 위대한 작품조차 기본적으로 책일 뿐, 그 이상은 아니랍니다. 물론, 그런 것들을 읽는 동안 더 강력한 미적 희열을 느낄 수도 있겠지요, 마치 설탕을 조금 더 넣은 커피처럼. 그럼에도 서른 쪽 정도 읽고 나면, 샌드위치를 만들거나 화장실에 가려고 책을 내려놓게 될 테죠. 그 책을 읽으면서, 동시에 다른 범죄 소설을 함께 읽고 있는지 누가 알겠습니까. 수천 년이 지나면 그 위대한 책들마저 역시 먼지와 재가 될 거예요. 상황이 이러한데 우리가 인간으로서, 즉 세상과 그곳에 존재하는 모든 것에 대해 생각할 수 있는 미친 기회를 부여받은 존재로서 단지 천재가 되겠다고 마음 먹는다면 참으로 굴욕적이고 하찮은 일이 아니겠습니까. 모든 것을 호수에 내던지고 다시 숲속으로 뛰어들어 헤매는 것과 다를 바 없는 짓이죠. 모든 인간에게는 가능성이 잠재되어 있는데, 하필 그 많은 가능성 중에서 '역사상 가장 위대한 작가가 되고 싶다'는 단순한 야망을 가진다면, 바로 그 단순성 때문에 몹시 불미스러운 일이 될 겁니다. 존재하고, 존재하고 있음을 인식하는 것 말고 다른 어떤 기적이 중요할까요? 전 세계에서 가장 부유하거나 가장 강력하거나 가장 재능 있는 사람이 되는 일이란 10억에다 1을 더해 10억 1로 가는 차이, 어쩌면 그것보다 더 보잘것없는 차이일지도 모릅니다. 아니, 나는 위대한 작가가 되고 싶은 게 아니라 모든 것이 되고 싶을 뿐이에요. 나는 나의 예술을 통해 사람들의 삶, 모든 이들의 삶 그리고 우주 전체의 삶, 심지어 가장 머나먼 별은 물론이고 시공의 끝에까지 영향력을 미치는 창조자가 될 수 있기를, 끊임없이 꿈꾸고 있답니다. 그리고 아예 우주를 대신해 세계 그 자체가 되는 거예요. 나는 이것이야말로 사람이, 즉 예술가가 자신의 소명을 완수할 수 있는 유일한 방법이라고 믿어요. 나머지는 그저 문학, 조금 더 낫거나 조금 더 나쁜 속임수의 모음집일 뿐입니다. 종이 위에 쓰인 글자나 기호가 아무리 천재적이라 할지라도 누구에게든 한 푼 가치 없는, 단지 연필로 휘갈겨 쓴 낙서에 불과합니다. 곧 아무도 더는 그것을 이해하

지 못할 거예요." 그는 열정적이면서도 쓸쓸한 표정으로 말을
내뱉었습니다. 그러나 황금빛 저녁이 되자, 그는 오랫동안 침
묵했습니다. 마르첼은 네발로 넙죽 엎드리고, 블록으로 마룻
바닥에 성을 지었습니다. 그러고는 이제 막 성의 맨 꼭대기에
파란색 피라미드를 내려놓았습니다. 나는 원피스의 옷매무새
를 정돈했습니다. 사실 나는 에스테르를 생각하고 있었습니
다. 알에서 부화한 괴물들을 두려워하며 장미 덤불 속에 숨
어 있던 우리는 손을 꼭 맞잡고, 손가락으로 손바닥을 어루만
지면서 서로에게 살짝 기대고 있었습니다. 나는 그녀의 붉은
머리카락이 내 뺨에 닿고, 내 속눈썹에도 휘감기고 있음을 느
꼈습니다. 잠시 서로의 눈을 바라보는 순간, 나는 갑자기 땀
으로 흥건해졌습니다. 에고르는 계속 말을 이어 갔습니다. "그
러나 대부분의 사람들, 즉 대부분의 작가들 중에 대다수가
결코 전체에 이르지 못할 거예요. 그들은 결코 천재가 될 수
도 없지요. 아무것도 될 수 없다는 뜻이랍니다. 나는…… 나
는 그들 중의 한 명일 뿐이에요. 하지만 나는 적어도 이러한
사실을 알고 있으며, 내가 쓰는 모든 글을 통해 이 무능력함
을 표현하려고 노력하고 있답니다. 나는 아무 말도 할 수 없
는 점을, 누구도 당신이 말하기를 기대하고 있지 않지만, 그럼
에도 뭔가를 말해야 한다는 점을 알고 있어요. 또 나는 당신
이, 인간이기에 모든 것이 될 수 없다는 불의에 맞서 싸워야
한다는 사실도 알고 있지요. 그래서 나는 온 힘을 다해 이 일
을 하고 있는 거예요. 봐요……" 그가 보라색 합판 의자에서
일어나, 블록으로 축조한 성을 한 걸음에 넘어서더니, 아름답

게 장식된 두 개의 문이 달린 거대한 찬장을 열었습니다. 찬장 속 공간은 생각보다 제법 넓었습니다. 붉은빛을 띤, 기분 좋은 냄새가 나는 나무들이 깊게 늘어서 있었습니다. 그 내부엔 수천 페이지에 달하는, 겹겹이 쌓인, 두꺼운 필기용지 더미로 가득 차 있었습니다. 에고르는 그 종이 더미에 손가락을 집어넣더니 온 방 안, 양탄자 위에 흩뿌렸습니다. 그때 나는 그 종이들이 균일하고 이상하리만큼 무표정한 글씨로 덮여 있음을 볼 수 있었습니다. 키다리가 쓴 작품의 몇 줄을 읽으려고 애쓴 뒤에야, 나는 비로소 그 안에 담긴 엄청난 공포를 이해할 수 있었습니다. 에고르는 개미 같은 인내와 집념을 가지고, 수천 쪽 내내, 시작도 끝도 없이, 한 페이지에 수십 번씩 거듭해서 단 한 단어를 썼습니다. 그것은 '아니야'였습니다. "나는 열여섯 살 때부터 쭉 글을 써 왔는데, 겨우 1만 5000쪽밖에 못 썼답니다. 이따금 하루에 여덟 시간씩 글을 쓸 때도 있었지만, 어떤 날은 한 줄도 쓸 수 없었지요. 비웃을지 모르겠지만 가끔 넘어질 때도 있거든요. 또 이렇게 글을 쓰는 것이 쉬워 보일 수도 있겠죠? 하지만 너무 혼란스러워서 글쓰기를 포기해야겠다는 위기를 겪기도 한답니다. 또한 나는 아무것도 이루지 못하리라는 두려움과 자기 스스로를 따라갈 수 없다는 불안감도 느끼고 있어요. 아무래도 내가 기계적으로 글을 쓰지 않기 때문일 테죠. 나는 이러한 '아니야', 즉 그 하나하나가 골수까지 이해받고 절절히 느껴지기를 바라고 있습니다. 온 신경을 다해, 내 모든 육체를 다해 살아 내길 원합니다. 간단한 일이라고는 생각하지 마세요. 한 번 더 쓰기까지 일주일 내내 궁리해야 할 때도 있으니까요. 왜냐하면 내 작품이 완벽하기를 바라고, 또 나를 완벽하게 표현하고 싶거든요." 나는 그의 말을 아무것도 이해하지 못했습니다. 때때로 나는 에고르를 바라보았고, 가끔 저녁노을에 물들어 진줏빛이 감도는 분홍색으로 반짝이는 나뭇잎을 쳐다보기도 했습니다. 나는 방바닥에 떨어진 종이들을 주우려고 했지만, 그날따라 더 커 보이는 키다리가 (그는 일어서서 창밖을 내다보고 있었습니다.) 그것을 허락하지 않았습니다. 우리는 아래층으로 내려가서 바흐 부인에게 작별 인사를 했습니다. 그녀는 피스타치오 색깔의 잠옷을 입고, 꽃에 둘러싸인 채, 라디오에서 흘러나오는, 가수의 콧소리가 우스꽝스럽지만 애달픈 연가(戀歌)를 듣고 있었습니다. "이제 당신이 떠나 버렸으니 나는 무얼 써야 할까요." 우리는 에고르의 연기 자욱한 실루엣을 뒤로하고 또다시 들판 한가운데를 가로질렀습니다. 사촌과 손을 잡고 천천히 걸어가는데, 돌연 슬픔의 파도가 밀려왔습니다.

그날 밤, 나는 누군가가 숲에서 잃어버린 열쇠에 관한 꿈을 꾸었습니다. 나는 가는 가지를 가진 너도밤나무가 드문드문해지고, 조용한 덤불 사이로 보이는 검은 흙 위로 흰색과 노란색 빛이 얼룩져 있는 좁은 계곡을 따라 부드럽게 걸어갔습니다. 푸른 바람에 흔들리는 나뭇가지 사이사이로 태양이 눈부시게 빛났습니다. 나무껍질이 벗겨진 자리에서 쓰디쓴 타닌 냄새가 풍겨 왔습니다. 수증기가 아닌, 그리움과 향수(鄕愁)의 안개가 영원한 아침 속에서 상쾌하게 쏟아져 나왔습니다. 나는 멀리서 빛나는 열쇠를 발견했고, 내가 나아가던 길에서 몇 걸음이나 떨어진, 열쇠가 있는 쪽으로 다가갔습니다. 나는 무릎을 꿇고 열쇠를 집어 들었습니다. 지난 꿈에서 마셨던 거미의 독이 섞인 포도주 탓에 현기증이 일었고, 거의 통제할 수 없는 황홀경에 빠졌습니다. 내가 잡아 든 열쇠는, 내 손바닥보나 두 배나 커다란 황금 열쇠였습니다. 황금 열쇠가 놓여 있던 움푹 파인 땅바닥을 살이 통통하게 오른 지렁이가 유유히 기어다니고 있었는데, 몇 차례 수축을 하더니 금방 땅속으로 사라져 버렸습니다. 나는 치맛자락으로 열쇠를 조심스럽게 닦았습니다. 열쇠의 손잡이 부분은 클로버였는데, 금빛 줄기와 고리 모양으로 과도하게 장식돼 있었습니다. 두껍고 반짝이는 열쇠의 몸체 위로 내 얼굴과 주변의 나무숲이 일그러져 비쳤습니다. 그리고 열쇠 맨 아래, 그 끝부분에는 서로 닮은 세 개의 이빨 같이 생긴 작은 판이 붙어 있었고, 나는 꿈결에 젖어 손가락으로 그것을 쓰다듬었습니다. 그러고는 열쇠에 키스하고, 기쁜 마음으로 주머니 속에 쑤셔 넣었습니다. 나는 길을 따라 달리기 시작했고, 점점 더 시원한 기운을 내뿜는 계곡 깊은 곳까지 들어갔습니다. 나는 이 열쇠로 뭔가를 빨리 열고 싶었습니다. 그 문 뒤에서 나를 기다리는 것이 즐거움인지 공포인지는 전혀 중요하지 않았습니다.

다음 날 아침에, 우리는 롤란도가 있는 동굴에서 만났습니다. 이제 우리는 겁도 없이 롤란도 위에 올라타서는, 심지어 세 명이 한꺼번에 그의 가슴뼈에 매달려 몸을 흔들기도 했습니다. 또 우리는 둥근 눈구멍을 통해 그의 두개골 속으로 기어 들어가서, 그 부드럽고 차가운 뼈에 등을 대고 기댔습니다.

우리는 그를 마치 크리스마스트리처럼 리본으로 장식하고, 모든 손가락마다 꽃반지를 만들어 끼워 주었습니다. 그날의 여왕인 에스테르는 마땅히 입어야 할 노란색 옷을 완고하게 거부했습니다. 사실 그 색깔의 옷을 입었다면 우스꽝스럽게 보였을 것입니다. 그 대신에, 그녀는 우리가 한 번도 본 적이 없는 노란색 레이스로 만든 작은 우산과, 쥘부채를 가져왔습니다. 에스테르는 마치 일본 여자들처럼 눈을 가늘게 뜨고 얼굴 아랫부분은 부채로 가린 채, 한껏 치켜세운 어깨에 뺨을 가져다 댔습니다. 아, 사랑이 나를 미치게 하네요, 빨간 머리 아가씨! 풀을 빳빳하게 먹인 하얀 블라우스의 가슴께에는 주황색의 달리아를 꽂고 있었습니다. 우리는 또다시 푸이아를 한 시간 넘게 기다렸습니다. 그러나 그녀는 끝내 나타나지 않았습니다. 발레나를 비롯해, 그녀가 어디에 있는지 아는 사람은 아무도 없었습니다. 마침내 우리는 동굴을 떠나, 아우라 이모네 집의 마당으로 걸어갔습니다. 에스테르가 왕좌에 앉았고, 우리는 그녀의 구릿빛 곱슬머리에 황금색 왕관을 씌웠습니다. 이제 모자 속에는 놀이 장소가 적힌 제비가 딱 세 개만 남았습니다. 폐교, 망루 그리고 내 방. 평소에 그러하듯이 운이 나쁜 에스테르는 가장 어둡고, 가장 열악한 장소인 내 방을 뽑았습니다. 타일 난로와 침대만이 있을 뿐, 거의 아무것도 없는 그 비좁은 방에서 무엇을 할 수 있을까요? 당시엔 지각하지 못했지만, 그때 REM에 접근하면서 깨닫게 된 진실을 나는 결코 잊지 못할 것입니다. 행동, 놀이 또는 생각의 공간이 비좁아질수록 나머지 세계, 즉 세상은 더 넓어진다는 진실 말입니다. 그리고 세상의 경이로움을 더 확대하기 위해서는 심지어 스스로가 존재하지 않는 지점까지 자신을 통제할 필요가 있습니다. 에스테르의 물건은 내가 내놓은 체온계로 밝혀졌습니다. 푸이아가 아직도 나타나지 않았으므로, 우리는 점점 걱정이 되었습니다. 이 놀이는 모두가 함께하지 않으면 무의미했습니다. 결국 우리는 다 같이 푸이아를 찾으러 나섰습니다. 우리는 거리로 나왔고, 여왕놀이를 시작한 이래 처음으로 대문 밖의 사람들과 행인들을 마주쳤습니다. 벌써 11시가 다 되었기에 그럴 수밖에 없었습니다. 그들은 우리를 빤히 쳐다보았고, 빈민가의 소녀들조차 파파루데처럼 기괴하게 행진하는 우리들의 모습을 보고 신나게 놀려 댔습니다. 우리 또래의 소년들, 게다가 머리부터 발끝까지 흙투성이가 된 꼬맹이들마저 우리들을 향해 돌을 던지며서, 도무지 이해할 수 없는 괴상한 몸짓을 해 보였습니다. 우리의 수난은 당시 우아함의 정점이었던 은빛 주석으로 만든 꽃 장식을 두른 녹색 울타리에 다다를 때까지 약 오 분 동안 연신 이어졌습니다. 울타리 너머엔 유리로 만든 베란다가 있는 기묘한 집이 우뚝 서 있었습니다. 우리는 평소 푸이아 어머니의 습관을 너무나 잘 알고 있었기 때문에, 다소 겁을 먹은 채 초인종을 눌렀습니다. 그러나 각선미가 굉장한 푸이아의 어머니는, 다행히도 이번엔 파란색 국화 무늬가 있는 반짝이는 옷, 다른 때에 비해 비교적 단정한 옷을 입고 있었습니다. 사실 당시엔 그런 옷을 뭐라고 부르는지 몰랐지만, 그녀는 기모노를 걸치고 있었습니다. 그녀는 말 한마디 없이, 바닥엔 타일이 깔려 있고, 벽에는 주석과 검은색 철사로 만든 공작새와 풍차 조형물, 이른바 예술 작품들이 걸려 있는 넓은 복도로 우리를 안내했습니다. 그녀는 푸이아의 몸 상태가 좋지 않다고 부드럽게 일러 준 뒤, 우리에게 그 아이의 방으로 들어가라고 손짓했습니다. 우리는 일제히 푸이아의 방으로 들이닥쳤는데, 그 순간 제자리에 얼어붙고 말았습니다. 이 멋진 아이는 얼굴을 벽으로 향한 채 침대에 누워 있었습니다. 이불은 한쪽으로 젖혀져 있었고, 풍성한 곱슬머리에 에워싸인 그녀의 가느다란 장밋빛 몸이 드러나 있었습니다. 그 몸의 윤곽은 성숙한 여성으로선 상상할 수조차 없는 조화를 이루고 있었습니다. 그러나 정작 우리를 놀라게 한 것은, 푸이아의 둥근 허벅지 사이가 인형처럼 매끄러웠다는 사실이었습니다. 아직 성별의 흔적이 전혀 나타나지 않은 국부(局部)는 그녀에게 더욱 초자연적 아름다움을 선사했습니다. 푸이아는 다 큰 아이인 그녀의 어머니가 가지고 노는 살아 있는 커다란 인형일 뿐이었습니다. 푸이아는 우리 쪽으로 얼굴을 돌렸고, 그 순간 우리를 발견하자마자 급히 이불로 몸을 감싸고 일어나 앉았습니다. 그녀는 멍한 얼굴로 자신이 지금 약간 아프다고 설명했습니다. 그럼에도 그녀는 우리의 방문을 기뻐했고, 우리의 여왕놀이를 망치고 싶어 하지 않았습니다. 그래서 우리가 푸이아의 방에서 놀이를 이어 가겠다고 하면, 그녀는 망설임 없이 허락해 줄 것 같았습니다. 잠시 고민한 끝에, 우리는 푸이아의 방도 어차피 방이니까 이곳에서 여왕놀이를 해도 괜찮으리라는 결론에 이르렀습니다. 어쨌든 우리는 이미 거기에, 푸이아와 함께 있었기 때문에 놀이를 포기하는 것보다 바로 이어 가는 편이 낫겠다고 생각했습니다. 특히나 푸이아가 앓는 바람에 에스테르로서는 체온계를 사용할 기회를 얻은 셈이었습니다……. 그래서 우리들 몇몇은 푸이아의 침대에, 다른 아이들은 양탄자 위에 앉아 에스테르가 명령을 내리기만을 기다렸습니다. 에스테르가 체온계를 들여다보았고, 수은주는 36도를 가리키고 있었습니다. 다소 우스웠지만 에스테르는 나름대로 진지하게 체온계를 푸이아의 겨드랑이 사이에 꽂았습니다. 우리 모두는 마치 죽어 가는 공주의 침대 곁을 지키는 의사들처럼 푸이아 주위에 둘러앉았습니다. 갑자기 우리는 무언가 변화가 일어나고 있음을 감지했습니다. 우리가 처음 이곳에 들어왔을 때, 커튼을 친 작은 창문을 통해 아직 신맛이 나는, 설익은 푸른 열매들이 매달려 있는 나무와, 배수관이 있는 이웃집의 처마를 보았습니다. 그런데 체온계에서 눈을 떼자 그 모든 것들이 사라졌습니다. 네모난 창문틀 속에는 흰 구름과 터키석 같은 청록색을 띤 하늘만이 담겨 있었습니다. 그와 동시에, 우리는 몸속 장기들과 몸 전체를 파고드는 기묘한 부력을 느꼈습니다. 나중에야 나는 엘리베이터를 처음 탔을 때 느꼈던 그 압박감을 떠올렸습니다. 우리는 비명을 지르며 창문 쪽으로 달려갔습니다. 저 아래, 우리로부터 수십 미터 아래에 있는 부쿠레슈티가 먼지로 소용돌이치며 혼란스러운 미로처럼 구불구불하게 펼쳐져 있는 광경이 눈에 들어왔습니다. 진줏빛과 노란색, 연분홍색의 안개가 가장 높은 건물들을 뒤덮고 있었습니다. 건물 꼭대기에 잿빛 금속의 구조물이 얽혀 있는 팔라툴 텔레포아네로르,151) 프리즘 창문이 있는 포이쇼르 데 포크,152) 빅토리아 백화점, 마게루 대로에 늘어선 오래된 건물들, 마천루와 저 멀리 수평선에 맞닿은 푸른 초원 한가운데에 서 있는 푸르스름하고 위협적인 불꽃의 집. 거미줄 같은 부쿠레슈티는 종을 울리는 전차와 트레일러가 연결된 트럭을 천천히 들어 올렸습니다. 병원과 우체국, 작은 신문 가판대, 비계와 거중기가 가득 들어찬 부쿠레슈티. 위장 모양의 회색빛 호수는 서로 연결되어 있었고, 우리가 날아오를수록 공원은 점점 더 작아졌으며, 검게 변색된 청동상과 사람들은 까만 점처럼 보였습니다. 한 입도 베어 물고 싶지 않은 케이크 조각 같은 노동자 동네. 목재 더미, 석탄 더미, 파이프 더미, 녹슨 철제품과 펌프, 금속 부스러기와 자석으로 가득한 CFR153) 조차장이 있는 부쿠레슈티. 둥근 시계와 증기 기관차가 있는 기차역, 항상 콜라, 마늘, 타르 냄새가 감도는 기차역, 쭉 뻗은 선로가 합류하며 고가교와 인도교 아래로, 자연스레 '그란트 다리 아래로' 사라지는 기차역. 목재 창고와 코일 보빈 공장, 도살장과 썩은 냄새가 진동하는 스텔라 비누 공장, 돈카시모 방직 공장, 율리우스 푸치크, 올가 반치츠, 일리에 핀틸리에 거리와 바실레 로아이타 공장이 들어선 부쿠레슈티. 흰색 셔츠를 입고 머리를 뒤로 빗어 넘긴 남자들이 북적이는 부쿠레슈티. 역시나 머리카락을 매끈하게 뒤로 빗어 넘기고 무릎까지 내려

---

151) 루마니아의 국영 전신 전화국 건물.
152) 부쿠레슈티의 중앙 소방서 화재 감시탑.
153) Căile Ferate Române. 루마니아의 국영 철도.

오는 디나모 모스크바의 반바지 유니폼을 입은 축구 선수가 구멍 난 그물 골대에 가죽 공을 차 넣으면 일제히 벌떡 일어나서 소리를 지르는, 수척한 얼굴에 야구 모자를 눌러쓰고 환호하는 젊은 노동자들이 가득 들어찬 축구 경기장이 있는 부쿠레슈티. 모든 사람들을 하나로 결집시키는 노래가 울려 퍼지는 부쿠레슈티. "사랑하는 꼬마 마리넬/ 마리넬은 꼴찌라네"나 저 유명한 "은빛 태양 아래에서 웃네/ 마카렐레/ 새벽녘에" 그리고 향수 어린 "너와 내가 손잡고/ 아테네우에서 미오리차까지 나아가자" 혹은 트리오 도레미의 부쿠레슈티. 코미디 영화 「화난 양」과 「0도의 사랑」의 부쿠레슈티. 치우보테라슈와 지우가루와 실비아 포포비치[154]의 부쿠레슈티. 야간 수업이 열리던 부쿠레슈티…….

우리는 맹렬한 속도로 더 높이 올라갔고, 도시는 점점 작아졌으며, 안개도 자욱해졌습니다. 머지않아 우리의 시야는 한층 넓어졌고, 파란색과 녹색의 더 광활한 공간, 강물을 가로지르는 노란색의 직사각형, 손바닥 크기의 도시를 뒤덮은 솜 같은 구름을 보게 되었습니다. 우리는 현기증이 나지 않도록 푸이아의 침대로 돌아갔습니다. 에스테르가 부주의하게 푸이아의 겨드랑이 사이에서 체온계를 꺼내더니, 수은주를 들여다볼 수 있는 각도로 틀었습니다. 이제 푸이아의 체온은 37도였고, 그러자 방은 짧은 폭발과 함께 산산조각이 났습니다. 벽과 천장이 사라지고, 우리는 사파이어빛의 산과 얼어붙은 공기의

---

154) 1950~1960년대에 활동한, 사회주의 예술가들과 배우들의 이름이다.

바다에 휩싸인 채 깨어났습니다. 우유처럼 새하얗고 엄청나게 높은 산꼭대기엔 마치 조각한 듯 보이는 코끼리 형상의 거대한 바위가 있었습니다. 우리는 바로 그 바위 뒤쪽에 있었습니다. 그 산의 봉우리는 면도날처럼 날카로운 부싯돌로 이뤄져 있었고, 우리 발아래의 작은 고원 위엔 소나무 군락이 우거져 있었습니다. 환각을 불러일으키는, 감히 접근할 수 없는 그 산의 정상엔 코끼리가 있었고, 푸른 유리를 통과한 듯 맑은 공기 속의 평평한 세계 위로 솟아 있었습니다. 상아색 엄니와 이마까지 올라간 코는, 그 조각 같은 코끼리에게 호전적인 왕족의 위엄을 부여했습니다. 아직 푸이아가 누워 있는 침대 주위에 옹기종기 모여, 서로 손을 잡고 세상을 구경하던 우리는 조금 더 살펴보고 싶었습니다. 왜냐하면, 이 산꼭대기에서는 아무리 멀리 떨어져 있어도 우리가 지구상에서 보고 싶어 했던 모든 것을 아주 선명하게 볼 수 있었기 때문입니다. 올리브나무에 둘러싸인 마을을 바라보았고, 금속으로 도금한 종탑이 있는 오래된 교회를 보았으며, 양철 지붕 위에 웅크리고 잠든 고양이를 보았습니다. 심지어 그 고양이의 눈썹에서 느닷없이 튀어나와 귀 옆에서 꼼지락거리는 벼룩마저 발견했습니다. 이윽고 벼룩은 드문드문 회색을 띠는 고양이의 머리털 속으로 다시 사라졌습니다. 다른 곳을 내려다보니 뜨거운 태양 아래의 야외 볼링장이 있었고, 낯빛이 붉은 여관 주인이 앞치마를 두른 채 담배 파이프를 커피색 벽에 탁탁 두드리면서 태우는 담뱃잎의 부스러기까지 알아볼 수 있었습니다. 자기 키보다 더 큰 들꽃 한가운데, 어린 개암나무 덤불 속에서 오줌을 누는 소년의 모습도 보았습니다. 트랙터 공장 위엔 아치형의 무지개가 걸려 있었고, 머리에 스카프를 두른 공장 소녀는 점화 플러그와 비슷하게 생긴, 사각형의 작은 유리창을 통해 쏟아지는 빛을 바라보고 있었습니다. 우리는 구겨지고, 땀에 젖은 셔츠를 입고, 큰 낫을 들고, 들판을 가로질러 성큼성큼 줄지어 행진하는 농부들을 보았습니다. 그들의 낫은 햇빛을 받아 반짝였습니다. 그들 중 한 사람은 셔츠를 입지 않았는데, 그의 붉어진 어깨뼈엔 털이 구불구불하게 자라난 보기 흉한 사마귀가 돋아 있었습니다. 에메랄드빛 바다 위의 배는 가만히 멈춰 있는 듯 보였지만, 선미에선 얼음 같은 하얀 거품이 줄줄이 따라다니고 있었습니다. 어떤 배의 갑판을 보니, 두 선원이 면양말을 꿰매고 있었습니다. 우리는 북극 토끼가 푹신한 눈 위에 올리브를 떨어뜨리는 모습을 보았고, 캥거루가 검고 촉촉한 콧구멍으로 유칼립투스 나무껍질의 냄새를 맡는 장면을 보았습니다. 돌연 푸이아의 이마가 매섭게 불타올랐고, 붉은 열기를 발산하기 시작했습니다. 에스테르가 다시 체온계를 살펴보았는데, 수은주는 38도를 가리키고 있었습니다. 그리고 코끼리의 거친 등에 올라탄 우리는, 손톱을 검게 칠한 손이 눈먼 걸인의 모자에 암나사를 던지는 모습을 보았고, 팔에 토시를 낀 회계사가 회계 장부의 숫자를 면도칼로 긁어 내는 광경을 보았습니다. 우리는 신자의 엉덩이를 만지는 신부, 유아차 가장자리에 앉아 그 속에 누워 있는 아기를 바라보는 까치, 립스틱을 바르는 여자를 보았습니다. 우리는 피고인을 조소하며 쳐다보는 판사와, 펜치로 말의 이빨을 뽑아내는 수의사도 보았습니다. 과일 증류주를 한 방울씩 떨어뜨리는 파이프들이 수 킬로미터나 늘어서 있는, 마치 증류기가 숲을 이룬 것 같은 양조장을 보았습니다. 우리는 지그재그로 터진 둑의 틈새를 타고 굵은 물줄기와 함께 논으로 범람하는 올챙이도 보았습니다. 우리는 메뚜기를 죽이는 노인도 보았습니다. 그리고 푸이아의 체온계가 39도를 가리켰을 때, 우리는 세 명의 군인이 노파를 구타하는 모습, 신문지를 덧댄 집과 피를 뚝뚝 흘리며 지나가는 영구차, 도마뱀에게 물린 기타리스트를 보았습니다. 우리는 거미랑 목숨을 걸고 맞서 싸우는 파리와 나비의 모습을 지켜보며 미소 짓는 병든 남자를 보았습니다. 우리는 공장에서 길을 잃은 남자와, 수레에 묶인 학자와, 깊은 슬픔에 잠긴 늑대를 보았습니다. 그리고 시골 부엌에서 체념한 소녀와, 거꾸로 재생되는 영화 그리고 흠집 난 레코드판 위를 걸어다니는 무당벌레도 보았습니다. 마침내 체온계가 40도를 가리키자, 푸이아는 빛 속에서 손톱처럼 반투명해졌습니다. 그때, 우리는 버드나무에 매달려 죽은 사람들과, 석호 해변에서 제물로 바쳐진 희생양 천 마리와, 양젖 치즈와 함께 개의 신장을 먹는 농부의 모습을 보았습니다. 그리고 빈대가 들끓는 원자 파쇄기와, 깃털이 빠진 모자 그리고 나병 환자의 의연한 파란색 두 눈동자도 보았습니다. 그리고 열핵(熱核) 버섯 농장과, 거미 가죽을 만들어 내는 피혁 공장과, 부모님에게 반항하는 사춘기 소년을 보았습니다. 그리고 불타는 창고의 화염과, 혀가 잘린 사람들의 바다와, 입천장 아래의 어금니에 자리한 작은 예배당을 보았습니다. 또 형제애로 일치단결한 상어들도 보았습니다. 급기야 체온계가 41도에 이르렀을 때, 우리는 하나의 민족이 다른 모든 민족을 억압하는 광경, 버펄로와 맞서 싸우는 군대, 피튜니아꽃을 그려 내는 선봉장(先鋒將)의 모습을 보았습니다. 얼음 구덩이 속에서 죽어 가는 강도, 도시를 휩쓰는 핏빛 물결, 배우의 이마에 나타난 마방진을 보았습니다. 우리는 왕좌에서 숙청당하는 폭군과, 다이아몬드를 토하는 개, 발을 딛고 일어나는 시체, 자신의 눈을 뽑아내는 의사를 보았습니다. 이윽고 무덤이 열리고, 위장한 채 죽어 있던 자들이 탱크 위에서 덜거덕거리고, 순양함의 대포 조종간을 돌리는 모습을 보았습니다. 뼈다귀 군대가 바주카포를 쏘고, 수류탄, 소이탄과 함께 모포를 온 도시에 내갈깁니다. 말을 타고 강을 건너는 대학살의 사령관들. 식료품점에서는 휘발유 통이 불타고, 영화 기록 보관소는 불길에 휩싸여 있습니다. 괴사(壞死)에 잠식당한 판매원, 대상 포진에 걸린 우유 짜는 여인. 모든 주민들이 목발을 짚고 있으며, 대중의 고막은 망가져 버렸습니다. 권력을 잡은 트럼펫. 깃발 아래의 바이러스. 폐허가 된 대성당, 파란색 옷을 입은 추기경. 곳곳에 도사리고 있는 해골들. 군대 소집 명령에 심장이 멎은 사람들. 유일한 삶의 원천이 된 암. 바짝 말라붙은 강과 죽음, 갓 태어난 아이마저 살육하는 무자비한 별빛. 그리고 에베레스트산 정상엔 체리나무로 만든 십자가가 서 있고, 그 위엔 섭씨온도가 못 박혀 있으며, 맨 꼭대기에는 가시 면류관이 놓여 있었습니다. 그리고 그 피 묻은 십자가 아래에는 7도 화상을 입은 대지, 다시 말해 지구가 있는 것이었습니다. 바야흐로 체온계가 42도를 가리켰을 때, 우리는 유라시아 위에서 춤을 추는 지진의 신, 북극과 남극을 집어삼키는 서리의 신, 일본을 짓밟는 대홍수의 신을 보았습니다. 그리고 어두운 심연의 신이자 복수심에 불타는 니페[155]가 갑자기 용암의 목소리를 울리며, 지구의 지각을 공중으로 내던지고 바다를 모조리 증발시켜 버렸습니다. 그리고 마리아나와 1만 1000명의 처녀들과 여자 이름을 가진 모든 허리케인들이 비명을 질러 댔습니다. 그들의 치마는 불타올랐고, 머리는 그을었으며, 맨가슴을 드러낸 채 우왕좌왕하다가 대도시라는 장애물에 발이 걸려 넘어지고 말았습니다. 그리고 텅스텐 강과 이리듐 강, 크롬 협만과 인듐 삼각주, 스트론튬 석호와 백금 폭포, 카드뮴 시냇물과 구리 바다, 아연 만과 철 바다가 지구의 눈부신 동식물과 함께 펄펄 끓어올랐습니다. 그리고 별똥별, 운석과 우박이 쏟아지는 계절이었습니다. 그리고 우리는 지구가 태양에 녹아드는 광경을, 그러한 일식이 불타며 연기를 내뿜는 장면을 보았습니다. 끝내 온도계는 폭발했고, 수은이 눈물처럼 우리 아래의 심연으로 떨어져 내렸습니다. 그러고는 별이 어떻게 압축되고, 공간이 어떻게 수축하며, 빛이 노화하는지를, 또 네 개의 힘, 요컨대 강하고 약한 각각의 상호 작용력과 중력, 전자기력이 어떻게 포커를 치고, 하이퍼큐브로 주사위 놀이를 하는지 보았습니다. 시간이 어떻게 부끄러운 자기 탐닉을 행하

---

155) 지구 내핵의 주요 구성 성분을 가리키는 지질학 용어. 지구의 중심핵을 이루는 두 원소, 니켈(Ni)과 철(Fe)의 합성어다.

는지, 또 세상이 어떻게 사과, 체리, 전자의 크기로 줄어들다가 마침내 발현되지 않은 상태로 사라지는지를 목격했습니다. 그리고 우리 주위에 더는 어둠도, 심지어 무(無)조차 존재하지 않게 되었을 때, 갑자기 주변 시야에서 우리를 향해 다가오는 한 점의 빛을 보았습니다. 그것이 가까이 다가왔을 때, 우리는 기쁨의 환호성을 질렀고, 비로소 그것이 무엇인지 깨닫게 되었습니다. 그것은 우리의 아이, 사랑스러운 거인, 엉덩이까지 내려오는 금발과 파란 눈동자 그리고 여자의 가슴을 가진, 장대한 남자였습니다. 그는 우리에게 점점 더 다가왔습니다. 그는 우리가 서 있는 산보다 훨씬 거대했습니다. 그가 가까이 다가올수록 이목구비는 더 명확해졌고, 머지않아 우리는 빛 속의 그 얼굴만을 바라보게 될 것이었습니다. 그러다 문득 그의 눈을 보았는데, 그 눈동자는 돌연 푸이아의 방 창문에서 내다본, 구름이 가득하고, 푸르고 고요한 하늘이 되었습니다. 우리의 친구, 앓고 있던 푸이아가 일어나 앉아서 웃고 있었습니다. 이상한 노란색의 여왕, 에스테르는 여전히 손에 체온계를 쥐고 있었습니다. 창문 너머로 다시 자두나무와 이웃집 처마에 붙은 배수구가 보였습니다. 이제 체온계는 처음과 마찬가지로 36도를 가리키고 있었습니다. 우리는 푸이아네 집에서 조금 더 시간을 보냈습니다. 그녀는 빨리 회복하겠다고, 다음 날 우리와 함께 놀 수 있도록 푹 쉬겠다고 약속했습니다. 우리는 저녁을 먹기 위해 서둘러 각자의 집으로 돌아갔습니다. 나는 에스테르의 집까지 동행했습니다. 그녀의 하루가 잘 풀려서, 이번에도 놀이를 잘 끝마칠 수 있어서 기뻤습니다. 그녀는 작은 왕관을 벗고, 뻣뻣한 붉은 머리카락을 털었습니다. 그리고 우리는 이제 열대의 더위 속에서 서로 손을 잡고 함께 걸어갔습니다. 우리는 고양이처럼 몸이 나른해졌습니다. 둘 다 농담을 건네거나 혀를 내밀어 보이며 웃었습니다. 그녀의 집 대문 앞에서 다시 한번 서로를 향해 미소 지었고, 결국 돌아섰을 때는 마치 내 가슴에 화살이 꽂힌 듯 몹시 고통스러웠습니다. 나는 처음으로 모든 것이 곧 끝나리라고, 좋은 시절도 영원히 사라지게 되리라고 예감했습니다.

슬픔은 결코 나를 떠나지 않았습니다. 오후에 혼자 있을 때면, 그 증상이 더욱 심해져서 극도로 예민해지고 마음이 가라앉고 참을 수 없을 정도로 나를 괴롭혔습니다. 나는 황량한 정원을 정처 없이 어슬렁거리며 토마토를 따서 한입 깨물거나, 에스테르를 생각하며 쓰디쓴 체리나무를 껴안기도 했습니다. 나는 채소밭 사이로 난 좁은 길을 따라 걸으며, 햇빛에 달아오른 트럭 안으로 들어갔습니다. 그러고는 운전대를 돌리고 브레이크를 밟는데, 난데없이 눈물이 터졌습니다. 나는 트럭에서 내려와 고양이 지지를 목에 감고, 마당 뒤편의 잡초가 무성한 낡은 울타리 옆으로 걸어갔습니다. 나는 시원한 집 안으로 들어와서, 비좁고 흐릿한 유리창을 통해 스며드는 희미한 빛을 텅 빈 복도에 서서 한동안 지켜보았습니다. 나는 그곳에 서서, 창틀에 기댄 채 이름도 모르는 꽃의 잎사귀를 몇 번이고 세어 보았습니다. 실내는 조용했고 회색빛이 감돌았습니다. 나는 스스로에게 집중할 수 있었습니다. 그러고는 내 방에서, 다시 침대에서, 이불 아래에서, 벽에 얼굴을 대고…… 나는 저녁까지 울었고, 나 자신을 도저히 통제할 수 없었습니다. 아우라 이모가 방에 들어왔을 때, 나는 자는 척을 했습니다. 그렇게 며칠 동안 탁자 밑에 두고 잊어버렸던 불쌍한 지지를 보자마자 나는 또다시 눈물을 터뜨렸습니다. 지지의 예쁜 드레스는 먼지에 뒤덮여 있었고, 머리카락은 전혀 못 알아볼 정도로 형클어진 채 엉켜 있었습니다. 내가 얼마나 사랑을 가지고 지지의 속옷과 옷, 그 밖의 모든 것들을 만들어 주었는지를 생각해 보았습니다. 지금의 나는 아이를 학대하는 계모처럼 그녀를 버린 것입니다. 나는 지지를 가슴에 꼭 껴안은 채 다시 통곡했습니다.

저녁이 되었습니다. 나는 세수를 한 뒤에 바깥에서 말뚝박기를 하던 마르첼리노를 데리고 함께 망루로 향했습니다. 바흐 부인이 문을 열어 주었고, 집 안에 들어서자마자 위층에서 들려오는 커다란 소리에 우리는 살짝 겁을 먹었습니다. "에고르는 친구와 함께 있어요."라고 껑충한 바흐 부인이 말해 주었고, 우리에게 위로 올라가 보라고 손짓했습니다. 나는 에고르를 완전히 고독한 사람이라고 생각했으므로, 여태껏 그의 친구가 어떤 모습일지 단 한 번도 상상해 본 적이 없었습니다. 나는 이런 스스로에게 놀랐습니다. 방문을 열자, 갑자기 목소리가 더욱 커졌습니다. 물론, 소리를 지르는 사람은 에고르의 손님이었습니다. 그는 에고르 또래의 청년이었지만, 키는 에고르의 허리께에 겨우 닿을 정도였습니다. 짙은 갈색 머리카락을 가진 그는 당시로서는 보기 드물게 옆 가르마를 타고 있었습니다. 나는 그의 이름을 알 수 없었지만, 아무튼 대학생인 것 같았습니다. 그는 아마 평소에도 이런 투로 말하는 것 같았습니다. 에고르가 우리를 소개해 주는 동안, 그는 잠시 말을 멈췄다가 또다시 훨씬 쩌렁쩌렁한 목소리로 고함치기 시작했습니다. 처음에 나는 그들이 무슨 내용의 이야기를 나누는지 전혀 이해하지 못했지만, 마침내 정치에 관해 대화하고 있음을 똑똑히 깨달았습니다. 동양, 서양, 러시아인, 미국인, 콩고…… 원자 폭탄…… 냉전…… 흐루쇼프, 게오르기우데지……156) 알제리…… 베트남……. 그 학생은 이런저런 이야기를 하다가도 계속 동일한 주제로 되돌아왔습니다. "우리는 파국으로 치닫고 있습니다, 선생님! 곳곳에 무기가 쌓여 가고 있다고요! 증오심이 커지고 있습니다, 선생님! 불신, 의심! 종말이 다가오고 있습니다, 친구여! 모든 이들이 폭탄을 원하고, 자기들만이 옳다는 선전을 퍼뜨리고 있습니다, 전부 거짓말을 하고 있다고요, 선생님! 여론 말입니다! FBI! KGB! 곧 대학살이 닥쳐올 것입니다! 악몽이 될 거예요, 이해가 되시나요?" 이런 식으로 삼십 분 동안 이어진 그의 이야기를 에고르는 진지한 얼굴로 듣고 있었습니다. 마침내 학생이 지쳐 조용해졌을 때, 에고르는 자리에서 일어서더니 서랍장 속에서 겉장에 장미꽃이 인쇄되어 있고, 주홍색 비단으로 감싸 둔 커다란 사진 앨범을 꺼냈습니다. 그는 앨범을 열고 그 안을 훑어보기 시

---

156) Gheorghe Gheorghiu-Dej, 1901~1965. 루마니아 공산당 지도자. 1948년부터 사망할 때까지 루마니아를 통치한 초대 공산주의 지도자로, 스탈린주의적 산업화와 집단화를 추진했다. 그의 뒤를 이어 차우셰스쿠(Nicolae Ceauşescu, 1918~1989)가 정권을 잡는다.

작했습니다. 빛바랜 사진이 담긴 두꺼운 책장과 독창적인 아라베스크 문양이 새겨진, 아주 얇고 거의 투명한 시트가 번갈아 가며 나타났습니다. 사진 속에는 기이한 머리를 하고 화려하게 전통 의상을 차려입은 채 서로의 어깨를 잡고 있는 여자들, 세일러복을 입은 어린아이들, 지난 세기의 정장을 갖춰 입은 사람들, 끝없이 길게 콧수염을 기르고 머리에 실크해트를 쓴 신사들, 허리엔 커다란 리본 장식을 달고 바닥까지 내려오는 긴 드레스를 입은 채 모자는 턱 아래로 끈을 묶어 고정한 부인들, 허리에 칼을 차고 있거나 총검이 달린 소총에 기대서 있는 군인들, 뺨에 보조개가 있고 귀밑머리가 둘둘 말린 소시지처럼 고불거리는 기숙 학교의 소녀들, 첼로를 연주하는 폐결핵에 걸린 청년들이 있었습니다. "원자 폭탄을 말하는 겁니까? 대량 살상 말인가요? 제가 말하고 싶은 건 이거예요. 지난 세기의 오래된 사진을 보세요. 세상과 역사의 모든 질문에 관한 나의 대답은 전부 여기에 담겨 있습니다. 이 사진 속 사람들, 이 소녀들과 이 아이들을 보세요. 그들은 모두, 단 한 명도 예외 없이 모조리 죽었습니다. 백오십 년 전에 태어난 수백만 명의 사람들 중에서 생존해 있는 사람은 단 한 명도 없습니다. 상처 입은 자들을 남겨 두지 않는 시간, 이것보다 더 잔인한 파괴가 있을까요? 종말 앞에서 핵무기가 무슨 소용이라는 말입니까? 모든 인간에게 예외 없이 적용되는 조용하고 차분하고 온화한 시간의 승리에 비하면 갈등이나 권력을 위한 투쟁 따윈 전부 무의미하지 않습니까? 사실상 폭탄, 전쟁, 지진, 질병, 홍수 등은 모두 불필요합니다. 그것들은 단지 시간의 흐름을 경솔하게 앞당길 뿐이니까요. 그저 무분별하게 커튼의 한쪽 모서리를 들어 올리듯 가까운 미래를 엿보는 데에 지나지 않습니다." 그러나 학생은 다시 소리를 지르기 시작했고, 이 방에 있는 아이들, 즉 우리의 존재를 전혀 고려하지 않은 채, 점점 더 동요하며 이성을 잃더니 급기야 심한 욕설을 퍼부었습니다. 그는 에고르더러 당신은 이미 죽었으며, 지금 자신이 해야 할 일은 에고르의 머리를 수의로 염하고 이곳을 떠나는 것뿐이라고 힐난했습니다. 결국 그는 작별 인사도 없이 문을 쾅 닫고 떠나 버렸습니다. 에고르는 조용히 웃더니 우리에게 다가왔습니다. 그는 "세상은 세상이 알아서 하도록 놔둡시다. 우리 나름으로 세상을 돌보는 거예요."라고 말하며, 내 꿈이 어떻게 진행되고 있는지 물었습니다. 나는 그에게 꿈의 내용을 들려주었고, 그는 다시 모든 것이 잘되리라고 말했습니다. "당신에게 일어나는 모든 일을 보건대, 내가 아는 기하학적, 대칭적 모델에서 조금 벗어나더라도 환영받을 만한 일임을 직감할 수 있답니다. 계획과 그 실현이 정확히 일치하지는 않거든요. 행동(또는 내 직업으로 돌아가 보자면 예술 작품)은 설계 도면에서 태어난 도시처럼 정확히 대칭을 이룰 수 없답니다. 오직 대칭을 이루는 건 죽음밖에 없으니까요. 마치 마약에 취한 거미가 더는 완벽하게 거미줄을 짜지 않고, 무질서하게 배열한 구멍과 고리로 거미줄을 엮듯이, 마찬가지로 우리 세계의 창조자(그리고 그 뒤를 잇는 작가)도 영감이라는 광풍(狂風)의 영향으로 물질을 변형하고 교란한답니다. 법칙, 계획, 본질은 동일하게 유지되지만, 왜곡되고 확장되는 거죠. 그런 것

들을 떠받치는 존재가 생명력을 얻는 거예요." 그러고는 말을
이어 갔습니다. "당신은 나에게 여왕놀이에 대해 아무것도 말
해 주지 않았군요. 내 생각에 그건 예의 바른 행동이 아닌 것
같아요. 그런데 나는 그 놀이를 당신보다 더 잘 알고 있지요.
그 놀이에서 빚어지는 모든 일엔 의미가 있고, 당신 꿈과 여
왕놀이는 서로 엮이며 거미줄을 만들어 내고 있답니다. 이를
테면, 그 거미줄은 당신이 무언가를 포획하기 위해서가 아니
라, 스스로 붙잡히기 위해 짠 것이랍니다. 우리는 거미줄을 분
비하는 파리에 불과하지만, 거미는 누구에게나 똑같이 엄습
해 온답니다. 거미는 우리 각자에게 단 한 번만 찾아와요, 우
리의 거미줄이 그것의 무게를 지탱할 수 있을 만큼 적절히 준
비되어 있을 때에 말입니다. 그리고 이 세상의 모든 생명체 중
에서 오직 당신만이 자신의 거미줄에서 스스로를 떼어 낼 수
있답니다. 단 한 번, 오직 당신에게만 그러한 기회가 주어지는
거죠. 그리고 나…… 내 거미줄은 길고 곧은 한 가닥의 실일
뿐이랍니다. 당신은 그 실 위를 걸어가야 해요. 나는 여기, 세
상 끝에 있는 길잡이이자 파수꾼이니까요." 나는 언제나 그랬
듯이, 그의 말에 매료되어 귀를 기울였습니다. 그의 말 하나하
나를 머릿속에 새기려고 최선을 다했습니다. 바깥의 저녁놀이
그를 거대한 붉은 벌레로 변모시켰습니다. 나는 기도용 융단
을 주시했고, 너무 닳아서 곳곳의 날실이 들여다보일 정도였
습니다. 다양한 색깔의 양모로 엮은 기도용 융단은, 설명할 수
없을 만큼 복잡한 아라베스크 문양을 이루고 있었습니다. 첫
날, 그가 나에게 들려준 자기 조상에 관한 이야기를 떠올렸습

니다. 그는 자신의 선조가 아프리카 해안에 있는 푸른 날개를 가진 벌레한테 물려 놀라운 능력을 선물받게 되었다고 말했습니다. 그는 언젠가 그것에 대해 더 자세히 이야기해 주겠다고 약속했습니다. 그러나 이제 날이 저물자, 망루 꼭대기에 있는 에고르의 방은 너무 엄숙하고 슬프고 아득해졌습니다. 나는 그 고요함을 절대 방해하고 싶지 않았습니다. 그럼에도 내가 의도하지 않은 몇 마디 말이 내 입에서 불쑥 튀어나오고 말았습니다. "에고르, 나는 에스테르를 사랑해요!" 나는 그에게 단호한 목소리로 속삭였습니다. 하지만 그는 나의 말을 듣지 못한 것 같았습니다. 그는 한동안 침묵한 채, 마르첼이 노는 모습을 그저 지켜보기만 했습니다. 그러고는 "맞아요, 나는 그저 길잡이이자 파수꾼일 뿐이에요."라는 말을 반복했습니다.

나는 침대에서 오랫동안 몸을 뒤척이며 잠을 이루지 못했습니다. 나는 베개 밑에 손을 넣어 비단결처럼 매끄러운 조개 껍데기의 아랫부분 안쪽, 그 오목한 부분을 만졌습니다. 손가락 끝으로 미로같이 복잡하게 긁힌 자국을 느꼈습니다. 마침내 나는 그 어둠 속에서 내 눈으로 직접 읽어 내려가듯이 손가락의 감각으로 그것들을 또렷이 볼 수 있게 되었습니다. 나는 이 능력을 지금도 변함없이 간직하고 있습니다. 나는 지친 몸으로 집에 돌아와서 침대에 몸을 던지고 불도 켜지 않은 채, 이따금 눈을 감고 신문을 '읽습니다.' 손가락으로 글자들은 어루만지면, 마치 작은 손전등으로 어둠 속의 신문을 비춘 것처럼 내 머릿속에 그 내용이 그대로 나타납니다. 그날 ,밤 나는 숲속의 산책로를 걷는 꿈을 꾸었고, 점점 더 매스꺼움과 어지러움을 느꼈습니다. 그리하여 땅바닥을 바라보는데, 새싹과 애벌레, 죽은 잎과 축축이 젖은 버섯이 온통 뒤섞인 채 내 눈앞에서 떨리고 있었습니다. 숲에는 어떠한 경계도 없고, 아무런 의미도 존재하지 않습니다. 숲은 내가 상상할 수 있는 유일한 세계였습니다. 언덕 어딘가에서 여우가 울부짖는 소리, 거미줄에서 반짝이는 이슬방울, 검은지빠귀의 지저귐, 시원한 바람의 숨결. 저 멀리, 계곡 끝자락에서 황금빛과 그림자가 어우러진 집 한 채가 보였습니다. 그곳에 가까이 다가갈수록 그 윤곽은 한층 뚜렷해졌습니다. 뾰족한 지붕도 없고, 창문도 없는 직사각형의 상자 같은, 2층짜리 오두막이었습니다. 그 집에 더욱 다가서니 다소 음산해 보였습니다. 타르 칠을 한 판자로 지은, 커다란 상자라고 할 수 있었습니다. 오두막의 정면 중앙부에 위치한 문은 열려 있었고, 때마침 길도 그 문 앞에서 끊겨 있었습니다. 내 그림자는 마치 검게 떨리는 계기판의 바늘처럼 그 오두막 쪽으로 길게 뻗어 있었습니다. 나는 문 앞에서 머뭇거리며 한 걸음 한 걸음 조심스럽게 다가갔습니다. 커다란 문은 주홍색을 띠고 있었습니다. 그 안쪽에는 짙게 부화한 어둠이 깔려 있었습니다. 나는 어쩐지 몸 상태가 좋지 않아서, 그 문에 이마를 붙이고 기대섰습니다. 도망갈 곳은 아무 데도 없었습니다. 내 길은 여기서 끝나 버렸으니, 이 세상에서 내가 숨을 수 있는 곳은 단 한 군데도 없었습니다. 내가 문턱을 넘어서자 고독의 소음이 귀를 울리기 시작했습니다. 구불구불한 복도엔 먼지와 쓰레기가 가득 차 있었고, 또 오래된 가구와 부서진 피아노, 두꺼운 가죽 장정(裝幀)의 책들이 겹겹이 쌓여 있었습니다. 타원형 액자 속엔 누렇게 빛바랜 사진이 들어 있었습니다. 그리고 구부러진 철제 침대와 녹슨 요강도 있었습니다. 깨진 거울이 붙어 있는 옷장에는 낡고 오래된 옷가지들이 널려 있었습니다. 그 옷깃과 소매에서 회색과 다갈색의 나비 떼가 먼지를 흩뿌리며 솟아올랐습니다. 바닥에는 천장에서 떨어진 커다란 샹들리에와 두 쪽으로 조각난 성상이 있었습니다. 그때, 한구석에서 튀어나온 거대한 말파리가 윙윙거리며 계속 방 안을 맴돌았습니다. 나는 작은 보폭으로 낡은 물건들 사이를 조금씩 비집으며 앞으로 나아갔고, 위층으로 이어지는 계단을 발견했습니다. 나는 발로 쿵쿵 소리를 내며 천천히 계단을 올라갔습니다. 모퉁이 구석에 도사린 커다란 거미가 촘촘한 거미줄에 매달린 채, 아무런 움직임도 없이 나를 지켜보고 있었습니다. 위층, 복잡하게 얽힌 복도 끝에서 나는 녹슬고 뭉툭한 손잡이가 달린 문 하나를 발견했습니다. 그 잠긴 문 아래로 보기 흉한 열쇠 구멍이 보였습니다. 내 안의 긴장감, 어떤 두려움, 호기심과 욕망, 악(惡)이 최고조에 달했습니다. 나는 황금 열쇠를 물끄러미 바라보았습니다. 그것이 이 열쇠 구멍에 딱 맞으리라고 확신했습니다. 그리고 바로 그 순간, 나는 불안과 좌절감에 젖어, 언짢은 기분으로 잠에서 깨어났습니다.

여섯 번째 날은, 그야말로 휴일이었습니다. 11시가 되었는데도, 이번 차례의 여왕인 가로아파가 여태 나타나지 않았습니다. 그래서 우리 모두는 그녀의 집으로 찾아갔습니다. 약 열다섯 명의 영혼이, 땅바닥에서 채 1.5미터도 떨어져 있지 않은, 이 나지막한 지붕 아래에서 살고 있었습니다. 서너 명의 꼬마들이 문밖으로 달려 나왔고, 그중 가장 어린아이는 맨 엉덩이를 드러내고 있었습니다. 그리고 나머지 아이들은 때가 찌든 러닝셔츠를 몸에 걸치고 있었습니다. 회칠한 울타리 곳곳엔 손바닥 자국이 남아 있었고, 마당에는 쇠사슬과 오븐, 배수관과 난로 따위의 고철 더미가 쌓여 있었습니다. 도로반치 동네의 전설적인 암컷 늑대와 같은 젖을 가진 작은 암캐가 구겨진 신문에 대고 사납게 짖고 있었습니다. 집시 소녀 서너 명과 교복을 입은 열다섯 살 정도의 집시 소년은 현관 바닥에 앉아 해바라기씨의 껍데기를 뱉어 내고 있었습니다. 그 소년은 도끼날처럼 뾰족한 머리 모양을 하고 있었습니다. 아마 머릿기름을 바르고, 헤어스프레이 대신에 설탕물로 머리카락을 고정했을 것입니다. 우리는 가로아파가 "엄마와 함께 빈 병 수레를 끌고 나갔"으며, 저녁 무렵에야 돌아오리라는 사실을 알게 되었습니다. 우리는 잠시 고민한 끝에, 여왕놀이를 오늘 저녁이나 다음 날로 미루기로 했습니다. 다시 여왕놀이를 할 수 있을 때까지 평소처럼 놀기로 했습니다. 우리는 남은 하루 동안, 정말 온갖 것을 하며 놀았습니다. 그림을 그리고, 사방치기를 하고, 쓰디쓴 체리나무에 올라가고, '동동 동대문을 열어라'와 '우리 집에 왜 왔니' 같은 놀이도 했습니다. 그날 오후에 나는 에스테르와 단둘이 들판을 가로질러 야생화가 흐드러진 장소로 나아갔습니다. 처음에는 손을 잡았고, 나중엔 서로 허리를 감쌌습니다. 우리는 꽃다발을 만들어 서로에게 선물했습니다. 그러고는 서로의 머리에도 꽃을 꽂아 주었습니다. 너희,

소년들은 결코 이해하지 못할 테죠……. 우리는 우리가 아는
모든 노래를 서로에게 불러 주었고, 하루가 저물어 갈수록 그
노래들은 차츰 우울해졌습니다. 내가 그토록 사랑스럽게 쓰다
듬어 준 에스테르의 머리카락이 마치 씁쓸한 체리처럼 검붉게
변했습니다. 우리 둘은 몹시 행복했습니다. 만약 우리가 만나
지 않았더라면 과연 어떤 삶을 살게 되었을지 궁금했습니다.
우리는 책과 영화에 관해 이야기를 나누었습니다. 그때, 나는
그녀의 박식함에 놀랐습니다. 그녀는 방금 『악마들』(그녀는 강
조했다.)이라는 벽돌처럼 두꺼운 책을 다 읽고서 나에게 그 불
쌍한 절름발이 소녀에 관해 이야기해 주었습니다. 그녀의 이
름은 리사였고, 동화 속에서 살고 있었습니다. "하지만 스베틀
라나가 리사보다 더 아름다운 것 같아." 우리는 집으로 돌아
왔고, 아우라 이모에게 꽃다발을 안겨 주었습니다. 그러고는
셋이서 이야기를 나눴습니다. 이모는 우리들을 정말 좋아했습
니다. 그녀는 항상 딸을 원했지만 이젠 "이 말썽꾸러기"(마르첼
이 탁자 밑에 숨어서 그녀의 말을 엿듣고 있었기 때문에 굳이 '말썽
꾸러기'라고 얘기한 것입니다.)만이 남았습니다. 우리들은 다시
저녁 7시 무렵에 모였고, 십오 분 뒤에 가로아파도 합류했습니
다. 그녀는 우리와의 약속을 지키기 위해 사촌에게서 주황색
조끼를 빌려 왔고(그녀의 사촌은 고무 무릎 보호대를 차고 길거리
의 맨홀 뚜껑을 들어 올린 뒤에 그 안의 냄새를 확인하고 다시 망치
질로 뚜껑을 덮는 사람이었습니다.), 조끼를 입은 스스로의 모습
을 매우 자랑스러워했습니다. 그녀는 더 큰 재미를 위해 이번
엔 밤에 놀자고 제안했습니다. 우리는 정확히 밤 10시에, 쌍둥

이네 집 앞, 폐교로 이어지는 길모퉁이에서 만나기로 했습니다. 바로 그곳이 가로아파가 제비를 뽑은 장소였기 때문입니다. 그래서 나 또한 다음 날, 망루의 여왕이 되리라는 점을 확신할 수 있었습니다. 저녁 식사를 마치고 나는 내 방으로 들어갔습니다. 아우라 이모는 온종일 재봉틀 앞에서 지치도록 시간을 보냈기 때문에 일찍 잠자리에 들었습니다. 나는 옷도 갈아입지 않고 침대에 편안히 앉아『눈요새의 사령관』을 무릎에 두고, 아름다운 삽화가 인쇄된 노란색 책장을 넘기기 시작했습니다. 나는 책을 읽는 데에 필요한 인내심이 없었고, 글을 읽는 내내 수백 가지의 일들이 머릿속을 스쳐 지나갔습니다. 아우라 이모네 집에서 보낸 엿새 동안의 기억이 (더 깊은 곳, 감정이 일어나는 곳에서) 다른 것들과 뒤섞이며, 멋지고도 고통스러운 이미지를 낳았습니다. 나는 완전히 혼란스러웠고, 심지어 육체적으로도 끊임없이 답답한 질식감을 느꼈습니다. 그느낌은 꿈속에서 연신 나를 따라다녔고, 급기야 이젠 현실에서도 숨통을 조여 왔습니다. 지지와 눈이 마주쳤을 때, 나는 불길한 예감을 느꼈습니다. 나는 바닥에 있던 지지를 들어 올려 먼지를 털어 낸 뒤에 오랫동안 다정하게 이야기하며, 앞으로 다시는 그녀를 내버려두지 않겠다고 약속했습니다. 특히 여왕인 가로아파의 물건이 인형이었으므로, 내 인형 지지도 우리들이 노는 모습을 구경할 수 있도록 데려가야겠다고 생각했습니다. 그런데 내 인형 지지가 그토록 거친 방식으로 여왕놀이에 참여하게 되리라고 누가 상상이나 했을까요? 가끔 나는 그 끔찍했던 밤을 떠올리면 아직도 눈물이 납니다. 그것이 그녀의 운명이었던 것 같습니다…….

　나는 지지를 품에 안고, 9시 45분에 천천히 집 대문을 나섰습니다. 보름달이 떴다는 사실조차 눈치채지 못했습니다. 하늘은 반짝거리는 별들로 수놓여 있었습니다. 천상의 궁륭을 따라 낙하하는 여섯 개의 꼬리를 가진, 그래서 누구나 쉽게 알아볼 수 있는 새하얀 혜성은 갓 태어난 새끼 염소가 노랗게 물든 꽃밭에서 풀을 뜯고 있는 모습처럼 보였습니다. 달이 언제 이렇게 커졌을까요? 보름달의 환한 원반이 하늘의 4분의 1 정도를 뒤덮고 있었습니다. 나는 쏟아져 내리는 별빛을 받으며 조용한 거리를 홀로 걸어갔습니다. 쌍둥이는 이미 길모퉁이에 서 있었고, 뒤이어 푸이아도 귀걸이를 살짝 짤랑거리며 나타났습니다. 발레나는 에스테르와 함께 도착했고(이곳으로 오는 길에 만났습니다.), 드디어 가로아파도 얼굴을 비쳤습니다. 그녀는 물론 주황색 조끼를 입고 있었습니다. 이마엔 학교에서 쓰는 흰색 띠를 두르고, 그 띠에는 군주의 깃털처럼 위풍당당한 금어초를 꽂아 두었습니다. 또 그녀는 당시 유행에 맞춰 몸에 꼭 끼는 꽃무늬 원피스를 입고 있었는데, 체형에 맞지 않게 재단된 터라 촌스러워 보였고, 발에는 토끼털 장식이 달린, 광택이 흐르는 빨간색 전통 슬리퍼를 신고 있었습니다. 그리고 그녀는 자신의 빛나는 검은 머리카락을 두 갈래로 두껍게 땋은 모습이었습니다. 어스름 속에 있으니, 실제로 아름다운 그녀의 얼굴이 마치 목각 우상처럼 원시적으로 보였습니다. 우리는 다른 건물들보다 더 높고 더 어두운 건물을 향해 천천히, 두려운 마음을 품고 나아갔습니다. 그 건물과 직각을 이루는 길의 끝자락은 별이 총총한 하늘과 맞닿아 있었습니다. 그곳은 일부 벽이 완전히 무너져 있고, 층간 바닥의 마루판은 기울어져 있으며, 목재마저 죄다 썩어 버린 그야말로 폐허였습니다. 창틀 없이 무너져 내리는 벽에 뚫려 있는 창문은 기형적인 형태의 구멍처럼 보였습니다. 경사진 지붕의 타일은 거의 다 떨어져 나갔고, 시커먼 틈새가 넓게 벌어져 있었습니다. 나는 낮에 이미 이곳에 와 본 적이 있었습니다. 부러진 책상과 세 개의 다리로 버티고 서 있는 낡은 칠판이 구석에 방치되어 있는, 이 텅 빈 교실을 푸이아와 함께 둘러보았습니다. 일부 칠판에는 지난 수년 동안 흰색 분필로 쓴 분수와 더하기 문제들이 그대로 남아 있었습니다. 한때 '가축'이나 '우리 나라를 알아봅시다' 같은 내용의 포스터, 온갖 다채로운 지도가 걸려 있었을 벽면엔 누렇게 빛바랜 사각형의 흔적만이 있었습니다. 실험 막대와 주석 원판이 섞인 깨진 유리 더미가 과거에 화학 실험실이 어디 있었는지를 넌지시 알려 주었습니다. 자연 과학실에는 짚으로 속을 채운 정체불명의 동물 한 마리가 버려져 있었습니다. 여러 군데의 솔기가 터진 채 바닥에 누워 있는 그 동물 옆으로 유리 의안(義眼)이 데굴데굴 굴러갔습니다. 귀 부위를 자세히 보여 주는 석고 모형도 부서져 있었습니다. 또 교실에서 알파벳이 적힌 교과서와, 찢어진 악보와, 빨간색 잉크로 수정한 시험지를 발견했습니다. 이곳에서 공부했던 아이들은 이제 어른이 되었을 테고, 그렇게 다른 종으로, 다른 세계로 넘어갔습니다. 그들은 두 번 다시 이곳으로 돌아오지 않을 것입니다. 우리는 어둠 속에서 어렵게 입구를 찾아냈고, 마치 고양이처럼 살금살금 나아갔습니다. 가로아파는 손전등을 밝히고 벽을 따라 걸어갔습니다. 1층 복도엔 끝이 없는지, 앞을 비추는 손전등의 불빛마저 어둠에 파묻혔습니다. 더러운 모자이크 바닥에 빛이 반사되었습니다. 우리는 아직 책걸상이 세 개 정도 남아 있고, 옆으로 구부러진 교탁이 위태롭게 서 있는 교실로 들어갔습니다. 한구석이 무너진 벽의 틈새로 차가운 바깥 공기가 불어왔습니다. 그 폐허의 꼭대기에선 벽돌 사이사이로 풀이 자라나고 있었습니다. 가로아파가 의자에 앉자, 우리는 그녀의 머리에 황금 왕관을 씌워 주었고, 집에서 가져온 리본과 끈, 갖가지 장신구로 그녀를 치장했습니다. 그녀의 모습은 아래에서 위로 향하는 손전등의 불빛을 받아 끔찍하게 보였습니다. 그러고는 그녀에게 이번 놀이에서 사용할 인형을 건네주었습니다. 가로아파는 인형을 잽싸게 낚아채더니, 으르렁 소리를 내며 집어삼키는 시늉을 했습니다. 그런 다음엔, 무너진 벽 사이에서 빛나는 거대한 달을 향해 인형을 냅다 던졌습니다. 좋은 징조는 아니었습니다. 여름 원피스와 얇은 블라우스만을 입고 있던 우리는 돌연히 느껴지는 한기에 몸을 덜덜 떨었습니다. 날카로운 비명이 우리를 놀라게 했고, 유리 없는 창문의 파란색 배경 위로 날아다니는 몇 개의 그림자를 보았을 때, 우리는 그것이 박쥐임을 알아차렸습니다. 박쥐 몇 마리가 조용히 날개를 퍼덕이며 우리 곁으로 다가왔습니다. 그러고는 재빠르게 주위를 맴돌면서 우리 귓전에 고함을 질러 댔습니다. 우리들도 머리에 손을 얹고 비명을 지르기 시작했습니다. 왜냐하면 박쥐가 머리카락을 한번 움켜잡으면 결코 떼어 낼 수 없다는 사실을 알았기 때문입니다. 그들은 가죽 같은 넓은 날개를 치며 우리 귓가를 스쳐 지나갔고, 급기야 교실로 하나둘 모여들더니 마침내 이곳 전체를 장악해 버렸습니다. 우리는 겁에 질려 한쪽 모퉁이에 숨어 있다가 다른 쪽 모퉁이로 달려갔습니다. 밝은 달을 등지고 떼를 지어 다가오는, 이빨 돋은 날개와 쥐의 귀를 가진 그것들의 사악한 실루엣을 분명히 볼 수 있었습니다. 갑자기 가로아파가 우리를 구원할 방법을 떠올렸습니다. 바로 불을 피우는 것이었습니다. 비명을 지르며 박쥐를 피하는 와중에도 우리는 바닥에서 불쏘시개로 사용할 만한 더러운 공책, 둥근 지휘봉 조각, 교사 의자의 나무 파편 따위를 서둘러 그러모아 교실 한가운데에 쌓았습니다. 쓰레기가 산을 이루자 집시 여자아이는 항상 가지고 다니던 성냥개비를 그어 불을 붙였습니다. 눈부신 보라색 불꽃이 딱딱거리며 솟아올랐고, 돌연 그 주위로 깜빡거리는 불빛이 퍼져 나가더니 벽을 붉게 물들이고, 우리의 얼굴엔 생기를 불어넣어 주었습니다. 우리의 비명은 이제 기쁨과 승리의 포효로 바뀌었습니다. 혼란에 빠진 박쥐들은 더는 빠져나갈 길을 찾지 못해 자기들끼리 맞부딪치거나, 천장까지 치솟은 검은 연기 속을 뚫고 지나가다가 활짝 피어난 불꽃에 불타기도 했습니다. 몇몇 박쥐는 새된 울음소리를 내며 날개로 바닥을 겨우 기어다녔고, 그 몹시도 작은 머리통을 경이로울 정도로 빠르게, 앞뒤로 마구 흔들어 댔습니다. 박쥐들은 이내 한쪽 구석의 짙은 어둠 속으로 사라져 버렸습니다. 우리는 따뜻하고 매혹적인 불에 도취한 듯 한동안 앉아서 그 불꽃을 바라보았습니다. 속눈썹과 뺨은 그을었고, 나무 타는 냄새와 연기 때문에 현기증이 일었습니다. 우리의 세계는 이제 작고 신비로워졌습니다. 이곳은 약동하는 빛과 열의 영역이었습니다. 우리는 새로이 솟아오른 불꽃의 혀가 무엇이든 파괴하고 잡아먹고 열기를 내뿜는 광경을 지켜보기 위해, 이토록 즐거운 순간을 더 누리기 위해 손에 닿는 모든 것을 불 속으로 집어 던졌습니다. "불이야! 불!" 우리는 미친 듯이 소리쳤습니다. 누가 먼저 일어나서 몸을 흔들고 비틀기 시작했는지는 기억나지 않습니다. 우리는 한쪽 발씩 번갈아 뜀뛰고, 노래를 부르고, 손뼉을 치며 춤을 추기 시작했습니다. 우리는 공중으로 손을 들어 올려 주문을 걸었고, 불 곁에 빙 둘러서서 황홀경에 이를 때까지 호라[157]를 추었으며, 눈을 감은 채 팔을 활짝 벌리고 제자리에서 발을 구르기도 했습니다. 우리는 완전한 자유, 그 무엇에 대한 갈증을 느꼈습니다……. 무엇 때문에? 우리 스스로는 몰랐지만, 우리 안에는 그리움과 욕망이 깃들어 있었습니다. 우리는 얼굴을 찌푸리고 송곳니를 드러낸 채 교탁 위에 우상처럼 우뚝 서서 개처럼 달을 향해 울부짖는 가로아파를 흉내 내려고 애썼습니다. 그녀의 머리에서 왕관이 떨어졌고, 금어초는 꺾인 채 하얀 끈에 매달려 있었습니다. 우리는 불길을 뛰어넘으려다가 몇 번이나 불이 붙을 뻔했습니다. 우리들 치마의 밑자락에선 그은 냄새가 났습니다.

---

157) 루마니아를 비롯해 발칸반도 지역에서 즐기는 전통 춤. 춤을 추는 사람들이 서로 손을 잡고 원을 그리며 추는 집단 춤으로, 결혼식이나 축제 등 공동체 행사에서 즐겨 춘다.

모닥불 주변에서 노는 것에 지쳤을 즈음, 우리는 직접 대법원을 꾸렸습니다. 물론, 재판은 오렌지색 여왕인 가로아파가 이끌었고, 나머지 우리는 그녀의 보좌관이자 판사이자 사형 집행인이 되었습니다. 죄인이 우리 앞으로 끌려 나왔습니다. 본래 가져온 작은 인형을 도무지 찾을 수 없어서, 나는 의자에 누워 있던 지지를 피고인으로 지목했습니다. 재판놀이는 나를 사로잡았고, 몹시 흥분하게 했습니다. 어쨌든 나는 정신이 혼미해졌고, 급기야 내 안의 악(惡)에 압도되어 다음 날까지 내가 얼마나 악랄한 짓을 저질렀는지조차 깨닫지 못했습니다. 그러나 정신을 차렸을 때는 이미 때늦은 눈물이었습니다. 등 뒤로 손을 결박당한 내 인형 지지는 벽에 몸을 기댄 채 우리 앞에 서 있었습니다. 우리들은 눈을 부라리고, 치켜세운 손톱으로 지지를 할퀴려 했습니다. 심술궂은 가로아파가 고발장을 읽어 보라고 명령했습니다. 하나하나 고발당할 때마다 불길은 더욱 격렬하게 타올랐고, 지지는 자신의 헝클어진 머리와 함께 더욱 움츠러드는 것 같았습니다. 가장 먼저 나서서 지지를 비난한 사람은 발레나였습니다. 그녀가 손가락으로 지지를 가리키며 소리쳤습니다. "너는 작아, 게다가 추악한 괴물이야! 갱생할 자격이 없어!" 이어서 아다가 지지에게 부드럽지만 교활한 투로 말했습니다. "너는 글을 읽을 수도 없고, 쓸 수도 없고, 셈을 할 수도 없어. 너는 네 이름도 제대로 알지 못하잖아? 죽어!" 카르미나가 비웃으며 덧붙였습니다. "너는 비듬과 털이 수북해. 참으로 부끄러운 일이야! 단번에 그녀를 끝장내자!" 푸이아는 자기 자리에서 절대로 깨어날 수 없는 차가운 꿈에 빠진 채 속삭였습니다. "너는 못생겼고, 옷도 지저분해. 누가 너 같은 걸 아내로 맞이하겠어? 그래, 인형아, 차라리 처형당하는 게 더 나아……." 가로아파가 무자비하게 어깨 위로 지지를 내던졌습니다. "멍청한 것, 너는 여행 가방에 불을 질렀어. 이제 유언장을 작성하는 게 좋을 거야. 지금부터는 전부 네가 망친 거야." 내가 지지에게 속삭였습니다. "그녀들이 이걸 원하고 있어, 지지. 나는 상관없어. 우리 놀이를 망치지 말아 줘, 지지. 우리에게 이건 단지 놀이일 뿐이지만, 어쨌든 너는 너무 작고 멍청해서 이해할 수 없겠지." 에스테르는 항상 그러하듯이 질문하는 투로 말했고, 매력적인 콧소리를 내며 불 속에 지푸라기를 더했습니다. "너에겐 생명이 없어. 그래서 너는 죽어야 해! 어차피 너는 존재하지 않으니까, 마땅히 사라져야 해!" 지지의 운명은 결정되었습니다. 더는 탈출할 방도가 없었습니다. 가로아파가 최종 판결을 내렸습니다. 검게 그을은 대법원은 지지에게 교수형과 화형을 선고했습니다. 아직 어리둥절한 채로 자신의 비참한 처지를 이해하지 못한 지지가 슬퍼하며 흐느끼기 시작했습니다. 우리는 결심이 흔들릴까 봐 두려웠으므로, 서둘러 형을 집행했습니다. 우리는 직각으로 연결된 판자 두 개를 찾아내서, 교실의 벌어진 마룻바닥 틈으로 밀어 넣었습니다. 그리고 '유채꽃'이 그려진 포스터 뒷면에 달려 있던 끈을 이용해 밧줄을 만들었습니다. 불꽃이 타오르는 소리만이 들리는 고요 속에서, 내가 손수 마름질하고 바느질한 지지의 옷을 모조리 벗겨, 하나씩 불 속으로 던져 넣었습니다. 지지의 드레스는 불꽃과 재의 나비가 되어 천장까지 날아올랐습니다. 벌거벗은 지지의 모습은 무척 가여웠습니다. 조잡하게 꿰맨 석고 머리와 형체 없는 누더기로 만든 몸. 더러운 잿빛을 띠고 있었습니다. 그녀의 손과 다리는 원통 모양이었고, 아마도 플라스틱으로 만들어진 것 같았습니다. 우리는 그녀의 목에 줄을 걸었고, 바닥에 날카로운 검은 그림자를 드리우며 교수대에 매달려 흔들리는 모습을 바라보았습니다. 우리는 다시 그녀 주위에서 놀기 시작했지만, 이번에는 아까와 다르게 피곤하고, 축 늘어지고, 암울하고, 전혀 유쾌하지 않았습니다. 우리는 각자 교실 곳곳으로 흩어졌다가 종이, 나뭇조각, 낡고 부러진 연필을 가지고 돌아왔습니다. 그러고는 목매달린 인형의 발아래에, 작은 피라미드 모양으로 장작더미를 쌓아 올렸습니다. 가로아파가 모닥불에서 타오르는 나뭇조각 하나를 꺼내 들었습니다. 오늘의 여왕이 장작더미에 불을 붙이자, 우리는 눈을 크게 뜨고 첫 번째 노란색 불꽃이 어떻게 인형의 몸을 불태우는지 지켜보았습니다. 지지의 손과 발이 횃불처럼 타오르기 시작했고, 그녀의 몸에서는 짙은 연기가 피어올랐습니다. 단 몇 초 만에, 지지는 불의 장막 속으로 사라져 버렸습니다. 불이 붙은 교수대의 밧줄은 곧 끊어졌고, 인형은 장작더미 속으로 떨어졌으며, 오랫동안 타들다가 잿더미로 변했습니다. 이제 그녀의 머리만이 남았고, 검게 타오르는 불길 한가운데에서 마치 더러운 공처럼 보였습니다. 실로 만든 그녀의 머리카락은 이미 까맣게 타 버린 지 오래였습니다. 갑자기, 거세게 쾅 닫힌 문처럼, 두 개의 불씨가 최후의 불꽃을 터뜨리며 마침내 사그라졌습니다. 불씨 하나 보이지 않았고, 오직 재와 연기만이 남았습니다. 폐허가 된 교실은 당최 숨을 쉬기 어려울 만큼 매캐한 연기로 가득 차 있었습니다. 부서진 벽의 모퉁이를 통해 달의 4분의 1 정도가 언뜻 비쳤고, 주변 하늘은 파랗게 물들어 있었습니다. 모든 것이 무너졌고, 그제야 우리는 한밤중에 폐허에 있음을 깨달았습니다. 겁에 질린 소녀들. 건물 구석에서 다시 박쥐들이 꿈틀거렸고, 날개를 펄럭이며 공중으로 날아올랐습니다. 그 소리를 듣고 바깥에 있던 박쥐들마저 창문을 향해 돌진했습니다. 이제 우리는 얼굴을 강타하고 옷을 찢어발기려 하는 날개 달린 쥐 떼에게 쫓기게 되었고, 저마다 비명을 지르며 복도를 따라 달아났습니다. 그런데 복도는 점차 늘어났고, 우리는 출구를 찾을 수 없었습니다. 가로아파의 손전등이 이끼로 뒤덮인 벽에 빛을 비췄습니다. 수많은 문들 중 하나를 열었을 때, 우리는 돌연 동화 같은 달빛과 별빛 아래에, 이미 폐교 바깥에 나와 있음을 깨닫게 되었습니다. 우리는 여전히 박쥐들에게 쫓기며 새까맣게 어두운 거리를 내달렸고, 박쥐들은 악착같이 길모퉁이까지 우리를 따라왔습니다. 우리는 각자 숨을 헐떡이며 집으로 달려갔습니다. 촘베가 으르렁거리며 절뚝이는 다리로 달려 나왔고, 이내 나를 알아보고는 진정했습니다. 나는 아무도 눈치채지 못하도록 내 방으로 살금살금 들어갔습니다. 지독한 피로감이 뼛속까지 사무쳤고, 완전히 멍해져서 아무 생각도 할 수 없었습니다. 무슨 일이든 일어날 수 있었고, 심지어 다시는 REM 상태에 들어가지 못할 수도 있었습니다. 그러나 그날 밤만큼은 꿈꾸는 것을 참을 수 없다고 느꼈습니다. 모든 것이 너무나 힘들었고, 모든 것이 나를 몹시도 압박했습니다. 나는 베개 밑에서 조개껍데기를 꺼내, 테이블 위에 올려놓았습니다.

나는 다음 날 아침 10시 무렵, 이모가 나를 깨울 때까지 푹 잤습니다. 벌써 손님이 와 있었습니다. 쌍둥이와 발레나는 지지에게 일어난 비극을 위로하고, 마지막 여왕인 나에게 경의를 표하고자 찾아온 것이었습니다. 나는 그제야 어젯밤에 일어난 모든 일들을 기억하고, 그야말로 히스테리 발작을 일으켰습니다. 나는 바닥을 뒹굴며 울부짖었고, 손바닥으로 얼굴을 때리고 손톱으로는 팔을 쥐어뜯었습니다. 나는 친구들에게 소리를 지르며, 그들 모두를 바깥으로 쫓아냈습니다. 겁에 질려 달려온 아우라 이모에게도 악을 썼습니다. 한 시간 정도 지난 뒤에, 아우라 이모가 나를 위로하려고 건넨 농담에 어느 정도 마음이 진정되었고, 눈물을 흘리면서도 웃기 시작했습니다. 나는 다섯 살 때부터 늘 침대에서 같이 자고, 오래도록 함께해 온 지지를 잃었고, 바로 그러한 비극이 어제 오후에 일어났음을 이모에게 고백했습니다. 불타듯 붉게 달아오른 얼굴을 씻은 다음에, 나는 식사를 하고 무엇을 입을지 고민했습니다. 나에게는 선택할 만한 가짓수가 그리 많지 않았습니다. 빨간색 블라우스(실제로는 벽돌색) 한 벌과 무릎까지 올라오는 빨간 줄무늬 양말을 가져왔습니다. 아무리 궁리해도 더 나은 옷이 없어서 나는 하얀 치마를 입고, 머리엔 벚꽃이 그려진 길쭉한 실크 스카프를 둘렀습니다. 나는 살짝 기울어진 거울 앞에서 앞뒤로 내 모습을 비춰 보다가, 장미를 따러 바깥으로 나갔습니다. 나는 가시가 잔뜩 돋아난 장미 한 송이를 칼로 잘랐습니다. 장미는 너무 작아서 거의 꽃봉오리에 가까웠지만, 보라색 꽃잎 몇 장은 이미 활짝 피어 있었고, 이슬에 젖은 채 여전히 웅크리고 있는 다른 꽃잎들도 보였습니다. 나는 그 장미를 손에 쥐고 있기로 했습니다. 애당초 가슴에 꽂으려고 했지만, 블라우스도 빨간색이라 그럴 수가 없었습니다. 나는 햇빛 속으로 나아갔고, 모든 소녀들이 작은 시멘트 단상에 모여 있는 모습을 발견했습니다. 그곳 왕좌 주위엔 일곱 개의 원이 그대로 남아 있었습니다. 나는 화려하게 치장한 왕좌에 앉았고, 푸이아가 내 머리에 금색 왕관을 씌워 주었습니다. 그들은 불꽃처럼 붉게 이글거리는 기다란 종이 화환으로 나를 감쌌고, 머리카락엔 카네이션을 엮어 주었으며, 손가락에는 루비 반지를 끼워 주었습니다. 그러고는 금으로 만든 것 같은 반지도 건네받았습니다. 나는 스스로가 낯설게 느껴졌습니다. 나에겐 여왕의 역할을 해낼 만한 능력이 없었고, 어쩐지 그날의 놀이를 망칠 것 같은 느낌을 받았습니다. 나는 내가 아름답지 않으며, 빨간색 옷이 잘 어울리지 않는다는 점 역시 깨닫게 되었습니다. 나는 손가락에 반지를 끼고, 놀이가 이뤄질 장소, 망루를 향해 출발했습니다. 여왕놀이를 마친 뒤에 에고르를 만나러 갈 생각이었습니다. 나는 그에게, 스스로 꿈을 망쳤으며, 따라서 더는 그곳에 갈 자격이 없다고, 털어놓을 작정이었습니다. 우리는 들판을 가로지르다가, 잠깐 롤란도의 동굴에 내려가 보기로 했습니다. 동굴 벽엔 변함없이 푸른 빛이 굴절되어 비치고 있었지만, 우리는 '우리 친구'(우리는 그를 그렇게 부르기로 했습니다.)를 보고 깜짝 놀랐습니다. 마치 수천 년이

흐른 듯, 거대한 해골은 벌써 흙더미로 변해 있었습니다. 엉덩
뼈는 부서진 채 더러운 먼지 속에 파묻혀 있었고, 두개골 조
각과 사 등분된 상악골, 척추뼈의 잔해 역시 흩어져 있었습니
다. 시간은 믿기지 않을 만큼의 엄청난 속도와 분노로 그를 휩
쓸었습니다. 우리는 낙담한 채로 납골당이 되어 버린 동굴을
떠나, 다시 들판을 가로질러, 빛나는 하늘 아래에 우뚝 솟아
있는 망루를 향해 나아갔습니다. 푸른 꽃을 피운 엉겅퀴가 캔
버스 샌들을 신은 발을 할퀴었습니다. 배가 불룩한 벌들은 금
어초의 입술 위로 날아들어, 꽉 다문 꽃잎을 열고 그 안으로
들어갔습니다. 벌은 그 속을 뒤지더니 등에 노란색 꽃가루를
뒤집어쓰고 도로 나왔습니다. 그것들은 보이지 않는 날개에
매달린 가방처럼 흔들거리며 멀리 날아가 버렸습니다.

　에고르는 망루 꼭대기, 자신의 방 안에 있었습니다. 그가
창밖으로 우리를 내다보며 손을 흔들었습니다. 우리도 그에
게 인사했습니다. 대부분 상냥하게 화답했지만, 일부는 아리
송한 미소를 짓기도 했습니다. 심지어 쌍둥이는 그에게 인사
를 건네자마자 웃음을 터뜨렸습니다. 망루와 창고 사이의 공
간은, 우리가 마음껏 놀 수 있을 만큼 충분했습니다. 이제 결
정의 시간이 다가왔습니다. 나는 몇 분 안에, 흥미로운 놀이를
생각해 내야 했습니다. 그날의 모든 책임은 내가 짊어지고 있
었습니다. 나는 손가락에 낀 반지를 비틀고 돌려 보았습니다.
과연 이것으로 무엇을 할 수 있을까? 머릿속엔 아무것도 떠오
르지 않았습니다. 카르미나가 자신에게 주어진 진주를 샅샅
이 살펴보았듯이, 나는 내 반지를 골똘히 들여다보았지만 아

무엇도 발견할 수 없었습니다. 태양은 하늘의 영광 속에서 굉음을 울리며 타오르고 있었습니다. 나는 녹슨 금속으로 이뤄진 원을 바라보았고, 그 아래쪽으로 시선을 옮기자 보랏빛과 자주색을 띤 점들만이 보였습니다. 그러고는 에고르의 창문을 올려다보았지만 투명한 커튼이 내려져 있을 뿐이었습니다. 비로소 나는 마음을 정했습니다. 우리는 결혼놀이를 하게 될 테고, 이 반지는 결혼반지였던 것입니다. 나는 신랑이 되고, 신부는 제비를 뽑아 결정할 참이었습니다. 예전에도 이와 비슷한 놀이를 해 본 적이 있었지만, 소녀들은 이러한 결단에 즉시 기뻐했습니다. 지루함 없이 계속 되풀이할 수 있는 놀이였습니다. 우리는 실제로 결혼식을 올리는 듯 모두 흥분했습니다. 우리는 평소대로 종이와 펜, 가위를 챙겨 왔습니다. 일단 나는 신부를 정해야 했으므로, 여섯 친구들의 이름을 각각의 종이에 적었습니다. 여기서 나는 별도리 없이 속임수를 쓸 수밖에 없었습니다. 나는 모든 종이에 '에스테르'라고 적었던 것입니다. 나는 그 종잇조각들로 제비를 만들었고, 가로아파가 둥글게 포갠 내 손아귀에서 그중 한 장을 뽑았습니다. 나는 곧장 다른 제비들을 갈가리 찢어 버렸습니다. 만약 친구들이 다른 제비들도 확인해 보자고 했다면, 나는 몹시 수치스러웠을 것입니다. 수많은 위험을 감수한 끝에 결국 승리했습니다. 이제 에스테르는 내 신부가 될 것입니다. 그녀는 이 같은 결정에 더는 얼굴을 붉힐 수 없을 정도로 발갛게 달아올랐지만 보기에 좋았습니다. 모두들 신부를 아름답게 꾸며 주고자 그녀 주위로 모여들었고, 나는 홀로 남게 되었습니다. 결국 집에서 가져온 이모부의 모자를 써 보는 것 말고는 달리 할 일이 없었습니다. 나는 단단히 틀어줜 머리카락을 모자 안으로 집어넣었습니다. 녹색 천 리본을 나비넥타이처럼 목에 묶었고, 나는 바닥에서 찾아낸 숯으로 내 얼굴에 콧수염을 그려 달라고 아다에게 부탁했습니다. 그러자 아다는 숯을 둘로 쪼개 절반을 언니에게 주었습니다. 두 사람은 대칭을 이루는, 매우 아름다운 아치형의 콧수염을 각자 한쪽씩 그렸습니다. 이제 더는 할 일이 없었습니다. 소녀들은 하얀 거즈로 에스테르의 턱 아래까지 내려오는 베일을 만들어 씌웠습니다. 그녀들은 저마다 가져온 온갖 종류의 '보석'으로 그녀를 꾸미고자 했지만, 에스테르는 거절했습니다. 그녀는 손가락에 반지 하나 끼지 않았습니다. 공교롭게도 그날 그녀는 파란색 테두리 장식이 있는 흰색 드레스를 입었는데, 그 단순하고 순수한 모습은 진짜 꼬마 신부처럼 보였습니다. 기품 있고 우아한 매부리코를 가진, 붉은 곱슬머리의 신부. 소녀들은 결혼식 부케를 만들고자 들판에서 민들레, 캐모마일, 수레국화 등의 들꽃을 잔뜩 모았습니다. 결혼식 준비가 마무리되자, 이제 다른 소녀들도 각자 역할을 분담했습니다. 아다와 발레나는 신랑의 부모 역할을, 카르미나와 푸이아는 신부의 부모 역할을, 가로아파는 우리 결혼식을 인도할 신부님 역할을 맡았습니다. 그녀는 신부님답게 보이도록 검은색 천으로 땅바닥까지 내려오는 긴 수염을 만들었습니다. 그런 그녀의 모습을 바라보고 있자니, 가슴 벅차오르는 환희에 사로잡혔습니다. 우리는 먼지가 자욱한 주홍색 창고 출입문 바로 앞에, 결혼식 제단을 마련했습니다. 신랑과 신부는 망루에서 창고로 이어지는 길을 따라 걸어갔고, 결혼반지를 가진 신부님은 그곳 문 앞에서 그들을 기다리고 있었습니다. 나의 구리 반지 말고도, 보석 없는 작은 반지(아마도 은으로 만든 반지)가 두 번째 결혼반지로 추가되었습니다. 모든 준비가 끝났습니다. 우리는 망루 앞에서 결혼식 행렬을 연출했습니다. 에스테르는 잠시 내 눈을 바라보다가 수줍은 듯, 절반은 장난스러운 몸짓으로 내 팔을 붙잡았습니다. 그리고 다른 한 손으로는 부케를 가슴께에서 꼭 움켜쥐었습니다. 조심스럽게 내린 베일 사이로 얼굴의 윤곽은 거의 보이지 않았습니다. 나는 '제단'을 향해 작은 발걸음을 내디디며, 곁눈질로 그녀를 바라보았습니다. 다른 소녀들도 하나둘 엄숙하게 우리를 뒤따라왔습니다. 한 걸음 한 걸음 걸을수록, 나는 고통과 슬픔, 이해할 수 없는 어둠과 씁쓸함, 차마 견딜 수 없는 기쁨, 이 모든 것이 뒤섞인 강렬한 감정에 압도당했습니다. 나는 알았습니다, 이 모든 것이 곧 끝나리라는 것을. 머지않아 그 시절(이 세상)을 그토록 마법같이 느끼게 해 주던 모든 것들이, 마치 단 한 순간도 존재하지 않았던 듯 모조리 지워질 터였습니다. 내가 꼭 붙잡고 있었던 에스테르의 팔도 이제 사라질 것입니다. 위대한 놀이가 끝나 버렸습니다. 마침내 가로아파 앞에 당도했을 때, 우리는 멈춰 서서 그저 정면을 바라보았습니다. 창고 문은 거의 다 썩어 있었습니다. 녹슨 커다란 자물쇠는, 마치 도장을 찍은 듯이 문에 걸려 있었습니다. 에고르의 말처럼, REM이 저 문 뒤에 있음을 나는 직감할 수 있었습니다. 그러한 생각이 내 마음속에서 번쩍였음에도, 한편으로는 그 같은 생각이 그 어느 때보다 터무니없게 여겨졌습니다. 가로아파는 경전을 펴 든 것처럼 자기 손바닥을 열고, 얼굴을 찡그린 채 아마도 집시들의 언어로 무언가를 매우 빠르게 중얼거리며 턱수염을 잡아당겼습니다. 바야흐로 우리에게 서로 결혼하고 싶어 하는지를 묻는 경건한 순간이 다가왔고, 우리 두 사람은 조용히 "예."라고 대답했습니다. 뒤이어 우리는 결혼반지를 주고받았고, 소녀들의 명랑한 웃음소리 속에서 남편과 아내로 선언되었습니다. 이제 신부에게 키스해야 했지만 나는 그럴 수가 없었습니다. 소녀들은 신랑과 신부가 반드시 키스해야 하며, 그것이 관례라고 소리쳤습니다. 그러고는 우리가 서로의 품에 안기도록 떠밀었습니다. 결국 나는 완전히 자제력을 잃었고, 에스테르의 어깨를 붙든 채 그녀의 얼굴을 가린 베일을 걷어 올렸습니다. 나는 그녀의 입술에 가볍게 키스했습니다. 예전에 말했듯이 언제 처음으로 사랑을 나눴는지는 기억나지 않지만, 에스테르에게 키스했던 그 순간만큼은 절대 잊지 못할 거예요…….

우리는 한동안 놀이를 이어 갔고, 모두에게 축하받았지만, 나와 나의 '신부'는 더 이상 결혼식을 막 끝마친 모습으로 있을 수가 없었습니다. 그래서 우리는 십오 분 정도 지났을 무렵에, 결혼식을 위해 치장한 장신구를 다 벗고, 얼굴에 그린 콧수염 역시 지운 다음에 각자 점심을 먹으러 귀가할 준비를 서둘렀습니다. 하지만 나는 에고르와 이야기를 나눠야 했으므로 그곳에 남았습니다. 나는 그의 방으로 올라갔습니다. 그러고는 전날 밤에 아무 꿈도 꾸지 못했다고 털어놓았습니다. 그는 이 말을 듣고 당황했습니다. "그런데 그것이 재앙은 아니랍니다. 당신은 좀 지쳐 보여요. 오늘 오후엔 베개 밑에 조개껍데기를 두고 잠을 청해 보세요. 이제 당신은 한 걸음만 더 내딛으면 되어요. 젠장! 당신은 그 어느 때보다 그곳에 가까워졌다고요! 단 한 가지의 꿈, 나를 생각하세요. 우리, 그곳으로 들어가는 문을 아는 모든 이들을 생각하세요. 며칠 전에, 그들이 당신에게 가져다준 꽃을 좀 보라고요." 그러나 그 꽃들은 전부 시들어 있었습니다. "단 한 번의 꿈, 스베틀라나, 그러면 당신은 아무도 다가가지 못한 곳에 이르게 될 테고, 이제껏 누구도 알지 못한 것을 알게 될 거예요. 이를테면 마, 침, 내, 진실을 알게 될 거예요." 에고르는 이야기를 이어 갈수록 점점 더 흥분했고, 한편 나는 몹시 두려워졌습니다. 내가 그것에 실패하면, 결국 그는 아무것도 아닌 삶을 살았다는 뜻이었으니까요. 그는 자기 것도 아니고, 심지어 자신과는 아무런 관계도 없는 하렘의 문을 지키다 늙어 버린 환관인 셈이었습니다. 또 그의 환상적인 계보 역시 모조리 쓸데없는 짓으로 판명될 터였습니다. 에고르의 후계자는, 가는 실같이 성실한 꿈을 꾸는 새로운 소녀를 찾아내기 위해 또다시 몇백 년이나 기다려야 할지도 몰랐습니다. 나는 그를 진정시킨 뒤에, 다시 잠을 자겠다고, 반드시 꿈을 꾸겠다고 약속했지만, 그 순간 에고르가 비현실적일 정도로 멀게 느껴졌습니다. 나의 REM은, 내가 에스테르에게 건넨 입맞춤이었습니다. 그 찰나에 나는 모든 것을 가졌습니다. "자, 말해 보세요. 에고르, 당신의 조상이 아프리카 파리로부터 받은 그 놀라운 선물이 무엇인지 말해 보세요.” 나는 공연한 호기심 없이, 창밖의 햇살 가득한 들판을 바라보며 물었습니다. 에고르가 잠시 어리둥절한 표정으로 나를 쳐다보더니 대답했습니다. “아, 알겠어요. 여기에 손을 넣어 봐요.” 그가 셔츠의 단추를 풀었고, 나는 손가락으로 그의 가슴 위쪽을 만졌습니다. 그곳은 마치 지방층처럼 제법 부드러웠습니다. 에고르가 말했습니다. “이건 흉선이에요. 어린 시절의 샘. 대개 청소년기에 사라지지만, 나에겐 평생 남아 있을 거예요. 나는 살아 있는 동안 어린아이로 남을 테니까요. 바로 이것이 선물이에요. 내 가슴속의 이 부드러운 부분이 당신을 받아들이게 해 주었고, 당신의 놀이를 이해하게 해 주었으며, 당신의 꿈을 지켜볼 수 있게 해 주었답니다. 그래요, 그 기묘한 파리에게 물리면 이 흉선을 영원히 간직할 수 있는 거예요. 당신도 이 흉선을 통해 꿈속으로 들어갔고, 말하자면 꿈의 시민이 되었던 거랍니다.” 그날 오후, 나는 에고르를 두 번 다시 볼 수 없으리라고 예감했습니다. 그래서 그에게 작별 인사를 하기가 평소와 달리 몹시 힘들었습니다. 나를 배웅해 주려고 자기 집 문 앞에 서 있는 그를 바라보았습니다. 다른 세계에서 온 우울한 괴물, 무섭도록 연약하고 커다랗고 수척하고 슬픈 거미가 나에게 천천히 손을 흔들었습니다. 나는 길을 따라 집으로 걸어가면서, 몇 번이고 그를 돌아보았습니다. 그는 꼼짝도 않고 문간에 계속 서 있었습니다. 길모퉁이를 돌자, 오직 창문만이 반짝이는 탑의 망루가 보였습니다.

나는 집에 도착한 뒤, 마르첼이 아무리 귀찮게 굴어도 이성적으로 참았으며, 이모의 질문과 관심에 완고하기보다 즐겁게 침묵을 지키면서 재빨리 식사를 끝마쳤습니다. 가엾게도 일에 쫓기는 이모는 바느질감을 식탁까지 가져왔고, 빵을 먹다가 치맛단을 꿰매거나 이로 실을 끊기도 했습니다. 나는 베개 밑에 몹시도 부드러운 조개껍데기를 밀어 넣고, 침대 위에 몸을 웅크린 채 잠을 청했습니다. 나는 온몸이 타는 듯 뜨겁고, 머리는 회오리치듯 어지러웠습니다. 그야말로 모든 감각이 뒤집어졌습니다. 나는 몸에 이불을 감싼 채 돌아누웠고, 마침내 어두운 섬망 상태에 빠져들었습니다. 시각적이라기보다 언어로 표현하기에 더 적절한 단편적인 꿈들로 가득 찬 잠이었습니다. 나 자신이 아닌 누군가가 말을 했고, 나는 오직 그 미지의 존재가 불가해한 이야기와 거룩한 옹알이를 하는 동안에만 존재했습니다. 그런데 그 말은 결코 추상적이지 않았고, 이를테면 단순한 언어가 아니었습니다. 어떤 단어는 젤라틴 같았고, 축축이 젖었거나 얼어붙었거나 산성을 띠고 타오르는 단어들도 있었습니다. 전체적으로 그 말은 감각이 아닌 다른 것을 통해 인지되었습니다. 몸과 마음으로 경험하는 것과 다른 방식으로 살아가는 기묘한 세계였습니다. 나는 나를 꿈꾸던 그 언어에 의해 고문받고 순교당했습니다. 나는 얼마큼 시간이 흐른 뒤(얼마나 오랜 시간이 흘렀는지는 알 수 없습니다.), 눈을 떴고 자리에서 일어났습니다. 나는 여전히 머릿속이 어지러웠지만 그럼에도 오후의 황금빛 정도는 구별할 수 있었습니다. 그러고는 REM에 도달해야 한다는 생각이 번쩍 떠올랐습니다. 마치 누군가가 그곳에 가야 할 시간(언제?)을 내게 정확히 일러 주기라도 한 듯, 나는 이미 늦었다는 느낌마저 들었습니다. 나는 침대에서 일어나, 방을 뛰쳐나갔습니다. 현관문으로 이어지는 회색빛 복도가 한없이 길게 느껴졌습니다. 그 문을 열자, 정원을 화려하게 수놓은 백만 가지 광채가 터져 나왔습니다. 거대한 꽃받침에서 피어나 불꽃처럼 타오르는 붉은색과 푸른색의 꽃들, 마치 담즙 같은 녹색을 띤 채소들 그리고 무엇보다 하늘의 절반을 차지하는 눈부신 태양 속에서 찬란하게 빛나는 모든 것. 태양은 트럭을 집어삼켰고, 벗겨진 페인트에 불을 붙였으며, 그 열기 속의 토마토를 펄펄 끓게 했습니다. 나는 대문 밖으로 나와, 당장 들판을 가로질러 망루로 이어지는 길을 내달렸습니다. 그 길을 한걸음에 건너뛰듯 달려 나가자, 돌연 눈앞에 REM이 있는 허름한 창고가 나타났습니다. 나는 단 일 초도 망설이지 않고 황금 열쇠를 꺼내서 녹슨 자물쇠에 꽂았습니다. 예상했던 대로 딱 들어맞았고, 마치 버터를 가르듯 부드럽게 돌아갔습니다. 나는 자물쇠를 멀리 던져 버리고, 잠시 그 주홍색 창고 문에 이마를 기댔습니다. 그러고는 문을 살짝 열고 그 안으로 들어갔습니다.

나는 모든 벽을 차분한 크림색으로 칠한, 중간 크기의 방에 들어서 있었습니다. 쪽매널로 꾸민 마룻바닥에는 흑백의 마름모꼴이 교차하는 녹색 양탄자가 깔려 있었습니다. 실내엔 소박한 가구들이 놓여 있었습니다. 얇은 나무판자 몇 조각으로 만든 평범한 침실이었습니다. 내가 서 있는 문턱 옆에는, 벽에 붙은 옷장이 있었습니다. 그 옷장 위에는 인조 가죽으로 만든 여행 가방 두 개가 보관되어 있었는데, 하나는 오렌지색이었고, 다른 하나는 검은색이었습니다. 그리고 그 오렌지색 여행

가방 위에는, 목이 방 안쪽을 향하도록 놓인 기타가 있었습니다. 옷장 문 한쪽에는 테이프로 붙여 둔 그림엽서가 있었습니다. 그 엽서엔 밤의 어둠 속에서 찬연히 빛나는 대성당이 그려져 있었습니다. 오른쪽 벽에는 등받이 없는 널찍한 소파 침대가 놓여 있었고, 그 침대 서랍 속엔 두꺼운 백과사전을 비롯해, 온갖 종류의 책들이 한가득 쌓여 있었습니다. 침대 위엔 구겨진 시트 더미가 아무렇게나 널브러져 있었습니다. 그리고 침대 소파의 한쪽 모서리로, 원래 덮여 있었을 파란색 커버가 언뜻 보였습니다. 내 앞쪽의 벽면은 완전히 탁 트인 삼중 창문으로 되어 있었습니다. 그 창문을 통해 대로 건너편에 자리한 아파트 단지가 보였습니다. 창문 가장자리엔 갈색 끈이 둘 달린 노란색 커튼 봉에 흰색 커튼이 달려 있었습니다. 미색을 띤 커튼은 녹색 줄무늬와 노란색 카네이션 문양으로 장식되어 있었습니다. 튀르키예풍으로 붉은색 덮개를 씌운, 다소 낡은 안락의자가 창문 벽에 기대어 있었습니다. 그 안락의자 위엔 작은 쿠션 두 개, 커피색 스웨터 그리고 폭신한 노란색 수건이 제멋대로 놓여 있었습니다. 그런데 가장 눈길을 사로잡은 것은, 왼쪽 벽면이었습니다. 문 바로 옆에, 거울 달린 화장대가 붙어 있었습니다. 그리고 화장대 한구석엔 흰색 플라스틱 뚜껑이 달린 금속 통이 놓여 있었습니다.(나중에야 그것이 헤어스프레이임을 알게 되었습니다.) 벽의 중앙, 화장대 옆에는 탁자가 있었습니다. 그 위엔 일본 회화를 모방한 수채화가 걸려 있었습니다. 새 두 마리가 대나무 가지 위에 앉아, 서로 눈을 바라보고 있었습니다. 또 그림 가장자리엔 특정한 표의 문자(한자)

가 그려져 있었습니다. 그 탁자 위엔 책과 흰 종이, 두꺼운 공책과 서류철이 잔뜩 쌓여 있었습니다. 더불어 또 다른 금속 통과 가위, 꿀 같은 빛깔의 두루마리(지금은 그것이 스카치테이프였음을 알고 있습니다.), 손목시계, 몇 장의 편지, 색연필을 꽂아 둔 컵, 빨간 잉크로 수정한 연습 문제지도 몇 장 널려 있었습니다. 그런데 그 탁자에서 한 젊은 남자가 타자기를 두드리고 있었습니다. 타자기는 예전에 어머니와 함께 공증 사무소에 갔을 때 두어 번 본 적이 있었습니다. 그 검은 철제 기계는, 정말 귀청이 떨어져 나가도록 시끄러운 소리를 냈습니다. 지금 내가 보는 타자기는 예전의 그것보다 훨씬 작았고, 광택이 흐르는 파란색 플라스틱으로 만들어진 데다, 왼쪽 금속판엔 검은색으로 '에리카'라고 적혀 있었습니다. 젊은 남자가 타자기보다 더 짙푸른색의 덮개를 벗겨 내자, 검정 롤러 두 개가 선명하게 보였습니다. 타자기 중앙에 자리한 부채꼴의 금속 활자는 항상 종이 위에 글자를 뱉어 냈고, 손가락으로 키보드의 흰색 문자 키를 누를 때마다 빨간색과 검은색의 밴드가 빠르게 튀어 올랐습니다. 몇 년 전만 해도, 시장에선 이런 타자기를 찾아볼 수 있었습니다. 사실 그 청년은 그리 어리지 않았습니다. 아마 서른 살 정도 됐을 것입니다. 그러나 그의 섬세한 실루엣, 삼각형의 좁다란 얼굴, 귀까지 흘러내리는 길고 짙은 갈색 머리카락 덕분에, 기껏해야 스물다섯 살 정도로 보일 따름이었습니다. 어쨌든 당시의 나에겐 스무 살이나 서른 살이나 별반 다르지 않았습니다. 그 청년은 나에게 '어른'이었습니다. 나는 뒤쪽의 문을 닫고, 수줍게 몇 걸음 다가가서 그의 어깨 옆에 섰습니다. 그는 타이핑을 하느라 정신이 없었고, 그의 손가락은 연신 키보드의 글자를 찾고 있었습니다. 아마도 그 일에 매료된 것 같았는데, 공증 사무소의 비서만큼 쏜살같이 타이핑을 하지는 않았습니다. 그의 짙은 갈색 눈동자, 그 가장자리엔 길고 두꺼운 속눈썹이 나 있었습니다. 그리고 눈썹은 아치형으로 느긋하게 굽어 있었고, 콧대는 곧고, 콧구멍은 길쭉했습니다. 노랗고 움푹 팬 뺨, 듬성듬성 자라난 콧수염은 한 쌍의 괄호 같은 주름에 둘러싸여 있었습니다. 그 주름은 그의 미소 짓는 습관을 암시했지만, 어쩌면 회의적인 쓴웃음을 지었을지도 모를 일이었습니다. 그의 입은 관능적이면서도 엄숙했습니다. 마치 유혹, 특히 마귀의 유혹에 빠지지 않도록 끊임없이 맞서 싸우는, 깡마른 성자(聖者)의 입 같기도 했습니다. 좁지만 단단한 턱 위에, 살짝 비대칭인 그 입이 놓여 있었습니다. 그의 얼굴은 딱히 드러내 보일 것이 없었습니다. 타자기 왼쪽, 연신 앞뒤로 움직이는 캐리지 바로 아래로, 여태껏 타이핑한 종이 더미가 보였습니다. 첫 페이지에 'REM'이라는 제목이 붙어 있었습니다. 족히 백 쪽은 넘어갈 것 같은 분량이었지만, 그 순간만큼은 오직 그 청년밖에 보이지 않았습니다. 그는 나에게 전혀 관심을 기울이지 않았습니다. 약간의 곁눈질만으로도 내가 방 안에 들어오는 모습을 필시 보았을 터입니다. 이따금 그는 타이핑을 멈추고 한두 구절을 거듭 읽어 본 뒤에 창밖을 내다보았습니다……. 그는 자주색 스웨터, 짙은 녹색의 코듀로이 바지, 크림색 양말을 신은 채, 바로 거기에 실재하고 있었습니다. 나는 아직도 그의 아주 사소한 부분조차 기억하고 있습니다. 예컨대, 그는 면도를 하지 않았고, 손가락엔 결혼반지가 없었으며, 손톱을 짧게 자르고 있었습니다. 나는 내 안의 모든 용기를 그러모아, 그의 어깨를 두드렸습니다. 그러자 그가 행동을 멈추더니, 나를 향해 얼굴을 돌렸습니다.(의자에 앉아 있는 그와 서 있는 나의 얼굴 높이가 같았습니다.) 마치 나를 기다리고 있었다는 듯 나에게 미소를 지었습니다. 웃음을 머금은 그의 얼굴은 어린아이 같고, 귀엽기까지 했습니다. 그가 왼손을 들어 내 머리를 쓰다듬었습니다. 그러고는 타자기로 쓴 종이 뭉치를 가져다가 침대 위에 올려놓고는, 나더러 읽으라고 손짓했습니다. 나는 너무 어지럽고 흥분해서 그 원고를 모조리 읽을 수가 없었습니다. 어쨌든 그것을 다 읽으려면 며칠은 걸렸을 터입니다. 처음엔 아무것도 이해하지 못했습니다. 매우 복잡한 이야기 같았습니다. 스무 쪽 정도 건너뛰어 글을 들여다보다가 나는 화들짝 놀라지 않을 수 없었습니다. 그것은 내 이야기, 바로 나에 관한 이야기였습니다. 어머니와 함께 아우라 이모네 집에 갔던 일, 아버지랑 같이 놀이동산의 '어린이 마을'을 다녀온 일, 흔들리는 전차에 올라탔던 이야기, 예전에 한번 촘베가 내 뺨을 물었던 이야기, 지지를 위해 작은 드레스를 만들었던 이야기. 그리고 가로아파, 푸이아, 발레나, 아다, 카르미나 그리고 에스테르, 내 친구들에 관한 이야기였습니다. 모두 실제의 모습 그대로 묘사되어 있었습니다. 그는 에고르와 바흐 부인, 그들의 조상, 꿈이 흘러나오는 조개껍데기에 대해서도 적어 놓았습니다. 내가 아우라 이모네 집에 머무르는 동안, 친구들과 함께 즐긴 여왕놀이와 그동안 우리에게 일어났던 모든 일들이 기록되어 있었습니다. 또 그는 마침내 내가 REM에 들어갔고, 타자기를 치는 청년을 발견했으며, 그가 내 머리를 쓰다듬고 이 이야기를 읽도록 종이를 건네주었다는 내용도 이미 써 두었습니다. 나는 덜컥 겁이 났습니다. 나는 종이를 내려놓고, 다시 그 청년에게 시선을 돌렸습니다. 그 사람도 나를 바라보며 다시금 미소 지었습니다. 그리고 그는 벽에 걸린 달력을 가리켰는데, 그것은 각 장 뒷면에 짤막한 이야기나 만화, 주부들을 위한 생활 상식 따위가 적힌 대중적인 달력이었습니다. 내가 좀체 이해하지 못하자, 그는 일어나서 달력을 찢어 접은 뒤에 내 손에 쥐어 주었습니다. 그러고는 다시 타자기를 향해 몸을 구부렸습니다. 나는 저 우울한 문 쪽으로 걸어갔습니다. 문 안쪽은 노랗게 색칠되어 있었고, 그 중앙에 나 있는 불투명한 유리창에는 자그마한 흰색 커튼이 내려져 있었습니다. 커튼에는 어두운 톤의 판화를 찍은 흰색 테두리의 커다란 포스터가 바늘로 고정되어 있었습니다. 판화의 오른쪽 화면, 그 절반 이상이 캐노피로 장식한 침대의 숨 막히도록 따뜻한 어둠 속에 잠겨 있었습니다. 마구잡이로 뒤엉킨 베개와 자수를 놓은 이불 위에 물고기 배처럼 하얗고 역겨울 만큼 외설적인 육신이 누워 있었습니다. 셔츠를 허리 위쪽으로 들어 올린, 이를테면 불구인 여자의 몸이었습니다. 알몸은 육중하고, 부자연스럽게 일그러져 있었는데, 여자의 얼굴에선 원초적 관능미가 물씬 풍겼습니다. 빛을 받은 그녀의 왼손은 판화의 왼쪽 부분 중앙에 있는, 키 작은 청년의 옷자락 꽉 쥐고 있었습니다. 그는 침대 맞은편에 기대어 있었고, 손은 유령에게 저항하는 듯 보였으며, 얼굴은 고통과 수치심, 굴욕으로 얼룩져 있었습니다. 그의 몸부림은 자신을 붙잡아 옆으로 끌어당기려 하는 여자에게 맞서는 것이라보다, 오히려 자기 스스로와의 투쟁이었습니다. 그녀의 손에는 남자의 옷만이 남게 될 터입니다. 판화의 아래쪽 가장자리 부분은 찢어져 있었습니다. 아마도 더 길게 적혀 있었을, 아름다운 필체로 쓰인 제목 'REM', 오직 이 세 글자만을 읽을 수 있었습니다. 나는 문을 열고 바깥으로 나갔습니다.

언제 어두워졌나요? 나는 아무것도 볼 수 없었습니다. 망루도, 주변의 들판도 전혀 보이지 않았습니다. 그 대신 발밑에서 삐걱거리는 나무 바닥을 느낄 수 있었습니다. 몇 걸음 걷다가 무언가에 발이 걸려 넘어졌습니다. 눈이 어둠에 익숙해졌을 때, 나는 구불구불한 복도에 있음을 깨달았습니다. 그 복도의 벽에는 낡은 가구들이 늘어서 있었고, 철제 침대 패널과 부서지고 금이 간 커다란 도자기 꽃병, 건반이 망가진 피아노도 있었습니다. 점점 더 자신 있게 성큼성큼 앞으로 걸어가는 동안, 다갈색과 잿빛 나비 떼가 한 줄기 광선을 타고 내 주위로 날아들었습니다. 나는 거미줄에 뒤덮인 계단을 내려갔고, 또 다른 무한한 색채들 속에 잠겼습니다. 화장실 냄새와 염소 표백제 냄새가 진동했고, 공기는 유해한 흑녹색을 띠고 있었습니다. 어느 모퉁이를 돌자, 돌연 살짝 열려 있는 문이 보였습니다. 나는 아침 햇살이 가득한 그곳으로 달려 나갔습니다. 나는 빛과 그림자가 넘쳐 나고, 눈에 보이지 않는 새들의 지저귐 속으로 빠져드는, 끝없는 숲에 있었습니다. 태양이 내 눈을 불태웠습니다. 나는 하늘을 올려다보며 바람이 어떻게 투명한 잎사귀를 떨게 하고, 어린 나뭇가지를 흔드는지 보았습니다. 그때 나는 스스로 꿈을 꾸고 있다는 사실을 알았지만, 그런 생각이 내가 느끼는 행복감을 가로막지는 못했습니다. 또 그것은 내가 바스러진 나무껍질 냄새, 수액(樹液) 냄새, 썩어가는 뿌리가 한껏 뒤엉켜 있는 흙의 냄새로 호흡하는 것 역시 막지 못했습니다. 나는 걸음을 멈추고 다시 내 길로 돌아가고 싶었습니다. 열쇠를 처음 발견한 곳, 유리잔을 깬 곳, 시냇물을 건넌 곳, 통나무를 뛰어넘은 곳으로 돌아가고 싶었습니다. 내가 온 곳, 나의 여행이 시작된 곳으로. 그러나 나는 돌아갈 길이 없음을 깨달았습니다. 끝났습니다. 오, 주여, 깨어나야 했습니다. 나는 땅바닥에 쓰러져 이리저리 몸을 구르며, 손으로 얼굴을 때리기 시작했습니다. 그리고 갑자기 진짜로 잠에서 깨어났습니다.

나는 내 방, 저녁놀로 붉게 물든 내 침대에 누워 있었습니다. 네 시간 정도 잠을 잤는데, 여전히 기분은 나아지지 않았습니다. 나는 잠깐 누운 채로, 창문의 커튼 사이로 새어 들어오는, 천장에 붉은 줄무늬를 그리는 빛을 바라보았습니다. 나는 경련과 함께, 아랫배에 번지는 건조하고 나무같이 뻣뻣한 통증을 느꼈습니다. 아무것도 생각할 수 없었지만, 눈을 감았을 때, 이미 지나가 버린 끝없는 하루의 이미지가 눈꺼풀 아래로 아주 선명하게 보였습니다. 망루, 한낮의 태양 아래서 결혼식 복장을 차려입은 소녀들, 에스테르의 얼굴. 몇 분이 지난 뒤에야, 나는 오른쪽 주먹에 무언가를 쥐고 있다는 사실을 깨달았습니다. 처음에는 조개껍데기인 줄 알았는데, 그것은 베개 밑에 넣어 둔 그대로 있었습니다. 좀처럼 주먹을 펼 용기가 나지 않았지만, 마침내 마음먹고 주먹을 펼쳐 보니 그 안엔 접힌 종이 한 장이었습니다. 불현듯이 REM의 청년이 나에게 찢어 준 달력 조각이 생각났습니다. 그 종이를 펼쳤습니다. 198⋯년 5월 3일이라는 날짜가 적혀 있었습니다. 그 뒷장에는 작은 글씨로, 우표 수집의 역사에 관한 글이 쓰여 있었습니다. 나는 그 종잇조각을 오늘날까지 간직하고 있는데, 머지않아 그런 종잇조각은 수만 개가 될 것입니다. 아마 그해의 달력들은 이미 인쇄되었을 테죠. 따라서 내가 가진 이 증거는 곧 신빙성을 잃게 될 것입니다. 나는 여전히 축축한 침대에 웅크리고 앉아 그 종이에 적힌 날짜를 보고 나서야 REM의 무한한 존재감을 일부 이해할 수 있었습니다. 완전한 꿈도 아니었고, 완전한 현실도 아니었습니다. 나는 이십 년 뒤에 나올 달력 한 장을 받은 것이었습니다. 내가 아는 건 이 정도뿐이었고, 이미 겁을 먹기에 충분했습니다. 나는 이제 생각할 수 없었고, 아직도 꿈을 꾸는지, 아니면 벌써 깨어 있는지 결코 분간할 수 없었습니다. 나는 몸을 일으켜 세우고 꽤 오랫동안 침대에 앉아 있었습니다. 정신을 차려 보니, 유리창 너머로 익숙한 목소리가 들려왔습니다. 나는 침대에서 일어나 불투명한 유리의 거친 표면에 귀를 가져다 댔습니다. 아우라 이모가 말했습니다. "그러는 편이 더 나을 것 같아요, 코스텔, 알다시피 나는 온종일 일하느라 바빠서 그 애를 돌볼 수 없거든요. 일주일 내내 여기저기 나돌아 다녀서 살이 좀 빠졌어요. 그 애에게 무슨 일이 있는지 모르겠어요. 집을 많이 그리워하는 것 같아요. 거의 매일 우는 것 같거든요……. 지금은 그렇게 생각하지 않겠지만……. 비오리카가 병원에 있는 한, 그 애는 여기에 있어도 돼요, 하지만……." 그러자 아버지가 대답했습니다. "아니요, 괜찮아요, 아우렐리아. 아이를 집에 데려가는 편이 좋겠어요. 저도 잠시 휴가를 내면…… 어쨌든 저도 우리 딸이랑 같이 시간을 보낸 적이 거의 없거든요. 이참에 영화관이랑 박물관, 공원에도 데려갈 생각이에요. 집에 늘 혼자 있고 제멋대로라서……." 나는 두 사람이 이 문을 부수고 들어와서 나를 강제로 연행하려는 것 같은 느낌에 온몸이 얼어붙었습니다. 몇 분 뒤에, 실제로 그들이 내 방으로 다가오는 소리가 들렸습니다. 나는 침대에 몸을 던지고 잠든 척했습니다. 그들은 침대 가장자리에 앉았고, 아우라 이모가 내 머리를 쓰다듬으며 일어나라고 속삭였습니다. 나는 눈을 뜨고 일어나서 아빠에게 가볍게 입맞춤했습니다. 그러고는 난데없이 아버지에게 거의 소리치듯 말했습니다. "아빠, 저는 여기를 떠나고 싶지 않아요. 조금 더 있고 싶어요, 제발요!" 그들은 내 말에 반박하지 않았고, 나에게 매우 다정하게 굴었습니다. 나는 옷을 갈아입으며 곁눈질로 아버지를 바라보았습니다. 나는 아버지가 안쓰러웠습니다. 그의 머리카락은 거의 백발이 되었고, 이전엔 붉고 건강해 보이던 얼굴이 슬픔으로 깊게 주름져 있었습니다. 면도하지 않은 아버지의 모습은 마치 홀아비 같았습니다. 우리는 마르첼과 함께 야외 전구의 불빛 아래에 앉아 저녁을 먹었습니다. 밤이 깊어졌습니다. 안뜰 뒤편으로 비치는 달빛이 일렁이는 밤은 전보다 더욱 푸르렀습니다. 지지는 꼬리를 하늘 높이 쳐들고 우리들 다리 사이를 연신 빙빙 돌았습니다. 이따금 뒷다리로 서서 우리의 접시를 뚫어지게 쳐다보기도 했습니다. 나는 무심하게 지지의 머리를 쓰다듬었습니다. 나는 지지가 발톱으로 뭔가를 잡아채는 모습을 보려고 의자 옆에 음식 조각을 놓아두었습니다. 조금 더 멀리서, 촘베가 자기 접시를 게걸스럽게 핥고 있었습니다. 수천 마리의 하루살이와 나방, 이름 모를 벌레가 눈부신 전구 주위로 모여들었습니다. 아버지는 가끔씩 식사를 멈추고, 지금 시내에서 어떤 영화가 상영되고 있는지를 말해 주었습니다. 내일은, 에스테르가 나에게 그토록 자주 얘기해 주었던 영화 「마법사의 제자」를 볼 수 있는 마지막 날이었습니다. 극장엔 「크리스털 궁전」도, 「스페사르트의 유령」의 첫 에피소드도 걸렸다고 합니다. 바로 그날 저녁에, 아버지와 함께 집에 돌아갔더니, 놀라운 일이 나를 기다리고 있었습니다. 나는 아무 말도 없이 조용히 식사하면서 하루살이들이 전구 불빛과 밤의 어둠을 오가며 나타났다 사라지는 모습을 지켜보았습니다. 결국 나는 하룻밤만 집에 머물렀다가, 모레 다시 돌아오기로 했습니다. 아버지도 이 결정에 동의했습니다. 나는 시원한 저녁 공기를 마시며 식탁에 앉아 잠시 이야기를 나눈 뒤에, 옷을 갖춰 입고 '짐'을 챙겼습니다. 나는 몹시 서글픈 나머지, 아우라 이모가 벌써 내 옷을 큰 가방에 전부 꾸렸다는 사실조차 눈치채지 못했습니다. 나는 가장 소중한 것들만을 챙겼습니다. 천으로 감싼 알을 조개껍데기, 달력 한 장과 함께 신발 상자에 넣었습니다. 이모는 입이 귀에 걸릴 정도로 활짝 웃으면서 과장되도록 친절한 몸짓으로 우리를 대문까지 배웅해 주었습니다. 아버지와 나는 반짝이는 별빛 아래에서 손을 잡고 거리를 천천히 걸었습니다. 나는 계속 하늘을 쳐다보느라 가끔 발이 걸려 넘어지기도 했습니다. 별들은 아주 높이, 아주 멀리에서 반짝이고 있었습니다. 별들은 지구에 있는 그 어떤 것에도 전혀 신경을 쓰지 않았습니다. 오랫동안 하늘을 올려다본 끝에, 여섯 꼬리 혜성을 겨우 찾아냈습니다. 하늘 끝자락에 창백한 구름처럼 어른거려서 거의 보이지 않았습니다. 다음 날 밤에, 나는 모실로르 거리의 우리 집에서 채광창을 통해 밤하늘의 혜성을 찾았지만 헛수고였습니다. 우리는 침침한 전등 하나를 희미하게 밝힌 구불구불한 거리로 깊숙이 들어갔고, 이따금 트럭이나 전차가 덜커덩거리며 지나다니는 차도로 나오기도 했습니다. 우리는 정류장에서 한참 기다렸습니다. 마침내 전차에 올라탄 우리는, 꾸벅꾸벅 조는 차장 옆에서 몸을 흔들거리며 유령 도시를 여행했습니다. 전차 안의 주황색 불빛 때문에 창문을 통해 볼 수 있는 것이라고는, 우리의 흙빛 얼굴과 반지르르한 노란색을 띤 기다란 의자뿐이었습니다. 우리는 집에 도착하자마자 잠자리에 들었습니다. 나는 쓸데없는 꿈의 파편들로 인해 반쯤 깨어 있는 혼미한 상태로 밤새 뒤척였습니다. 나는 이불이 흠뻑 젖을 정도로 땀을 흘렸고, 끊임없이 신음했습니다.

그날 밤, 나는 처음으로 월경을 했습니다.

당연히 집에 도착하자 모든 마법이 사라져 버렸습니다. 어머니는 약 삼 주 뒤에 퇴원했고, 거의 같은 시기에 학기가 시작되었습니다. 10월 즈음에, 아무라 이모와 슈테판 이모부, 마르첼이 우리 집을 찾아왔습니다. 그날 말다툼이 있었는데, 아직도 그 이유를 모르겠습니다. 그래서 그날 이후로 다시는 이모네 집에 가지 못했습니다. 1970년 무렵, 이모네 집은 철거되었습니다. 그곳뿐 아니라 동네 거리와 저 멀리 서 있던 망루, 들판이 펼쳐져 있던 자리마저 사라졌고, 그 넓은 공간엔 아파트 단지가 들어섰습니다. 나는 몇 년 전, 7월의 어느 날, 그 동네를 찾아간 적이 있었습니다. 나는 한 뼘도 안 되는 간격을 두고, 똑같이 생긴 4층짜리 아파트가 즐비한 단지 속에서 방향 감각을 잃었습니다. 아파트 발코니에는 형형색색의 빨래들이 널려 있었고, 아파트 입구의 콘크리트 계단엔 속옷 차림의 아이들이 넘쳐 났습니다. 결국 나는 이모네 집이 있던 자리를 찾아냈습니다. 어느 전쟁에서 공을 세운 하사의 이름을 붙인 거리의 이름이 바뀌지 않았기 때문입니다. 나는 길 끄트머리에 이를 때까지 오랜 시간을 걸어갔습니다. 그 길은 예전보다 훨씬 '도시적인' 모습으로 변해 있었지만, 여전히 들판에 닿아 있었습니다. 그러나 그 망루는 이제 존재하지 않았습니다. 마치 애당초 단 한 번도 존재하지 않았던 것 같았습니다. 아파트 너머, 눈으로 볼 수 있는 두데슈티 마을에서 저편의 가장자리에 이르기까지 경작지가 이어졌습니다. 하지만 들판 한가운데엔 여전히 REM이 서 있었습니다! 오래된 창고는 그 기나긴 세월의 풍파를 견뎌 낸 것이었습니다. 나는 그것을 발견한 순간, 심장이 멈췄습니다. 나는 새 신발을 신었음에도, 내가 그토록 잘 아는 창고 문에 다다를 때까지 황무지를 헤쳐 나갔습니다. 자물쇠가 걸려 있었지만 잠겨 있지는 않았습니다. 그저 녹슬고 썩어서 해면처럼 변해 버린 고리에 매달려 있을 뿐이었습니다. 나는 그 문을 열고 안을 들여다보았습니다. 묵직하고 꿈틀거리는 곤충들로 가득 찬 거미줄 아래, 어둠 속에서 그 오래된 물건들을 알아볼 수 있었습니다. 곡괭이, 삽, 이상한 모양의 주석 조각, 모루, 뒤틀린 쇳조각, 쇠집게 등 전부 벌겋게 녹이 슬어 있었습니다. 납작한 양동이에는 말라붙은 석고가 반쯤 채워져 있었습니다. 나는 갑자기 피로와 허무감에 압도되었고, 그 자리를 떠났습니다. 에고르가 한때 언급했던 말이 떠올랐습니다. "상처 입은 자들을 남겨 두지 않는 시간, 종말의 시간."

그리고 이것으로 '나의 너무나도 아름다운 이야기'가 끝났습니다. 나는 긴 세월을 보내며 성숙한 뒤에야, 아니, 거의 노인이 되고 나서야 REM이 실제로 무엇인지 이해하게 되었습니다. REM은 창고 안에 있는 것이 아니라 외부에, 사실 우리 자신이었던 것입니다. 당신과 나, 모든 장소와 모든 인물이 담긴 나의 이야기, 블러디 메리와 차에 치인 강아지, 우리의 세계는 허구입니다. 우리는 내가 보았던 그 청년의 머릿속, 그 정신에서 태어난 책 속의 주인공들입니다. 심지어 그 자신도 REM에 속해 있었습니다. 어쩌면 그 사람도 내가 침투한 그의 세계, 아마도 내 존재의 유일한 이유인 그 세계에서는 훨씬 거대하고 포괄적인 정신의 산물, 즉 허구일지도 모릅니다. 그리고 그 사람 역시, 네, 확신합니다, 더 높은 세계로 들어가는 입구를 열렬히 찾아 헤매고 있으리라고 확신합니다. 왜냐하면 모든 이들의 꿈은 창조주를 만나고, 우리에게 생명을 준 그 존재의 눈을 바라보는 것이기 때문입니다. 하지만 아, 어쩌면 REM은 여전히 내가 생각하는 것과 전혀 다를 수도 있습니다. 그것은 단지 감정, 만물이 파멸하기에 앞서, 과거엔 존재했지만 이젠 영영 존재하지 않을 것을 맞닥뜨리는, 가슴 조여 오는 떨림일 수도 있습니다. 추억을 기억하는 것. 아마도 REM은 향수일지도 모릅니다. 아니면 완전히 다른 것, 아니면 그 모든 것이 한꺼번에, 모르겠어요. 정말 모르겠어요.

당신의 원룸은 낮처럼 밝습니다. 사물의 윤곽을 덮고 있던 잿빛 흔적이 차츰 사라지고, 하얀 세계의 수백만 가지 빛깔이 책등을 뒤덮고(코르타사르, 조각조각 찢긴 마르케스…….), 여기저기 내던진 우리의 옷가지들, 방바닥에 널브러진 모피 코트, 다 먹은 사과의 심과 선사 시대의 알이 담긴 바구니가 놓여 있는 작은 테이블, 벽에 걸린 소박한 태피스트리마저 전부 뒤덮었습니다. 당신은 침묵을 이어 갔고, 그러자 돌연 저 사물들이 이러한 당신의 무책임함을 이용해 우리에게 달려들어 우리 눈꺼풀 속으로 손가락을 밀어 넣었습니다. 나는 팔다리를 쭉 뻗었고, 긴장감에 사로잡힌 기분이었습니다. 악마가 아이들의 젖을 뗀다는 곳, 이곳 더머로아이아 변두리에서 나는 도대체 무엇을 찾고 있을까요? 당신과의 이 어리석은 관계는 어디까지 이어질까요? 지금은 당신이 들려준 이야기에 대해 생각할 시간이 없습니다. 내 안의 무언가가 그 이야기를 잽싸게 먹어 치우고, 씹지도 않은 채 집어삼키고, 그리하여 그것을 되새김질할 수 있는 더 좋은 때를 기다리고 있습니다. 이제 내가 바라는 바는, 집에 돌아가서 잠을 자고 다시는 당신을 만나지 않는 것 뿐입니다. 당신은 수척하고 지쳤으며, 눈 밑엔 얼굴 전체를 뒤덮을 만한 눈 그늘이 있고, 머리카락은 헝클어져 있으며, 얼굴 피부는 무수한 모공으로 망가져 있습니다. 밤 동안엔 어떻게든 그것을 가리고 위장할 수 있겠지만 지금은……. 그리고 이 방은 너무 추워요. 자, 여자여, 즐거운 파티는 끝났습니다.

사랑하는 독자 여러분, 저를 잊으셨나요? 서술자입니다. 한동안 나의 작고 사랑스러운 얼굴을 보여 주지 못했음은 사실이지만, 완전히 다른 일로 바빴습니다. 나는 지금 탁자 위에 놓인 알 꼭대기에, 마치 그것을 부화시키려는 듯 앉아 있습니다. 뚱뚱하고 만족스러운 모습으로 방 안을 돌아다니면서, 보이지 않는 발(그러나 발이 많지요, 아주 많답니다!)을 흔들고 있습니다. 지난밤, 별로 사이좋지 않은 두 친구 사이에 일어난 모든 일들은 이제 내 둥그런 뱃속으로 들어갔답니다. 지금 추위에 떨면서 옷을 입는 모습을 보세요. 그들은 서로 시선을 피하고, 더는 주고받을 말이 없으며, 설령 할 말이 남아 있다고 해도 다시 노력할 가치는 없다고 생각합니다. 그는 차갑게 미소 지었고, 그녀는 더 이상 아무것도 보지도, 알아채지도 못하는 것 같네요. 그녀는 바보 같은 발리가 운 좋게 들은 것들에 대해 여태껏 누구에게도 말한 적이 없습니다. 여기서 나는 그녀가 그를 사랑한다고 결론을 내렸습니다. 불행하게도! 왜냐하면 발리가 아파트 문을 나섰을 때 바깥에선 눈이 내리고 있었고, 그녀는 그의 팔짱을 낀 채 얼어붙은 뺨을 기대고, 나무들과 녹색 건물들 사잇길에 내린 시리도록 새하얀 눈 탓에 눈을 가늘게 뜰 수밖에 없었거든요. 그는 매일 아침, 둘이 함께 집을 나설 때마다 그녀에게 했던 말을 되풀이할 기회를 엿봅니다. 모든 것이 끝났고, 무의미하며, 이것이 우리의 마지막이라는 말. 그녀가 그의 팔 아래서 가볍게 손을 빼내고, 눈을 옆으로 돌린 채, 한동안 아무 말도 없다가, 이내 알 수 없는 표정으로 말합니다. "당신이 원하는 대로 해요." 두 사람은 길 위로 떨어지는 눈꽃을 바라보며, 말없이, 버스 정류장까지 함께 걸어갑니다. 빨간 버스가 정차하자, 발리는 짧게 "잘 있어요."라고 작별 인사를 건넵니다. 몇 초 뒤, 나나는 버스에 올라탄 그가 자리에 앉는 모습을 지켜봅니다. 서리가 피어난 버스 창문에 녹색 그림자가 드리웁니다. 나는 이제 발리에겐 전혀 관심이 없습니다. 게다가 나는 너무 배가 불러서, 그가 오른 버스에 따라 탈 수 없었거든요. 그래서 작은 걸음걸이로 다시 집으로 돌아가는 나나를 따라가기로 했습니다. 그녀는 그날 저녁, 발리가 그 불독 같은 여자의 초인종을 누르리라는 것을 알았습니다. 또 주말이 되면 그가 연구소 입구에서 그녀를 기다리고 있으리라는 것을 알았습니다. 그리고 특정 나이에 이른 독신 여성의 삶이, 모든 일들이 그러하듯이, 오늘 밤에도 반복되리라는 사실도 알고 있었습니다. 그녀는 아파트 건물의 악취 속으로 들어가, 짙은 파란색 문을 열고 다시 잠급니다. 그러고는 모피 코트와 부츠를 벗고 정돈되지 않은 침대에 앉습니다. 그녀는 담배에 불을 붙이고 멍하게 허공을 바라봅니

다. 나는 그녀에게 가까이 다가가서, 마치 과학 다큐멘터리를
촬영하듯이, 그녀의 눈에서 눈물이 어떻게 만들어지는지, 눈
에 맺힌 눈물이 어떻게 자라나서 촉촉이 반짝이는 눈가 아래
에 매달리는지, 또 눈물방울이 어떻게 코 옆의 뺨을 따라 미
끄러져 내리는지, 그리하여 어떻게 침대 시트에 총총 떨어지는
지 자세히 관찰합니다. 그녀는 담배를 다 피우기도 전에 자리
에서 일어나, 책장에 있는 작은 서랍을 엽니다. 그 속에서 작
은 글씨로 쓰인, 손바닥만 한 두꺼운 종이 뭉치를 꺼냅니다.
그녀는 그것을 침대 위에 내려놓고 펜을 집어 들더니, 흥분한
상태로 그 여백에 무언가를 이어서 쓰기 시작합니다. 그녀가
그것을 쓰기 시작한 지 십오 분 정도 지났을 때, 세상의 종말
과 같은 굉음이 울려 퍼지더니 탁자 위에 놓인 알의 껍데기가
쩍 갈라졌습니다. 거기에서 솟아오른 키메라가 용의 울음소
리, 사자의 발톱, 거대한 박쥐의 날개로 방 안 전체를 가득 채
웁니다. 키메라가 의기양양하게 몸을 펼치고 당신 위에 올라
앉습니다. 이제 그 생명체에게 완전히 뒤덮인 당신은 겁에 질
려 갑자기 몸을 웅크립니다. 그럼에도 당신은 고집스럽게 글
쓰기를 계속 이어 갑니다. "아니야, 아니야, 아니야, 아니야, 아
니야, 아니야, 아니야, 아니야, 아니야, 아니야, 아니야, 아니야,
아니야, 아니야, 아니야, 아니야, 아니야, 아니야, 아니야, 아니
야, 아니야, 아니야, 아니야, 아니야, 아니야, 아니야, 아니야, 아
니야, 아니야, 아니야, 아니야, 아니야, 아니야, 아니야, 아니야,
아니야, 아니야, 아니야, 아니야, 아니야, 아니야, 아니야, 아니
야, 아니야, 아니야, 아니야, 아니야, 아니야, 아니야, 아니야, 아

니야, "아니야, 아니야……."

에필로그

세상에는 근본적으로 단 하나의 문제만이 있습니다.

어떻게 헤쳐 나갈 수 있을까요?

어떻게 광대한 세계로 나설 수 있을까요?

어떻게 번데기를 뚫고 나비가 될 수 있을까요?

— 토마스 만

건축가

에밀 포페스쿠는 건축가였습니다. 그는 식용유 공장 설계 전문가로, 최근 오육 년 사이에 이 나라에서 식용유 공장이 건설되는 곳이면 어디든 건축가 포페스쿠의 숙련된 손과 정통한 이론이 기술적 난관을 해소하는 데에 사용되었다고 해도 절대 과장이 아닐 것입니다. 식용유 공장 설계에 대한 그의 열정은 아주 오래되었습니다. 그는 슈테판 첼 마레 거리의 부쿠레슈티 운송 회사 창고 근처의 식용유 공장과 멜로디아 영화관 건물의 거대한 그늘 아래에서 어린 시절을 보내던 꼬맹이 시절부터 식용유 공장과 관련한 일을 진심으로 하고 싶어 했습니다. 진홍빛 벽돌로 세운 높고 곧은 건물은 철제 볼트로 고정되어 있었고, 창문도 없는 데다 어두운 박공벽으로 마무리된 꼭대기는 마치 구름을 가를 듯 아찔하게 솟아 있었습니다.

황량한 안뜰 한가운데에 서 있는 이 이상한 건축물은 길 아래에 있는 듬보비차 방앗간과 쌍둥이 건물이었는데, 한 세기 전에는 유명한 아산 방앗간의 일부였습니다. 수년이 흐른 뒤 에밀 포페스쿠는 대학교 환경에 영향을 받아 문화에 관심을 두기 시작했고, 책 표지에 '조르조 데 키리코'라고 적혀 있는 화보 속, 그 광택이 나는 종이에 담긴 무한하고 우울하게 솟아오른 모든 건물에서 어린 시절의 식용유 공장을 보았습니다. 그러나 그 이후로 또 몇 년이 흘렀고, 1950년에 태어난 건축가 에밀 포페스쿠는 델레아누 가문에서 태어난 엘레나 포페스쿠와 결혼했지만 자녀는 없었고, 자기 분야에서 전문가로 인정받았습니다. 그는 또한 카불과 엘아가르 근처의 식용유 공장을 설계했는데, 후자는 이집트에서 가장 중요한 식용유 공장 중 하나가 되었습니다. 그래서 그는 직장 동료들에게 크게 신임을 얻고 부하 직원들에게는 사랑을 받았습니다. 물론 모든 직장에 본질적으로 내재하는 시기심의 한도 내에서, 항상 정당화될 수는 없지만, 어찌 되었든 부도덕한 비방이 그에게 가해질 때도 가끔 있었습니다.

가정생활 면에서도 건축가는 행복했습니다. 그는 유제품 공장의 설계를 전문으로 하는 건축가이자 몰도바 출신의 호감가는 여성과 서로 깊이 사랑해서 결혼했는데, 부부는 상대방을 이해해 주며 아주 잘 지냈습니다. 그들은 머르치쇼르 지역, 바로 그 너머 베르체니 구역에 위치한 방 세 개짜리 아파트에서 살았고, 그곳에는 세련된 가구가 잘 갖춰져 있었습니다. 그들은 대학교에 다니던 중 결혼했지만 지금까지 자녀가 없다는 점은 장차 저축하는 데 도움이 되었습니다. 에밀이 튀르키예, 이란, 이집트에서, 그리고 엘레나가 소비에트 연방과 헝가리에서 다양한 분야의 업무에 종사하며 벌고 사들인 가치 있는 물건들까지 계산에 넣으면, 두 건축가는 엘레나의 오랜 염원인 다치아 자동차를 구입하기에 충분한 금액을 이미, 오 년이라는 세월 사이에 모으는 데 성공했습니다. 그들이 이 소원을 이루던 날은, 엘레나가 말했듯이, 그들의 결혼식 날만큼이나 멋진 날이었습니다. 결혼식 날처럼 두 사람은 기나긴 키스를 나누었고, 시부모님, 일가친척들과 함께 포도주 잔을 들어 올렸습니다. 그들의 크림색 자동차는 소련제 라다 자동차와 동독제 바르트부르크 자동차 사이에 비스듬히 주차되어 있었는데, 라다 자동차는 6번 라인에 사는 게오르기안의 소유였고, 바르트부르크 자동차는 다른 계단 쪽에 사는, 불도그 돌리의 주인이자 사진작가인 이웃의 것이었습니다. 다치아의 실루엣은 정말 매력적이었고, 두 건축가는 아침부터 밤까지 발코니에서 그것을 바라볼 수 있었습니다. 그들의 자동차는 혹독한 봄 햇살 속에서 가장 밝게 빛났고, 심지어 어떤 군인이 매일 물 세차를 하는, 2번 라인에 사는 보테아누 대령의 프랑스제 시트로엥 자동차보다도 더 찬란하게 빛났습니다.

에밀 포페스쿠는 운전 교습소에 등록했습니다. 그는 면허를 취득할 때까지 거의 매일 나가 차 주변을 맴돌았고, 아파트 단지 뒤에서 노는 아이들 때문에 생긴 진흙 자국을 솔로 닦아 냈습니다. 무엇보다 그는 자동차 문을 열고, 운전대 너머로 계기판이 매력적으로 드러나 보이는 운전석에 편안히 누워, 자동차 타이어와 실내 장식용 원단에서 풍기는 친밀하고 관능적인 냄새를 가슴 깊숙이 음미하기를 좋아했습니다. 자동차 문을 쾅 닫자, 세상의 모든 소음이 멈췄고, 건축가는 오직 자신에게 헌신하기 위해 만들어진 이 부드럽고 편안한 공간에서 행복을 느꼈습니다. 부부가 사랑을 나누는 침실에서조차 이 자리에서 누리는 희열보다 더 큰 기쁨을 느낄 수는 없었습니다. 엘레나도 이따금 같이 왔는데, 두 사람은 마치 어머니 뱃속에 자리한 쌍둥이처럼 한 시간씩 넋을 잃고 그곳에 앉아 있곤 했습니다. 그들은 차량을 운전하는 데에는 거의 신경을 쓰지 않았습니다. 어쩌면 그들은 때때로 실제적이고 완전한 사생활을 즐길 수 있도록, 아파트 단지 뒤에 자동차를 그대로 주차해 두고 싶어 했을지도 모릅니다.

아파트 단지의 주민들은, 다치아 주변을 연신 날렵하게 맴도는 건축가의 모습에 곧 익숙해졌습니다. 그는 항상 청바지를 잘라서 만든 똑같은 반바지와, 자세히 보면 루마니아 아테네움 앞의 정원에 서 있는 국민 시인 에미네스쿠의 동상이 인쇄된 똑같은 셔츠를 입고 다녔습니다. 그는 다소 보잘것없어 보이는 행색의 젊은이였는데, 누군가가 말하듯이, 카르파티아[158] 출신 루마니아인의 전형적인 모습이었습니다. 그는 짙은 갈색 머리카락, 영원히 면도를 하지 않을 것 같은 인상을 주는 턱, 마치 항상 치아 사이로 욕을 하는 듯 튀어나온 저작근, 별다

---

158) 카르파티아산맥을 가리킨다. 체코, 슬로바키아, 폴란드, 우크라이나, 루마니아에 걸쳐 광대하게 뻗어 있으며, 루마니아 지역에서는 트란실바니아 지방을 둘러싸는 형태로 이어진다.

른 특이점이라곤 없는 다소 무표정하고 검은 눈을 가지고 있었습니다. 또 그는 옆머리를 기계로 바짝 자르고 다녔습니다. 그는 해변에서 체코와 폴란드 여성들의 마음을 사로잡을 만큼 잘생긴 편이었는데, 대학생 시절에 특히 유용한 장점이었습니다. 그가 한 손에 물과 페를란 액체비누를 섞어 반쯤 채운, 오렌지색 스펀지가 수면에서 출렁거리는 파란색 플라스틱 양동이를 들고 나타났습니다. 그는 아카시아와 산울타리 등 아파트 단지 마당에 심긴 모든 나무의 봉오리를 싹트게 하는, 봄의 생기가 감도는 공기 속에서 다치아 자동차 주위를 돌며 구석구석을 닦고 청소했습니다.

그런 사람이 바로 건축가 에밀 포페스쿠였습니다. 그에 관해 말할 수 있는 다른 것은 모두 쓸모없고 심지어 우스꽝스럽습니다. 그가 필터도 없는 싸구려 치시미지우 담배를 피운다는 사실이 중요합니까? 어떤 이유인지는 모르겠으나 그가 딱히 명성도 없는 '세 체 바커우' 축구팀을 지지한다는 데에 과연 의미가 있을까요? 그가 비밀 기록들, 특히 나치 독일의 게슈타포와 친위대에 관한 모든 글을 읽었다는 점을 굳이 밝혀야 할까요? 잡지 《루메아》를 정기 구독했다는 것은요? 또 그가 《플라커라》, 《섭터므나》, 《마가진》[159] 등의 잡지를 경건하게 구매한다는 점에 대해선 어찌 생각하십니까? 그 사람이 텔레비전 프로그램을 모조리, 처음부터 끝까지 다 본다는 사실은 어떤가요? 그의 집에는 그 흔한 오픈릴 테이프 플레이어조차

---

159) 각각 루마니아어로 '세상', '불꽃', '일주일', '상점'을 뜻한다.

없고, 턴테이블 축음기는 아내가 「유명 탱고곡 모음」, 레모 제르마니, 로스 파라구아요스, 「잃어버린 편지」, 이온 크리스토레아누, 투도르 아르게지, 「리골레토」, 「덴테스」 같은 몇 장의 레코드판과 함께 지참금으로 가져왔다는데…… 그래서요? 이혼한 직장 동료를 좋아했지만, 두 번째로 만난 뒤 정신을 차리고 더는 그녀를 찾아가지 않았다는 사실은요? 그가 넥타이를 매지 않는다는 점이 궁금하신가요? 그는 밤새도록 꿈속에서 식용유 공장에 필요한 유압 프레스와 진공 파이프의 세부 사항만을 궁리했을까요? 그는 실력이 꽤 형편없음에도 매주 금요일이면 몇 명의 동료들과 어울려 브리지 게임을 즐기는데, 이게 정말 합당한 일인가요? 이 모든 점은 사소한 것에 불과합니다.

그해 봄 어느 날 아침, 에밀 포페스쿠는 출근하기 전에 자신의 차를 한 번 더 확인하고자 아파트 단지 뒤편으로 향했습니다. 친구의 생일이었던 전날 밤, 그는 알바니아산 카베르네 포도주를 마셨는데, 그 때문에 몸 상태가 영 좋지 않았습니다. 그는 밤새 간이 무두질당하는 느낌이었고, 이제 새벽이 되자 목덜미가 아프고 메스꺼움이 밀려왔으며, 콧속에서 콧물 방울이 줄줄 떨어졌습니다. 비록 주변의 쓰레기통에서 특유의 고약한 냄새가 풍겼지만, 아침의 서늘함이 그에게 다시 생기를 불어넣었습니다. 라다와 바르트부르크 사이에 주차된 그의 크림색 자동차는 양탄자를 터는 철봉 옆에 자리해 있었고, 창문들과 함께 기하학적으로 빛나며 희미하게 반짝였습니다. 건축가는 은색 열쇠를 꺼내서 잠금장치를 해제했습니다. 그는 서류 가방을 운전대 옆에 두고 잠시 차 안으로 들어갔습니다. 그는 전조등을 켜고, 상향등과 하향등을 번갈아 밝혀 보았습니다. 그러고는 와이퍼를 작동시켰고, 계기판 옆의 라디오를 켰습니다. 어떤 남자의 목소리가 날씨를 알려 주었습니다. 건축가는 미소 지었습니다. 모든 것이 정상이었습니다. 그다음에 그는 둥근 운전대의 가운데, 우아페(UAP)[160] 엠블럼이 양각으로 새겨진 아크릴판 아래에 있는 작은 버튼을 짧게 눌렀습니다. 그러자 자동차 경적에서 테너 음역대의 소리가 터져 나왔고, 이에 에밀 포페스쿠가 경적 버튼에서 얼른 집게손가락을 뗐는데도 그 소리는 멈추지 않았습니다. 단조롭고 날카로운 그 소리는 아침 6시 반의 어두운 공기를 가르며 한동안 지속되었습니다. 건축가는 필사적으로 아크릴판 아래의 경적 버튼을 다시 여러 차례 눌렀지만 아무런 효과가 없었습니다. 그는 미칠 것 같았습니다. 그는 전조등을 끄는 것도 잊은 채 급하게 차에서 내렸고, 무기력하게 그 주변을 빙빙 돌았습니다. 참을 수 없는 울부짖음이 시작되고 얼마 지나지 않아서 잠옷을 입은 시민들이 창문과 발코니에서 하나둘 모습을 드러냈습니다. 그들 모두가 건축가에게 뭐라 뭐라 소리쳤지만, 그는 요란한 경적 소리 때문에 알아들을 수 없었습니다. 젊은 건축가는 땅속으로 숨고 싶을 지경이었습

---

160) UAP. 피테슈티 자동차 공장(Uzina de Autoturisme Pitești, UAP)을 가리킨다. 루마니아 피테슈티에 위치한 자동차 제조 공장으로, 다치아(Dacia) 자동차의 생산 거점이다. 1968년, 르노와의 기술 협력으로 첫 차량을 생산했다.

니다. 그는 다치아의 앞 덮개를 열어젖힌 뒤에, 두꺼운 플라스틱으로 절연되어 있고 여기저기 구불구불하게 꼬여 있는 노란색, 검은색, 빨간색 전선을 무작위로 흔들어 대기 시작했습니다. 휘발유 냄새와 소음으로 인해 그는 머리뼈가 빠개질 뻔했습니다. 그는 어떤 것이 경적에 연결되어 있는지 몰랐고, 순간순간 신경이 더 곤두서고, 더욱 당황스러워졌습니다. 엘레나도 겉옷만 걸친 채 내려왔고, 끊임없이 포효하는 괴물 옆에서 두 사람은 함께 혼란스러워하며 어찌할 바를 몰랐습니다. 그때, 작은 감자 한 개가 다치아의 덮개를 때리더니 한쪽으로 튕겨 나갔습니다. 아파트 단지 전체가 깨어났고, 면도하지 않은 남자들, 화장하기 전의 여자들, 씻지 않은 아이들이 다치아의 불행한 주인들에게 소리를 질렀습니다. 바로 그중 누군가가 발코니에서 차를 향해 감자를 던진 것이었습니다. 결국 내복과 잠옷 바지를 입은 보테아누 대령이 아파트 단지 뒤로 내려와서 아무 말도 없이 에밀 포페스쿠를 옆으로 물러나게 했고, 마치 마술사가 어둑한 엔진 룸에서 어떤 의식을 행하듯 단 한 번의 몸짓으로 시끄러운 소리를 잠재워 버렸습니다. 대령은 차 주인을 경멸하듯 쳐다보고는 자리를 떠났습니다. 여전히 귀가 징징 울리는 가운데, 마침내 두 사람은 발코니에서 있는 이들이 외치는 소리를 들을 수 있었습니다. 결코 기분 좋은 말은 아니었습니다.

　그날 에밀 포페스쿠는 직장에서 평소의 업무를 수행할 수 없었습니다. 그는 제도판 앞에서 강도와 진하기가 다른 온갖 종류의 연필이 가득 꽂힌 플라스틱 컵을 바라보았습니다. 또

리히터 컴퍼스와 로트링 필기구가 담긴 주머니를 가지고 놀면서, 자신이 작업하던 설계도의 모눈종이를 가로지르는 수천 개의 선을 멍하니 쫓았습니다. 이윽고 건축가는 피로를 느꼈습니다. 그의 마음은 여전히 아침의 현장에 머물러 있었습니다. 그는 크고 균일한 경적 소리에 집착했습니다. 그는 용수철로 딸랑거리며 알람 시계처럼 소리를 내는 자전거의 경적부터 '영화 속의 유명한 웃긴 장면들'에 등장하는, 고무주머니 같은 것이 달린 낡은 경적까지, 모든 종류의 경적을 생각하기 시작했습니다. 집에 돌아온 그는 감히 아내의 눈을 똑바로 쳐다볼 엄두조차 못 냈습니다. 그럼에도 아내에게 '자동차 작동 지침서'를 보여 달라고 요청했습니다. 그는 다치아 1300의 모습을 모든 각도에서 촬영한 사진이 광택 용지에 엉터리로 인쇄된 소책자를 넘겨 보면서, 가끔 오탈자가 눈에 띄는 글을 구석구석까지 주의 깊게 읽었지만, 경적에 대한 세부적인 정보는 거의 찾아내지 못했습니다. 이 차의 경적은, 아마 부쿠레슈티의 전기 코일 회사에서 제조한 매우 일반적인 유형의 전자 기기인 것 같았습니다. 특별한 까닭 없이 불만을 품은 채, 건축가는 저녁 내내 그 이유가 무엇인지 고민하다가 거실 소파에 누웠습니다. 그는 설명서를 가슴에 품고 늦게 잠들었습니다.

다음 날, 퇴근한 뒤에 그는 전기 코일 회사에 들렀습니다. 그는 그 회사를 잘 알고 있었습니다. 어릴 적에 종종 그 회사의 콘크리트 울타리를 넘어가서 자석과 구리 조각을 훔쳤고, 고등학생 때는 그곳에서 실습 교육을 받았기 때문입니다. 그곳은 수십 명의 노동자가 거대한 코일 얼레를 연신 감아 대는, 일종의 협동조합에 가까웠습니다. 전선 가닥 냄새와 기름에 흠뻑 젖은 판지 냄새가 끊임없이 풍겼습니다. 건축가는 그곳의 늙은 감독관과 이야기를 나눴고, 마침내 다양한 경적에 관한 세세한 정보를 알아낼 수 있었습니다. 에밀 포페스쿠는 여러 개의 전기 흐름을 통해 한 소절 정도의 가락을 연주할 수 있는 음악용 경적도 있다는 사실을 알았을 때 열정마저 느꼈습니다. 하지만 왜 그런지는 설명할 수 없었습니다. 그는 감독관에게 그런 경적을 어디서 구할 수 있는지 알려 달라고 요청했습니다. 감독관은 콜렌티나 지역의 니콜라에 아포스톨 거리에 있는 공업사에서 일하는 어떤 소년이 그 분야에 아주 열정적이니 한번 찾아가 보라고 권했습니다. 에밀 포페스쿠는 다음 날까지 인내심을 가지고 기다리기가 힘들었습니다. 그는 경이로운 경적을 갈망하며 밤새도록 침대에서 몸을 뒤척였습니다. 아침이 밝자, 그는 난생처음으로 출근을 두 시간이나 지각해 가며, 마치 총알처럼 곧장 자동차 공업사로 향했습니다. 역시나 그곳의 소년은 그럴싸한 물건을 가지고 있었는데, 다름 아닌 고르디니 자동차에 달린, 오페라 「아이다」의 「개선 행진곡」을 연주하는, 니켈 도금이 된 여섯 개의 나팔이 달린 경적이었습니다. 그 소년은 그런 물건을 어디서 구할 수 있는지 알았고, 돈이 절실한 어떤 이탈리아 사람을 알고 있었습니다. 그 소년은 일주일 안에 결과를 전달해 주리라고, 건축가에게 말했습니다. 물론 외국산이라 비용이 꽤 들어가리라는 점도 알려 주었습니다. 에밀 포페스쿠는 그가 원하는 만큼 주겠노라고 약속했음에도 영 마음이 놓이지 않아서, 더 확실히 못 박아 두고자 소년의 작업복 주머니에 추가로 100레이를 더 찔러 넣었습니다. 건축가는 이제 한 주를 어떻게 더 기다려야 할지 개탄하면서, 희비가 교차하는 가운데 집으로 향했습니다. 그는 저녁 내내 들떠서 "조국을 칭송하라, 바로 오늘이 기념일이다."라는 가사를 강박적으로 흥얼거렸습니다.

단 나흘 만에 건축가는 그토록 기다리던 전화를 받았습니다. 그는 나무 기둥과 슬라이딩식 플랫폼 곳곳에 기계가 가득 늘어서 있는 더러운 작업장으로, 기름에 찌든 작업복을 입은 소년이 그를 기다리는 니콜라에 아포스톨 거리로 달려갔습니다. 그 소년은 그에게 이상한 기계 장치를 보여 주었습니다. 한쪽엔 여섯 개의 작은 황동 나팔이 솟아 있고, 다른 한쪽에는 여러 개의 전기선이 이어져 있는 일종의 가황(加黃) 고무판이었습니다. 전기를 연결하자 그 기계 장치에서 베르디의 음악 몇 소절이 익살맞은 속도로 흘러나왔습니다. 악곡을 연주하는 그 괴상한 장치에 감탄한 다른 수리공들과 손님들, 심지어 자동차 공업사 옆에 위치한 학교에 다니는 아이들까지 모두 두 사람 주변으로 모여들었습니다. 건축가는 다치아 자동차의 덮개 아래에 그 새로운 경적을 달기 위해, 이 젊은 수리공을 데리고 집으로 돌아왔습니다. 그는 운전대 중앙에 있는 둥그런 경적 버튼을 누르며, 동네 주민들에게서 감탄과 부러움, 신성한 분노에 이르기까지 온갖 모순된 감정의 물결이 일어나도록 자극했습니다. 엘레나 역시 아파트 복도로 나왔습니다. 남편에게 무언가 이상한 일이 일어나고 있음을 오래전부터 예감했지만 그녀는 아직 그 일의 정체를 알지 못했습니다. 따라서 그 일에 어떻게 반응해야 할지도 몰랐습니다. 그녀는 남편이 즉흥적으로 얼마나 큰돈을 지불했는지를 알게 되었을 때, 자신의 어머니로부터 물려받은 적절한 행동을 취했습니다. 이러한 태도는 그녀의 표정, 몸짓, 특히 과장된 언어를 통해 드러났습니다. 실상 건축가는 한 달 치의 봉급을 이탈리아인의 속임수에 몽땅 날려 버린 셈이었습니다. 하지만 엘레나의 협박성 잔소리에도 불구하고 에밀 포페스쿠는 그것을 물릴 생각이 전혀 없었습니다. 오히려 완전한 '돌체 파르 니엔테'[161]를 만끽하듯 자동차 좌석에 편안하게 드러누운 채, 끝없이 경적을 눌러 대며 유명한 행진곡의 한 소절을, 마치 음악광처럼 정신적 향락에 젖어 감상했습니다.

이제 베르디의 음악에 식상해진 건축가는 어느 날부터 다른 것을 찾기 시작했습니다. 엘레나는 차츰 이 나팔에서 저 나팔로 옮겨 다니며 차례차례 울려 퍼지는 「마르세유의 노래」, 「양키 두들」 및 「신이여, 여왕 폐하를 지켜 주소서」 등의 즐겁고 원시적인 가락에 질려 버렸습니다. 한편 건축가는 다른 운전자들과 경적을 교환하러 다녔기 때문에 예전만큼 큰 비용이 들지 않았고, 마치 신이 거래할 만한 이들을 어디에서 찾아야 하는지 알려 주는 듯했습니다. 그러던 중 언젠가 한번, 엘레나는 21번 궤도 전차 안에서, 연구소에 있어야 하는

---

161) dolce far niente. 이탈리아어로, "아무것도 하지 않을 때의 달콤함"을 뜻한다. 게으름이나 나태가 아닌, 여유롭고 평화로운 휴식의 즐거움을 가리키는 표현이다.

남편이 부쿠르 오보르 시장의 전자 시계 주위를 빙빙 돌며, 그 시계가 십오 분마다 연주하는 어느 잘 알려진 곡을 감상하고 있는 모습을 보았습니다. 여전히 자신에게 닥친 진정한 슬픔을 스스로 인정하고 싶지 않은 당찬 아내에게, 이제 상황은 더욱 비극적으로 복잡해졌습니다. 경적에 얽힌 이야기는 여섯 달 이상 지속되었으며, 그동안 더욱 신경질을 부리고 매사에 불만족스러워하던 건축가는 소음을 발생시키는 비슷한 장치를 여덟 번이나 바꾸었습니다. 처음에 누렸던 행복은 증오와 원한으로 변해 갔습니다. 고소하겠다고 협박하는 이웃들, 그의 설계 능력을 의심하는 상사들, 빨래나 요리는 물론이고 부부로서의 중요한 의무도 더는 하지 않겠다고 최후통첩을 하는 아내한테 시달려 온 건축가에게는 이제 그의 열정을 위로해 줄 그 무엇도 남아 있지 않았습니다. 그는 더 올라갈 곳을 기대하기 어려운 정상 저편에 너무 일찍 도달해 버린 것이었습니다. 그는 심지어 록 밴드 롤링 스톤스의 「세티스팩션」의 후렴 한 소절을 연주해 내는, 토요타 자동차의 유명 제품에 이르기까지 이 세상에 존재하는 가장 복잡하고 새로운 경적들을 자신의 다치아 자동차에 장착해 보았습니다. 그런데 에밀 포페스쿠를 화나게 하는 것은 따로 있었습니다. 온갖 경적들이 제공하는 매우 한시적인 개성이나 진부함 탓은 아니었습니다. 오히려 경적 소유자가 스스로의 권리를 행사하는 동안 완전히 수동적인 태도를 강요당한다는 점이었습니다. 이것은 상업용으로 판매되는 모든 경적의 가장 큰 결점이었습니다. 그는 운전석에 앉은 사람이 경적 장치에 협력하고 창의력을 발휘하는 대신에, 선택의 여지 없이 오직 한 손가락으로 한 가지 버튼만을 계속 눌러 대야 하는 상황에 질려 버렸습니다. 어떻게 이제껏 아무도 이러한 사실을 고려하지 않았는지 자문해 보았습니다. 아마도 그는 그 자신만의 정신 상태나 사적인 재능 혹은 취향 등의 이유로 경적에서 흘러나오는 가락을 매 순간 스스로 만들어 내고 싶어 하는 것 같았습니다. 새벽이 밝기 직전, 한두 시간밖에 눈을 붙이지 못한 길고도 힘겨운 밤 동안에, 건축가는 주먹을 깨물고 온갖 상상을 했습니다. 완전히 새로운 원리에 따라 제작될 경적을 말입니다. 그 경적은 피아노 같은 건반을 갖추고 있으며, 각각의 건반은 저마다 작은 전기 나팔에 연결될 것이었습니다.

그다음 날인 일요일, 그는 부쿠르 오보르 시장의 상점 위에 위치한 알모 아파트 3동에 사는, 텔레비전 수리 기사인 사촌 비르질 치오토이아누를 방문했습니다. 본격적으로 자기 생각을 꺼내기 전에 건축가는, 석양에 물들어 핏빛처럼 붉은 호수가 펼쳐져 있고 타르처럼 검고 우람한 소나무가 우뚝 서 있는, 거실 벽면의 사진 벽지를 보면서 감탄했습니다. 그리고 새롭게 출시된 컬러텔레비전에 관해 얘기를 나누었습니다. 마침내 포페스쿠는 사촌에게 자신의 계획을 알려 주었고, 건축가의 별로 유쾌하지 않은 기발한 생각에 당황한 수리공은 잠시 고민하더니 차라리 언제든 원할 때에 연주할 수 있는 진짜 피아노를 사는 편이 결과적으로 더 낫지 않겠느냐고 되물었습니다. 그리고 경적과 관련해서는 자동차가 헛되이 녹슬지 않도록 빨리 운전면허증을 따는 것이 훨씬 좋겠다고 덧붙였습니다. 그러나 에밀 포페스쿠는 포기하지 않고 다시 한 번 사촌에게, 오늘날의 경적들이 지닌 한계와, 자신은 피아노를 연주하고 싶은 게 아니라 실제로 경적 기술을 개선해서 수백만 명의 운전자에게 편의성을 제공하고 싶을 뿐이라고, 인내심을 가지고 차근히 설명했습니다. 결국 건축가가 전자 오르간을 사면, 텔레비전 수리공이 그것을 자동차 계기판에 설치해 주기로 합의했습니다. 당연하게도 그러면 자동차를 더는 작동할 수 없다고, 요컨대 운전대를 뽑아내야만 전자 오르간의 키보드를 자동차 안에 설치할 수 있다는 설명도 덧붙였습니다. 이 모든 것에 동의한 건축가는 성급하게 움직이다가 그만 비르질 치오토이아누가 그에게 따라 준 불가리아산 진 술잔을 실수로 쏟고 말았습니다. 그럼에도 들뜬 그는 사촌에게 얼른 오르간을 설치하러 자기 집에 와 달라고 부탁했습니다. 건축가가 떠난 뒤 텔레비전 수리공은 포페스쿠 부인에게 전화를 걸어 나지막한 목소리로 장시간 통화를 했습니다. 그들의 목소리는 염려로 가득했습니다.

만약 자동차를 정말로 망가뜨리겠다면 한 점의 후회도 없이 이혼할 것이라고, 엘레나는 진심으로 최후통첩을 하듯이 건축가에게 윽박질렀습니다. 그는 단지 한 가지 실험을 하려는 것일 뿐이라고 설명했지만, 엘레나는 그런 말조차 들으려 하지 않았습니다. 그의 친척이 다음 주 일요일에, 총 모양의 납땜용 인두, 주석 철사, 전구가 달린 드라이버, 트랜지스터, 다이오드, 전선 가닥, 특수 오일, 에나멜 희석제, 절연 테이프, 철공용 집게, 납작 집게, 나사 세트, 연필과 영수증철 그리고 먹지가 담긴 전문가용 가방을 팔에 낀 채 작업하러 찾아왔을 때, 사실 그들은 아직 이혼한 상태가 아니었습니다. 빅토리아 거리의 무지카 상점에서 에밀 포페스쿠가 직접 구입한, 목재가 좋기로 유명한 레긴 지역에서 제작한 소형 오르간은 벌써 아파트 현관에 맞닿은 부엌 쪽 벽에 기대선 채 기다리고 있었습니다. 그 오르간은 기분 좋은 물결무늬가 일렁이는, 광택이 아름다운 갈색 판자처럼 보였습니다. 또 감동적일 만큼 순수한 순백색과 흑단색의 건반이 두 줄로 가지런히 놓여 있었습니다. 굉장히 감격한 한 남자와 죽을상을 한 한 사내가 지상층으로 오르간을 끌어 내린 뒤, 크림색 다치아 1300의 차체 옆에 기대어 놓았을 때가 오후 2시 무렵이었습니다. 그것을 설치하는 데 세 시간 이상이나 걸렸고, 마침내 오후 5시를 몇 분쯤 넘긴 뒤에야 창가와 발코니에서 비웃어 대던 이웃들은 건축가의 어눌한 손놀림에 따라 울려 퍼지는 오르간의 첫 번째 불협화음을 비로소 들을 수 있었습니다. 다행스럽게도 돈을 한껏 들인 확성기를 통해 증폭되는 소리는 약음기 덕분에 원하는 대로 조절할 수 있었으므로, 이웃들은 밤이 깊어진 뒤에도 자신의 산장(자동차)에서 건반을 가지고 새로운 작업에 도취한 이 독특한 건축가를 발견하고도 분노하지 않았습니다. 바로 같은 시각, 지상으로부터 십이 미터쯤 되는 높이에 위치한 두 건축가의 아파트에서, 델레아누 가문 출신의 엘레나 포페스쿠 부인은 침실에 있는 자수(刺繡) 베개를 굵은 눈물로 적시며 울고 있었습니다. 그녀는 더 이상 남편의 경솔한 지출을 감당할 수 없었습니다. 그녀는 남편이 자기 눈앞에서 생생히, 의심의 여지 없이 미쳐 간다고 절망적으로 생각했습니다. 그런 까닭에 자기 홀로 바삐 돌아다니고 가사를 돌보는 데에 지쳤을 뿐 아니라, 삶에도 진저리가 났습니다.

이제 새벽 3시가 되자 허기와 피로에 지친 건축가 포페스쿠는 아파트 문으로 들어섰습니다. 그의 마음은 온통 경적 소리로 가득 차 있었고, 냉장고 속의 음식을 닥치는 대로 꺼내서 부엌에 선 채로 게걸스럽게 먹었습니다. 첫사랑 소녀의 침대에서 우연히 깨어난 십 대 소년 같은 감정을 느끼며, 어떤 때는 하나씩, 어떤 때는 한꺼번에 흰 건반들과 검은 건반들을 몇 시간 동안이나 마음 내키는 대로 눌렀습니다. 처음엔 건반을 하나씩, 다음에는 두 개씩, 그다음엔 세 개씩…… 가능한 조합이라면 뭐든 시도해 보기 위해, 그는 영원히 그곳에 머물고 싶어 했을지도 모릅니다. 연속된 어떤 소리들은 예전부터 이미 알았거나, 마치 오랫동안 기다려 온 듯이 그를 기쁘게 했습니다. 그러나 다른 대부분의 소리는 그의 청각뿐 아니라 그의 모든 존재를 거북하게 했고, 심지어 상처를 입히기도 했습니다. 그는 거실 소파에 몸을 내던졌고, 몇 달 만에 처음으로 편히 잠들었습니다.

매일 직장에서 돌아오자마자 에밀 포페스쿠는 다치아 자동차의 편안한 시트에 앉아, 약음기로 소리를 죽인 채, 또다시 '경적'에 손을 대곤 했습니다. 만약 수십 년이 흐른 뒤, 단테, 셰익스피어 그리고 도스토옙스키를 주제로 한 연구서, 주석서, 사설, 비평, 기사, 박사 학위 논문 등보다 열 배, 백 배, 아니 더 많은, 엄청난 양의 학술적 연구가 건축가에게 바쳐진다

면, 아마 레긴에서 만든 오르간의 건반 위에서 '소토 보체'[162]
로 진행된 요즘 몇 달 동안의 실험은, 그의 업적에서 '언더그
라운드 시대' 또는 '지하 시대'라고 명명될 터였습니다. 때때로
이웃이나 오랜 친구가 무료함을 달래 주러 그를 찾아왔습니
다. 하지만 자동차 조수석에 앉을 때마다, 운전대와 계기판을
없앤 자리에 오르간 건반을 얹어 놓은 이상한 광경을 보고는
늘 경탄을 금치 못했습니다. 건축가는 단 한 순간도 소음의 야
단법석을 멈추지 않은 채, 자동차의 근본적 기능이란 우리가
흔히 인식하듯 한 장소에서 다른 장소로 사람을 이동시키고
거리를 단축하는 데에 있지 않다고, 끈기 있게 설명했습니다.
한번 잘 생각해 보세요. 자동차가 이동 수단이라는 것은 오히
려 부수적이고 무용한 기능에 불과합니다. 자동차의 고귀함
은 경적을 울릴 수 있는 가능성, 즉 뭔가를 전달하고 교감하
는 기능에 있습니다. (에밀 포페스쿠가 이해한 개념에 비춰 보자
면) 경적의 울림은 자동차의 목소리에 해당합니다. 그것은 여
태 인간에게 학대당하고 억압받아 온 동물적 후두음과 단음
에 불과하다고 저평가되어 왔습니다만, 이제부터는 자유와 주
권, 존엄성을 획득한 소리로서 인정받게 될 것입니다. 우리는
만연한 기술주의와, 자동차와의 소통 단절에 불만을 표출하지
만, 정작 자동차에게 스스로를 표현할 기회조차 마련해 주지
않았습니다. 자동차가 반드시 작동할 필요는 없습니다만, 그

---

162) sotto voce. 이탈리아어로 "낮은 목소리"를 뜻한다. 음악에서는 매우 부
드럽고 나직하게 연주하라는 지시어로 쓰이며, 문학에서는 속삭이듯 말하
는 것을 의미한다.

들에겐 자신을 표현할 수 있는 기본적인 권리가 있습니다. 오르간의 시연과 함께, 이 같은 논증에 이르고 만 건축가의 눈이 여태껏 본 적 없는 빛을 발하자, 이웃은 서둘러 작별 인사를 건넨 뒤 자기 아파트로 올라갔습니다. 그 이웃은 웃어야 할지, 동정해야 할지 좀체 가늠하지 못한 채, 온종일 꺼림칙한 마음을 느꼈습니다.

건축가의 '언더그라운드 시대'는 이듬해 봄까지 지속되었습니다. 아파트 단지 뒤에 있는 산울타리와 아카시아가 푸르게 물들자, 에밀 포페스쿠는 아파트에 사는 이웃들이 방해받지 않는 범위 내에서, 다치아 자동차로부터 반경 몇 미터까지 소리가 들리도록 돌연 확성기를 크게 틀었습니다. 이웃들 중 많은 사람들이 매일 오후면, 마치 습관처럼 건축가의 차 주변을 지나가곤 했습니다. 그들은 나날이 더욱 뚜렷하게 발전하는, 감동적인 음악적 조화에 매료되기도 했습니다. 봄의 첫날 동안, 건축가는 한 음이 다른 음에서 자라나는 듯하고, 독특하게 냉정함을 전달하는 단조롭고 매력적인 온음표의 선율을 고집스럽게 똑같이, 거듭 연주했습니다. 어린아이들은 "이건 마치 핑크 플로이드 같은데."라고 중얼거리다가 재빨리 저 소리는 '짜증을 유발하는' 핑크 플로이드라고 고쳐 말하면서 비웃었습니다. 그 어떤 비평에도 불구하고, 우리의 영웅은 매일 명백한 환희를 느끼며 어렴풋이 그윽한 빛을 발하는 악보 전체의 선율을 되풀이해 연주했습니다. 밤낮으로 번갈아 가며 들락거리는 헤아릴 수 없이 많은 사내들로부터, 아마도 구애용 선물로 받은 듯한 은빛 여우 모피를 걸친 세 딸을 데리고 아파트 6번 라인에 사는 집시 바이올린 연주자 텔렌테는, 주의 깊게 건축가의 음악을 감상하더니 실레 디니쿠[163]를 닮은 가느다란 콧수염 밑으로 이따금 마치 욕설처럼 들리는 전문가적 감탄을 내뱉었습니다. 그것은 한 가지 음계였고, 그도 그 점을 알고 있었지만 단 한 번도 들어 본 적 없는 음계였습니다. 텔렌테는 자신이 공연하는 레스토랑 호라에서, 잠시 휴식할 때, 에밀 포페스쿠에게서 영감받은 열 개의 온음표로 이뤄진 선율을 대략 연주해 보았습니다. 갑자기 시간이 녹아 없어진 듯이, 레스토랑을 방문한 다양한 계층의 고객들은 몇 초 동안 칼과 포크의 움직임을 멈추고 굳어 버렸습니다. 이에 스스로도 놀란 악사는 서둘러 대중에게 항상 호평받아 온, 옛 탱고의 한 소절을 연주하기 시작했습니다. 레스토랑의 모든 공연을 마친 뒤, 텔렌테는 가장 최근에 채용한 색소폰 연주자가 있는 자신의 악단과 함께 맥주를 기울이게 되었습니다. 그 새로운 색소폰 연주자는 음악 학교를 마친 뒤 바커우주 아르거세니 마을의 음악 교사로 발령받았지만, 그곳에 가기를 원하지 않는 조용한 사내였습니다. 그럼에도 레스토랑 악단의 집시 동료들은 그를 교사라 불렀고, 돌팔이가 아닌 진정한 음악가가 자기들 중에 있음을 자랑스럽게 여겼습니다. 그날 저녁, 교사는 지나가는 말로 텔렌테에게, 아까 비틀스의 「섬싱」을 편곡한 다음에 어떤 음계를 연주했는지 물었습니다. 그러

---

163) Sile Dinicu, 1919~1993. 본명은 바실레 디니쿠(Vasile Dinicu)이며, 루마니아의 집시 음악가로 유명하다. 루마니아의 전설적인 집시 바이올리니스트이자 작곡가 그리고라슈 디니쿠(Grigoraş Dinicu, 1889~1949)의 조카다.

자 텔렌테는 자기 아파트 3층에 사는 건축가가 무슨 엉뚱한 물건을 가지고 있는지, 그들에게 들려주고 싶어서 조바심을 냈습니다. 교사는 T. S. 엘리엇의 「게론티온」[164]에 나오는 한 구절을 떠올렸고, 역사에 얼마나 많은 아이러니가 존재하는지 생각하면서 잠시 넋을 잃은 채 귀를 기울이고 있었습니다. 그렇습니다, 단지 함정과 올무와 나선형의 길만이 있을 뿐입니다. 한때 피타고라스를 영광스럽게 한 음역, 각각 하나의 행성 (그것들 중 마지막은 신비에 휩싸인 안티크톤이고, 첫 번째는 역시 태양입니다.)[165]이 교응하는 열 개의 음가로 구성된 유명한 음계 그리고 황금비율의 법칙에 따라 왼쪽 각 부분과 조화를 이루는 오른쪽 각 부분이 이끄는 음률이, 마치 긁힌 레코드판처럼 같은 음악을 끝없이 되풀이하는 어떤 강박적인 미치광이에 의해 새로이 고안된 것이었습니다. 교사는 벽에 너덜너덜해

---

164) Gerontion. T. S. 엘리엇이 1920년에 완성한 시. 제목은 그리스어로 '작은 노인'을 뜻하며, 늙고 무기력한 화자의 독백을 통해 황량한 현대 문명의 영적 메마름을 성찰한다. 1차 세계 대전 이후의 허무주의와 존재적 위기감을 담고 있으며, 기독교적 알레고리와 은유를 통해 인간의 정신적 타락을 조명하는 작품이다.

165) 10을 완전수로 여긴 피타고라스학파는 천체의 수도 10이어야 한다고 주장했다. 우주의 중심에는 태양이 아닌 중심불(Central Fire)이 있고, 그 주위를 10개의 천체가 돈다고 보았다. 10번째 천체인 반지구(Antichton, 안티크톤)는 지구 반대편에 있어서 인간에게 보이지 않는 가상의 천체로, 10이라는 수를 맞추기 위해 도입한 개념이다. 또한 지구는 중심불 주위를 돌지만, 항상 중심불 반대쪽을 향하기 때문에 중심불을 마주 볼 수 없다고 주장했다. 이 우주론은 천동설도, 지동설도 아닌 독특한 체계로, 천문학사에서 흥미로운 사례로 꼽힌다. 한편, 여기에서 커르터레스쿠는 태양과 중심불을 동일시하고 있는 듯하다.

진 책들이 꽉 들어차 있고, 문에 어떤 외설 잡지에 실린 여인의 벌거벗은 가슴을 성 아우구스티누스가 바라보도록 콜라주한 그림이 걸려 있는, 가로 일 미터, 세로 이 미터의 작은 방에 도착하자마자, 레스토랑에서 논의한 내용을 일기장에 몇 줄 끄적였습니다. 그런데 한 문장을 절반쯤 쓰다가 손을 멈추었습니다. 왜냐하면 11시에, 그의 여자 친구이며 최근에 이혼한, 그리고 많은, 아주 많은 사랑을 갈망하는 이올란다가 문을 두드렸기 때문입니다.

이 무렵에 건축가의 선량한 아내 엘레나는, 건축가를 관찰하기 위해 온갖 구실로 데려온 여러 정신과 의사들에게 자문을 구했습니다. 그들의 의견은 분분했습니다. 확실히 평범한 경우는 아니었습니다. 의사 대부분이 선인장 수집이나 우표 수집과 같은 편집증에 관해 이야기하곤 했습니다만, 단순한 취미와 병리학적 징후의 경계를 정확히 구별하기란 결코 쉬운 일이 아니었습니다. 정상적인 조건에서 광기를 발현하게 하는, 터무니없는 열정에 관해서는 이미 수많은 예가 있었습니다. 얼마나 많은 사람들이 축구 경기를 시청하다가 창문 밖으로 텔레비전을 던졌는지를 생각해 보면 쉬이 알 수 있었습니다. 은퇴한 연금 수령자들 중엔 주사위를 던져 말을 옮기는 타블레 게임에서 졌다는 이유로 자살한 경우도 있었습니다. 그러므로 남편이 여전히 업무에 충실하고, 가정생활에 기대되는 사회적 관습을 준수하는 한 엘레나로서는 현명하게 처신해야 했습니다. 좋건 나쁘건 최종적으로 그녀는 에밀 포페스쿠를 남편으로 삼았다는 사실을 잊어서는 안 되었고, 일단 건축가의 정신이 이상하더라도 그의 상태가 사회에 위험을 초래하지 않는다면, 어쨌든 건축가를 보살피는 일은 여전히 가족의 손에 맡겨질 터였습니다. 그녀는 이혼을 서두르지 않고 더 기다리기로 했는데, 단지 그들이 그토록 많은 뭔가를 함께 성취했기 때문은 아니었습니다. 남편은 개처럼 버릴 수 있는 대상이 아니며, 다른 남편들은 더 나쁘고, 아내를 속이고, 바람을 피우고, 술을 마시고, 성적으로 문란한 행위를 저지르지만, 자신의 변변찮은 남편은 그저 오후 내내, 결국 그…… 무언가를 연주할 뿐이었습니다. 이러한 전문적 소견에 더하여 가족들의 조언까지 반향처럼 들려오자, 이 불쌍한 여인은 체념하고 한동안 더 기다리기로 결심했습니다. 그녀에게는 매우 힘든 일이었습니다. 건축가는 더 이상 예전과 같은 사람이 아니었고, 그녀나 집과 관련한 어떤 것에도 무관심했습니다. 그녀는 꽤 오랫동안 그와 다시 같은 침대에서 자기 위해 노력했고 심지어 다정하게 대해 주려고 시도했지만, 그에게는 더 이상 아무런 애욕도 없는 것 같았습니다. 아니, 아예 그런 것이 존재한다는 사실조차 인식하지 못하는 듯했습니다. 시간이 지나면서 그는 가장 인간적이고 기본적인 개념들마저 잊어버렸습니다. 예컨대, 아침에 면도해야 한다는 것을 알려 주어야 했습니다.

텔렌테는 일터로 향하는 88번 무궤도 전차를 타려면, 먼저 시내 중심가로 들어가는 95번 무궤도 전차를 타야 했습니다. 그는 그 정거장으로 가기 전에 매일 크림색 다치아를 지나가면서, 몇 분 동안 건축가가 만들어 낸 음악의 몇 소절을 들었습니다. 그는 건축가가 이제 같은 음계를 끝없이 반복하지 않고, 그것에 기반해 짧고 기괴한 곡조를 작곡했으며, 그 과정에서 부인할 수 없을 정도의 기술적 발전을 이루었음을 즉시 알아차렸습니다. 처음에는 그토록 서툴던 건축가의 손가락이, 이제는 경이로울 만큼 유연하고 민첩해져 있었습니다. 또 손가락의 끝부분은 상아처럼 단단해져 있었습니다. 그 곡조는 전혀 리듬이 없는 듯 들렸지만, 사실은 온음이나 겹온음으로만 구성된, 느릿한 기도송처럼 유유히 흘렀습니다. 현란한 박자의 시끄러운 음악, 집시풍의 글리산도와 트레몰로로 구성된 카바레 음악의 추종자인 이 악사는 에밀 포페스쿠가 창조해 낸 느린 악곡을 도저히 소화할 수 없었습니다. 그러나 그는 조금 더 응축되고 곡조가 두드러지는 부분을 암기했고, 레스토랑이 문을 닫은 뒤 호기심에 젖어 그 악곡을 교사 앞에서 연주해 보았습니다. 이번에는 색소폰 연주자가 귀를 쫑긋 세웠는데, 곡조가 젠장맞을 정도로 익숙하게 다가왔기 때문입니다. 아니, 우연의 일치일지도 모른다는 말은 통하지 않았습니다. 천년에 한 번, 누군가가 무작위로 건반을 눌러 열 개의 음으로 구성된 음계를 재현한다 하더라도 지금은 무언가가 달랐습니다. 그는 자신의 지하 아파트로 돌아가서, 신중하게 음악 학교 시절부터 가지고 있던 고대 음악에 관한 노트를 다시 살펴보았습니다. 그의 가장 큰 비극은 피아노가 없다는 점이었는데, 설령 가지고 있더라도 어차피 놓을 곳이 없었을 것입니다. 어찌 되었든, 그는 색소폰으로 그 곡조의 몇 악절을 반복해서 연주해 보았습니다. 이 미개하면서도 세련된 악기에서, 잘 알려지지는 않았지만 통찰력 있는 소리가 울려 나왔습니다. 지나치게 흥분한 그는 자신의 일기장에 '동일한 미치광이'가 어떤 미지의 초심리학적 직관을 통해, 고대 그리스로부터 우리에게 전해진 유일한 「오르페우스 찬가」의 총보를 한 음 한 음 재창조해 내는 기이한 위업을 달성하는 데에 성공했다고, 기록했습니다. 그것은 실제로 '방언(放言)' 같은 것이거나 일부 사람들이 한 번도 가 본 적 없는 도시에서 모종의 익숙함을 느끼는 상세한 환영 같은 것이 틀림없다고, 교사는 덧붙였습니다. 곧바로 다음 날, 그는 텔렌테에게 자동차 속의 오르간을 연주하는 사람과 만나게 해 달라고 요청했습니다.

교사와 에밀 포페스쿠의 만남은 역사적입니다. 건축가의 위대한 작품과 개성을 대중화하는 데에 있어, 젊은 색소폰 연주자가 해낸 역할은 아무리 강조해도 지나치지 않습니다. 건축가의 친절한 초대에 따라 조수석에 앉은 교사는, 오르간에서 첫 음표의 소리가 발산되는 순간부터 실제로 무슨 일이 일어나고 있는지 직감했습니다. 오르간 연주자가 된 건축가는 「오르페우스 찬가」로 여겨지는 음악을 두어 차례 더 연주한 뒤에, 느닷없이 다른 음악으로 옮겨 갔습니다. 그것은 그가 선보인 연주 레퍼토리 중에선 새로운 음계였으나 실제로는 수천 년 이상 된, 노래로 전해져 내려오며 오늘날에도 소아시아 해안에서 여전히 들을 수 있는 음계였습니다. 에밀 포페스쿠는 단조 음계를 여러 번 연주하더니, 이를 바탕으로 즉흥 연주를 이어 갔습니다. 교사는 건축가에게 몇 가지 질문을 했고, 그 대답을 통해 건축가가 스스로 음악을 만들고 있다는 사실조차 전혀 의식하지 못하고 있음을 알아챘습니다. 건축가는 흥분한 채, 경적을 통한 인간과 기계의 다양한 의사소통에 관한 자신의 이론을 쉴 새 없이 늘어놓았습니다. 그가 한 일이란, 차에 대한 친밀감에 따라 경적을 조절한 것뿐이었습니다. 그에게서 얻을 수 있는 바는 더 이상 아무것도 없었습니다. 건축가는 자기에게 음계와 곡조에 관해 무언가를 말해 주려고 하는 교사의 시도엔 조금도 관심을 기울이지 않았습니다. 하지만 그런 와중에도 그의 손가락은 아폴론에게 찬가를 바치기 위해 여름 공기 속에서 어렴풋이 움직였고, 색소폰 연주자는 이 음악이 오네시크리토스[166]의 작품임을 알아보았습니다. 교사는 저녁 무렵에야 가까스로 떠날 수 있었습니다. 그리고 그때부터 교사는 오르간 연주자의 환상적인 창작물을 듣기 위해 매일 방문했습니다. 밤에 아름답고 관능적인 이올란다에게 육체적 요청을 받지 않는 한, 그 젊은이는 음악사 교과서를 읽고 또 읽었고, 건축가가 도달한 단계를 표시하면서 장차 그가 어느 단계에 오를지를 예측하려고 노력했습니다. 왜냐하면 어느 날 오후에, 에밀 포페스쿠가 시대의 흐름에 따라 연속적으로 변화해 가는 음악사에서 고대 음악의 단계를 모두 마치자마자 「그레고리오 성가」의 「칸투스 플라누스」의 첫 음조를 아무런 주저 없이 위대하게 연주해 내며 교사를 놀라게 했기

166) Onesicritus, 기원전 360년경~290년경. 그리스의 역사가이자 철학자. 키니코스학파(견유학파)의 영향을 받았으며, 알렉산드로스 대왕의 인도 원정에 직접 참여했다. 사람들이 금욕적인 삶을 영위하는 인도(인더스강 유역)를 이상향이라고 칭송하며, 인도 철학에도 관심을 기울였다. 그러나 부정확하고 과장된 내용이 많아서 후대 학자들에게 자주 비판받았다.

때문입니다. 이즈음에 동네 이웃들도 이 별스러운 주민에게 다시 관심을 기울이기 시작했습니다. 급기야 기존에 알던 '교회' 음악과는 다르지만 그의 음악에 매료된 노파들이 약 두 주 동안 매일 오후에, 건축가의 다치아 근처에 가져다 놓은 주방 의자에 앉아 졸며 즐기는 모습을 심심찮게 찾아볼 수 있었습니다.

교사에게는 더 이상 의심의 여지가 없었습니다. 결국 그는 직장을 그만두고 인생을 망가뜨리고, 심지어 사랑하는 이올란다와 헤어지고 항상 건축가 곁에 머물렀습니다. 그 전까지는 일기장에 읽은 책이나 연주회에 대한 감상, 다양한 연애 경험 등을 일주일에 한 번 정도 적었습니다만, 이젠 거의 대하소설 수준으로 방대해졌습니다. 모든 것이 그 일기장 속에 들어 있었는데, 손으로 삐뚤빼뚤하게 그은 오선지 위에 표기한 악보와 글이 뒤죽박죽 섞여 있었고, 에밀 포페스쿠가 음악의 역사를 차근차근 되풀이하면서 재발견한, 한 단계에서 다음 단계로, 어떤 정신 상태에서 다음의 정신 상태로, 특정 관습에서 다른 관습으로 뛰어넘을 수 있게 하는 예상치 못한 영감의 표출 역시 기록되어 있었습니다. 설명할 수 없는 명백한 혼란 속에서, 저녁마다 늦은 밤까지 아파트 단지 뒤편의 어두운 공기 속에서 음계와 화성과 대위법에 관한 연습이 꼬리에 꼬리를 물고 이어졌습니다. 건축가는 십 분에 한 번씩 다이아몬드처럼 투명한 곡조에서 불꽃을 일으키다가, 스스로도 종잡을 수 없는 진창 같은 불안과 탐구 속으로 다시 가라앉곤 했습니다. 계절은 색깔들을 뒤섞으며 돌고 돌았고, 하늘을 굴러가는 구름의 형태는 단 한 번도 똑같지 않았습니다. 황혼이 내리고 별들이 떠오를 때마다 먼지를 잔뜩 뒤집어쓴 다치아 1300의 앞 유리 건너편으로, 어김없이 두 사람을 찾아볼 수 있었습니다. 다행스러운 점은 교사가 수시로 자동차의 배터리를 충전했고, 크림색 차체가 전혀 녹슬지 않도록 스펀지로 표면을 닦아 내는 일을 결코 잊지 않았다는 것입니다. 아파트 단지 뒤편에서 놀던 아이들은 벌써 오래전부터 다치아의 네 바퀴에 구멍이 나지 않도록 조심했습니다.

엘레나도 종종 찾아와서 자동차 뒷좌석에 올라앉았습니다. 한동안 그녀는 그곳에 점점 더 자주 나타났는데, 존 던스터블, 팔레스트리나, 기욤 뒤파이, 오케겜, 조스캥 데프레, 특히 오를란도 디라소의 대위법적 광분을 뛰어넘어 거의 연금술 같은 화음을 담아낸 남편의 세련된 곡조를 듣기 위해서는 아니었습니다. 못 할 말은 아니지만, 사실 그녀는 젊은 색소폰 연주자의 충분히 낭만적인 모습에 묘한 매력을 느끼기 시작했던 것입니다. 엘레나는, 에밀 포페스쿠가 연주하는 내내 구체적인 세상에서 벗어나, 어떤 종류의 외부 자극에도 눈을 감고 귀를 닫는다는 사실을 이미 오래전에 깨달았습니다. 그에게 무엇을 말하든 그는 경적을 연주하며 똑같은 말을 중얼거릴 뿐이었습니다. 그는 점차 모호해지고 더욱 미치광이가 되어 갔습니다. 그래서 그녀는 교사에게 남편에 대해 온갖 불평을 늘어놓는 것을 부끄러워하지 않았습니다. 처음에 교사는 그녀의 말을 한쪽 귀로 듣고 흘렸습니다만, 이윽고 확실히 이해하지는 못할지언정 양쪽 귀로 그녀의 말을 경청했습니다. 그러나 그가 눈을 떴을 때, 아니 더 정확하게 표현하자면 일기장에서 눈을 떴을 때, 그는 돌연 그녀에게 관심이 생겼습니다. 왜냐하면 엘레나의 가슴이 매우 아름다웠기 때문입니다. 그녀의 가슴은 가엾은 성 아우구스티누스가 젊은 수사의 방에서 쳐다볼 수밖에 없었던, 그 사진 속 소녀의 가슴과 닮아 있었습니다. 그리고 이 가슴은 오랫동안 아무 손도 타지 않은 상태였습니다. 색소폰 연주자는 며칠 저녁 동안 그녀를 탐색하며, 점점 더 정신적 친밀감을 느낀 끝에, 마침내 손가락으로 그녀의 뺨을 건드렸고(마침내 그도 뒷좌석에 함께 앉았습니다.), 그러자 엘레나는 입술을 반쯤 벌린 채 그의 입을 찾는 첫 몸짓을 했습니다. 그들은 바로 그 순간, 그곳에서, 바흐의 「바이올린과 오케스트라를 위한 E장조 협주곡」 중 아다지오의 첫 화음에 맞춰 사랑을 나눴습니다.

그 뒤로 세 사람은 떼려야 뗄 수 없는 관계가 되었습니다. 엘레나는 직장에서 귀가하면, 대개의 경우, 두 사람이 이미 차에 타 있는 모습을 발견하곤 했습니다. 건축가가 일 년이 넘도록 바흐를 연주하기 시작한 이래로, 이웃들은 모두 음악 애호가가 되었습니다. 저녁이 되기 전에 몇 시간 동안, 음향 증폭기의 음량을 높여 달라고 그에게 부탁하기까지 했습니다.

교사는 열정적으로 기록해 나갔습니다. 그는 이미 《마가진》의 「독자와의 대화」 칼럼에, 베르체니 지역의 아파트 단지 뒤편에서 일어난 음악적 현상에 대한 기사를 게재했습니다. 그러고는 바로 그다음 주에 그는 《플라커라》에 실릴 글을 보냈고, 그 기사 속의 사건은 당연히 관계자들의 관심을 끌었습니다. 건축가가 다른 사람들과 의사소통을 하기가 점점 더 어려워지는 사이, 색소폰 연주자는 그에 대한 기사의 대가로 380레이라는 엄청난 금액을 받았습니다. 그래서 교사는 기이한 친구의 예술 기획자로서 기꺼이 일하기 시작했습니다. 그것은 무해하고 항상 유익한 고전 음악이었으므로, 라디오와 텔레비전 방송국은 곧 건축가의 존재를 알게 되었고, 결국 사람들은 3번 방송의 프로그램을 통해 매주 토요일 저녁과 목요일 아침에, 아마추어 예술가 에밀 포페스쿠의 전자 오르간 연주를 듣게 되었습니다. 심지어 이것을 시청하는 일이 일상이 될 정도로 그는 유명인이 되었습니다. 라디오는 이러한 방송을 송출함으로써 한 번에 여러 마리의 토끼를 잡았습니다. 그 방송은 음악 교육을 장려하는 동시에, 언제 어디에서나 새로운 재능을 가진 인물이 나타날 수 있음을 증명해 냈습니다. 또한 레긴에 있는 공장에서 생산되는 악기의 품질이 매우 우수하다는 사실을 분명히 선전할 수 있었습니다.

이듬해, 텔레비전은 국내의 수백만 가구에 이 같은 상황을 전하며, 처음으로 건축가의 이미지를 대중화하는 데에 성공했습니다. 잠옷을 입은 수십 명의 이웃이 뒤를 따르는 가운데, 방송용 차량은 아파트 단지 앞에 자리를 잡았습니다. 파란색과 주황색의 긴 케이블이 단지 안에 깔렸고, 두 대의 비디오 카메라에 달린 렌즈 아래에서는 녹색 표시등이 깜박였습니다. 기자는 먼저 카메라를 향해 한동안 열정적으로 연설을 하더니, 다치아 안으로 들어가서 건축가와 대화를 나누려고 했습니다. 그러나 교사와 엘레나는, 마에스트로가 믿기지 않을 만큼 긴 손가락들을 자개 건반 위에서 춤추게 할 때, 이른바 무아지경에 빠져 있을 때는 그를 방해해선 안 된다고 기자에게 설명했습니다. 결국 텔레비전 방송은, 건축가의 음악을 배경 삼아서 모차르트에 대해 이야기하는 십오 분 남짓한 보도에 만족해야 했습니다.

그 무렵, 엘레나는 자신이 임신했다는 사실을 깨달았습니다. 처음에 그녀는 겁이 났지만, 색소폰 연주자가 그녀의 마음을 보듬어 주었습니다. 그는 더 이상 악단에서 활동하지 않았고, 아침에는 라디오와 텔레비전 방송국의 여러 편집실을 바삐 오갔으며, 저녁에는 일곱 번째 혹은 여덟 번째 공책 위에 오선지와 메모를 꼼꼼하게 채우느라 벌써 몇 달이나 건축가의 집에서 숙식하고 있었습니다. 그런 까닭에 엘레나는 안심했고, 다행스럽게도 색소폰 연주자는 아직 그녀에게 남아 있던 숙제, 즉 건축가와의 이혼을 함께 결정해 주었습니다. 이혼 소송은 그리 오래 걸리지 않았고, 엘레나의 임신이 확실해지면서 더욱 빨리 진행되었습니다. 건축가와 엘레나의 이혼은 약 여덟 달 만에 마무리되었습니다. 재산 분할은 양쪽 모두를 만족시켰는데, 엘레나에겐 모든 가구와 집이 할당되었고, 에밀 포페스쿠는 자가용을 얻었습니다. 게다가 그는 아내가 지불해야 할 현금 대신에, 완벽한 은퇴 생활, 요컨대 하루 세끼의 식사와 숙박을 제공받기로 했습니다. 그런데 사실, 이제 곧 네 명이 될 세 사람의 사회적 지위를 제외하면 달라진 점은 하나도 없었습니다. 물론 이 평범하지 않은 이혼은 상당한 추문을 불러일으켰고, 만약 여론이 건축가의 특이한 성격에 익숙해지지 않았더라면 아마도 모든 상황은 난잡한 악취를 풍겼을 것입니다.

　건축가는 자신이 소유한 다치아에서 치명적인 경적을 울린 뒤로, 몇 년의 세월이 지나는 동안 너무나 많은 변화를 겪었습니다. 그는 식사를 거의 중단했음에도 엄청나게 살이 쪘고, 그의 얼굴 피부는 뺨을 타고 축 늘어졌으며, 점점 더 가까워지는 두 눈은 이 세상의 아무것에도 관심을 두지 않은 채 다만 시선을 고정하고 있을 뿐이었습니다. 턱수염은 드문드문 자라나 있었고, 마치 더듬이 다리가 유난히 긴 거미 한 마리가 그의 뺨에 붙어 있는 듯 보였습니다. 그러나 그의 양손은 이미 병리학적 상태를 뛰어넘어, 기형적으로 변화하기 시작했습니다. 그의 손가락 길이는 이미 삼십 센티미터를 넘어서고 있었습니다. 이제 손가락을 펼치면 건반 전체를 덮고도 남을 정도였습니다. 두껍고 뒤틀린 밧줄 같은 근육이 손가락뼈를 움직이며, 믿을 수 없는 속도로 수축과 이완을 반복했습니다. 차가운 건반 위를 질주하는, 마치 긴장한 모기의 다리 같은 그의 손끝은 거의 보이지 않을 지경이었습니다. 에밀 포페스쿠는 베토벤과 차이콥스키의 음악을 한 번도 들어 본 적이 없었지만, 지속적인 환각 상태에서 그들의 음악을 재창조하며, 자신의 괴물 같은 손가락으로 그들의 협주곡을 전부 연주해 냈습니다. 연주를 멈출 때마다, 참을 수 없는 고통이 무릎까지 닿는 손가락을 엄습해 왔으므로 건축가는 불과 이 년 만에 직장을 그만두고, 일상적인 사회생활을 포기한 채 거의 단절된 상태로 살아가게 되었습니다. 그는 이제 밤낮으로 쉬지 않고 연주에 몰두했습니다. 모든 주요 신문과 잡지는 '루마니아의 오르간 연주자'에 관한 짧은 보도를 연일 게재했습니다. 《뉴욕 헤럴드 트리뷴》,《라이프》,《스트레인지 어스토니싱 스토리즈 매거진》,《파리 마치》뿐 아니라 《펜트하우스》에 이르기까지 각종 유명 잡지의 소속 기자들이 베르체니 지역의 아파트 단지 뒤편으로 모여들기 시작했습니다. 그들은 눈이 부시는 플래시를 펑펑 터트리며 정교한 사진기로 현장을 촬영하거나, 비디오카세트와 오디오테이프에 건축가의 놀라운 음악은 물론이고 그의 무의미한 흥얼거림조차 남김없이 녹음하며 열심히 취재했습니다. 교사는 기자들 곁을 맴돌며 오르간 연주자의 말을 '번역'했고, 봄이 시작되자 파리에서는 'Un génie aux portes de l'Orient', 런던에서는 'A Man of Genius at the Gates of Orient'라는 제목으로 그동안 기록해 온 악보를 출판했습니다. 제목은 '동양의 입구에서 태어난 천재'라는 뜻입니다. 음악가들 사이에서뿐 아니라 일반인들에게서도 이번 출판물은 예상 밖의 성공을 거두었기에 곧장 더욱 다양한 외국어로 번역되었습니다. 이를 통해 에밀 포페스쿠는 전 세계적인 화제의 인물이 되었습니다.

그러는 사이에 색소폰 연주자와 엘레나는 결혼했고, 그녀가 아이를 키우는 데 조용히 헌신하는 동안 그는 몇 년 동안 쉼 없이 전 세계를 여행하며 연이어 강연회를 개최했습니다. 한편 에밀 포페스쿠는 해외에서 가장 유명한 루마니아 예술가가 되었고, 일본의 한 회사는 그에게 '미시바(Mishiba)'라는 이름의 사운드 신시사이저를 제공해 주며 그가 예술적 표현의 가능성을 넓힐 수 있도록 도와주었습니다. 길이 십일 미터, 높이 이 미터에 달하는 이 거대한 악기가 비행기와 트럭에 실려 이동한 끝에, 드디어 이곳 아파트 단지의 뒤편에 도착했습니다. 몇몇 주민들은 그 기계를 위해 자신들의 주차장을 내주어야 했고, 양탄자를 터는 철봉도 몇 미터 옆으로 치워야 했습니다. 이 악기를 악천후로부터 보호하기 위해, 플렉시글라스라는 특수한 투명 소재로 제작한 구조물까지 마련되었습니다. 이것과 함께 방문한 두 명의 일본인 전문가들은, 그 악기와 구조물을 완벽하게 조립해 설치했습니다. 그러고는 건축가에게 플렉시글라스 지붕 아래에 있는, 새로운 악기로 이동해 달라고 설득했습니다. 그러나 건축가를 차에서 내리게 하기란 불가능했습니다. 에밀 포페스쿠에게 크림색의 다치아 1300은 음악 자체만큼이나 중요해 보였습니다. 평소 독창적인 일본인들은 그나마 가능성이 있는 유일한 해결책을 고안해 냈습니다. 그들은 건축가를 뒷좌석으로 옮기고, 차 앞에 설치된 레긴의 낡은 오르간을 꺼낸 뒤, 단 며칠 사이에 어지러울 정도로 뒤죽박죽인 스크린, 전위차계, 디스플레이가 있는 전자식 다이얼, 여덟 열로 이루어진 특수 건반 등을 갖춘 거대한 음악 장치를 조립하기로 결정했습니다. 그것 앞에 있으면, 마치 우주선에 올라탄 듯한 느낌이 들 정도였습니다. 두 명의 키 작은 일본 남자는, 신시사이저를 작동시킨 다음에, 어떻게든 이 유명한 음악가와 대화해 보려고 노력했습니다. 그런데 건축가는 마치 한평생 그런 일을 해 온 것처럼 낯선 전자 장비를 다루고, 각종 버튼을 누르며 주파수를 조정하기 시작했습니다.

일본인들은 그 모습을 보자 엄청나게 놀라는 한편, 몹시 안도했습니다. 처음으로 건반을 두드리자, 레긴에서 만든 오르간의 원시적인 울림을 이어받은 놀랍도록 순수하고 풍부한 소리가 공기 중으로 퍼져 나갔습니다. 라벨의 「왈츠」가 지닌 거대한 고뇌는 열성적이면서도 절제된 파도처럼 울려 퍼졌습니다. 위대한 악기 ‘미시바’는 모든 자연의 소리와 모든 악기의 울림을 재현할 수 있었습니다. 몇 년 동안, 에밀 포페스쿠는 전혀 지치지 않고, 오로지 그 신시사이저의 경이로운 가능성을 탐구하는 데 몰두했습니다. 아파트 단지 뒤편에 주차된 다치아 근처에 가능한 한 오래도록 머무르던 색소폰 연주자는, 건축가가 신시사이저로 만들어 낸 마른 나뭇잎이 바람에 쓸리는 소리, 지빠귀의 노랫소리, 냇물이 힘차게 흐르는 소리, 사람의 가슴을 녹이는 여성의 달콤한 콧소리, 이륙하는 비행기 소리, 돌고래의 옹알이 같은, 자연의 가장 정직한 소리들로부터 영감을 받아 격정적인 오케스트라 음악을 열광적으로 기록할 수 있는 기회를 얻기도 했습니다. 플루트와 바이올린, 호른과 바순, 트라이앵글과 심벌즈가 섬세한 곡조와 번쩍이는 불협화음 속에서 서로 뒤얽히며 조화로운 선율을 이루어 내더니, 자연적으로는 얻을 수 없는 명료한 음색을 너무도 쉽게 자아냈습니다. 수십 개의 손가락 관절로 이뤄진 건축가의 ‘앞발’은 수백 개의 건반 위를 뛰어다니며 수천 개의 간섭 주파수를 조정하고, 동시에 전체 오케스트라 음악을 프로그래밍했습니다. 레긴 오르간의 소박했던 음향 증폭기는, 이제 다중 지향성 울림과 4중 화음을 발산할 수 있는, 직경 삼 미터가 넘는 특수 철사로 제작된 구체형 확성 장치로 대체되었습니다. 건축가의 자동차 근처에 있는 아파트 단지의 모든 주민들이 심한 스트레스를 받았기 때문에, 그 단지가 철거되는 작은 손실이 있기는 했습니다. 하지만 부쿠레슈티의 대다수 주민들이 항상 그가 방출하는 소리를 들을 수 있다고 생각하면 이점이 훨씬 컸습니다. 아파트 단지가 들어서 있던 땅은 건물이 철거된 이후에 평탄하게 잘 정비되었고, 콘크리트와 판자로 울타리를 둘러친 그 안에는 전나무가 심겼습니다. 쇤베르그와 베베른의 연작 음악이 주변에 심긴 전나무에 좋은 영향을 주었는지, 나무의 가지들은 빠르게 자라났습니다. 급기야 나뭇가지가 녹슨 다치아와 신시사이저의 거대한 메인보드가 놓인 투명 구조물 위를 밤색으로 뒤덮을 지경이었습니다. 한편, 그 두 일본인 기술자들은 조금씩 머리가 벗어지기 시작했습니다. 음악은 낮과 밤을 가리지 않고, 주변을 독식하듯이, 윙윙거리고 떨며 울어 댔습니다.

색소폰 연주자와 그의 아내 엘레나는 아파트 단지가 있던 자리에 금속과 유리로 만든 빌라 한 채를 점유하고 살았습니다. 그들은 강한 오존 냄새에 둘러싸인 채 조용히 살았습니다. 그리고 아들이 결혼하고 난 뒤에야 자신들이 늙어 가고 있음을 깨달았습니다. 교사는 천재적인 연사로서 인정받았지만, 한동안 그를 꼭 필요로 하는 사람은 아무도 없는 것 같았습니다. 그는 명예 회장 자격으로 몇몇 모임에 초대받곤 했지만, 사람들은 그에게 에밀 포페스쿠와 관련한 이야기만을 들려 달라고 계속 요청할 따름이었습니다. 에밀 포페스쿠를 향한 인기는 어떤 유행에도 얽매이지 않는 듯 보였고, 심지어 매 순간 기하급수적으로 증가하는 것 같았습니다. 모든 세대의 청중이 동일한 음악을 요구했는데, 이것은 이전에 들어 본 적도, 사회학적으로 해명할 수도 없는 일이었습니다. 케이블 텔레비전의 방송 프로그램과 대여용 비디오테이프 목록의 4분의 3은 에밀 포페스쿠의 음악 콘서트가 차지하고 있었습니다.

건축가의 '음악 통치'가 출범하던 결정적인 순간은, 놀랍게도 여론의 주목을 받지 못했습니다. 그 일은 어느 날 저녁, 색소폰 연주자가 새로 단장한 아테네울에서 강연을 마치고 집으로 돌아왔을 때 일어났습니다. 이제 조금 더 살이 오르고 창백해진 엘레나는 완전히 넋을 잃은 채 전남편의 음악을 듣고 있었습니다. 그들 부부는 엘레나의 전남편인 건축가에 관해서는 직업적으로 필요한 경우를 제외하면 관심을 두지도 이야기하지도 않기로 이미 오래전에 합의한 상태였습니다. 건축가에게 식사마저 준비해 주지 않게 된 무렵부터, 엘레나는 그에 대해 완전히 잊은 듯했습니다. 그런데 지금 그녀는 베란다에 서서, 전자적으로 시뮬레이션된 기타의 절박한 비명을 황홀하게 듣고 있었습니다. 그 모습을 목격한 교사는 화가 치밀어 올랐습니다. 그럼에도 음악은 여운을 남기며 그의 발에 무겁게 매달렸고, 이번만큼은 그 음악에 매료되지 않으려고 저항했습니다. 정신이 번쩍 드는 순간, 그는 자신이 서커스 무대의 감독처럼 대중의 호기심을 끌기 위해 악몽 같은 괴물을 선보이며 생계를 이어 온 초라한 노인에 불과하다는 사실을 깨달았습니다. 한밤중에 교사는 집에서 몇 걸음 떨어진 잔디밭 너머에 있는 한 남자에게 갑자기 극심한 증오를 느끼게 되었습니다. 그 사람이 자기 아내를 정신적으로 납치하고, 음악의 힘으로 그녀를 되찾으려 한다고 느꼈기 때문입니다. 그는 엘레나를 남겨 둔 채 홀로 부엌으로 향했습니다. 그러고는 바로 그 밤에 고기를 자르는 데 쓰는, 서슬 퍼런 식칼을 쥐고 창백하게 빛나는 구식 다치아의 윤곽을 향해 달려갔습니다. 차체의 판금은 말 그대로 군데군데 녹슬어 있었고, 한때 달려 있던 바퀴의 구부러진 테두리는 차 옆에 널려 있었습니다. 앞 유리가 다 없어진 낡은 차의 전면이 교사의 눈앞에 드러났습니다. 하지만 계기판이 있던 내부 공간에서는 수천 개의 녹색, 빨간색, 파란색 표시등만이 환상적으로 번쩍이고 있을 뿐이었습니다. 그 불빛들은 마치 박자를 타는 듯 명멸하기를 반복하면서 색소폰 연주자에게 최면을 걸었습니다. 그는 다가가서 차 안을 바라보았습니다.

거기에 건축가가 있었습니다. 최소한 사백 킬로그램은 족히 될, 그의 기형적이고 희끄무레한 벌거벗은 몸은 마치 달팽이가 껍데기를 뒤집어쓰듯 문자 그대로 차 뒷부분 전체에 가득 들어차 있었습니다. 옷은 이미 그에게서 떨어져 나간 지 오래되었기 때문에 살의 일부는 창문 너머로도 조금 흘러내렸습니다. 그의 머리는 가슴에 들러붙어 있었고, 그의 이목구비는 살로 뒤덮인 얼굴 위에 파인 가는 선들로만 간신히 형태를 파악할 수 있었습니다. 그의 두 눈은 신시사이저의 복잡한 제어판을 한꺼번에 바라보는 듯한, 파노라마 같은 하나의 눈으로 합쳐져 있었습니다. 그의 팔꿈치와 팔뚝은 옆구리에 흡수되어 있었고, 저마다 복잡하게 연결된 잔가지 모양을 한, 수십 가닥의 섬유 집합체로 구성된 두 개의 손가락 다발은 몸통에서 직접 튀어나와 있었습니다. 이것들이 쉴 새 없이 자개 건반을 누르고 있었습니다. 교사는 이 인간이라 할 수 없는 존재 앞에서 신성한 공포의 전율과 함께, 구역감을 느꼈습니다. 변심하고 돌아설 여지를 없애고자 그는 전조등을 끄고 자동차 앞문을 향해 돌진했습니다. 그가 문을 잡아당기자 문은 삭아 버린 경첩에서 떨어져 나오더니 마치 찌그러진 달팽이 껍데기처럼 풀밭에 떨어졌습니다. 그는 건축가의 손가락 다발을 꼭 움켜쥔 채 자신 쪽으로 끌어당긴 다음, 그것들을 맹렬하게 잘라 내기 시작했습니다. 에밀 포페스쿠의 기름진 몸에서 피와 손가락 조각이 뚝뚝 떨어졌지만, 그는 아무런 반응도 보이지 않았습니다. 그 다발에 남은 손가락들은 연신 태연하게 건반을 두드렸습니다. 여자가 아이를 낳는 방에서 풍길 법한 무거운 냄새가 전나무 가지 아래로 퍼져 나갔습니다. 마지막 손가락이 꿈틀거리며 건축가의 발밑에 있는 타이어의 줄무늬 홈 위로 떨어지자 색소폰 연주자는 밀가루 같은 별들 아래에서 번쩍이는 도끼 같은 칼을 흔들었습니다. 그는 여기저기 부서져서 시커먼 엔진이 들여다보이는 차체 앞쪽으로 돌아 나간 뒤, 다른 손가락 다발이 이어져 있는 손의 밑동을 들어 손아귀 안에 꽉 쥐었습니다. 그런데 온 힘을 다해 그것을 내리치려는 순간, 이번에는 놀라운 일이 일어났습니다. 건축가의 손가락이 겹쳐 놓인 건반 위에서 마치 포도나무뿌리진디의 꿈틀대는 더듬이처럼 섬세하게 흔들리더니, 금속 망에 둘러싸인 커다란 구체를 통해 사람을 완전히 미치게 하는 화음을 공중으로 토해 냈습니다. 그것은 더 이상 알반 베르크도, 카를 오르프도, 듀크 엘링턴도, 핑크 플로이드도 아니었습니다. 이전에 들은 그 어떤 음악도 아니었고, 인간의 생각으로는 감히 들을 수 있다고 상상해 볼 수조차 없는 음악이었습니다. 색소폰 연주자는 멍하니 듣고만 있었습니다. 그것은 이제 귀로 듣는 음악이 아니라 피부 전체로 듣는 음악이었고, 정맥을 반향으로 가득 채우고, 뼈의 구조마저 사무치게 공명하게 하는 음악이었습니다. 1회 복용분의 메스칼린 환각제 또는 독거미가 먹잇감의 몸에 주입하는 달콤한 분해 효소처럼 이 음악은 마음의 문인 뇌에 도달해 영혼을 대신했습니다. 마치 해로운 호문쿨루스[167]와 마찬가지로, 그 단단한 손으로 몸의 고삐를 휘어잡은 것입니다. 그러고는 푸른 연동성 파동과 같은 음악이 경동맥을 따라 내려왔고, 림프샘을 침범했으며, 척추 신경을 따라 내부 장기, 간의 육각형 세포, 전기 배아가 있는 심장, 신장과 방광의 대부분을 장악했습니다. 그리고 그 방추형 근육 다발은 무지갯빛을 발하며 비가 내리는 황혼처럼 허벅지로 내려왔고, 대퇴골과 경골, 비골을 따라 발가락 끝까지 흘러갔습니다. 마침내 각각의 세포, 각각의 미토콘드리아, 각각의 핵산

---

167) Homunculus. 라틴어로 '작은 인간'을 뜻하며, 중세·근세의 연금술사들이 인위적으로 창조할 수 있다고 믿은 소형 인간이다. 특히 파라켈수스(Paracelsus, 1493~1541)는 정액 속에 이미 완전한 형태의 극소 인간이 깃들어 있으므로, 이것을 연금술적 방법을 통해 실제 인간으로 만들어 낼 수 있다고 주장했다.

조각을 음악적 혼합으로 대체하기에 이르렀습니다. 심장 마비의 순간을 경험한 사람만이 이해할 수 있다는, 세상이 무너지는 듯한 느낌에 압도당한 색소폰 연주자는 다치아 문 옆 잔디밭에 쓰러졌습니다. 그에게 별들이 아로새겨진 크고 투명한 하늘의 얇은 껍질이 왜곡된 형태로 다가왔습니다. 그것은 마치 알록달록한 수의처럼 그의 몸에 착 달라붙어 그를 꽉 옥죄는 것 같았습니다. 그리고 그는 의식을 잃었습니다.

그가 다시 깨어났을 때는 한낮이었지만, 풀밭 위로 흔들리는 다치아의 그림자가 둥근 태양의 이글거리는 열기로부터 그를 지켜 주었습니다. 주변은 피로 흥건했습니다. 그는 자리에서 일어나, 차 안에 있는 괴물을 바라보았습니다. 그 거대한 손가락들을 잘라 낸 팔뚝은 이미 그루터기처럼 상처가 아물어 있었고, 그 자리에 다른 잔가지 같은 손가락들이 손톱만큼 돋아나 있었습니다. 교사는 목이 막혀 숨을 헐떡이며 비참하게 울기 시작했습니다. 그는 더 이상 아무것도 할 수 없다고 느꼈습니다. 그에게 세상은 견딜 수 없는 회색 지옥처럼 보였습니다.

그는 전날 밤에 들었던 몇 곡의 화음을 그리워했습니다. 약 여덟 시간 동안, 그는 극심한 고통에 시달렸습니다. 그는 육체적으로나 정신적으로 메스꺼움을 느꼈습니다. 편집증적 섬망이 그의 머리뼈 아래로 퍼져 나갔고, 마침내 교사는 다시 식칼을 부여잡고, 이번에는 반드시 건축가를 죽이기로 결심한 채 달려 나갔습니다. 그러나 그 전과 마찬가지로, 황홀한 음악이 다시금 그를 땅바닥에 처박았습니다.

색소폰 연주자는 건축가가 어떤 공격에든 맞서기 위해, 그 고통스러운 음색의 선율을 일종의 독성 분비물로 사용하고 있다는 사실을 깨달았습니다. 도저히 듣지 않고는 살 수 없을 듯한 그 음악을 한 번 더 들으려면, 그를 공격하려는 척하기만 해도 충분했습니다. 공격성이 강해지면 강해질수록 음악은 더욱 독보적이게 변모했습니다. 그 뒤로 수년 동안, 사실상 그의 생애가 끝날 때까지, 색소폰 연주자는 이러한 발견을 악의적으로 이용했습니다. 그는 건축가의 음악적 효과를 높이기 위해 그를 질식시키고, 불에 그슬리고, 뜨거운 물을 붓고, 다이너마이트를 터트리고, 감전시키고, 심지어 방사선에 노출시키려는 시도마저 차례로 감행했습니다. 그럴 때마다 선율이 매번 바뀌었고, 단순히 소용돌이치는 파동을 넘어 더욱 깊이 휘감기는 그 소리는, 아무리 천재적인 작곡가라도 감히 성취할 수 없는, 더 강력하고 더 통찰력 있는 작품이 되어 울려 퍼졌습니다. 왜냐하면 이 순간, 건축가는 더 이상 기존의 양식과 방식을 모방하지 않고, 그 스스로 초월적 예술가이자 해석가가 되었기 때문입니다.

수십 년에 걸쳐, 건축가의 압도적인 영향력 아래에서, 인간의 사고방식 전체가 변했습니다. 이제 모든 인간의 유일한 관심사란 밤낮으로 중단 없이 건축가의 연주를 듣는 것이었기에, 더 이상 갈등은 존재하지 않게 되었습니다. 사람들이 글로 쓰는 것 역시 건축가에 관한 신문 기사나 책뿐이었고, 미술도 오직 건축가의 공식 초상화만을 그릴 뿐이었습니다. 모든 시는 그에게 헌정된 영광의 찬가였습니다. 사람들은 오직 최소한의 생계를 보장해 주는 필수 불가결한 일만을 했고, 나머지 자원은 단지 건축가의 음악을 지속적으로 재송출하는 광대한 위성 통신망을 유지하는 데에 투자했습니다. 사람들은 건축가의 음악을 사랑했고, 장례식을 거행할 때에도 그의 음악은 절대 빠지지 않았습니다.

위대한 '미시바'를 관리하던 일본인 두 사람은 이미 전설이 되었습니다. 그들이 죽은 뒤에는 다른 두 사람이 그 일을 물려받았고, 그들은 앞선 두 일본인의 이름을 그대로 사용했습니다. 이렇게 수 세기에 걸쳐, 어린 전나무 숲의 작은 오아시스에서 하나의 일본 가문이 대대로 교체되며 이어지고 있습니다. 전 세계 모든 곳의 순례자들이 최초의 증폭기에서 흘러나오는 신성한 음악을 직접 듣기 위해 찾아왔습니다. 건축가의 방어 반응을 이용해, 평소보다 수백 배나 더 심오한 음악을 얻어 내고자 그를 조직적으로 공격하는 일도 있었습니다. 음악에 대한 사람들의 갈망은 차츰 끔찍해졌고, 음악의 조화 속으로 녹아들고자 하는 억제할 수 없는 욕망은 집단적 광기가 되어, 심지어 핵미사일의 도움을 받아 건축가에게 최후의 일격을 가하기로 결정할 정도였습니다. 제복을 입은 남자의 손가락이 수천 발의 핵미사일을 발사시키는 버튼에 접근하는 순간, 견딜 수 없는 음조와 주파수로 엮인 음악이, 마치 화염 방사기가 불을 내뿜듯 모든 수신기에서 일제히 울려 퍼졌습니다. 대다수의 사람들은 숯처럼 불타 버렸고, 겨우 살아남은 사람들은 건축가의 단순 부속품으로 전락하고 말았습니다. 그들의 삶은 오직 음악에 의해서만 보존되었습니다. 혈액 순환,

생각의 움직임, 음식물의 소화마저 건축가의 손가락 아래에서 나오는 거대한 '선율의 직물'을 통해 인위적으로 유지되었습니다. 일사불란하게 행동하는 흰개미처럼 수백만 명의 생존자들은, 건축가와 함께 지구의 4분의 1 이상의 영역을 차지하는, 상상할 수 없을 정도로 복잡한 구조의 새로운 신시사이저를 구축했습니다. 괴물 자체가 성장한 것이었습니다. 그의 희멀건 등에는 다치아의 차체가 아주 작은 껍데기처럼 박혀 있었습니다. 그의 몸은 거대한 지면을 뒤덮었고, 두 팔에서 시작되어 끝없이 갈라져 나간 손가락은 이제 거미줄처럼 사방으로 뻗어 있었습니다. 수십억 개의 건반 말단에 처음으로 손가락이 닿는 순간, 마지막으로 남아 있던 인간들마저 먼지로 변했습니다. 그것은 더 이상 음악이 아니었지만, 혹시 피타고라스학파가 이야기하던 음악이었을지도 모릅니다. 어떠한 인간의 귀로도 그 음악을 전혀 들을 수 없었습니다. 왜냐하면 그것은 이제 음이나 어떤 물질 따위로 이루어진 것이 아니라, 서로 엮이고 변형되도록 힘을 가하는 우주적 맥박이 되었기 때문입니다. 수백만 년에 걸쳐 건축가는, 별의 중심에서 주변 물질을 생성해 내고 핵융합 과정을 가속시키는 곡조, 임계 질량에 도달한 별을 폭발시켜서 경이로운 초신성을 만들어 내는 음악, 작은 별을 백색 왜성, 맥동성 또는 다른 우주로 물질을 사라지게 하는 필사적인 블랙홀 같은 전파원 천체를 태어나게 하는 선율 등을 스스로 조율해 냈습니다. 수십억 개의 노란색 별, 반짝이는 흰색 또는 푸른색 별이 은하계에 거미줄같이 편평하고 빽빽하게 몰려들어 회전하는 광경은 초자연적이었습니다. 그중 대부분은 플레이아데스 성단이나 히아데스 성단처럼 이중 또는 다중 구조를 이루었고, 그 속의 별 중 어떤 것, 가령 레굴루스나 시리우스나 리겔이나 아크르투루스와 같은 것은 태양보다 몇 배나 더 컸으며, 일부 별은 +14 등급 이상에 도달하기도 했습니다. 더 나아가 그것들은 새로운 신시사이저가 발산하는 율동적인 파동을 받아 반짝거리거나 깜빡거리거나 모여들거나 폭발했습니다. 40억 년이 지난 뒤, 태양이 팽창하기 시작했습니다. 처음에는 수성의 궤도를, 그다음에는 금성의 궤도를 자기 품에 안았고, 지구 근처까지 반죽처럼 밀려왔습니다. 그러나 지구는 건축가의 유기체 덩어리에 완전히 파묻혀 있었으므로 더 이상 보이지 않았습니다. 그 덩어리는 태양 크기 정도의 구체였고, 해파리 촉수처럼 과다한 섬유 가닥에 덮인 두 개의 풍성한 팔을 가지고 있었습니다. 위대한 신시사이저는, 이제 거대한 몸체 내부의 요소이기도 했습니다. 태양이 에테르와 같은 휘발성 물질인 수백만 개의 기체 가닥 끝에서 보라색과 진홍색 불꽃을 일으키며 우주를 향해 폭발하는 순간, 건축가는 은하계 중심을 향해 천천히 이동하기 시작했습니다.

늙어 버린 우주는 무화과처럼 쪼그라들었습니다. 우주의 물질들도 마치 썩은 듯 부서졌습니다. 한때 유연하고 증기가 충만했던, 메탄 구름과 황금 먼지로 가득 차 있던 성간 공간조차 거칠고 단단해졌습니다. 이제 건축가는 끊임없이 팽창하는 성운처럼 별자리 전체를 삼키고, 전자기장의 박자에 맞춰 펄럭이고, 거대한 의지처럼 절대적이고 새로운 자기 본연의 리듬을 계속 발산하면서 성간 공간 사이로 전진해 나갔습니다. 비로소 우주의 중심에 도달했을 때, 그 유기체 덩어리의 나선 형 팔은 이전 은하계의 모든 공간을 가득 채웠습니다. 이동하 는 동안 극도로 희박해졌던 그의 몸과 팔의 물질은, 헤아릴 수 없이 긴 시간을 지나며 다시 응축되었고, 마침내 연속성을 잃은 채 별 덩어리로 응결되어 텅 빈 어둠 속에서 갑자기 타 올랐습니다. 이제 젊은 은하가 회전하고 꿈틀거리고 고동치며 오래된 은하의 자리를 대신 차지했습니다.

향수(鄕愁)로 엮어 낸 백과사전

> "어쩌면 REM은 여전히 내가 생각하는 것과 전혀 다를 수도
> 있습니다. 그것은 단지 감정, 만물이 파멸하기에 앞서,
> 과거엔 존재했지만 이젠 영영 존재하지 않을 것을 맞닥뜨리는,
> 가슴을 조여 오는 떨림일 수도 있습니다. 추억을 기억하는 것.
> 아마도 REM은 향수일지도 모릅니다."
> ──「REM」중에서

미르체아 커르터레스쿠를 현재 세계 문학계에서 가장 영향력 있는 작가 중 한 사람으로 각인시킨 작품, 『노스탈지아(nostalgia)』는 새로운 글쓰기 방식을 창조하며 문학적 혁명을 이루어 냈을 뿐 아니라, 감동적이고 열정적이며 전혀 예측할 수 없는 작품이라 평가받기도 한다. 루마니아의 공산주의 독재 시대가 끝나던 1989년에 완성된 이 작품집 곳곳에는 당대의 종말적인 부쿠레슈티(București)의 풍경이 초현실주의적으로 녹아들어 있다. 이 책은 어린 시절의 '향수'를 모티브로 하는 자서전 형식의 소설 세 편과, 그 앞뒤에 자리한 각각의 단편 소설 두 편, 요컨대 다섯 편의 개별적인 소설로 구성되어 있다. 작가는 이 각각의 소설들이 "은밀하게 연결"될 수 있다고 믿었기에, 일견 이질적으로 보이는 이 작품들을 한 권의 책

으로 엮은 듯 보인다. 그리고 이 저마다의 작품들은 몹시 독특하고 파격적이다.

저자 스스로도 이렇게 말하고 있다. "이 책은 각각 고유한 세계를 가진 다섯 개의 이야기로 구성되어 있지만, 여기서 다루는 이야기들은 모두 서로 비슷한 마법적이고 상징적인 발상(發想)과, 비슷한 문체적 그물에 갇힌 채 비밀리에 연결되어 있습니다." 『노스탈지아』 이외에도 커르터레스쿠의 모든 작품들엔 어딘가 모르게 서로 공유하는 듯 보이는 에피소드들이 숨겨져 있다.

첫 번째 이야기 「룰렛 승부사(Ruletistul)」는, 러시안룰렛을 하면서 자살을 시도하는 불쌍한 부랑자가 엄청난 군중의 관심을 모으고, 막대한 돈을 벌어들인다는 단순한 줄거리를 담고 있다. 내용상 그리 특이하지도 않고, 결론마저 이미 예상되기에 언뜻 지루할 것 같지만 이 이야기를 들려주는 작가는 사소한 사건들에 계속 개입하며, 마치 숨바꼭질하듯이 화제를 이리저리 끌고 다닌다. 작가는 도저히 있을 법하지 않은 사건을 늘어놓으면서, 지나치게 치밀하고 자세하게 상황을 묘사하는데, 이 점이 기존 소설들에선 느낄 수 없는 고유한 매력을 선사한다. 자신의 운명과 신의 결정에 끝없이 맞서는, 소설 속 룰렛 승부사의 치열한 도전이 과연 실패했는지, 성공했는지는 독자들의 판단에 맡기고 싶다.

그리고 이어지는 세 편의 소설들은 과거의 존재, 즉 어린이나 청소년 시절의 인물을 주인공으로 삼아 그들에게 작가의 무의식적 자아를 투영한 작품들이라 할 수 있다. 이 세 편의 소설은 청춘의 추억이 서사의 대부분을 구성하지만, 애틋한 기억 속의 과거로 돌아가고자 하는 '향수'는 전혀 나타나지 않으며, 다만 강렬한 경험들이 논리나 선악의 판단 없이 무의식적 흐름에 따라 나열될 뿐이다. 작가에게 '향수'란 시간과 공간과 인간과 사건에 대한 '그리움'이라기보다 '현실과 환상 속에서 왜곡되어 버린 기억'의 참된 의미를 되찾으려 하는 '성찰'에 더 가깝다.

두 번째 이야기엔 「말라깽이 꼬마(Mendebilul)」라는 특이한 제목이 붙어 있다. 이 소설을 읽기 전까지 루마니아 사람들조차 해당 제목의 뜻을 알 수 없는, 매우 낯선 단어다. 아닌 게 아니라, 이것은 일상적으로 쓰이는 루마니아어가 아니라, 공산주의 시절 부쿠레슈티 뒷골목의 아이들이 어느 독특한 친구를 부르기 위해 고안해 낸 창의적인 별명이다. 작가는 바로 그 독특한 아이를 중심으로 어린 시절의 갖가지 추억을 묘사한다. 작가의 글쓰기 스타일은 마술적 사실주의에 크게 영향받은 듯 보인다. 이렇듯 사실과 환상을 넘나들며 사건을 묘사하는 작가의 문장을 따라가다 보면, 어느새 우리들 역시 어린 시절의 추억 속으로 빨려 들어간다. 이 소설은 어린 시절, 저속하고 천방지축으로 생활하던 부쿠레슈티 뒷골목의 개구쟁이들에게 메시아적 영향력을 끼친 그 "현명한 아이"를 소개하는 데 집중하고 있다. 그 "현명한 아이"는, 결국 너무 일찍 찾아온 사춘기적 성애를 다른 아이들에게 들킴으로써 마법적 힘을 잃고, 급기야 아이들의 세계로부터 추방당한다. 이러한 유아적 성욕의 발현은 낙원의 상실로 이어진다. 하지만 그 "현명한 아이"가 다른 아이들에게 들려주던 심오한 이야기는, 우리 독자들에게도 세계와 우주의 비밀을 생각하게 하는 기회를 제공해 준다.

세 번째 이야기 「쌍둥이자리(Gemeni)」는, 십 대의 두 청춘이 낭만적 사랑으로 정신적 아픔을 겪다가, 처음으로 육체적 결합을 함께한 밤 이후에 서로 몸이 바뀐다는 충격적인 내용을 담고 있다. 같은 학급의 여자 학생인 지나를 사랑하는 사춘기 소년 안드레이가 겪는 다양한 사건들과 그의 정신적 방황이 주된 줄거리를 이루는 듯 보이지만, 그 이면에서 끊임없이 일어나는 환상과 실재의 끝없는 뒤섞임은 독자들을 당황하게 한다. 작품 곳곳에 퇴폐적 상징성이 깃든 표현들이 숨어 있기도 하다. 부쿠레슈티의 헤러스트러우(Herăstrău) 호수에서 체험한 환상, 한밤중에 난방용 열수관이 지나가는 도시의 지하 공간을 헤매다가 몰래 자연사 박물관으로 숨어들며 겪게 되는 기괴한 사건들, 남성의 몸으로 여성 정신 병동에 입원한 경험들을 읽고 있노라면 혼란스럽기까지 하다. 주인공들의 이름, 즉 안드레이(Andrei)와 지나(Gina)가 한 인격체 안에 남성성과 여성성을 동시에 지니는 안드로진(Androgyne)을 상징하고 있음을 생각하면, 이 기이한 이야기를 조금 더 이해하기 쉬울 것이다. 이 소설은 인간의 조건, 성 정체성, 현실과 환상의 모호한 경계를 철학적이고 시적으로 탐구하기를 좋아하는 독자들에게 큰 공감을 얻을 수 있는, 몰입도 높고 성찰적인 작품이다.

　네 번째 이야기 「REM」은, 절대적 진리의 가치를 논하는 작품이다. 진리에 이르는 입문 과정을 경험하는 주인공으로서 '나나'라고도 불리는, 스베틀라나라는 인물이 선택된다. 작가는 단순히 게임(아이들의 놀이)을 주제로 삼는 데에 그치지 않고, 서사적 범주 안에서 문학적 기술과 각각의 층위로 구성된 '문학이라는 게임'을 통해 포스트모던 산문 작가로서의 자질을 입증해 낸다. 부쿠레슈티 외곽에 위치한 한 아파트에서부터 시작되는 「REM」은 이야기 속의 이야기, 이른바 액자 소설의 형식을 취해 스베틀라나, 발리(스베틀라나의 남자 친구)와 이야기 속 화자이자 스베틀라나의 세계를 묘사하는 거미, 이렇게 세 가지 시점에서 각기 진행된다. (첫 번째 단계에 해당하는) 거미로 표현되는 화자는 창조주의 상징, 즉 전지성과 편재성을 가지고 이미지와 사건 그리고 상황을 명백하게 실제 세계와 엮어 외적으로 성찰할 뿐 아니라, 동시에 심리적 분석도 시도한다. 그리고 다시 발리의 마음속으로 들어가, 그 인물의 관점에서 이야기를 서술해 나간다. 발리는 그가 사랑했던, 스베틀라나를 만나기 전에 마지막으로 사귀었던 "Bloody Mary"라고 불리는 마리아를 묘사한다. 그러고는 두 번째 단계의 이야기, 스베틀라나의 시선으로 전환된다. 서른 중반의 공무원 스베틀라나는, "나는 당신에게, 1960년이나 1961년에 일어났던 몇 가지 사건에 대해 들려주겠습니다. 그때 나는 열두 살도 채 되지 않은 소녀였습니다."라고 말하면서 성인인 현재로부터 어린 시절의 과거로 돌아가, 그 특별한 경험(몇 가지 사건)에 관해 들려준다. 그녀는 어릴 적, 이모 집에 머물면서 친구들과 이레 동안 함께했던 게임을 자세히 묘사하며, 끊임없이 변화하는 환상의 공간 속으로 독자들은 안내한다. 아버지는 일을 하고, 어머니는 궤양 탓에 딸을 돌볼 수 없게 되자, 잠시 이모 집에 스베틀라나를 맡긴다. 이때 스베틀라나는 아다, 카르미나, 가로아파, 발레나, 푸이아, 에스테르라는 이름을 가진 여섯 명의 소녀들과 어울리고, 이레 동안 이어지는 "여왕놀이"를 하게 된다. 이를테면 이레, 즉 일곱 날은 일곱 명의 소녀와 일곱 종류의 꽃과 일곱 가지의 색상을 뜻하며, 매일 소녀들은 자기들 중 한 사람을 여왕으로 추대하고, 제비를 뽑아 각각의 색상과 꽃을 받는다. 한편, 그곳 들판 한가운데에는 낡은 헛간, 고독해 보이는 집이 있는데, 곧 그 장소는 스베틀라나에게 삶의 중심이자 존재의 이유가 된다. 작가는 그 고독한 집에 사는, 에고르라는 세 번째 단계의 서술자를 등장시키며, 제3의 새로운 관점과 해석의 기회를 제공한다. 그는 괴물같이 키가 크지만 연약한 존재이고, 특이한 가족의 역사를 들려주며 REM의 수호자로서 주인공이 REM에 도달할 수 있도록 도와준다. 스베틀라나는 꿈같은 어린 시절에 경험한 모든 입문 과정을 거친 끝에, 비로소 작가인 미르체아 커르터레스쿠로 대표되는 창조주를 만난다. 그리고 다시 스베틀라나에서 발리로, 또다시 발리에서 거미로 화자가 이전되며 소설은 끝을 맺는다. ("저를 잊으셨나요? 독자 여러분? 해설자는 바로 저입니다.")

마지막 다섯 번째 이야기 「건축가(Arhitectul)」는 자동차 경적에 집착하는 한 건축가의 삶을 보여 준다. 이 이야기는 현대 부쿠레슈티의 일상적인 풍경에서 시작한다. 한 건축가가 열심히 일한 끝에, 드디어 바라던 자동차 한 대를 구입하게 된다. 어느 날, 그는 자신의 귀중한 자동차가 잘 작동하는지 확인하다가 실수로 경적을 울리고 만다. 그런데 건축가는 그 경적 소리에 점점 집착하게 되고, 급기야 삶 자체가 송두리째 변해 버린다. 뒤이어 독자들의 상상력을 아득히 뛰어넘는 우주적 대사건이 발생한다. 이 작품은 이 책에 실린 다른 이야기들 중에서도 가장 독특한 주제를 다루는데, 건축가와 창조주, 음악과 우주, 예술과 힘, 창조와 멸망 등에 관한 성찰이 특정 종교와 철학에 국한되지 않고 무한히 변형될 수 있음을 느끼게 해 준다. 이처럼 예술에 파괴적 의미를 부여하고, 파괴가 창조를 일으키며, 창조자는 창조로 인해 소멸해 버린다는, 포스트모던 문학에서 빈번히 나타나는 해체와 재창조의 모티브를 커르터레스쿠가 얼마나 기발하게 구성해 내는지를 따라가 보는 것이야말로 이 작품을 읽는 커다란 즐거움이 될 터다.

미르체아 커르터레스쿠의 작품들은 젠더 문제를 바라보는 왜곡된 시선, 집요하게 묘사되는 잔혹한 장면, 특정 대상에 대한 혐오적 표현, 백과사전적 지식의 불필요한 나열 등의 이유로 문학계에서 논란의 대상이 되기도 한다. 『노스탈지아』 역시 그런 논란에서 자유롭지 못함은 사실이다. 그리고 이들 작품을, 단지 내용으로만 독해하려 하면 진부하고 지루하게 느껴질 수도 있습니다. 그러나 이 작품들 속에 나타난 그의 글쓰기 방식은, 단순한 문장을 쉽게 조합해서 오직 글자만을 빠르게 전달하려 하는, 기성의 글쓰기와는 확연히 다른 면모를 지니고 있다. 그의 문체는 독자들에게 소설 속 상황을 진지하게 재고하고, 심지어 나름대로 상상하도록 강요하는 듯 여겨지기도 한다. 요컨대, 그의 작품은 줄거리를 따라 빠르게 읽기보다 여유를 가지고 천천히, 앞뒤 문장을 오래 음미해야만 비로소 그 진정한 깊이를 맛볼 수 있다. 『노스탈지아』는 사회적 맥락이나 이념적 정세보다 훨씬 더 넓은 틀에서 인간의 조건을 성찰하게 하는 특별한 작품이기 때문이다. 우리나라 독자들에게 다소 생소할 수 있지만, 미르체아 커르터레스쿠는 유럽을 비롯한 세계 여러 나라에서 이미 주목받고 있는, 현대 문학계에서 독보적 위치를 차지하는 작가다. 이번 기회로, 아직 신비한 루마니아의 작가, 미르체아 커르터레스쿠의 독특한 문체와 깊이 있는 사유가 우리 독자들에게 가닿을 수 있기를, 또 그의 여정에 동참하는 계기가 되기를 바라 본다.

"나는 『노스탈지아』의 이야기들처럼 글을 쓴 적이 없습니다. 왜냐하면, 그 이야기들은 모방하거나 계속 쓰거나 발전시킬 수 없는 종류의 글이기 때문입니다. 「건축가」 이후엔 더는 할 말이 없어서 그만 쓰기로 결정했습니다. 그 뒤로 다시는 이 책을 읽지 않았습니다. 단지 막연한 마술적 기억만이 떠오를 따름입니다. 「REM」의 여왕놀이, 「말라깽이 꼬마」의 야릇한 만년필, 「쌍둥이자리」의 안티파 자연사 박물관, 「룰렛 승부사」의 리볼버에서 울려 퍼지던 난쟁이 요정의 웃음소리만이 내게 남아 있습니다. 그런데 사실 제게는 단 한 권의 책만이 있을 뿐입니다. 바로 지금 쓰고 있는 책 말입니다."(미르체아 커르터레스쿠)

598

1956년   루마니아 부쿠레슈티에서 가난한 자물쇠 제조공 아버지와 직조공 어머니 사이에서 태어난다.

1971년   디미트리에 칸테미르(Dimitrie Cantemir) 고등학교에 재학한다.

1976년   부쿠레슈티 대학교 문학부에 입학하면서 루마니아어와 문학을 전공한다.

1978년   문학 잡지 《로므니아 리테라러(România Literară)》에 시를 발표하며 문단에 데뷔한다.

1980년   루마니아 시인 미하이 에미네스쿠(Mihai Eminescu)의 유고 시 작품에 나타난 시적 상상에 관한 학사 논문을 발표하고, 카르테아 로므네아스커(Cartea Românească) 출판사를 통해 첫 번째 시집 『등대, 쇼케이스, 사진⋯

(Faruri, vitrine, fotografii⋯)』을 출간한다. 같은 해, 루마
니아 작가 연합상을 수상한다.

1983년 시집 『사랑의 시(Poeme de amor)』를 출간한다.

1985년 시집 『모든 것(Totul)』을 출간한다.

1989년 단편 소설집 『꿈(Visul)』을 출판한다. 그러나 검열 과정
에서 잔인한 장면과 애매한 성적 묘사 등의 이유로 출
판을 금지당한다. 그리하여 이 책은, 1993년 『노스탈지
아(nostalgia)』라는 제목으로 완전한 형태를 갖춰 재출
판된다. 한편, 루마니아어 교사로 근무하면서 잡지 《카
이에테 크리티체(Caiete Critice)》의 편집장으로도 활동
한다.

1990년 서사시 『레반트(Levantul)』를 출간한다.

1991년 부쿠레슈티 대학교 문학부의 강사로 임용된다.

1994년 네덜란드 암스테르담 대학교에서 초빙 강사로 이 년 동
안 근무한다.

1996년 3부작 소설 『눈부심(Orbitor)』 중 첫 번째 이야기 『왼
쪽 날개(Aripa stângă)』를 출간한다. 세 권으로 구성된
이 책은, 1950년대부터 루마니아 공산주의의 몰락을
알린 1989년 12월 혁명에 이르기까지, 작가의 삶을 전
체적으로 조망하며 인류 전체의 모습을 그려 낸다.

2002년 장편 소설 『눈부심』의 두 번째 이야기 『몸(Corpul)』을
출간한다. 또한, 루마니아 민담 속에 등장하는 열 마
리의 용에 대한 이야기를 담은 아동서 『용 백과사전
(Enciclopedia zmeilor)』을 출간한다.

2004년   부쿠레슈티 대학교 문학부에서 부교수로 재직한다. 에
세이 형식의 소설『우리는 왜 여자를 사랑하는가(De
ce iubim femeile)』를 출간하고, 대중적 사랑을 받으며
베스트셀러 작가가 된다.

2005년   장편 소설『노스탈지아』로 이탈리아의 주세페 아체르
비 문학상을 수상한다.

2007년   장편 소설『눈부심』의 마지막 이야기『오른쪽 날개
(Aripa dreaptă)』를 출간한다.

2012년   베를린 국제 문학상을 수상한다.

2014년   단편 소설집『삶의 끝자락에 있는 소녀: 다른 이야기들
(Fata de la marginea vieții: povestiri alese)』을 출간한다.

2015년   장편 소설『솔레노이드(Solenoid)』를 출간한다. 같은
해, 오스트리아 국가상(유럽 문학 부문)을 수상한다.

2018년   포르멘토르상과 토마스만상을 수상한다.

2019년   장편 소설『멜랑콜리아(Melancolia)』를 출간한다.

2020년   이십이 년 동안 함께해 온 작가 이오아나 니콜라이에
(Ioana Nicolaie)와 공식적으로 결혼한다.

2022년   장편 소설『테오도로스(Theodoros)』를 출간한다.

2023년   장편 소설『솔레노이드』로《로스앤젤레스 타임스》도
서상을 수상하다.

2024년   루마니아 작가로서는 최초로, 장편 소설『솔레노이드』
로 국제 더블린 문학상(International Dublin Literary
Award)을 수상한다.

2025년   『솔레노이드』로 국제 부커상 후보에 오른다.

세계문학전집 **480**

노스탈지아

1판 1쇄 펴냄 2026년 3월 27일
1판 2쇄 펴냄 2026년 4월 24일

지은이 미르체아 커르터레스쿠
옮긴이 한성숙
발행인 박근섭, 박상준
펴낸곳 (주)민음사

출판등록   1966. 5. 19. (제 16-490호)
서울특별시 강남구 도산대로1길 62(신사동) 강남출판문화센터 5층 (우편번호 06027)
대표전화 02-515-2000   팩시밀리 02-515-2007
www.minumsa.com

한국어 판 © (주)민음사, 2026. Printed in Seoul, Korea

ISBN 978-89-374-6480-5 04800
ISBN 978-89-374-6000-5 (세트)

* 잘못 만들어진 책은 구입처에서 교환해 드립니다.